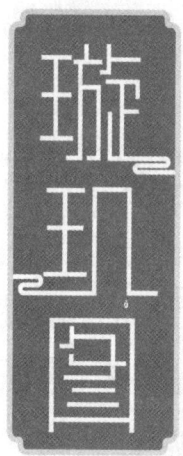

梁新会 ◎ 著

XUAN JI TU

陕西师范大学出版总社

图书代号　WX19N0196

图书在版编目(CIP)数据

璇玑图 / 梁新会著. —西安：陕西师范大学出版总社有限公司, 2019.4
ISBN 978-7-5695-0603-7

Ⅰ.①璇… Ⅱ.①梁… Ⅲ.①长篇小说—中国—当代 Ⅳ.①I247.5

中国版本图书馆 CIP 数据核字(2019)第 053164 号

璇玑图
梁新会　著

责任编辑 /	张建明　李孟君
责任校对 /	张　曼
绘　　画 /	郭雨璇
封面设计 /	鼎新设计
出版发行 /	陕西师范大学出版总社
	(西安市长安南路 199 号　邮编 710062)
网　　址 /	http://www.snupg.com
经　　销 /	新华书店
印　　刷 /	西安市建明工贸有限责任公司
开　　本 /	720mm×1020mm　1/16
印　　张 /	24.75
插　　页 /	1
字　　数 /	355 千
版　　次 /	2019 年 4 月第 1 版
印　　次 /	2019 年 4 月第 1 次印刷
书　　号 /	ISBN 978-7-5695-0603-7
定　　价 /	50.00 元

读者购书、书店添货或发现印装质量问题，请与本社营销部联系调换。
电话：(029)85307864　85303622(传真)

当代文化与历史文化双重视阈下的《璇玑图》

王仲生

摆在读者面前的《璇玑图》是一部长篇历史小说,作者梁新会。

"璇玑图"在最初的意义上,不是图,是诗。它是一种名为回文诗的诗体的集大成,是回文诗的一个特指和独创。

"璇玑图"是诗,又是图,是一种织锦图案。八寸见方的锦帛上,以五彩丝线,织成一方手帕,内织横竖二十九字,共八百四十字。横读、竖读、顺读、倒读、回文读、进一字读、退一字读、左右旋转读,皆可成为三言、四言、五言、七言的诗。

璇玑图是我们民族文化的天才创造,是诗歌的集锦,是织绣的巅峰,被誉之为:诗中的五行八卦,神奇魔方,爱情密码。

创作璇玑图诗,已是一个奇迹,将它织进锦帛,更是奇上加奇。

这种双重意义上的奇迹创造,来自一个奇女子,她就是苏蕙,四世纪东晋五胡十六国时期,前秦始平郡(今陕西武功)人。

《晋书·列女传》有苏蕙近百字记载:窦滔妻,苏氏名蕙,始平人也,字若兰,善属文。滔时为秦州刺史,被徙流沙。苏氏思之,织锦为回文诗图以赠滔,婉转循环读之,词甚凄婉,凡八百四十字。文多有录。

关于"璇玑图"诗的记载历代都有,民间传说更是不少。以之为长篇小说题材的,梁新会并非第一,但她为我们成功地塑造了苏蕙这一艺术形象。

梁新会是怎样为我们塑造了她心目中的苏蕙呢?也即作者梁新会是如何理解苏蕙的,又是通过什么样的艺术方式完成她的艺术创造的?

历史是一种叙述,小说也是一种叙述。

历史叙述的是曾经出现的人,发生过的事。

小说叙述的是可能出现的人,可能发生的事。

在曾经和可能之间,叙述是一座桥梁。

当叙述将曾经与可能联姻为一体,将事实与虚构联姻为一体,艺术的天宇里,历史小说的星辰,光彩照人。

梁新会的成功在于她是在当代文化、历史文化的双重视阈下,完成了她对历史风尘的穿越,让前秦女子苏蕙走向了新世纪第二个十年的艺术天地。

有没有这样的当代文化、历史文化的双重眼光大不一样。

梁新会为小说设置了两条情节线:一是新世纪江南女子白玉隐、关中女子锥青梅双双携手造访武功,追随当年苏蕙足迹,深入民间基层,寻找历史遗存,成功破译了"璇玑图"的诗歌密码、锦绣密码,将文化瑰宝再现于新世纪,而且创造性地开发为多款益智游戏,为"璇玑图"开辟了广阔文化前景、市场前景。

作家的笔触涉及大量的民俗文化、民间风俗,并把它们编织进了她的小说世界。而且,当代女性的爱情婚恋轨迹叠印着前秦、后秦女性情爱与生命曲折复杂的波动,不只丰富了小说的内涵,更让强烈的历史感照亮了她笔下的人物。

二是东晋五胡十六国,特别是前后秦的社会全景图,在作家广阔的视野里有了艺术的呈现。诸如淝水之战,秦州之战,道安、鸠摩罗什的译经活动,纷繁而错综的民族冲突、政权更迭,儒释融汇在小说《璇玑图》里,它不只是苏蕙天才般人生悲歌的背景,它们在艺术效果上,已经成为作品的重要组成部分。

正是在当代与历史的不同层面又存在内在联系的双重画面里,梁新会为读者重塑了苏蕙这一光辉女性形象。

梁新会突破了历史小说的旧说,不是简单地视苏蕙为一个为爱情献身的多情女子,为情爱和婚姻而创作《璇玑图》的才女。

梁新会笔下的苏蕙不再只是爱情世界里的白天鹅,她逐渐成长为一个女中豪杰、巾帼英雄。

苏蕙的性格发展有她内在与外在的艺术逻辑。

她从史籍、民间传说中脱胎,在当代意识历史意识的双重烛照下,获得了全新的艺术生命。

小说将苏蕙抛在了符融、姚兴与窦滔三个男子共同追逐的多角恋情的情感漩涡,可贵的是苏蕙舍弃了荣华富贵,远离了权贵,选择了窦滔。

小说将苏蕙推进在人生的波峰浪谷,丈夫窦滔被放逐流沙,另有新欢,苏蕙因此陷入极度痛苦,因此而有了千古绝唱"璇玑图"诗,因此而有了千古奇葩"璇玑图"织绣。是的,苏蕙因此而足以照亮她自己的一生。但是梁新会并没有止步,小说向着历史的纵深,向着苏蕙的生命纵深继续开掘。

窦滔终于回到长安,在夫妻可以双双远遁的关键时刻,苏蕙毅然决定放弃私情,留在了长安。

苏蕙化名姚兰,在姚兴的宫廷里,她女扮男装参与了后秦的重大决策,为生民,为社稷,她牺牲了自己,为社会贡献了她的超人才智。

这浓墨重彩的一笔,把苏蕙这一形象提升到了全新的高度,这是梁新会的创造性发现,创造性发展。

不仅如此,苏蕙还参与了鸠摩罗什的译经事业。

你想象不到苏蕙不再是姚兰,她已化身为若慧,成为鸠摩罗什的得力副手。

在《璇玑图》的小说世界里,若慧神秘地不知所踪。这一神来之笔,为读者留下了巨大想象空间。

人生是可以超越的吗?命运究竟在谁的手里?

少女苏蕙,一个美女、才女成长了,成长为胸襟开阔,富于政治能力的旷世奇人,一个大写的人。

她的旷世奇才、旷世奇情寄托的不只是男女私情,而是家乡文化、黎民百姓、江山社稷和民族文化、宗教文化。

作者笔下的苏蕙在当代文化、历史文化的交汇里,血肉丰满地向我们走来。

苏蕙不能离开她生长的关中沃土。那里的民情风俗、伦理规范、古典诗歌、儒家典籍、养蚕缫丝、织锦刺绣滋养了她,以禾苗为代表的普通平民培育了她。

苏蕙不能脱离它她生长的特殊年代。她是那个特殊历史时期,那个特定山川风情的女儿。

东晋五胡十六国,战乱频仍,生灵涂炭,这是我国历史上苦难的一页,它同时又是我们民族大融合,各种文化大融合的时期。

小说告诉我们氐族人前秦苻坚、苻融,羌人后秦姚苌、姚兴热衷于学习儒家文化,推广儒家文化,苻融、姚兴之所以爱慕、善待、重用苏蕙就不只是男女相悦,而是有了文化认同的合理性。

小说以女性的细腻笔触,伸向人物隐秘的内心世界,情感世界。

鸠摩罗什,这位来自龟兹的高僧陷入了佛教教义,佛教戒律与人的情欲、肉欲难以调和的矛盾冲突之中。

这种灵与肉的厮杀与煎熬被小说写成了动人心魄的篇章。

诗歌是什么?是生命的呼吸。锦绣呢?是手工艺术的结晶,更是心灵的告白。

"璇玑图"诗是苏蕙生命的一次飞跃。

"璇玑图"绣是苏蕙生命的一次升华。

"璇玑图"更是汉字魅力的铁的证明。

单个汉字的上下、左右、内外结构所透露的丰富信息是拼音文字难以企及的。而字与字的组合,它所蕴含的词义、符义所传达的声韵之美,更让拼音文字无从媲美。本义、引申义在明喻、隐喻、借喻、假借、转注等修辞手法里,它所拥有的信息量几乎难以穷尽。

从这个角度看,当人工智能、大数据、互联网为我们展示了一个全新的未来,汉字将会迎来它辉煌的前景。

小说《璇玑图》的问世,正当其时。

"璇玑图"不再是爱的哀鸣,在小说里,它是生命的壮歌。

"璇机图"不再只是诗歌,是锦绣,是中华文化魅力无穷、前途无量的文学宣示。

我想说:《璇玑图》在小说文字的把握上,小说结构的安排上,有待改进、提高的地方还不少。

梁新会,在文学接力赛的艰难跋涉里,加油!

(作者系著名评论家)

我向旧日的恋人道歉,
因为我待新人如同初恋。

——维斯瓦娃·辛波斯卡

目 录

第一部 缘 起

一	城隍庙	(2)
二	上巳节	(9)
三	漆水谣	(13)
四	花为媒	(18)
五	东海王	(28)
六	鱼水情	(35)
七	落花意	(38)
八	法门寺	(43)
九	一生缘	(49)
十	乱世情	(54)
十一	鸳鸯谱	(58)
十二	连理枝	(63)
十三	新婚别	(68)
十四	薤露行	(77)
十五	长相思	(84)
十六	亲蚕礼	(91)
十七	蚕三姑	(97)
十八	舍利弗	(101)
十九	战乱起	(105)

第二部 离 乱

二十　　旧亭台 …………………………………… (110)

二十一　意缠绵 …………………………………… (113)

二十二　鹧鸪天 …………………………………… (117)

二十三　白娘子 …………………………………… (123)

二十四　花手绢 …………………………………… (127)

二十五　爱无力 …………………………………… (133)

二十六　土布村 …………………………………… (138)

二十七　祸临头 …………………………………… (146)

二十八　绣锦帕 …………………………………… (155)

二十九　战襄阳 …………………………………… (159)

三十　　回文诗 …………………………………… (164)

三十一　念奴娇 …………………………………… (171)

三十二　满庭芳 …………………………………… (173)

三十三　风波起 …………………………………… (180)

三十四　打金枝 …………………………………… (185)

三十五　珠有泪 …………………………………… (189)

三十六　仙人掌 …………………………………… (195)

三十七　失乐园 …………………………………… (199)

三十八　设私塾 …………………………………… (205)

三十九　迎婿日 …………………………………… (209)

四十　　悟玄机 …………………………………… (215)

四十一　陌上桑 …………………………………… (221)

第三部 悔 悟

四十二　无情游 …………………………………… (232)

四十三　妄念生 …………………………………… (235)

四十四	拒纳谏	(237)
四十五	锦书来	(242)
四十六	解回文	(246)
四十七	迎锦亭	(252)
四十八	璇玑热	(257)
四十九	效班超	(262)
五十	白头吟	(266)
五十一	破阵子	(271)
五十二	菩萨蛮	(275)
五十三	同病怜	(281)
五十四	淝水劫	(284)
五十五	风云起	(290)
五十六	姚苌王	(294)
五十七	国有殇	(298)

第四部 幻灭

五十八	七星河	(304)
五十九	离恨天	(308)
六十	别亦难	(314)
六十一	遁空门	(319)
六十二	羁凉州	(323)
六十三	佛光照	(328)
六十四	白冢泪	(333)
六十五	逍遥园	(337)
六十六	方外人	(341)
六十七	起浮屠	(346)
六十八	众生垢	(350)
六十九	草堂寺	(356)

七十	锦绣园	(359)
七十一	夏奈尔	(365)
七十二	法门开	(370)
后记	众里寻她千百度	(375)

第一部 缘起

一
城隍庙

那天并不是什么正日子，武功城隍庙前的磨盘街上却人来人往，煞是热闹。卖香裱的店主和摊贩个个喜笑颜开，那对炸麻糖（麻花）的老夫妇生意兴隆，他们张着没牙的嘴巴和买主不停地说说笑笑。炸麻糖的菜籽油是土法压榨的，香气很爨①，直往人的嗓子眼里钻，一下子就把人肚子里的馋虫勾起来了。

游冠勇，武功乡土文化研究专家，今年六十出头，身材魁梧，浓眉大眼，却长着圆鼻头薄嘴唇，一笑五官就凑在一起，颇像戏台上的丑角，天生了几分滑稽相。他本已退休了，但近年来传统文化复兴，来武功考察采风的文化人多得像钱串子，县里一时半会儿找不出接替他的人，所以就高薪返聘了他。他经常接待文朋诗友，深谙文青们的心思，一到城隍庙前，问也不问，就屁颠屁颠地提来了一捆冒着热气的麻糖。

今天游冠勇的心情特别愉快，因为他陪同的是两位美女，不像以往接待的大都是一脸学究气的专家，或者是行为荒诞不经的艺术家。"临江之畔，璞石无光，千年磨砺，温润有方，谓之玉也。"游冠勇想在美女面前卖弄一番，没想到两位美女只是微微一笑。"福生于隐约。"他再次开口，那个叫白玉隐的长发女子反问道："冠勇冠勇，本该勇冠三军，何以弃武从文？"这问题难不住他，他嘿嘿一笑，说："孩子没娘，说来话长。"

---

① 爨：读音 cuàn，多用来形容与炒、炸、烘、焙有关的食物香味，例如：（烘焙过的）辣椒爨得很。

"和羞走，倚门回首，却把青梅嗅。"他又随口说出了李清照的《点绛唇·蹴罢秋千》，另一个留着短发，叫雏青梅的女子对他莞尔一笑。记住别人的名字是对人的一种尊重。游冠勇将这一做法发挥到了极致——把初识之人的名字嵌入诗词之中，既增加了彼此的好感，又炫耀了个人才华，令人难以忘怀，这招屡试不爽。果不其然，两位女子被他的风雅之举打动了，几乎同时回过头来，微笑着看他。游冠勇故作浑然不觉状，兀自吟诵："白玉杯将青玉绿，据晴香、暖艳还如此。微笑道，有些是。"

一笑泯恩仇，一笑结姻缘。两位美女"回眸一笑百媚生"，惹得一旁的路人纷纷驻足。游冠勇感觉那些男男女女的目光仿佛带了钩子，似乎要扒下白玉隐和雏青梅的衣服，看看她们到底是人还是神？有好事者，直接大声询问游冠勇，从哪儿弄到了两个仙女？更有那无耻之徒，带着羡慕嫉妒恨，咒骂游冠勇艳福不浅，带着美女游山玩水，还能挣国家的钞票……

幸好，两位美女初来乍到，只顾着欣赏路边的景物，并没有意识到无数双目光贪婪地盯着她们，也没有听懂方言。要不然，红颜大怒，柳眉倒立，也够人受的。也许，美人天生就有这种优越感，走到哪里都是焦点。如果要说对美女最大的不敬，那就是不去欣赏她，就像瞎子面对着一朵盛放的牡丹，熟视无睹。

于是，街上就出现了这么一幕，游冠勇讨好地把麻糖举到两位美女面前，而美女们为了维护淑女形象，坚决推辞。游冠勇奉劝她们别客气，这麻糖主要卖给各地的香客，烧香拜佛讲究心诚则灵，各地的老娃婆（关中方言，特指热衷于烧香拜佛的老太太）一个比一个来得早，这卖麻糖的起得比鸡早，一会儿就收摊了。以往的客人听了这话，就顾不得矜持，把笑不露齿、当街不食的训诫抛到了一旁，一人一根麻花，当街开吃，可今天这两位美女愣是把他晾在了一旁。

快到城隍庙前了，俩美女一见那气势非凡的牌楼、山门，不觉加快了脚步。游冠勇把手中的麻糖看了看，无奈地递给了一旁的乞丐。"早听说武功城隍爷是唐太宗李世民敕封的都城隍爷，素有'天下城隍戴相帽，唯有武功城隍佩王冠'的美誉，其府邸想必与别处不同。今日有幸一游，果然名不虚传。"雒青梅惊喜地叫道。

"你看戏台前方，钟鼓楼两旁，北方极其罕见的四棵杉树，青翠挺拔，让人眼前一亮，暗暗称奇。它们仿佛英姿飒爽的卫兵守护着这千年古殿，又像四根巨柱撑起朗朗乾坤，让人感觉头顶的这一方青天格外神圣、悠远、平静，冥冥之中似乎真有神人护佑。"白玉隐低声对雒青梅说。

"姐姐，快看大殿顶上那一片明晃晃的琉璃瓦……"雒青梅拉着白玉隐的胳膊嚷道。

游冠勇听着两位美女的对话，深受感染，忍不住重新打量起故乡的城隍庙来，只见琉璃瓦在阳光下金光闪闪，富丽堂皇，让人肃然起敬，不敢直视，生怕冒犯了皇家威仪。而前、后殿外，香火缭绕，跪满了香客，她们有的虔诚地上香，有的把带来的香裱一张一张揭开，折成花朵样，有的围在一起诉说自己烧香还愿的经历……个个显得郑重虔诚。

前来烧香者，多半是心有所牵，抑或是遇到不如意之事，甚至是飞来横祸，难免一脸愁苦，但听了还愿者满脸喜悦、言之凿凿的讲述，心内暗生希望，晦气似乎扫去大半。游冠勇追上白玉隐和雒青梅，陪她们进入大殿参拜城隍。城隍爷头戴王冠，正襟危坐，城隍婆慈眉善眼，和蔼可亲，让人不免想起世间的慈母严父，亲近之感油然而生。绕到殿后，是一片小树林，游冠勇指给她们看那崖边的一排排小窑窝①。几乎每一孔黑乎乎的小窑窝前都跪着一个中老年妇女，她们喃喃自语，边低语边烧纸。白玉隐看到这一幕，脸上出现了一种凛然，仿佛入定的神情。三个人静静地站着，默默无语。

游冠勇陪同无数的达官贵人来过这里，但是，今天第一次，他感受

---

① 窑窝：读音 yáo wō，关中方言，也叫"天地龛"，是在照壁或山墙上掏出一个方形小窑洞，用来供奉天地神的地方。后来也演变为放杂物处。

到了一股燥热之气在树丛中升腾奔跑，一种宗教的神秘气息似乎要随着这光与热飞上天际，一阵令人心搏骤停的窒息感使他想悄然逃离，却又迈不开脚步。莫非这里是人与神对话的三界禁地，任何窥探与揣测都是对天意的大不敬；莫非那火光正在荡平人间的不平与卑劣，袖手旁观将会阻止光明与温暖的回归；莫非苍天正在悲悯伤怀，感叹芸芸众生的愚顽，蝴蝶翅膀煽起的风都会改写某个痴男怨女的命运。这与世隔绝的一隅，给了苦难一个释放的出口，给了生命一个缥缈的未来，给了神灵一方净土，也给每个受伤的灵魂留了一条安静辽远的退路。

不知过了多久，游冠勇示意雒青梅应该走了。雒青梅拽了拽白玉隐的衣角，白玉隐慢慢回过神来，跟在她后面，一步三回头地走出了那片烟雾缭绕的小树林。

"似乎，现在求神拜佛的大都是中老年女性。其实在古代，男子事佛，虔诚不在女子之下。且不说《西游记》中就有唐僧和无数乐善好施的男居士，眼前的城隍庙就与一代圣君唐太宗有关。"为了打破尴尬，游冠勇把话题引到了唐朝。

"说来听听。"雒青梅很感兴趣地问道。

游冠勇便如数家珍般地讲起了武功城隍爷的传说。这是他的老本行，讲起来如同竹筒里倒豆子一样干脆利落。

"史载唐太宗李世民生于武功别馆，有二龙之瑞。神人赞曰：龙凤之姿，天日之表，年及弱冠，必能济世安民。话说新皇登基之后，百废待兴，天下并不太平。贞观二年，关中大旱，饥民遍野。李世民心中焦虑，四处巡查，碰巧看到武功的父老乡亲们在城隍庙里求神祈雨，便上前顶礼膜拜，默声许愿。不知是李世民的虔诚打动了城隍，还是久旱必雨的缘故，原本晴朗的天空立即被乌云笼罩得严严实实，不一会儿就下起倾盆大雨来。"

"真有这么神吗？"雒青梅追问道。

"那当然，太宗祈雨武功城隍庙这是一说。还有一说是太宗梦游地狱，前有血水河难以泅渡，后有恶鬼索命追得紧急，正进退两难时，来了一名体魄俊朗的男子，把他背过了河。第二天早朝，李世民讲述了梦中所见，并让吴道子画成图像，张榜悬赏，寻找此人，却毫无音讯。后来，李世民无意中见到武功城隍像，居然与梦中男子极为相像，他明白了正是这位乡党救了自己。'其他人如何能到阴曹地府，又能生怜悯之心救我！'唐太宗反问众人道。众人暗暗称奇，皆以武功城隍救驾有功，应该重赏。于是唐太宗下旨敕封武功城隍为辅德王，连升三级，端冕垂旒，以王者居。"

"这个桥段《西游记》里写过。"雒青梅想了想说道。

"这是我们武功人老一辈传下来的，绝不是空口白牙说大话。平头百姓许愿之后，一旦梦想成真，一般都要携带所许之物前来还愿。李世民贵为天子，一言九鼎，还愿的动静自然小不了。贞观四年，天下大治。李世民拨库银扩建都城隍庙，特为城隍赏王冠，赐朝服，塑金身，扬美德。有皇家财力做后盾，能工巧匠们，其实也大都是善男信女，充分发挥聪明才智，用尽了彩绘、雕刻、烧制等各种技艺，巧妙地将千姿百态的飞龙、游龙、卧龙、走龙、盘龙刻画在殿堂牌楼的屋面、房脊、墙体和台柱之上；又把亭楼殿堂的全部外檐和所有房脊、滴水、瓦当换成皇家级别的琉璃龙吻和脊兽，以显示这座御封的都城隍庙的雍容华贵，同时也表达了对这位天子乡党的无限崇敬。"

雒青梅接过话头，说："李世民多牛呀。观世音菩萨都要避他的讳，改名为观音菩萨。难怪，武功城隍庙这么气派。"

"这可是老祖先智慧的结晶，是真正的宝贝文物。贞观六年，都城隍府修葺完工。李世民率领文武百官参加庆典，龙颜大悦，当即挥毫写下了'日食三餐，当思农夫之苦，身穿一缕，每念织女之劳'的名言，要求各级官吏体恤百姓，躬行节俭。随后，又颁旨免武功县两年赋税，赦武功死罪以下囚犯。有了这么神奇的背景，武功城隍爷想不红都不行。从此之后，武功都城隍庙的名声越传越远。人们遇到旱涝收种、生老病死、官司讼判、科考升迁的大事，都来求城隍老爷保佑。所以，一千多年来，武功城隍庙的香火绵延不绝。"

游冠勇讲完了，雏青梅和白玉隐意犹未尽。雏青梅崇拜地看着游冠勇，游冠勇很享受这种来自异性的目光，他滔滔不绝地说："'城'指城池；'隍'为干涸的护城河，'城'和'隍'都是保护城市安全的设施。明太祖朱元璋曾经做过土地庙里的小和尚，当了皇帝后，对与土地有关的城隍神极为尊崇，下旨全国各地建庙供奉城隍神，并封这些城隍神为'王、公、侯、伯'等，使得城隍信仰达到极致。我们武功的城隍爷级别最高，是封了王的，是天下城隍爷的总管，是都城隍。"

"我明白了，武功的城隍爷是NO.1"① 雏青梅欢喜地喊道。

"雏青梅，你这个祖籍陕西的女娃娃，虽说出国留过学，肚子里的洋墨水喝了不少，但对咱老祖宗你恐怕了解得不多吧？"游冠勇问道。

"一知半解。"雏青梅拖长了音调，调皮地回答。

游冠勇又故意逗白玉隐："你们姑苏也有城隍爷，礼尚往来，该你讲讲你们的城隍爷了。"雏青梅仰起圆圆的娃娃脸，用期待的目光盯着长着白皙瓜子脸的白玉隐，这让游冠勇心里有点自责——真不该刁难这位江南美女。

白玉隐那双毛毛眼半闭着，嘴角一翘，笑道："人家游大师通古晓今，天文地理，无所不知，怎么能不知道苏州的城隍爷？"

"哼！你故意捉弄人。"雏青梅回过味来，杏眼大睁，对游冠勇表示不满。

"实不相瞒，以前读过，但是早已忘光，今天很想再听一次。"人常说薄扇扇嘴说翻天。游冠勇的嘴巴真应了这句话，他眉眼一缩，薄嘴唇一撇，一脸老实相，很诚恳地说道。

雏青梅又在一旁央求了半天，白玉隐才略带羞涩地说："绿柳沿堤，皆因苏子来时种；碧桃满观，尽是刘郎去后栽。我们江南风光优美，人文景观更是数不胜数。姑苏最早的城隍爷是战国时期的春申君黄歇，他将伍子胥所筑城池整修为都邑，大治宫室，以至于太史公见了后也感叹

---

① NO.1：第一，是 Number 1 的缩写。

'盛矣哉'。黄歇精于治水，立下了惠及万世的功劳，所以吴人就在各地建造春申君祠庙供奉他，唐以后又奉为苏州城隍神。"

"黄歇是电视剧《芈月传》[①]里的黄歇吗？那可是大帅哥呀，我一定要去拜拜黄公子。"雒青梅开心地说。

"白研究员博学多才，游某佩服佩服。"游冠勇想起自己刚才卖弄学问，不免惭愧，真心实意地叹服道。

白玉隐仍旧微微一笑，不再言语。游冠勇突然有了一种想逗她说话的念头，就故作深沉地说："城隍神与其他神不同，历史上一般确有其人，多为曾在该城为官或生活过的廉吏、忠臣，或者是品行端正和积德行善之人，也有曾为保护城市而葬身疆场的英雄，百姓为纪念他们而将其神话，供奉为'本城城隍'，希望他们的英灵能像生前一样护佑四方，守护城池。"

"古人挺有趣，给城市砌上一圈城墙，再供奉上城隍爷，晚上睡觉才能安心，这叫双重保险。也难怪，古代经常发生战争，老百姓为了保护自己，什么办法都能想出来。"雒青梅打断了游冠勇的话说道。

"那当然。我们姑苏至今仍流传着一首儿歌：嘟嘟嘟，嘟嘟嘟，爷娘去开黄浦江，尔后再开春申塘，领头的大爷叫春申君，住在倪村黄泥浜。"

"妈妈！妈妈！"白玉隐正讲得起劲，没想到一个五六岁的小女孩跑过来抱着她的腿，使劲地喊妈妈。白玉隐不知所措，雒青梅以为是香客的孩子走失了，认错了人，便安慰小女孩说要带她去找爸爸妈妈，但小女孩坚持说白玉隐就是她妈妈。雒青梅好说歹说，小姑娘却撇下一句"我不会认错人"就跑得无影无踪了。

"这娃娃是跟着大人来还愿了。这娃娃是到爷跟前许下的宝贝疙瘩。"

[①]《芈月传》是根据蒋胜男的同名小说改编的电视剧。该剧讲述了中国历史上第一个被称为"太后"的女人，战国时期秦国宣太后芈月充满传奇的人生故事。

游冠勇解释道。

"就是,在城隍庙里求来的娃娃绝对金贵。"雏青梅附和道。

经过这么一闹,三个人都感到累了。游冠勇也意识到自己太不怜香惜玉了,虽说上级委托自己协助两位美女工作,但也要量力而行。人家两位美女昨天下午刚下飞机,就去寻访了苏蕙①的织锦台,今天早上又参观了后稷教稼台、苏武墓和城隍庙,行程确实太紧了。

二
上巳节

"'三月三日天气新,长安水边多丽人。'唐代上巳节极具开放性,长安三月三日,皇帝设宴于曲江,全城出动去郊外踏青。官府为打造歌舞升平、举国同乐的盛世气象,要耗费大量资财。然好景不长,到了宋代,这种全国性的狂欢就已盛况不再。刘克庄的《忆秦娥·上巳》写道:修禊节,晋人风味终然别。终然别,当时宾主,至今清绝,等闲写就兰亭帖。晋人的风雅,唐人的热情,延续至今,只能化作人们的闲谈和追忆了。"

游冠勇面对着几乎干涸的漆水河说完这番话,觉得自己就像这河里的水草一样枯瘦。在他六十多年的人生经验里,漆河水一天天浑浊、细弱,自己的年岁却挡不住地虚度,疯长。他最怕带游客来这里参观,偏偏这两位美女今天非要来漆水河边游玩。游冠勇想起一首歌:"又是一年三月三,风筝飞满天,带着我的思念和梦幻走回到童年……"他觉得歌里的三月三甜腻腻的,带着淡淡的忧伤,似乎更适合她们。

"在古代,上巳节是一个十分热闹的节日。三月时节,桃红柳绿。先

---

① 东晋武功人,以创作回文诗《璇玑图》而闻名于世。

民认为此时以香薰草药沐浴,能祛除污秽与疾病。于是在这一天,'唯溱与洧,方洹洹兮。唯士与女,方秉兰兮',男男女女倾城而出,人人手持兰草,洗涤身体。"白玉隐似乎看穿了游冠勇的心思,幽幽地说。

"上巳节是古代举行'祓除畔浴'活动中最重要的节日。《论语》中:暮春者,春服既成,冠者五六人,童子六七人,浴乎沂,风乎舞雩,咏而归。写的就是当时的情形。"游冠勇为了今天的讲解做了大量功课,看来很有用处,所以他继续掉书袋,以炫耀自己的学问。雒青梅和白玉隐听得很认真。

"巳:地支的第六位,属蛇。巳时指上午九点至十一点。巳是象形字,它的甲骨文字形极像在母腹中生长的胎儿。"游冠勇说得口干,拧开随身所带的杯子,抿了一口水,根本没有注意到一旁的白玉隐脸色有些异样。

"《玉篇》中直接以'嗣'来解释'巳',嗣为后嗣,与'子'的意思相通。甲骨文中'巳'的字形,实际是对人体胚胎的白描……"白玉隐接过他的话题讲了起来。看来她也是恶补了一番。

"不知道我们今天能在水中捞到鸡蛋吗?"雒青梅好奇地问。

"那你们得穿越到古代了。古时候确实有'三月三,吃鸡蛋','三月三,砍枣尖'的民谚,那都是人们为了祈求人丁兴旺的'上古遗风'罢了"。游冠勇意识到了白玉隐和雒青梅都知道秦汉时期,上巳节的风俗中,还有一个重要活动——求子。

"上巳节和苏蕙有什么关系?真受不了你们两个老学究。"雒青梅听烦了,直截了当地问。

"通俗来说,这一天既是一个大家洗澡防病的好日子,也是古代的情人节——可以恣意示爱的日子。《周礼》中索性声明该日'奔者不禁'"。游冠勇说完,不觉脸红了。

"古代人太可爱啦!居然规定这一天可以自由恋爱,还可以合法地私奔。"雒青梅开心地大喊道。

"在上巳节的活动中,最主要的活动是祭祀高禖。高媒是管理婚姻和生育之神。高禖，又称郊禖，因供于郊外而得名。最初的高禖，是具有孕育状的成年女性。远古时期一些妇女的裸体雕像都有着非常发达的大腿和胸部，还有一个向前突出的肚子，这是生殖的象征。从这种意义上说，上巳节又是一个求偶节、求育节。"游冠勇说完，自己都觉得不好意思了。

"古代人这么开放，却把怀孕生孩子看得这么神秘。也许是那时候人们不会亲子鉴定吧，也没有现在专治不孕不育的医院，只要怀上孩子，其他问题一概不管。"雒青梅似乎一点儿也不害羞，大大咧咧地说道。

"不孝有三，无后为大。子孙绵延，国祚昌盛。一代王朝，气数若尽，必先人丁不旺。像那清王朝，从咸丰单传，慈禧母以子贵，就已注定气息奄奄了。"游冠勇叹息道。

"难怪末代皇帝溥仪生不出孩子，还嫌皇后和侍卫私通，硬生生把皇后逼成了大烟鬼。看来从古到今，男人都一个样。所以，别再说弃是姜嫄娘娘踩了巨人的脚印生的，也别再相信黄帝是他妈妈附宝感受到了一团环绕北斗星的电光，怀孕24个月生下的。肯定是姜嫄娘娘受不了寂寞，或者是忍受不了别人的白眼，偷完汉子之后故意编造的神话。"雒青梅大胆地质问起游冠勇来。

"罪过，罪过。"游冠勇生怕唐突了姜嫄娘娘。

"那有什么。史前人类认为生育是由图腾入居妇女体内的结果。进入父权制时代之后，人们才明白了夫妻交媾是生育的原因。由于疾病等原因，某些妇女不能孕育。当时人们认为妇女不育是鬼神作祟，就利用上巳节的沐浴治疗不育症。这没什么大惊小怪的。"雒青梅振振有词地说道。

"女人好比土地，只要有种子就好。古人其实早就摸清了生儿育女的窍道。所以在上巳节中就有了一种奇特的风俗，即'会男女'。这种节日中的野合，来自氏族时期的季节性婚配——野合群婚。比如广西左江崖画、成都汉墓画像砖上都有男女野合图。"游冠勇把这些话掂量了几遍，还是没有说出口。

"祖先也是人，肯定也有难言之隐。你们这些人真虚伪。还别说，人家这私生子就是聪明，要不然弃怎么会教民稼穑呢？"雒青梅见游冠勇欲言又止，不屑一顾地说出了这番话，说完见游冠勇一脸囧样，自己倒乐得哈哈大笑。

"罪过！天大的罪过！"这个小妮子，糟蹋起自己的祖先，居然毫不脸红。游冠勇心生不悦，忍不住训斥道。

"我们江苏武进地区的民谣：'三月三，穿件单布衫；大蒜炒马兰，吃了游南山'也流传甚广呀！"白玉隐坏笑着说。

雒青梅一时没有反应过来，白玉隐的脸上却起了一层红晕，那粉面含春的样子，叫人心旌摇荡。

"你们俩呀！叫人咋说。我国的爱情故事凄婉动人的多，如牛郎织女、孔雀东南飞。如果说七夕是'悲伤情人节'，那么上巳节就是'快乐情人节'。在春天的上巳节，爱情如花朵一样充满着生机与光明。传说中，制定上巳节的是女娲娘娘，她分阴阳，定姻缘，制定了自由恋爱的上巳节。"游冠勇一时不知道说什么好了，便又随口讲起了上巳节的来历。

"话丑理端。青梅说的不无道理。古人虽然蒙昧，但也懂得延续血脉的重要性。为了繁衍后代，借种生子也是情非得已。许多事情，在今天看来似乎迷雾重重，但在当时也许是理所当然。民谚云：'二月二，龙抬头；三月三，生轩辕。'上巳节正是蛇出洞穴活动的季节，也是春暖花开寻偶的时节。这时人们见到正在交尾的蛇，视作为吉祥的预兆，所以把轩辕黄帝的生日定在三月三，这叫生殖崇拜，是对生命的敬畏。"白玉隐说道。她的见解别具一格，游冠勇附和着笑了笑。

"弄错了，我们今天是来寻找才女苏蕙的，你却连一句正经话也不讲。"雒青梅看着俩人尴尬的样子，似乎意识到了什么，冲着游冠勇大声嚷嚷道。

"青梅姑娘有所不知，苏蕙的故事正是从这上巳节开始的。上巳节在中国古代又被称为'女儿节'。需要注意的是，中国古代的女儿节有多个,三月三的上巳节女孩获允露面恣情,五月五的端午节女性可以打扮或归宁,七月七的七夕女儿家练绣工祈爱。这些节日都被冠以女儿之名,从侧面恰好反映了女性在传统社会中,常年'家里蹲'的形象。"游冠勇回过神来,摇头晃脑地讲了起来。

"其实,这个节日也没有那么香艳。有的地方当天还要祭仓神,称之为祭犁,开始春耕活动。古代有些地方,在上巳节还进行一种弋射活动,即利用一种带丝线的箭射击野雁,射中后索丝取雁。这种雁与其说是猎物,莫如说是送给情人的上好礼品。南方劳动妇女则开始育蚕,采桑喂蚕。"白玉隐纠正道。

游冠勇微笑不语,甘拜下风。

三

漆水谣

一切缘起于1600多年前的那个上巳节。

彼时,漆水河水势浩大,河面宽几十丈,深一丈有余,常有船只往来其上。河水清澈见底,水中随处可见土虾小鱼。河边布满沙石、杨柳、芦苇、鲜花野草,可谓满眼皆景。女人家爱干净,沿河而居的人家常在河边洗洗涮涮,大家约定早上水边归姑娘媳妇们,傍晚,这里就是樵夫耕者的天下。

上巳节这天早上,漆水河边莺莺燕燕,除了平常人家的女儿,官宦人家的女子和丫鬟也趁机溜出来玩耍。可怜那些大家闺秀平常大门不出,二门不迈,一年就盼有个节日可以出来游玩散心。那些丫鬟侍女都是穷苦人家出身,原本就是在乡野长大,如今仰人鼻息,待在深宅大院里,行动不得自由,巴不得瞅个机会出门放风。所以,上巳节这天,漆水河边格外热闹——这些花枝招展的青春女子,吸引着无数血气方刚的男儿。

水是女性的象征，至阴至柔，至真至纯。在这个充满诱惑的节日里，人们纷纷来到江渚池沼边，放飞纸鸢，踏青赏春，以春水洗涤身体，除去整个冬天的污垢，祈求在新的一年里清新洁净，吉祥如意。

这一天，始平郡苏坊村的一位姓苏名蕙字若兰的少女却迟迟不肯出门，急得丫鬟禾苗不停地东张西望。苏蕙是陈留县令苏道质的三姑娘，已过了及笄之年，是位姿容美艳的书香闺秀，提亲的人络绎不绝，其中大多为王孙公子，并非庸碌之辈，但无一能入她的法眼。往年上巳节时，苏蕙跟着姐姐们一起出门玩耍。如今，大姐嫁入相府，成为当朝宰相王猛的儿媳，二姐做了张辅国的儿媳，只有她还没有觅到可以托付终身之人。

苏道质夫妇宅心仁厚，相儒以沫，恩爱异常。在他们的言传身教之下，三个如花似玉的女儿出落得知书达礼，端庄娴雅，成了达官贵人们梦寐以求的婚配对象。苏道质一介书生，非贪恋钱财之辈，他择婿的标准不仅要男方品行端正，文武双全，还要女儿自己满意，亲口答应才行。

苏蕙的两个姐姐出嫁之后，深得夫家好评，故而，前来给苏蕙提亲的人多得快要踏断了门槛。苏道质夫妇看着好几个青年公子举止洒脱，言谈不凡，心下十分满意，可三女儿就是不肯答应。前几日，扬武将军姚苌托人为其子姚兴提亲，谁知三女儿听了，竟不假思索地回绝了。女大不由娘，苏道质夫妇只好婉拒了姚将军。

没想到，扬武将军姚苌过了几天又委托另一名朝中大员转达了此意。苏道质一时难以答复，只好以归家与夫人商议为名，告假几日。

姻缘天定。在内心深处，苏道质支持三女儿的做法，因为他知道苏蕙不同于一般的女孩儿。自从这个孩子出生之后，他们家就交上了好运。据四乡的邻居们说苏蕙出生那天晚上异常炎热，人们吃过晚饭就在村口的大树下、地头田间、打麦场上纳凉，突然一颗流星拖着长长的尾巴滑落在了漆水河畔，与此同时，天空还隐隐传来一阵笙歌鼓乐之声。有识文断字的老先生当时就说："织女星下凡了，不知谁家有福啦！"话音刚落，苏道质的妻子就分娩下了一个女娃。这女娃刚一出世，眼睛就滴溜溜直转，显得聪慧异常，八个月就能说来回话，惹得一村子男女老少都来看稀奇。苏道质给这个宝贝三女儿起名苏蕙，蕙儿，惠者，慧也，愿她聪慧质仁，伶俐乖巧。更为神奇的是，苏蕙出生后，院中那丛兰花灿然怒放，祥瑞至极，苏道质就特意给女儿取字若兰。

说来也怪，苏蕙出生以后，苏道质家土地年年丰收，牛羊岁岁产崽，人人身体康健，日子越过越红火。就连从来没有想到要做官的苏道质，也时来运转，被举为孝廉，做了陈留县令。

苏道质起初并不相信女儿是什么织女星下凡，可是一连串的神奇之事让他不得不相信女儿确实异于常人。苏蕙从小天资聪颖，三岁学字，五岁学诗，七岁学画，九岁学绣，十二岁学织锦，一学就会，一点即通，可谓样样出类拔萃，事事走在人前。苏蕙绣出来的花儿，色彩鲜艳，得赶紧用手捂住，要不然蜜蜂、蝴蝶就飞过来了，赶也赶不走。苏蕙织好的锦缎，色彩绚烂，纹理细密，图案新颖，宛若天上的云霞，谁见了谁说好。

前些年，苏蕙一家住在陈留。陈留、襄邑的织锦业很发达，尤其是襄邑以给皇家提供御服而闻名于世。人常说："襄邑睢、涣之水出文章，故曰黼黻藻锦。"苏蕙一看见新的织锦花样，就爱不释手，不管路途远近，一定要去绣娘家里取经，学不会绝不回家。不知不觉中，苏蕙就把当地人织锦的手艺全学到手了。

这几年，由于外祖母身体欠安，苏蕙姊妹几个便随母亲回乡安居，顺便也把在陈留学会的织锦技艺带到了始平郡。

村里的大姑娘小媳妇见了苏蕙绣的花色彩和谐，栩栩如生，织的锦灿若云霞，花样繁多，都缠着要苏蕙教她们刺绣织锦。苏蕙来者不拒，耐心地给大家做示范，有时候还手把手地教大家。渐渐地，苏蕙的名声越传越远，就连长安城的绣女织工、村妇姑娘们都不顾路途遥远，专程来苏坊村拜师学艺。

苏蕙传授技艺不但分文不收，而且还要母亲用好吃好喝的招待学艺者。由于战乱频仍，许多绣女的郎君打仗去了杳无音讯，生活重担就落在了她们柔弱的肩上,她们只好没日没夜地纺纱织布贴补家用。这些可怜的女人学会了织锦的手艺,手工费见涨,个个都对苏蕙感恩戴德。

几年来,苏蕙不知道教会了多少人,也不知道解了多少贫苦人家的燃眉之急。这些贫寒的女子对苏蕙一家人感激不尽。她们无以回报,便逢人就夸苏蕙是织女下凡,是千年一遇的仙姑。

可是由于天旱,庄稼歉收,最近天王苻坚下令不准买卖锦缎。王后娘娘和后宫的嫔妃们带头不再采买绫罗绸缎,那些达官贵人们也不敢公开穿戴绸缎衣物。许多绣女织工一下子失去了经济来源,家里穷得都快揭不开锅了。

前几天,一位西域商人牵着骆驼,一路打问着来到了苏蕙家,说是要重金购买苏蕙织的锦帕。女子的锦帕是爱情的信物,绝对不能随随便便卖给一个男子。苏蕙想也没想,便让禾苗把驼商打发走。恰巧,那天苏蕙家里有十几位学艺的绣女,她们一听有这等好事,立即将驼商团团围定。驼商却不理睬她们,只缠着要买苏蕙的锦帕。众绣女见状,一齐跪倒在地,请求驼商购买她们的锦帕绣品,可是那个长得高鼻深目的驼商死活都不答应。众女子苦苦哀求,驼商为难地说:"如果……苏家三姑娘愿意让出一条锦帕,你们的绣品嘛……可以考虑全要。"这些女子个个家贫如洗,就靠她们织布绣花为生,有些年纪轻轻已经患有眼疾。她们一听这话,转而都来求苏蕙。苏蕙知道大家都是靠着手艺养家糊口,万般无奈之下,只好答应了驼商的要求。驼商信守承诺,当场就付了大量的五铢钱和玉石,并约定以后常来苏坊村收购绣品。众绣女们喜笑颜开,苏蕙也替众人高兴,她让禾苗把卖锦帕所得之物全部散于众人,回闺房读书去了。

禾苗是苏蕙在陈留时遇到的孤儿。那天母亲带苏蕙姐妹三个和儿子苏桐去庙里烧香还愿,苏蕙看见一个小女孩饿晕在了庄稼地里,就赶紧把她送到附近的农户家中,亲自端汤喂饭。小女孩醒来过来之后说苏蕙是仙女,不知是在庙里,还是在梦里见过。苏蕙也觉得小女孩面熟,问起她的父母和姓氏,小姑娘直摇头,苏蕙就随口给她起名叫禾苗。一个过路的疯老婆婆看她们两个人投缘，便让苏蕙把禾苗收留下来。母亲见禾苗身世可怜，却机灵懂事，就答应了下来。禾苗听了，欢喜地倒头便拜主母。村里的人听说了此事，都来看热闹。

临走时，疯老婆婆突然又叫住了苏蕙和禾苗问话。老人身上散发着难闻的味道，苏蕙却毫不嫌弃，恭恭敬敬地回答起来。疯老婆婆说要秘授她们一套织锦的口诀，苏蕙与禾苗大喜，赶紧行拜师礼，谁知老婆婆丢下一张黄纸后飘然不知所踪。苏蕙和禾苗将那纸上的口诀默默记诵，烂熟于心，黄纸也不翼而飞了。众人皆称奇。

禾苗比苏蕙小几岁，这些年在苏蕙的教导下，既会绣花织锦，也能识文断字，俨然成了苏蕙的得力帮手。众人把绣品布帛送来，她就收集起来一一登记在册，等驮商收购完后，她又把财物全部返还给众人，从无差错。这样一来，苏蕙主仆二人的好名声就传得更远了。

禾苗天天忙忙碌碌，早就盼望着上巳节这一天能去水边散散心，放放纸鸢，谁知三姑娘却不愿意出门。村里的姑娘们拿着各自的纸鸢，在路边玩闹了半天，左等右等不见苏蕙，便全部来到了苏蕙家门口。苏蕙是个好脾性的姑娘，怎么能拂了大家的兴致，就带着禾苗随大家一起出去玩。

苏蕙被大家如众星捧月一般簇拥在中间，说说笑笑地朝着漆水河边走去。出了村子，这群十四五岁的小姑娘就像云雀飞上了枝头，一会儿叽叽喳喳地谈天说地，一会儿忽东忽西地奔跑打闹，一会儿又搂肩搭背地窃窃私语……

姑娘们越来越近了，远处的芦苇丛中，一名胡人少年，手握一方锦帕，目不转睛地看着人群中的苏蕙。

苏蕙身材高挑，腰肢纤细，那天身着一身翠绿色的襦裙，亭亭玉立，娇美动人，在一群乡下女孩当中显得鹤立鸡群。那绿色就像刚出土的嫩葱，或者柳枝上才绽出的新芽，清新夺目，纤尘不染。

男子官服裤子常为红色，女子以青衣黛眉最美，故有"红男绿女"一说。苏蕙生性简朴，平素的衣裳只求整洁素净就可，今天这身绿襦裙，乃是大姐特意命人送来的新年礼物，做工精美，裁剪合体，越发衬得她娇俏可爱。其实，这是皇家御用之品。姐姐怕苏蕙不愿意穿，便没有明言。村里的姐妹们平常穿的都是破衣烂衫，今天过节穿的是最好的衣裳——补丁最少的那件。她们哪里见过这样精美的衣裙，个个眼馋地盯着苏蕙。苏蕙像往常一样，一点儿也不摆架子，她与大家一起在河边戏水玩耍，谈笑自若，浑然不觉远处正有人痴呆呆地盯着她看。

"姐妹们，我们去那边放纸鸢吧！"苏蕙一声招呼，姑娘们都围了过来，又笑闹着跑了起来。

躲在芦苇丛中的胡人少年正要出去和苏蕙搭讪，突然听见远处传来了一阵阵马蹄声……

四
花为媒

天下太平无事，最宜读书习武。

今天，秦①天王苻坚一母同胞的弟弟阳平公苻融照例早早起来，练功习武，诵读诗书。苻融妙有姿容，举止优雅，人称潘安在世，出门上街常有妇人争相观看，大有掷果盈车之盛况。晨诵时，苻融读到了《溱洧》，这优美的诗句一下子将他带回了《诗经》中那个浪漫情人节——上巳节，他仿佛听到了花瓣中间传出了爱的声音：维士与女，伊其将谑，赠之以芍药。他的心中出现了一幕情人相会的画面：哗哗流淌的河水边，是无数手拿芍药调笑的青年男女。一对男女也许爱慕已久，趁着今天这难得的日子，他们鼓起勇气，搭讪成功，终于捅破了这层窗户纸。

---

① 秦：指前秦（公元350～394年），是东晋十六国时期的政权之一，又叫苻秦。由氐族人苻洪建立，共历六主，享国四十四年。

阳平公苻融聪慧早成，身材修长，清俊洒脱，与他那相貌古怪的哥哥苻坚实有天壤之别。伯父景明帝苻健在位时期要封他为王，苻融再三辞让，符健奇异，说："姑且成全我儿隐居不仕的节操。"堂兄弟——苻健之子苻生亦喜其器度才貌，常让他陪伴左右，苻融不满二十岁就有了宰辅大臣的声望。近年来，他师从王猛学习治国理政之道，处事公正，作战勇敢，美名远扬，朝野瞩目，深受王兄苻坚器重。

苻融正在想入非非之时，随从献上来一枝含苞欲放的芍药。"今春天气寒凉，王府花园里的芍药不是还没有长出花苞吗？"苻融询问道。"老爷有所不知，今日是上巳节，花圃暖房昨夜一花独秀。这花开得正是时候，老爷终日为国操劳，今日说什么也得出去游玩一番。"苻融被随从说中了心思，佯装不悦，呵斥道："蠢材，人家古人手持的是芍药草，不是芍药花。"随从又巧舌如簧地勾引了半天，苻融这才勉强同意。

苻融身着便装，带几个心腹随从，纵马扬鞭，不时便到了渭水河畔。农历三月间，渭水河迎来了桃花汛，春水涣涣。上巳节来了，沿河而居的青年男女们按捺不住内心的冲动，一齐奔向河边。岸上草木青青，桃花朵朵，枝头新芽初绽，鸟鸣啾啾，阳光像金子一样铺洒下来，使人心情舒畅，忍不住想要歌唱舞蹈。河边已然热闹如市集了，青年男女往来如织，人人手拿兰草和芍药。爱情和喜悦在心里疯长，他们开朗大方地说着笑着，将春天的空气搅动得欢腾起来。"溱与洧，方涣涣兮。士与女，方秉兰兮。"这是法令允许的仲春之会。"于是时也，奔者不禁。"

人群里，有位女子看到了心仪的男子，爱意萌动，也不做任何遮掩，就径直朝着意中人走去。这个日子，谁都可以恣情任性。她上前问道："哎，去那边看看好么？"他有点惊喜，慌乱间竟傻傻地回答："已经去过了。"她一下就喜欢上了他那手足无措的样子，仰着一张无邪的脸，调皮地说："那就再陪我去看看呗！"言外之意是：这次你会有意想不到的收获哦！他松了口气，幸好她会撒娇，会缠人，才使他没有错过如此俏皮可爱的女子。他们一路笑闹，回到水边。

阳平公苻融揣摩这士与女的关系：他们可能认识，女子可能早就喜欢这男子，今儿个正好找个借口接近；也可能并不认识，只是一见钟情而已。这都没关系，苻融要看的就是民间情人节的欢娱。乡野女子不像他府里的那些女子，白天个个在人前装模作样，一脸正经；晚上到了床上搔首弄姿，嗲声嗲气；背过他一个个小肚鸡肠，争风吃醋，全然没有乡野女子的随和可亲。更为无奈的是，府里的女子个个不仅看上去大同小异，一开口说话也是千篇一律……

芍药是寄爱之物。苻融手持一枝含苞欲放的芍药，心儿早已飞到了那对男女的身上。可惜，那一对男女越走越远，渐渐消失在了树林深处。

苻融信马由缰地欣赏风景，随从请他下马在河边濯洗手脸，祈求平安吉祥。几位随从钻入密林小解，意外地看见看到一对野鸳鸯：女子举止轻浮，男子俗不可耐，猴急猴急地搂着女子就要求欢。女子毫无羞耻之心，假意推脱几下，便任那男子噙着嘴巴，胡乱揉搓。不一会儿，女子鬓散钗落，衣衫凌乱，俩人滚倒在野草丛中干起了苟且之事，不时传出浪声浪语……

侍从们被迷住了，他们个个意醉情迷，目不转睛地看着眼前的一切，口水流了老长。

苻融对此浑然不觉，他接过侍从递过来的手帕，擦洗完双手，举目远眺了一阵，觉得兴味索然，便转身跃马疾驰而去。随从们虽然贪恋那对男女，但是见主子走了，也慌忙打马跟上。

苻融一行纵马驰骋，不一会儿到了渭水与漆水河的交界处，这里水面开阔，草木茂盛。苻融猛抽了几马鞭，胯下的那匹千里马撒开四蹄飞奔起来。

路边的一片桃园，桃花正开得灿烂，苻融忍不住勒住了缰绳，赞叹道："桃之夭夭，灼灼其华。"

"老爷喜欢这桃花，小的为您采摘几枝。"侍从恭敬地问道。

"三姑娘，我们的小燕子挂在树梢了。"正在这时候，一个女子脆生生的声音飘了过来。苻融抬头一看，跑过来的是一位乡下人家的丫鬟，约莫十一二岁，虽然身量不足，穿戴打扮寒素，但粉面含春，颇为周正。

"禾苗，你跑慢点。"随着话音，一个身着一袭绿襦裙的姑娘从桃花丛中追了过来。她一手轻轻地提着裙摆，一手掸着刘海上的几瓣桃花，眼看就要撞到苻融的马上。

苻融赶紧大喊："姑娘，小心。"

姑娘吓得捂住了心口，赶紧停住了脚步。苻融立即下马向姑娘致歉。姑娘身材高挑，额头饱满，目光清澈如水，浑身上下透着一股子机灵劲儿，尤其是那一袭绿襦裙，与身后大片粉红的桃花相映成趣，苻融一下子就被吸引住了。他目光热辣地打量起眼前的绿衣姑娘来。姑娘娇喘微微，脸上升起一层红晕，赶忙低下头来。

"三姑娘，你没事吧！"不等得苻融开口，那位丫鬟已经冲到了前面，伸开双臂，踮起脚尖，护住了姑娘。苻融看见丫鬟比姑娘矮了半头，却柳眉倒立，杏眼圆睁，一副凶巴巴的样子，忍不住笑了起来。这笑声惹怒了丫鬟，她似乎生气了，大喊着："离我们远点！三姑娘，我们走。"说完拉着绿衣姑娘就跑了。

"姑娘，你们误会了。"苻融伸开手臂，拦着她们意欲解释。

"离我们远点！"丫鬟再次厉声喝道。

"老爷，老爷，桃花摘来了"随从的喊声从远处传来，苻融略一分神。姑娘和丫鬟一转身就跑进了桃林中。

苻融不好追赶，更不便发作，便叫人爬上树取下小燕子纸鸢，继续沿河缓辔而行。水流平缓之处，一群文人雅士正在效仿王羲之举行"曲水流觞"。

此风俗来源于永和九年三月初三上巳日，那天晋朝贵族、会稽内史王羲之偕亲朋好友谢安、孙绰等人在兰亭修禊饮酒，众人于兰亭清溪两旁席地而坐，将盛了酒的觞放于溪水中，任其徐徐而下，经过弯曲的溪流，觞在谁的面前打转或停下，谁就即兴赋诗饮酒。这一儒风雅俗经众口相传，很快风靡大江南北。

"曲水流觞"作为上巳节中派生出来的一种习俗，深受始平郡文人雅

士的喜爱。今日，他们举行完祓禊仪式后，坐于漆水河旁，置觞于水中，任其顺流而下，觞停留在谁的面前，辄取饮赋诗，彼此相乐。觞为木制，小巧轻盈，底部有花样托盘，方可浮于水中。觞也有陶制的，两边有耳，又称"羽觞"，因其比木杯重，玩时则放在荷叶或特制的托盘上，使其浮水而行，十分有趣。故有"羽觞随波泛"或"引流引觞，递成曲水"之说。

不知谁眼尖，首先认出了阳平公苻融，大家便趋前拜见。苻融随手将芍药扔入河中，与众人一起饮酒清谈。不一会儿，阳平公驾临始平郡的喜讯就传遍了漆水河两岸，在此游玩的达官贵人全都蜂拥而至。苏道质听说消息后，急忙赶过来，上前请罪道："不知阳平公大驾光临，请恕小臣来迟。"阳平公苻融心情极好，并不怪罪苏道质，反邀请他坐在自己身旁叙话。

苻融不忍扰了大家兴致，提议众人继续饮酒作诗。"若说作诗，我们始平郡才情最高者，非陈留县令苏大人家三姑娘莫属。"有人推荐了苏蕙，这一提议得到了众人的一致附和。

这都源于过年时，苏蕙淘气，女扮男装参加了始平郡的赛诗会，拔得了头筹，被众人评选为"诗状元"。领奖时却被几个浪荡公子故意拽掉了帽子发带，露出了女儿家面目，被人认出是苏家三姑娘。原来始平郡的读书人平日里爱一起吃酒作乐，互相吹捧，彼此都很熟悉，今日里突然冒出来个白脸书生，文思敏捷，出口成章，压得他们一个个抬不起头来，他们岂能咽得下这口气，定要弄清楚这状元的底细……谁知诗状元竟是女儿家。如此一闹，苏蕙更加声名远扬，天下人人皆知苏家三姑娘不仅心灵手巧，善织锦绣花，还才情过人，能吟诗作赋。

人怕出名猪怕壮。苏蕙出名之后惹了不少麻烦，让苏道质十分苦恼。今天听到同僚们要女儿来赛诗，他情知不妙，急忙推辞，众人却再三请求，毫不退让。"苏县令，不要拂了阳平公的美意。"有人提醒道。苏道质见有苻融在场，知道推脱不过，只好派人去河边请三姑娘。

见那个骑马的达官贵人走远了，姑娘们都跑了出来，又在河边开开心心地玩了起来。突然，河中漂来一枝芍药花，大家都停止了玩耍，看芍药花会漂浮到谁面前。说来也奇，那芍药花本来漂在河水中间，不知道为何突然拐了弯，随着水波朝着苏蕙荡漾而来。大家都喊叫着让苏蕙捡起来。苏蕙一动不动，禾苗急了，一把抓起芍药花塞进苏蕙手里。

正在这时，苏道质派人来请苏蕙参加赛诗会。苏蕙婉拒了一番，来人一再说明是长安城里的贵客要一睹才女的风姿，老爷这才勉强答应的。苏蕙知道爹爹为难，不好推辞，便带着禾苗跟随来人去了。

苏蕙手持芍药出现在酒宴之上，引起了不小的轰动。众人见这女子一身翠衣，手持一枝红色芍药，貌若天仙，鲜艳明媚，光彩动人，无不暗暗称奇。阳平公苻融见惯了世间美色，却从来没有见过像一杆翠竹般摇曳生姿的姑娘，恍惚间真以为苏蕙乃是仙子下凡。苏蕙虽然生在乡下，却举止大方，应对自如，全然没有乡野村姑的扭捏之态。苏道质向众人引见了女儿，苏蕙面含微笑，欠下身子，道个万福，甜甜地说："苏蕙拜见各位大人！"

阳平公苻融只顾着上下左右地打量苏蕙，忘了回话。随从在旁边悄声提示，苻融忙说："听闻苏家三姑娘才貌双全，宛若天女下凡，今日一见，果然名不虚传。请上前坐于你父身旁。"

"还不快向阳平公称谢。"苏道质提醒道。苏蕙这才明白这位头戴漆纱笼冠，身着银白宽袖长衫，丰神俊朗，气度不凡的青年显贵是阳平公苻融。她想起刚才在河边冲撞他的情景，不由得羞红了脸，赶紧上前一步称谢。苻融早已认出了苏蕙就是河边放纸鸢的绿衣女子，心中大喜过望。他借此机会终于看清楚苏蕙是个发髻高挽，略施脂粉，头戴玉钗，楚楚动人，惹人喜欢的姑娘。再看她上穿交领浅绿襦裙，上襦及腰，白色报腰上束有绿色丝带，越发显得腰肢纤细，仿佛手可盈握。下裙为平纹织锦，饰有荷花图案，行动起来，如风过荷舞，别有韵味。

"盈盈红粉妆，纤纤出素手；楚楚水中仙，翩翩何所似？"苻融忍不住吟诗称颂。众人也在一旁交口称赞。

苏蕙娇羞万分，谢恩之后，坐于父亲身旁，感觉众人的目光都集中在自己身上，不由得紧张起来，连头也不敢抬起来。

"不知三姑娘都读过哪些书籍？"阳平公苻融问道。苏蕙抬眼一看，苻融目光热切，不免羞涩，又急忙低下了头。

"小女不才，见识浅陋，只读过《母训》《女训》之类的闺阁书册。"父亲替苏蕙答道。

"县令大人过谦了，三姑娘才华横溢，世人皆知。我出一谜语不知三姑娘可能猜出否？"阳平公苻融盯着苏蕙问道。苏蕙只好点了点头，准备迎战。

"客来东方，歌讴且行。不从门入，逾我垣墙。游戏中庭，上入殿堂。击之拍拍，死者攘攘。格斗而死，主人被创。"阳平公苻融看着苏蕙，一字一句，缓缓道来。

"长喙细身，昼匿夜行。嗜肉恶烟，常所拍门。"苏蕙知道阳平公苻融的眼睛一直就没有离开过自己，索性大大方方地以东方朔的诗答出了谜底。

座中学识渊博者听了，不觉点头颔首以示嘉许。才疏学浅者不明就里，一脸茫然，似乎还在期待着苏蕙回答。一经旁人的小声提醒，那几个呆头呆脑的读书人才回过味来，喃喃自语：蚊子。妙也！今日我等为此雅集燃艾驱蚊，阳平公触景生情，这谜面出得妙，苏蕙小姐以诗作答，更是出人意料。二位学问渊博，真是珠联璧合，天下无双呀！

"三姑娘博览群书，果然是天资过人。我出一句：翠衣红芍药眼见犹怜，请姑娘对下句。"阳平公苻融说完，期待地看着苏蕙。

"乌发白玉簪手到擒来。"苏蕙不暇思索道。

"三姑娘才思敏捷，令人称奇。今日乃上巳节，请三姑娘和各位以芍药为题作诗一首，响鼓三声为限。"阳平公苻融的话音一落，大家的目光齐刷刷指向了苏蕙面前的芍药。

仆从们点燃了香，准备好了笔墨纸砚。阳平公苻融宣布："赛诗会开始，请诸位作诗。"

"咚"。

"咚咕隆咚"。

"咚咕隆咚呛"。

鼓声刚落，苏蕙便提笔挥毫写道："杜水沐春光，君恩雨露滋。凤蝶翩跹舞，花意两相知。"其他宾客见状，自愧不如，只好胡乱凑合了几句交差。

有人借机进言说："昔日王羲之曲水流觞，嬉戏作诗，有十一人各成诗两篇，十五人各成诗一篇，十六人作不出诗，各罚酒三觚。王羲之将大家的诗集起来，用蚕茧纸，鼠须笔挥毫作序，乘兴而书，写下了举世闻名的《兰亭集序》，被后人誉为'天下第一行书，'王羲之也因之被人尊为'书圣。'而《兰亭集序》也被称为'禊帖'。今日盛会，得诗六十余首，不如仿效先贤，结集成册，请阳平公题跋存念。"

"若能如此，真是千古流芳之举呀！"众人称赞道。苻融点头应允。

这次赛诗会，苏蕙又艳惊四座，技压群儒。那些自诩有子建之才者，见苏蕙文思敏捷，出口成章，个个瞠目结舌，自叹弗如。不比不知道，苏道质也没有料到女儿才情如此之高，在阳平公面前给苏家争得了荣光，他乐得合不拢嘴。阳平公苻融对苏蕙大加赞赏，当场就封她为赛诗会的女状元。苏道质只怕人多眼杂，生出什么差错，赛诗会一结束，就叫人护送三女儿回府安歇。

晚上，苏道质又委婉地说起了姚家父子托人求婚一事，苏蕙想也不想就一口回绝了。苏道质和夫人劝说了半天，苏蕙仍不松口。苏道质无可奈何，只好连夜回了陈留任所。

没想到，过了几日，苏道质竟然接了一道圣旨。

原来苏蕙那日在赛诗会上崭露头角，引起了阳平公苻融的注意。苻融回宫后在王兄苻坚面前不停地夸奖苏蕙，苻坚听说国内出现了一个大才女，赞其父母教导有方，又听说苏道质治理陈留政绩突出，便下旨擢升其为秦州刺史。

苻融似乎并不满意这些，他依然津津有味地向王兄诉说着第一次看见苏蕙的情景。苻坚不傻，便说："难得有女子能入贤弟的法眼，为兄将这女子许配与你，如何？"

"王兄一言为定，不可反悔。"苻融喜出望外道。

"这有何难。"苻坚丢给黄公公一个眼色，黄公公心领神会地退了出去。

事情来得太突然，苏道质有些慌乱，赶忙将黄公公迎进大厅。谁知，传完圣旨，黄公公又拐弯抹角地暗示道："阳平公自从那天见识了苏蕙的才华，对苏蕙姑娘十分爱慕，不知三姑娘意下如何？"苏道质这才明白了黄公公的来意，不由得惊出一身冷汗，便说："乡野女子，粗通文墨，承蒙阳平公错爱，小臣感激不尽。只是公公有所不知，我那三女儿从小骄纵，凡事都要自作主张，让黄公公见笑了。"

"无妨。这里有上巳节赛诗的诗集一册，稀世明珠一颗，燕子纸鸢一个，外加阳平公亲笔所修一封书信，请三姑娘斟酌。"黄公公笑呵呵地说道。

"下官谢过公公。"苏道质弯着腰，恭恭敬敬地接过礼物。

"苏刺史，将来飞黄腾达了，可别忘了请在下喝喜酒！"黄公公得意洋洋地说完，不待苏道质回话，就背着手，迈着八字步走了。身后的一大群随从眨眼间消失得一干二净。

苻融何许人物！那可是当朝圣上苻坚的嫡亲兄弟，这亲结不结？

苻坚贵为天王，苻融乃朝中重臣，他们一旦开口求婚，岂有不答应之理？

可是，姚兴与苻融都是外族，三姑娘不答应了怎么办？

这孩子心性太强，誓死不嫁异族之人，说来话长。

一切都得等回家问过三姑娘了，再做定夺。

五
东海王

苻坚登上王位，一统天下，颇为传奇。

话说西晋末年，朝廷昏庸，天下大乱，北方各少数民族的上层分子乘机起兵作乱，互相争战吞并，先后建立了各自的国家。拥有关陇之地的氐人贵族苻洪在公元350年称秦王，后传位于子苻健。354年，晋桓温北伐，击败苻健，驻军灞上。桓温退走次年，公元355年（永和十一年），苻健驾崩，子苻生继位。苻生只有一只眼睛，残忍凶暴，视杀人为儿戏。即位不久，上至后妃公卿，下至仆隶侍卫，已被杀死五百余人。"群臣得保一日，如度十年"。苻生昏庸残暴胜过石虎，赵的覆辙就在眼前，举国上下人心惶惶，不可终日。苻坚和国内有识之士更是忧心如焚，一直谋划着除掉苻生，早立明君。但因害怕背上弑君谋反之名，迟迟不肯起兵。

苻坚是苻健之侄，苻生的堂兄弟，人称东海王，小苻生三岁，字永固，一名文玉。与其弟苻融相比较，他生得身材高大，状若铁塔，小眼阔嘴，长相实在不敢恭维，但天生有一股男儿气概，使人不敢小觑。

苻生大肆杀戮，朝中大臣个个感到危在旦夕。御史中丞梁平老暗中建议苻坚要设法自保。

苻坚表面上不动声色，背地里跃跃欲试。他与兄长苻法秘密商议，但苻法畏惧苻生，不敢轻易发动政变。

一天，太史令向苻生进言道："太白犯东井，必有暴兵起于京师。"苻坚听了这话，害怕苻生怀疑自己，吓得在朝堂之上几乎站立不稳。没想到苻生狂笑着说："太白入井，想是渴了要饮口水，这与人事有何关系?"说着笑得跌倒了。

退朝之后,苻坚心里十分惧怕,夜里不敢脱衣入眠。当夜,苻生梦见大鱼食蒲,以为不祥,又听到长安有孩童唱歌谣:"东海有鱼化为龙,男便为王女为公,问在何所洛门东。"心中甚为不乐。

苻坚是龙骧将军、东海王,府邸正在洛门东,这歌谣明显指的就是东海王苻坚。苻坚寝食难安,他觉得自己已被人陷害,就要卷入一场宫廷斗争之中,故而第二天称病没有上朝。

幸好苻生当时没有想到是苻坚,反而怀疑是广宁公鱼遵,便当即下令将他处死,为了斩草除根,又将其七子十孙全部杀掉。过了一夜,长安城中又传唱起另一种歌谣:"百里望空城,郁郁何青青?瞎儿不知法,仰不见天星。"苻生听到后,十分生气,命人将境内的空城全部毁去。

金紫光禄大夫牛夷见苻生太过暴虐,为避祸乞请外调。苻生狞笑着说:"眼下正是用人之际,卿忠肃笃敬,宜跟随朕左右,岂有外镇之理?"随即任命他为中军将军,并调侃他力气过人,能负重百石,准备将鱼遵爵位赏赐于他。牛夷听后惴惴不安,生怕做鱼遵第二,当天便服毒自杀。

夜里,苻生突然醒悟到东海王是苻坚,便对宫女说:"苻法、苻坚兄弟亦不可靠,朕明天一早就除掉他们。"

这宫女近日才调到苻生身边,名唤鄢紫。其姐鄢红前几日刚刚被杀,原因是苻生出游阿房宫,路上看见有男女二人同行,容貌秀美,便让左右拦住二人,当面质问二人可是佳偶,可否成婚?二人答是兄妹,不宜成婚。苻生淫笑着命令这对兄妹即刻成亲,就地交欢。二人素闻苻生荒淫无道,吓得战战兢兢,磕头求饶。苻生依然强行要求,二人宁死不从。苻生恼羞成怒,拔出佩剑将兄妹二人砍死。嫣红不忍视之,以手掩面,被苻生瞧见,也一并刺死。

鄢紫好不容易熬过了白天,连吓带累已经支持不住。谁知夜里,苻生还要在太极殿大宴群臣,下令众人敞怀痛饮,极醉方休。尚书辛牢曾因监酒不力,被一箭射穿脖子。群臣听令,个个强颜欢笑,不敢不满觥强饮,最后全部醉卧地上,人人失冠散发,丑态百出。鄢紫在一旁侍候,生怕苻生发怒，吓得两股战战，差点摔碎了茶杯。苻生不仅不怪罪众人有失体统，反而以此为乐，又连饮几大杯，自觉支持不住，才扶着鄢紫返身入寝宫而去。

苻生醉醺醺地卧倒在床，嘴里不停地嘀咕着苻坚和苻法的名字。

这几天，鄢紫目睹了数起惨剧，早已魂飞魄散，现在又闻此言，更是心惊胆战，暗想明天朝堂之上又要上演手足相残的血腥一幕了。她反复掂量，难以决断。

苻生禽兽不如，什么伤天害理的事情都能做得出来。听嫣红姐姐说苻生与爱妃登楼赏景，妃子指着楼下一男子问此乃何人。苻生见是美男子尚书仆射贾玄石，以为妃子嫌弃自己独眼，醋意大发，解下佩剑交于卫士，令取回贾玄石首级。妃子闻言，吓得瘫软在地。卫士携剑下楼，转眼间就提着贾玄石首级复命。爱妃又惊又悔，生怕苻生迁怒于己，匍匐在地上不停磕头请罪。幸好这位妃子姿色美艳，正被苻生宠爱，才保住了一条小命。

一日，苻生上朝时下旨派人修治渭桥，金紫光禄大夫程肱为了不误农时，劝谏了几句，苻生勃然大怒，命人将其斩首示众。不久大风拔起树木，行人被刮倒在路。宫中讹传有贼，人人自相惊扰，宫门白天也紧紧关闭。

还有一次，有大臣来报潼关以西，长安以东，有虎狼跑出荒野吃人。百姓深以为苦，不敢下田耕作，纷纷躲入城邑。百官奏请苻生勤政禳灾，苻生狞笑着说："上天惩罚百姓，皆因他们罪孽深重，此乃上天特降虎狼替朕助威，你们何必多管闲事！"群臣吓得哑口无言。

光禄大夫强平乃苻生亲舅，实在看不过去，入殿劝谏苻生应爱民事神。强平话未说完，苻生便命左右用凿子凿穿强平头顶。强太后听说兄弟惨死，昏倒过去。

苻生身边宫女太监走马灯似的轮换，苻生稍不顺心就拿他们出气，可怜这些宫女太监们几乎都不能善终。嫣红姐姐在苻生身边侍候没有多久，便面黄肌瘦，夜里常做噩梦。鄢紫隐隐约约从姐姐那里得知，宫女们不光要随时侍寝,还要按照苻生的命令,脱光衣裳与太监们在大殿上调笑,如有拂逆,格杀勿论。

如此看来,苻生身边的仆役早晚都难逃一死。横竖都是死,倒不如救东海王苻坚一命。苻坚素有贤名,如能除掉魔王,不光是救了自己和宫里的姐妹,也是救了普天下的老百姓。想到这里,宫女鄢紫痛下决心要救苻坚和苻法。

鄢紫的父亲虽是小商贩,却粗通文墨,见两个女儿生得仪容不俗,视若掌上明珠,特意为她们姐妹取名鄢红鄢紫,做梦都盼望着她们有朝一日改换门庭,大红大紫。可怜父亲去世早,要不然姐妹俩也不至于入宫为奴。鄢紫趁着苻生昏睡过去,偷偷溜出寝宫。恰好值更的皇宫侍卫是与鄢紫一起长大的大春,鄢紫央他将自己悄悄送出了皇宫。

无巧不成书。这时,苻法在梦里也看到一个天神对他说:"明天,你将大祸临头了。"苻法吓得醒了过来,赶忙派人出去打探消息,恰好遇到宫女鄢紫来报信。苻法听了密报,犹如五雷轰顶,他来不及穿鞋,当即找到苻坚,兄弟二人连夜带了三百多名壮士,悄悄混入宫中。他们小心翼翼,准备遭遇一场恶战,哪知大殿侍卫大春等人早就恨透了苻生,看到苻坚他们不仅不抵抗,还统统扔掉武器,主动带路。苻坚的队伍一下子壮大了许多,沿途的侍卫见状全部倒戈,跟到苻坚后面,叫喊着要去杀掉苻生。

苻生喝得酩酊大醉,躺在龙榻中,朦胧之中看到四周围满了士兵,依然像往常一样大声质问道:"什么人在此吵闹?怎么不拜见朕?"

有人忍不住笑出声来,苻坚命令士兵把苻生从床上拖下来,拉出去关到大牢里,废为越王。

"天助我也!苍天有眼,佑我大秦,请受我一拜。"事成之后,苻坚仰天长啸,恭恭敬敬地在殿外跪拜,以额触地,咚咚作响。众将士一同跪倒,齐声山呼:"苍天有眼,东海王当立。"

一场宫廷政变,没有流血牺牲,没有负隅反抗,没有任何阻挡抵抗就结束了。苻坚的心情却久久不能平静。苻生罪行累累,罄竹难书。多少人为了除掉苻生，反招致杀身之祸。自己也是密谋多次，始终不敢动手。没想到因为宫女鄢紫的通风报信，居然轻易地成功了。得民心者得天下。苻生落得如此下场，完全是咎由自取。

苻生醒来以后，发现自己成了阶下囚，也不叫屈，只要喝酒吃肉。苻坚命人送去酒菜，苻生一言不发，只管躺着喝酒。杀人如麻的恶魔不过是个醉生梦死的废物。侍卫们都暗中发笑。苻坚派人逼他自杀。苻生自知天怒人怨，绝无生路，也不惧怕，只求上路前吃一顿好酒好饭。临刑前，他喝得酩酊大醉，被使者勒死，结束了他恶贯满盈，仅仅二十三岁的生命。

国不可一日无君。除掉苻生，就要考虑拥立新君的大事。苻法年长，办事稳重老练，但是庶出，不如苻坚身份尊贵。苻坚虽然年轻，却是苻家嫡子，世袭家族爵位，威名远扬，是万人敬仰的东海王。两人推来让去，都不愿登基。这时，苻坚母亲苟氏当仁不让地站出来主持大局了。苟氏是苻家的正室，性格刚强，说话向来极有分量，但这一次，她像个弱女子一样一边流泪，一边诉说："治理社稷责任重大，坚儿年轻，历练尚少。可怜国家不幸，主上失德，群龙无首，诸位非要推他登上大位，他也只能勉为其难了。只是以后国家若出了问题，你们也不能全怪坚儿，也要多多担待呀！"

这一席话说得及其婉转，大臣们一听也全明白了，立即跪下磕头，拥立苻坚为帝。

苻坚也不好再推辞，勉为其难地即了皇位。为了表示自己的谦卑，他没有直接称帝，而是降一级，自称"大秦天王"，尊母亲苟氏为太后，让哥哥苻法都督中外诸军事、丞相、录尚书事等，并且把自己东海王的爵位也让于哥哥，使他成为王室举足轻重的二号人物。

苻坚即位之后，奖罚分明，首先要奖赏拥立有功之人。宫女鄢紫胸怀天下，冒死报信，一时被众人称赞为女中豪杰。大春拥立新王，识时务者为俊杰，也被列为灭贼功臣，加官晋爵。鄢紫见天下太平，便央求大春带她远走高飞，大春苦笑道："普天之下，莫非王土。我们逃到那里去？妹妹拥立有功，自然是要做天王的妃子。"鄂紫听了，无可奈何地叹了口气，默默地走了。后来，在苟太后的主持下，苻坚迎娶了鄂紫，并册封她为德妃。

苻坚即位之后，与任东海王时一样勤勉努力，积极进取。他四处寻访贤士，起用王猛等人，实行了一系列强国富民的政策，尤其是制止了氐人等对汉人的残酷迫害，遣散了很多汉人奴婢，深得中原百姓爱戴。老百姓们甚至把苻坚美化成天神，民间流传着各种关于他的故事。

据说苻坚的出生是个谜。他母亲苟太后婚后多年不育，一次上巳节时去漳水边祭拜郊媒，当晚梦见一个神人从天而降，与她缠绵半宿，不久便有了身孕，十二个月后生下苻坚。

苻坚出生后，父亲苻雄见其背上有模模糊糊的字迹，仔细辨认，原来是"草付臣又土王咸阳"。"草付"是"苻"字；"臣又土"是繁体的"坚"字。苻雄大喜过望，认定这是上天注定的好事情，于是为儿子取名"苻坚"，希望他有朝一日在咸阳称王称霸。

苻坚七八岁时，路遇术士徐统。徐统故意吓唬他说："你敢在天子巡行的街道上玩耍，司隶校尉会把你抓起来的。"

苻坚不慌不忙地回答："司隶校尉只抓有罪之人，不会抓小孩子。"

徐统赞叹地对旁人说："此儿糊弄不住，有霸王之相。"

苻坚长大后，徐统又夸他日后必定大富大贵。

苻坚听后，并未喜形于色，反而沉着地说："若真有那一天，我不会忘记您的恩德。"

爷爷苻洪也非常喜爱他，常常把他带在身边亲自教导。一天，苻坚郑重地对爷爷说："我想读书写字，您能不能请个先生教教我？"

苻洪惊讶地说："我们氐人大都不读书，只爱喝酒吃肉，骑马打仗，你是第一个提出要学习的啊！"

第二天，苻洪就请了一个汉人学者教他读书。从此，苻坚习武之余便潜心研读汉人的经史典籍。苻坚的父亲苻雄去世后，苻健让他承袭了爵位，授他为龙骧将军，并语重心长地说："此称号意义非凡，你爷爷曾被石虎授予此官职，希望你也能像爷爷一样建功立业，光宗耀祖。"苻坚领命之后，励精图治，将属地治理得路不拾遗，夜不闭户，一片清明。

苻坚勤政爱民，广纳贤才，对苻法等兄弟和大臣奖惩分明，体恤有加，对母后苟氏更是异常孝敬，每天早中晚三次问安。这天，苻坚照例问候母后的饮食起居，母后却屏退左右，偷偷地对他说了一件大事，苻坚惊骇得半天说不出一句话来。

原来有一天，苟太后微服出游，看到苻法王府门前停着大量车马，来者皆是当朝手握重权的大臣，心中大惊。苟太后表面不露声色，心中却暗想：苻法年纪长，人缘好，朝中大臣都喜欢和他来往，即使他自己没有野心，谁能保证他的手下不会鼓动他谋反呢？她当即找到了一个人秘密商议，那就是尚书左仆射李威。

李威是苻坚父亲苻雄的结拜兄弟，苻坚非常尊重他，当作亲生父亲一样看待。苟太后年纪轻轻就守寡，李威常到府上来探望，天长日久，两个人便有了一段私情。氐人本不在乎男女之大防，苻坚知道此事，却像什么也没有发生一样，依然对李威恩宠有加。

对于母后所言，苻坚半信半疑。苟太后见儿子不信，便拿出了与苻法来往密切的大臣名单和他们私下里调兵遣将的记录。苻坚一看，名单几乎牵连了朝中大半官员，心中顿时凉了半截。苟太后安慰儿子说："天下初定，人心不稳，此时不宜大开杀戒。处理此事，为娘自有办法。你权当不知，亦不用出面，我会派李威秘密办理此事。"苻坚无奈，只好点头默许。

李威是老臣，当然知道事关重大。他殚精竭虑，抽丝剥茧地先把苻法身边的人逐个控制住，然后借机找罪名判苻法死罪，打入天牢，即刻问斩。行刑时，苻坚来和苻法诀别。苻法有口难辩，只求速死。苻坚抱着苻法哭得死去活来，非常感人。

没有引起丝毫动荡，李威就不动声色地为朝廷除掉了一大祸患，他知道自己得罪了许多朝中要员，便称病在家休养。

杀鸡骇猴。处置苻法后，苻坚与诸位兄弟的关系一下子变得微妙起来，就连与他一母所生的兄弟苻融也不如从前亲密。后来又祸起萧墙，发生了"五公之乱"，苻坚又不得已处置了一母同胞的弟弟苻双和苻生的四个亲兄弟，眼下，他最亲近的兄弟就只有苻融一人了。

弟弟苻融难得在自己面前坦露心事，今天却把一个民间女子夸成了一朵花，自己何不落个顺水人情呢？所以，苻坚想也没想就要当这个大媒人。

苻融去后不久，丞相王猛求见。苻坚便把此事当作笑话讲给王猛，说是从今以后自己和王猛也是亲戚了。他原本以为王猛会赞成此事，却没有想到王猛请他立即收回成命。

汉人的心呀深似海，苻坚一时猜不透。

六
鱼水情

苻坚一直倾慕汉人博大精深的文化，少时即拜汉人学者为师，潜心研读经史子集，很快就成了氐族贵胄中无人能及的佼佼者。他博学强记，文武双全，从小就立下了统一天下，经世济民的远大志向。他懂得"明政无大小，以得人为本"的道理，登基之后，励精图治，广招贤才，网罗英豪，以图大举。当年，他向尚书吕婆楼请教除去苻生之计时，吕婆楼说："我不足以成大事，但认识一个人叫王猛，其谋略世间少见，殿下应请他出山，并请教治世之道。"

王猛乃汉人中的贤者，隐居华山，当年恒温等人都曾邀请他出山，但他不为所动，多次辞官不仕。如今得遇贤明君主苻坚，王猛拜别师父，随使者下山而去。

苻坚与王猛一见如故，谈论国家大事十分投机，常常通宵达旦，不知疲倦。人生难得一知己，苻坚认为自己遇到王猛就如同刘备遇到了诸葛亮。

苻坚即位之后，深知百姓历经战乱，苦不堪言，人心思定。他心忧天下，明白想要国家强盛，必须让黎民百姓的生活稳定富足。一次，苻坚到中书省巡视，见官备荒废，就地罢免了左丞相程卓，让王猛代替。

汉人当如此大官，这可是破天荒的事儿。要知道朝廷中的王公大臣都是氐人贵族，他们个个仗着立有军功，异常傲慢，根本不把汉人放在眼里。他们眼中汉人软弱如羊，蠢笨如猪，可以任意杀戮，随便摆布。王猛这个低贱汉民，突然间与他们平起平坐，同朝为官，而且还要管辖他们，可想而知那些氐人心里有多气愤了。但是，王猛有天王撑腰，氐人贵族们也不敢拿他怎样。王猛为了报答苻坚的知遇之恩，决心排除万难，整治一下这帮为非作歹、祸害百姓、阴谋作乱的氐人。这既是治理国家，也是长普天下汉人志气的大事儿。

王猛最初任始平县令，苏蕙姐妹经常听父亲和村里老人讲起王猛的传奇，心中充满了对英雄的敬仰之情。父亲讲的故事，大都是王猛诛杀胡人奸贼，让汉人扬眉吐气之事，苏蕙最爱听的还王猛新官上任连烧三把火的故事。

话说王猛能力出众，深得苻坚赏识，三十六岁那年，一年之内连升了五次官，一下子做到了宰相（尚书左仆射）、辅国将军、司隶校尉，真正是权倾朝野，万人瞩目。是可忍孰不可忍！那些皇亲国戚和元老旧臣个个急红了眼，背地里恨不得吃掉王猛。他们觉得天王瞎了眼，居然让一个小小的贩卖畚箕的汉人游民，辖制起了高贵的氐人。

一次群臣议事，姑臧侯樊世，依仗着自己曾经追随先帝苻健打过天下，立有汗马功劳，当众责骂王猛是来白吃的，王猛毫不示弱地回敬了几句，樊世暴跳如雷，大声咆哮，不停地辱骂王猛。

苻坚得知，认为必须杀此老贼，群臣方能整肃。有了天王支持，王猛决定拿樊世开刀。不久，樊世进宫面圣，因为驸马之事与王猛发生争吵。樊世理屈词穷，当场撒野——紧握拳头冲过来要打王猛，幸被左右死死拦住。王猛君子雅量，只是怒目而视，并未出手。樊世恼羞成怒，不顾天王在场，于朝堂之上大骂王猛，言语污秽，不堪入耳。苻坚见朝堂被闹得乌烟瘴气，拍案而起，大怒："岂有此理。樊世老贼目无尊长，大闹朝堂，有失体统，拖出去问斩！"樊世当即被拉到西马厩，一刀砍了脑袋。

樊世之死惊呆了百官，也让氐人看到了王猛在天王眼中的分量。自此大臣们畏惧王猛，轻易不敢造次。

杂草不除，良苗不秀；乱暴不禁，善政不行。王猛明白擒贼先擒王的道理，所以一上任就下大力气整顿吏治。他任京兆尹时，国舅强德酒后奸杀了一汉族女子，还打死了其父母。老百姓咽不下这口恶气，拦住王猛的轿子喊冤。王猛早就听说强德多次酗酒行凶，欺男霸女，便铁了心要在太岁头上动土。接了状子之后，他立即派邓羌把强德抓来。强德虽然恶贯满盈，死有余辜，但毕竟是国舅，是苻生母亲强太后的亲兄弟，要杀他立威绝非易事。鲁莽行事，极有可能引来杀身之祸。

王猛左思右想，终于想出了一个万全之策——案卷送上去之后，不待天王批复，立即斩杀强德。

强德一死，百姓拍手称快，奔走相告。苻坚得知强德被杀，大吃一惊，心想王猛莫非吃了熊心豹子胆，竟敢先斩后奏。正在此节骨眼上，李威拜见苻坚。苻坚向来敬重李威，就请教如何处置王猛斩杀强德一事。李威乃朝中元老，一贯忠心耿耿，对苻坚更是视如己出，深知此事处罚不当，依法治理长安就成了空话，但要是对王猛所作所为没有一点惩戒，强太后那边无法交代。李威知苻坚是个孝子，便建议他听听母后的意见。

苟太后早已听说此事，当即派人去请强太后。苻坚杀了苻生取而代之，妯娌俩积怨颇深。但强太后有自知之明，知道此事无法挽回，只好大度地说："愚弟罪有应得，若赦免了他，何以振朝纲？坚儿是一国之主，岂能有妇人之仁？王猛冒了丢官杀头风险除了强德，维护京城法纪，是难得的忠臣。他先斩后奏，必是怕天王心慈手软，赦免愚弟。"

听闻此话，苟太后仍生气地说："王猛纵然出于好意，但未经天王同意就杀人，终究不妥。免去其中书令和侍中之职，只让他做京兆尹，整肃京城法纪。"

　　苟太后一锤定音，顺利解决了这件棘手的事情。那些等着太后给他们撑腰的氐人贵族们从此安分守己了许多。说到底，还是儿子最亲，还是江山社稷为重呀！

　　王猛明白天王心意，又快刀斩乱麻地燃起了第三把火——与邓羌通力合作，彻查害民乱政的公卿大夫。他们一鼓作气，惩恶扬善，纠正冤案，几十天时间就铲除了二十多名皇亲国戚。此举再次震动朝野，奸猾狡诈之辈顿时收敛许多，汉人扬眉吐气，不再受人欺压。

　　在王猛大刀阔斧的整治下，短短一个多月，整个国家就呈现出"百僚震肃，路不拾遗，令行禁止"的喜人气象。

　　苻坚见首都大治，风及全国，感叹道："吾今日才知法治之重要啊！"

七
落花意

　　姚苌那边尚无法回绝，苻融这厢又来求婚，苏蕙的终身大事令苏道质左右为难。他安排妥当衙门事务，告假赶回家中。一进门，看见三女儿正在给绣女们传授织锦技法，心中高兴，忍不住说："天下太平，有我蕙儿一半功劳。"

　　"老爷，您这么快又回来了。您看，三姑娘好不容易琢磨出了一种新花边，正在教大伙儿新的织法呢。"禾苗兴冲冲地回答道。

　　原来由于胡服舒适大气，小巧贴身，便于行动，人们制作汉服时就吸收了胡服圆领、开叉、褊窄、镶边以及紧身的特点。胡服镶有美丽的花边，因此，不管胡人还是汉人女子，衣服领口、袖口、衣摆、裤边都讲究镶边，大户人家一般是七镶七滚，简单的也要三镶三滚。这些镶滚材料比较华丽，常用的有提花晕锦，花鸟钭纬锦，散花绫等。尤其是散花绫，两个配合熟练的织女两个月才能织就一匹，费时费力，故而价钱极为昂贵。

见此情况，苏蕙时常琢磨：现时盛行镶边，而市井女子所织花纹无非是沿袭前朝做法，图案也是老套的仙鹤庆寿，穿花飞蝶，闹妆玉女等，这些图案织起来烦琐又费时，何不设计一种既简便又美观的织法呢？经过日思夜想，反复描画，苏蕙终于想出了用五彩丝线从一处起头、中不间断、循环盘绕的五彩回纹织锦法。此回纹锦，纹饰绚丽，摇曳灵动，正看侧看，日中日影，色彩不同，深受众人喜爱，而且一人就可织成。街坊邻居，十里八乡的织工绣女都来学艺，丝路上的驮商闻讯而来，专门收购这种图案新颖的五彩回纹织锦。

一时间，始平郡户户织锦，织必回纹，但一般织户掌握不了苏蕙的织锦术，便纷纷上门求教。苏蕙和禾苗来者不拒，不厌其烦，手把手地教大家。有些人刚一学会又和原来织锦的口诀弄混了，苏蕙和禾苗只好耐心细致地再教几遍。即便这样，有些人还是记不住。为了便于大家记忆，苏蕙又把织锦技法编成歌诀教给大家：

针起八至二十整呀　　廿一廿二回于六
由五左下三十七呀　　三十六回头二十二
三十一上至十一针　　十二右下至十六头
十七向左至二十五　　二十六上挑于二
……

苏蕙带领着众绣女边织锦边唱歌诀，丝毫未察觉父亲到来。禾苗提醒后，苏蕙忙给父亲请安问好，拉着父亲回到厅堂，撒娇说："父亲大人过奖了。父亲为何刚去陈留又突然返回家中呢？"苏道质笑而不答。弟弟苏桐跑过来，说："姐姐好能干，父亲拿什么奖励姐姐呢？不如给我和姐姐讲个王大人的故事吧！我昨天听村里的爷爷说王大人不管当咱们这里的县令，还是后来做京兆尹，处置起那些个作威作福、草菅人命的氐人高官时绝不手软。"

苏道质便开口讲道："王猛幼时家贫如洗，以贩卖畚箕为生。一次，王猛到洛阳卖畚箕，有人要出高价买断他所有货物，但身上没带钱，要王猛到他家里去拿钱。王猛见那人相貌堂堂，谈吐得体，就欣然应允。他们走呀走呀，一直走进深山老林，遇到一位须发皓然的老翁。王猛一见老翁，就立即恭恭敬敬地揖拜起来。老翁故意问：'你为何拜我？'王猛说：'当今天下大乱，百姓苦不堪言，请仙师赐我治国安邦、带兵打仗之术。'老翁呵呵一笑，赠予王猛一本兵书及十倍于市价的畚箕钱。王猛如获至宝，手不释卷，潜心研读兵书。"

"那老翁莫非是神仙？"苏桐好奇地问道。

"那老翁的来历，至今无人知晓，大概是个云游四方的高僧吧，就像张良当年遇到的黄石公一样。"苏道质摸着爱子的头笑道。

"这和三姐姐遇到疯婆婆的事儿一样。难怪人人都说三姐姐是织女星下凡。"苏桐欣喜地说道。

"桐儿该去练剑了。哪有这么夸自己姐姐的。"苏蕙笑道。

其实，这个故事苏蕙和弟弟苏桐已经听了无数遍，但她百听不厌。长姐嫁到王猛家，与夫君王皮恩爱异常，还能够亲耳聆听宰相教诲，真是前世修来的福气。苏蕙很想听姐姐讲讲王猛的新故事，可惜，两个姐姐出嫁后，都随夫驻守任所，少有归省，实在令人遗憾。

生逢乱世，如王猛这般甘守清贫、审时度势之青年才俊简直是凤毛麟角。苏蕙朦朦胧胧地觉得自己未来的夫君就该是这样一个英俊魁梧，深沉刚毅，胸怀大志，气度非凡之人，他与鸡毛蒜皮之琐碎绝缘，更不屑于同尘垢秕糠之流打交道，即便遭到纨绔子弟之白眼，依然却能安之若素，静候风云之变而后动。

讲完故事，苏道质见女儿眼中闪烁着光彩，便顺势说起天王贤弟、王猛爱徒——阳平公苻融。苏蕙静静地听着，苏道质误以为时机成熟，就支走苏桐，拿出苻融的四色礼：书信、明珠、纸鸢和诗集。苏蕙听闻苻融给自己写信，不由得羞红了脸。苏道质以为女儿难为情，悄悄退了出去，叮嘱丫鬟禾苗看好门户，不准任何人打扰。

"上巳佳节漆水暖，寄情芍药傲春寒。翠衣倩影映三月，始知才女苏蕙贤……"苏蕙看着，脸烧得滚烫。那枝飘来的芍药，原来是阳平公信物，自己不明就里，居然拿着芍药在大庭广众之下……燕子纸鸢正是那日自己所遗之物，破损之处已被精心裱糊过……

其实，苏蕙对阳平公并不陌生。虽然身为女子，很少抛头露面，但是父亲和私塾先生经常把阳平公与王猛相提并论，可见阳平公不仅出身名门，而且年轻有为，与老师王猛乃天王苻坚的左臂右膀……只是，阳平公早已完婚，府中妻妾成群，又不时寻花问柳，非专情之人。况氐人非我族类，与汉人有深仇大恨。想到此，苏蕙心头的小鹿不再乱跳了。她连那个镶满珠宝的盒子都没有打开，便做好了决定：天下好男儿千千万，何必要与残害汉人百姓的异族男子同居一室？何况众女子共侍一夫，终日里争风吃醋，到头来还是要忍受孤独寂寞。

苏蕙展纸研墨，很快便写好回信，交到父亲手中。

苏道质和妻子正等得心焦，一看女儿写好了回信，便迫不及待地打开读道："还君之明珠，谢君之尺素。赠君之慧剑，盼君斩情愫。"

苏道质一下子傻了眼，他做梦也未曾想到苏蕙会拒绝了阳平公。他和妻子轮番劝说女儿，但都无济于事。

前两个女儿出嫁，媒人提亲，女儿们都说："婚姻大事，媒妁之言，全凭父母做主。"如今苏蕙一句"女儿年龄还小，想在家中多侍候父母两年"让他们无话可说。苏道质有些后悔当年许诺让女儿自主择婿了。

"如今氐人当道，汉人被视若草芥。这些年来，幸有王人人护佑，我们汉人方才不被随意杀戮。阳平公早已成婚，蕙儿嫁过去，不过是个妾室，与奴婢无异。"苏蕙母亲为难地说道。

苏道质摊开双手，发愁地说："我也不想把三姑娘往火炕里推。可是天王作伐，谁敢拂逆？蕙儿性情刚烈，执意不嫁，叫人如何是好？"

夫妻俩合计了半天，只得再去求三姑娘。苏蕙依然是一百个不答应。苏道质实在无法，难为地说："蕙儿，你不答应这门亲事，可就等于是要了我和你娘的老命啊。"

母亲也哀求道："女大当嫁，苻融贵为王族，我们得罪不起呀！"

被父母逼急了，苏蕙终于说了实话——氐汉不同俗，使君已有妇。氐人杀我同胞，占我中原大地，与我汉人有不共戴天之仇，女儿怎能与乱臣贼子厮守终身。

蕙儿言之有理。氐汉之间的深仇大恨，实难消弭。可是氐人得罪不起呀！天王的胞弟更是得罪不起呀！

苏道质记得父亲曾经讲过，晋朝衰落，胡人趁机入侵中原胡作非为，他们为了抢夺汉人地盘，发动了无数血腥的战争。慕容鲜卑入侵中原，不仅抢劫了大量财宝，还掳掠了数万名汉人女子。慕容鲜卑回师途中，坏事做尽，一路上烧杀奸淫，粮食没了就吃这些汉人女子。可怜这些女子被称作"双脚羊"，随时供男人享乐，随意被宰杀烹食。走到河北易水时，几万人吃得还剩下八千，慕容鲜卑大军一时吃不了，又不想放掉，于是将八千名女子全部淹死，易水为之断流……

这不是传说中的食人魔鬼，这是真实的人间禽兽。

苏道质一想起这些往事，后背上就不由自主地冒凉气。

苏蕙每次听到这些故事，双眼都忍不住喷射出仇恨的火花。村里有个外地流浪来的孤老婆婆，她的女儿、媳妇被掳，郎君、儿子充军，老人无依无靠，靠人施舍度日，苏蕙常给老婆婆送去衣食。

苏道质懂得自己的女儿——苏蕙不仅心地善良、心灵手巧，其实还是位爱憎分明，"胸中有鸿雁"的奇女子。

苏道质不好再强迫女儿，但是拒婚的后果，会是什么呢？

他辗转难眠，干脆披衣而起，独自在院中坐了半宿。

"明天是四月初八，佛诞日，法门寺有庙会。"妻子提醒道。苏道质当即决定带儿女去法门寺求神拜佛。

人力无法决定的事情就交给神佛吧！

八
法门寺

"苏武留胡节不辱，雪地又冰天，苦忍十九年，渴饮血，饥吞毡，牧羊海边，心存汉社稷，蚀落犹未还，历经难中难，心如铁石坚……"今天，父亲要带着自己去阿育王寺进香，苏蕙开心极了。父亲、弟弟和随从在前面骑马缓行，苏蕙和母亲坐在马车里说着悄悄话。母亲累了，苏蕙就一边轻声唱着《苏武牧羊》，一边掀起轿帘欣赏窗外美景。

苏道质乃苏武十六代嫡子孙，常以先人自许，心忧天下苍生，虽未能像先祖干一番经天纬地的大业，但在村里和任上口碑很好。他处事公平，急公好义，为百姓做了许多实事，也算没有辱没门风。苏蕙是听着苏武牧羊的故事长大的，这首歌谣村子里大人小孩都会唱。歌谣道尽了祖爷爷苏武历经艰辛，宁死不屈，坎坷艰难的一生，记载了祖爷爷用血泪书写的一段辉煌历史。

每次唱起这首歌，苏蕙眼前就会出现这样一幅画面：在冰天雪地的北海边上，站立着一位面容憔悴，须发皆白，衣衫单薄的老人。他目光浑浊却又坚定地望着南方。他在西域一共待了十九年，放了十九年羊，受尽了磨难，吃尽了苦头，却没有改变对国家的忠诚与热爱，没有改变志向——无论如何都要回到自己的国家。匈奴给他高官厚禄，他丝毫不为所动。他挥一挥羊鞭，将锦帽貂裘抛到云霄深处；握一支秃笔，镌刻出对大汉故国最深情的眷恋。

苏蕙正在浮想联翩，母亲提醒她阿育王寺就要到了。阿育王寺是中原名刹，是善男信女们心中的圣地。母亲神往地说起了阿育王寺的来历：传说古时，美阳有个书生叫法阿门，心地善良，同情百姓疾苦，常帮乡亲们书写信件诉状。后来印度佛教传到中原，法阿门认为佛教教化民众行善积德，普度天下众生，就在家乡宣讲佛教教义，劝导人们弃恶扬善。百姓为他的宣传所感化，邻里和睦相处，少有纷争。然而有人把佛教视为邪说异端，皇帝降旨将法阿门关进监牢。法阿门不服，于监牢之中继续宣扬佛教，皇帝一气之下传令将法阿门杀死。

法阿门被杀一事被患重病的佛祖释迦牟尼知晓，佛祖亦被法阿门之精神所感动。恰印度国王阿育王前来探望，佛祖就对阿育王说："我大限将至，待我入化后，请将我的骨骼送一段给法阿门，其他的送于世界各地。"不久释迦牟尼圆寂，阿育王遵照佛祖遗愿，将火化后的一节指骨舍利送至法阿门家里，四方神灵连忙立坛诵经。顷刻间，他家院内耸立起一座高达十三层、金碧辉煌、雄伟壮丽的舍利宝塔。皇帝闻讯，幡然悔悟，决定修建庙宇，弘扬佛法。王公大臣奔走相告，解囊相助，连平民百姓宁可忍饥挨饿，也慷慨捐赠布施，终于建成了一座庙宇，称"真身阿育王寺"，亦称法门寺。

苏蕙听得很认真，母亲平常烧香拜佛去的是家门口的后稷庙、城隍庙、姜嫄娘娘庙、清凉寺。阿育王寺虽说声名远扬，苏蕙却还是第一次来朝拜。苏蕙不相信法门寺是鬼神所建，她在书上看到：佛经记载，阿育王统一印度，建立帝国之后，为救赎战争中的英灵，开始推行佛教。为此，他派出了大量僧众和信徒去国外，宣扬仁慈和非暴力，大力弘扬佛法。阿育王在世界各地建造了无数佛塔，供人们敬拜佛祖，法门寺佛塔是其中之一。人们传说佛祖释迦牟尼的真身舍利就供奉于法门寺塔下那个神秘的地宫里。

到了阿育王寺，人们都想一睹佛骨舍利，苏蕙却不这么想。她的小脑瓜里想着阿育王不远万里给中原人送来佛教，让人们远离战争和暴力，真是功德无量！眼下，晋王朝软弱无能，偏安一隅，国家四分五裂，北方的鲜卑、匈奴、羯、氐、羌族纷纷独立，先后建立起了十多个国家，纷争不断。村子里许多男子投军后惨死疆场，侥幸活命的都缺胳膊少腿，生活十分艰难。要是苻坚天王也信奉佛教，中原大地不就太平了吗？村里人都说苏蕙命好，她出生以后，恰逢天王执政，天王英武神明，启用王猛等一批文臣武将，国家这十几年来还算安稳。

快到法门寺了，父亲和弟弟早早下马步行，母亲和苏蕙也下了轿，以示对佛祖的敬重！寺旁村庄边有一池塘，但见池边垂柳照水，池中碧波荡漾，白鹅戏水，十分清幽。苏蕙和父亲信步闲逛，无意中看到池畔有位英俊的青年正在仰身搭弓射箭，弦响箭出，空中飞鸟应声落地；俯身射水，水面飘出带矢游鱼，真是箭不虚发。岸边一出鞘宝剑，寒光闪烁，压着几卷经书。这时，天空飞过一行大雁，青年稍看一眼，随手射出一箭。

正在这时，几个匈奴武士押解着一位汉人老伯走了过来。老伯大概走累了，看见池塘里水波如镜，白鹅凫水，忍不住放慢了脚步，几个匈奴武士大声吆喝，老伯行动迟缓，匈奴武士举鞭就打，老伯身上顿时皮开肉绽，令人惨不忍睹。苏蕙和父亲正待上前，只见青年挥舞长剑冲了上去，几个匈奴武士哪里是他的对手，吓得一哄而散。青年为老伯解开绳索，问明原因，得知老伯被抓来当差，便掏出钱财劝其远走高飞。青年行侠仗义，武艺高强，英俊洒脱，苏蕙心中顿生仰慕之情。

苏桐捡起大雁，恰好一根雁羽飘入苏蕙怀里，苏蕙随手藏进袖中。苏桐双手捧雁，恭恭敬敬地送还给青年，青年微微一笑，却拿眼睛看着苏蕙，四目相对，苏蕙害羞地低下了头。父亲看出了女儿的心事，便上前和青年攀谈，得知他名叫窦滔，乃是前朝名将窦真之孙，心中不由得暗暗欢喜。苏桐亦步亦趋地跟随着窦滔，伺机向他讨教剑法。禾苗附在夫人耳边，说起了悄悄话。

这天进香之人很多，许多人上前和苏蕙父母寒暄。苏蕙和弟弟跟在后面，很乖巧地向众人问好。到了大殿，父母跪在佛前，虔诚地烧香拜佛。其实，聪明的苏蕙早就感觉到父母是在为自己的终身大事担忧。父母不说，她也不把话挑明。其实她已经喜欢上了刚才在池塘边偶遇的青年窦滔，只是不知道对方意下如何。窦滔英俊潇洒，心地善良，文武双全，谈吐不凡，一身英气，如果再有阿育王的向佛之心，那就太好了。苏蕙一想到这些，不由得脸红心跳。她赶忙定下神来，学着父母的样子，虔诚地跪在蒲团上，心里暗暗许愿：一求天下太平无事，二求父母家人

身体康健，三求自己觅得如意郎君。

礼完佛，人们都去登钟楼和鼓楼。有人指着旁边一座新起的府邸说："窦府气派不小呀！"另一位乡绅模样的人说："窦老将军真有眼光，为了让孙子拜法门寺法显为师，居然把周秦坡的老宅子弃置不用，举家搬迁到小西巷，实有孟母三迁之风范啊。"苏道质听了上前与他们攀谈，苏蕙在一旁静听。

出了法门寺，苏蕙陪母亲去买丝线。父亲带着弟弟和一些乡绅在邸店里清谈，指派了禾苗和几个侍从陪同她们前往。

苏蕙和母亲刚走到一个拐角处，突然被一队黑衣武士挡住去路，苏蕙来不及细看，就被武士们塞进轿子，轿夫抬起轿子飞快地窜入小巷子，任凭苏蕙怎样呼喊也无人应答。侍从们追着轿子刚喊了两声，就被断后的黑衣武士们打得头破血流。轿夫们跑得飞快，苏蕙被颠得东倒西歪，叫苦不迭。突然，轿子猛地停住了。苏蕙吓得缩在轿子里不敢动弹。只听有人大喊："三姑娘，姚公子救你来了，还不赶快逃命。"苏蕙一听，赶紧钻出轿子。只见双方正在混战，到处都是刀光剑影，苏蕙吓得六神无主，只得躲在墙角。一个胡人少年骑着战马，一剑刺穿了轿夫的后背，鲜血溅了苏蕙一脸。苏蕙平生从未见过如此恐怖之场面，吓得闭上眼睛尖叫起来。"若兰姑娘，快过来！"胡人少年喊道。苏蕙正要向他奔去，身后却传来一声惨叫，原来有个黑衣武士持刀向她扑来，胡人少年飞起一刀将他砍倒，然后，一把抓起苏蕙放于身后马背上，转身又和黑衣武士厮杀起来。苏蕙从来没有骑过马，不知双手应该抓住哪里，更不敢贸然搂着胡人少年，虽然他看起来和弟弟苏桐差不多大。突然，马一摆动，苏蕙险些掉下来。胡人少年急忙回身抓住了她的胳膊，苏蕙看见一个黑衣武士举着剑直刺过来，慌忙大喊："公子小心。"胡人少年好像身后长了眼睛一样，一挥手打飞了对方的剑。

"若兰姑娘，抓紧我。"胡人少年抓着苏蕙的胳膊冲出重围，朝着大街上奔去。苏蕙远远看见母亲和禾苗已经吓得瘫软在地，赶忙叫停。苏蕙飞奔过去，想搀扶着母亲和禾苗逃走，可是母亲身体丰满，自己和禾苗瘦小，没扶起母亲，反倒被压倒在地。禾苗看见一群黑衣武士又追了上来，急得乱叫："姑娘快跑。"苏蕙哪里肯走。胡人少年和两位随从正在拼命抵挡黑衣武士，眼看寡不敌众，难以应付，苏蕙暗暗焦急。

正在危急之时，窦滔带着家丁及时赶到加入了混战。苏蕙一见，大喜过望。两股力量合在一起，形势顿时逆转。窦滔和胡人少年并肩作战，威力大增，黑衣武士渐渐乱了阵脚。胡人少年瞅准空子，揪住一个黑衣武士审问起来，黑衣武士大声告饶，但坚决不说受何人指使，其他黑衣武士见状，四下里逃窜而去。混乱中，窦滔说："送三姑娘回家要紧。"话音刚落，苏蕙、禾苗和母亲已被扶进轿中抬走了。

苏道质和众乡绅得了消息，立即从邸店里跑出来。以前经常发生胡人贵族强抢汉人民女之事，人们见惯了"马边悬男头，马后载妇女"的惨剧，自从王猛当政以后，王公贵族犯法与庶民同罪，再也没有人敢在光天化日之下强抢民女了。今天胆敢抢走苏蕙的一定是胡人的高层贵族了。可是那伙黑衣武士一看又是中原人士，难道这其中另有隐情？苏道质又想起村里人说最近有胡人的兵马在村子附近出没，难道是两股势力合在一起……

正在此时，苏蕙母女的轿子又突然从天而降，身后紧跟着早上刚刚认识的青年窦滔。苏道质问明情况之后，急忙向窦滔道谢，窦滔招呼大家赶紧去附近的美阳县衙避难。一时不见，女儿就钗环尽失，秀发散乱，衣履不全，苏道质被唬得魂飞魄散，来不及细问究竟，赶忙相携着去了县衙。

美阳县令听说地方上出了这等怪事，深感失职，赶紧派窦滔率一队卫兵护送苏道质回府。到了苏府，苏道质见众人人困马乏，就让家人准备酒水犒劳士兵。窦滔推托家中有事，执意要走，苏道质也不强留。送走了众人，大家回房安歇。苏蕙母女惊魂稍定，这才大概说起了被抢的经过。

苏道质听后忧心忡忡，他已猜想出了是何人要抢苏蕙。胡人少年必是姚苌之子姚兴，他为何也会在法门寺呢？无论如何，苏道质都很感谢他出手救了女儿。

九
一生缘

池塘边的奇遇，使窦滔惊喜不已。这就是秦国最聪慧美丽的姑娘，其实她比传说还要美丽千倍。那一张白里透红的瓜子脸，那一弯细长的月牙眉，那一双会说话的丹凤眼，还有那微微上翘的鼻尖，红润甜美的樱桃小嘴……老天如此垂青这个女子，简直把人世间所有的优点都集中到了她身上。难怪，想娶苏蕙的王公贵族都能编一支队伍了。听说当朝天王的胞弟苻融和扬武将军姚苌的儿子都看中了苏蕙，派人备下厚礼去苏府提亲，均被苏蕙严词拒绝。看来这个女孩子心气甚高，绝非池中之物。

自古英雄爱美人。窦滔看见苏蕙的第一眼心就已经完全被俘虏了。他看着苏蕙一行远去的身影，依依不舍，仿佛失去了心头肉一般难过。窦滔是晋朝右将军窦真之孙，出生于北国军中，幼时常随部落和军队移居，故里不定，后因父亲窦朗早逝，母亲身体欠佳，爷爷便把他带回美阳老家，精心抚养。

爷爷戎马一生，却最敬重文人，四下里打听名人雅士，希望能够指教孙儿。为了让窦滔拜在高德大僧法显门下，专修学问，他举家搬迁到了法门寺旁。他日日考问窦滔的学业，并亲自教授窦滔武功，还把自创的一套窦氏无影剑法教给了孙儿。

长大成人后的窦滔一表人才，上门提亲者无数，他却日夜习文练武，只字不提婚姻大事，把无数的大家闺秀拒之门外。爷爷急着抱重孙，窦滔却一点也不上心。爷爷气得发誓不再操心他的婚事。窦滔寒窗苦读，花园习舞，梦想的是得遇明君，有朝一日驰骋疆场，报效国家，从来没有把儿女私情当回事儿。

今天遇见的这个女子太不寻常了，窦滔一下子就喜欢上了苏蕙，他恨不得让爷爷立即派人去苏府提亲。不知爷爷会不会答应？爷爷自从解甲归田以后心情郁闷，脾气暴躁，常常借酒浇愁，天天喝得醉醺醺的……

窦滔回到家中，爷爷正在喝酒，已经有了七八分醉意。窦滔满脑子都是苏蕙的影子，做什么事都提不起精神来，他干脆瞒着爷爷，带上家丁直奔法门寺。好在窦家就在法门寺后门附近住着，一抬脚一扬鞭即刻就到。

也是这一念之缘，窦滔就阴差阳错地成了苏蕙母女的救命恩人。护送苏蕙一家人平安到家以后，窦滔生怕爷爷担忧自己，急急忙忙赶回家中。果然不出所料，爷爷喝醉了酒，找不见孙儿，正在大发雷霆。家丁们急忙给爷爷说明了缘由，爷爷这才转怒为喜，边夸窦滔能干边让家人整治酒席，他要和孙儿好好喝一杯。席间，家丁们一个劲儿地夸苏蕙，爷爷看见窦滔面红耳赤，心下明白了几分。家丁们见爷爷不发话，就主动说他们想去苏府提亲，给孙少爷配一桩好姻缘。爷爷放下酒杯，很有把握地说："用不着操之过急，苏家自会送上门来。"

窦滔这一夜彻夜难眠，他掏出混乱中拾得的苏蕙的一只凤头履，把玩了半天。一阵鸡叫声传来，窦滔按捺不住自己激动的心情，挥笔写下了："大秦才女世无双，风华绝代难描颜。一颦一笑百媚生，疑是神女下凡间。窦子得以窥仙容，三生有幸共佛缘……"的长诗。

花开两枝，各表一端。且说苏府经过这一场虚惊，人人惊惶不安。苏夫人惊吓过度，头疾突发，经过延医问药，刚刚睡下。苏蕙和禾苗被吓得花容失色，正在房中整理衣饰。苏道质屏退众人，把苏蕙一人叫来细细盘问了一番。不问则罢，一问才知事关重大。苏道质推测黑衣武士应是苻融手下的人马，胡人少年姚公子必是姚苌之子姚兴。这俩人都曾有意于苏蕙，但都被女儿回绝。姚苌父子阳奉阴违，意欲不轨，世人皆知，按女儿刚烈的心性自然不嫁。而苻融聪慧明辨，下笔成章，至于谈玄论道，即使是道安也未必能超过他。苻融天赋异禀，耳听能诵，过目不忘，可与王粲相提并论。苻融曾著《浮图赋》，文辞清新，世人争相传抄。还有苻融文韬武略，善于骑射，是不可多得的将才。他整顿刑法政令，进用贤才处理事务，公平正直，是王猛之流的人物。苻融尤其善于断案，奸邪之徒无所逃避，深受苻坚信赖。按说，以苻融之为人，应该不会光天化日之下强抢民女。可是，事情已经发生了，苻融岂会善罢甘休？

也许，苻融从未被人拒绝过，咽不下这口气才出此下策。无论怎样，苏蕙这孩子是把阳平公得罪了。三女儿不嫁的理由是氐汉不同俗，使君已有妇。这孩子真傻，居然嫌弃天王胞弟已经婚配。夫妻心心相印，用情专一，固然美满，但世事难料，就算是月老牵线，佳偶天成，也免不了有阴晴圆缺，悲欢离合之变故。唉，谁能说清楚儿女的婚姻呢！

女大不中留。今天遇到了窦滔，女儿芳心已动。看来千里姻缘一线牵，蕙儿的终身大事上天已经注定。明天无论如何要去窦家走动走动，一来答谢救命之恩，二来探探窦滔是否婚配。

苏道质主意已定，顾不上苏蕙害羞，直接询问女儿愿嫁窦滔否？苏蕙羞红了脸，丢下一句"单凭爹爹做主"就跑进了闺房。其实，以苏蕙的天分，她也知道今天是苻融抢亲，姚兴救人，幸亏窦滔暗中相随，路见不平一声吼，行侠仗义，要不然后果不堪设想。如果此事声张出去，苻融面子上过不去，万一与姚兴起了冲突，就更了不得了。再说，姚兴父子狼子野心，人人皆知，估计也不会就此罢休。怎么办？只有嫁人一条路可以走了。而且要风风光光，大张旗鼓地嫁人，才能让这两位不敢在暗中动手脚。

第二天一大早，苏道质备了厚礼去窦家谢恩。窦滔母亲不善言辞，祖父窦真豪爽大气，寒暄几句，便为窦滔提亲，苏道质沉吟不语。窦真以为苏道质不肯，又揣测苏道质嫌他是前朝官员，赋闲在家，无权无势，让人看不起，便自嘲地说："落架的凤凰不如鸡。我们窦家没落至此，滔儿也未有功名，实在高攀不起。"

苏道质正色道："老伯此话怎讲？何谓高攀，当年您是右大将军，我乃一介穷酸书生，后来有幸举了孝廉，做了陈留县令，如今也不过是个秦州刺史而已。比起老伯当年，不足挂齿。"

窦真罢官之后，内心十分孤独，最怕那些势利小人看轻自己，故而闭门谢客，借酒浇愁。苏道质的一番话入情入理，让他很是受用。

苏道质动情地说："如今天下大乱，恰是英雄辈出之时。窦滔文武兼备，日后必会脱颖而出，大展宏图，恐怕是我们高攀不起。"

"谢你吉言。苏刺史教子有方，养了一个天下闻名的女状元。乱世出英雄，何分男女。现今五胡乱华，胡人当道，我们汉人贱如蝼蚁，北方常年战乱，斯文扫地，三姑娘能在赛诗会上夺得桂冠，彰显我华夏儿女之风采，实在让人扬眉吐气，大有复燃我神州诗书礼仪之势……"窦真对苏蕙赞不绝口。

苏道质见时机成熟，便说："老伯过奖！不过，蕙儿确实有些怪异之处。我家蕙儿不攀龙附凤，也不论出身贵贱，只求男子智勇双全，心系百姓，慈悲为怀，用情专一。"

"我家滔儿正是合适人选。窦家门风严谨，男子只娶妻不纳妾，苏蕙姑娘嫁过来就是我们家的女儿，我们绝不会亏待女状元的。俗话说得好，有缘千里来相会。这两个孩子姻缘是上天注定，要不怎会有此出手相救之机缘？"窦真乐不可支地说道。

"此话当真！"

"当真！一言为定！"

当下两个人就按照周原礼仪，商议婚事。窦家即日遣媒执柯，上门提亲下聘，苏家要求三媒六证，问名委雁，迎娶拜堂，都要大张旗鼓，风风光光，一样也不可敷衍。

商议完儿女婚事。窦真又屏退左右，悄声说："扬武将军姚苌拥兵于河北，姚兴为何频频出没于长安。"

苏道质知窦真是为天下百姓担忧。这几年好不容易过上了安稳日子，谁都不愿意再开杀戒。便说："圣上英明，广纳天下英雄豪杰，不过有时未免太骄纵王公大臣了。"话说至此,便不再说。窦真只好劝告苏道质通过王猛多向天王提提醒,以防奸臣贼子作乱。

苏道质在回家的路上,细细回味此话,觉得窦真的担心不无道理。其实,许多汉人已经在王猛面前说起此事,可是,伴君如伴虎,王猛的话苻坚到底能听多少呢?按理说,苻坚是一位心胸开阔的明君仁主,讲究"为政之体,德化为先"。比如慕容垂被排挤前来投奔时,苻坚力排众议,委以重任;灭掉燕后,又封了慕容氏皇族中多人为官。

以德报怨固然好,但怀柔的手段用多了,在乱世就会有些危险。比如苻坚对姚苌。姚苌当年与姚襄一起造反,苻生派邓羌和苻坚等人前去镇压,姚襄被斩,姚苌率部众请降。苻坚即位后,不仅对姚苌既往不咎,还封其为扬武将军。

平心而论,秦国的兴盛,姚苌是功不可没的。依此来看,苻坚倚重姚苌,眼光是敏锐而独到的。就像苻坚和宰相王猛一样,苻坚和姚苌同样谱写了一段人所称道的君臣佳话。

然而,世间之事有时就是这样残酷而现实:一件大的事件能够改写历史发展的走向,而一桩不起眼的小事,也会改变人物的命运。如果不是后来苻坚淝水惨败,走到了穷途末路,他与姚苌之间也许就不会发生让人痛惜的故事。而这些,苻坚、王猛、苏道质又怎么会预料到呢?不过,目前有一点可以肯定,姚苌父子这段时间一直就待在长安城附近,村子里出现的胡人官兵也绝对就是姚兴的人马。他们究竟要耍什么阴谋诡计呢?

无论如何,得赶快把蕙儿嫁了,以蕙儿刚烈的性子,万一落到了贼人手里,恐怕凶多吉少。

十
乱世情

天下太平，马放南山，秦王宫里歌舞升平。

苻坚却与王猛再次疏远起来。因为王猛劝他把慕容冲放出宫。

当年，燕国十五万主力被秦王猛所灭，苻坚随即以十万大军包围其都城邺城，把仅仅存在了三十三年的燕国灭掉。燕被灭，一些皇族被作为战利品带到了秦王宫，这其中就有中山王慕容冲和他的姐姐清河公主，以及慕容垂的爱妾小段氏。

小段氏出身低贱，善于察言观色，一见到苻坚便刻意讨好。原本养尊处优的中山王和清河公主，如今成了阶下囚，依然派头十足，镇静自若，坦然地等候着苻坚的发落。

鲜卑人肤色白皙，身材修长，清河公主更是漂亮得不可方物，所以苻坚一眼就看中了十四岁的清河公主。谁知，苻坚怀抱着姐姐，同时也喜欢上了十二岁的弟弟慕容冲，因为慕容冲的美同样让人无法抵挡。

于是，这对姐弟就被同时纳入了苻坚的后宫。历史上拥有姐妹花的帝王不少，但同时宠幸姐弟花的很罕见。

时间长了，苻坚宠幸他们姐弟俩的事情也不是什么秘密了，人们都以异样的目光看待他们。苻坚为了掩人耳目，特意让慕容冲住进了阿房宫。但是纸里包不住火，很快，长安有民谣说："凤凰凤凰停在阿房。"苻坚听到了，依然我行我素。他左拥右抱，惬意无比，但慕容冲却感受到了难以启齿的羞辱，一颗复仇的种子埋在了少年的心底。苻坚只顾着自己快活，根本就没有看见慕容冲眼神里的落寞。或者，他看见了也装作看不见。阶下囚本来就是任人玩乐的东西，苟活在宫里总比发配到流沙受苦好一些!

也许，慕容冲真的有一种摄人魂魄的魔力，他那世间罕有的龙阳风姿，让一个崇拜儒家文化、志在一统天下的霸王，忘记了先贤的谆谆教诲，失掉了问鼎天下的雄心壮志，将股肱重臣的肺腑之言抛在脑后，无视被愤怒和屈辱气红了眼睛，正在虎视眈眈地盯着他的宝座的鲜卑铁骑。苻坚一门心思只想要把慕容冲藏起来，藏在只有自己看得到摸得着的阿房宫，成为他一个人的窬童。

不久，"一雌复一雄，双飞入紫宫"的童谣便在长安城传得沸沸扬扬，朝野上下对此议论纷纷，但谁也不敢开口劝告苻坚。后来，民间有了更为难听的话语——这对同父异母的姐弟俩常常躲在内室说着悄悄话，互相抚摸身体，甚至有乱伦之举。

国家大小战事不断，苻坚要是这样胡闹下去，可是要亡国的呀！但是，这些宫闱密事是天王的家务事，大臣还是少插手为妙，最好的办法就是让苻融去劝苻坚。毕竟人家是亲兄弟，大臣是外人。苻融因为得不到苏蕙，心中暗恨王猛，懒得去碰壁。他觉得天王贵为一国之君，拥有至高无上的权利，宠幸一对姐弟花有何不可。

苻融近日心情大好，姚苌送给他的那对绝色美人让他很是受用。他对于老师所托，表面上还是应付了一下。王猛看穿了这是一对好色的兄弟，却毫无办法，只能暗自心焦。姚苌送来的美人热情火辣，夜夜承欢，苻融一夜连御二女，风流快活，经常躲在王府之中不愿出门。哥哥真可怜，不仅要每日早早上朝，还要听王猛等人的劝谏。汉人真迂腐，讲究什么"文谏死，武战死"，不好好活着享受人生，盯着主子的被窝多可笑。苻融自己寻欢作乐还来不及呢，对哥哥被窝里的事情，当然是睁一只眼闭一只眼了。

王猛忧心忡忡，一逮着机会，就提醒苻融去劝苻坚。次数多了，苻融就烦了，每次一看见老师王猛就远远躲开了。这与以前每遇大事都要毕恭毕敬地向王猛请教，简直判若两人。

王猛快过生日了，苻融准备给老师送一份大礼。这天，王猛下朝刚回到府中，苻融便把自己身边两个最擅长风月的歌姬送来了。王猛知道送回去不妥当，便优哉游哉地吃完老妻亲手所做的一碗寿面，像往常一样，坐在灯下读书。王猛一直宿在老妻房中，对于家中诸事，他从不插手，只让老妻把两个歌姬安顿好就可。王猛虽然住着相府，但家中就三五个看家护院的老家人和夫人的几个贴身丫鬟，府中的房屋大多上锁，饭菜也极其简单，甚至不如一般殷实人家。两个年轻貌美的歌姬在王猛家里熬不住，派人捎口信给苻融。苻融想起歌姬平日的好处，只好恭维了一番老师，接回了歌姬。这两个歌姬好久没有吃到肉食了，回到苻融身边简直就像从贫民窟中回到了富豪区，直把苻融夸得天花乱坠。夜里，俩人梳洗打扮妥当，配好了催情药酒，早早派丫鬟去请苻融，三人饮酒作乐之后共度良宵。二女把苻融伺候得欲仙欲死，连第二天早朝也给忘了。苻融没有想到二女如此妖娆，哪里知道二女是怕苻融再把她们送给王猛，故而托人买了春药，暗暗加在酒中，夜夜勾引他来喝。

　　国家刚刚太平，这兄弟俩就没有了人样，王猛干着急没办法。苻坚宠爱慕容冲，偷偷去尝个鲜也无可厚非，可他却偏偏要把中山王慕容冲关进阿房宫，堂而皇之地享用，闹得天下人人皆知。这种羞辱怎么能让铁骑天下无敌的慕容氏忍受得了？慕容垂等人已经羞于上朝议事，一场宫廷斗争眼看一触即发。王猛实在看不下去了，他冒着生命危险，苦口婆心地劝告苻坚说："慕容冲好歹是个鲜卑贵族，天王纳他充实后宫，必然激起鲜卑人的反心。"苻坚低头不语。回宫之后，苻坚径直冲进了清河公主的寝宫，撞破了姐弟俩的好事，苻坚气得提着剑要杀掉他们俩。慕容冲溜之大吉，清河公主跪下求情，苻坚一看见美人梨花带雨的样子，心又软了，便原谅了他们。慕容冲担心自己性命不保，跑到慕容垂府中寻求庇护，顺便又加油添醋地说了苻坚和小段氏的风流韵事，慕容垂气得要死，发誓要报夺妻之恨。慕容冲躲在慕容垂府中不露面，暗中出谋划策，想要除掉苻坚。慕容垂一面派重兵把守府中，一面召集旧部，调兵遣将，准备迎战苻坚。

苻坚得到密报，十分震怒，但也无可奈何，王猛从中斡旋，苻坚只得把慕容冲外放到平阳做了太守。

慕容冲走后，苻坚自知理亏，他不去清算慕容垂的忤逆之罪，却暗恨王猛多管闲事，有意疏远起了王猛。王猛乃聪明之人，深知伴君如伴虎，一言不慎就会招来杀身之祸。他好几次想要辞官归隐，但一想到朝中面临的种种矛盾，还是隐忍了下来。

若不是国家战乱频发，需要王猛杀敌御寇，苻坚真想杀了他泄气。很明显，苻坚爱上了慕容冲。慕容冲小字凤皇，真正是人中之凤，那玉树临风，风流倜傥的样儿真是举世无双。苻坚很怀念慕容冲，他在慕容冲住过的阿房宫种植了数十万株的梧桐修竹，做梦都希望慕容冲哪天能回来与他重归于好。

自从慕容冲出宫后，苻坚看王猛的眼神变了，王猛进出宫廷时，已经感受到了这种敌意，他如履薄冰，早已给夫人交代了后事，并为自己备好了棺木。

失去了慕容冲，苻坚心情抑郁，经常去庙里烧香。他的痛苦无人能懂，只能对着佛祖默默倾诉。看到苻坚又痴迷于佛学，姚苌想到了一条妙计。这天，姚苌陪同苻坚去视察太学，很贴心地提议苻坚派吕光去攻打龟兹国，因为有好几个国家意欲争夺名满天下的高僧鸠摩罗什。苻坚将信将疑。姚苌见他犹豫，便说："王猛自恃功高，不把天王放在眼里。眼下，天王受制于他，也不是长久之计。鸠摩罗什聪明绝顶，法力无边，是龟兹的护国神主，秦国一旦拥有了他，王猛等人完全可以弃之不用。"

苻坚经不住姚苌的一再鼓动，决心给王猛一点脸色瞧瞧。

十一
鸳鸯谱

话说苻融今日上朝无精打采，苻坚明白其中缘故，大为震怒，但在朝堂之上不便发作，一直隐忍到了退朝。

王猛看见苻坚脸色阴沉，只得硬着头皮紧跟其后。苻融耷拉着脑袋，像霜打的茄子一样蔫。

"苏蕙到底是何等样人，居然让天下闻名的阳平公如此伤怀？"苻坚尽量压抑着自己的不悦询问王猛道。

"启禀天王，苏蕙是传说中的织女星下凡，从小天赋出众，半岁能语，三岁学字，五岁学诗，七岁学画，九岁学绣，十二岁学织锦。苏蕙绣出来的花儿，栩栩如生，能招来蜂蝶。苏蕙织好的锦缎，色彩绚烂，宛若天上的云霞飘落人间。"王猛赶紧趋前一步，躬下身子，郑重其事地回答道。

"世间真有这么聪明的女子？"苻坚怀疑道。

"不仅如此，苏蕙姑娘还心地善良，教民养蚕植桑，织锦绣花，深受乡间村妇的敬仰。"王猛赶紧回答道。

"苏蕙姑娘琴棋书画，样样精通，是远近闻名的大才女，尤善作诗，是人人交口称赞的女状元。"苻融也赶忙补上一句。

"依本王看苏蕙未必聪明。试想普天之下，哪里有超过贤弟的青年才俊。苏蕙姑娘有眼不识泰山呀！"苻坚不屑一顾地说。

"苏蕙姑娘才貌双全，却说'碧玉小家女，不敢攀贵德。感郎千金意，惭无倾城色。'分明是嫌我无才无德。"苻融哀伤地叹息道

"落花有意随流水，流水无心恋落花。贤弟素有文名，千万不可自轻

自贱。我大秦美女如云,王兄明日就诏令天下女子入宫选秀。贤弟随意挑选就是。"苻坚安慰道。

"实在不敢叨扰王兄。苏蕙拒嫁,我已心灰意冷,无意于此了。"苻融连忙推辞道。

"天王圣明。阳平公贤良公正。那苏蕙姑娘的确有眼不识泰山。"王猛接过话头,附和道。

"哪里呀!她还说在乡下自在惯了,不懂得王府里的礼数。我看她分明是不愿委曲求全,不愿意做个侧室。这明摆着是看不起我们氐人。"苻融愤愤不平道。

"大胆苏蕙,竟然敢藐视王族,难道不怕我治她的罪。"苻坚气得拍案而起。

"天王息怒。天王息怒。那是小孩儿的玩话。苏蕙姑娘知书达礼,岂能说出此种话语。"王猛极力为苏蕙辩白。苻坚不悦地哼了一声。王猛吓得浑身直冒冷汗,却不敢擦一下。

正在这紧要关头,姚苌求见。

原来姚苌打听到了黑衣人是苻融府中的武士,这才知道自己儿子闯了大祸。姚苌最近正要送姚兴入宫陪太子读书,在这个节骨眼上可千万不敢出任何差错。恰好驮商从西域搜罗了一批奇珍异宝和舞女歌姬,姚苌计上心来,赶紧送进宫来谢罪。

苻坚对金银财宝不感兴趣,但对那几个年轻貌美的龟兹歌姬十分青睐。

这正合姚苌之意。他轻轻一拍手,一群身着艳服的胡人男子,训练有素地摆放好了各种乐器。除了箫、笙、筝等等乐器外,还有箜篌、五弦琵琶、三弦横笛、筚篥、答腊鼓、羯鼓、手鼓、腰鼓、铜钹、拍板……姚苌对此很在行,他一一介绍了各种乐器,苻坚、苻融听得饶有兴味。

姚苌一招手,突然鼓声响起,一群头戴缀有明珠的胡帽,身穿窄袖细氈长衫,腰间结着五彩丝带,脚穿软底锦靴的龟兹男子骤然起舞。他们时而蹲下,时而跳跃,时而旋转,令人眼花缭乱。这时候,几名蒙着面纱的歌姬送上来艳若玫瑰的葡萄佳酿。姚苌端起酒杯，给众人敬酒。苻坚、苻融相视一笑，开怀畅饮。姚苌随后一饮而尽。王猛身体不适，一口酒也不喝，只在一旁冷眼相看。

这时，一个身材挺拔，皮肤白皙，深目高鼻的男子开始独舞，他如疾风中的飞鸟，翩然落在枝头。横笛、琵琶、羯鼓等各种乐器齐奏，乐曲热烈欢快，跳跃多变，时而似旭日当空，普照四方；时而似狂风暴雨，横扫寰宇；时而似精锐骑兵，呼啸而过；时而似熊熊烈焰，跳荡灼热。舞者如痴如醉，仿佛完全沉浸在音乐的世界之中。忽然曲风一变，他时而如凯旋的将军，胜利归来；时而如勇猛的士兵，英勇作战；时而又如自由的精灵，热情奔放；时而又如思春的少男，躁动不安……

在激昂跳荡的旋律中，突然闯入了一位盛装舞女，她手捧酒坛，挑逗性地伸到了舞男嘴边，舞男目光迷离，却不伸手，只将身子朝后仰去，张嘴接酒，舞女将坛中的葡萄酒悉数倒入他的口中，又逗引了舞男一番。舞男被女子迷得神魂颠倒，追着要揽女子入怀，女子轻巧如狸猫，东躲西闪，巧笑着跑下了场。随后，舞男摇身一变为醉酒者，佯装东倒西歪，舞步看似凌乱实而很有节奏，这种似醉非醉，似醒非醒的舞蹈，看得人人瞠目结舌。五弦琵琶铿然一声停息，舞步戛然而止。"好！好！生平未见！""奇，奇，天下奇观！这才叫征服者反为被征服者所征服。"苻坚与苻融大笑着高声赞叹道。

一向正襟危坐的王猛也被迷倒了，这样的歌舞有种摄人魂魄的魔力，让你放下一切枷锁，只想随心所欲地享受人生的欢愉。

姚苌笑道："天王，刚才的《胡腾舞》马马虎虎，下面的《胡旋舞》那才叫销魂蚀骨。"

舞场中间铺上了一张华美的圆毯，一位正值妙龄的龟兹女子，浓妆艳抹，头戴花冠，上身半裸，以纱遮面，扭动着纤细的腰肢，款款走上前来。那一对圆圆的乳房，挺拔如雪峰，呼之欲出。腰际之下系着色彩鲜艳的纱裙，薄如蝉翼，裹着结实修长的双腿，略一走动，便春光乍泄。站定之后，舞女左右顾盼一番，冲着正中的苻坚嫣然一笑，目光撩人，苻坚险些酥倒。随即，舞女双手举过头顶，侧身、扭头、提臀、摆胯，做好了起舞的准备，也把身体的山山水水恰到好处地展示出来。

胡旋舞，顾名思义就是旋转的舞蹈。弦鼓声响起，如疾风骤雨，舞女双手在头顶舞动，身体也随着弦鼓声快速旋转起来，那衣袂飘飘的样子，如莲花在空中飞舞，似草蓬在迎风飘摇，左旋如一颗流星划过天际，右旋如一道闪电照亮夜空。苻坚和苻融看得目不转睛，忘记了饮酒。好一个龟兹舞女，完全是美与力的化身，好像不知疲倦，可以永远旋转下去。音乐声好像一根指挥棒，牵引着舞女，她旋转着扭动着，依然不忘抛几个媚眼。

胡旋舞激情，魅惑，热烈，使苻坚心跳加速，如痴如醉。舞女旋转着来到了苻坚和苻融身旁，双手抵在下巴处，扬眉动目，晃动脖颈，风情万种，妙不可言。音乐一瞬间停了下来，只听见舞女身上的饰物叮当作响，苻坚正欲伸手抓住，舞女欲迎还拒，暗送秋波，一扭腰身，裙角飞扬，旋转着跑开了，那速度之快，简直比旋风还要迅捷，让人分不清后背与正面。突然，一大群舞女涌进舞场，一花独秀瞬间变成了百花争艳。刚才那一大群舞男不请自来，他们与舞女们双双对跳，舞步自由欢快，兼有打响指，移脖子，扬眉毛，动眼目等动作，时而夹杂着带有挑逗性的"嘀那……呋……"的喊声，看得人目眩神迷，血脉贲张。

正当苻坚意乱情迷，以为胡旋舞千转万旋，永远也不会停下来的时候，弦鼓突然悄无声息，舞者猛然收住脚步，纹丝不动，如急飞的雄鹰突然收拢翅膀，姿态优美地歇息在草原之上。苻坚和苻融忘记了鼓掌叫好。这时，他们才看清了：立在毯子中央的龟兹舞女，正笑吟吟地看着他们，那容貌艳丽得如草原上盛开的花朵，那肌肤白嫩得胜过天山上的皑皑白雪，那一对高耸的乳房随着呼吸还在微微颤动，好像一对白鸽刚刚飞回了巢中……

龟兹舞蹈虽说在汉武帝时早已传入中原，但无几人亲眼看见。苻坚今日见识了真正的龟兹舞蹈，觉得与中原的长袖善舞迥然不同，心怀大畅，下令嘉奖姚苌。

姚苌虚头巴脑地推辞了一阵，接旨领赏，满意而归。

色字头上一把刀。王猛向来以谦谦君子著称，但面对袒胸露乳，体态风骚的龟兹舞女，也感觉难以自持，只得闭目养神，眼不见为净。突然，一个舞女在姚苌的授意下，端着酒杯笑盈盈地朝王猛走来，王猛躲闪不及，被舞女搂住脖子灌下了一口酒。王猛除了发妻之外，从未与任何女子有过肌肤之亲，感觉浑身像被火烫了一下，不觉面红耳赤。苻坚与苻融就不一样了，在美酒的刺激下，他们忘记了一切礼仪，尽情地和舞女们一起痛饮。

王猛十分困窘，赶忙借机告辞。他知道这是姚苌的诡计，但碍于苏蕙一事，不便当场戳穿，只得暗骂姚苌是黄鼠狼给鸡拜年——不安好心。

王猛出宫时已是深夜。他满脸通红，经冷风一激，忍不住打了几个哆嗦，回到府中，妻子一直在灯下缝着衣服等他。王猛经常为了国事早出晚归，妻子习以为常，也没有多问，只是伺候着他梳洗更衣之后就歇息了。谁知王猛感了风寒，第二日竟然起不了床。

英雄难过美人关。苻坚沉溺于酒色之中，哪有闲心去理朝政。姚苌进献歌姬获得赏赐的消息不胫而走，一些奸佞小人便挖空心思在民间物色美貌女子，借此邀功得宠。

这是后话，暂且不提。话说苻融欣赏完龟兹歌舞，浑身燥热难耐，回到府中，却见内宅张灯结彩，似有婚嫁之喜。一问，原来是姚苌又派人送来了两个龟兹歌姬。苻融假意推却了一阵，欣欣然入了洞房。

第二天，他日上三竿才起身。管家这才说了实情：他们昨日得知苏蕙一家前去法门寺进香，便寻思着神不知鬼不觉地将她抢回府中，先与阳平公生米做成熟饭，再去拜会亲家。谁料，半路上杀出了姚兴，欲将苏蕙救走。后来，又不知道从哪里冒出来个多管闲事的窦滔。

苻融听完大骂管家糊涂，坏了他的一世英名。两个龟兹歌姬按照姚苌的授意，好言相劝，苻融这才回过味来，暗恨姚兴坏了自己的好事。没看出来姚兴这个小兔崽子，小小年纪居然春心萌动，打起了苏蕙的主意，不过也歪打正着救了自己，要是师父王猛知道自己犯了强抢民女之罪，那也是吃不了要兜着走。不过苻融还是发愁该如何向天王和师父解释抢人的事情。这时，下人来报：窦家派了许多人，声势浩大地到苏蕙家提亲去了。苻融听后，冷笑一身，只字不提抢亲之事。

姚兴也得到窦滔与苏蕙定亲的消息。他恨不得先斩后奏——也像苻融一样，二话不说，先把苏蕙强抢回来……

十二
连理枝

苏道质家风严谨，三个女儿的婚嫁都谨遵周公之礼。儿女婚事大约分为两个阶段，即定婚和结婚。苏蕙的两个姐姐嫁的是当朝数一数二的官宦人家，苏道质怕人家笑话自己高攀豪门，也怕人家看低了女儿，凡是都要按规矩办。为了女儿的幸福，他豁出去了，不仅给每个女儿准备了丰厚无比的陪嫁，还让夫人专门请人给三个女儿教习礼乐知识，免得女儿嫁过去适应不了夫家的规矩。好在两个已出嫁的女儿过得都很幸福，这一点让苏道质夫妇很欣慰。如此看来，父母的苦心没有白费。

苏窦两家联姻，在周原实在是一桩千载难逢的大喜事。窦家对此十分重视。定婚之前，窦真召集所有家人训话：诸位都要尽心尽力，万万不可马虎，那个要是偷懒误事，耍奸溜滑，打出家门，绝不留情。

虽然时间仓促，但是苏蕙的定婚仪式毫不含糊，甚至可以说是十分隆重。定婚那天家里张灯结彩，大摆筵席，朝中百官闻讯也都赶来祝贺，就连大姐、二姐也回来了，还捎来了公公王猛和张克俭的贺仪。更难得的是苻坚、苻融居然也派人送来了贺礼，还说女状元看中的人绝非常人，婚后佳婿若愿意为国效力，便可随军参战。姚苌得知了事情的前因后果，十分光火，但慑于天王和王猛的威严，也派人送去了贺礼。

苏道质明白这一切都是仰仗王猛的情面。现在，王猛总管全国军事，劝降了北边的凉，西面的鲜卑，就连偏居东南的晋，也不敢轻举妄动，再也无人提"北伐"之事了。

苏道质悬着的一颗心终于落地了。定婚仪式讲究三媒六证。三媒六证，是说婚约郑重，只有"三媒六证"齐全，婚约才合理合法。三媒：是指男方媒人、女方媒人和中间媒人（在男女媒人中牵线搭桥的作伐者），这样才显得慎重。六证即男女双方的父亲、叔伯、姑姑、舅舅、姨姨、村中的长老等六方面的见证人。万一婚后有了矛盾，女方就可以理直气壮地说："我是你家明媒正娶的。"

三媒六证到齐之后，先交清聘礼，然后互换庚帖。男方的庚帖内除了生辰八字以外，还有一根红丝线和几样金玉之物。红丝线表示千里姻缘一线牵，两家儿女被月下老人的红线拴定，一生一世不分离。金，为一诺千金；玉，为冰清玉洁。受聘之女戴上夫家送来的玉手镯、金戒指，就要严守金玉之诺，宁为玉碎，不为瓦全，一定要保持女儿的贞洁操守。苏家的庚帖内除了生辰八字外，还有一根雁毛。这是他们在法门奇遇时，窦滔射下的那只大雁的羽毛，苏蕙偷偷珍藏起来，送给窦滔，是取雁情专一之意，是告诉窦滔要用情专一，此生此世永不变心。

定婚之后的姑娘忙着准备嫁妆，苏蕙手巧，嫁衣早已备妥，只是给夫家做的鞋履还差几双。两个姐姐的归省让苏蕙和母亲格外开心。苏蕙最爱向大姐打听王猛的故事，这天她一边在履上绣花，一边缠着大姐讲故事。大姐便讲起了王猛与邓羌的一段趣事。

话说攻打燕国时，一天傍晚，徐成侦查完燕国军情忘了汇报，王猛气得要以军法处置徐成。邓羌跟徐成是同乡，就替徐成求情。王猛盛怒之下没有答应，邓羌碰了钉子，悻悻然退了出去。事后，王猛觉得大敌当前，自家将领不和，乃是用兵之大忌，就立即赦免了徐成，还称赞说邓羌是重情重义的猛将——对自己的老乡尚且如此仗义，对国家就更不用说了。

谁知，邓羌的心结并没有打开，等到正式开战的时候，邓羌居然要求王猛给他封个司隶校尉的官。王猛根本没有封这个官职的权利，就犹犹豫豫着没有回答。邓羌气得掉头就走。

不一会儿，双方交战，邓羌是先锋，王猛准备命他出战，可邓羌躺着不起来。王猛一看没办法，就答应委任他为司隶校尉，邓羌高兴得一跃而起，然后与张蚝、徐成等披挂束甲，跃马横枪，直扑敌阵。这一战燕军大败，损失五万多人。燕军一听起邓羌、张蚝"万人王"的威名就浑身发抖。王猛率部乘胜追击，又歼灭敌军十万余人，只有燕国元帅慕容评单枪匹马逃回邺城。

苏蕙听完，赞叹道："邓羌贪图私利，临战求封，无法无天。王大人一向执法如山，居然饶恕了他。可见王大人行事并不拘泥呆板，而是处处以国事为重，在大军生死存亡的紧要关头，如果斤斤计较，走错半步就会全盘皆输。王大人通情达理，随机应变，实在是高明呀！"

"可惜，公公日夜操劳竟然病倒了。"长姐叹了口气说道。

母亲也担忧地说："王大人是我们汉人的福星呀！求佛祖保佑这样的好人健康长寿。我们明天就去庙里为他祈福！"

"驮商走南闯北，见多识广，他们都说在王大人的主政下，秦境安定清平，兵强国富，垂及升平。长安至诸州，夹路皆槐柳，二十里一亭，四十里一驿，旅者取给于途，工商贾贩于道。老百姓都会唱：长安大街，杨槐葱茏；下驰华车，上栖鸾凤；英才云集，海我百姓。王大人是国之栋梁，佛祖一定要多多保佑他！"苏蕙说着忍不住合十了双手。

眼看婚期将近，苏蕙的嫁妆也准备周全了，姐姐们却愁眉苦脸地向母亲辞别，原来边关战事吃紧，她们必须赶回去，母女几个说着忍不住抹起了眼泪。

送走了大姐和二姐，家中一下子冷清了许多。一天，苏蕙和禾苗去漆水河边浣纱，突然发现芦苇丛中有人。禾苗看见来人像是窦滔，笑嘻嘻地喊了一声"姑爷"。窦滔不好出面，远远说了一声："姑娘安好，我这就去也！"苏蕙羞得满脸通红，赶紧收拾东西回家。

婚事按照纳采、问名、纳吉、纳徵、请期、亲迎的程序有条不紊地进行着，已经剩下了最后、最关键的一项了。眼看喜期临近，两个姐姐却不得已离开了，母亲怕苏蕙伤心，特意请来村子里的姑娘陪伴苏蕙。大喜的日子到了，苏蕙早早打扮停当，静静地等候着窦滔的到来。到这时候，她才想起自己只见过窦滔两回，俩人说过的话加起来还不到两句。一时间她由喜转忧，不由得胡思乱想起来。

鸡叫头遍，外面的礼炮响起，苏蕙知道自己马上就要见到朝思暮想的意中人了，心儿不由得"扑通扑通"地乱跳。禾苗端来夫人亲手做的离娘面，吃了这碗面，苏蕙明白自己将要离开这个家，告别无忧无虑的少女时代，嫁到新的家庭里，变成大人，与母亲一样生儿育女，操持家务，孝敬公婆，终日忙碌。

门外鼓乐齐鸣，苏蕙含着眼泪吃完这碗饱含着母亲一片苦心的面条。禾苗给她盖好盖头，苏蕙什么也看不见，忐忑不安地坐在屋里。不一会儿，一双有力的大手将她扶起，轻松地背到了背上。这背好温暖厚实，隔着光滑的丝绸，苏蕙嗅到了一种青年男子特有的味道。窦滔一口气把苏蕙从厅堂背到了大门口，安放在大花轿内。

"蕙儿呀！"听到母亲的呼唤，苏蕙连忙从轿内探出头来，母女二人抱头大哭。这一哭，旁边看热闹的、送嫁的也都眼睛一酸，跟着哭了起来。

嫁汉嫁汉，穿衣吃饭。女孩子出嫁等于二次投胎，婆家人好了就一好百好，万一遇上了待人苛刻的公婆，刁钻难缠的小姑子，挑拨是非的妯娌，风流成性的郎君，阳奉阴违的下人，再高贵的小姐也只能打掉牙往肚子里吞。村里人看惯了新嫁娘的种种境遇，都希望窦滔能善待苏蕙。因为苏蕙可不是一般的女孩子，她是织女星下凡，是远近闻名的女状元，是村里人人喜欢的好姑娘。

哭嫁，也叫离娘泪。如果姑娘出嫁时，母女不流泪，说明母女感情不深。姐姐出嫁时，母亲伤心难过。今天轮到自己了，一想起从此以后难得见母亲一面，家里大大小小的事务都要母亲一人操持，而自己将要面对一个陌生的家庭……苏蕙越想越难过，越哭越伤心。陪嫁丫鬟禾苗也哭得珠泪涟涟。

周礼有赶天明把新人娶回家的讲究。众人一边哭，一边劝说，苏段氏怕耽搁了吉时，好不容易止住了泪，又亲手给女儿补好了妆，再叮嘱了禾苗几句，这才含泪向女儿告别。

"起轿！鸣炮！奏乐！"司仪高声喊道。

苏蕙蒙着盖头，随着窦滔敬天地鬼神，祭祖宗灵位，拜高堂长辈，迎亲友乡邻，一直从早上忙到了晚上，既兴奋又疲惫。回到洞房，唱赞词的喜婆边撒花生、红枣、桂圆、莲子、核桃边唱："上撒天，下洒地，天为父，地为母，天父地母笑哈哈，一年抱个胖娃娃……"苏蕙听得有趣，暗暗羞红了脸。喜婆唱了大约半个时辰，方才退了出去。紧接着，禾苗也铺好被褥退了出去。窦滔迫不及待地揭开了苏蕙的盖头，四目相对，马上又躲闪开。窦滔紧贴着苏蕙坐下，细细打量着新娘子。苏蕙娇羞万分，低头不语。

窦滔从怀里掏出苏蕙那日遗失的一只凤头履，苏蕙一把夺了过来，藏在身后，又觉得不妥，但出于少女的羞涩，她什么话也没有说，只是冲着窦滔傻笑。

这笑容鼓励了窦滔，他先开口说："姑娘凤头履上的花儿像真的一样。"

苏蕙低声说："那日，多谢你出手相救。"

"那是咱俩前世有缘。"窦滔柔声答道。

"没想到凤头履还能配成双，可惜，我的蝴蝶步摇再也找不回来了。"苏蕙说着，冷不防窦滔抱住她亲了一口，说："姑娘喜欢步摇，这有何难。母亲的饰物应有尽有，我明日向母亲讨一支便是。"

"你那日为何隐身于芦苇丛中。"苏蕙又问道。

"怕有人再抢姑娘呀！我天天登上法门寺的钟楼朝着姑娘家看，有时候忍不住就快马加鞭到你们村口去转转，去了几十趟，只碰见了一次姑娘。"窦滔憨笑着说。

"真的？"苏蕙追问道。

窦滔笑而不答，却要亲苏蕙。"新郎官，别急，喝了合欢酒，再亲甜甜嘴。"窗外突然响起了喜婆等人的笑声。原来窗外有人听房。

窦滔佯装生气,说:"小心我撕烂你的嘴。"窗外的嬉笑声才渐渐远去了。

饮完合欢酒,窦滔觉得身上燥热,就势脱去了外衣,苏蕙看见窦滔赤裸的上身,立即面红耳赤,不知眼睛该往哪里瞅。窦滔毕竟是男儿,哪管什么羞涩,粗暴地解去苏蕙的霞帔,衣裳,只留下贴身的大红肚兜。窦滔有生以来,第一次看到女儿的娇躯,心突突地跳,脸火辣辣地烧,血呼呼地往上蹿,他一把抱起苏蕙,平放在婚床中间,吹灭蜡烛,颤声叫道:"蕙儿,蕙儿……"

十三
新婚别

如花似玉的少女,一夜之间蜕变成了女人。

交欢之后,窦滔心满意足地睡去,苏蕙却心情激动,瞪大眼睛瞧着身边熟睡的夫婿。男女之间简直有天壤之别。苏蕙纵然天资聪颖,但也想象不到男女之间会有这样奇妙的事情。窦滔的手臂似乎有一种魔力,碰到自己的身体,一种美妙奇痒无比的感觉就在浑身上下奔涌;窦滔的嘴巴似乎抹了迷魂药,一亲吻到嘴唇、脖颈、胸口,苏蕙就感觉麻酥酥,轻飘飘的,似乎要飞起来;窦滔的身体健壮如山,每一块肌肉,每一根骨头,每一根血管都充满着力量和美感……苏蕙细细回味着刚才的一幕幕情景,忍不住羞红了脸。

合欢之前,窦郎像憨牛一样笨手笨脚;床笫之间,窦郎就变成了勇猛无比的老虎;欢爱过后,窦郎如猎犬一般忠诚老实。

"绸缪束薪,三星在天。今夕何夕,见此良人?子兮子兮,如此良人何?"苏蕙借着窗外朦胧的星光,细细打量着夫婿的面孔。这脸庞方中带圆，剑眉粗黑，睫毛浓密，鼻梁高挺，唇线分明，充满着男子汉的阳刚之气。他睡着了，嘴角仿佛带着笑，难道他也在梦中回想娶亲的妙处？

苏蕙想伸手摸摸夫婿结实有力的身躯，却又怕惊醒了他，只好含情脉脉地看着枕边人。老天爷真会造人，这一男一女，一天一地，一阴一阳，真是天作之合。突然，苏蕙觉得下身有点疼，她起身看见床单上落下的血迹，宛如一朵梅花，静静绽放。

把最美好的处子之身奉献给心爱的男子，这是女人对爱情最高的礼赞。为了保持贞洁，多少女子以死相争。如果那天不是窦郎出手相救，自己落入贼人手中，也许早已不堪凌辱告别人世了。苏蕙突然不寒而栗。

百年修得同船渡，千年修得共枕眠。世间的男女千千万万，为什么我们俩人就能配成双呢？这就是缘分，就是天意，就是命中注定吧！

躺在这个孔武有力、高大威猛的男人身旁，苏蕙感觉很安全，很温暖，很幸福，她仿佛变小了，变轻了，变软了。

女人就是这么奇怪，她们人生第一次的欢爱，其实很仓促笨拙，可是她们会在回味中把它重新想象，加工，直到把它编织得完美无缺为止。

男人闯入女人的身体，对男人意味着占有、快感、享受……但对女人意味着改变、服从、接纳……正因为如此，大多数女人婚后对男子越来越依恋。

想到这里，苏蕙忍不住朝窦滔身边靠了靠，真应了那首诗："碧玉破瓜时，郎为情颠倒。芙蓉陵霜荣，秋容故尚好。碧玉破瓜时，相为情颠倒。感郎不羞郎，回身就郎抱"。她满心喜悦，恨不得向世人宣告自己属于这个伟岸的男子，这个伟岸英武的男子就是她的天地。长这么大，苏蕙第一次睡不着了。躺在这张陌生的大床上，苏蕙怎么看也看不够身边的窦滔。她不敢熄灭烛火，她怕黑暗中一切的幸福都会遁形。

窦滔的鼻息声在暗夜里越发明显，苏蕙睡不着，干脆翻身下床，读起了诗书。要知道秉烛夜读可是苏蕙每天雷打不动的习惯。姐姐们忙碌了一天，晚上喜欢纺线织布做嫁妆，苏蕙却酷爱诗书，常常一读就忘记了时间。

窦滔一翻身，感觉身边空荡荡的，大吃一惊，忍不住喊了起来。苏蕙赶忙答应了一声，窦滔迷迷瞪瞪地说："洞房之夜竟然以诗书为伴，可见我怠慢小姐了。"说着便要拉住苏蕙梅开二度。无奈东方破晓，雄鸡高叫，苏蕙赶紧溜下床，梳妆打扮一番，准备为窦家长辈倒夜壶。禾苗早已起身，侍候在了外间。

吃早饭时，苏蕙按照老规矩，给连日来辛苦的合家大小，包括管家仆役都道了谢！饭后，新婚夫妻要去男方的本家和重要亲戚家认门。管家早已备好了礼物和车马，窦滔带苏蕙先去了法门寺拜见老师法显大师。然后再去周秦坡村，村里的窦姓族人都早早打扫好了庭院街道，等候在了家门口，苏蕙和窦滔按照辈分高低逐一去行礼。虽然每家只简单寒暄几句，但由于户数太多，一上午过去了还是没有走完。中午，他们在族长家用过午饭，饭后接着走亲戚，走完最后一家已经到了傍晚。归程中，苏蕙看见村口的大坡下，七星河水波光粼粼，夕阳洒落在河面上，就像无数的金子在闪烁，忍不住赞叹起来。窦滔情不自禁地说："我们窦家的列祖列宗都长眠在这面大坡上，有七星河水相伴，他们永远都不会孤单。"苏蕙说："周秦坡，顾名思义，这里最早应是周姓和秦姓聚集之处。""娘子果然聪明。我们窦家是后来者居上。你看村庄迁于大坡之上，地势开阔，眼界宽展，河水依坡而流，两岸水草丰茂，四周土地平整，是不是块风水宝地？"窦滔得意地回答道。"不如改名叫窦家坡！你看窦家子孙绵延，反倒是周秦两姓快要无迹可寻了。"苏蕙开玩笑说。"叫惯了，改不了。爷爷非要把家搬到法门寺，我只好恭敬不如从命了。"

第二天夜里，幸福再次降临。"曾笑楚王太轻狂，原来巫山使人迷。"苏蕙为有这样的夫婿而自豪，她像小猫一样钻入窦滔怀中，极尽温存之能事。

他们已经把彼此的身体探索了数遍，但仍然乐此不疲。恩爱完毕，窦滔不再像第一夜那样疲惫不堪，他们激情未尽，忍不住窃窃私语，结果一波未平一波又起。他们不知疲倦地，反复地在爱情的浪尖峰谷里癫狂嬉戏。

"良宵一刻值千金。"夜晚悄然溜走，黎明的曙光照耀着这一对甜蜜的新人。

禾苗在外间故意手脚重了一些，苏蕙明白过来，准备起身。窦滔搂住她不放手，苏蕙低声求饶，两人拉钩上吊了半天，苏蕙才顺利脱身。

窦滔的眼睛里全是不舍，苏蕙丢给他一个调皮的眼神，闪身出去。

她是新嫁娘，全府上下有无数双眼睛盯着她呢，行事千万不能出错。

第三天，新婚燕尔的一对新人回门。小两口亲亲热热、和和气气，父母看了很高兴。亲戚和苏坊村的乡亲们看了都夸苏蕙命好。母亲是过来人，虽然从苏蕙的脸上看出了女儿的幸福，但仍然在私底下盘问女儿窦滔待她好不好。苏蕙含羞带娇地点了点头。母亲又向她密授怀孕生产，治家理事，相夫教子诸事宜。

苏蕙讲起自己黎明即起为爷爷倒夜壶，给婆婆请安，拜访亲友等家庭琐事时，十分老练，母亲听了打心眼里高兴。苏蕙一下子长大成熟了，母亲放心地送女儿女婿回家去了。苏道质对这个女婿也是赞不绝口，他已接到圣旨要带窦滔一起回住所，但是看到两个年轻人卿卿我我，恩爱甜蜜，始终开不了口。

苏蕙窦滔前脚刚到家，后脚便收到了父亲的口信，川地有人叛乱，苻坚命窦滔立即随苏道质回秦州加强防守。

原来，去岁张育谋反，自立为蜀王。张育与杨光起兵二万人，联和巴獠酋长张重、尹万的万余人马，进围成都。苻坚急派镇军将军邓羌率五万大军讨伐，张育见势不妙急忙向晋国求援。晋国的益州刺史竺瑶、威远将军桓石虔率军三万参战，战事升级扩大，双方大战数回，死伤无数，最终秦国获胜，益州等地终又归秦国所有。近日，王猛病倒了，蜀地又有人想要动武，天王苻坚为防其他人造反作乱，要求各地加强警戒。秦州是氐人故地，兵力不足，城防空虚，苻融建议派窦滔辅佐苏道质，苻坚恩准。

新婚三日，两人正是如胶似漆，难舍难分之时，但是军令如山，违者格杀勿论。苏蕙虽然舍不得窦滔走，但她知道朝廷命令不可违抗，连忙给窦滔收拾行囊。爷爷拿出珍藏多年的御赐金丝软甲，让窦滔贴身穿好，可以刀枪不入。窦滔穿好之后，爷爷又拿出儿子的遗物——一把象征将帅最高荣誉的乌铁剑。这把剑身份异常尊贵，取材陨石，乃秦武王花重金请河西月氏人精心打造而成，轻巧华美，锋利无比，削铁如泥，堪比干将莫邪剑。这把剑的神奇之处是能与马蹄声发生共鸣，一旦有敌军铁骑犯境，乌铁剑就会嗡嗡作响。爷爷一再叮嘱窦滔要随身携带好乌铁剑，千万不可在人前显露。窦滔母亲看见这把剑，想起了早逝的夫君，眼眶即刻红了。她舍不得儿子上沙场，但这话说不出口，只好在菩萨面前许诺，但愿乌铁剑能让儿子沙场立威，金丝软甲能护佑儿子毫发无损。送别途中，经过妇人们平日里浣纱的绫坑池时，苏蕙把定亲之时相赠的雁羽和丝线藏在香囊之中，乘众人不备，悄悄递给窦滔。窦滔一摸，心领神会，随手揣进怀里。窦滔一直苦于没有出人头地的机会，如今天赐良机，他巴不得立即奔赴战场，杀敌立功，显亲扬威。当下就作别家人，随使者去了。

说来也巧，窦滔到达秦州不久，就有胡人叛乱，苏道质一边上报朝廷请求支援，一边做好迎战准备。秦州当时兵力不到一万，苏道致便兵分两路，一路守住城池，一路去边陲迎敌。打虎亲兄弟，上阵父子兵。苏道质一介书生，秉公断案，管理百姓犹可，带兵打仗还是大姑娘上轿——头一回。幸好有窦滔在一旁出谋划策，冲锋陷阵，苏道质才不至于惊慌失措。

窦滔率五千人马迎战对方三万铁骑，敌众我寡，实力悬殊，要打胜仗可不容易。窦滔熟读兵法，知道这场仗不能硬碰硬，只要能拖住胡人，等候援军即可。所以，他枪挑胡人三员大将之后，便不再与其正面交锋。首战告捷，一举打掉了胡人的嚣张气焰，胡人也不敢轻举妄动。

话说苻坚收到苏道质的上表十分生气。一是生气自己对胡人那么宽容，胡人却经常叛乱；二是生气自己一贯善于识人，这次居然看错了人，刚下旨封赏了苏道质，他就出了乱子，这下要惹国人耻笑了。

生气归生气，他还是立即命令苏道质拼死抵抗叛军，守住秦州。并派姚苌率兵五万，驰援秦州。

兵贵神速。在姚苌大军到来之前，苏道质采用窦滔的计谋巧妙地拖住了叛军，大军到来之后很快平息了叛乱，全城百姓幸免于一场战火。苏道质将功补过，被派往陇西，窦滔杀敌有功，授为游击将军，跟随姚苌作战。

捷报传来，人们奔走相告。苏蕙听说窦滔要在姚苌帐下听命，生怕有意外发生，忙与爷爷和婆婆商议对策。当夜，苏蕙修书一封，第二天天不亮就派人送给王猛。

不日，朝廷派人敲锣打鼓送来了窦滔的赏赐之物和书信。爷爷喜极而泣，命人准备贡品祭祖，他要把这天大的喜讯告知列祖列宗，以告慰窦家祖先的在天之灵。苏蕙看爷爷难得一笑，便斗胆说："爷爷说得极是。窦郎是将门之后，入伍不久便建立奇功，这都是爷爷教导有方。何不请来族人一起祭祖。"婆婆吓得面如土色，下人们闻听此言，个个敛声静气，低下头去。原来，窦真当年解甲归田之后，有人误传他在军中对将士太过苛刻，族人信以为真，便与他很少来往。后来，族人弄清了原委，特意上门谢罪，窦真方才与族中之人开始走动。

苏蕙过门后，族里的女子常来跟她学绣花织锦，大家慢慢又熟络起来。苏蕙逐渐调和了族人的关系，窦家人之间走动频繁。今天，苏蕙想借此机会让族人与爷爷冰释前嫌，和好如初。爷爷听了这话，怔了半天，突然呵呵一笑道："那是自然。"苏蕙喜出望外，急忙命人去周秦坡请族长等人。

周原规矩，祭祖是男人的事情，女人不得参与。苏蕙与下人为爷爷准备好祭品，然后又进厨房帮着准备酒菜。祭祀完祖先，爷爷又招呼着让族人们吃酒席。周原规矩，女子不上酒桌，场面上的事情，全凭爷爷张罗，苏蕙与婆婆等一干女眷不宜抛头露面。这样也好，省了不少事情。苏蕙忙碌了一天，与禾苗在内室简单吃了点羹汤，坐下来喘口气歇息。众人酒足饭饱，有的鼓腹而歌，有的滔滔不绝地说话，有的拍打着大腿，吼起秦人老祖宗传下来的词曲。

叔叔伯伯们的唱腔悲凉，苍劲，苏蕙一听他们唱的是蔡文姬的《胡笳十八拍》：

"雁南征兮欲寄边声，雁北归兮为得汉音。雁高飞兮邈难寻，空断肠兮思愔愔。攒眉向月兮抚雅琴，五拍泠泠兮意转深。

冰霜凛凛兮身苦寒，饥对肉酪兮不能餐。夜闻陇水兮声鸣咽，朝见长城兮路杳漫。追思往日兮行李难，六拍悲来兮欲罢弹。

日暮风悲兮边声四起，不知愁心兮说向谁是。原野萧条兮烽戎万里，俗贱老弱兮少壮为美。逐有水草兮安家葺垒，牛羊边野兮聚如蜂蚁，草尽水竭兮牛羊皆徙。七拍流恨兮恶居于此……"

苏蕙听了难过，便躲回内室又一次读窦滔的书信。一别半载，窦郎就只给苏蕙写了这一封信。开战之后，窦郎音讯全无，这几个月来，苏蕙天天食之无味，夜夜噩梦不断，消瘦了许多。窦滔征战沙场、根本无暇修书。苏蕙心中哀怨，但也无法明言，幸好有禾苗陪伴，要不然这日子可真不好熬！

今日收到家书，苏蕙就像看到了自己朝思暮想的窦郎。书信只有寥寥数语，并无儿女私情之语，只是反复叮嘱苏蕙要孝敬老人，看好门户。读完之后，苏蕙特别想对窦滔说说自己这几个月的苦楚，窗外族人们还在一起高歌，她忍不住抚琴反复低吟："琴清楚，激弦商。秦曲声，悲摧藏。音和咏，唯空堂。心忧慕，怀惨伤。琴清楚，激弦商。秦曲声，悲摧藏。音和咏，唯空堂。心忧慕，怀惨伤。"

众人闹到半夜，方才散去。爷爷喝醉了，又在训斥下人。婆婆吓得战战兢兢，不敢上前，苏蕙只好硬着头皮去给爷爷送醒酒汤。爷爷神志不清，根本不看来者何人，一扬手打翻了汤碗，汤汁撒了苏蕙一身，禾苗赶紧把苏蕙推出屋外，示意管家带着几个男仆进去侍候。

禾苗帮苏蕙换好衣裳，劝她休息。苏蕙不放心爷爷，又派禾苗过去打探。一会儿，禾苗回来说："爷爷已经鼾声如雷，老夫人也安歇了。三姑娘不要操心了，明日还得早起。"苏蕙答应着，却让禾苗端来了青瓷灯。"姑娘，睡吧！要不然，明早老夫人又要说油蜡不够用了。"苏蕙听罢，只好熄灭灯火，在黑暗中想心思。

爷爷酒醒之后，想起昨日打翻汤碗，以及与族人误会之旧事，心中愧疚，加之昨夜暴饮暴食，竟茶饭不思，没几日便渐成病势，卧床不起了。这下可急坏了苏蕙和婆婆，婆媳俩一面派人去请郎中，一面寻思着做些什么饮食，给病人开开胃。爷爷没有胃口，婆媳俩费尽心思做出来的饭菜，他一口也不想吃。爷爷以前最爱吃美阳的臊子面，现在也是挑两筷子就不吃了。

爷爷缠绵病榻两三个月，全府上下都急得像热锅上的蚂蚁。

福无双至，祸不单行。就在这时候，传来了王猛辞世的噩耗。苏蕙惊愕得半天说不出话来。

十四
薤露行

在王猛的辅佐下，大秦政通人和，兵强马壮，大有秦始皇嬴政吞并六国之气势。

王猛举荐的大将越来越多，简直如过江之鲫。最近冒出来的窦滔文韬武略，样样精通。功高盖主，得想办法把王猛身边的人支走。姚苌提出把窦滔调到自己手边，他要好好栽培栽培这个青年将领。苻坚想也没想就答应了。王猛多说无益，只好遵命。

退朝之后，姚苌在苻坚的耳旁低语了一阵，君臣二人乐呵呵地出了王宫，打马去终南山寻仙问道。

苻坚近来很郁闷。他不担心王猛有二心，他讨厌王猛干涉他的自由。他宠爱慕容冲和清河公主，王猛说他逼得慕容垂造反；他选秀女进宫，王猛说他沉溺女色；他去终南山参禅问道，寻访长生不老之术，王猛又说他忘了秦始皇被徐福欺骗的前车之鉴。姚苌指责王猛："目中无人，信口雌黄。"王猛回谏道："近贤臣，远小人，才是为君之道。"苻坚怒喝：

"本王不是三岁小儿，难道分不清好赖！"说完又与姚苌去了终南山，王猛一个人站在大殿中央，进也不是，退也不是。

尽管碰了一鼻子灰，王猛还是不死心，就去找自己的学生——苻坚的弟弟苻融商议。谁料想，苻融居然十分支持苻坚的做法，并劝王猛要识时务，不要多嘴多舌。

姚苌知道苻坚贪恋女色，身体亏空，便授意道士熬些滋补药物，苻坚喝了雄风大振，愈发对姚苌言听计从。姚苌一边指使道士炼丹，一边让道士们给苻坚吹风说西域有位高僧名叫鸠摩罗什，通晓古今未来，勘破人世奥秘，一万个王猛也比不上！

没过几天，苻坚说他夜里梦见西域高僧鸠摩罗什了，那是个少年得道，法力无边，长相俊美的神仙。他未与王猛等重臣商议，便下令吕光率领十万大军去请鸠摩罗什。吕光之父吕婆楼心里一百个不情愿，但是苻坚已经不是立国之初的苻坚了，君命难违，吕婆楼只好装病，拖延时间。吕婆楼和王猛明知这是姚苌的诡计，却又无可奈何。十万大军与一个僧人，孰轻孰重，一目了然，可苻坚偏要如此。为了国家安危，王猛早已将自己的生死置之度外，决心再次劝说苻坚要以国事为重，决不可为了一个西域僧人发兵动武。苻坚被说急了，羞辱他说："你不要忘了做臣子的本分，与鸠摩罗什相比，你王猛不过是井底之蛙。"王猛本来就有病在身，听了这话当即口吐鲜血，不省人事，被人抬回府中。

王猛乃人中之龙，是极其难得的将相全才，他不去偏安江南的晋王朝效命，就是因为看透了晋朝倚重王、谢两家元老贵族，平民百姓根本无法受到重用的弊端。他甘愿为苻坚效力，是因为他在秦可以施展抱负，让老百姓过上好日子，特别是能让汉人不再受外族欺压，堂堂正正地活着。他做梦也不会想到，苻坚会如此待他，这教他以后如何面对天下之人。王猛回家后称病不再上朝，他在早已写好的辞呈之上，按好血手印，让人即刻送进王宫。

接到辞呈，苻坚愣住了。他知道王猛选择事秦，是为了给被奴役的是大汉百姓寻一条活路。汉人百姓崇文，个个勤劳善良，但是勇猛不足；

胡人尚武，人人骁勇善战，但是行事鲁莽。王猛亲眼看到可怜的汉人兄弟姐妹经常受到胡人的欺凌，所以立志要用一套严明的制度约束限制胡人，让他们不敢随意抢夺汉人的妻女财物，让他们不敢违法乱纪，不敢随意杀戮中原的老百姓，让他们规规矩矩地守好本分，不再串通谋逆。

经过了这次朝堂风波，群臣每次上朝都哑口无言。苻坚知道众怒难犯，收敛了许多。吕婆楼大病初愈，王猛接着病倒，他们的病是心力交瘁，是对苻坚深感失望而起。苻坚自知事情不妙，就不再提攻打龟兹一事。

王猛法纪严明，执政措施有力，深受汉人的拥戴，汉人们把王猛当作救世主，当作神灵一样顶礼膜拜。但是姚苌等胡人对他极为仇视，随时随地都想要他的性命，好在苻坚知道这个国家的根基命脉全部仰仗汉人，所以对胡人的反对声音一概不理。想到这里，苻坚明白了姚家父子用心险恶，感觉自己今天的话说重了。

苻坚一直对王猛深信不疑，王猛也一向对苻坚忠心耿耿，君臣之间本是珠联璧合，相得益彰，但是苻坚今天当众羞辱王猛，实在令群臣心寒。

王猛大苻坚十三岁，他们名为君臣，实为父子。苻坚顶住各方面的压力，坚持重用王猛。苻坚虽然年轻，但他也是从血雨腥风中一路走来的。他早就看惯了骨肉相残、奸臣误国、兴衰更替的悲剧。他明白乱世之中，秦没有重蹈赵的覆辙，能够笼络住汉人的心，建立一个欣欣向荣、胡汉大联合的国家，王猛功不可没。夜深人静的时候，苻坚常常暗喜自己用对了人，这是天意，也是缘分，更是佛祖的护佑。可今天，苻坚也不知道自己怎么就发了这么大的脾气，居然当着满朝文武的面辱骂了王猛。苻坚下朝之后，立即下了一道罪己诏，向王猛赔罪。王猛虽在病中，但他绝不糊涂，非要苻坚收回成命——不再兵犯龟兹，他才收回辞呈。苻坚全部答应。

苻坚答应了一切条件，但是王猛病势加重，真的上不了朝。王猛缠绵病榻，朝中关于他生病的谣言满天飞。苻坚甚至怀疑王猛生病是假，不肯原谅自己是真，故而隔三岔五派人探望。朝中那些奸佞小人，趁机在苻坚面前中伤王猛。朝廷又成了胡人的天下，汉人们都变得提心吊胆。

王猛真的病倒了，秦国上下人心惶惶，整个国家弥漫着一种阴森恐怖的气氛。

人吃五谷杂粮生百病。起初，苻坚并未把王猛生病当回事儿，觉得休养一阵就好了。姚苌等人巴不得王猛早早去见阎王爷，他们故意对苻坚说："王猛一去，整个朝堂无人说话，看来文武百官都对攻打龟兹不满。群臣之心与王猛一样呀！他们心怀不满就等着看天王的笑话……"

"他们敢。"苻坚想想最近大臣们的表现，狠狠地说。

"有什么不敢。他们都和王猛一条心。汉人和我们胡人本来就面和心不合。"姚苌继续挑唆道。

"岂有此理！"苻坚疑惑地问。

"汉人不思进取，胆小怕事，贪图享受，狭隘排外，咱们的祖先占了他们的土地，他们从骨子里恨咱们。"姚苌条分缕析道。

"眼下，咱们秦国日益强大，这些汉人看着天王仁慈，就图谋着复国。他们的心里从来就没有忘记过仇恨。你忘了，他们中曾经有人提出要把咱们赶尽杀绝。"看着苻坚沉默不语，姚苌继续煽风点火。

宫里的传言越来越多。王猛知道坏事了——人走茶凉，自己一离开苻坚身边，各种奸佞小人们就开始作祟了，多年的君臣情谊转眼间就烟消云散了。苻坚比王猛小十三岁，父王离世早，所以苻坚一直把王猛当做父王兄长看待，事事都仰仗于他。立国之初，苻坚想起自己同族兄弟手足相残的往事，夜夜噩梦不断，时常处于一种恐惧戒备之中，他害怕自己也像苻生一样被人在睡梦中谋杀。所以，他对任何人都怀有戒心，都不信任。王猛出现以后，采取了一系列大刀阔斧的举措，整肃了朝纲，也彻底改变了苻坚。他一下子觉得有了依靠和主心骨，从此可以安然入睡了。近几年来，国家大治，苻坚日渐骄奢，再也不会担心有人觊觎自己的王位了，也就觉得王猛不过如此。如今，他突然意识到王猛功高盖主，心里就不是滋味。不过，苻坚也不是糊涂到要置王猛于死地，他只是想略施小计，敲山震虎，让王猛明白：这个国家是谁的，由谁说了算。可是他没想到，老天留给他和王猛的时间不多了。

就在民间流言四起的时候，苻坚依然没有前去探望王猛。他只是每天派使者到王猛府里象征性地询问几句。姚苌、苻融等人故意警告使者：回去只能报喜，不能报忧，要是惊扰了天王，小心你的狗命。

苻坚的做法让王猛很失望。一个人一旦觉得活着没有意义时，各种邪魔就找上门来了，王猛的病就这样一天一天严重起来。俗话说闲时生病。其实王猛心忧国事，夙夜忧叹，早已积劳成疾，这次连病带气，伤了元气，各种隐疾全都发作了，折磨得他生不如死。王猛抚摸着身上的伤口，想起这是在某一次作战时受的伤，就不禁回忆起当年的情形。他想着想着，常常一个人无声地淌眼泪。妻子看见了，想要劝告他几句。他反倒说是小虫子迷了眼，流几滴泪就出来了。

如果一直忙碌下去，王猛说不定还有几年阳寿。不过这样也好，最起码可以安排好后事，从从容容地离开。王猛知道自己将不久于人世，便让夫人清理自己的遗物，遣散府中的差役，只留下几个信得过的老家人。

王猛卧床不起，苻坚依然被蒙在鼓里。一天夜里，苻坚梦到了王猛来向他告别。时隔几日，王猛竟然一脸病容，走起路来摇摇晃晃，完全是一个风烛残年的老人样子。苻坚吓得高声喊起来。惊醒之后，苻坚情知不妙，第二天天不亮就带上随从去王猛家里探病。

"天王，老夫终于盼到你了。"王猛见到了苻坚一下子来了精神，从床上爬起来走了两步。

苻坚看王猛憔悴不堪，果然如梦中所见，不由得鼻头一酸。他连忙扶住王猛，王猛却挣扎着要起来行君臣之礼。苻坚好言相劝，王猛只好勉强坐在榻上。俩人叙话时，王猛颤颤巍巍地拿起手边苏蕙的信，喘息着说："姚苌居心不正，宜将窦滔招至邓羌麾下，滔有贤妻，乃镇国之器。"苻坚满口答应。

探望过王猛的病情，苻坚烦乱极了。他没有回王宫，而是径直去了庙里，亲自为王猛祈福消灾，并派侍臣遍祷于名山大川。几日后王猛的病情有所好转，苻坚欣喜异常，下令特赦死罪以下犯人。这是开天辟地绝无仅有之事，百姓奔走相告。王猛上书言谢，说："臣何德何能，得遇明君，有幸辅佐天王，保中原百姓之平安。为报知遇之恩，臣屡次尽忠直谏，冒犯龙颜。今命垂危，去日无多，国事繁杂，敬献遗言，望君保重。君少年神勇，威震八方，声望隆重，德化六合；九州万里，十居其七；平定燕蜀，易如反掌。然善作者未必善成，善始者未必善终。自古以来明君深知创业守成之难，无不殚精竭虑，如临深渊。天王英明，定要亲贤臣远小人，则天下幸也！"苻坚读一句，抹一把眼泪，悲痛欲绝。

十余天后，苻坚又亲去探视，王猛还硬撑着想要起来，但已经坐不直身子了。又拖了十几天，王猛病危。

"国相，你何故病至如此？"苻坚一见王猛形容枯燥，油灯将尽的样子，突然不寒而栗，忍不住泪流满面地问道。

王猛知道苻坚后悔了，虚弱地说："天王龙体贵重，切勿伤悲。老朽福薄命浅，承受不起。"

"国相，你是我大秦的中流砥柱，你不能扔下寡人不管呀！"苻坚痛哭流涕地说，那样子很感人，如同远方归来的孝子在老父亲床前忏悔一样真切。

王猛知道他关心国事，便吃力地说："切记要提防姚苌父子、慕容家族，他们狼子野心，随时都会起兵叛乱。晋朝虽然偏安江南，但其气数尚存，根基尚固，万不可以轻言攻打。国内的鲜卑人和羌人，才是我们最大的敌人，终有一天将成为祸患，应早日予以剪除，决不可手软。臣知天王素有雄心大志，欲图天下统一，此事万不可鲁莽，须得养精蓄锐，二十年后再议。"说完停止了呼吸。

苻坚抱着王猛放声大哭。他知道他失去了最得力的臂膀。

一听说王猛去世了，整个长安城霎时寂静了下来。

老百姓们自发地放下手中的活计，赶到了丞相府。他们知道自己身份低贱，根本不配到灵前祭奠。他们远远围在丞相府的门前，偷偷地焚烧纸钱，悄悄地哭泣抽噎。这种无声的压抑的哭声，远远比号啕大哭更震撼更有感染力。

苏蕙很快听说了噩耗。王猛是大姐的公公，是护佑窦滔的恩人，是苏蕙自小敬重的英雄，是整个秦国的支柱，他的离世让苏蕙伤心不已，备受打击。苏蕙在家为王猛设了灵位，天天早晚与家人一起上香祭拜。

王猛一生为官清廉，只娶了一位夫人，育有二子一女，两个儿子都已娶亲，常年居在任所，女儿也已出嫁，家中平时就他们老夫妇与几个丫鬟仆役。王猛是治国安邦的绝世良才，深知权力是把双刃剑，既可以使人施展抱负，成就功业，也可以让人六亲不认，丧心病狂。所以，他平日不苟言笑，冷面无情，绝不与百官来往，生怕落下结党营私之罪名。他知道自己得罪了大批氐人权贵，这些人在暗处虎视眈眈，一旦抓住一点把柄就想置他于死地。

王猛为官近二十年，满朝文武官员无一进过丞相府。今天丞相离去，百官才得以进入这座高大华贵的府邸。但是，他们失望了，偌大的丞相府，大多房间都已上锁，许多地方都长了半人高的野草。丞相一家和仆役只占用了府中百分之一的房间。再看丞相平时起居之处，陈设简单，一几一塌，几乎与普通农家一样。丞相夫人的穿戴简朴寒素，几无一件绫罗绸缎。她平常与丫鬟们纺纱织布，亲手为夫君裁剪衣裳，烹饪食物，全无贵族夫人的架子。丞相回府之后，脱下朝服冠冕，换上麻衣素履，完全一介老农的装扮。民间对此早有传言，但许多人以为王猛是在故作清高，沽名钓誉，今天亲眼所见，才知王猛实乃千载难逢，两袖清风，忠心耿耿的良相，堪与诸葛亮相提并论。

让许多吊唁者不自在的还有王猛富贵之后，依然与糟糠之妻举案齐眉，互敬互爱，不像朝中其他官员，一旦升官发财，立即购置田地，大兴土木，广纳美妾。他们的结发妻子大多在家乡侍奉公婆，而他们在长安城里心安理得地纳妾狎妓，寻欢作乐。甚至有人一不做二不休，干脆休掉原配另攀豪门。民间传言：一年土，二年洋，三年不认爹和娘，四年赶走妻子和儿郎。

公道自在人心。苻坚真正感受到了王猛在百姓心目中的分量。他想起王猛在世时，常常告诫他要爱民如子，广施仁政。王猛常说："攻打一座城，可以靠着将士们奋勇杀敌。但收服一座城，靠的是人心暖人心。战争只会让人离心离德，仁政才是安邦治国之良药。"

苻坚对王猛的离世非常内疚，他亲自三次临棺祭奠，失声恸哭，并对太子等人说："老天爷是不想让我统一天下呀，这么快就夺走了景略（王猛字景略）啊"。

"薤上露，何易晞！露晞明朝更复落，人死一去何时归！薤上露，何易晞！露晞明朝更复落，人死一去何时归！"出殡时，挽柩人唱着挽歌，闻者无不落泪。

"王大人呀！你走了，我们可怎么活呀！"送葬的百姓绵延二三十里，他们边哭边倾诉。

王猛走了，秦的天塌了，老百姓的日子怎么过？

送走了王猛，整个国家陷入了巨大的悲哀恐慌之中。头七过后，人们依然为王猛穿白戴孝，自发地停止了婚嫁宴饮的行为。在所有怀念王猛的人里面，苻坚的伤心后悔是最深切的。

苻坚常把自己与王猛比作刘备与诸葛亮。但刘备长孔明二十岁，而苻坚却小王猛十三岁，尽管限于君臣名分，苻坚始终敬猛若兄似父，双方感情极为深厚。王猛去世时五十一岁，苻坚三十八岁，一旦失去这位兄长、老师和最得力的助手，苻坚顿时陷于极度悲痛和茫然之中，经常向隅而泣。

十五
长相思

王大人走了，爷爷久病不起，婆婆的老毛病又犯了。苏蕙愁眉不展。

苏蕙想不通，郎中说爷爷身体并无大碍，可为什么爷爷吃啥都没有胃口呢？

十里不同风，百里不同俗。按说美阳与始平郡相距不远，且都土质肥沃，气候温润，盛产小麦，以面食为主，但两地的面食还是略有不同。始平郡人喜吃"七花面"，而美阳人在的诸多面食中，最爱吃的要数臊子面了。这臊子面是用上等小麦面粉和面，擀成面后脔成细长条，下锅煮熟，捞一筷头面入碗，再浇上用大肉臊子、调料及黄花菜等底料做成的香汤，只吃面不喝汤。好的臊子面有"薄、筋、光、煎、稀、汪、酸、辣、香"九大特点。"薄、筋、光"，是指擀好的面条薄如纸、光如瓷、下到锅里莲花转，挑上筷子不断线，吃到嘴里有筋丝；"煎、汪、稀"，是指每碗臊子面要面少汤多，汤要烧得滚烫煎火，荤素臊子底料丰富，红黄绿漂汤油汪汪；"酸、辣、香"，是指汤的酸味要出头一些，油泼辣子要放重一些，吃起来又酸又辣喷喷香。臊子面是美阳人逢年过节、婚嫁丧娶时款待亲友的主要佳肴。苏蕙过门后，特意跟着婆婆学会了做臊子面。但是臊子面做工讲究，需要的佐料很多，平时并无机会吃到，更何况是在这吃了上顿没下顿的荒年。

苏蕙拿出府中平日舍不得吃的白面，亲自给爷爷精心做了一顿臊子面，可爷爷还是吃不下。爷爷连最爱吃的臊子面也不想了，这可咋办？爷爷是家中的顶梁柱，在府中向来说一不二，如今天天躺在病床上，窦府就像天塌了一样，府中上下人等惶惶不可终日。禾苗出主意说："爷爷喜食面条，我们不妨变变花样。"苏蕙灵机一动，爷爷行军打仗多年，何不把"七花面"中的鸡蛋、葱花等都切成像小旗子一样的四边形或三角形，漂在臊子面上，美其名曰"旗花面"。

禾苗又说："爷爷久病不愈，可能舌苔肥厚，宜多用醋开胃；臊子面肉多油腻，不如熬一锅鸡汤，配以清淡的素臊子，给爷爷醒醒脾。"苏蕙闻言，便和禾苗依着母亲教她们做面的诀窍，为爷爷做"旗花面"。

苏蕙的"旗花面"与臊子面不同，突出了汪、煎、清、稀、细、软、工七个特点。苏蕙熬好了鸡汤，炒好了素臊子，又接着调制底汤。汤刚调好，禾苗那边的面条也出锅了，苏蕙给面碗里盛上汤，特意把鸡蛋饼、葱花切成旗子形撒于汤上，一碗味清、面软、汤煎、醋酸的"旗花面"

终于做好了。苏蕙盛了一碗端到爷爷的病榻旁，爷爷以为还是老一套，头也不抬。禾苗急了，开口恳求道："爷爷染病数日，粒米未进，孙媳心焦，日夜难安，望爷爷看在姑爷的面上，就算不吃饭，喝口汤也是好的。"爷爷无力地抬起身，却一下子被碗中的奇花异彩吸引住了，苏蕙搅了搅面条，一股诱人的清香味扑鼻而来，爷爷狐疑地看着苏蕙。苏蕙赶紧端起碗给爷爷喂了一口汤，这汤是熬了许久的鸡汤，十分煎鲜，香味浓郁，喝一口顿觉神清气爽，口舌生津，不一会儿，爷爷就把一碗面吃完了。碗里面少汤多，爷爷三两口吃完面之后，一口气喝尽了汤。禾苗又端来一碗面，爷爷吃完之后，觉得汤倒掉可惜，就叫苏蕙给汤中再捞几条面。苏蕙不让，怕久病之人一下子吃多了积食，爷爷便把碗中的汤又喝得一干二净。

人是铁饭是钢，一顿不吃饿得慌。爷爷终于能吃饭了，全家人都舒眉展颜，婆婆更是欢喜得念起了佛。

爷爷嗔怪有这么好吃的面条，干嘛不早点让他尝一尝。苏蕙见爷爷高兴，便随口胡诌起了"旗花面"的来历——

从前有位皇上的宠妃病了，茶饭不思，虽经太医百般医治，但病情时好时坏，让皇上十分发愁。于是皇上降旨，招天下名厨进宫，为娘娘烹调美味佳肴。许多大厨纷纷前来应征。他们费尽心思，用山珍海味为娘娘做了数十种饭菜，娘娘非但不吃，一闻都觉得恶心，圣上大怒，以欺君之罪杀了好几个厨师。吓得其他厨师再也不敢揭皇榜了。

京城附近有个小伙子，因家道贫寒，年过三十，尚未娶妻，与老母相依为命。老母年迈多病，小伙子无钱求医，就试着用鸡汤、蔬菜和调料做成药膳给老母吃，没想到还真医好了一些疾病。官差听说之后，强行把小伙子带到了到皇宫。小伙子听说皇上为给娘娘治病杀了许多大厨，吓得不敢睡觉，苦思冥想，终于想出了做"旗花面"的法子。娘娘吃了这面，凤体安康。皇上大喜，重赏了小伙子。小伙子得了赏钱，回家娶了美娇娘，开起了面馆，过上了幸福美满的好日子。

爷爷听后，开心地笑了。禾苗在旁边打趣说："爷爷就好比那宫里的娘娘，金贵着呢，一吃'旗花面'就好了。"

"没礼数。这儿那里轮得着你这丫头片子说话。"婆婆看不惯禾苗没大没小的样子，端出夫人的架子训斥道。

"贤媳此言差矣。禾苗把我比作了金贵的娘娘，我可不敢当，这是孩子的一片孝心，是盼我病好呢。一家人，莫拘束。笑一笑，十年少。苏蕙和禾苗这两个孩子一唱一和的，是想着法子逗我开心呢。你当我老糊涂了。"爷爷替苏蕙和禾苗开脱道。婆婆这才不再说什么。苏蕙和禾苗相视一笑，暗自得意。

爷爷病愈后，家人这才告知他王猛去世的消息。爷爷愣了半天才回过神来说："老天不长眼。这都是操心国事，忧虑过度而致。秦的好日子不长了。"自此，爷爷性情随和了许多，逢人就夸"旗花面"好吃。客人们来了，也都点名要吃苏蕙做的"旗花面"。渐渐地，这种面食就在法门寺周围传开了。

王猛去世之后，秦国地动、洪水、瘟疫、蝗灾等灾祸不断。民间传说王猛死得太冤，老天爷在惩罚秦国。先是边远之地的庄稼被蝗虫吃光，接着遭遇了大洪水，洪水过后，瘟疫四起，许多老人孩子接连毙命。各地官员连连上书，请朝廷赈灾，然而，老百姓左等右等，就是不见朝廷的赈灾钱粮。原来，朝中官员为了邀功请赏，报喜不报忧，饥民们饿殍遍野，卖儿鬻女，苻坚得到的消息却是黎民百姓安居乐业，天下太平无事。

不久关中也发生了干旱、地动之异象，老百姓人心惶惶，不可终日。

一日，爷爷询问苏蕙如何处置天王赐给窦滔的金银财物。恰好法显大师过来与爷爷清谈，苏蕙就此事问起大师。"阿弥陀佛！窦滔拜在我的门下，戍边卫国，难免杀戮流血，如今天象不稳，不如在周秦坡起一座观音寺，为百姓祈福消灾。村西沟边地势高，面河背原，最宜修行。"爷爷和婆婆听了都说如此甚好。苏蕙是晚辈，不敢插话，只是点头。"我佛慈悲！佛指舍利安奉在法门寺内，常有佛光显耀，这是地方上要有祥瑞。佛祖内侍观音若能以法身住在观音寺，布道弘法，遍撒甘露，岂止是美阳县，实乃扶风国的大公德。"法显大师说道。"只是建庙耗资巨大！"婆婆试探着问道。"无妨！只是取滔儿赏赐之物中的三成动土奠基，法门寺中的善款出三成，余者自有四方百姓捐助。"法显大师呵呵一笑道。爷爷和婆婆连声称好，苏蕙也赶忙上前拜谢法师。

苏蕙嫁过来之后，发现窦滔母亲身体虚弱，家中诸事不管。爷爷饮酒无度，并不擅长治家。窦滔只知习武读书，根本不屑于家中琐事，家里的一切开销，全靠祖上的地产收入。爷孙二人都是甩手掌柜，家中的财务可想而知。

天旱歉收，爷爷顿顿吃饭都离不了酒，家中的用度日渐吃紧，苏蕙就和禾苗试着为爷爷酿制酒，一下子就省了一大笔开销，家中的境况慢慢有了起色。

建庙之事，在法显大师的主持之下很快破土动工。虽是灾年，人人食不果腹，衣不蔽体，但周秦坡附近，美阳县，甚至周原的能工巧匠、青壮年男子都不请自来，争相修庙。他们自带干粮被褥，动手搭建窝棚，周秦坡村的人见状纷纷让出自家屋舍，让匠人歇宿。老妇人天天来庙里烧茶做饭，年轻女子则在家替工匠们洗衣熬胶。大户人家、木材商人、米行老板、酱菜店的师傅送来了钱财、木料、米面、酱菜……每天送东西的人络绎不绝，法显大师命人将善款和出工人数每日都记录在册，公布在庙门前，众人看了心服口服，干劲倍添。众人拾柴火焰高。大家有钱的出钱，有力的出力，有物的出物，观音寺很快就初具规模。

以前家里每月的收支情况，母亲都要记账。如今法显大师建庙也在记账。苏蕙就学着他们的样子，开始记账。管家知道了，不悦地说："少夫人莫要为此费心。夫人和老太爷从不管账。"苏蕙说："爷爷年迈不敢劳神。夫人体弱不能费心。我年纪轻轻，自然要替你多分担一些。"管家还是不肯答应，依然与苏蕙争辩。

"管家大人，我家姑娘面情薄，你莫多想，去歇息吧！"禾苗打圆场道。

"少夫人信不过我。"管家叽叽咕咕着朝外走，一头撞在了爷爷的怀里。禾苗气鼓鼓地向爷爷说明了原委,爷爷当即怒斥管家,要求拿出账本。管家百般推诿,爷爷意识到了事情的严重,一再逼问,管家这才极不情愿地拿出了账本。爷爷和苏蕙翻阅家中的旧账,发现账目混乱,特别是为了筹办婚事,竟然借了外债,还变卖了夫人不少首饰,而爷爷居然毫不知情。

其实早在婚后第二日,苏蕙就曾给窦滔出了一个谜语:"有物于此,蠢蠢兮其状,屡化如神,功被天下,为万世文。礼乐以成,贵贱以分,养老长幼,待之而后存。名号不美,与暴为邻;功立而身废,事成而家败;弃其耆老,收其后世;人属所利,飞鸟所害。臣愚而不识,请占之五泰。五泰占之曰:此夫身女好而头马首者与?屡化而不寿者与?善壮而拙老者与?有父母而无牝牡者与?冬伏而夏游,食桑而吐丝,前乱而后治,夏生而恶暑,喜湿而恶雨,蛹以为母,蛾以为父,三俯三起,事乃大已。"

窦滔百思不得其解。苏蕙告之此乃荀子所做的《蚕赋》。窦滔在娘子面前不得不承认自己才疏学浅。苏蕙正色道:"我并非为了卖弄学问,逞强好胜,只是想以此吸引夫君关注家中经济。家中日子艰难,为妻想要采桑养蚕,织成锦缎售出,以贴补家用。"窦滔听了这话觉得很有道理,却又怕爷爷、母亲不肯答应,便说:"我那日去向娘亲讨要蝴蝶步摇,看见母亲的妆奁竟然没有几样东西,原来都已经让管家典当了。还好那只蝴蝶步摇没有弄丢。""为妻那日随口一说,郎君竟然当了真,夺了娘亲心爱之物,为妻心下不安!"苏蕙担心地说道,叮嘱窦滔不可再索要母亲的首饰。采桑养蚕之事便不了了之。

当时苏蕙是新妇,家中一切全凭爷爷和婆婆做主,许多话不便多说。

今日是重提此事的好机会。苏蕙便拿出账本,准备与爷爷、婆婆商议家中的生计。婆婆身体不好,自顾无暇,自从苏蕙嫁过来之后,就接手婆婆照顾爷爷的生活起居。爷爷的脾性变了好多,他不再独自喝闷酒,也不再闭门谢客,遇到亲戚朋友家中有婚丧嫁娶诸事,常常兴致勃勃地去行礼坐席。

禾苗机灵，早早把苏蕙记的账目拿了出来。苏蕙刚一打开账本，还未开口，爷爷便明白了她的意思，笑呵呵地说："蕙儿，咱这家以后由你当，你婆婆身子虚，咱这家就指望你了，你想怎样使费滔儿的赏赐都行，爷爷信得过你。"苏蕙谦让一番，爷爷和婆婆一再坚持，苏蕙只好答应下来。

爷爷如此通情达理，苏蕙赶忙跪下谢恩。爷爷叫来全体仆役，当着全府人等的面，郑重地交出了府中所有的钥匙。管家带领着苏蕙一一指认了各种物品的存放之处。从这以后，苏蕙就以窦府女主人的身份开始安排事务。

苏蕙心思缜密，即便爷爷发话让她全权掌握家中财政大权，她也不会独断专行。当下，苏蕙与爷爷、婆婆商议先还掉外债，剩余的在祖宗祠堂周围购置地产，全部种上桑树，来年养蚕吐丝，织成绸缎卖掉，就可以大赚一笔。

以前在娘家时，家里成天有人上门学艺，嫁到窦家之后，每天找上门来的人也是不绝于道。只是爷爷年迈，不堪吵闹，苏蕙便让学艺者从侧门进出。遇到饭时，苏蕙想留远道来的绣女们吃顿便饭，管家却说开了这样的口子，以后不好收拾。再后来，管家明里暗里驱赶众人，无奈之下，窦婆婆提议苏蕙去她家教绣女们织锦。

去窦婆婆家，必然要经过苏蕙窦滔初次相遇的那方池塘。每每走到池塘边，苏蕙都情不自禁放慢了脚步。池塘边的柳树绿了又黄，池塘里的荷花开了又败，一年又过去了，窦郎却不知道身在何方？苏蕙忍不住把那天作的诗又吟了一遍，吟着吟着，禾苗说："姑娘，你的诗倒过来念也好听。你这样写诗，一首就等于是两首。你把信寄给姑爷，一封就等于是两封。""好主意。我把前两行诗减掉，就成了音和咏，唯空堂。心忧慕，怀惨伤。在每行诗里加一个字，就又变成了另一首新诗。伤惨怀慕增忧心，堂空惟思咏和音。藏摧悲声发秦曲，商弦激楚流清琴。"苏蕙随口改道。禾苗说："音和咏，唯空堂。心忧慕，怀惨伤。这首诗一读就知道是写新媳妇的，她一听到别人弹琴作乐就想起她的新郎官了。后一首就复杂了,她想念郎君,想得都要大放悲声了。""鬼丫头,不知羞。看谁将来敢娶你。"苏蕙作势在脸上羞了几羞。"高山流水遇知音。姑娘应夸我,知我者,禾苗也!"禾苗嬉笑着跑开了。

"好个美貌的小娘子。"一个举止轻浮的地痞无赖,嬉笑着拦住了苏蕙的去路。苏蕙气得扭身就走,却被几个仆从围在了中间。

"我每日都在这柳树边偷看娘子,今日实在忍不住了,小娘子请……"对方话未说完就要动手动脚。禾苗情急之中,大喊起了救命,窦婆婆和众绣女们闻讯赶来,无赖和仆从吓得抱头鼠窜。

十六
亲蚕礼

苏蕙每日操持完家务,一有空就带领着妇女们纺线织布,绣花织锦。驮商每过一段时间就来收购绣品布帛,禾苗又像往常一样把各色物品登记得明明白白,把账目盘算得清清楚楚。

一天,窦家族里的几个妯娌来找苏蕙,说是禾苗把她们的绣品压了一个等级。苏蕙心想驮商验货极其苛刻,禾苗如果把关不严,驮商很可能就把所有的货物退掉,禾苗收集了几年货物,不会出这样明显的纰漏。但她不好拂了妯娌的面子,就把绣品要过来看了看,确实有些瑕疵,不能算作上等。苏蕙委婉地说明了其中的利害关系,妯娌以为苏蕙包庇禾苗,不悦地走了。苏蕙为了息事宁人,就让禾苗把其中最好的一件绣品放在了上等品中。后来,驮商来收货,一件一件地翻检,看到禾苗居然以次充好,十分生气,当即丢下所有货品,扭身要走。禾苗见状急了,赶忙拦住对方,道歉说是自己不小心放乱了一件。其他绣女见势不妙,也都过来求情,说是家里已经揭不开锅了,就等着这钱买米下锅呢!苏蕙知道原委,赶紧跑过来替禾苗开脱。双方讨价还价,最后驮商压低了价钱，以次等的价格收购了所有上等绣品，品相差点的一件也不要。众人吃了哑巴亏，但碍于苏蕙情面不好多说。妯娌自知理亏，啥话也不敢说了。

发生了这样的事情，苏蕙很难过，她不仅手把手地教那些一件绣品也没有卖出去的绣娘，还让绣工好的和差的互相结对子，尽快提高技艺。妯娌们每天认认真真地跟着苏蕙学绣花，不再惹是生非。再后来，驮商来收购货物就顺当多了，很少弹嫌①什么，众人对苏蕙和禾苗益发敬重。

周秦坡村、小西巷的乡民与苏坊村的一样淳朴善良，勤劳踏实，但也免不了闹点矛盾。大家有事都爱来找苏蕙评理，苏蕙也不摆架子，一碗水端平，尽量公平公正地处理好各种纠纷。每天被这些鸡毛蒜皮的事情牵绊着，窦滔投军之后，苏蕙才不觉得那么孤单。

王猛辞世后，苻坚没有忘记他的教诲，依然重视农业和教育，每月到太学视察三次。他素来信奉汉人文化，也崇赏汉人勤劳善良，聪明好学之风尚。他不光启用了像王猛、苏道质这样一大批汉人中的精英，而且对汉人先进的耕作蚕桑技术极为重视。苻坚叫人收集整理了前朝养蚕方法，在条件适合的地方大力推广植桑养蚕，使百姓生活日渐富足。周代的"亲蚕"制度就在秦得到了完整的传承，天王和诸侯府中都有"公桑蚕室"，夏历二月浴种，三月初开始养蚕。普通百姓对浴种、出蚁、蚕眠、化蛹、结茧、化蛾等养蚕知识已相当熟悉。家家户户都有养蚕的工具曲（箔）、植（蚕架）、筐（蚕匾）、蓬（芦席）等。

又是一年上巳节，秦国到处都在举行祭祀蚕神活动。往年，王后带着公主，嫔妃们在宫内的先蚕坛举行"春阴祭蚕盛典"。王后亲蚕祭祀时，需杀一头牛祭祀蚕神嫘祖，祭祀仪式十分隆重。今年，仪式改在长安城边的慈恩寺里举行，以示天王重视农业、祈求来年风调雨顺，物丰民足之诚意。

这一天，寺庙周围重兵把守，附近的百姓们早早守在了道路两旁，

---

① 弹嫌：读音 tàn xián，陕西关中方言有挑剔之意。

到处都是人山人海，人们都想一睹王后、公主、嫔妃们的风采。

就在大家望眼欲穿时，王后在十几位嫔妃、公主和大量随从的簇拥下出现了。随着女祭司长声高喊"跪——"，祭祀仪式开始。第一项祭先蚕：王后带领着众人，在随从的搀扶下缓缓跪倒，上三炷香后起身，再跪倒，起身向先蚕神位行"六拜、三跪、三叩"礼。

第二项躬桑：参拜完后，嫔妃、公主们举行"躬桑"仪式，最受苻坚喜爱的长公主将黄色的丝带缠在桑树上，为天下百姓祈福。随后，嫔妃、公主们起舞躬桑，接下来是一群宫女们在桑树旁边跳舞，唱歌。

歌舞过后，就该举行第三项献茧缫丝：王后左手举蚕茧，右手抚桑叶，恭恭敬敬地献给螺祖娘娘。众人礼拜完毕之后，王后选择最好的蚕茧展示给众人，然后收入筐中。

这一天，秦国自上而下都在举行"春阴祭蚕"活动。苏蕙和村里的大姑娘小媳妇聚在庙里一起供奉"蚕三姑"（村人对螺祖娘娘的称呼）。大家公推苏蕙当主祭，让村里养蚕时间最长的窦婆婆当祭司长。苏蕙觉得自己当主祭不太合适，推辞了好多回，最后盛情难却，只好勉强答应下来。以往的主祭人都是要在几个村里选一个德高望重的养蚕能手，苏蕙一个过门没多久的新媳妇能够当此重任，爷爷觉得特有面子，便拿出自己的体己钱让人杀了一头猪作为祭礼。周秦坡村、小西巷和附近村庄的女人们虽然对蚕三姑十分恭敬，但迫于生计艰难，往年的祭礼只是一只灌醉酒的小鸡和自家蒸的花馍。今年的祭品如此丰盛，庙里的执事知道了，逢人就说美阳出了个孝顺媳妇，功德无量。

虽然是在乡下，但窦婆婆的礼数却分毫不差，她率领着众人长跪不起，口中念念有词，恳请蚕三姑保佑今年的蚕宝宝顺顺当当地长大，早早吐丝结茧。众人按照皇家祭祀礼仪，依着迎神、初献、亚献、终献、撤馔、送神等程序，逐一进行完供奉仪式之后便四下里散开。已婚的女子相约去法门寺和其他庙宇里烧香，祈求观音菩萨、姜嫄娘娘等诸神保佑自己早日怀孕生子。

回来时，苏蕙看见一群少女在漆水河边戏水，不由停下了脚步。苏蕙想起以前在娘家过上巳节的情景，突然有恍若隔世之感。忍不住问道：漆水河呀漆水河，你日夜不息地流淌着，你能带着我找到窦郎吗？

禾苗这个傻丫头，这时候低着头在地上不停地寻找着什么。原来，禾苗在找大脚印——巨人的脚印，那个让姜嫄娘娘一踩就能生下孩子的脚印。其他人见状，忍不住打趣起禾苗来。

苏蕙想着心事，漫无目的地走着，禾苗撇下众人，追上来陪苏蕙。这一年来，姑娘经历了太多的事情，特别是姑爷投军之后，姑娘白天忙忙碌碌，看似开开心心，其实夜里常常孤枕难眠，读书写诗时经常暗自流泪。禾苗为了给姑娘解闷，经常给姑娘讲一讲听来的俗语笑话，或者买些新书，又或者陪她玩鲁班锁、九连环等游戏。姑娘这么年轻，既要当好家还要照顾好脾气暴躁的爷爷，身体虚弱的婆婆，又要为乡亲们做很多事情，真是太不容易了。

姑娘想姑爷了，其实不光姑娘想姑爷，禾苗也想姑爷了。姑爷回来了，姑娘的日子才有意思。姑娘开心了，这个家才有趣儿。禾苗做梦也盼着姑爷回家来，可这带兵打仗的事儿，是提着脑袋的事儿，不是说去就去说回来就回来的。

奇了怪了，禾苗刚念叨完姑爷，芦苇旁边突然就闪出了一位与姑爷一样威风凛凛的大将军。姑爷回来了！禾苗以为是自己的祈祷灵验了，或是这地方太邪门，一说曹操，曹操就到。禾苗故意停下了脚步。

话说苏蕙只顾低着头想心事，哪里料到眼前会突然冒出一个人来。此人穿着与窦郎一样的银色战袍，伸出手来一把将苏蕙拉进了芦苇丛中。苏蕙来不及呼喊，来人低声说道："若兰姑娘别怕，我们是故人。"

躲入芦苇丛中之后，来人将苏蕙放开，苏蕙吓得正要喊叫。来人捂住苏蕙嘴巴，苏蕙定睛一看，居然是那位救过自己的胡人少年，当年和自己差不多一般高低，现在已经长得高大挺拔，叫人不敢相认了。

来人又说："若兰姑娘莫怕。我曾救你一命。"说着，从贴身处掏出了一方锦帕。

"锦帕！驮商！"苏蕙反应过来后，惊讶地叫道。

"若兰姑娘好聪明。姑娘不会忘了,那天赛诗会上,扯掉你帽子的人。还有那天在法门寺救你的人吧!"

"阿育王寺,法门寺,你是……姚公子……"

"对呀!上门提亲被拒,可我对姑娘念念不忘。那日法门寺相见实乃有缘。可惜,落花有意,流水无情,姑娘匆匆出阁,令人伤怀不已。为了得见姑娘一面,我日日在村旁守候;为了营救姑娘,我宁愿开罪于阳平公苻融;为了成就姑娘的好事,我父亲送了苻融一对龟兹歌姬……"

"多谢姚公子救命。有话请回府上讲。"苏蕙后退几步,道谢。

"还是不要打扰窦老将军的清净为好。"姚兴彬彬有礼地答道。

苏蕙想:难道,他也知道了我被无赖调戏,爷爷气得追打无赖之事。

姚兴见苏蕙不语,又说:"我有紧急公务在身,今日路过宝地,偶遇姑娘,也是我与姑娘有缘。还有,我有一物相赠。"姚兴说着,从贴身衣物中掏出一只金步摇。

苏蕙正色道:"民女虽然家贫,但绝不贪恋他人之物。"

"姑娘这是什么话。当年法门寺救美,姑娘的蝴蝶步摇遗失于乱贼之手。我得了皇太后的赏赐,特意送来,也算赔偿了姑娘。"姚兴举着金步摇,笑嘻嘻地说。

"钱财乃身外之物。丢了坏了,也是常有之事。"苏蕙说完,转身要走。

"姑娘的脾气还是没变。请转告窦滔不日将有大事发生,请他小心为妙。"姚兴笑道。

"谢谢关照。军国大事小女子不懂,你们在边关抗敌,为何不当面告知。"

"谁叫小生对若兰姑娘一见钟情呢?我对若兰姑娘的爱慕之心日月可鉴。"

"我已嫁作窦家妇,请自重。"苏蕙打断对方的话,转身就跑。

"若兰姑娘。"姚兴说着,趁苏蕙不备,把金步摇插进她的发髻边。苏蕙一下子羞红了脸。

"姑娘莫怕。我对姑娘的一片痴心永世不变。"话音一落,人影便闪入芦苇丛中不见了。

苏蕙赶紧取下金步摇,袖在手中,回过头来,看着这片平静的芦苇丛,怀疑自己的眼睛、耳朵都出了问题。她确信四周无人,便将金步摇抛入河中。

禾苗看见三姑娘跑了过来,面色绯红,赶忙迎了上去。其实禾苗已经隐约听见前面有说话声,但三姑娘出来后什么话也没有说,她也不好多问。晚上,三姑娘让她把当天穿过的那身衣裙收起来,以后不再穿戴。

下午,庙里派人送来了胙肉。禾苗不满地说:"吃斋念佛之人,竟然狠心地克扣了大半扇猪。"

苏蕙请示爷爷这小半扇猪肉如何处置。窦真沉吟半日方说:"胙肉之赐虽有亲疏远近,供奉娘娘之心却无薄厚。与其费心思量,不如户户均分。"

"爷爷言之有理。"爷爷的话深合苏蕙心意,她命禾苗赶紧把胙肉分给各家各户。周秦坡村和小西巷的人除了逢年过节,平常哪里见过一点荤腥,今日得了胙肉,既吉利又解馋,家家户户乐得像过年。

一会儿,窦婆婆又挨家挨户送去了印有蚕神像的"神码",写有"育蚕""蚕月知礼"等字的红纸,以及红纸剪成的猫、虎等。"神码"是让大家在蚕室墙上砌个神龛供奉的,猫、虎形剪纸要贴在窗户上以防老鼠,写有"育蚕""蚕月知礼"等字的红纸要贴在蚕室的门上,谢绝养蚕者之间相互来往。

晚上,苏蕙终于有了空闲,她坐在灯下给窦滔写信,写了改,改了写,反反复复,觉得还是不要说出姚兴的话为好。最后,她只写了爷爷身体已经痊愈,还让她在后花园教绣女们绣花织锦。每到饭时,家里给那些远道而来的织女们做些热汤,她们就着自带的干粮,算是对付了一顿饭。婆婆有时候也来和绣女们一起闲坐拉话,精神比以前健旺了许多。爷爷过七十大寿的时候,众绣女合力绣了一面寿嶂,比堂屋的墙面还要大出许多,惹得人们都来看稀奇,爷爷说他从来没有见过这么大,这么好看的寿幛。过腊八节时，爷爷还让人熬了三大锅腊八粥，施舍给众人。这些时日，在法显大师的主持下，观音寺快要建好了……

十七
蚕三姑

周秦坡村和苏坊村几乎家家养蚕，但蚕是极娇嫩极神圣极有灵性的动物，稍有不慎就会受到损伤。

每年蚕儿都会莫名其妙地死去许多，村里很多人便以为是邪气所致，不准孕妇等人接近蚕室。窦婆婆逢人就讲：蚕属气化之神物，香能散气，臭能结气，故蚕闻香气则腐烂，闻臭气则结缩。凡一切麝、檀等香，并一切葱、韭、薤、蒜等气臭之物，皆不可入蚕室。

窦婆婆还说《蚕月知礼》上讲：养蚕忌西南风；忌灯火纸燃于室内；忌吹灭油烟之气；忌敲击门窗及有声之物；忌夜间灯火射入蚕室；忌酒醋入室；忌煎炒油肉；忌忽着猛风暴寒；忌侧近舂捣；忌蚕室内哭泣；忌秽言淫辞；忌不吉净人入蚕室……以上诸忌，须宜慎之，否则蚕不安箔，多游走而死。村里的女人们虽然不识字，可是她们几乎人人会背出养蚕的禁忌来。

今年，窦婆婆家的蚕病死了大半，窦婆婆估摸着是自己怀有身孕的女儿不小心进了蚕室，便经常在家打骂女儿。苏蕙则以为是她家蚕室矮小，所养之蚕过多所致，便叫禾苗去查看。禾苗知道窦婆婆养蚕的忌讳多，怕好心办了坏事，但架不住苏蕙的一再央求，只得勉强答应下来。禾苗看见窦婆婆家的柴门上挂着桃枝，知道她在"关蚕门"，根本不与亲友邻居来往，转身想走，可又觉得回去不好给三姑娘交代，就犹豫了半天。恰好，窦婆婆出门来了，禾苗根本没有进她家门，就站在她家门口说完话就走了。谁知窦婆婆不领情，反而怀疑是禾苗违背祖训来她家惹怒了蚕三姑，她知道禾苗是苏蕙派来给她家指导养蚕的，不好编排，便把怨气出在了女儿身上——把女儿窦三娘赶到了村口的破庙里栖身。可怜那窦三娘挺着大肚子，一个人住在四处漏风的破庙里，缺衣少食，全凭好心人接济才能勉强活命。

人人见了窦三娘都忍不住要上前安慰几句。窦婆婆的女儿比苏蕙早成婚多半年，两个人还都算是周秦坡村的新媳妇。窦婆婆的上门女婿被天王抽调去修陵墓，一直没有音讯。苏蕙觉得窦三娘比自己还要可怜，经常暗地里派禾苗给窦三娘送去衣食，窦三娘胆小不敢要，生怕母亲知道了要和苏蕙算账。

赶走了女儿，按说家里应该没有了邪气，可窦婆婆的蚕还是一茬接一茬地死去。窦婆婆想尽了办法，最后只好请来巫婆神汉在家里做法，驱赶妖魔鬼怪。可是，这巫婆神汉不好请呀，得花大价钱人家才肯赏脸。眼看着蚕儿不停地死，窦婆婆忍痛卖掉了最后一件嫁妆请巫婆来家做法。巫婆穿着黑色的法衣，在窦婆婆家门口又唱又跳，吸引了全村的人前去观看。

苏蕙听说后，叹息道："既知蚕属气化，香能散气，臭能结气，本性娇贵，如此又唱又跳，惊扰了蚕三姑，岂不是雪上加霜。"

果然，巫婆走后，窦婆婆养的蚕死得更多了。窦婆婆气得寻死觅活。苏蕙知道后，带着禾苗亲自将自家养的几匾蚕送给了窦婆婆。窦婆婆原以为苏蕙是来看自己的笑话，如今见苏蕙和禾苗这样真诚，羞愧难当，一连声地道歉。苏蕙没有计较，手把手地教窦婆婆浴种时要以白篙煮汁，浸泡蚕种，这样才能清除蚕卵上的杂菌，促其发蚁。蚕室内注意排水，保持干燥，还要调节温度，每天要打扫干净，适当通风。桑叶上的水要阴干，这样蚕宝宝吃了才不会拉肚子。养蚕的桑叶也必须用铁剪剪，忌讳用手采摘。剪摘要等太阳出来，湿气收了才能进行，忌剪摘有雾水和露珠的桑叶。

窦婆婆养了一辈子的蚕，蚕儿时好时坏，她原以为是家里有不吉利之物。现在听了苏蕙的话，将信将疑。一时儿又想起她为了占便宜，经常天不亮就把女儿赶出去偷采别人家的桑叶，不由得脸上一阵儿红一阵儿白。苏蕙见状，以为她已经悔改，便又请她把女儿接回家中住，窦婆婆支支吾吾不肯答应。苏蕙无奈，只好告辞。

最毒莫过妇人心。禾苗在路上不停地咒骂着窦婆婆。苏蕙提议绕道去看看窦三娘，碰巧窦三娘去园中采摘桑叶未归。苏蕙嘱咐禾苗有时间就过来照看一下窦三娘。禾苗口里答应着，心中却想说："人家亲娘为了养蚕得利，都不顾自己女儿的死活。再说了，咱们好心去帮衬人家，谁知道人家把咱的好心当作了驴肝肺，指不定还在后面说三道四呢。"

苏蕙回到家，洗漱一番，便和禾苗一起去给蚕姑娘撒叶子。看见蚕儿高了许多，苏蕙心情好转了许多。养蚕人都知道蚕爬不能说"爬"，要说"行"；喂蚕不能说"喂"，要说"撒叶子"；蚕长了不能说"长"，要说"高"；养蚕忌讳说"跑了""没了""死了"等不吉利的话，就连容易引起不好联想的词语也禁忌说出。这些语言在养蚕业中是最富有神秘意味的，许多人一忙起来就忘了顾忌。禾苗倒没有觉得这有什么难记的，因姑娘极爱养蚕，她把未孵化的蚕子亲昵地称为黑子，刚生出的小蚕叫蚕宝宝，再大一点儿的叫蚕姑娘，最后的飞蛾叫娥仙儿，禾苗就觉得蚕儿太神奇了。这种说虫子不是虫子的东西，来到世上短短几个月，几乎一天一个样，只需要吃几片桑叶就可以吐出雪白的丝线来，让姑娘和自己织出了美丽的锦缎。想到这里，禾苗撒叶子的动作变得格外轻柔，她觉得自己不是在辛勤操劳，而是在和神仙对话。

第二天早上，禾苗在蚕室门口看见一条草蛇，吓得正欲大叫。突然想起窦婆婆说过："蛇是'青龙'降临，会福佑蚕事，故要叩拜斋供，听其自去。"便赶紧跪倒磕头，等苏蕙和爷爷等人闻讯赶来，那条草蛇已不知所踪。

过了几天，禾苗听说窦婆婆将女儿打得无法走路，便跑去看望。原来，那窦三娘因为即将临盆，采好桑叶背不动，便伸伸腿、捶捶腰，走走停停，不料被窦婆婆看见，怒不可遏，打骂了一顿。原来窦婆婆觉得养蚕忌说"伸"字，因为蚕只有死了才伸直。女儿无意中的一个动作惹得她怒火中烧，忍不住将她打骂了一顿。

村里的好多女人都来看望窦三娘。一个女人见状说："你也太不懂事了，养蚕忌说'饭吃完了'，要说成'饭吃好了'。我原来说错话也被婆婆打骂过。"

"我知错了。都是我不好，惹得母亲生气。我天天给蚕三姑磕头，求她保佑蚕儿快快长大。要不然，母亲拿什么交租。交不上租，我那郎君就回不了家……"窦三娘可怜兮兮地说道。

"我在家天天被婆婆打骂，身上的旧伤未好，又添新伤。娘亲总归比婆婆下手轻一点。"一个年轻媳妇说着眼圈就红了。

"多年的媳妇熬成婆。婆婆总归是长辈，我们年轻，打骂几下也不碍事。你看看村里的媳妇哪个没被婆婆打骂过。"另一个低眉顺眼的小媳妇怯怯地说道。

"人常说仰脸儿媳低头汉都不好打交道。我们女子，生就的苦命，就认命吧！"那个年轻的媳妇撸起衣袖，让众人看她臂上的伤痕。

"你也别怪你母亲心狠，她也是被逼无奈呀！蚕儿就是咱们的命根子，你可记牢了，与蚕病有关的话也禁言。如'亮蚕'是蚕病的一种，所以忌说'亮'字。'天亮了'要说成'天开眼了'；'僵蚕'也是蚕病的一种，所以忌言'僵'字，说'姜'也要说成'辣烘'，'葱'要说成'香火'，因为'葱'与'冲'谐音，恐有冲犯。当然，姜、酱、葱等本身也是蚕室的禁物，所以说话中也应避忌。"另外一个上了年纪的女人喋喋不休地说道。

禾苗听了心烦，觉得女人怎么这么难活，嫁了人毕竟不比家里，时时处处都得小心翼翼，不由得分辩了几句。"你该知足了。你的命好！遇到了这么好的主家，哪个把你当作下人看过。你的日子比一般人家的姑娘都要舒心，你知足吧！"禾苗听了怏怏不乐地回到家中，也不和人说话，倒头便睡。

养蚕是一项十分琐碎辛苦的事儿，蚕宝宝天生娇嫩，因此，在喂养时必须细致入微，不能有半点马虎。光是采桑叶一项就够禾苗和窦丁等家人忙的。桑叶要合理采、运、贮。尽量做到早上或傍晚采叶，随采随运，松装快运。采回的桑叶抖松后放入贮桑池或贮桑室内，防止风吹或堆积发热变质，造成浪费。

稚蚕期采用炕床育蚕，以利保温保湿。大蚕期喂蚕后适当关闭门窗，待蚕食去一多半桑叶时，再打开门窗通气，这样可防止桑叶萎凋。这些养蚕诀窍通过禾苗的口已经传遍了周围的村落，后来又流传到了中原大地。

蚕儿快要上山作茧了，这时候苏蕙和禾苗就更加忙碌不堪了。禾苗白天忙了一整天，夜里还要起身伺蚕，苏蕙要替换她，她坚决不肯，毕竟，主子是主子，丫鬟是丫鬟。

蚕无雌雄，蛾有雌雄，蛾儿怕高温，喜一定湿度，但又恶雨。就在蚕儿结成茧子时，村里传来了噩耗——窦婆婆的女儿难产而死。不过幸好孩子保住了，窦婆婆家好歹后继有人，香火得续。大家凑份子给窦婆婆送礼，劝说她不要伤心，眼下说什么都要先把孙子拉扯大。窦婆婆说这孩子命苦，就叫茧儿吧！

十八
舍利弗

失去的东西最宝贵。王猛辞世，苻坚一直很想再找一个人接替他，可惜这样的人才实在是可遇而不可求。姚苌讲的关于天下第一智者鸠摩罗什的故事，令苻坚念念不忘，他好几次做梦都梦见了这个和尚。

鸠摩罗什的母亲耆婆是龟兹国的公主，父亲鸠摩炎是天竺僧人。

据说耆婆脖颈上有一块红色的痣，一位高僧给公主算命时，说有这种痣的女子会诞育智子。如果痣发痒变红，就意味着她的如意郎君出现了，公主同他成婚，一定会生出超凡的智子。

转眼间，耆婆到了谈婚论嫁的年龄，周边各国纷纷前来下聘，求婚的使者不绝于道。对于众人的美意，耆婆的王兄白纯一律婉言谢绝。耆婆也是心如止水，因为她的痣没有一点变化。渐渐地，这个秘密被传扬开了，众人都等待着神秘男子的出现。

一天，耆婆的痣突然发痒变红了，就像一块晶莹夺目的红宝石。耆婆连忙将此事告诉国王白纯，白纯马上断定这个男子就是远道而来的天竺国鸠摩炎。他品行端正，虽然刚刚皈依佛门，但悟性极高。王妹嫁给这样的男子，一定能生出绝顶聪明的智者。

能娶到耆婆是无数男子的梦想，没想到鸠摩炎却一口回绝了这门亲事。鸠摩炎出身世家，父亲达多卓越豪迈，异于常人，本欲将国相之位传于他，但鸠摩炎一心向佛，不愿为相，宁可出家为比丘。他度葱岭来龟兹，就是为了远离尘垢，潜心修道，弘扬佛法，求得正果。他如果娶妻就是犯了比丘不可娶妻、不近女色的大戒。出家人要割去"贪、嗔、痴"三毒，还俗娶亲，是要堕落到地狱的。所以不管白纯说什么，鸠摩炎就是不愿意和耆婆成婚。

事不宜迟。白纯赶紧命人安排耆婆与鸠摩炎在狮子园见面。鸠摩炎看见飘然而至的公主，居然若无其事地走开了。而耆婆一看见鸠摩炎，就欢天喜地地说："哥哥，他就是上天赐给我的如意郎君！"

为了逃婚，鸠摩炎准备离开龟兹，没想到他的行动早已被限制了。绝望之余，鸠摩炎想到了死亡，可是佛陀对比丘有不许自尽的戒律。万般无奈之下，他开始绝食。

鸠摩炎终日恍恍惚惚。他的眼前一会儿是比丘戒律、佛陀经卷，一会儿是掌握着生杀大权的白纯、冰雪聪明的耆婆。

鸠摩炎绝食十日，已经气息奄奄。耆婆来看他，他误以为是天国的神女来超度他，冲着她一笑昏倒在地。耆婆衣不解带，日夜不休地照顾他。康复之后，鸠摩炎一瞬间想到了答应，但一想起比丘犯戒当堕阿鼻地狱的戒律，他又陷入了痛苦不堪的泥潭之中。

白纯耐着性子，又派人苦口婆心地劝鸠摩炎先还俗，与耆婆成婚孕育了智子以后，再剃度出家。娶妻生子并不妨碍修行，在家做居士一样可以悟道。这世上有许多人在家中礼佛，其虔诚之心不在比丘之下呀！可鸠摩炎还是不肯答应。

敬酒不吃吃罚酒。白纯干脆一不做二不休，一次酒宴之上，他派人灌醉了鸠摩炎和耆婆，再把昏昏沉沉的他们送进了耆婆的香闺。

世尊啊，我犯戒了，我当堕阿鼻地狱！酒醒后的鸠摩炎泪流满面，痛苦不堪，在雨中狂奔呼喊，可老天一句回应也没有。他跑呀跑呀，终于体力不支，昏倒在地。随后赶来的耆婆，冒雨将他带回了王宫，悉心调养。

在耆婆无微不至的照顾下，鸠摩炎开始回心转意，慢慢接受了这桩婚事。

婚后没多久，耆婆怀孕了。怀孕后的耆婆如有神助，简直像重新变了一个人——日日手不释卷，出口皆是高深的佛家偈言，鸠摩炎常常难以解答。以前，耆婆每天读诵三四百偈，现在可达到六七百偈。鸠摩炎自愧不如，耆婆便想到雀离大寺去求教道法精深的高僧。

雀离大寺坐落在延城之北四十里处，是东西方佛教信徒心中的圣地。许多东去中原弘法的西域高僧，西行求法的中原和尚，都会慕名来此挂单。

主持佛图舌弥，精通小乘佛教、持戒甚严，声名远播西域三十六国，教徒们不远千里，纷纷前来朝拜。

佛图舌弥并没有因为耆婆是尊贵的公主，而对她另眼相看。有一天，佛图舌弥在讲完经后，看见身怀六甲的耆婆端坐在蒲团之上，神采焕发，毫无倦意，忍不住称赞耆婆是世间罕见的向佛之人，有孕在身，依然奉持戒律，虽非比丘尼，实乃天下第一比丘尼也！我佛慈悲，定会保佑耆婆诞下智子。耆婆闻听此言，修行益发勤勉。

佛图舌弥的称赞并不为过，耆婆贵为公主，却生性简朴，她不辞辛劳，经常挺着大肚子为僧人准备斋饭。耆婆勤勉谦和，悟性超群，令众比丘尼大为赞叹。一天，耆婆突然无师自通，能看懂天竺文书写的佛经了。她捧着佛经朗声诵读，众人皆以为奇。鸠摩炎闻听后，怕妻子走火入魔，便将她接回了王宫养胎。

一天，耆婆听说罗汉达摩瞿沙要解说《舍利弗毗昙》，不顾自己六七个月的身孕，又要到雀离大寺听经。鸠摩炎担心妻子的安危，就寸步不离地陪伴在她左右。他现在几乎离不开耆婆了。相处日久，他越来越觉得耆婆聪明贤惠，当年拒绝了那么多求婚的帝王将相，一心一意按照佛祖的指示，毫不犹豫地嫁给了一无所有的僧人，真是世间难得的痴情女子。

《舍利弗毗昙》是理义深奥的一部小乘佛教经典，许多高僧听了都似懂非懂。但耆婆听得很认真，不时发出会心的微笑。达摩瞿沙注意到了，他很有把握地说："耆婆，你一定怀着绝顶聪慧的智子。舍利弗在母胎的时候，他的母亲也变得非常聪明。善良的公主，你怀的智子必定像佛陀的弟子舍利弗一样聪明盖世！"

十月怀胎，一朝分娩。人们很快就发现这孩子天赋惊人，几个月便能言语，不到一岁就会认字。耆婆经常亲吻着儿子的脸蛋，喃喃道"舍利弗，你真的是舍利弗！是上天赐给我的舍利弗！"鸠摩炎想了想，说："小名不可太过金贵，我们的孩子不敢叫佛陀弟子的大名，依我看，还是叫他鸠摩罗什吧！"耆婆意识到自己太忘情了，不好意思地笑了。

姚苌给苻坚讲这个故事时，恰好姚兴和太子来了，就坐下来一起听。苻坚听完心驰神往，暗暗发誓要派人把鸠摩罗什迎到长安来。

这个故事太吸引人了。崇尚汉文化的姚兴听完之后竟然萌发了一个心愿——寻找一位最美丽，最聪明，最温柔的汉人女子成婚，然后生下一个最聪明，最可爱，最能干的智子，将来继承王位。而苏蕙正是他一直苦苦寻觅的姑娘。那天，他在芦苇丛中窥见苏蕙时心跳加快，这是他从未有过的体验。

可惜造化弄人，苏蕙居然被窦滔那小子抢先娶走。不过，好事多磨，等找机会收拾了窦滔那小子，何愁女状元不落入我的怀中。

到底是佛的旨意，还是造化弄人？鸠摩罗什的降生，对于龟兹国而言，究竟意味着什么？是福祉？还是灾难？谁也没有想到，二十年后，已经成为西域高僧的鸠摩罗什，成了战争的导火索，给美丽富饶的龟兹带来了灭顶之灾！

十九
战乱起

这些年，苻坚听从王猛的建议，毫不留情地镇压了一些王族至亲，但是，苻坚的叔伯、兄弟还是接二连三地谋反，制造叛乱，真是一波未平一波又起。王猛平定了羌人首领敛岐的叛乱，紧接着苻秦宗室又发生了一系列叛乱。

话说打败了敛岐残部之后，苻坚犒赏三军，众人得了赏钱，大都去喝花酒，听酸曲。窦滔却因为岳父被贬而郁郁不乐。他抱着乌铁剑，躲在一旁，细细摩挲着香囊，喃喃自语道："苏蕙贤妻……"身边老行伍笑话窦滔说："谁没有妻子儿女，咱们干的是提着脑袋的事儿，今日有酒今日醉，能受活一天就受活一天吧！说不准明日咱这脑袋就搬家了。"窦滔不理他们，托人将赏赐之物和书信赶紧送回家中。

窦滔孤独烦闷，本想回乡探亲，却被划拨到了姚苌的帐下。窦滔赶紧又修书一封，告知家人此事。苏蕙接到信后，心中不安，立即写信请求王猛庇护窦滔。

窦滔到了姚苌账下，事事小心翼翼，日夜有所提防，没想到姚苌对他非常器重，专门调拨了一队骑兵归他管辖。自此，窦滔日日早出晚归，操练兵马。这支骑兵原是姚苌亲手调教出来的，全都是身经百战的好手，个个骁勇异常。窦滔资历尚浅，便让将领们按照往日的法子训练士兵，他在一旁默默观看，仔细揣摩，从不懈怠。骑兵们每人配备两匹战马，一匹作战时骑行，一匹随军备用。这些战马都有编号，被主人驯服后便十分忠诚，很多都在战场上救过主人性命。骑兵们剽悍强壮，大大咧咧，饲养起马匹来却格外细致周到。窦滔对自己的坐骑也是非常用心，每天傍晚都要亲自牵着马匹去河边饮水。暮色四合，马儿打着响鼻在水中畅饮，窦滔的心飘得很远很远，不一会儿就飞回了家乡，看到了蕙儿、爷爷和娘……

安宁的日子没过多久，突然传来了王猛病重的风声，将士们都在私下里说没有了王猛，天下必定大乱。王猛患病的消息不胫而走，不光军心动摇，一些受过王猛打压的残兵游勇又趁机四处烧杀抢掠。每天，军中都谣传着各种小道消息，窦滔加紧操练士兵，命令部下做好随时出征的准备。

一日，窦滔接到战报，燕的残渣余孽来犯，姚苌亲率主力，正面迎战，命他和姚兴等人从东西两边包抄敌人。窦滔得令之后，立即传令训话，众人披挂上马，准备大战一场。可是，到了半路，窦滔望见前面是一条峡谷，便找来向导问话，得知谷内道路崎岖难行，两边林木茂盛，恐有伏兵。窦滔正在迟疑，怀里的乌铁剑突然嗡嗡作响，他情知不妙，下令人马躲入林中，一部分守住山谷入口，一部分绕道山谷出口处。安排妥当，乌铁剑依然响个不停，窦滔知道遇上了强敌，自己一千多人的骑兵根本抵挡不了多久，急得赶紧命人向姚苌求援。

当敌军的三万余人，大摇大摆地走出谷口，窦滔一声令下，手挥宝剑，带头冲向敌军阵中。敌军的探子侦查过这一带，明明没有姚苌人马，这支骑兵莫非是天降神兵？乘着敌军分神之际，窦滔的人马已经砍了几十颗人头。对方也不是吃素的，他们仗着人多势众，立即排兵布阵，准备射杀骑兵。窦滔的部下个个骁勇善战，不给敌军任何可乘之机，他们纵马扬鞭，横冲直撞，以一当百，杀得敌军四处溃逃。这真是一场恶战，双方杀得天昏地暗，鲜血飞溅，混战持续了两个多时辰，天色已晚，仍然不分胜负。窦滔的人马寡不敌众，渐渐体力不支，招架不住。正在这千钧一发之际，姚苌的援军来了，窦滔等人信心倍增，又一次投入了战斗。

后来，窦滔才知道自己真的遇上了敌军的主力，如果误入山谷，一千多兵马必然是羊入虎口，有去无回了。多亏了这把乌铁剑的护佑，要不然自己就永远见不到蕙儿了……尽管窦滔非常小心，但是关于乌铁剑的秘密还是传开了。有士兵经常在窗外偷窥，看窦滔是不是晚上抱着剑睡觉。

窦滔首战告捷，姚苌对他越发青睐有加。苻坚却突然下令将窦滔调遣到了邓羌的军营。

窦滔千里迢迢到了邓羌营里没几天，就听到了王猛去世的噩耗，将士们都不相信，但是很快天王传令，三军皆缟素，为国相守丧。众人才知道汉人的天塌了，国相真的猝然离世了。王猛声誉隆重，他离世的噩耗传开以后，军中一片哭声。王猛平日里训练士兵虽然严苛，但行军打仗时与将士同甘共苦，冲锋陷阵时英勇无比，指挥作战时更是果断镇定，将士们念起他的种种好处，都说王大人是受朝中小人排挤，忧虑难平，才英年早逝的。他们感叹着好人不长寿，密谋着要替王大人报仇雪恨。

自古才命两相妨，庸人多厚福。王猛猝然而逝，窦滔心中凄然。邓羌时任并州牧、尚书左仆射，性情豪爽，待窦滔如自家子弟，十分随和。将士们都称赞邓羌豪勇盖世，善用计谋。邓羌初次进击羌人酋长姚襄时，设计激怒敌军，然后诈败，诱敌深入，见机击斩号称胜过孙策的姚襄。姚襄死后，其弟姚苌投诚苻秦，发誓不再与秦争夺天下。后来，邓羌随苻坚平并州张平，与猛将张蚝交锋，又以计擒之，后来二人成为挚友，并称为可与关羽张飞媲美的"万人敌"。邓羌后任御史中丞，与王猛联手整肃长安法纪，他们不畏豪强，执法严明，数旬之间，斩杀罢免皇亲贵戚二十余人，于是首都长安大治。苻坚经常赞叹道："我现在才知道天下有法，天子尊贵！""五公之乱"时，邓羌平刘卫辰部、苻柳等之乱，屡建奇功。邓羌身经百战，军功卓著，与王猛攻燕时，虽然闹了战前求封的笑话，但打起仗来毫不含糊，他与张蚝、徐成等策马持矛，突入燕军营中，大破慕容评十余万人。邓羌不仅能征善战，还精通兵法，故而苻坚命他教授庶长子苻丕兵法。

王猛辞世，邓羌亦悲痛万分。他时常在将士面前提起国相善于识人、赏罚分明、有才必任的种种好处。王猛深知"木秀于林，风必摧之"之理，生怕贤臣遭嫉，所以处处关照贤才。苻融聪辩明慧，文武双全，善断疑案，他曾因有小过而局促不安，王猛赦而不问，对他信任如初。苻坚也因此而改变了对弟弟的态度。窦滔在邓羌身边耳濡目染，益发对王猛敬重有加，也领悟到了许多用兵打仗之道。

这一年多来，苏蕙和秦国的老百姓天天担惊受怕，夜不成寐。与将士们在前线冲锋陷阵、出生入死相比较，苏蕙觉得自己受的这点苦实在算不了什么。凡是家里有当兵打仗的，家人天天都去法门寺烧香拜佛，祈求亲人平安归来。窦府在法门寺后面，足不出户就可闻到香火气味，听到钟鼓声响，每天早晚，苏蕙都带着禾苗去寺里烧香，希望佛祖保佑窦滔安然无恙。

窦滔虽然英勇善战，但是在强手如林的秦国大军之中，犹如一滴水投入了海洋，时常音讯全无。直到战争结束之后，苻坚论功行赏，苏蕙和家乡父老才知道窦滔在军中献计献策，屡建奇功，已被封赏为秦州刺史。

苏蕙有所不知，这次战争中，吕光也立下了赫赫战功，与窦滔一起被视为天王的新左臂右膀。姚苌和姚兴父子对他们恨之入骨，一直想寻找机会除去他们。上次，姚苌建议苻坚派吕光出使西域，被吕婆楼和王猛阻拦，不知这次，姚苌又要耍什么新花招。

第二部
离乱

二十
旧亭台

秦州刺史，怎么又是秦州刺史？

当年苻融为了提亲，擢升父亲为秦州刺史。结果，父亲到任不久就发生了叛乱，幸好有窦郎等人奋力杀敌，又有王猛的紧急救援，叛乱很快被镇压了下去，父亲总算免去死罪，只是被降职处理。

苏蕙不愧是才女，她没有被夫君加官晋爵迷惑了眼睛，也没有被即将赴任所与夫君团聚的喜悦冲昏头脑，而是忧心忡忡地思虑着。

苏蕙有所不知，为了窦滔能够获得奖赏，邓羌在朝堂上与众人进行了一番唇枪舌剑。

反对派的意见无非是：前朝重臣的子孙不可器重，他们虽然家学渊源，文武双全，骁勇善战，足智多谋，但他们与前朝藕断丝连，说不准什么时候就会临阵倒戈。支持者则认为：人不分南北，地不分东西。如今朝中之人，往上数三代都与前朝脱不了干系。何况，秦开国之君苻洪也曾降晋，接受过晋朝官职。英雄不问出处，只要如今一心一意追随天王，为国尽忠效力，都是秦的得力干将。

说起前朝，朝廷里很多人包括苻坚都很不自在。就是在这巍峨高大的宫殿里，他们都曾经被苻健的威仪所折服，同样也被苻生的暴戾所惊吓。如果，苻生有一点点人性，苻坚都不会对他下手，也就不会有手足相残，以及后来的五公之乱。冤家宜解不宜结。冤冤相报，何时了，何时了呀！

战争虽然胜利了，但是苻坚却一点儿也快乐不起来。这些人一再谋反的缘由竟然都是说他篡位谋逆。除掉苻生这个杀人如麻的昏庸帝王，是替天行道，是救国救民，大快人心的义举。苻生这个暴君魔头，仅用丧尽天良、令人发指几个字来形容，实在是便宜了他。苻生该不该杀？天下百姓都说该杀。如果任由苻生折腾下去，不用强敌攻入，国家早就自行灭亡了。这是人人皆知的事实，可为什么至亲至近之人，偏偏要以此为借口反对自己呢？

人，究竟是以血缘知亲疏，还是以道义分远近？

苻坚是一个仁爱之人，七岁时，他就能主动帮助身边的玩伴，八岁时，言谈举止就像个大人一样稳重。他模仿大人说话办事走路，人人都夸他沉稳大气。

氐族是马背上的民族，每天不是纵马驰骋就是吃肉喝酒。苻坚八岁那年竟然主动要祖父给他找老师，他要读书写字，长大成为叱咤风云的大人物。苻洪惊喜异常，第二天就找来了一位德高望重的老师。苻坚天生聪慧，刻苦勤勉，短短几年就成了远近闻名的才子。老百姓们都盼望着有一天他能君临天下，治理好国家。

有些事情是命中注定，你逃也逃不掉。如果苻生不危及苻坚等人的性命，苻坚绝对不会向他举起屠刀。一想到这里，苻生如野兽般狰狞的面孔便浮现在了苻坚眼前。

"生剥牛羊马，活焰鸡豚鹅"是苻生最喜欢玩的把戏。那些被剥了皮的牲口，被点着了火的家禽，声嘶力竭地嘶鸣哀号，在空阔的年夜殿上疾走挣扎，一般人不敢多看一眼，苻生却不停地击掌称快。"剥人面皮，使之歌舞"更是惊悚，许多宫女被活活吓死。苻坚到现在都不敢想象，一群被活生生剥了面皮的人，在年夜殿之中舞蹈唱歌，该有多么恐怖！

秦，是氐族创建起来的政权，也是氐族迄今为止最为风光的一个时期。秦好不容易在群雄逐鹿之中强势胜出，自然希望国运绵长。谁也想不到传到第三代就出了苻生这个让人闻风丧胆的暴君，眼看国家就要惨遭灭亡，氐人元老贵族们个个忧心忡忡，他们私底下对苻生的暴行议论纷纷。

苻生少一只眼，从小就很恶毒，祖父苻洪很厌恶他。一次，苻洪开玩笑问侍者说："我听说瞎了的眼睛不会流泪,是真的吗?"侍者回答说:"是"。苻生当场用佩刀刺伤自己身体,指着流出来的血,质问:"这难道不是瞎子的眼泪吗?"苻洪大惊,命人用鞭子抽打苻生。苻生毫不屈服,反而大声叫屈。苻洪让苻生的父亲苻健除掉他,苻健要杀苻生时,苻雄出于好心,阻止了此事。哪知苻生此后越发放荡不羁。

苻生长大后,力大无穷,嗜好厮杀,徒手敢与猛兽格斗,击刺骑射,样样精通。晋桓温攻打秦时,苻生单骑冲入敌阵,前后斩将夺旗十余次,令敌军闻风丧胆,一时威名远扬。

苻健的太子苻苌在桓温入关时中流矢而死,苻健因谶文中有三羊五眼的话,以为苻生应谶,于是立苻生为太子。后来,苻健病危,任命太师鱼遵等八人为顾命大臣。然而,苻健虑及苻生不能保全家业,于是私下里又叮嘱苻生:"大臣如不遵从你的命令,那就立即除去他们。"不料想,这话竟然成了符生滥杀无辜的理由。

苻健病死当日,苻生即位,改元寿光,尊其母强氏为皇太后,立其妻梁氏为皇后。群臣认为先帝刚一晏驾,当日改元不妥。苻生勃然大怒,叱退群臣,令嬖臣追究出议主是右仆射段纯,立即将他处死。

随后,符生又因中书监入奏说:"不出三年,国有大丧,大臣戮死……"心中不悦,怀疑梁皇后应谶。过了数日,苻生竟手持利刃,疾步冲入后宫。梁皇后还未来得及说话,已经身首异处。苻生杀了梁皇后,并未善罢甘休,而是立即传谕拘捕太傅毛贵等人,不加审问,立刻斩首示众。皇后无辜被砍死,大臣随意被斩首,众人闻讯皆两股战战,噤若寒蝉,不敢出声,唯恐招来杀身之祸。

提及往事,众人皆不寒而栗,暗自庆幸活到了今天。这样一个人神共愤的魔鬼皇帝,苻坚除他乃大快人心之事,却被氐人贵族作为谋反的把柄。苻坚念及骨肉亲情,一再忍让,这些人却不识好歹,时常谋反。如今战乱平息,君王论功行赏,本是可喜可贺之事,奸邪小人却趁机作祟,闹得朝堂不安。这怎能不让苻坚心寒呢?

邓羌受王猛所托,一直暗中关照窦滔。他深知苻坚爱才,也知姚苌之流心怀叵测，公报私仇，便据理力争，摆出了窦滔所立的三大功劳：一是伪装入城，让士兵头戴黄巾，扮成叛军，不费一兵一卒，打开了叛军的城门；二是巧设妙计，牵制敌军的主力，为其他战场赢得了宝贵的时机；三是骁勇善战，英勇无敌，每战必杀敌立功，令叛军闻风丧胆。

对于这样智勇双全的青年将领，苻坚很是赏识。听完邓羌慷慨激昂的进言，苻坚力排众议，当即决定重用窦滔。但也考虑到苻融、姚苌之情面，便顺水推舟将窦滔安排到了正在闹饥荒的秦州。

窦滔这几年南征北战，九死一生，听说自己要出任秦州——岳父大人曾经镇守、自己第一次当兵打仗的地方，心中激动，更令他高兴的是他即将见到朝思暮想的亲人和妻子。

二十一
意缠绵

战后，窦滔获准回乡与苏蕙团圆，三日后启程赴任。俩人久别胜新婚，说不尽相思的苦水，道不完重逢的喜悦。

按照天王旨意，窦滔须携带家眷赴任。苏蕙受够了相思之苦楚，极想与窦滔同行，可转念一想爷爷、婆婆年迈无人照料，就犹豫起来。窦滔以为苏蕙是怕秦州偏远荒凉，不愿意前去吃苦受累。两个人说来说去竟有了误会。爷爷得知，责备窦滔说："你不在家，诸事全凭蕙儿。如今蕙儿是担心我和你娘，不如我们举家搬去秦州吧！"窦滔听后，忙向苏蕙道歉。窦滔去拜见法显大师，大师也夸赞苏蕙聪明绝顶，带在身边可以出谋划策。大师陪窦滔去新修的观音寺进完香后云游四方，飘然不知所踪。三日后，窦滔携全家一起去秦州，只留下了一个忠心耿耿的仆人窦丁和一只细狗看家护院。

秦州地处朝野边缘，是天王苻坚世代生活的故乡，是羌、汉、胡人

杂居之处，也是西北胡人日夜侵扰，南边蜀人纷争不断的战乱之地，更是天灾人祸不断，令朝廷头疼的是非之地，人称"烂疮疤"。窦滔以前随岳父驻守过秦州，对此早有准备。故而他上任时，按照苻坚要求带领着大批人马，御赐的粮食、财物，还有家眷和全部家资，大有誓死终老秦州之意。一路上，窦滔军纪严明，秋毫无犯。苏蕙第一次去边关之地，心里早已做好了吃大苦的准备，可是秦州大地上一片荒芜的景象还是让她始料未及。走了几日，居然没有遇见一个完好的村庄。窦滔说："秦州人世受北方胡人祸害，那些家伙骑着战马，来无影去无踪，有时候烧杀抢掠一番就走，有时候盘踞数月不走，吓得老百姓根本不敢在平原上居住。老百姓在地里收点粮食也要在偏僻的地方挖个洞藏起来。老百姓不敢盖间防寒取暖的屋舍，也不敢置办家什，修整道路，建立村庄。原先那些道路宽敞的村庄全被胡人霸占了，胡人随意处置村民，把村子里的女人糟蹋完了，就驱赶着男人们替他们下苦力干活，临走时放把火，一烧了之。"苏蕙听了，倒吸一口凉气。

　　窦滔身边的随从说："当地有个胡人头目，爱吃小孩子的心，还喝小孩子的血，几日不吃就头疼犯病，他的手下隔三岔五出来抢小孩子，老百姓吓得全跑到深山老林里去了。所以，人们说秦州人是野兔，'白天满山跑，天黑落窝草'。加之秦州历经了魏蜀吴三国的拉锯战和前朝的割据，老百姓久经战乱，流离失所，卖儿鬻女的很多，有的地方还时有人吃人的事儿。"

　　窦滔说："以前的秦州刺史，大都是由天王家族的人担任，其中不乏骁勇善战之辈，但都无法根除胡人这个祸根。天王这次将重任托付于我，我也是战战兢兢，只好相机行事了。"

　　"胡人也是人，打是打不尽的。爹爹上次刚一到任就发生了兵变，无暇治理地方事务，如今夫君可要想方设法让秦州百姓过上安稳的日子。"苏蕙说道。"是呀！攻心为上，我们一定得想办法安抚人心。"窦滔很有把握地说道。苏蕙听了，便开始琢磨起治理秦州的大事来。

　　这一天过了秦州边陲，路过一片树林后，天色已晚，窦滔命大军就地扎营休息。半夜，西北角火光冲天，众人都吵吵嚷嚷着要去救火，身经百战的窦滔却认为这是胡人使了调虎离山之计来抢钱粮了，他一声怒喝，制止了骚乱，立即兵分四路，一路守粮，一路救火，一路迎战，一路抄道包围胡人，一举将偷袭的胡人消灭殆尽。

这一仗打出了窦家军的气势，也让秦州百姓看到了未来和希望，他们一个个虽然蓬头垢面，衣不蔽体，骨瘦如柴，但依然满面笑容地夹道欢迎新到任的刺史大人。苻姓王族们慑于窦滔的威望，也纷纷上街恭候新任的刺史大人。窦滔不负众望，一到任便给饥民发放粮食衣物等救灾物品，然后立即着手组织军民恢复生产，修复城墙，严肃法纪。苏蕙一安顿好爷爷和婆婆，顾不得路途劳顿，也来不及梳洗打扮就和禾苗一道，女扮男装，帮着登记造册，发放物品，到了晚上，城里的老百姓家家屋顶冒起了炊烟，人人脸上露出了笑脸，整个秦州城里一下子有了生机。第二天，更多的饥民都涌向了城里，窦滔早就预料到了这一点，命人早在各个城门外设点赈灾，饥民们排队领粥，混乱的场面一下子得到了控制。

正当这时，探马来报，胡人昨夜血洗了五个村寨，抢走了朝廷发放的粮食衣物，杀光了全村的男女老少。窦滔一听胡人如此嚣张，立即上报天王苻坚，要求亲自率兵攻打胡人。天王对此十分支持，立即调拨了人马粮饷。窦滔得令之后，率领人马，即刻启程，一直追着打到了胡人的老窝，吓得胡人们一听到窦滔的名字就发抖。可是太平了没有几天，窦滔的兵马一走，胡人们又来报仇了，见人就杀，十分猖獗，说是血债血还，为兄弟们报仇雪恨。窦滔又一次率大军追击胡人，可是胡人们神出鬼没，一看见窦滔的人马就四下里逃窜，窦滔前脚刚一收兵，他们后脚就跑出来残害百姓，气得窦滔战也不是，撤也不是。这样僵持了一个月之后，窦滔的大军粮草不济，只得撤军。

窦滔为此很是发愁，常常待在军营里喝闷酒。苏蕙和爷爷、婆婆住在刺史府的后院，天天听着窦滔训练士兵，喊声震天，内心十分煎熬。一天苏蕙想起了曹操当年答应了几位公主的要求，将胡人从塞外苦寒之地迁到物产丰富的中原，一来便于看管，防止他们作乱；二来可以腾出手对付南方；三来可以充实人口，扩大兵源；四来还可以加速民族融合，消除对立情绪的旧事。她灵机一动，想出了一个替夫君解忧的险招。窦滔觉得不妥，但实在是拿胡人没有办法，便依苏蕙之言，将秦州城内管制的胡人战犯全部释放，将那北部无主的田地分给他们耕种放牧，还为他们搭建了房屋和村落，配发了生产生活用具，让他们成为独立的自由人。老百姓刚一看到这种情形，都说窦将军看着英姿勃发，耳聪目明，怎么干起了傻事。以前抓住了战犯，不是剁手指、挖眼睛、削鼻子、割耳朵，就是脸上刻字，或者处死，或罚作奴隶，或关大牢，如今却把阶下囚当作了心头肉，又给钱粮，又给田地，简直反了天了。那些氐人贵族对此更是不屑一顾，暗暗给天王上书告状，等着看窦滔怎么收场。

结果，胡人居然安稳了几个月。窦滔赶紧上奏折说了秦州的情形，苻坚认为这是以德报怨的治本之法，又调拨了大批御寒之衣物用品，令窦滔赶在大雪封山之前送到胡人手中，要让天王的恩德泽被万民。窦滔接旨之后，只带了少量的人马，亲自去了草原，与胡人首领单独交谈，化解了种族矛盾和仇恨，为他们划出了定居的隔离带，让他们自己管理部族事务，朝廷不干涉他们内部自治，他们也不能再危害汉人百姓。自此，秦州不再有胡人之患，老百姓开始安定下来，广袤的大地上，一下子建起了许多村庄。安居方能乐业。百姓们定居下来之后，窦滔又大力推广天王的一系列政策，鼓励百姓种植庄稼，兴修水利，养蚕育桑，繁荣集市。

二十二
鹧鸪天

治理秦州的事务总算有些眉目了，窦滔脸上的愁云渐渐消散了，苏蕙借机说："爷爷、婆婆身体虚弱，受不了刺史府内的吵闹，绣女们想来学艺，也不敢到刺史府上打扰，不如我们搬到僻静一点的务农巷去住。"窦滔这才意识到自己终日忙于公事，几乎无暇过问老人的起居。务农巷深藏于育生巷内，巷内有一座四合院无人居住，苏蕙相中之后，便托人买了过来，已收拾停当。入夜，苏蕙与窦滔身着便衣，沿着只有两米来宽的街道，进入了育生巷，走了不多久，就看见务农巷尽头处有一个院落，收拾得干净整齐。苏蕙喜静，这院落清幽宜人，离刺史府衙不远，是闹市中的一块田园之地，窦滔看过之后，十分满意。

就这样，苏蕙一家搬出了城西刺史官宅，住进了旁边的务农巷，终于过上了平静的生活。

清晨，公鸡尚未打鸣，苏蕙已早早起身，梳妆打扮妥当之后，便和禾苗为窦滔准备他最爱吃的家乡饭菜，如八宝饭、臊子面、旗花面等。窦滔每天练兵布阵，处理政事，十分辛苦，此时还在熟睡当中。

侍候窦滔更衣、用饭之后，苏蕙亲手给窦滔穿戴好战袍，再把窦滔送出家门，眼看着夫君骑上高头大马，英姿勃发地出门而去，她才心满意足地转回身来伺候老人，最后再和禾苗一起用饭。饭后，她们还要教人纺纱织锦。以前在老家时，家里成天有人上门学艺，如今到了秦州之后，每天找上门来的人也是络绎不绝。

也好，有这些事情牵绊着，窦滔去了衙门之后，苏蕙就顾不上思念故乡和父母了。雁过留声，人过留名。苏蕙的好名声早已传到了秦州，不知是谁起了头，女人们一窝蜂地找她来学纺纱织锦的技艺。她家的后花园内，每天都会聚集着慕名前来学艺的大姑娘小媳妇。苏蕙让禾苗把绣架、织布机搬到了亭子里，当场演示给大家看。

除此之外，苏蕙还鼓励大家养蚕植桑。这里地处西北边陲，气候虽然有些干燥，但完全可以养蚕。

苏蕙今天要给大家讲眠前除沙，可她昨夜受了风寒，嗓子沙哑，便让禾苗代替自己上场。禾苗担心自己讲不好，苏蕙告诉她怎么养蚕就怎么说。禾苗硬着头皮上场了，她说："蚕眠期要天天除沙，要不然蚕粪堆积过多，容易滋生百病。蚕在眠期不食不动，所以一定要饱食而眠。如果过早停止给桑，会造成饿眠，蚕儿就如同婴孩一般体弱多病。蚕在眠期就像人在睡觉要安静，万万不可大吵大闹"

禾苗的话逗笑了众人。有妇女提出蚕儿难眠的问题，禾苗耐心地回答道："当九成以上的蚕眠定后，要在蚕室内外撒上新鲜石灰粉，以防病菌侵入。如果有少量蚕不吃桑又不眠，这是它没找到眠定的地方。这时要放点桑叶，多分几处，让蚕分批眠定。养蚕就像养孩子，有操不尽的心。春蚕期常遇低温多湿的气候，就要补温排湿。夏蚕期高温多湿，又要开窗通风，降温排湿。秋蚕期若遇高温干燥，则要用新鲜石灰粉兑水喷洒地面和墙面；也可把布湿透……"禾苗边讲边示范，一群妇女听得很认真。

经过了此次历练，苏蕙对禾苗更加信赖，一些自己不便出面的事情都交给她去办。

经历过战乱的人格外珍惜平静安稳的日子。窦滔虽然行军打仗不到三年，但是已经身经百战，见惯了残忍的杀戮，饱尝了与亲人分离的痛苦。在短短的时间内，窦滔能够屡建奇功，被苻坚所倚重，实在是非同一般。苏蕙到了秦州，除了照顾窦滔的衣食住行之外，还经常为丈夫出谋划策，提醒他要公平断案，要清正廉明，要为民做主……

窦滔一想起妻子常年独守空房，每日操持家务，替自己在长辈面前尽孝，任劳任怨，心里就生出愧疚之心。为了感念妻子对自己的一往情深，窦滔经常推脱掉各种应酬，尽可能地赶回来与家人一起用饭。

苏蕙也非常珍惜和窦滔在一起的时光。她过惯了担惊受怕的日子，战乱年代，村里经常有官差趁着夜色来抓壮丁，或者征粮，一会儿东家失声嚎叫，一会儿西家哭天喊地……那些郎君被抓走的女人，日日倚门盼归，可等来的只有无尽的失望……更可怕的是胡人军队烧杀抢掠，幸亏爷爷有先见之明，组织青壮年在村子四周修起了一圈城墙，还早早在家中挖下地洞，一旦有动静，立即让她和禾苗躲入洞里避难。

有一次，守门人贪杯，忘记了关闭城门，一支胡人骑兵手持火把，闯入村庄，爷爷为了让苏蕙和禾苗躲进地窖，硬是扛住大门，不让胡人破门而入。那一次，家中的钱粮被洗劫一空，幸好没有出人命。邻居的女儿被胡人凌辱之后，羞愧交加，投井而死。每每想起这些，苏蕙都要从噩梦中惊醒。

想起以前缺衣少食、朝不保夕的困境，苏蕙觉得眼下的生活简直就是到了天堂。在苏蕙眼里，窦滔不仅是她的天，她的地，她的命，也是秦州百姓的父母官。苏蕙觉得自己更敬重窦滔了，能够和他日日厮守在一起，就是最大的快乐。有时候，她甚至怀疑这幸福的真实性。

苏蕙见惯了悲欢离合，深知人生无常，便也像父母一样热衷于烧香拜佛。其实，以前在老家的时候，苏蕙就常常去寺庙里烧香，后来由于被几位无赖恶少调戏，为了免生事端，她在家里供奉起佛像，很少去庙里进香。

一天午后，鹧鸪鸟在窗外叫得很欢，窦滔想起苏蕙来了秦州之后，自己还没有陪苏蕙出过门。恰好近日，麦积山有座石窟开始动工，邀请窦滔前去观礼，窦滔便想着带苏蕙去麦积山游玩，爷爷却让窦滔陪苏蕙去观音庙里进香。其实，老人等着抱孙子，苏蕙婚后一直没有怀孕，长辈的意思是让他们去庙里求子。他们也不算算，婚后不到三天，窦滔就去参军，一别经年，如今秦州刚刚太平，小两口团聚了才没多久。

刺史携夫人出游，老百姓们早都听说刺史夫人才思敏捷，心灵手巧，貌若天仙，个个伸长了脖子想一睹苏蕙的风姿。如今一见，果然如花似玉，好像画中走出来的人一样。一时间，苏蕙就得了"行走的画人"这个美名。苏蕙坐在轿里，毫不知情，她看着窦郎骑着高头大马，满面春风，一路和百姓拱手问好，心里格外自豪。

到了山下，夫妻二人步行上山。路边草木葱茏，野花遍地，溪水淙淙，窦滔摘下路边一朵黄花，插在苏蕙鬓边，苏蕙羞红了脸。窦滔见了，想起第一次见到苏蕙的情景，心里涌起了春潮。

苏蕙拿出新做的香囊为窦滔系上，窦滔一摸怀里的旧香囊不见了，十分着急。苏蕙看着他上下乱摸，窘迫的样子，调皮地说："谁说自己天天把香囊揣在心口上的。如今，香囊丢了都不知道。"

"可不是。昨晚上还在。香囊上绣的花朵早已被我摸烂，里面的雁羽和丝线依然完好。夫人快快还我。"窦滔反应过来后，追着苏蕙讨要香囊。

苏蕙拿起新香囊说："仔细看看，可不都在里面。"窦滔一看，果真是在旧香囊上套了一个新的，做工比以前更加精巧。为了掩饰自己，窦滔讲起了秦州别名"天水"的由来。

天水地名源自"天河注水"的美丽传说。天水原本人烟稠密，屋宇毗连，山水灵秀，林木茂密。秦末汉初，长期的征战加上干旱，民不聊生。一天夜里，忽然狂风呼啸，雷电交加，一道金光闪耀，地上现出红光。顿时，大地在轰隆隆巨响声中，裂开一条大缝。只见天上河水倾泻而下，注入裂开的大缝中，形成一个大湖，名曰"天水湖"。此湖水质纯净，甘洌醇厚，春不干涸，夏不溢流，四季滢然。人说这湖与天河相通，就叫它"天水井"。后来，这个传说被汉武帝听到了，就在湖旁新设了"天水郡"。从此，秦州有了"天水"之名。

"那天水娃娃是怎么回事？"苏蕙听后，出其不意地问道。

"在天水，有翡翠镏玉的马跑泉，香美胜乳的甘泉，四季不变、祛病健身的温泉，珠帘垂挂的菩萨泉，寒彻沁人的八卦泉，鱼随泉涌的神鱼泉等，这些泉水水质甜美，四季不断，久饮能使人皮肤洁白。故而天水居民皮肤多白嫩，因而有'天水白娃娃'的说法。"窦滔答道。

"天水娇娃遍地，为妻乡野女子，见识浅陋，实在相形见绌。"苏蕙听闻窦滔有时候和部下一起喝花酒，常有歌姬作陪，故意旁敲侧击道。

"天水娇娃虽多，哪有贤妻聪慧。窦滔感念夫人的大恩大德，岂敢让夫人担心！再说治理秦州不得不和各色人等打交道，还望贤妻海涵！"窦滔不好意思地向苏蕙作了保证。

"夫君何出此言。夫君乃正人君子，为妻焉能不知。只是怕夫君酒后失言，被那奸诈小人抓住话柄，传扬出去有损声威。"苏蕙好意相劝道。

"贤妻所言甚是。那几位氐人长老多年来制服不了胡人，见我上任不久就让胡人心服口服，到处造谣生事，说我年少轻狂，气焰嚣张，还说我和胡人私下里达成了见不得人的协议。"窦滔愤愤不平地说道。

"只要夫君行得端站得正,大可不必为此烦恼。不过,小人之心不可不防,夫君还要谨言慎行才是。这秦州城不大,光城隍爷就有好几位,可见老百姓有多可怜,他们真是被战争害苦了。"苏蕙宽解窦滔道。

"我也是觉得百姓可怜。无论如何,我都要让秦州城成为人间乐土。"窦滔很有把握地说。

"窦郎真是百姓的好父母官。今日是六月六,按咱们家乡的习俗应该去漆水河洗浴。夫君日夜劳顿,为妻不能为你分忧,实在不安。为妻叫人给府中引来一股泉水,何不去沐浴一番?"苏蕙本想给窦滔一个惊喜,说着说着不由自主地说漏了嘴。

"夫人思虑周全。听老辈人讲咱们的先祖弃小时候黑得像墨炭,后来在漆水河洗了澡,皮肤就变白了。我这几年在外征战,经常风吹日晒,早已皮躁肉厚。可怜夫人与我同甘共苦,日日受这边塞的风沙……"窦滔感叹道。

"夫妻本是同根生,夫君何出此言。你我结为夫妇,理当同甘共苦……"苏蕙柔声安慰窦滔道。两个人越说越动情,干脆跪倒在观音菩萨面前又赌咒发誓地说:"生不同年,死当同穴。"

是夜,苏蕙伺候窦滔沐浴。禾苗早已采来了粉红的荷花和碧绿的荷叶,她按照苏蕙在娘家时的习惯,将一片片荷叶铺在地面上,以免主人跌倒,又将荷花花瓣洒在水中,取其清香。苏蕙为窦滔宽衣解带,把乌铁剑放在窦滔一伸手就能够到的地方。窦滔躺在温热的水中,苏蕙用花瓣为他撩水,轻轻地揉搓肌肤,窦滔感觉到了从未有过的放松。再看娇妻,肌肤胜雪,额头微微沁出细汗,越发显得妩媚动人……

禾苗在外间伺候,只听见里面传来阵阵呢喃之声,不觉脸上烧了起来。但她不敢擅自离去,为了转移注意力,她盯着院中的一朵月季花看了半天。

月亮已经升得老高,主人还是迟迟不出来,禾苗只好傻傻地望着月亮。

二十三
白娘子

"故人西辞黄鹤楼，烟花三月下扬州。"白玉隐和雒青梅反其道而行之，偏偏是在草长莺飞之际来到了北方漆水河畔的武功县。这是有原因的。

白玉隐原是一家丝绸厂的首席设计师。在经济大潮的冲击下，丝绸厂效益下滑，她的丈夫停薪留职，出国经商。白玉隐钟爱丝绸，离不开自己的老本行，特意应聘到了丝绸研究所，现为高级研究员。

近年来，国家出台了一系列优惠政策，加大了对外投资力度。许多企业抓住这个难得的商机，大力扩展海外市场，因而近年来，国内承接服务外包合同金额直线上升。G集团是积极寻求与中国进行战略合作的国际企业之一。

G集团的董事长是位中国迷，一天说起了英国博物馆收藏的《璇玑图》，还有美国博物馆珍藏的"苏蕙人物故事"绘制长卷，非常崇拜。中方意识到这是一个非常有价值的话题，便打包票说："古人一千多年前能够创造的东西，我们今天一定会织造出来。"董事长一直渴望见到传说中的《璇玑图》，双方当下就着手商议此事。中国方面立即组织相关人员研发、织造《璇玑图》。

丝绸业的人都知道传说中的《璇玑图》精妙绝伦，几乎无法复原。因此，尽管有许多资深设计师都对这个项目表示出了浓厚的兴趣，但大都以"没有金刚钻，别揽瓷器活"为由，不敢接受此项任务。是呀！要在八寸见方的锦上织出八百四十个字，简直是天方夜谭。按照东晋十六国时期一尺等同于现在的二十四点五厘米，八寸就是十九点六厘米，与现在的一本书大小相同。唐朝一尺为今日的三十厘米，八寸也就是二十四厘米。就算是按照唐尺计算，要在一个边长为二十四厘米的正方形上织出八百四十个字，以今日之纺织水平也是相当有难度的，更何况苏蕙那个时代，几乎没有任何科研工具可以利用。

苏杭自古就是丝绸业最为发达的地区，因此，中方特意召集国内外的专家在杭州召开了复原《璇玑图》的论证会。会上国内外专家各抒己见，有人说："武则天序言诗中的'纵横八寸，题诗二百余首'有误，应该是'纵横一尺八寸，题诗二百余首'。"也有人猜测道："解放前后农村妇女用的是老布尺，尺码较大，我们现在用的市尺，在老布尺上只有七寸。农村妇女用织布机织出来的土布，口面刚好是一老布尺宽，也就是现在的一尺四寸。大家知道，自从秦始皇统一度量衡后，以后的历朝历代，很少改变。因此可以假设东晋时期妇女们织出来的锦帛，口面一般都是一尺四寸。也就是说，苏蕙织造《璇玑图》用的就是她平时所用的织机。所以诗句中的'八寸见方'极有可能是有文字的部分为老布尺的八寸，边上应该留有一寸的空白，这也符合人们的审美观念。"甚至有人提出了《璇玑图》上的文字是绣上去的，并非织出来的，有计算机专家则以为《璇玑图》是文字魔方，现代化的计算机都无法复原，可见《璇玑图》太过精巧，恐怕是外星人留在地球上的遗物……

众说纷纭，莫衷一是，最后，这项重任自然而然就摆在了白玉隐和她的团队面前。是接受挑战，还是推辞？"天将降大任于斯人也，必先苦其心志。"经过慎重考虑，白玉隐团队勇敢地接受了这项几乎不可能完成的任务。刚一接手织造《璇玑图》的任务，白玉隐便组织召开会议，号召大家要分工合作，精诚团结，一定要让失传多年的《璇玑图》重现人间。雒青梅除了参与织造《璇玑图》之外，着力打造电子版的《璇玑图》，几个年轻人信誓旦旦地保证一定会高质量地完成任务。前期准备工作完成之后，白玉隐与雒青梅又踏上了漫漫征程，她们要从丝绸之路的起点——长安城出发，寻找遗失的《璇玑图》。

这几天，游冠勇带领她们去漆水河边游玩，去苏蕙的出生地苏坊村寻古，还给她们讲述了这么多的历史故事，白玉隐对他佩服得五体投地，再也不和他一比高低了。雒青梅更是被游冠勇迷倒了。

一个普通的文化馆工作人员，居然对历史如此熟悉，实在出乎意料。出发前，白玉隐感觉前途一片迷茫，但是见到游冠勇以后一切豁然开朗。他为她们打开了一扇历史之门，使她们毫无阻拦地穿越到了那个动荡不安的永嘉之乱时代。

永嘉之乱是中国历史上最黑暗的一页之一，作乱的"五胡"指的是匈奴、鲜卑、羯、羌、氐五个胡人的游牧部落。但事实上五胡是西晋末年所有乱华胡人的代表，数目远非五个。在这一时期，塞外众多游牧民族趁西晋八王之乱、国力衰弱之际，陆续建立起数十个强弱不等、大小各异的国家，其中存在时间较长和具有重大影响力的有五胡十六国，前后长达百余年。

由于胡人的残暴统治，汉族人民为了避难，从黄河流域大规模进入长江流域，在长江下游的江南之地建立东晋，史称衣冠南渡。东晋王朝建立之后，南方经济得到了一定的发展，也进一步增进了南方的百越、三苗族裔与中原汉族文化和经济的融合。

永嘉之乱是中原文明第一次遭遇到的民族危机。当时，汉民族人口由八百多万人锐减到百余万人，如果汉人不崛起，就要像今天的印度原住居民一样，沉沦为少量的下等种群。

永嘉之乱是一场千年噩梦。有学者称之为"神州陆沉"等。这一时期，是汉民族的一场灾难，几近亡国灭种。隋文帝杨坚统一并建立隋朝，方使中国结束了三百年的动乱和分治。

乱世出英雄，乱世也出才女。魏晋时期的三大才女，个个光彩照人，蔡文姬记忆力超群，默写古书功德无量，又善诗词歌赋，将离奇遭际书写成《胡笳十八拍》，至今传唱不休；苏蕙首开回文先河，纺织技巧高明，璇玑绝唱，莹心耀目，奏响了古代女子反对一夫多妻制、捍卫纯真爱情的恋曲；咏絮才女谢道韫乃名门之女，品位高雅，最擅清谈，所遇非人，却神情散朗，大有林下之风。她们全都是白玉隐和雒青梅敬慕的大才女，能够接到与其中之一的才女苏蕙有关的任务，实是三生有幸。

苏蕙就像一块吸引力超强的磁石，深深吸引着白玉隐和雒青梅的心。时隔千年，远古的才女，你能听到今人颤抖的心声吗？

"蒹葭苍苍，白露为霜。所谓伊人，在水一方，溯洄从之，道阻且长。溯游从之，宛在水中央……"白玉隐在动身之前，反复吟唱着这首古诗。雒青梅也是对寻访苏蕙充满了期待。但是，她也理智地认为不要抱太大的期望，令人意外的是，游冠勇带着她们去了苏蕙的故乡，她们亲眼看到了望夫石，浣纱池，织锦台……她们仿佛真的触摸到了苏蕙的身影。一会儿，苏蕙是古代追求婚姻自由、聪慧可人的回文诗人；一会儿苏蕙又是勤劳善良，心灵手巧的织锦能手；一会儿苏蕙又是身处乱世，命运多舛的劳苦大众的化身；一会儿苏蕙又演变成了绝世独立，敢爱敢恨的女权主义者。

白玉隐想起临行前，所长叮嘱她："找到了游冠勇，你就等于找到了一座古代博物馆。"

高手在民间。游冠勇果然厉害，白玉隐这下相信了组织的力量强大无比。

这个古老神奇的地方让白玉隐和雒青梅着了迷。她们天天跟着游冠勇四处奔走，不知疲倦。游冠勇也没想到这两位美女娇娇弱弱，说起话来婉转如莺啼，办起事情来却这么干脆利索，任劳任怨。人不可貌相，海水不可斗量。游冠勇也被白玉隐和雒青梅感动了。

"你站在桥上看风景，看风景的人在楼上看你。明月装饰了你的窗子，你装饰了别人的梦。"游冠勇天天领着两位绝色女子到处闲逛，很快成了小城的一道风景。有好事者，天天早上守在宾馆门口，等候着白玉隐和雒青梅出门，好一睹美人的风采。白玉隐和雒青梅虽然免疫力极强，但也招架不住这种明目张胆的窥探。尤其是这几天晚上有人不停地给宾馆打骚扰电话，让白玉隐和雒青梅苦不堪言。俩人一回到宾馆，就立即拉上窗帘，拔掉电话线，与外界隔断一切联系。但就是这样，她们还是听到了有人叫她们"白娘子""小青"。

太有想象力了，这称呼好有意思。白玉隐——"白娘子"，雒青梅——"小青"，完全是《白蛇传》里的人物呀！只是不知道，许仙、法海在哪里？藏着掖着不如敞着亮着。游冠勇认为老百姓的眼睛是雪亮的，白玉隐温婉雅致，行为举止还真和"白娘子"有一点儿相像。雒青梅活泼可爱，爱说爱笑，敢作敢当，也和"小青"有几分神似。游冠勇干脆也把她们两个叫"白娘子""小青"。

二十四
花手绢

今天，游冠勇准备带"白娘子"和"小青"去参加自己本家侄子的婚礼。天不明，游冠勇就去接她们参加婚礼。因为按当地风俗，天不明就要把新人娶回家，据说这样新人就会给家里带来祥瑞之气。

昨天晚上，游冠勇就给她们大致讲了今天婚礼的情况。白玉隐和雒青梅知道今天的完婚，也叫嫁娶，乡下人称娶媳妇。婚礼完全是旧式的，很复杂，也很讲究，提前要请好执事、礼笔、傧相等人。请执事即请主持婚礼仪式的人；请礼笔，即请收礼先生，书写喜联，礼品清单；请"傧相"，男方请的叫傧相，女家请的叫扶女。"傧相""扶女"要选两个比新郎、新娘年长，口碑很好，家庭富裕，儿女双全的有福之人担任。这一点和城市里一点儿都不一样，城里叫伴郎、伴娘，而且都是未婚的好友。接下来还要请厨师，请跑乱，即请族人、亲友跑腿打杂，如借家具、烧水泡茶等。还要请乐队，即"龟兹"，赁轿等，事情多的能摆一河滩。

白玉隐和雒青梅起得很早，因为她们听说新娘子和新郎官两家离得特别近，就央求游冠勇带她们先去新娘子家看看女方家的"送女"仪式。游冠勇只好带着她们加入了迎亲的队伍。只见新郎身穿红色绸缎做的长袍马褂，头戴礼帽，披红插花，由本家叔伯等人陪伴，骑着高头大马，携带凤冠霞帔及一面照妖镜等礼品来到岳丈家。新郎到了女方门前，鸣炮三声，向女方父母行叩头礼，入席就坐吃喜面。女方家人赶紧为新娘戴冠披霞，蒙红绸盖头，向祖先神位告别，向父母兄嫂行礼辞行。

临出门前，新娘突然开始哭泣，娘家的母亲，姐妹们都围过来抱着新娘子大声痛哭，哭声十分感人。游冠勇在一旁解释说："这叫哭轿或哭嫁"。雒青梅说："苏蕙新婚时也抱着母亲哭了半日。"旁边有一妇人唱起了《哭轿歌》："娘呀娘，您养儿十几年，今日出嫁成客人，丢下弟妹谁照看，好比钢刀挖我心……"在哭声、乐声、炮声中新娘子被新郎背出家门，放入轿中。新郎骑着高头大马，在轿前开路，照妖镜悬于轿杆，两个压轿的童子扶轿，龟兹手前头吹奏，抬着新娘妆奁和生活用具的亲友紧跟其后。花轿每过一村，皆鸣炮停歇，村中妇女争相观看品评新娘的美貌与手艺。花轿经过桥头、十字路口等处，主家们必要燃放爆竹，贴红纸条，撒彩纸恭贺。

白玉隐和雒青梅从来没有见过这么烦琐的结婚仪式，她们觉得很新奇，一路上追着游冠勇问个不停。要不是为了陪她们俩，游冠勇今天就应该是这场婚礼的执事人。但有啥办法，公家事把人缠住了，自己家的事儿只能靠后。说话间，新娘子的花轿到了门前。几个"龟兹"使劲地吹吹打打，奏乐助兴，以钟鼓之乐迎接新娘子。"窈窕淑女，君子好逑……窈窕淑女，琴瑟友之。"白玉隐想起了这几句诗，开心地念给了雒青梅，两个人轻轻地笑了起来。

虽然天色未明，但门口挤满了看新娘子的人。新娘子坐的花轿为雕花彩帷，顶为圆锥形，上面雕刻有麒麟送子的吉祥图案，四角悬吊红色绣球，四壁刻有八仙人物，在灯光的照耀下显得富丽堂皇，十分喜气，就像戏文中的大花轿。白玉隐正看得入迷，冷不防轿里跑出来了一个小男孩差点撞倒了她。游冠勇上前介绍说："这男娃是押轿的。农村人都爱男娃，说男娃顶门立户，不像女娃长大了就成了人家人了。"这时，执事唱着"花轿到门前，宾主站两边，鼓乐迎淑女，鞭炮庆家宴"来接新娘。新娘下轿时，执事先生边撒粮草边念下轿词："一撒麸子，二撒料，三撒新人下了轿"。执事给看热闹的人群中撒了一把硬币和糖果,孩子们纷纷低头去拾。男方接亲者搀着新娘进门时,执事又边撒边念:"一撒金子,二撒银,三撒新人进了门"。

小男孩不知道从哪里又领出来了一个小女孩。小女孩突然跑到白玉隐跟前喊道:"妈妈,妈妈。"白玉隐愣住了。雒青梅立即认出来了这就是那天在城隍庙见到的小姑娘,便问道:"小妹妹,你叫什么名字?你认错人了。""小叶子不会认错人,""'白娘子'和小叶子妈妈的照片长得一个样。"小男孩抢答道。小叶子也肯定地说:"你就是我妈妈。我爸爸说我妈妈出远门去了,等我长大了就回来了。我现在长大了,妈妈回来了,却认不出我了。"小叶子说着,眼泪就要出来了。"小叶子,别哭!我们领着你玩。"大喜的日子,白玉隐不忍心看小叶子哭泣,就和雒青梅领着小叶子去看热闹了。

新娘入洞房后,霎时,几个年轻小伙子前来以挂门帘、窗帘为名向新娘索要红封,讲好楔一个钉子见一个红封,扶女不给,青年便作势要取下门帘和窗帘。门帘和窗帘刚一揭起,外面的人都往里面瞅,新娘子羞得满脸通红,扶女只好拿出红包,青年继续耍闹逗笑,半天才挂上了门帘。

随后,男方接亲的人把新娘子的陪嫁一件一件搬进了新房,扶女便一人送一方手帕。白玉隐和雒青梅看得好奇,游冠勇便支使小叶子和压轿的小男孩去要了两方手帕。这手帕四四方方,白底子,四角有红蓝相间的条纹,一看就是当地的织布机上织出来的。"你可别小看这一方小手帕,它可是大有来头。这是祖祖辈辈传下来的婚礼见证物,告诫新郎官千万不要三心二意,要和新娘子一心一意,好好地过日子。"游冠勇解释道。

"这花手绢不就是和《璇玑图》一个作用吗?"雒青梅快人快语。

"聪明!这就是民间版的《璇玑图》。"游冠勇称赞道。

"原来,苏蕙的《璇玑图》一直都流传在民间。"白玉隐抚摸着手帕,忍不住喃喃自语起来。

"千百年来人们对爱情的追求变了吗?其实没有变。那就是非你莫属，就是你中有我，我中有你，就是一生一世只爱你一个。"游冠勇自问自答。

"天荒地老，真情永恒！苏蕙捍卫的是纯真爱情，《璇玑图》代表了天下女子的心愿，自然流传千年。"雒青梅感慨道。

"游大师，你真是拿着鸡毛当令箭，你侄子结婚你都不管，尽围着美女转圈圈，你小心今晚回去跪搓板。"

"'白娘子'寻许仙……"

"游大师做梦娶媳妇，心里正美着呢……"

……

一群做饭的女人取笑起了游冠勇。游冠勇怕白玉隐、雒青梅尴尬，便要带着她们去吃席。白玉隐和雒青梅把花手绢收进了包里，正欲离开。那群做饭的女人把一个面红耳赤的老年女人推到了他们面前，游冠勇生气地呵斥道："这是工作，少胡掺和。"那个像个大红薯一样的老年女人躲闪着跑开了，众人一哄而散。白玉隐和雒青梅也闹了个大红脸，要求回宾馆休息。游冠勇坚持要她们去吃席。

新娘那一桌开席时，端盘的人故意不拿筷子，又向新娘讨封。娘家的女客们也不好欺负，她们也趁人不注意时，将茶杯碗碟等藏起，一会儿带回家，等女婿到岳丈家回门时，再用手帕、糖果等礼物换回，大家耍闹，十分有趣。新娘子不怎么吃东西，只是抿着嘴羞答答地笑。白玉隐这一桌，幸亏看桌子的小伙子老实，没有刁难他们。吃完饭，游冠勇丢给小伙子一包好烟，小伙子说了一声"谢谢游老师"，游冠勇才知道这娃是自己的学生。

人言可畏。游冠勇给小叶子耳语了几句，借口有事先走了，约好了晚上来接她们。小叶子开开心心地带着白玉隐和雒青梅去看新娘子的嫁妆和大家送的礼品。要看新媳妇是不是心灵手巧，就要看新嫁娘的针线茶饭活儿好不好，茶饭好不好要等到三日后新媳妇下厨才能知道，针线活儿今天一看嫁妆就见分晓。所以，锅灶上忙完以后，女人们都围过来要看看嫁妆，先看缎面被子，再看十几床的手织布床单，最后拿出压箱底的那几对绣花枕套。枕套有红白两色，上面大都绣的是鸳鸯戏水，春暖花开，连年有余等吉祥图案。这种秦地流传的刺绣，针脚细密，色彩艳丽，图案简单，与"四大名绣"的苏绣比较起来，针法不够活泼，图案不够秀丽，构思不够巧妙，但是这种简单质朴，鲜艳夺目，花样繁多的枕套，却透出了一股子山野之间的泼辣，一种田园风光的灵气，一种蓬蓬勃勃的力量，让人照样爱不释手。

有人说新娘子是秦绣传人，嫁过来之后，就要开办刺绣厂。更多的女子围了过来，品评针法，打探消息。白玉隐和雒青梅翻看了许久都舍不得放下。

一会儿众人散去，白玉隐和雒青梅也跟着出来闲转。管礼账的人热心地给她们讲起了送礼的讲究：舅、姑、姨家礼重——送花馍一对，给新郎披红等四样礼。舅父要买一盏灯、一个脸盆。远亲虽不必蒸花馍，但要带九个大馍，也有蒸面鱼的，有蒸大油旋的。

十一点多了，马上要举行拜堂仪式了，小叶子又带着她们去观礼。只见堂前桌上摆有香、烛、献品及牌位，旁边的桌上放置有斗、秤、尺、剪、算盘、镜，这六物就是传说中"三媒六证"中的"六证"，表示"公平合理，心明如镜"。新郎和新娘子站在堂前，重要亲戚坐在一旁，周围里三层外三层站满了人，场面热闹而庄重。

人们看见"白娘子"和"小青"来了，主动让出一条路来，让她们站在最前面，好看得清清楚楚。"执事"手提一只斗，内装甘草、麸皮表示金和银，口唱："花堂设置多辉煌，五色云彩呈吉祥，青鸾对舞千秋会，鸾凤合鸣百世昌"等祝词，赢来了无数掌声。接下来他又唱道："寻得桃园好避秦，桃红又是一年春，桃园仙鱼逐水流，只等渔郎来问津。一拜天地日月星，二拜东方甲乙木，三拜南方丙丁火，四拜西方庚辛金，五拜北方壬癸水，六拜中央戊己土，七拜三代老祖宗，八拜父、母、伯、叔、婶、娘众弟兄，九拜师长情意重，十拜亲友相帮衬。"一对新人按指挥逐一行礼，父母等所有亲属、宾客也都一一起立答谢，显得郑重其事。白玉隐看到旁边看热闹的人群中，有些年长的人开始悄悄抹起了眼泪。

十拜之后是夫妻交拜。这一下有热闹看了。不知谁喊了一声，小伙子们一下子挤了过来。"执事"又高声唱道："天上织女会牛郎，人间才子佳人配成双，今日两家结秦晋，富贵荣华千年万代长"。新郎和新娘互拜时，刚才挤过来的几个小伙子一哄而上摁住一对新人的头，让他们互拜时故意头碰头，新娘子聪明，不停地躲闪，底下的人当然不会轻易放过一对新人，不停地喊叫、鼓掌。

白玉隐看着一对新人不停地鞠躬很可怜，现在又被碰得晕头转向，想着婚礼仪式总该结束了吧。谁知"执事"又拖长了调子喊道："再拜抬轿的、响炮的，还有招呼不到的；梳头的、扶女的、四面八方贺喜的；铺席的、切菜的、烧锅揽柴砸炭的；摘葱的、剥蒜的、担水吆驴擀面的……"足足说了五分钟。明知被捉弄了，一对新人还得乖乖地逐一行礼。大家抿着嘴笑个不停。

新郎新娘拜堂后，还要当着众人的面互饮一杯"交杯酒"，才能由一位年长的喜婆带着入洞房。饮完酒，经过灶房时，有人专意给锅上扣个瓷盆，意为聚宝盆。喜婆立即唱道："新娘见盆，骡马成群"。唱完示意新娘拿铁勺在锅里搅一下，新娘依言而行。喜婆接着唱道："新娘搅锅，越搅越多"。新娘子这下学乖了，不用人教，主动在锅里多搅了几下。有人在锅内丢一双筷子，喜婆唱道："新娘见筷子，明年抱太子"。新娘子听了羞答答地低下了头。看热闹的人向新房内丢一片瓷瓦片，喜婆又唱："洞房撂磁瓦，明年抱男娃"。有人给炕头放个木头墩子，喜婆就唱："炕头放墩墩，后年抱孙孙"。又有人给炕上四角放四种干果：核桃谐白头到老，红枣寓见红有喜，花生、桂圆含落花生子富贵团圆之意，看热闹者争抢而食。喜婆又唱："七个核桃八个枣，娃子多来女子少，媳妇吃了核桃枣，两口子和气永不恼"。众人又把花生、红枣给新娘嘴里喂，新娘用手一挡，众人就笑说："早生贵子，早生贵子，还不赶紧接福。"新娘子只好张口接住。白玉隐和雒青梅正听得有趣，突然来了一群年轻人，挤得她们站立不稳，小叶子嚷着要出去玩，她们只好跟着出来四处乱逛。

逛了不多时，又有人来招呼她们入席。开始大家先喝酒抄碟碟，盘里六个凉碟碟，喝毕酒再上一盘热菜和蒸馍。这时，新郎、新娘在长辈的带领下，逐席向宾客敬酒，新娘子依然羞羞答答，不大作声，众人却故意逗引她，新娘子只是笑，美得像一咕嘟洋槐花。

　　白玉隐和雒青梅跟着小叶子随意就坐，逢人就搭话，村人皆热情好客，给她们讲解了许多婚俗，俩人觉得新鲜有趣，也不再无聊。

　　一个胖大嫂说："结婚后第二天一早，娘家的主要亲属会给女儿送饭，有饺子、面条，一家摆一盘，意思是让女儿勿忘娘家的养育之恩。婚后第三天要回门，也叫'请女婿''耍女婿'，岳丈家设宴待客，女婿要一个挨一个地给岳丈家族的长辈行叩头礼，受礼者回赠布料床单等，这叫认女方家亲戚。回门那天，女方村里人都要来戏耍女婿，女婿必须和气嘴乖，得提前给耍闹者准备糖果等物。要是女婿不晓事，招待不周，大家就佯装将亲家母绑在树上耍笑，一直热闹到天黑，才放新人回家。"

　　另外一妇女说起自己耍女婿的心得：你们城里人别笑话我们农村人。结婚三天没大小。女婿要耍，不耍不亲。亲了就把咱家女子当成了自家人，就不敢欺负咱家女子了，这过日子就一条心了。其他人都点头附和。

　　一下午，小叶子一直把白玉隐和雒青梅跟前跟后。白玉隐心下生疑，这谁家孩子呀，怎么不见个大人来寻娃呢？可恨那游冠勇被大家的风言风语吓跑了，下半天一直不见人影，害得她们想回也回不去。

　　晚上吃罢谢客席，游冠勇突然冒了出来，说要托人把小叶子送回家。小叶子不肯，游冠勇打电话叫来一个四十岁左右，身材高大的男子，连哄带骗地把小叶子抱走了。

二十五
爱无力

　　游冠勇晚上过来，要带她们去看闹洞房。白玉隐不去，说："人家说了闹洞房很黄很暴力，少儿不宜。"

游冠勇说："你们去了，人家就不会胡闹了。"

雒青梅听说耍房内容丰富多彩，有说曲儿、猜谜语、绕口令、唱酸曲、亲嘴巴、吃喜糖、摘樱桃、送鸳鸯枕等。但也有些不健康的内容，如给纸烟内装上小炮，新娘点烟时炮响被吓一跳，有的给茶水中放上辣椒面或芥末粉，新娘一喝就咳嗽不止，还有些不怀好意者，趁机在新娘子身上乱摸，所以她也不愿去，游冠勇只好作罢。

一时无话，雒青梅摆弄着花手绢问道："你们这儿结个婚，可真不容易。"

"这已经好多了，简化了定婚的好多手续。我们那时候定婚比结婚还麻烦。求婚之家先让介绍人在双方之间奔走游说，等女方同意了，介绍人才让两个娃娃见个面，这叫背见。背见满意之后，大人再谈话，同意结婚条件之后，开始定婚约。见面时，男女双方主要亲戚都要参加。接下来是女方到男方家看屋。看屋之后，扯衣服，还要坐喝。坐喝之礼仪非常隆重，就跟今天结婚一样隆重，男方杀猪宰羊，请厨做菜，搞得声势浩大，意思是告知四方，此女已是名花有主了，旁人不要再打这娃的主意了。定亲过礼，认媳妇，认女婿，跟今日娶亲一样兴师动众。现在这些事情全部简化了，媒人一张巧嘴就能搞定。"游冠勇扳着指头，滔滔不绝地说道。

"这婚真不好结。彩礼太多，手续太麻烦。"白玉隐听得心烦。

"结婚是人生头等大事，怎能不受点麻缠。结婚花钱事小，就是让你感觉到两家人走到一搭不容易，婚后要好好过日子。"游冠勇随口答道。

"老封建，结婚要这么多彩礼就是等于卖女子。"雒青梅反驳道。

"你以为把人家养了十几年的姑娘娶到手容易得很？你以为一个女人要融进男方的家族很简单吗？碟子跟碗爱碰在一起，牙齿有时候还要咬嘴唇呢，两口子过日子，难免磕磕碰碰。结婚前多打点基础，结婚后就容易互相体谅了。再说了，你们城里人谈恋爱不也要压马路，吃饭喝酒，送玫瑰花、钻戒、房子和车子吗？"游冠勇不屑地说。

"要想恋爱先交流,那叫互相了解。"雒青梅驳斥道。

"当然要互相了解。问题是城里人恋爱常常是两个年轻人黏黏糊糊。农村不一样,谈婚论嫁是两个家庭,甚至两个家族的大事,家里的长辈一定要参与把关。农村的父母从小就很注意教育子女,要不然邻里亲戚一句话就可能把娃的亲事给搅黄了。男娃娃如果不学好,人就说看你喔怂样,谁家敢把女子嫁给你。女娃子如果不讲究,人就笑话说你邋里邋遢,白给人都没有人要。甚至会对这娃的父母说把娃多指教点,看你娃以后咋处呀!你们城里人把结婚恋爱当饭吃,当成是两个娃娃过家家,今日闪婚,明日闪离。我们信奉周公之礼,一套一套地按路数来,新人基本上从一而终。"游冠勇据理力争道。雒青梅一时语塞。白玉隐怕游冠勇尴尬,忙请他吃水果。

"时间不早了,我先回去了。"游冠勇一遇到问题就会脚底下抹油,溜之大吉。

"姐,你别说,我觉得游大师说得有理。我今天总算知道女人为什么要举行婚礼了。"游冠勇走后,雒青梅一反常态,很深沉地和白玉隐谈起了心事。

"你还没有结婚,有的是机会,到时候记得把自己风风光光地嫁出去。"白玉隐调侃道。

"那不一样。我今天看见新娘子羞答答的样子,就觉得没有男人会娶我了。"雒青梅自嘲道。

"妹妹年轻漂亮,聪明能干,我要是男人保准娶你。"白玉隐笑道。

"可我已经不会害羞了。我说正经话。我的初吻献给了第一次请我看电影的小男生,我的初夜是在学校的小树丛中和学长苟且,我三十岁了,同居八年的男朋友出国了。我现在就这么单着,我妈天天盼着有人愿意接手我。我在我妈眼里成了积压品,好像有人不嫌弃我,她就谢天谢地了。那眼神分明是说咱闺女都是二手货了,就不要指望人家把咱当成黄花大闺女宠着。"雒青梅伤感地说。

"别这么说。你怎么说都比姐姐年轻,年轻就是女人最大的资本。"

白玉隐安慰雒青梅道。

"姐，要不我不嫁人了，以后咱俩一起过。"雒青梅说着，咻溜滑下床，钻入了白玉隐的被窝。

"傻瓜，你妈知道了，还不把姐的腿打断！"白玉隐说完，熄了灯。

房间一片漆黑，彼此看不见，两个人反倒更加坦然，白天说不出口的话，就像水流一样自然而然地淌了出来。

"姐，不知道为什么我现在一参加婚礼就要哭鼻子。"雒青梅带着哭音说。

"我前段时间去外地参加婚礼，新娘子的妈妈为了一点小事情和男方闹矛盾，新娘子步入婚礼殿堂的路上真的是一直在泪奔，惹得我也眼睛酸酸的。"白玉隐回答道。

"鸡毛蒜皮的事情挡道，就连结婚这一天都不放过，婚后的日子可咋过呀。新娘子当天没逃婚吗？"雒青梅来了兴致。

"如果是你，估计你也不敢。中国人最好面子，你要是逃婚了，不光你公公婆婆恨你一辈子，你爸你妈的老命也要被你害了。人家司仪可是见过世面的老油条，想方设法让新郎说一些调皮话逗新娘子开心，新娘子毕竟只有二十出头，不一会儿便破涕为笑。"白玉隐解说道。

"没劲。"雒青梅很失望地回答着。

"什么呀！平安无事就是最好的结果了。你这个小魔女，巴不得天下大乱，对你有什么好处。"白玉隐没好气地说。

"要是这时候出现一位英俊潇洒多金的白马王子该多好呀！"雒青梅无限神往地说。

"世上没有那么多的白雪公主，别指望白马王子来英雄救美了。"白玉隐嘲讽道。

"也就是，顶多是前男友心血来潮把你一时当成了宝。就算是抢回去了，你已经众叛亲离，这日子能过好吗？"雒青梅深思熟虑道。

"婚礼的策划筹备是新人由浪漫转入现实的着陆点。许多人就是这临门一脚没有踢好而给日后的生活留下了隐患。但更多的人选择了遗忘，宁愿在平淡的婚姻里寻找爱情的另一种面孔。女孩在结婚这一天最美，也在这一天发生了质的飞跃。嫁为人妇，嫁鸡随鸡，嫁狗随狗。其实没有这么悲观，只是告诉女人一辈子要与这个男人风雨同舟。婚礼越盛大，观众越多，女人的心情越复杂。嫁得好不好，外人的标准很多，女人的标准很简单那就是心甘情愿。从此，女人心无旁骛，坚定地守护着自己那并不完美的爱人，营造一片温馨宁静的天地。"白玉隐絮絮叨叨地说了起来。

"你怎么和我老妈一个口气。"雏青梅听得厌烦。

"姐姐老了。婚前婚后，天上人间。男人女人步入婚姻的殿堂，不如说是趟进了柴米油盐的浑水，磕磕碰碰在所难免。坚持不住时，想一想自己在婚礼上当众所发的誓言，所有流过的泪水，所有受过的酸甜苦辣也就化为云卷云舒，花开花落，无疾而终了。"白玉隐依然不急不缓地说。

"也是这么回事。女人把自己好好地嫁掉。让自己当一次令人魂牵梦绕的公主，才有底气成功打败漫长岁月中的鸡毛蒜皮。"雏青梅叹气道。

"女人可以缺少十件华衣，但一定不能缺少一场隆重的婚礼。你看，古代的人多聪明，娶妻的时候场面多气派，纳妾的时候，一顶小轿悄悄地就抬来了。"白玉隐说。

"就是，一样地入洞房，一样地上床，一样的男欢女爱，明媒正娶和狎妓纳妾就是不一样。"雏青梅恍然大悟道。

"姐，我亏大了。白白让人家睡了八年，没名没分，连个小妾也不如，还以为这是男女平等，自由恋爱呢。看看女权主义者，有几个过得幸福快乐。女人说到底还是女人，玩不过男人。"雏青梅继续反思道。

"怪不得我妈说现代的女孩子缺心眼。自己都不知道自己贵重，还一天要和男人一争高下。我妈就指望着我风风光光地嫁人，做个幸福的小女人，我却把自己月薪上万，陪她旅游逛街购物比儿子都强算是本事。看来，我这不孝女是当定了。"雏青梅懊悔道。

"看来，今天的婚礼没有白参加。孺子可教也！"白玉隐打趣雏青梅道。

"姐姐,你这么漂亮,追你的人一定很多吧!"雏青梅好奇地问。

"姐姐哪能和你比。"白玉隐笑着反问道。

"那当然,我从小到大都是才貌双全的白富美。只可惜,上了大学,迷失了方向,让我妈妈没有了显摆的资本。"雏青梅说。

"你妈妈那是爱你,别不知好歹!"白玉隐警告道。

"我知道。我就是嫌她烦,天天逼着我去相亲。我被逼无奈,只好友情出演了。那些个傻×男,一看我包包必须是LV,咖啡必得是星巴克,冰激凌非要吃哈根达斯,吃饭非高档西餐厅不可,一个个早已吓得两股战战,没约会完就溜之大吉了。现在,敢来和我相亲的都是骨灰级的剩男。哈哈哈……"雏青梅开心地大笑道。

"别这样。你一定是心里还在乎他。"白玉隐劝告道。

"我才不会在乎他。我在乎的是我的八年时光。"雏青梅声音低沉地说。

"你们是大学校友吗?"

"我们岂止是大学校友,我们是青梅竹马。"

"真的吗?"

"你不知道我们走在一起多不容易,我从上幼儿园起就为他争风吃醋……"

二十六
土布村

"妈妈,妈妈,吃早饭了。"小叶子的声音吵醒了整个楼道的客人,只有白玉隐和雏青梅最后听到。

白玉隐和雏青梅昨晚彻夜长谈,早上睡得太沉。小叶子便挨个儿把三楼的房间敲了一遍。

"姐,你女儿叫你,快去开门。"雏青梅催促白玉隐道。

"天上掉下个林妹妹,地里冒出个小叶子。这怎么回事呀?"白玉隐说着就去开门。

"妈妈,青姨,快尝尝我爸爸的手艺。"小叶子欢天喜地地说。

"八宝稀饭,油面包子。"雏青梅一看这是武功当地的名吃,忍不住跳下床来。

"妈妈,你哪天也给我做着吃。爸爸说妈妈做的饭最好吃了。"小叶子抱着白玉隐的胳膊央求道。

"孩子,你弄错了。我不是你妈妈。你把早饭拿回去,我们不吃。"白玉隐拒绝道。

"不嘛!你就是我妈妈。"小叶子摇晃着白玉隐的胳膊一个劲儿地央求。

"不准胡闹。把你的早饭拿走。"白玉隐坚决地说。

"哇……妈妈不要我了……"小叶子失声痛哭道。

"小叶子别哭,阿姨吃你的早饭。"雏青梅安慰着小叶子。

游冠勇到来时,小叶子还在哭泣,白玉隐也在一旁擦眼泪,雏青梅像个织布梭子一样穿梭在两个人的中间。

"还没有经布,你们就织开布了,快当得不行。"游冠勇开玩笑道。

"啥?哪里有布织?"雏青梅不解地问。

"今天,不是要去看看大嫂们经布吗?"游冠勇提醒道。

"就是。小叶子别惹'白娘子'生气了,快趁热吃早饭。"雏青梅哄劝道。

"谁这么大胆,敢惹'白娘子'生气。小心'白娘子'一哭,咱这儿发大水。"游冠勇调侃白玉隐道。白玉隐也不好意思再板着脸了。

"姐姐,我们今天去一位民间织布高手家。带上小叶子一起去玩玩儿。"雏青梅央求白玉隐道。白玉隐无可奈何地答应了。原来,游冠勇为了满足两位美女的心愿,特意寻访到了一位能织一手好布的吴姓老人,说好了今天带她们去看看。

时光如水，淘汰了很多东西。手工织布曾经流传千年，却因生产效率低下，已逐渐消失在人们的视线里。如今会织布的人已是越来越少了。白玉隐和雏青梅尽管从事刺绣工作多年，也没有亲眼见过人在老式织布机上织布的样子。

老人八十多岁，住在附近的壶底村。站在老人家的院门外，便能听到织布声。听着老织布机发出"唧唧唧"的声音，总会让人想起"唧唧复唧唧，木兰当户织"的诗句，仿佛一下子回到了古代。

游冠勇介绍说："老人生活的那个年代，人们生活都很清贫，一个女孩子除了操持家务外，挣钱的机会并不多，会织布的女孩在过去是很吃香的。不怕你们笑话，我就是穿着这种手工土布衣服长大的。"

"我十五岁开始学织布，那时是学尖机。织好后拿到壶口镇去卖，一匹能换半捆洋纱呢。"算起账来，老人一点都不含糊。

"奶奶好能干！"白玉隐扶着老人说。

"我年轻时，身上的衣料都要靠手工纺织，不像现在啥都是买的。那时学织布的女娃多得很，能织出一手好布的可不多。女娃织布好了，等于就是一棵摇钱树。那时候想娶我的人那可叫一个多，我娘家妈舍不得嫁我，千挑万选，我到了二十二岁才嫁了人。那时候，我姐妹们的娃娃都能叫我姨了。"老人乐呵呵地说。

"那怎样才能织出一匹好布呢？"雏青梅好奇地问道。

"没啥好办法，就一步一步地来。"老人不厌其烦地介绍起来，"手工织布的手续要七十二道，要先把棉花弹成絮搓成条，纺成细线、架拐缠成线穗子，再经布织布。要把棉花变成布料，辛苦得很。织布要用几十样工具，不光是费力使劲的吃苦重活，还是烦琐费人的手工细活，没有灵性和耐心的人是织不出好布来的。"

"奶奶，我试一试可以吗？"雏青梅说着就坐上了织布机，手里拿着梭子，脚底下却不知如何踩踏，只好尴尬地退了下来。

"会开自动挡车的人，都开不了手动挡。"游冠勇开玩笑道。

"这东西你们娃娃伙用不了。"老人说着，利索地跨进织布机，系好腰带，开始织布。原来，织布时的坐姿大有讲究，人先在织机的座板上坐好，再缠上腰带，这样一来，人和织布机就浑然一体了。接下来双脚要踩实两个踏板，先用右脚踏动右踏板，织机上两个缯便把经线上下分开，左手把机杼用力往前推，右手把梭子从张开的经线中"嗖"地抛到左边，左手接住梭子，左脚同时踏动左边的踏板，经线随之交叉变位，右手再用力拉动几下机杼，发出"咣当咣当"的响声，纬线便被编织到了经线里了。织布就是就这样不停地"咣当咣当、嗖、咣当咣当"来回忙碌。

"太奇妙了。"雒青梅忍不住赞叹起来。

老人却不言语，手脚并用继续织布。只见两层经线再次打开，老人将机杼往前一推，把梭子很轻巧地从经线左边抛到右边，右手准确地接住梭子，随即踏动踏板，左手用力拉动机杼，一条条纬线就很巧妙地被编织到经线里了。这一套动作不断重复，布匹便越织越长。

"这比开手动挡的车要复杂好多。"雒青梅佩服地说。

"奶奶很聪明，干活又认真，织的布远近闻名，不少邻居登门请老人到家里去织。"游冠勇补充道。

"这是改良后的小织机，好用多了。我家里屋有台老式织布机，让你们瞧瞧去。我年轻时，织了几年尖机之后，就不满足了。一次在别人家串门时看见人家用平机织出来的布非常好看，我又跟着学起了平机织布。平机比尖机大好多，不方便挪动，但织起来很顺手。织惯了，哪天不织就手痒痒。你看，我陪嫁的这架织布机，六十多年了，一直好好的能用。我到了这把年纪，天天都要织一截子布。"老人说着把大家带到了里屋。

"这织布机真的六十多年了，能用吗？"雒青梅问道。

"这都是花梨木做的，好木头，用起来可称手。这在当时比买一台缝纫机要贵好多。织布时梭子里的线要打湿，潮潮的，织起来才不会断。"老人说完，就坐下来织布。老人两只脚踩在踏板上，有节奏地一上一下地织起布来，梭子来回穿梭，令人眼花缭乱。在老人灵巧的手下，一条条纱线神奇地变成了一寸寸结实耐用的布。

"新织的布果然是潮的。奶奶，你真聪明。"白玉隐和雒青梅摸着刚织出来的布，争着夸奖老人。

"这都是人老一辈传下来的诀窍。我打小织惯了，一天不织布心里就不舒坦。"老人一边织布一边开心地说。

"随着机器织布的发展，恐怕没有年轻人愿意学这又苦又累、工序烦琐又赚不到钱的手艺了吧。"雒青梅问道。

"你娃说错了。我这手织布越来越值钱了。我织的花布都卖到国外去了。"老人自豪地说。

"那是我爸爸帮你们把布卖到国外去的。"小叶子不失时机地插嘴道。

"就是，你是咱们壶底村的乖娃娃。你爸爸是咱们壶底村的大能人，考上了大学，端着公家饭碗，也没忘记乡亲们。要不是你爸爸想出了农户＋工厂的好法子，婆织的布也卖不到国外去。来，我娃可怜的，婆今日第一回见'白娘子'和'小青'，婆把给重孙女将来结婚攒下的帕帕给你一人一个。这是好东西，女娃娃装在身上就有福气了——保管将来能寻下个乖女婿。"老人亲热地拉着"白娘子"和"小青"的手说道。

"谢谢奶奶！"白玉隐和雒青梅齐声谢道。

"仔细看看这东西像什么？"游冠勇提醒道。

"红蓝交织，璇玑图。"雒青梅惊喜地喊出来了声。

"这是我们武功的老讲究。苏蕙娘娘传下来的，结婚送块花手帕，女婿一辈子不变心。"老人信誓旦旦地说道，"女人一辈辈都离不得这帕帕，你看，我们老太婆头上顶的帕帕，年轻媳妇辫子上扎的花手绢，鼻嘴娃娃胸膛别的手绢，都是苏蕙娘娘那时候兴起来的。"

"你这些东西太珍贵了。奶奶，我给你多拍几张照片。"雒青梅正拍得带劲儿，忽然听到身后一阵"咕噜噜"的声响，大家上到二楼走廊上，看见邻家一个大嫂手里举着线轴，线轴上牵引着几十道彩线，从这一端走到另一端，再绕到地上固定的"桩子"上，当她拽着几十只"线轴辘"走动的时候,那"咕噜噜"的声音一起响了起来,就像一群鸽子在唱歌,非常悦耳!

太壮观了,相隔七八米远的两排线轴辘,就像一排排胖娃娃,灵巧地旋转着。再看那大嫂经布的样子,就像一个人拉着"彩虹"在线轴辘之间舞蹈,吸引了很多人前来观看。小叶子开心极了,追着大嫂来来回回地跑。

老人说:"我们土话把这叫经布。经啥布织啥布,我们能织白布,也会织土花布。要是做鞋或者做被褥的里子,白布就够了。要是给娃娃做外罩衣裤,花色就要复杂一些了。简单点的,可以织单一竖条的花布,只把经线顺序变一下就好了;织横条的花布,花样多得很。经线不太变,主要是纬线变。想织几种颜色,就得把几种颜色的纬线分开装在梭子里。我们这儿最难织的就是花花绿绿的花溜布,也叫花格布,经线、纬线颜色都要变化,费事得很。"

"那就要先染色。"白玉隐问道。

"就是。染色不好染,染不好了布爱掉色。要是花色简单,自家就可以染。买来颜料,兑好水,放在锅里烧火煮开一阵子后,捞出来晒干就可以了。讲究一点儿的人家还要到涝池边挖个坑,把染好的布埋进去,上面压块石头,这样染好的布颜色素净牢靠不掉色。要是织花色,就要到专门的染坊去加工上色了。"老人慢悠悠地说道。

"怪不得,我们进村时,看见好多人家家门口晾着线。"雒青梅说道。

"这叫过水。不管是自家染色的,还是大染坊整染过的线,上机前,都要用清水漂洗一遍,为的是把黏附在棉线上的染料灰尘冲洗干净。织布季节也大有讲究,或是天暖花开的夏季,或是天高云淡的秋季。选一个风和日丽,晴空万里,阳光明媚的好日子晾晒漂洗过的彩色线,既有利于快速晾干,也免得线上飘洒上尘土。这个村是远近有名的花布村。村子里面的巧媳妇多得很,一会儿你们去别家看看。"游冠勇介绍道。

听完这话,白玉隐不禁感叹道:"若干年后,还能听到唧唧的织布声吗?手工织布机诞生在哪个年代,已经无从查考,但从人们熟悉的启蒙教材《三字经》中，就可以大约估计出它的历史了，'昔孟母，择邻处，子不学，断机杼'。说明至迟在孟子生活的时代即春秋战国时期，就有了这种手工织布机，到现在已经有两千多年的历史了。"

大家谢过老奶奶，便在村子里挨家挨户地逛。主人们都认识游冠勇，一个个端茶递水，好不热情。只见家家宽敞空旷的院子里，都悬挂着一把把染好的彩线，就像无数道彩练飘落人间。

游冠勇说："一匹布的花色好看与否，就看经布人的水平高低了。其实，在上机前，这匹布要织成什么样的花色样式，经布人早就了然于胸了。通过或平行，或对称，或连接，或间隔的重复变化，织出的布便繁简有序、花色已定啦。每一块布，都是织布人自己的创造，绝对没有简单的重复。这都是苏蕙娘娘教的，一辈一辈就这么传了下来。"

"苏蕙娘娘一直活在人们心中。你看，这一家和一家的织布机都不一样。"走访了十几户之后，白玉隐发现了这个问题。

游冠勇说："这就叫纯手工打造。就跟凤翔的泥老虎一样，模子是一个窑里烧出来的，但是上色时完全靠手工，所以，天下泥老虎千千万，但绝对没有完全相同的两只。"

"手工织布机的构造，看似简单，只是几根木头立柱支撑着机架。但细究起来，却精巧得很。"雒青梅赞同道。

"古人真聪明。一台织布机包括机身、踏板、座板、机杼、缯、线轴、卷布轴、梭子等十几个部件，一动俱动，一静俱静，就像一个灵活的机器人一样。它的工作原理简单巧妙，就是把经线经过若干道工序，梳理好缠在线轴上，架在织布机上，然后用织布梭子把纬线编织进经线，这就要求织布的人要手脚并用，配合默契。"白玉隐恍然大悟道。

"观看手工织布，有欣赏行为艺术的感觉。"雒青梅也赞美道。

"织布机前的女人，俨然是一个技艺高超的舞者，无论是坐姿还是神情，舒张有致，韵致优雅，节奏明快，律动整齐，'唧唧复唧唧'与诗里描绘的情景别无二致。"

"对呀！舞蹈起源于劳动。你看那织布机前的女人，双脚交叉轻踩左右踏板，双手推杼穿梭，一松一紧，或上或下，时左时右，翩跹跃动，煞是好看。"

"织布机前的母亲是最神奇的，梭子在经线中逡巡，经线和纬线一起律动，布匹在她们手下不断延伸着。有了这绵长的布，一家老小的穿戴就有了着落，生活就有了盼头。难怪有童谣说：十亩地，八亩宽，里面做个女儿官。脚一踏，手一扳，踢里哐啷都动弹。"

"就在这单调的机杼声中，女人们织走了困苦和艰辛，织来了幸福和安康。"

……

大家七嘴八舌地说得热闹。"小叶子呢？"白玉隐突然意识到小叶子不见了。她马上联系到城里经常发生的小孩子失踪事件，忍不住着急地大喊起来。

"哈哈。"游冠勇大笑起来。

白玉隐生气了，扭过头不理游冠勇，眼睛却四处张望着。

"妈妈，回家吃饭。"小叶子不知从什么地方钻出来，招呼着白玉隐，白玉隐不好发作，只是杵着不动。

场面很尴尬。游冠勇说："这里是小叶子的老家。你看老人在家门口等着咱们，今天的工作餐就安排在他们家。"

"走吧！姐姐！"雏青梅拉着白玉隐，小叶子一蹦一跳地在前面跑。

那顿饭，大家吃得很开心。饭后，白玉隐第一次见到了传说中的照片——一张黑白的全家福。小叶子当时只有两三个月大。照片上的女人酷似白玉隐。不，应该说白玉隐酷似那个女人。俩人相似的程度就连白玉隐自己也感到吃惊。照片上的男人不在家，白玉隐努力回忆起前天见到他的情景，却什么也没有想起来，只记住了他叫秦伟琪。

饭后，大家在村子里闲逛，发现家家户户的堂屋里都放着一个织布机。到了傍晚，织布机上的灯都亮了起来，在灯光的照耀下，那一根根红、蓝、黑、白、黄等五颜六色的棉线仿佛变成一条五彩的河流，不停地召唤着人们来水边嬉戏。农妇们收拾完锅灶，解下围裙，坐上织布机，缠好腰带，似乎一下子变成了心无旁骛的织女们。看，她们手中的"梭子"像银鱼一样上下翻飞，脚下的踏板有节奏地踢踏作响，一寸寸带有"梅花""灯笼花""红双喜"等字样和图案的手织布就从她们的巧手妙脚中不断织就。

织好的花布美观大方，结实耐用，真的是一件件散发着泥土芬芳的艺术品。

二十七
祸临头

寻访苏蕙的最后一站是天水。

在天水的一座街心公园，"白娘子"和"小青"终于看到了魂牵梦绕的那尊汉白玉雕像，那就是追随窦滔到了秦州的苏蕙娘娘。她神态温婉沉静，目光专注，两手之间仿佛有五彩丝线在绕动。

太像了，简直就是从我心里偷走的。

太美了，想当年她来到天水时，不过十七八岁，正是花一样的年龄。

雒青梅对着苏蕙娘娘的雕像喃喃自语了半天。白玉隐则双手合十，闭上眼睛，半天不语。自从去了一趟土布村，听到老人和村民们都叫苏蕙娘娘，她们也都不约而同地改了口。

在天水市西关的一条普通小巷——务农巷里，白玉隐一行辗转探查，还是没有找到一丝有关苏蕙娘娘的遗迹。据说，早些年进了这个巷子，就能看到织锦台的旧址。巷口有一座牌楼，内外各书"古织锦台""晋窦滔里"八个大字，两边悬有一副对联："莺花古巷秦州陌，云是苏娘旧时宅。"可如今，什么也没有了。

"来迟了，我们来得太迟了，苏蕙娘娘。"白玉隐带着哭腔，颤声说道。

"迟也？不迟也！我们天水成立的苏蕙研究会这些年抢救性地发掘了许多资料。"多年来致力于天水地方文化研究的文先生说着，拿出了一厚沓资料和一张20世纪四五十年代的照片，上面依稀可见"古织锦台"。

白玉隐和雒青梅如获至宝，拿着照片在这条小巷里走来走去地比对，遇见年纪大一点的居民就上前打听，结果老人家们都说知道，他们小时候就经常在织锦台玩耍，那里断垣残壁，门阶花圃相互勾连，花坛颓院，草木础石隐约可辨，十几间房子破破烂烂，常年空着，据说煞气"硬"得很，平常人压不住，只有大官人才能住。得到了这些肯定的回答，她们欢喜的像个孩子，便紧追不舍地问下去，却得到了雷同的答案——现在没有了，拆完了。这难免令人灰心丧气。

迎面过来一群孩子，白玉隐问他们可否知道苏蕙娘娘，孩子们张口就背诵起了"夫妇恩深久别离，鸳鸯枕上泪双垂。思量当初结发好，岂知冷淡受孤凄。去时嘱咐真情语，谁料至今久不归。本要与夫同日去，公婆年迈身靠谁……"还有一个小孩说爷爷教他唱儿歌："城里有个二郎巷，二郎巷里有个古人巷，古人巷里有个女儿巷，女儿巷里有个织锦台。"

游冠勇和文先生亦步亦趋地跟在后面，听凭她们欢呼，叹息……

一千六百多年了，一个城市依然在怀念着这个女子，她用勤劳的双手，用聪明的才智，用满腔的深情将一首首回文诗织在锦帕上，唤醒了变心郎君，终于赢得了爱情。历朝历代的人们一直对这方名为《璇玑图》的锦帕充满了好奇之心，女皇武则天为它作序，女诗人朱淑真为它痴狂，状元康海父子以解读她的回文诗为乐事，每一任的天水地方官员都来朝拜她。如今，世界上许多国家的人们依然对这方名为《璇玑图》的锦帕充满了浓厚的兴趣，呼唤它走出国门，弘扬中国传统文化……

"找到了吗？找到了什么。"游冠勇故意问道。

白玉隐浅浅一笑，意味深长。雒青梅神采飞扬，阳光自信。

走吧，织锦台已经完全淹没在历史的风尘里，它化成了人们心中一个美丽的意念，一声悠远的叹息，一个古老的梦境。

"走吧！历史睡了，时间醒着；世界睡了，你们醒着。"雒青梅念叨着洛夫的名言，向苏蕙娘娘作别。

"历史给我们的最好的东西就是它所激起的热情。所以，我们来了，为你痴迷。"白玉隐想起了歌德的话。

"人事有代谢，往来成古今。江山留胜迹，我辈复登临。"游冠勇吟诗自慰。

"时间可以摧毁一切，可以把最坚固的城堡化作历史的残迹，可以把英雄的利剑化作孩子的玩物。时间也可以造就一切，可以把猿人住的洞穴变成金碧辉煌的宫殿，可以把残破的荒村变成繁华的城市。"文先生感叹道。

历史睡着了，时间醒着，我们也醒着。忧伤属于过去，今天小巷里依然流淌着孩子们纯真的笑语。感谢天水人将窦滔古宅保留到了20世纪四五十年代，让人们从残垣断壁，门阶花圃，依稀看到了当年"织锦台"绣楼高筑，园林幽静，如诗似画的美景；感谢天水人铭记住了苏蕙娘娘最幸福的一段生活，让我们咀嚼苦难时，让我们怀疑世间是否有真爱时，总有一丝温暖在心头；感谢天水人千百年来一直把苏蕙娘娘的璇玑图诗当作极品，广泛传播，老少妇孺皆知，形成"匾联壮毓秀，诗词赞风雅"之风气。

列夫·托尔斯泰说：幸福的人都是一样的，不幸的人各有各的不幸。

苏蕙作为刺史夫人的幸福生活很快就被意外的灾祸吞没了。

窦滔向来深得苻坚的信任，他刚刚从长安城面圣归来，怎么会突然被天王以"忤上"的罪名要发配到流沙呢？几乎是在一夜之间，苏蕙的命运就随着郎君的流放而急转直下。生活猛然间将一个弱女子推到了风口浪尖。然而，塞翁失马，焉知非福。正是这种不幸的遭遇促成了她后来的回文诗创作。

窦滔为何获罪？有人说，苻坚准备攻打襄阳城，夺取道安和尚，下令窦滔率兵上阵，窦滔体恤百姓，不愿意滥杀无辜，便力劝天王……也有说前朝旧臣给窦滔爷爷送了寿礼，被小人告发，说是窦滔与前朝暗中勾结……还有人说窦滔获得战功靠的是一把削铁如泥,失传已久的乌铁剑,本人武功一般,犯有欺君罔上之罪……三罪并罚,窦滔被判死罪。虽然有邓羌等人极力营救,但终不敌姚苌等人的挑拨离间,恶意中伤。最后,窦滔的命总算被保住了,但是人已经被打得皮开肉绽,乌铁剑也不翼而飞,而且必须马上放逐到流沙。

事情来得太突然了,苏蕙来不及弄明白是怎么回事,就被赶出了秦州城。幸亏有一位跟随着苏蕙学刺绣的刘妈收留,要不然苏蕙一家子就可能流落街头了。

刺史有难,即将被发配到偏远之地。秦州的老百姓不答应了。他们纷纷涌到刺史衙门前,不让新到任的王刺史接管政事。要知道,窦滔上任以来,先是发放赈灾救济钱粮,把饱受天灾人祸的老百姓从水深火热的困境中解救了出来,又三战征服了胡虏,两战使南蜀臣服,免除了秦州老百姓的心头大患。接下来兴农耕,治水利,济贫困,正王法,结束了秦州自三国以来的拉锯战,使老百姓过上了安定富足的生活。最重要的是在贤内助"行走的画人"苏蕙的帮助下,以德报怨,释放俘虏,划拨田地,发放衣物,感化了北方的胡人,使他们在秦州北缘定居下来,不再危害百姓。秦州人总算结束了"白天满山跑,天黑落窝草"的野兔生活。

老百姓好不容易盼来了一位爱民如子的父母官,哪里舍得窦滔走。他们围在衙门前不走,新上任的王刺史与窦滔乃是好友,当众发誓:救窦滔,守王法,兴秦州。众人这才作罢。

窦滔被关在大牢里,苏蕙想方设法买通了狱卒,好不容易见到了窦滔。窦滔蓬头垢面,浑身是伤。窦滔深悔自己那天喝了酒,随意鞭打了几个老兵,这些人心生不满,居然……

窦滔一案虽然铁证如山,但是疑点重重,可是苻坚同意画押,谁也没有办法。苏蕙告知窦滔,天王正在气头上,邓羌等人的话暂时听不进去,以后一定有斡旋之机。

窦滔问起家事,苏蕙报喜不报忧。其实家里已经乱成了一锅粥,爷爷听说此事因自己而起,在家天天大发雷霆,婆婆胆小怕事,只是日夜啼哭。临走前，苏蕙征得了爷爷和婆婆的同意，带上了家中所有的金银细软去给窦滔送行。爷爷行军多年，知道一定要打点好狱卒，还要派上一个心腹家人跟上，要不然流放的犯人还没有走到半路，就会出现意外。狱卒回来交差，家人活不见人，死不见尸，只好不了了之。"派谁好呢？"爷爷发愁地说。"管家最合适了。他见的世面多。"婆婆不假思索地说，爷爷点头答应。管家无可奈何地说："小的遵命。"

　　刘妈是本地人，早早替苏蕙打听好了两位狱卒的底细，给他们送去了大量钱财，狱卒答应绝对不会亏待窦滔，家里人才稍感安慰。

　　王刺史信守诺言，派了两位士卒，一同押解窦滔。但是，窦滔伤势太重，苏蕙不放心。她和禾苗一商量，俩人干脆女扮男装，跟着管家一起陪窦滔上路。押送窦滔的两个狱卒本来按照姚苌的交代，要在半路上结果了窦滔的性命。谁知，苏蕙和禾苗一路上哥长哥短，叫的人心里不好受，两个人只得按捺下性子，等苏蕙走了再下手。可是，如今多了管家和王刺史派来的两位士卒，他们根本无法下手。对于他们来说，主子的话千万不能违抗，要不然自己小命难保。苦主家的钱必须收下，要不然苦主天天上门，烦都烦死了。狱卒本就是衙门的小鬼，黑白通吃，是非不分，没有啥好商量的。但是窦滔不是一般人，他是秦州人的大恩人，夫人苏蕙又如此聪明贤惠，多好的一家人，叫人怎么下得了手呢？

　　这几个狱卒和士卒都生性好酒，苏蕙和禾苗天天顿顿好酒好饭伺候。他们便在无人处允许窦滔解开枷锁，但是脚镣不能去除。就算这样，苏蕙和窦滔都已感激不尽。一行人晓行夜宿，不觉离开秦州百余里，窦滔的脚踝处被铁链磨破，流血溃脓，双脚浮肿，浑身发烫，实在无法行走。苏蕙沿路打听到一位名医，哀求狱卒耽搁几天，等窦滔伤好之后再走。

　　苏蕙天天按照名医的嘱咐为窦滔熬药敷药，几天后，窦滔完全康复，便劝苏蕙回家，毕竟爷爷、母亲更需要苏蕙的照料。恰好这日，苏蕙突然发现自己的月信没有来，莫非有了身孕？窦滔得知后，异常欢喜，让苏蕙赶紧回家养胎。苏蕙悲喜交加，又颇感无奈。天空飞过一群大雁，叫声悲切，苏蕙吟道："瑟瑟秋风雁悲鸣，古道西望泪沾巾。野日惨惨照荒草，早盼夫君传佳音。"

窦滔从贴身衣衫中取出锦囊，将定婚时的雁羽丝线拿出，信誓旦旦地说："秋去冬尽盼早春，自有鸿雁传佳音。"

苏蕙抚摸着锦囊，回想起池塘巧遇之情，哽咽道："银剑夕阳穿日线，何故今朝断丝弦？送君陇上千秋泪，漠漠流沙几时还？"窦滔再次发誓说："阳春飞鸟嬉戏时，边关将士自回还。"说完，见苏蕙还在伤心，就又说："一别知冷暖，常念美故园。忍看祁连雪，鸿雁越六盘。"

苏蕙泪水长流，回想起新婚三日，郎君出征，一别经年，郎君封官，夫妇相聚时日不多，又遭飞来横祸，如今生离死别，谁知今后能否再相聚？

"行行重行行，与君生别离。各在天一涯，相去万余里。道路阻且长，会面安可知。"苏蕙心如刀绞，却强忍着眼泪，不再说伤感的话。这样，窦滔才能走得放心。

"死生契阔，与子成说。执子之手，与子偕老。"窦滔回想起花前月下的美好誓言，心中也在暗暗流泪，他知道自己这一去山高路远，凶多吉少，今生恐怕再难相见……

出门在外，处处都要使费，有时候一文钱难倒英雄汉。怎么说也不能让郎君在外受苦，苏蕙临走时把所有钱财都留给了管家，让他悉心照顾窦滔。窦滔虽说不算豪门贵族子弟，可也从来没有为钱财吃过苦，苏蕙觉得自己和禾苗完全可以靠纺纱织布、织锦绣花维持生计，养活老人。窦滔听罢，心中感动，推辞道："贤妻留些盘缠为好。贤妻的大恩大德，窦滔一定不会忘记。"苏蕙推让说："此去经年，路途艰辛，但求窦郎不忘贱妾，平安归来。我一定想方设法营救，你暂且忍辱负重，你我夫妇总有团聚之日。"两个人愁绪满怀，无语凝噎，紧紧相拥，不忍分别。

狱卒不耐烦了，大声催促，俩人才依依不舍地分开，一步三回头，洒泪而别。

苏蕙和禾苗踏上归途，在一家客店投宿时，行李被贼人偷去。俩人身无分文，禾苗一看无法，偷偷出去乞讨，凑凑合合挨过了白天。眼见

天色已晚，两个弱女子举目无亲，只得去寺庙里借宿。长途跋涉，加之怀孕反应，苏蕙一下子晕倒在地。幸好庙里一位云游的高僧精通医术，救了苏蕙一命。临别时，高僧送给苏蕙一些钱物和几句偈语："由爱故生忧，由爱故生怖；若离于爱者，无忧亦无怖"。

苏蕙心里默念着记下。禾苗在一旁说："若离于爱者，无忧亦无怖。那人活着有甚滋味，难不得人人都得出家？"

高僧微微一笑，念了声："缘起即灭，缘生已空。女菩萨说的极是。阿弥陀佛。"转眼间不见了踪影。

两个人一路乞讨着回到了秦州城下，却被守城的官兵悄悄拽到了一边。原来，苻融和姚兴先后派人马来接苏蕙，王刺史一看双方来头太大，便将苏蕙一家暗中搬到了山里。苏蕙和禾苗听罢，吓出一身冷汗，赶紧随官差去了山里。回到家中，叙过别后诸事，苏蕙把怀孕的喜讯告诉了大家，全家人欢喜异常。可是家徒四壁，拿什么来给苏蕙安胎呢？幸亏有苏道质、王刺史托人送来的钱财，一家人才解了衣食之忧。

救急不救穷，不能总靠父亲和王刺史接济过活。这时候苏蕙那一手织锦的绝活就派上了用场。命运的急转直下使她在那一时刻别无选择地坐在织机前。强烈的妊娠反应折磨得苏蕙瘦成了皮包骨头，她一吃就吐，可她还是天天坚持和禾苗纺纱织锦，或者替人绣花赚点小钱，倒也可以勉强糊口。

苏道质多次托人捎信让女儿一家回乡居住，这样彼此有个照应。可是祸不单行。孙子蒙冤被发配流沙，祖传的乌铁剑下落不明，爷爷心情烦躁，身体每况愈下，不久就撒手归西了。苏蕙本打算扶灵归乡，怎奈自己有孕在身，婆婆受不住这双重打击，卧病在床，根本经不起长途劳顿。无奈之下，苏蕙只好把爷爷草草安葬，又为婆婆四处求医问药。

这些苦难，苏蕙都可以承受，她受不了的是窦滔音讯全无。苏蕙夜里织布时，时常就出现了幻觉，她觉得自己的魂魄好像飞到了窦滔的身边。她担心脚链手铐又磨破了郎君的手脚，她害怕贪财的狱卒不给郎君吃饭喝水，她更惧怕狱卒心生歹念加害郎君。天寒了，她早早为郎君缝好寒衣棉鞋，却不知道托谁捎给郎君。苏蕙吟唱着"月儿弯弯分外明，孟姜女郎君筑长城，哪怕万里迢迢路，送御寒衣是侬情"的民谣，困乏无力地睡着了。

　　转眼到了年关。别人家欢欢喜喜地准备过年，苏蕙却拖着笨重的身子赶着绣花织布。刘妈是个好心肠的人，不光为苏蕙招揽生意，还提早给苏蕙找好了稳婆。这天，刘妈把卖绣品得来的几个钱给苏蕙送来，听见苏蕙边织锦边唱：

　　　　正月里来是新春，
　　　　家家户户点红灯，
　　　　别家郎君团团圆，
　　　　孟姜女郎君筑长城。

　　　　二月里来暖洋洋，
　　　　双双燕子到南阳，
　　　　新窝做得端端正，
　　　　对对成双在华梁。

　　　　三月里来正清明，
　　　　桃红柳绿百草青，
　　　　家家坟头飘白纸，
　　　　孟姜女坟上冷清清。

　　　　四月里来养蚕忙，
　　　　姑嫂俩人去采桑，
　　　　桑篮挂在桑树上，
　　　　抹把眼泪采把桑。
　　　　……

　　苏蕙唱到这里忍不住伏在织布机上低声啜泣。刘妈站在窗外抹眼泪。

禾苗见了，拉着刘妈到一旁说话。

这么好的夫人，眼看着就要临盆了，却还要日日操劳，真叫人于心不忍。刘妈从口袋里掏出两个鸡子，叮嘱禾苗给夫人补补身子。

鸡子蒸熟了，苏蕙说什么也不肯独自享用，非要端给婆婆。婆婆不知内情，加之好久没有吃到鸡子，一会儿就吃光了一碗鸡子。禾苗知道了，忍不住埋怨了苏蕙几句，苏蕙却劝禾苗不要光心疼自己，一定要照顾好老人的身体，要不然如何向将军交代。禾苗看着苏蕙枯瘦憔悴的面容，笨拙臃肿的身子，捂着脸躲到外面哭了半天。

刘妈经常带着苏蕙织好的东西沿街叫卖，顺便打听打听窦滔的消息，可是丝绸古道上过来的商人却没有窦滔丝毫的消息。

日子艰难，岁月苦焦。苏蕙就这样用手中的丝线编织着一家老小艰难的生活，也编织着对千里之外郎君的绵绵思念。

二十八
绣锦帕

"二月二，龙抬头。"在这个万物复苏的日子里，苏蕙顺利诞下了一个男婴。刘妈送来了贺仪，祝福这位勤劳善良的女子终于做了母亲。婆婆欢喜之余，想起远在千里之外的儿子，不由得暗暗流泪。孩子满月了，要是搁在往日，府里准要大摆三日筵席，放三天斋饭，唱三天大戏，可如今只有刘妈一个人来庆生……唉，苦命的孩子！

婆婆为孙子取名窦望圆，希望窦滔早日归来，一家人团团圆圆。圆儿非常乖巧，吃饱了奶就躺在苏蕙身旁玩耍，很少哭闹。满月后，苏蕙将圆儿交给婆婆照顾，自己依然和禾苗去纺纱织锦。织锦是精细活，苏蕙和禾苗俩人要排除一切干扰，专心致志，织出的锦缎图案才会平整光滑。织锦也是件费时费力的麻缠活儿，苏蕙在织锦机前忙碌，禾苗在机子后面接应苏蕙递过来的各色梭子,一天才能织出来几寸。主仆二人织出的锦缎灿若云霞,仿佛出自天上仙女之手,城里的大家闺秀出嫁时都想拥有这么一件嫁衣。她们都托刘妈预定苏蕙织的锦缎。

一天,刘妈欢欢喜喜地跑来告诉苏蕙,窦滔有消息了。驼商中有人在流沙看见窦滔了。窦滔还活着!苏蕙顾不上埋怨窦滔不给家里来信,就赶紧把这一喜讯告诉了婆婆。然后全家人都在佛像前烧香叩头,祈求佛祖保佑一家人早日团聚。

郎君有了下落,苏蕙觉得日子一下有了盼头。晚上,她在灯下给郎君写信,起身时信纸掉到了水盆里,洇湿了大半。苏蕙紧捡慢拾,纸还是湿透了。怎么办?

何不把信写在布帛上呢?古人不就是把地图绘在牛羊皮上或布料上吗?想到这里,苏蕙就扯下一块手帕。转念之间,她又犹豫起来,这么小的一块手帕写不了几个字呀?突然,她想起了回文诗能以一当十,往复阅读,随意组合,就欣喜地提笔在白手帕上写道:"伤惨怀慕增忧心,堂空惟思咏和音;藏摧悲声发曲秦,商弦激楚流清琴。"写完,她又反着读道:"琴清流楚激弦商,秦曲发声悲摧藏;音和咏思惟空堂,心忧增慕怀惨伤。"

这首旧诗正读、反读皆可,描述了满怀悲思的人儿独坐空寂厅堂抚琴,琴声时而呜咽如泉,时而激越如风,就像苏蕙翻卷涨落的心声。

写完之后,苏蕙又觉得不足以表达自己思念郎君的痛苦,她又写了一首回文诗:

嗟叹怀所离径,遐旷路伤中情;
家无君房帏清,华饰容朗镜明。
葩纷光珠耀英,多思感谁为荣?
周风兴自后妃,楚樊厉节中闲。
长叹不能奋飞,双发歌我衮衣;
华观冶容为谁?宫羽同声相追。

这首六言回文诗凄怆优美,读法多样,诉说着苏蕙在空寂的"房帏"中对镜梳妆时的几多哀叹,她纵然有着"葩纷""耀英"的容颜,但韶光易逝，青春不在，夫君难回，这如花的年华，又"冶容为谁?"

最后，苏蕙又写了爷爷不幸谢世，婆婆身体康健，家中喜添贵子，圆儿聪明乖巧等事。写好后，禾苗当天夜里就把诗帕和一些钱财送给刘妈，请她第二天一大早就托人给窦滔送去。

送信的人走了，一直阴雨绵绵。一天晚上，苏蕙纺线时突然想到送信人如果淋了雨，毛笔写的字被打湿了，不也就看不清楚了吗？何不把字绣在锦帕上？

苏蕙为自己的这个发现惊喜不已。她说干就干，拿起身边的一块白锦帕就绣了起来。洁白的底子映着红色的绒线字，十分醒目。绣完了"伤惨怀慕增忧心，堂空惟思咏和音"已是深夜，苏蕙劳累至极，昏昏睡去。

第二天，禾苗打扫屋子时，看见了苏蕙绣好的诗句，爱不释手，她拿着诗帕喃喃地说："三姑娘太善良了，如今日日为家里生计操劳，哪里有空读书弹琴，却告知姑爷家里一切安好，不想让姑爷担忧。姑爷要是知道三姑娘在家里受这么大的苦，说什么也要将功赎罪，好早日回家与三姑娘团聚才是。"

夜里，苏蕙安顿好老人孩子，又在灯下绣起了诗。禾苗见状说："三姑娘，咱们递给天王的状子都是肉包子打狗——有去无回。不如，咱们把状子也绣在手帕上去卖，这样早晚有一天会传到天王的耳朵里。"

"傻丫头，你这个主意倒是不错。不过，人家谁愿意用写了状子的手帕呀？"苏蕙笑着说。

"那就写成诗。就写你想姑爷了。"禾苗的话让苏蕙醍醐灌顶。她略一沉吟，提笔写道：

夫妇恩深久别离，鸳鸯枕上泪双垂。
思量当初结发好，岂知冷淡受孤凄。
去时嘱咐真情语，谁料至今久不归。
本要与夫同日去，公婆年迈身靠谁？
更想家中柴米贵，又思身上少寒衣。
野鹤尚能寻伴侣，阳雀深山叫早归。

可怜天地同日月，我夫何不早归回？
　　织锦回文朝天子，早赦奴夫配寡妻。
　　禾苗读了，热泪长流，俩人又一起大声读了一遍。突然窗外传来一阵乌鸦的叫声，十分凄惨。禾苗急切地说："这首诗感天动地，就连鸟雀都哀鸣起来。咱们赶紧把诗绣到手帕上，让刘妈拿出去卖掉，既可以养家糊口，又能给姑爷鸣冤。相信秦天王要是见到了这诗帕，一定会回心转意，不再生咱姑爷的气了，一高兴没准儿就把姑爷放回来了。"

　　"可不是。那得绣多少手帕才行呀？"苏蕙忧虑地说。

　　"越多越好。我现在就开始绣。"禾苗兴冲冲地说。

　　禾苗是个利索人，说风就是雨。她说完话真的就开始绣起诗来。

　　主仆二人热血沸腾，忘记了疲倦，一直绣到了东方发亮，鸡叫头遍。

　　三天三夜后，苏蕙绣好了书信，禾苗也绣好了手帕。两个人和衣而卧，单等刘妈来。

　　刘妈也是个勤快人，每天鸡叫既起。今日，她照样早早起身，梳洗完毕，又把家里家外收拾得利利索索，再给自己做了点简单饭菜一吃，就迈着小碎步，过苏蕙这边来了。禾苗调皮捣蛋，故意说："刘妈今日头梳得光溜溜，都能滑倒蝇沫了。"

　　"禾苗真会说笑。我要是蓬头垢面像个疯老婆子，谁还敢来买三姑娘的绣品。"刘妈亲亲热热地说。

　　"算你识货。我们三姑娘那可是织女星下凡，那手艺莫说秦州城，就是整个秦国也没有人比得过她。"禾苗得意地说。

　　"哪有这么夸自己的。"苏蕙嗔怪道。

　　"我哪里自夸了。三姑娘的手就是巧嘛！要不然，怎么能绣出这么漂亮的诗帕呢？"禾苗拿起苏蕙刚绣好的信说道。

　　"真有这么好的事儿。老身今日要撞大运了。"刘妈是个精明的生意人。她一看白底红字的诗帕，一把夺了过来，细细端详起来。

　　"哎吆，我的妈呀！我不知哪里修来得这么好的运气。三姑娘的手真是太巧了，这手帕上绣诗便身价百倍了。我今天要发大财了。"刘妈懂得奇货可居的道理，她欢喜得连连称赞苏蕙。

"刘妈，谢你吉言，但愿诗帕能助我找到夫君。这一个是我绣的信，还要烦您老人家托人带给我家夫君。这一个诗帕实不相瞒，乃禾苗所绣，不是为了赚多少钱财，是想让你拿到街上叫卖，万一天王看到，我家窦郎就可早日脱离苦海，快快从那蛮荒之地回到中原来，与我们一家团聚。"苏蕙一五一十地解释道。

"夫人真是太过实诚。我不说谁知道。禾苗姑娘得了你的真传，手艺早可以假乱真了。旁人看不出来。"刘妈不以为然道。苏蕙和禾苗这才放下心来。

"就是，三姑娘心太善良了。"禾苗劝说道。

"锦帕诗很受人喜爱，看的人多，可买的人不多。人家一看都说这个容易，回家绣一个得了。"刘妈从集市上回来后，为难地说道。

"可不是。绣几个字不是什么难事。"禾苗说道。

"眼下到处打仗，情郎离家时，女子就是家里再穷，也能绣一块诗帕送给男子。自己绣诗帕，想绣啥就绣啥，有些话外人不懂，就人家两个人知道。再说了这东西好带，一抹眼泪就想起了家中还有心上人等着自己回去，这人心里立马就有劲儿了。听说天王要去攻打襄阳城。说是那里有一个得道高僧叫道安……"刘妈把自己在街面上听来的消息添油加醋地说个没完没了。苏蕙和禾苗听得很入迷。

送走了刘妈，禾苗担忧诗帕卖不出去，苏蕙却一点儿也不着急，原来，她已经想出了一条妙计。

二十九
战襄阳

话说天王苻坚现在越来越笃信佛教。他做梦都想得到鸠摩罗什，可是西域太过遥远,加之众将士都反对出兵,只好作罢。

远水解不了近渴,不如就地取材。襄阳城里的道安和尚是当朝令人推崇的高僧。姚苌等人便时常给苻坚灌耳音说道安和尚如何了得。

道安何许人也?其实,秦举国上下几乎都知道这个很有才学的和尚。兴宁三年(365年),道安为躲避战乱,率四百余僧徒南下襄阳。如今,道安在襄阳建立了檀溪寺,教授徒弟,宣扬佛法,声望日隆。道安用儒家文化注释佛经,创立了七宗之首的"本无宗",整理出第一部佛经目录——《综理众经目录》,制定了僧尼规范,开创了中国僧人姓释之先河,信徒如云,遍及大江南北。

道安和尚的名气越来越大,惊动朝野。后经大文人习凿齿推荐,晋孝武帝下诏书褒扬释道安,称释道安"居道训欲,徵绩兼著",令"俸给一同王公"。也就是说晋也看中了道安和尚,早已给了道安王公大臣的俸禄。

苻坚喜欢招揽人才,可谓爱才如命,这本是好事,但是过了头就会惹出祸端。苻坚明知晋厚待道安,却处心积虑想把道安招致身边。只是道安视秦为异类蛮夷,根本不搭理各路策反者。越是如此,苻坚越想得到道安,甚至到了茶饭不思的地步。他对大臣们说:"襄阳有位释道安法师,乃天下之神器!诸位如有良方使他事秦,本王重重有赏。"此话一出,许多大臣都以为升官发财的机会来了。然而他们绞尽脑汁想出来的主意均被苻坚一口否决。忠贞之臣劝说苻坚不要灭自家威风长他人志气,大秦沃野千里,人才济济,何不在国内招贤纳才。苻坚准奏。群臣便广开言路,四处网络人才,经过层层选拔,评出了前三甲。殿试时,苻坚以刁钻古怪之题目考问,三位才子皆答非所问。苻坚拂袖而去,发誓要夺得道安。有人再劝,苻坚便以窦滔忤逆被发配为例恐吓众人,吓得朝野无人敢言。

姚苌借机煽风点火,苻坚当即下令,派遣大将苻丕统领十万大军进攻襄阳。派十万大军去抢一个人才,岂不是杀鸡焉用牛刀?因而,苻坚交代苻丕:此战明是夺取襄、樊、沔等地,实则得到释道安即可,万万不可贪功恋战。

苻丕心领神会，大军火速前进，直逼襄阳。

苻丕大军行进迅速隐蔽。待其渡过黄河、进逼新野，襄阳太守朱序方得信报。他一面积极备战迎敌，一面派人到檀溪寺通知释道安火速离开襄阳。释道安自思：天下虽大，何处可逃？佛门有难，逃亦无益。他决定将计就计，以退为进，将众多高徒分散开来，让他们去更广阔的领域里传播佛教文化，自己则听天由命，凭苻坚处置。释道安火速召集弟子，说明眼下险情，分派他们到江陵长沙寺、庐山西林寺等地去避难。安排完毕，朱序的兵马已到了檀溪寺。

原来，朱序已探听到苻丕进攻襄阳是醉翁之意不在酒，而在于释道安和尚。他觉得如果苻坚得逞，自己岂不是留下了千古骂名？所以他决定留住道安，死守襄阳城。他妥善安置了家人，交代好后事，准备以身殉国。僚属劝他何不请一道平安符——把道安法师接入襄阳城，有道安在，襄阳城可保无虞。朱序闻听，立即派人马到檀溪寺去请道安。

苻丕大军兵临樊城之后，很快攻到襄阳城外。情势危急，朱序便挟持释道安退守到襄阳城内的太守衙门。

苻丕军队在檀溪寺扑了空，立即调转马头将襄阳城围得水泄不通。朱序负隅抵抗，调集兵力死守襄阳城。双方僵持日久，苻丕因粮草将尽，急于班师，便率众苦攻。朱序坚守城池，全力卸敌。苻丕屡攻不破，无奈之下，退兵市郊。

城中士兵连日作战，十分疲劳。今日秦兵退离较远，朱序因有道安当护身符，心存侥幸，估计秦兵不会再来攻城，便放松了警惕。督护李伯护暗通秦兵，苻丕得报乘虚而入，与李伯护里应外合，很快将襄阳城攻破。苻丕俘获了释道安、习凿齿、朱序三人，大胜而归。

苻坚派十万大军攻打襄阳，终于得到了释道安和三个俘虏，龙颜大悦。苻坚看到释道安、习凿齿时，神态恭敬，不仅下殿迎接，还亲扶道安落座叙话。苻坚先向道安赔礼致歉，然后邀请道安主持长安五重寺，答应他可广招门徒，讲经说法。对于李伯护这个助其攻下襄阳城的督护，苻坚反而责骂他是对国对主不忠之小人，下令立即杀掉。朱序见苻坚处事如此怪异，想到自己固守城池，顽强抵抗，还杀了不少前秦官兵，苻坚绝对不会轻饶他，便拒不投降。苻坚果然中招，不但对其大加赞赏，还许以高官厚禄。朱序依然不为所动，趁看守不备逃至朋友家中。苻坚派兵追查。朱序不愿连累朋友，只好俯首称臣。苻坚喜出望外，不但不追究朱序罪责，反任其为尚书。

道安出任五重寺主持以后，皈依道安的僧众难以计数。有大臣要苻坚提防道安生事，苻坚便责骂大臣亵渎神明。苻坚推崇道安的修持和学问，不仅自己对道安恭维备至，还下诏文武百官如有不明之事，皆可请教道安法师。苻坚把道安奉若神明，外出游览，也要道安与他同乘一个车辇。他不无得意地对仆射官权翼说："我用十万大军攻取襄阳，所得只一个半人。安公（指道安）算一个完人，习凿齿是个跛子算半人。"权翼不以为然，对道安并不尊重，被苻坚多次责骂。

释道安被抢至秦，虽心中不满，但并未流露丝毫。他觉得这也许是天意——他的几百名门徒在晋广传佛教，秦人残暴，正需要自己讲经说法，劝人向善。苻坚误以为释道安已经归顺，便不再对其设防，反而处处言听计从。释道安毕竟是佛门高僧，凡事慈悲为怀，到了长安从不提非分要求。一日，他说佛祖托梦与他，请天王命人去请西域龟兹国鸠摩罗什法师来秦，一起研讨佛教教义，翻译佛教典籍。英雄所见略同。这个梦居然与他和姚苌的提议完全一致。苻坚这次下定决心要得到鸠摩罗什。他再次派使者求龟兹国王恩准鸠摩罗什到中原弘法，但龟兹国王称鸠摩罗什乃龟兹圣人，不得离国。

文的不行来武的。苻坚便打算再派吕光、姜飞两名将军讨伐龟兹。苻融闻言极力阻拦，但是，苻坚如同中邪一般，凡事只听道安一人的话，其余建议充耳不闻。一日，有官员上奏弹劾道安造谣惑众，蛊惑人心。苻坚大怒，不问青红皂白，将其当堂杖责四十大板，该官员羞愤交加，碰柱而死。当时朝堂之上鲜血四溅，各位大臣吓得两股战战，再也不敢多说一句。

难道，噩梦又回来了？杀戒一开，满朝文武一提起上朝就发愁。苻融想起了恶魔苻生，苻坚一定是中了道安的蛊，否则不会如此行事。苻融发现，苻坚生气时，面部狰狞的神情特别像死去的苻生。提起苻生，苻融便不寒而栗。他想起苻生的种种暴行，暗想如此下去，这个国家很快就会走上穷途末路了。苻融悲观失望，彻夜难眠。

也许，这座王宫里残留着太多的戾气，不如请天王移驾常阳殿。苻融刚一提出这话，苻坚就嚷嚷道："常阳殿促狭，不妥。孤王一直想筑一座新宫殿，又担心大兴土木，增加百姓劳役，不如把阿房宫修缮一番。"苻融听闻阿房宫三字，吓得战战兢兢，嗫嚅道："阿房宫草木茂盛，阴气太重，不宜天王起居，一动不如一静，天王只需搬到偏殿就好。""我堂堂一国之君，为何要搬至偏殿，此事再议。"苻坚不悦地说道。

朝堂里的分歧越来越明显，有朝臣上奏说久旱不雨，民不聊生。苻坚以为天旱与出兵何干，久旱必雨，而攻打龟兹的机会可是稍纵即逝。看来天王这回是铁了心要派兵攻打龟兹了。

天水城里的旱情越来越严重，粮食越来越金贵了，家家锅里都是清汤寡水。穷至如此，谁还会掏钱买锦缎？苏蕙的生意一落千丈，家里时常揭不开锅。幸有王刺史、刘妈帮衬，加之山中野菜果子尚多，日子还勉强过得下去。

忽一日，婆婆带着圆儿挖野菜回来之后，开始发烧呕吐。瘟疫！苏蕙和禾苗赶紧叫来郎中，郎中一看摆摆手就走了。到了后半夜，祖孙二人全部直挺挺躺在了床上。苏蕙哭晕在地，禾苗慌得大声呼救。刘妈闻讯赶来，叫禾苗赶紧在房间和尸体旁撒上白石灰，以免传染，自己赶紧报官。瘟疫盛行，所有的尸首都归官方处理，民间不可大肆操办丧礼。就算富户想要家人风光下葬，也无人敢来帮忙，因为这瘟疫传染性极强，一旦染上，日内即可毙命。差役随后赶来，抬走尸体。苏蕙和禾苗躺了三天，刘妈生怕苏蕙想不开，走了绝路，守了她们三天。

三天后，苏蕙给窦滔和父母各书家信一封，准备自尽。刘妈看出端倪，多方开导，苏蕙方打消了轻生念头。背过苏蕙，刘妈让禾苗搬到苏蕙房里，夜里好给三姑娘做伴。一下子失去两位至亲之人，谁能受得了如此打击？何况一个郎君被流放，离乡背井的弱女子？

宁为太平犬，不做乱世人。苏蕙终日以泪洗面，枯坐发呆。刘妈托人将苏蕙家信送至苏道质手中。苏道质知女儿尚好，心下甚慰，赶紧修书，要苏蕙和禾苗多多保重，暂不要回乡，并随信捎来钱财。王猛已逝，无人庇护，苏蕙回家无异于羊入虎口。苏蕙知道奸臣当道，好人难活，只好留在秦州，耐心等待窦滔音讯。

天灾人祸，使苻坚醒悟了许多，他疏远了道安、姚苌等人，不再提出兵西域，抢夺鸠摩罗什之事。苻坚恪遵王猛遗教，兢兢业业处理国事，大兴儒学教育，关心民间疾苦，使国家治理大有成效。其后，苻坚灭前凉和代国，完全实现了北方的统一。

至此，秦国臻于极盛。

三十
回文诗

苏蕙的诗帕出现在秦州街头之后，绣娘们颇感新奇，纷纷效仿。如此一来，诗帕流传得越来越广。

苻坚失去慕容姐弟，又失去王猛，伤心移情，恋上另一个女人——慕容垂的小老婆小段氏。

就在小段氏在苻坚的御床上呻吟时，慕容垂心底埋下了深深的仇恨，他要的是：拿一个女人换回一个国家。

苻坚夜晚可以投入小段氏的怀抱，把一切都放下，但白天不得不亲临朝堂，打理一件始终放不下的烦心事——治理天下的人才不够用。

如此棘手的难题，无人能解。氐人不足百万，而北方汉人与其他各族人数在氐人十倍以上。

打天下是一回事，治理天下是另一回事。秦的铁骑可以横扫一切，却难以收拢人心。那些刚刚被兼并的地区派谁治理？如果让他们自治，那和以前有何两样；如果朝廷派人，派的是汉人或其他族人，他们和氐人也是面和心不和呀。苻坚为此日夜苦恼！唉，要是王猛在世就好了！

经过反复权衡，苻坚终于想出了一个万全之策。一天，苻坚对大臣们说："孤王打算把十五万户氐人分散到全国各地，让他们管理百姓，诸位意下如何？"

大多数人点头同意，说："周王朝延续八百余年，皆是如此治理啊！"

十五万户如何选？自然是要选天王诸子以及最亲信的将领。这样即使他们远在千里之外，苻坚亦可高枕无忧。姚苌之辈率先叫好。

大臣赵整看出了其中的风险，他在宴会上突然边弹琴边高唱："阿得脂，阿得脂，伯劳舅父是仇绥，尾长翼短不能飞。远徙种人留鲜卑，一旦缓急当语谁！"意思是氐人分散，却让鲜卑等族集中京城，一旦造反，谁能控制呢？远水解不了近渴啊。苻坚听懂了他的担心，只是笑了笑。赵整的歌声也许让他惊醒，但他再也想不出更好的办法了。或者他感觉自己那么宠信姚苌、慕容垂等人，他们根本就不会造反。

苻坚金口一开，十五万户氐人，不几日便轰轰烈烈地奔赴全国各地。密密麻麻的氐人，分流至四面八方，淹没于无边的汉人之中，几乎悄无声息了。如此一来，留在长安的氐人少得可怜。

看着儿子们远去，伤感瞬间涌上苻坚心头，他突然有些后悔做此决定，想要收回成命。君无戏言，苻坚贵为天王，也有无可奈何之时。他依依不舍地将他们送至灞上，看着他们的身影消失在远方，泪水忍不住流了下来。

天王不开心，小段氏为了哄他高兴，想尽各种办法。然而烦心的事情接踵而来。

离情伤人。看着孙子们远去，太后病倒了，一连三天茶饭不思。有大臣上奏秦州去岁大旱，粮食歉收，百姓流离失所，提议天王回秦州老家祭拜天地神明、列祖列宗，为母后祈寿，为万民纳福。这是一举两得的好事，定会使太后心情愉悦，疾病痊愈。苻坚准奏。

苻坚向来孝顺，为了讨母后欢心，决定携王后回乡祭祖，小段氏得知后哭闹不休。苻坚安慰她说："祭祖事关重大，须沐浴斋戒，王后性情温婉，伴驾三日，理所应当。祭祖归来，本王与爱妃共度良宵，小别胜新婚，别有意趣。"

小段氏爱美，底下的宫女太监就四处搜罗时兴衣料、小玩意孝敬她。一日，宫女给小段氏献上一方罕见诗帕，并将苏蕙的故事添枝加叶地叙说了一遍。小段氏见这锦帕上一百二十一字不是绣的而是织出的，大为惊讶！锦帕远观五彩斑斓，宛若花朵；近看字迹娟秀，清晰明了。小段氏如获至宝，巴不得立即敬献给天王。如此正合苏蕙之愿，小段氏淫荡不堪，声名狼藉，今日总算做了一件好事。

小段氏沐浴更衣，打扮得异常妖艳，恭候苻坚共进晚膳。苻坚一到，小段氏便手摇锦帕，嗲声嗲气地迎上去。苻坚读完锦帕上所织之诗，猛然想起了远在流沙的窦滔，想起丞相王猛生前对窦滔赞赏有加，心有触动。小段氏不失时机地告诉苻坚："窦滔去后，秦州政务荒乱，岁歉民穷，盗贼齐生，百姓多为窦滔叫屈。"苻坚怀疑窦滔"结派谋反"之事有蹊，立即派人去查真相，果然窦滔冤枉。苻坚本想立即下旨，释放窦滔，又觉颜面无光。他想起王猛生前遗言：滔有贤妻，乃镇国之器。苻坚便想利用摆驾秦州之机，见识一下这个奇女子，再下旨释放窦滔，彰显天王恩德。

苻坚带着王后、苻融等大臣回乡祭祖，巡幸故里，这是难得的大喜之事。秦州城里张灯结彩，黄土铺道，清水洒街，人人喜气洋洋，都想争睹天王夫妇与诸位大臣的气度风采。第一日，祭拜天地神明，列祖列宗，为母后祈寿，为万民纳福。围观百姓见苻坚英姿勃发，气度恢宏，无不山呼万岁。第二日，深入民间，体恤民情，王后抚恤妇孺，不避亲疏，亲手赠送衣物钱粮，深得人心。第三日，苻坚召见秦州德高望重、学养深厚之贤士名流，文人墨客，举行盛大雅集，与民同乐。众人寒暄完毕,歌女在前奏乐开道,共赏秦州春景。到了一处风景绝佳之地,苻坚兴致极高,索来笔墨,笔起墨落,瞬间画就一幅春耕图。众人啧啧称赞,苻坚龙颜大悦,提议众人为此画配诗。文人墨客争先恐后,个个摩拳擦掌,挥毫泼墨,一挥而就。苻坚一一御览,皆是平庸之作,不免有些许扫兴。

王刺史与众人吓得大气不敢出一声。突然,苻坚瞥见了一首围墙型的诗,与众不同,便细细欣赏。

```
琴 清 流 楚 激 弦 商 秦
芳                       王
兰                       怀
凋                       土
茂                       眷
熙                       旧
阳                       乡
春 方 殊 离 仁 君 荣 身
```

苻坚面露笑意,细细品读,最后情不自禁拍案而起,大声称赞:"妙、妙、妙不可言!"然后示意太监把写诗的锦帕传于群臣观赏。

一位老臣看到,激动得双手颤抖,连声说道:"奇,奇,古今奇谈!"说完,大声吟诵起来:

琴清流楚激弦商,
秦王怀土眷旧乡。
芳兰凋茂熙阳春,
身荣君仁离殊方。

"我大秦边关不稳,天王忧国忧民,整日为边关战士之衣食忧虑。今日秦州平静,西北无恙,天王与吾等才有幸相聚秦州。天王所到之处,万民景仰。能想到用国墙体写诗,表达天王巡幸,万民喜悦;边关将士,誓死卫国;黎民百姓,渴望团聚之意,真乃绝世奇才,请受老臣一拜。"老臣说着,就跪倒在地,众人见状,也都跪倒在地,齐声山呼:"吾王圣明,天降奇才。"

"请奇人快快显身!"苻坚朗声说道。

"诸位快快请起,不敢当。"一个脆生生的声音响起。

大家循声望去,一个身形娇小的儒生站了出来,对着众人纳头便拜。

"你是何人,为何乔装打扮?"苻坚听那声音清脆如黄鹂鸟,便知来人是女扮男装。

"天王饶恕,罪妇苏蕙给天王请安了。"苏蕙大大方方地说完这话,抬起头来注视着苻坚。

众人小声欢呼着:"刺史夫人,行走的画人,窦大人有救了。"

"平身。露出你的女儿家模样,好与诸位说话。"苏蕙随宫女换过衣饰,款款走上前来。

苻坚久闻苏蕙大名,今日得见真容,只见这小女子生得额饱鼻俊,一看便知聪慧过人,再看她目若游鱼,貌若天仙,举止娴雅,忍不住多看了几眼。

"请天王御览。"苏蕙恭恭敬敬地呈上诗帕,退回一旁。

苻坚拿起诗帕,沉思片刻,拿起朱笔,在诗帕的中心位置题了一个"情"字。题完之后,也不说话,盯着苏蕙,目光一动不动。所有在场之人,都感受到了这目光里的含义。苏蕙知是天王在向她挑战,她迈着细碎步子走上前去,接过天王手中御笔,略一思索,便写了起来。

琴	清	流	楚	激	弦	商	秦
芳		步					王
兰		林					怀
凋		燕					土
茂	流	泉	情	水	激	扬	眷
熙		思					旧
阳		发					乡
春	方	殊	离	仁	君	荣	身

"哈哈,好一个'楚步林燕情思发,茂流泉情水激扬。'"苻坚看着

苏蕙写完最后一个字，完全抛开了帝王威仪，忍不住大声念了起来。老臣等也忘记了拘束，全部围上来读了起来。

"奇才，天下少有的奇才！"众人交口称赞。

"如若写满，可以读出多少句诗来。"有人问道。

"写满，写满。"众人一致央求道。

苏蕙用目光征询苻坚的意见，苻坚微笑不语，似在鼓励她，又好像怕她被难住了。苏蕙平常织锦累了，就在家中做这种诗解闷，做起来易如反掌，只是，今日这种场面，会不会有出风头之嫌。她再次看着苻坚，苻坚点点头。她提笔继续写了起来。

<pre>
琴 清 流 楚 激 弦 商 秦
芳 廊 动 步 阶 西 游 王
兰 休 桃 林 阴 翳 桑 怀
凋 翔 飞 燕 巢 双 鸠 土
茂 流 泉 情 水 激 扬 眷
熙 长 君 思 悲 好 仇 旧
阳 愁 叹 发 客 摧 伤 乡
春 方 殊 离 仁 君 荣 身
</pre>

"王游玉阶步东廊，桑翳阴林桃休兰。士鸠双巢燕飞翔，茂流泉情水激扬。"苻坚一边吟诗，一边踱步。

"此乃今日盛况之写照呀！"老臣激动得流下来眼泪。

"这诗反过来念'兰休桃林阴翳桑'，这一直是本王梦中所想之事。如今国家连年征战，四海不平，民生困苦，难得兑现。本王见识过盘中之诗，这种写在手帕上的城墙诗，还是第一次看见。苏蕙才女能在方寸之间，写出往复可读的诗文，就叫回文诗吧！"苻坚欢喜地说道。

"天王神明。回文一名甚好。"苏蕙连忙道谢。

"苏蕙才思敏捷，当赏！你想要何赏赐？"苻坚龙颜大悦，高声问道。

"罪妇不要赏赐。"苏蕙拒绝道。

"你来宫里当差做官如何？你要金银财宝也可……"苻坚耐心地一一

问道。苏蕙一一摇头。

"你到底要什么,本王最后一次问你。"苻坚有些不悦了。

"罪妇一要天王免去秦州百姓三年赋税;二要天王开恩,让定居秦州的胡人脱掉战犯、奴隶贱籍,家中可自备菜刀,自存火种;三要天王在秦州开设学堂,教化民众,启迪民智。"苏蕙娓娓道来。

苻坚闻听,一一答应。

一旁的苻融还在期待着苏蕙再求点什么。但是,苏蕙什么话也没有说,磕头谢恩之后,悄然退下。

"天王开恩,赦免窦滔。"不知是谁喊了一声,所有的人都喊了起来。

苻坚与苻融等人耳语一阵,朗声说道"窦滔实乃国家忠良之臣,遭人陷害,今日赦免,驻守襄阳,不得有误。"民众闻言山呼谢恩。苏蕙回转身来,热泪长流,跪地不起。

苻坚赦免窦滔,本想准其官复原职,治理秦州。苻融提议说窦滔智勇双全,襄阳乃兵家必争之地,无得力之人镇守。苻坚便立即下旨封窦滔为安南建军,即刻赶赴襄阳任太守。

才女苏蕙为我秦州祈福,三年不纳皇粮,胡人脱掉贱籍,开办学堂。老百姓们奔走相告。一时间,这天大的喜讯就传遍了秦州的大街小巷。

"三姑娘,老百姓要为你修祠堂呢!"禾苗兴奋地说道。

"我一个女流之辈,何德何能,千万不能劳民伤财……"苏蕙坚决制止道。

"三姑娘,胡人要为我们在麦积山开凿石窟呢!"

"开凿洞窟要经年累月,耗费巨大。万万不可!"苏蕙一迭声地拒绝道。

"三姑娘,绣女们给你送匾来了。"禾苗像一阵风一样跑进跑出,欢喜地大喊道。

"只要我的窦郎早点回来,我别无所求。"苏蕙喃喃地说道,那目光平静得像一泓湖水。

三十一
念奴娇

窦滔接旨之后,立即启程回长安城谢恩。苻坚赐他金帛无数,府邸一座,命他好生休养,不日上任,为国效力。苏道质得知后高兴得不得了,心想女儿苦尽甘来,一家总算团圆了。然而他左等右等不见女婿上门拜见。后多方打听,方知窦滔已经纳妾。可怜的女儿,你的命怎么这样苦?苏道质决定不顾礼节,先去将军府会一会窦滔。转念一想,终究不妥,不如与女儿商议之后,再做打算。

话说苏蕙得到苻坚允诺,立即与禾苗启程回老家。她要在窦滔回来之前将家里收拾得干干净净。王刺史替他们备好了车马,刘妈忙前忙后地帮着整理行囊。对于爷爷、婆婆的灵柩,苏蕙决定先留在秦州,等窦滔回来之后再作安排。

临行,刘妈拉着苏蕙禾苗的手舍不得放开。苏蕙一想到这几年全凭刘妈相助,自己才在秦州站住了脚跟,忍不住说:"刘妈,你孤身一人,不如随我们同行。"刘妈说:"叶落归根。老身衰朽残年,不敢给三姑娘添麻烦。我虽孤身一人,但有邻居相帮,请三姑娘放心离去。"苏蕙和禾苗再次苦苦哀求,刘妈坚决不肯,三人只好洒泪而别。

在王刺史派人护送下,苏蕙和禾苗主仆二人离了秦州,昼行夜宿,顺利回到了小西巷。一别经年,村庄似乎又破败了许多,周围许多田地都荒芜了。窦府幸有忠仆窦丁看护,庭院还算完整。禾苗一到家,顾不上旅途劳累,安顿好三姑娘之后,便撸起袖子打扫夫人、爷爷的房间,摆放好老人的灵位。安顿好之后,苏蕙跪于列祖列宗灵前,上香祈祷。天灾人祸,家破人亡,幼子夭折,世间苦难似乎都压在了苏蕙的身上,她不知如何面对郎君，禁不住泪落如雨。

禾苗也哭成了泪人儿了。原来一大家子人，现在只剩下了三姑娘和自己，姑爷回来不知道要多伤心呀！

远亲近邻听说苏蕙回来了，都赶来探望。不一会儿全村的男女老少就知道了窦家遭遇的所有不幸。几个与苏蕙平日里要好的婶婶、姨姨、年轻媳妇们把她们仅有的一点儿吃的用的东西都要塞给苏蕙。苏蕙不要，见到亲人，说说这几年遭受的苦处，心里就能松泛些。不说则已，一说大家都有一肚子苦水。婶婶三世单传的独子被抓从军，过门不久的媳妇被无赖调戏纠缠，一家人不堪其苦，只好把儿媳妇送回娘家。谁料，娘家穷得揭不开锅，又把儿媳妇卖给了富家做妾。那家主妇凶悍无比，儿媳妇没过多久就上吊自杀了。

姨姨家境况也好不到哪里。一家人辛辛苦苦，到头来只图个半饱。媳妇与苏蕙先后过门，婚后未几日，郎君被抓去服徭役，结果一去不返。老人接连去世，她一人孤苦伶仃，去岁收养了一个弃婴，现在母子二人相依为命，日子十分恓惶。

生逢乱世，人皆苦命。大家彼此安慰了半天，方才渐渐平静。苏道质听说女儿回来了，也顾不上什么礼仪赶紧到女儿家来了。见到父亲，苏蕙才知母亲也被瘟疫夺去了性命，这些年来，父亲过得也非常艰难。老管家告诉苏蕙，老爷为了帮衬苏蕙，也为了救济穷苦百姓，年年放斋舍饭，几年未添一件新衣。苏蕙发现父亲退任之后落魄了许多，心想一个官宦之家，尚且举步维艰，平民百姓的日子可想而知。苏蕙问起窦滔何时归来，父亲闪烁其词，苏蕙冰雪聪明，不再追问。

这是什么世道呀！好人为什么一个比一个难活呢？苏蕙决心重振家业，她招募人手，耕种土地，修理房屋，整修道路，村庄里渐渐有了新气象。

窦滔面见天王之后，并不着急赶回故里。他还有一桩要事去办。

苏蕙天天在家里等呀盼呀，就是等不见窦滔回来。禾苗要窦丁去长安城打探消息，苏蕙没有阻拦。窦丁不日即到长安，很快就打听到窦滔并不住在天王赏赐的将军府里，而是安歇在新置的府里。新府？窦丁感觉事有蹊跷，一问才知窦滔回到长安之后，嫌将军府里人多嘴杂，立即购置府邸，这几日正忙着添置东西。窦丁心头暗喜，少主人不赖呀！这几年在流沙那荒寒之地居然混得有模有样。窦丁求见窦滔，守门人看他穿戴寒酸，要赶他走。窦丁干脆蹲在府门口不走，好不容易瞧见管家出来，赶忙上前相认。两个人在一家小酒馆叙旧，说着说着，窦丁的心变得沉重起来。

窦丁满腹忧愁地离开长安。他不知道如何向主母交差，就顺道去苏道质家说了实情——窦滔已纳歌女赵阳台为妾。此女原是歌妓，一日被强人劫持，幸遇窦滔搭救，从此誓死跟随窦滔。窦滔当时身无分文，日日在驿馆做苦力，穿戴邋遢，与乞丐无异。赵阳台毫不嫌弃，她用自己卖笑所得买通了当地军爷，让窦滔有了自由之身，又拿出自己的积蓄让窦滔为她赎身……

这可如何是好？女儿的秉性苏道质是知道的。她当年挑挑拣拣，寻寻觅觅，就是要找一个重情重义的好郎君，窦家长辈也曾亲口答应儿孙绝不纳妾。可眼下如此局面，女儿怎能接受得了？

好在窦滔答应几日后回来，到时再相机行事吧！苦命的女儿，老天爷怎么要和你开这样大的一个玩笑呢？

难怪，女儿在秦州苦守多年，却收不到窦滔的一封家信。原来，人家早已移情别恋，可怜的蕙儿还在痴痴地等候。

可怜的蕙儿，你就认命吧！

三十二
满庭芳

苏蕙这几天处于一种极度亢奋的状态。窦郎马上就要回来了。家里家外都要收拾得干净整洁才好，自己浑身上下也要打扮得漂亮清爽才是。

离别了这么久，积攒了多少话儿要说给郎君呀！苏蕙不知道先说哪桩。那就从爷爷生病，家里无钱医治说起吧；还是从自己刚刚怀孕、反应厉害说起吧；不如从家里揭不开锅，一家人生计无着，她不得不和禾苗一起纺纱织锦说起……

郎君一定最想听孩儿叫一声"爹"，最想叫一声"娘亲""爷爷"。可是，苦命的孩子和老人都走了。

苏蕙记得有一次，纺纱时间过长，她腿脚浮肿，起身之时，眼前一黑，差点摔倒，幸好禾苗眼疾手快将自己扶住，要不然腹中的胎儿就保不住了。

一想起孩子，苏蕙的眼泪就哗啦啦地流。圆圆是个多么可爱的男孩呀！眼睛黑如葡萄，脸蛋圆似月亮，鼻梁挺若悬胆，笑起来脸上就旋起两个小酒窝，左邻右舍谁见了都要抱一抱。那粉嘟嘟的嘴唇，那丝绸般的皮肤，那天使般的笑容，驱赶了生活中的一切阴霾。那时候苏蕙和禾苗不管是浣纱回来，还是下田归来，回到家第一件事情不是歇息喝水，而是抱着圆圆说说笑笑一阵子。有一次苏蕙累极了，抱着圆圆坐在床边就睡着了，圆圆乖巧地坐在娘的怀里，不哭不闹。禾苗进来见这一幕，悄悄地把圆圆抱走，圆圆十分顺从，一声也没有吭。

圆圆学走路时，婆婆跟不上，苏蕙就拿根布带牵着。一天，苏蕙抱着圆圆在堂屋里念儿歌：咪咪猫，上高窑。高窑峭，老鸦叫。正在这时，窗外传来一声鸟鸣，圆圆挣脱了苏蕙，扶着桌沿走了几步，突然就晃晃悠悠地向外走去，碰到门槛不知道怎么跨，一头栽倒在地，跌得头破血流。苏蕙吓坏了，抱着圆圆就往外跑，恰与刘妈撞个满怀。刘妈问明缘由，一把抱过圆圆，在地上捏起了一点儿细土撒在圆圆头上，血立即止住了。几天后，圆圆头上的伤疤掉了，额头上留下一道月牙儿一样的印记，不仔细看就看不出来。婆婆说："圆圆这下丢不了了，你娘给你头上刻印信了。"

圆圆真是老天赐给窦家的宝贝。自从有了圆圆，苏蕙的心仿佛变简单了。以前老是担心窦滔在外面出什么意外。现在看着圆圆的笑脸，苏蕙几乎把什么都忘了。她有时候很自责，似乎这样子就对不起窦滔似的。刘妈家隔壁有一个王寡妇，长得白白净净，年纪轻轻守着一个女儿过活，多少人做媒，劝她改嫁，她都不接茬。

王寡妇心灵手巧，也以给人做针线活为生。她和苏蕙一样，不好抛头露面，经常把做好的活儿让刘妈拿到集市上去卖。刘妈跟大户人家的丫鬟侍女、管家婆子混熟了，总能接到活儿。刘妈心善，转手只赚一点儿抽头就满足了，从不克扣盘剥绣女，所以绣女们都爱和刘妈打交道。

王寡妇常带着女儿到苏蕙这边玩，两个孩子玩得很开心。王寡妇就说："咱两家结亲吧！我们闺女比圆圆少爷大三岁，正是应了'女大三，抱金砖'那句老话。"苏蕙就说："刘妈作保，这两孩子兴许有缘。"刘妈说王寡妇："你真是会给你女儿挑女婿，人家那可是窦将军的长子。"王寡妇反应极快，随口说："那我更要高攀了。苏蕙妹妹不会嫌弃姐姐吧！"苏蕙说："我们落架的凤凰不如鸡。何来高攀。""瘦死的骆驼比马大。哪日将军蒙恩回转，妹妹还不就是凤冠霞帔了。不像我，日子枯焦，没有一点儿盼头。"刘妈说："你也别愁，妞儿转眼间就长大了，将来给你找个好姑爷，你就有享不完的福了。"

话说完没几天，开始闹瘟疫了。先是几个先天不足的孩子夭折了，接着就是王寡妇家的女儿和几个年老多病的老人没有了，再后来，圆圆和婆婆也没有了……

想到这里，苏蕙的心就开始抽搐。多可怜的孩子呀！连父亲一眼都没有见到，就被无常带走了。

刘妈说："孩子和父母的缘分有长有短。女人命苦，哪个女人能顺顺当当地当妈呢？我生了四子三女，就只长成了一个儿子。孩子没有成人时，你就别把他当人看，就当成猫呀狗呀的。谁知道老天爷什么时候就把他们带走了。我那儿子都长到了十四五岁了，都定了亲了，闹了场病还是给老天爷带走了。妹子，你年轻，日子还长着呢！"

苏蕙也时常安慰自己，婆婆以前找人算过命，说她的儿女缘深，眼下一定要养好身体，以后再给窦郎生养几个儿女。

一提起这个孩子，苏蕙的心就刀绞般难受……

算了，说这些干什么？好不容易相聚到一起，也该听窦郎诉诉衷肠。

"为何不给家中写信？"这是苏蕙最想问的话。

到了，终于等到了那一天。苏蕙几乎把家里所有的衣服都穿了一遍，突然觉得没有一件中意的。再一想，这几年，自己不仅没有添过一件新衣，而且还把几件华贵的衣物都当了出去。衣不如新，人不如故。还是穿起旧时衣裳，淡扫蛾眉，迎接窦郎吧！

一切如希望中的样子进行着。热热闹闹的一天过去了，夜晚来临，前来贺喜的亲戚朋友都散去了，家里安安静静，苏蕙想起了久别胜新婚的话，心里恍惚起来。她羞羞答答地进到卧房，禾苗早已准备好了合欢酒，她看了脸红。

月儿高高挂在枝头，故乡的夜晚寂静安详。苏蕙忘记了以前的磕磕绊绊，像个少女一样，满怀喜悦期待着心上人的到来。然而，左等右等，不见窦郎。

窦滔把家里诸事安排妥当之后，一个人给爷爷和父母的灵位前上过香，然后在书房里枯坐。禾苗和窦丁几次过来给他添茶续水，示意他赶紧回房安歇。窦滔依然不动，禾苗只好提醒他说："姑爷连日操劳，请早早安歇。三姑娘已在里间等候。"窦滔敷衍道："你先下去歇息，我这里不用人服侍。"窦丁见此情形，就劝说窦滔道："少爷离家多年，少夫人日日思念，近日更是天天到村口望夫石上张望，小的们看了也心里难受。""好，我这就去。"窦滔觉得躲避终究不是办法，就硬着头皮跟随窦丁和禾苗到了卧房。

房间内陈设如旧，烛火摇曳，苏蕙穿戴着昔日的洁衣素群，手捧诗书，正在灯下翻阅。几年不见，娘子还是这般高雅。窦滔心下矮了三分。苏蕙喜盈盈地迎上来，为窦滔递上一盏热汤，禾苗端过来一盆热水，苏蕙俯下身子就要为窦滔脱袜洗脚。窦滔赶紧躲开，自己脱掉袜子洗了起来。苏蕙一愣，以往都是自己为夫君洗脚捏脚，今日里这是怎么了？转念一想，分别多年，窦郎无人照顾，恐怕不习惯了。

苏蕙贤淑依旧，窦滔不由得涨红了脸。这些年在塞外，洗脚这些事情都是婢女来做，阳台从来不做这些粗活。洗漱完，为了掩饰自己的失态，他拉起苏蕙的手想说几句安慰的话。可是，苏蕙闪身躲开了。"夫人，为何躲闪？"窦滔追问着，又拉起了苏蕙的手。苏蕙又跑开了。窦滔的好奇心被激起来了，他追上去抱着苏蕙，苏蕙这才乖乖地倚在他的怀里，软软地叫了一声："窦郎。""唉，夫人受苦了。"这一声叫的窦滔好不感动，他忙不迭地答应道。顺势握着苏蕙的手，走到了床边。这双手好粗糙呀！窦滔疑惑地看着苏蕙。

苏蕙的手因为长年累月操劳，上面布满裂痕和冻疮的印子。虽是窈窕少妇，双手却与老妪的手一样干枯变形。所以，她难为情地说："近年家中生活全靠奴家和禾苗的一双手。我这双手实在不敢叫窦郎看见。我专门做了一个护手的套子，干活时戴上就不会挂住丝线了。"窦滔抚摸着苏蕙手上的伤痕，流下眼泪，哽咽着说："夫人，窦滔有罪，害你受苦了。""苏蕙不怕苦，苏蕙就盼着窦郎早日从塞外归来。苏蕙不明白，窦郎为何不给家里写一封家书呢？"苏蕙靠在窦滔的胸膛里，有点儿撒娇地问道。其实，窦滔最初写了一两封家信，可能是送信人没有送到，后来遇到赵阳台之后，他禁不起赵阳台频频示爱，想着自己可能永远也没有回到中原的机会，干脆就不写信了。但是，面对着柔情似水的结发妻子，他却说："每次收到你的锦帕，我都写有回信呀！""许是送信人弄丢了。我还以为窦郎把我忘了。害得我天天眼巴巴地盼望着你的信呢？这下好了，窦郎回来了就好。"苏蕙宽容地说。

气氛有些尴尬。窦滔再笨也知道安慰一个妇人的最好武器不是语言而是行动。他吹灭蜡烛，熟练地解开苏蕙的衣裳，苏蕙有些害羞，举起双手抵挡，窦滔却三下五除二也脱光了自己，翻身压在她身上。苏蕙僵硬的身体就像触电般战栗起来。几年来，夜夜独守空房，苏蕙就是靠着回味往日的美好时光才打发走了无数个漫漫长夜。

苏蕙被窦滔的勇猛点燃了，征服了，唤醒了，忘记了一切禁锢，动情地呻吟起来。窦滔也被苏蕙的叫声所鼓舞，犹如骑上战马的英雄，长驱直入，肆意奔腾，气喘如牛。"蕙儿，你好不好。""窦郎，想死蕙儿了。"俩人耳语着，渐渐进入了神仙境界。

这一夜，他们肆意欢爱，好像要把几年来的缺憾补回来。他们的身体不敢接触，一旦接触就会引发一场大战。每一战都让人汗流浃背，筋疲力尽。可是稍稍喘息一会儿，那股浪潮就会从身体里涌起，鼓舞着他们不知疲倦地继续战斗。

苏蕙第一次日上三竿才走出卧房。阳光是那么强烈，苏蕙不好意思去见下人，她躲在花园的一棵大树下，一个人想静一会儿。禾苗在厅堂摆好了饭菜，到处寻找三姑娘。苏蕙这才从花园里出来，禾苗迎上来说："三姑娘今日满面春色，打扮得再艳丽点，姑爷看了就更喜欢了。""少贫嘴，去叫姑爷吃饭。"苏蕙嗔怪道。

"哪家主妇到此时辰尚未用饭？"原来窦滔早已在厅堂等候多时了。苏蕙和禾苗相视一笑，并不言语。"夫人也该做几身像样的衣裳。我昨天带回来的绸缎你随便挑，给你和禾苗多做几件新衣。"窦滔看着苏蕙和禾苗身上的旧衣裙说道。

阳光下，一切无所遁迹。昨日窦滔回家，地方上的官员和亲朋好友都来探望，苏蕙根本就没有机会端详窦滔一眼，夜里，两个人心急火燎那里顾得上多看对方一眼。今日没有客人，苏蕙屏退家人，打算和窦滔亲亲热热吃一顿家常饭。苏蕙为窦滔盛饭，斟酒，窦滔为苏蕙布菜，添酒。苏蕙才发现窦滔鬓边已生出几根白发，不由唏嘘感叹岁月不饶人。问起别后境况，窦滔大略叙说一通，当然隐去纳赵阳台为妾这一段。两个人说着说着又滴下眼泪来。窦滔为苏蕙轻轻拭去眼角泪水，看着苏蕙眼角的几道细纹，暗暗叹息她年纪轻轻，却遭受了这么多生离死别的灾祸。

苏蕙看窦滔眼含泪花，忍不住说："窦郎受苦了。为妻在秦州没有尽到孝道，爷爷、婆婆，还有你那从未见过的圆儿都……""天灾人祸。为夫已经知道了。兵荒马乱,灾祸横行,贤妻替窦滔供养老人,抚养幼子,尽心尽力,实乃世间难得的贤淑女子。再说了,窦滔能蒙圣恩再度启用,都是夫人心灵手巧,织出的回文锦帕,还有面圣时做的回文诗打动了圣上。不知回文诗帕安在否,让为夫一睹为快。"窦滔说着敬了苏蕙一杯酒。

苏蕙拿出回文诗稿说:"织好的回文诗帕已经献与天王,为妻身边只有几张草稿。为妻想念窦郎,每次修书都有道不尽之千言万语,可信物终归有限,我就想起写回文诗,一首回文诗,正读反读,即成两首,这还是禾苗出的好主意呢。还有互为回文诗的两句诗就好比人照镜子,有'物'有'像',又如同夫妻合体的孪生诗,物动像随,且一荣俱荣,一损俱损。禾苗把众多回文诗放于一起,发现不仅可反读,亦可横读,斜读,交叉读,退一字读,迭一字读,为妻都未曾想到回文诗会如此有趣。不过这些诗句虽说都可读通,但终究诗味有限。我怕有人但求辗转勾连,协韵成句,不问其意若何,有失本意,便不再以回文诗示人。"

"贤妻聪慧。救命之恩,窦滔没齿难忘。"窦滔说着,拜倒要谢苏蕙。

苏蕙赶紧起身扶住说:"你我夫妻,何必言谢。织回文锦帕,托人求小段氏献给天王,实是无奈之举,是不得已而为之。"

"是啊,织不比绣,姑娘为了织回文锦帕,画了几百张草图,织时更是艰难,我们两个快要累断腰了。莫说姑娘,就是我以后也不织锦帕了。"禾苗快人快语道。窦滔听后,也要为禾苗敬酒,禾苗笑着跑开了。

苏蕙拿出一个新绣的锦囊,要给窦滔换上,窦滔接过新的,却不拿出旧的,亦不细看,揣入怀中,继续谈笑风生。苏蕙不忍拂他兴致,只好不再提此话茬。

饭后,夫妇二人结伴去乡邻家中走动。看着乡亲们日子艰难,两个人心里很不好受。何时天下能真正太平?想起苻坚让自己去镇守刚刚攻占的襄阳,窦滔忍不住说:"打打杀杀何日是头啊。"苏蕙劝说他道:"无人希望打仗。夫君上次因言语忤逆天王,被奸人谗言流放至流沙。此番上任,可要处处当心。"窦滔郑重地点了点头说:"滔谨记于心。"

今日，苏蕙不再拒绝窦滔抚摸自己的手了。手上的伤疤是苦难的痕迹，更是忠贞爱情的见证。窦滔细数着她手上的六十多道伤痕，苏蕙说起最深的那道伤痕：那天她浣洗纱线时，脚下一滑，跌入水中，幸亏禾苗眼疾手快，一把将她抓住，可是那几天刚发过大水，水势湍急，禾苗也差点被带入水中。危急时刻，苏蕙伸手抓住了河边的一棵荆棘树，大声呼救。后遇路人出手相救，方得脱险。回家后，禾苗从苏蕙手上挑出了大大小小上百根刺，苏蕙的手烂如马蜂窝，胳膊肿似大象腿，刘妈到山里采回草药敷上才逐渐好转。

窦滔听着苏蕙讲起往事，眼泪吧嗒吧嗒往下流。苏蕙含泪笑道："窦郎不哭。苏蕙没有等回窦郎是不会走的。"窦滔把苏蕙紧紧搂在胸前，又亲又哄。苏蕙的脸被窦滔的胡须扎得生疼，她并没有躲闪，她喜欢这种粗糙的快感，那个亲爱又熟悉的人儿终于回来了，她欢喜得什么也不顾忌了。

苏蕙觉得日子就像蜜里调油一般美好。夜里，与窦滔欢爱之后，她暗暗感叹：老天爷是多么奇妙，给你疾苦也给你幸福。也许，尘世之中的苦难太多，老天就用男女之爱来解救凡尘、普度众生！

第二天，在佛像前上香时，苏蕙突然想到救苦救难的佛陀，以慈悲为怀，以普度众生为己任，却为何不让他的弟子像普通人一样成家立业，享受这人世间最大的欢娱呢？

三十三
风波起

第三天早上，苏蕙不好意思再起床晚了，她乘着窦滔熟睡之际，悄悄起身来到厨下。禾苗已经在生火烧水，苏蕙看了，心里高兴，就说："妹妹辛苦了！"禾苗轻声说："姑娘回房歇着去吧，小心将军起来到处找你。""他睡得那么死,不会起来的。我今日要让他尝尝家乡的八宝粥、臊子面、羊肉羹,将军说他在流沙就盼着吃这一口呢?"苏蕙愉快地说。"昨天的旗花面,将军就爱吃得很。将军在外面大鱼大肉吃惯了,就喜欢咱这老家的饭菜。不用姑娘吩咐,我早就把这米呀豆呀泡好了,还特意挑了最水灵最直溜的萝卜,蒸了最白最筋道的馍馍……"禾苗说着把东西一样一样地摆了出来。那模样,完全是一个家庭主妇,并不像一个受人指派的丫鬟。苏蕙想说几句感谢禾苗的话,忽然觉得任何话都轻飘飘的说不出口。

这么多年,两个人都守在一起,禾苗其实比窦滔还贴心。要说苏蕙这辈子离不得的恐怕就是窦滔和禾苗了。苏蕙头脑中闪现了一个念头:不如,让窦郎纳禾苗为妾吧,这样三个人才可以永远在一起呀!

苏蕙被自己的这个想法吓了一大跳。要知道,她以前始终认为男子纳妾是背叛妻子,是始乱终弃,是无法容忍之事。自己怎么变了,苏蕙不敢多想。

苏蕙和禾苗在厨房里忙碌了一阵,准备好了一桌极具家乡风味的早饭,单等着窦滔起来。禾苗见苏蕙的一绺头发松了,就摘了园中的一朵红花,插在苏蕙的鬓边,苏蕙想要取下来,禾苗按住她的手悄声说:"将军看了一准喜欢。"正在这时,苏蕙听得房中有动静,就让禾苗赶快准备洗漱用水。禾苗说:"这还用吩咐,早已备好了。"说着催促苏蕙先回房整理发饰,换件鲜亮的衣裳,再去侍候将军。

一顿愉快的早饭吃罢,窦滔准备陪苏蕙回娘家。对于这次回娘家,苏蕙期待已久了,禾苗也期待已久了。苏道质早已得到消息,做好了迎婿的一切准备。苏蕙和禾苗早早备好礼物,打扮得光鲜亮丽,窦丁早雇好轿子,就等着出门了。可就在此时,不迟不早,有人敲响了窦府的大门。窦丁出去应门,不一会领来了一个流沙模样的下人,对着窦滔叽里咕噜地说了一通什么话,窦滔神色慌张,给苏蕙说了一句:"我现在必须回一趟长安城。即刻启程,我送你到苏坊村就走。"苏蕙和禾苗看着窦滔紧张的样子,只好答应了。

出了门，窦滔说："轿子太慢，夫人不如与我同骑一匹快马。"苏蕙很少骑马（除了那次在法门寺遭抢时，与姚兴同乘过一匹马外），有点犹豫，可是窦滔坚持要她骑马，她也就只好顺从了，留下禾苗独自乘轿。窦滔骑在马上，示意窦丁半跪在地上，苏蕙踩着窦丁的膝盖，摇摇晃晃站了上来，窦滔顺势一搂就把苏蕙抱在了马前。未等苏蕙坐稳，窦滔已经挥舞马鞭，打马前行了。苏蕙吓得尖叫起来，窦滔搂紧苏蕙的腰说："别怕，有为夫在。"苏蕙仍然紧张地说："为妻不敢骑战马，夫君慢点。""今日就让你好好骑一回。"窦滔大笑着说道。战马一跃，苏蕙吓得又哭爹喊娘，窦滔把苏蕙抱起，扭身放在自己身后，苏蕙赶紧用双臂紧紧搂抱住窦滔的腰，窦滔说一声"夫人坐好"便策马而行了。苏蕙把脸贴在窦滔宽厚的脊背上，随着马身体上下晃动。这种感觉十分奇妙。她用力地抱紧了窦滔，胸前两团雁肉在窦滔身上来回晃动，一种异样的快乐在全身一圈一圈地荡开。苏蕙真想让马儿就这么永远跑下去。窦滔眼盯着前方，一手揽辔，一手挥鞭，恨不得马上飞回赵阳台身边。窦丁、禾苗和其他家人被远远抛在了后面。

到了苏蕙家，窦滔和苏道质寒暄了几句，顾不上搭理其他亲友，转身便走。苏蕙见父亲不悦，又怕亲友们误会，就好心替窦滔解释说："窦郎有公事在身，回头再陪爹爹和诸位亲友饮酒。"苏道质知道女儿蒙在鼓里，当着众人的面也不便戳穿，便说："早去早回。老夫衰朽残年和你喝不了几回酒了。"窦滔答应着走了。

众人看着窦滔背影，纷纷摇头叹息。苏蕙突然感到一阵恐惧。她怕窦滔就这么一去不返，留下她孤零零一个人在世上受苦。苏道质派人陪苏蕙回房安歇，众亲友见状，略坐了一会儿就告辞回家了。苏坊村民风淳朴，人们崇尚周礼，做事爱憎分明，有一说一，绝不容忍两面三刀之类小人。女子出嫁，三日回门，以后每年重大节日方可在娘家走动，平时并不与娘家来往过密。但这有限的几次回娘家，女子都要由夫婿陪同，如果一人独身回来，人们会议论说这女子可能与夫家闹了矛盾。如果女子回娘家时日长了夫家没人来接，就意味着这个女子被休了。但像今天这样,女婿把媳妇往丈人家门口一撂就走的事儿,众人从未见过,也不好说什么。

窦丁和禾苗随后赶到,苏道质带着儿子苏桐和三女儿去夫人坟前上香。苏蕙在母亲墓前哭晕过去。短短几年间,苏窦两家就接连死去了这么多人,怎能不让人心酸呢?

苏蕙最后一次见娘,还是在新婚三日之时。此后窦滔应征入伍,苏蕙揽着窦家一大堆事儿,母亲也随父亲去了任所。再后来,父亲被降职,窦滔先擢升后流放,母女俩就这样阴差阳错没有见上最后一面。

苏蕙最后一次扑在母亲怀里痛哭,是在成婚时。当时的眼泪是喜忧参半,可谁知婚后生活竟然如此艰难。难怪母亲常说:"女儿家有三条命。一条是父母给的,一条是夫君给的,一条是儿孙给的。哪个女儿不是父母的掌上明珠,可父母再娇惯女儿,也就十几年。女儿家的命好不好全在嫁人上了,嫁对了人,知冷知热,恩恩爱爱,白头偕老。万一嫁了那些混账魔王,再尊贵的姑娘也只能忍辱负重,打掉牙往肚里咽。女怕嫁错郎,男怕入错行。那些失宠的皇后嫔妃,反倒羡慕平头百姓老婆孩子热炕头的寻常日子。老天爷也怪,造出了男女,分出了阴阳,这世上的事儿就热闹了。女大不中留,连天上的王母娘娘也管不住身边的仙女,那仙女儿一逮着空就偷偷下凡,遇见个顺眼的男人就嫁了。女人命苦,嫁给谁都是命中注定,那就不要和命较劲,好好过日子就行了。"苏蕙记着母亲的话,她嫁过去时,虽然只有十五岁,可是她从来没有把自己当作娇生惯养的三姑娘,什么苦活累活她都干,府中上上下下的事儿,她也是再三掂量好了再做,尽量把方方面面都照顾到。可命运怎么就这么对待她呢?

苏蕙想念母亲。每当遇到让人发愁的事儿时,她就想起母亲一天到晚乐呵呵,忙忙碌碌的样子。多大的苦难在母亲眼里睡一觉就过去了。母亲勤劳善良,手把手地教苏蕙读书识字,也教苏蕙纺纱织布。早年家境艰难,母亲为衣食发愁,后来父亲官运亨通,家中宽裕,母亲还是事事亲力亲为,也让儿女们学习烹饪,女红,当家理财的琐事……正是母亲的教育，让苏蕙没有成为娇滴滴的官家千金，而是一个上得厅堂、下得厨房、里里外外样样拿得起放得下的能干主妇，在窦滔受刑之后，不等不靠，而是咬紧牙关挑起一家人的生活重担。

苏蕙在母亲墓前哭诉着自己这几年的悽惶，苏道质也不劝阻，由她哭个够。女儿太苦了，就让她把心里头的苦水都倒出来吧！禾苗拉起苏蕙，苏蕙看见禾苗胸前的衣服也已湿了一大片，两个人又忍不住抱头大哭。

禾苗是母亲当年亲自给苏蕙选的陪嫁丫鬟，多年来一直忠心耿耿地伴在苏蕙身边。苏蕙看见禾苗忍不住又伤心了半天。苏道质上前搀扶起女儿，苏蕙一看老父亲满脸泪痕，不好再哭，反倒劝父亲不要伤心。

这一日，苏蕙住在娘家，与老父、小弟拉拉闲话，说说笑笑，笑笑哭哭，时间也就打发过去了。没有人说起窦滔，也没有人问起窦滔何时回来的话题。苏蕙心里有事，但在父亲面前还是竭力做出快活的样子来。

"鴥彼晨风，郁彼北林。未见君子，忧心钦钦。如何如何？忘我实多！"苏蕙想起窦滔几次推诿着不肯拿出旧锦囊，便知他早已把旧物弃之如敝屣了。苏蕙开始怀疑窦郎有事情瞒着自己了。会是什么呢？她已经做好了最坏的打算。

日暮时分，窦滔派人捎话说后日来接苏蕙回家。全家人一下子都有了喜气。苏蕙这几日也没有闲着，她每日里和禾苗给父亲整理书籍，打扫房舍，缝补衣裳，忙得脚不沾地，似乎要把这几年的亏欠都弥补过来。

两日后，窦滔一脸疲惫地回来了。苏道质热情地接待了女婿，补上了一顿接风洗尘的酒席。窦滔言谈举止比过去成熟大方了许多，翁婿饮酒作乐，至晚方回。

回到窦府，苏蕙问起窦滔因何事耽搁，窦滔假托有公事。其实是赵阳台以生病为由骗他回家。晚上，苏蕙发现自己来了月信。窦滔也不纠缠苏蕙，只管沉沉睡去。

三十四
打金枝

此后的一天，日子过得平淡无奇，直到那个流沙人又一次找上门来，窦滔心烦意乱地朝着来人大喊几句，但最后还是跟着来人走了。苏蕙心下生疑，叫禾苗和窦丁暗中跟上。窦滔觉察到以后，反倒把他们请到了长安城自己的将军府中住下。窦丁早已知道实情，禾苗本是心怀疑窦，冷不防知道了真相，气得浑身发抖，说不出一句话来。

管家请窦丁和禾苗喝茶，不觉说到了少爷纳赵阳台的经过。赵阳台在秦州原本就与少爷有过一面之缘。原来，军中惯例，打了胜仗都要请歌妓来饮酒作乐。赵阳台舞姿曼妙，容颜姣好，多少男子见了她都把持不住，可是唯有少爷那夜推开了她。赵阳台敬重少爷是个有情有义的男儿，心里惦记着少爷。一日，赵阳台遭遇歹人，少爷拼死相救不留姓名就走了。赵阳台事后得知救自己的英雄竟然是少爷，便相信这是天意。从那以后，她做梦都渴望着与少爷重逢。

少爷被流放之后，赵阳台特意跟随到了流沙。其实赵阳台乃是名门之后，只因家庭遭遇变故，才流落风尘，成了色艺俱佳的头牌歌姬。少爷那时候是朝廷重犯，日日被罚做苦力，根本没有回到中原的希望。赵阳台想方设法，硬是大海捞针般找到了少爷，她唯一想做的就是嫁给少爷。尽管少爷家有贤妻，不愿休妻再娶，赵阳台却死心塌地、不计一切要追随少爷。为了让少爷脱离苦海，赵阳台把自己最珍贵的夜明珠送与流沙的军爷，使少爷摆脱了劳役之苦。然后，赵阳台又拿出自己多年卖笑的缠头，让少爷为自己赎身，脱离乐籍，俩人成婚，恩爱异常，在当地人人皆知。婚后，赵阳台不再抛头露面，甘愿陪伴少爷吃苦受累。这样的女子难得呀！

听了管家一席话，禾苗气得牙痒痒，心中暗骂：狗屁英雄救美，救一个娶一个，什么时候是个够。正在此时，赵阳台盛装出场。禾苗一见赵阳台的气势和美貌非常人可比，不觉愣住了。管家暗中退下，赵阳台设宴招待两位下人。禾苗和窦丁起初说什么也不愿意坐下，仿佛这样子才能证明他们并未背叛主母。见俩人不吃不喝，赵阳台也不强劝，反倒自斟自饮，娇里娇气地说："本该是我登门拜会你家主母。既然你们先来了，就把这里当成家。咱们都是自家人，以后常来往。"禾苗心里怒火中烧，不愿听她说话，赌气地拧过了头。

赵阳台说了几句飘然而逝，偌大的厅堂里就剩下了窦丁和禾苗。窦丁说："我算是弄明白了。将军落难之时，赵阳台慧眼识英雄，硬是跟定了咱们将军。人家是头牌歌姬，那些王孙公子给的缠头不计其数，可她就想找个踏踏实实的人嫁了。将军也是以为回不了中原了，才答应了人家。这府邸也是人家赵阳台购置的，人家就图咱将军人好！"

"什么？将军忘记了我家三姑娘的誓言，胆敢私自纳妾。还有将军明明得了赏赐，一分一文都没有交给家中，你却说这府邸是那个脏女人的。你怎么也好歹不分了，居然还替他们说好话开脱。"禾苗反驳道。

"就算是少爷对不起三姑娘吧，人家两个人一个愿嫁一个愿娶，生米已成熟饭，总不能棒打鸳鸯吧！再说了，人家倒贴着嫁过来，还从流沙千里迢迢地跟过来了，你忍心把人家赶走？"窦丁分辩道。

"我不管，反正我家三姑娘绝对不会答应此事。"禾苗愤愤不平道。

"将军就是为难，才想让你我回去给主母求求情说说好话。"窦丁说。

"他为什么不自己说？他没有脸对我家三姑娘说。"禾苗气呼呼地吼道。

"你没有看见将军在家里几次想开口，可就是说不出来吗？"窦丁替少爷辩解。

"我家三姑娘多可怜，一个人在家里替他供养老人，给老人养老送终。他在外面过得花天酒地，他纳妾之前，为什么就不知道给三姑娘回一封信呢？他难道不知道三姑娘为了救他，把家底全部都拿了出来，要不然他在路上早就被那两个衙役害死了。"禾苗想起往事，越发伤心地哭起来。

"三姑娘确是古今罕见之贤良女子。可我家少爷也是迫于无奈呀！去了流沙那地方，就没有几个人活着回来。少爷不跟家中联系就是想让三姑娘以为他已经命丧黄泉，不要再等他了。"窦丁摆出少爷的种种难处，禾苗就是不领他的情，两个人越吵声音越大。

打了半天嘴仗，没有一个人出来劝解，两个人便都不作声了。窦丁肚子饿了，也不管三七二十一，拿起席上的东西吃了起来。禾苗背过身去，不理他。窦丁央求禾苗也吃一点儿，世上没有过不去的坎，干嘛和自己的身体过不去。禾苗骂道："男人都是一样的德行。我就是饿死，也不吃这里的东西。我现在就走，再也不到这鬼地方来了。"何苗说着起身就走，窦丁嘴里塞满了东西，急得顺手拿了几样吃食追了出来。外面已有人备好马车，有仆役说："我家主母吩咐，二位请先行一步。将军今夜已经歇息，明日再回去。"

禾苗气得大叫："将军，你有何面目见我家三姑娘。"

"姐姐少安毋躁，这是我家主母送给姐姐的见面礼。"一个打扮得异常俊俏的丫鬟手捧珠宝盒追了出来。

"谁稀罕你们的脏东西。"禾苗将珠宝盒猛掼在地，见一颗鸡子大小的宝石破成了几块，还不解恨，狠狠踩了几脚，又唾了几口。

"不知好歹的乡下丫头，跑到这里来撒野。"那丫鬟锐声骂道。

"啪！"禾苗想也没有想，冲上去就给丫鬟一巴掌。

"你！放肆。"赵阳台从屏风后面闪了出来。

"我跟你们这些狗男女拼了。"禾苗喊叫着，一头撞倒了赵阳台。赵阳台瘫坐在地上，呼天喊地。下人们呼啦啦围上来要打禾苗。

窦丁一个箭步跨过来，护在禾苗身前。双方对峙着，剑拔弩张。

"休得无礼。窦丁、禾苗，你们暂且先回吧。"窦滔像天神一样出现在众人面前。

"回去告诉你家三姑娘，让她安分守己，不要与那朝中高官眉来眼去，不要再害夫君被流放了。"赵阳台说完这句话，就搂着窦滔的胳膊哭

诉起来。

"狐狸精，妖言惑众，不许你诋毁我家三姑娘。我家三姑娘冰清玉洁，聪明贤惠，世上谁人不知，哪个不晓？岂是你这风尘女子所能比的。窦将军，你也不去打听打听，我家三姑娘自你走后，日夜纺纱织锦，以此养家糊口。你再去打听打听是谁救你回来的……"禾苗高声骂道。窦丁拉着她跌跌撞撞地出了将军府，窦滔示意马车夫赶紧跟出去。

窦丁和禾苗坐着豪华马车回来，引起一村人的猜想。聪明如苏蕙，什么都明白了。她什么也没问，一个人躲在屋子里。禾苗在外面叫她，她也一声不答。窦丁坐在门外，把事情一五一十地都告诉了苏蕙，苏蕙听完也是一言不发。

"三姑娘，你要是难过就哭出来，你别憋在心里。"禾苗在外间苦苦哀求，里面一点儿反应都没有。禾苗和窦丁慌了，怕万一有个三长两短可就糟了，赶紧派人去请苏道质。

该来的终于来了！苏道质闻讯连鞋子都没有穿就骑上快马朝着女儿家飞奔而来，苏桐手握宝剑紧随其后。

三十五
珠有泪

第一天，窦滔没有露面。苏道质陪着女儿枯坐了一天。该说的话都已经说完了，就等着罪魁祸首回来当面对质。可人家不露面，苏道质的怒气无处释放，更不敢在女儿面前抱怨一句，她情绪刚刚平稳，任何的话题都只能招致一场涕泪滂沱的哭诉，还是不要开口。

第二日，苏道质的心情已经没有昨天那么愤怒了。到了傍晚，窦滔依然没有出现。苏道质想象中的夫妇当面锣对面鼓的谈判似乎泡汤了。

晚上临睡前，苏道质感觉自己就像一只充满气的气球被人用针扎了一下，突然已经瘪了，小了，蔫了。苏桐这几天除了给父亲和姐姐宽心以外，最想干的事情就是把窦滔狠狠地揍一顿。尽管，他知道自己不是窦滔的对手，但为了给姐姐出一口气，他愿意豁出去一切。

第三天，苏道质心里有些慌乱，眼看窦滔走马上任的日子就要到了，这两个冤家却闹得水火不相容，万一……女儿年轻，不知道这其中的利害，自己可绝对不能糊涂呀！事不过三。今天再等一天，如果明天窦滔再不出现的话，为父一定要到长安城里给女儿讨一个说法。世上没有这样的理呀，你偷偷纳了小妾，就想把明媒正娶的妻子晾在一旁，不管她的死活……

其实，苏蕙此时已万念俱灭，她要是知道父亲要去找窦滔，她一定会拦住不让。苏蕙经历了那么多的苦难都没有绝望过，那是因为她的心底装着爱。可是现在这唯一的支柱倒塌了，苏蕙觉得世界上的一切都是那么不可靠，都是骗人的，都是丑陋的。当时乍一听这个消息，好似晴天霹雳，炸得她头晕眼花。她恨不得一下子跑到窦滔跟前，揪住他的衣领问个明白，问问他记不记得提亲时她送的那根雁毛，记不记得结发时他说的忠贞不贰的誓言，记不记得流放前两个人共同的约定……但是他躲在那个女人身边，不来见她，她的愤怒无处宣泄，她只能在内心里和他较量搏斗……

三天三夜，不眠不休，噩梦连连。苏蕙把自己关在房间里，任谁敲门也不打开，父亲也不例外。为了安慰老父亲，她保证绝不会自寻短见。白发人送黑发人的凄凉，她见的多了，她绝对不能给白发苍苍的老父亲心口上再插上一刀。

三天三夜，往事一幕幕在眼前晃过。苏蕙还是无法相信窦滔在欺骗自己。她无法想象几天前的水乳交融居然都是假的……苏蕙觉得这个世界太可怕，她需要时间疗伤，需要时间重新打量世道人心，需要时间说服自己……

三天三夜，仿佛一万年那么漫长。苏蕙看着镜中的自己失魂落魄，黄干黑瘦，仿佛苍老憔悴的老妇人，吓得捂上脸不敢看自己……

第四天清晨，天空中飘来一股奇异的香气，一队豪华车马停在了窦府门前。"一定是少爷回来了。"窦丁从门缝中窥见了少爷的影子，便说："少爷稍等，我去禀告。"说完就飞奔着去给苏蕙报喜。苏蕙的屋里没有任何动静。窦丁便又跑去询问苏道质，苏道质略一沉吟，说："不开。他若知错，一炷香之后再开。"苏桐听完父亲的话，提着宝剑站在屋外，一脸怒气。

窦丁把苏道质的话传给了少爷，少爷与赵阳台站在门前垂首恭立。起初，只有左邻右舍的人对着他们指指点点，不一会儿便里三层外三层地围观起来，嗡嗡声越来越大。窦丁一看情形不妙，便赶去给苏道质报信。苏道质告知苏蕙，苏蕙在里间说："单凭爹爹处置。女儿无心见人。"

苏道质以为女儿已经回心转意，说的不过是句气话，便让窦丁单请窦滔回话，其余人等一概不见。不一会儿，窦滔进来了，但身后却跟着一位打扮得极其艳丽的女子，苏道质一见，怒目相向，拂袖而去。苏桐拔出宝剑，拦在路中间，挡住了女子的去路。禾苗、窦丁等丫鬟仆役也躲在各自的房里不出来。

"妾身赵阳台拜见刺史大人。"赵阳台见状，对着苏道质的背影道了个万福，娇滴滴地说道。"窦滔一人来见我，其余闲杂人等速速离开。"苏道质丢下这句话，关上门不再搭理窦滔。

苏桐示威性地把剑逼近了赵阳台，赵阳台气得扭头就走，窦滔追上去说了几句话。赵阳台带着丫鬟仆妇气呼呼地走了，周围看热闹的人高声欢呼起来。窦滔很是气恼，苏蕙有那么好吗？一村子的人怎么都给她撑腰。窦滔知道今天这么一闹，他就被钉在了耻辱柱上。但他无法，赵阳台非要出此险招，要以生米做成熟饭来要挟苏蕙就范，谁知却遭此大辱。

窦滔一个人回身去拜见岳丈大人。苏道质心里的一块石头落了地。女儿有救了。如果，刚才窦滔跟着那个妖妇一起走了，那说明他小子鬼迷心窍，见异思迁，已经把结发妻子弃若敝屣了。窦滔没走，明摆着他心里还有苏蕙。再者，当兵打仗之人都是把脑袋提在手里的，他们知道活一天就要受活一天，哪会放着嘴边的天鹅肉不吃呢？

"岳父大人在上，请恕小婿无礼。"窦滔强压心头怒火，拜见苏道质。

"起来说话。"苏道质何等聪明之人，刚才已在人前羞辱了一番人家，给女儿挣足了面子，这会儿可要见好就收，故而言语温和了许多。

窦滔跪地不起，继续说道："岳父大人宽宏大量，不计前嫌，小婿无颜以对。"

"既知错就好。只是我不明白一事，你去流沙之前已和蕙儿山盟海誓，约定不离不弃。为何一到流沙就另结新欢呢？"苏道质故意大声问道，想让苏蕙在里间也能听见。

"岳父有所不知。古来流放之人，十有八九老死他乡。窦滔经历九死一生到了流沙，却被罚做苦力，睡牛棚，吃猪食，下的是骡马的苦力，稍有不慎，还要被衙役抽打。小婿痛不欲生，几次都要逃跑，可是想起三姑娘的嘱咐，只好忍辱负重，苟且偷生。后经赵阳台多方开脱搭救，我总算过上了人过的日子。加之管家常在我耳边说起三姑娘一味逞能，好出风头，经常在外抛头露面，惹得那帮纨绔子弟心神不宁，意欲不轨，气得爷爷病了许久。还有那更难听的，说是三姑娘出嫁前，就勾引朝中命官，我莫名其妙吃官司，也是有人盼我早死，好让三姑娘改嫁。我近日查明真相，知是管家嫌苏蕙当家之后，他没有了管账做手脚的机会，故而出言诽谤。岳父大人，女婿有罪，我不该听信小人谗言，我已经把那阴险毒辣的管家赶了出去。求岳父饶恕我这一回。话说回来，若是没有赵阳台搭救，您老人家今日恐怕也就见不到女婿了。我们一起流放之人大都死在了流沙，我算命好，侥幸活了下来。"窦滔说得声泪俱下。

"贤婿受苦了！快快请起！"苏道质听罢，不觉动了恻隐之心。

"岳父大人。女婿知错了。三姑娘如不原谅我，我不起来。"窦滔跪地不起。

"蕙儿。"苏道质高声叫道。

"你起来吧!"苏蕙不知道什么时候已打开了门,颤巍巍地说道。那声音虚虚飘飘。大家循声望去,禾苗扶着苏蕙像扶着一个绝望的溺水者,站在屋檐下。

"三姑娘怎么成了这副模样?"窦滔上前一步,扶起面无人色的苏蕙道。

"三姑娘一连三日不吃不喝……"禾苗说着哭了起来。

"快给三姑娘熬一碗粥来。"窦滔把苏蕙抱上床,感觉轻飘飘的,像抱着一床薄被子,心疼得直掉眼泪。苏蕙伸出手为她擦眼泪,那手滚烫如烙铁。"不好!三姑娘病了,快请郎中。快请郎中。"窦滔大喊起来。

"是。"窦丁和苏桐大声应道。

"三姑娘,你别吓我。你喝点水。"禾苗扑倒在苏蕙跟前,哭着喂她喝水。

"蕙儿,你要挺住。"苏道质也在一旁急得喊起来。苏道质本来刚才都已经原谅了窦滔,如今见女儿命悬一线,不由得又恨起窦滔来。

"窦滔,我家蕙儿要是有个三长两短,拿你是问。"苏道质指着窦滔狠狠地说。

"三姑娘命真苦呀!"禾苗本来就对窦滔有气,但是碍于奴婢的身份,不敢说什么过头的话,如今见窦滔领着赵阳台上门来挑衅,三姑娘又病倒了这步田地,不由得抱怨起来。

"爹爹,女儿命苦,你老别动气。"苏蕙虚弱地说完就闭上了眼睛。

"三姑娘,窦滔有罪。"窦滔抱着苏蕙一个劲地讨饶。

"郎中来了。"窦丁和苏桐领着村里的郎中边跑边喊。

"大家退出来,让郎中号脉。"苏道质命道。众人退了出来,只留下禾苗在里间伺候。

"三姑娘这是急火攻心,加之劳累过度,饮食失调所致。眼下最为凶险,我开一方药剂,三姑娘服下,如果明晨烧退则不妨事,如高烧依旧,恐怕要另请高明了。"郎中号完脉,对窦滔和苏道质如是说。

窦滔送走郎中，派人去抓药。"蕙儿此次病得凶险，不可不防。你们夜里不许合眼，一定要小心侍候。"苏道质对禾苗和窦丁反复叮嘱道。

"岳父大人放心，我今夜照顾三姑娘。"窦滔说道。

"我在外屋，老爷放心吧！"禾苗低声说道。

"要勤给三姑娘敷湿毛巾，喝水。夜里要警醒一些。"苏道质吩咐完，觉得支持不住，窦丁和苏桐赶紧送他回房休息。

作孽呀！都怪自己做错事，让一个老人担惊受怕，让一家子人不得安生。窦滔深感后悔。

苏蕙服了药，症状并未减轻。夜里，苏蕙浑身滚烫，胡话连篇，不停地喊着"窦滔，窦滔"。窦滔答应着，她醒来看了窦滔几眼又昏厥过去。窦滔和禾苗守着苏蕙，不时地给她换毛巾，擦手脚，一夜没有合眼。

天不亮，苏道质就起身过来询问女儿病情。他一摸苏蕙的额头还是滚烫似火，没有丝毫减弱的迹象，便和窦滔商议再去请其他郎中。窦滔此时已经悔恨不堪，一切全凭岳父做主。苏道质便命窦丁和苏桐带着几个下人分头去请郎中。

天刚大亮，几个郎中陆续到达。大家轮番号脉，出来都摇头叹息，推辞说能耐有限。就在大家一筹莫展之际，窦丁通报说太医求见。苏道质心头一喜，亲自跑出大门迎接。太医进得门来说是姚兴将军闻听苏蕙才女有恙，恳求天王，天王恩准，特意派他来救治。窦滔闻听脸色一变，又不好发作。太医顾不上寒暄，便要见病人。苏道质看见窦滔脸有愠色，但也顾不得那么多，急忙领太医去给苏蕙诊治。

太医摸过病人额头，细细把脉之后，先用银针给苏蕙十个指点放血，然后在内关等处扎针，最后，开了药方，叮嘱不要让病人见任何男子，不能再受刺激就走了。

说来也怪，苏蕙服了太医的药物烧渐渐退了，不过浑身乏力，躺了月余方能下床行走。这时候，窦滔早已带着赵阳台赴任襄阳了。

三十六
仙人掌

游冠勇陪同白玉隐和雒青梅自天水采风回来之后,身体不适,今天一直没有露面。白玉隐和雒青梅便在宾馆阅读游冠勇整理的资料。

早上,小叶子又来找白玉隐玩。说来也怪,白玉隐自从上次见到那张黑白照片之后,不再拒绝小叶子叫自己妈妈了。现在,她已经习惯身边有个小孩子了。

"我们去看看游伯伯吧!"小叶子的话说到了大人的心上。

买好水果,三人坐着三轮蹦蹦车穿过大街小巷去看望游冠勇。蹦蹦车这名字起得好玩,乡间的小道像鸡肠子似的又细又长,不适合汽车通行,蹦蹦车在城里显得土里土气,到了田间地头却如鱼得水,跑得欢实,就像小叶子一样蹦蹦跳跳。

游冠勇老家的小洋楼在村子里并不起眼,但绝对是超级干净整洁。游冠勇的妻子,也就是白玉隐所谓的"大红薯",对她们的到来没有显示出一点意外,仿佛早就算准了她们会来。游冠勇躺在床上起不了身,他有腰椎间盘突出症,劳累过度就会发作。也许照顾病人太过劳累,"大红薯"的脸庞似乎更黑更红了。"大红薯"骨架子大,脸上并没有多少肉,眉眼也挺耐看,话语不多,但是游冠勇只要一个眼神,她就能正确无误地理解丈夫的意图。虽然如此,这两个人依然让白玉隐感觉别扭,似乎他们不是一个世界里的人。游冠勇就像那笔直端正的钻天杨,即便躺下,依然有玉树临风的美感。"大红薯"就像路边的茅草,毫不起眼,实在让人没兴趣多看她几眼。

白玉隐意识到自己有些失礼,便询问起游冠勇的病情。游冠勇挣扎着要坐起来,"大红薯"像抱婴儿一样把他抱起来靠在被子上。游冠勇头上滚出了豆大的汗珠。"大红薯"赶忙又把他抱着平放在床上。白玉隐和雒青梅没有想到游冠勇病得如此之重,她们有些愧疚,觉得不该让游冠勇陪同她们去天水,更不应该去爬山,去登织锦台……

"大红薯"倒完茶就退出去了。游冠勇唯一的女儿大学毕业之后留在了上海,家里只有他们夫妇二人。游冠勇大多数时候住在县城里,只有病了才回到老家。人们把这种男人在城里工作,女人在家务农的家庭叫"一头沉"。

小叶子喜欢鸡鸭,这会儿正在院子里喂鸡。有人来找"大红薯"帮忙经布,"大红薯"答应着走了。

游冠勇说:"我们俩看着不像一对儿。"

"这可是你自己说的。不过你们俩不像夫妇,倒像主仆。"雒青梅调皮地说。

"人不可貌相。糟糠之妻不下堂。嫂子一定有自己的能耐。"白玉隐揶揄道。

"我年轻的时候,做过许多荒唐事。我原来以为夫妇两个要琴瑟和鸣,要郎才女貌,要志同道合。不瞒你说,我曾经和我爱的、同样也追求我的城市知识女性相恋过,对她和孩子不闻不问。但是,到最后,我才明白谁是与我共度一生的人。到现在,她都不愿意和我进城。她说她就住老家,我什么时候老了,就回老家来,她做饭给我吃。她一直就这么守在老家。"游冠勇说着,示意白玉隐拿起床边的一封破破烂烂的信。

"帮我念一遍。"游冠勇请求道。

每一株仙人掌都有一颗温暖的心。珍珠,饱经了砂石的折磨,却用自己的泪水紧紧包裹住苦难,用血肉之躯磨砺出一颗又大又圆又亮的晶体。——只有经历了苦难的磨炼,才能成就美好。

"乌台诗案"之后,苏轼以戴罪之身来到了黄州。原来日复一日的应酬,连篇累牍的唱和,曾经风光无限的世界已在身边轰然消失,"平生亲友，无一字见及，有书与之亦不答"。一代名人从此混迹于樵夫渔民之间不被人认识，更无人重视，只能在寂寞中惶恐，在惶恐中煎熬。更有甚者，遭受诬陷却无法洗刷，无处辩解，更不知如何去抗争，其内心的痛苦可想而知。

这个时期，对于苏轼来说，除了苦难，还是苦难。可苦难是所大学校。正是这无尽的苦难使他脱胎换骨，从天真走向了成熟。难言的孤独，无边的凄冷，使他彻底洗去了人生的喧闹，转而去寻找无言的山水、远逝的古人，以此作为对苦难的挣扎和斗争。苦难，使苏东坡经历了磨炼与考验，使他的艺术才情得到了一次蒸馏和升华。他从苦难之中劫后余生，进而孕育了《念奴娇赤壁怀古》和前后《赤壁赋》等千古绝唱，成就了他在诗文史上的一代辉煌。是黄州成全了他，是苦难成就了他，是和苦难的顽强抗争成就了他的辉煌。

有一种鸟在大限到来之时集梧桐枝自焚，在烈火中得以新生。而新生后，其羽更丰，其音更清，其神更髓，是曰凤凰。凤凰拥有美丽的外表，殊不知这是因为她饱经了磨难，在熊熊烈火之中燃烧自己，升华自己，从而获得了新生，这就是"凤凰涅槃"。熊熊烈火烧不毁她坚定的意志，反倒成就了她的美丽。

一直很崇敬那些苦行僧。一套简单的僧衣，一颗真诚的心，面对苦难，迎着苦难，始终不渝地追求着自己的信仰。用步行的方式，以雪水、野草为食物，不顾风吹雨打日晒，虔诚地一步一步匍匐前行，向着心中的目标前进。纵然山高水深，荆棘遍野，步履艰难，伤痕累累，却从无畏惧之心、退缩之意，义无反顾地、一步一个脚印地前进，将一切艰难险阻踩在脚下。他们说：人生如逆旅，我亦是行人。在饱经了磨难之后，他们最终到达了心灵的彼岸。苦难，是苦难成就了他们的信仰。

……

白玉隐柔声读完。游冠勇听着眼泪滚落了下来："当年，她就是和我读完这篇文章之后，撒娇说她要吃夜宵，我就是在深夜出去买馄饨的时候被大卡车撞倒的。她吓坏了，只知道哭，我让她给我妻子打个电话就走，她真的就走了，她说她不会照顾病人，也害怕见到我的妻子。我从此再也没有见过她。其实，为了躲避我的妻子，我们隐姓埋名私奔了一年多，我拿走了家里所有的存款，我以为我找到了真爱，我们可以靠着爱情和诗歌活下去，却没有想到一碗馄饨，一场车祸就让幸福现了原形。"游冠勇说着咳嗽了几声。

"我给你做馄饨吃，只要你不躲着我就行。"小叶子不知道从什么地方冒了出来，学着"大红薯"的样子高声说道。

"瞧，我们俩的事儿乡亲们人人皆知。妻子借钱给我治病，把我从医院接回来的时候，我就是像今天这样子动不了。她见了乡亲们没有哭泣，反倒高兴地说了这么一句话。"游冠勇说着眼泪再一次滑落。

"这话不像是妻子说的，倒像是老娘的口气。"雏青梅没心没肺地打趣道。

"她说，只要能看见我，她做什么都行。"游冠勇感慨地说。

"新娘子，难怪人们把新媳妇叫新娘，原来，这个女人将要代替老娘照顾他的儿子。时间一久，可不就成了包容男人的旧娘、老娘了。"雏青梅醒悟道。

"我妻子其实是真正的文艺女青年。她说她不懂爱情，但她爱我，也感谢所有爱过我的女人。因为，有些东西她给不了我。她现在天天晚上给我读情书，她说那些都是她想要说，但又说不出口的话。"游冠勇动情地说道，顺手拿起身边的花手绢擦起了眼泪。

"仙人掌也有一颗柔软的心。这土里土气的花手绢多像那些平凡的女人，生活再艰难，也阻止不了她们对爱情的向往。"雏青梅接过花手绢幽幽地说。

三十七
失乐园

青梅成了单身狗之后，下班了就靠电视、电脑、手机打发时间。

现在她是一个失恋者网站——失乐园的常客。这家网站实名注册，对会员要求很高，非博士、硕士莫入。

网站允许会员使用昵称，但青梅坐不改姓，行不更名，依然使用自己的真实名字。

青梅的失恋故事已经吐槽完毕，网友们的遭遇更是千奇百怪。

同是天涯沦落人，相逢何必曾相识。

青梅大致讲了今天在游冠勇家的所见所闻，立即就有人跟进说："这是真实的，还是杜撰的？"

"亲眼所见，亲耳所问，如假包换。"青梅信誓旦旦地回复道。

"是我不懂爱，还是爱情太深奥。"

"仙人掌的爱情不是深奥，而是太简单。因为爱你，所以爱你的一切，包括你的变心。"

"变了心还叫爱吗？"

"变了的一方认为爱已是'明日黄花'，没变的一方以为爱是一生一世。我爱你，与你无关。"

"我的心很小，你搬进来以后，就再也挤不进来别人。就算你走了，你的味道还在。"

有人打开音乐，播放《味道》：

> 今天晚上的星星很少
>
> 不知道它们跑哪去了

赤裸裸的天空

　　星星多寂寥

　　我以为伤心可以很少

　　我以为我能过得很好

　　谁知道一想你

　　思念苦无药

　　……

　　我想念你的吻

　　和手指淡淡烟草味道

　　记忆中曾被爱的味道

白玉隐不知道什么时候过来了，陪着雒青梅一起唱完了这首歌。一曲唱罢，马上有人点开了另一曲《爱一个人真的好累》：

　　相思的苦总在夜里作祟

　　你让我哭让我为你沉醉

　　你让我为你变得好憔悴

　　想一个人真的好累

　　寂寞的愁填满整个心扉

　　……

这些都是雒青梅失恋后，天天伴着她入眠的歌曲。今天，雒青梅和白玉隐一起唱着这些歌曲，眼睛都湿润了。不知道谁又播放出一曲男女对唱的《其实我真的好爱你》：

　　女：

　　人海茫茫让我遇见你

　　那是上天给我的情意

　　不知不觉喜欢上你

　　总想天天和你在一起

　　男：

　　茫茫的网海我是一条鱼

> 情不自禁游进了情海里
> 情海无边泛起涟漪
> 迷茫之中迷失了我自己
> ……
> 女:
> 让我爱上你真的不容易
> 飞蛾扑火不顾我自己
> 男:
> 真的好爱你天天陪着你
> 我要把你好好地珍惜
> 女:
> 让我爱上你真的不容易
> 丢掉了世俗和你在一起
> 男:
> 所以我爱你不让你委屈
> 今生今世我们不分离
> ……

这首歌的男声太像竹马了,雒青梅听着仿佛就像竹马在和自己对唱。其实,外出游玩,唱歌的事情在他们同居以后,真的很少了。

> 你以为一切都是没选好
> 得到的和想要的对不上号
> 你以为时间可以重来
> 换个人当主角
> 爱情就会天荒地老
>
> 你不知世界上谁对你好
> 为了你她可以什么都不要
> 不管你混得好不好

是否给她荣耀

　　她都愿意为你操劳

　　陪你到老

　　《有个爱你的人不容易》是电影《夏洛特烦恼》的主题曲。竹马就是在看完这场电影后不久出国的。出国后，两个人的联系越来越少，恋情无疾而终，就等于是分手了。那英的声音天然中带着一丝苍凉，越听越有味道，真的唱出了雒青梅的心声。

　　有个爱你的人不容易

　　你怎能如此伤她的心

　　她惦记的深爱的唯一的你

　　还不趁现在好好努力

　　有个爱你的人不容易

　　你为何不去好好珍惜

　　……

　　你以为时间可以重来

　　换个人当主角

　　爱情就会天荒地老

　　……

　　雒青梅听完之后，眼泪越来越多，忍不住捂着脸抽泣起来。白玉隐搂着她的肩膀，哄她。

　　一个叫夏奈尔19号的网友邀请青梅私下里网聊。青梅看着对方递来的手绢图片，没有任何反应。

　　时光飞逝，转眼间快到谷雨了，白玉隐和雒青梅已经来了一个多月。谷雨是播种移苗、埯瓜点豆的最佳时节。"清明断雪，谷雨断霜"，作为春季最后一个节气，谷雨节气的到来意味着寒潮天气基本结束，气温回升加快，大大有利于谷类农作物的生长。同时，也说明白玉隐她们可以开始在织锦台织造《璇玑图》了。有关部门已经安排人员特意为她们找来了古老的绣架，准备好了所需物品，只等过了谷雨就开工。

游冠勇今天心情很好,他的病好多了,可以拄着拐到处走动了。早上一见白玉隐的面,他就吟了一首唐诗——谷雨洗纤素,裁为白牡丹。异香开玉合,轻粉泥银盘。晓贮露华湿,宵倾月魄寒。佳人淡妆罢,无语倚朱栏。

游冠勇吟罢,见白玉隐坐在窗前,手托香腮,凝眸远望的样子,真的就像是从唐诗宋词里走出来的绝代佳人。忍不住又吟了一首王贞白的《芍药》——芍药承春宠,何曾羡牡丹。麦秋能几日,谷雨只微寒。妒态风频起,娇妆露欲残。芙蓉浣纱伴,长恨隔波澜。白玉隐还是不理他。

"我今天想起来小时候奶奶常说的另一首歌谣:"七丈地,八丈宽,中间坐个女郎官。脚一踏,手一扳,十二个环环都动弹。你猜这是干啥。"游冠勇继续逗白玉隐说话。

雒青梅走过来,摇头叹息道:"你说的还不就是织布嘛!酸,你真是一个书呆子,你没有看见姐姐正在伤心。"一经提醒,游冠勇这才意识到白玉隐今天真的神色不对。他慌忙安慰了几句,便手足无措地站在一旁不知道说什么好了。

白玉隐昨晚接到了前夫的电话,要求她把织造的《璇玑图》的技术转让给他。白玉隐不答应,前夫便与她争吵了起来。游冠勇是无辜的,白玉隐意识到自己失态了,赶紧招呼雒青梅出门。

今天,他们要去小叶子爸爸的工厂——苏蕙手织布加工厂参观。加工厂采用的是"农户"+"工厂"的模式,今天,有三个村子要来厂里交布。手织布布质绵韧、手感柔润、图案别致、自然和谐、细密平整、纹理清晰、吸汗保暖、环保健康,加之耐磨耐洗,现在越来越受到人们的欢迎。

白玉隐和雒青梅见有记者采访交布的女人,便凑了过去。

"你以前是干什么的?为什么要织布呢?"记者问道。

"我以前在外打工,照顾不上家里,孩子没有人管。后来怕把孩子学习荒废了就回来专门照管孩子。孩子一上了学,我没事就打麻将,今日输了,明日赢了,把钱都糟蹋完了,两口子蛮打捶闹仗。现在好了,有了这织布机，把人拴住了，我一年能挣几千块钱呢。我织手织布已有六七年了，算是改过自新，勤劳致富的带头人了，现在在家里在村里说话也有底气了。"一位四十多岁的村妇开心地告诉记者。

"可别小看这手织布，它给我们村子开创了一条致富路。村里的手织布产业一年可为村民带来收入四百多万元。这一切可都多亏了我们的秦社长呢！"另一个村妇乐呵呵地说道。

"秦社长，请你谈谈手织布发展壮大的过程。"记者追问道。

"社长忙着呢，我来告诉你。1990年以前，我们村里人均年收入不到一千元。2000年，随着新农村建设的开展，我们村开始发展手织布产业。我们村发展这一产业有优势呀，我们的先祖后稷'教民稼穑'，家家户户都过着'男耕女织'的日子，我们武功很早就开始兴起手织布了，后来传遍了关中地区。东晋时期，武功才女苏蕙娘娘织出的回文璇玑图流芳千古，给我们武功人挣足了面子，至今我们这一带嫁女子都要送花手帕，那其实就是璇玑图的翻版。苏蕙娘娘的纺织手艺代代相传，我们武功人自古就有织布的传统，炕上铺的盖的，身上穿的戴的，几乎都是自家织的土布。"一个自称为社长助理的男子自告奋勇地回答道。

"开始的时候，大家的积极性都不高，说是现在流行机器织布，土织布没有人稀罕。再说了一台织布机要五百多元，还要自己买线，还要贴赔工夫钱。这布万一卖不出去，可就赔大了。后来社长多方联系销路，政府又出台了扶贫优惠政策，一台机器补助二百元，并号召我们党员干部示范先行，这才扭转了不利局面。"另一名村干部补充道。

"纠正一下，我们的布叫手织布，不叫土织布。这可是省上领导给起的名字。有一年，省上领导到我们村来视察指导工作，非常看好我们织的布，要求我们抓好质量，维护好农户利益，把这个产业做大做强。省上领导回去一宣传，其他领导也来我们村视察，有人说'土织布'的叫法不利于外销，建议改为'手织布'。一字之改，改出了手织布的大出路、大收益。近年来，我们村手织布产业规模逐步扩大，发展到拥有织布机四百余台，村上成立了合作社，几乎每家都是社员。其他村子眼红了，也都开始织布了。武功县目前从事手织布产业的农户大约有好几万户，每年手织布可为农民增加收入5亿余元。我们村，不，我们武功县的手织布已经销往西安、北京、上海还有外国去了，村民去年人均纯收入已经过了万元。你看，我们这些巧媳妇织的这些带着'梅花''灯笼花''红双喜'图案的手织布多好看。"

"多亏了党的好政策！我们农民才有好日子过。"

"我们织出了一条奔向富裕安康的五彩大道。"

"我有了营生干，娃他爸一有空就来帮我架线缠线，我两口子再也不吵架了。"

……

村民们七嘴八舌地抢着回答。

记者追着秦社长不放，白玉隐第一次认真地打量着这位传说中的商海风云人物，也就是扶贫带头人、苏蕙手织布合作社社长秦伟琪——小叶子的爸爸。他很沉着地告诉记者："武功才女苏蕙织出的回文诗锦帕流芳千古，在历史上写下了光辉灿烂的一页。以她的名字为手织布命名是我们武功人纪念才女的最好方式。这一品牌有丰富的文化内涵，也非常符合绿色环保健康的时尚消费潮流，所以很快得到了全国各地和海外顾客们的认可和喜爱。我想苏蕙如果再世，她也会为家乡这群勤劳善良的织女们祈福的。"

三十八
设私塾

君无戏言。苻坚没有忘记在秦州答应苏蕙的三件事。尤其是最后一件开办学堂，这很合他的心思——本王要天下所有百姓都会读书识字，本王要大秦之地处处书声琅琅，本王要大秦国人才济济。就这样，一座座私塾如雨后春笋般冒了出来。

从这一点上来说,苻坚绝对是一代明君。他在王猛过世后,闭门思过,采取了一系列安国利民的政策,还在姚兴、苏蕙等人的建议之下广施仁政,扩大儒学教育,使国家又出现了欣欣向荣的景象。

话说那天姚兴派太医救苏蕙,引发了窦滔与苏蕙的矛盾,看似巧合,实乃事出有因。那天姚兴退朝之后,听说窦滔家中出现变故,连夜请求苻坚派太医赶往窦滔家中为苏蕙治病。姚兴关心苏蕙是一方面,另外一方面是要把窦滔从苏蕙身旁支走。姚兴看到苻坚失去王猛之后,大有倚重窦滔之意。如果苏蕙与窦滔和好,俩人齐心协力,保卫大秦江山,将来哪有自己的出头之日?苻融以前与姚兴多次争抢苏蕙不成,心中不满,但那次在秦州见识了苏蕙的才华,对苏蕙佩服得五体投地,不再有非分之想。可是,姚兴恰恰相反,他对苏蕙的爱慕之情却与日俱增。

苏蕙病好之后,姚兴又派人邀请苏蕙在家乡建立私塾,教授子弟。苏蕙以自己是女子不便抛头露面为由推辞。姚兴又在苻坚面前夸奖苏蕙有班昭之才,请苻坚下旨,让苏蕙以汉代马融为例,悬挂幕帘授课,学生只闻其声不见其人,这样便不会有男女授受不亲之嫌了。马融曾在绛帐讲学,众人皆知。苏蕙推辞不过,只得答应下来。

苏蕙奉旨讲学在四里八乡传开后,人们纷纷把子弟送来就读。苏蕙原本在自家花园授课,后来不得不扩大场地,将私塾设在了窦氏宗祠。

一日苏蕙讲学时,看见窗外有个孩子,一问原来是个五六岁的放羊娃。这孩子虽然穿得破破烂烂,见了苏蕙却不躲闪,旁人说这就是窦三娘的孩子,叫茧儿。窦婆婆去世后,茧儿就成了孤儿,东家一顿,西家一顿地长大了。苏蕙可怜茧儿,又见这孩子心地纯良,天资聪颖,便给窦滔修书一封说了收养茧儿事。又与父亲、族长和禾苗等家人商量了一番,请村里人做了见证,收养了茧儿。从此以后,苏蕙讲学天天带着茧儿,一有空就教他读书写字。

起初,苏蕙只是教蒙童,孩子的父母们听孩子说苏蕙授课有趣,也想来听,但碍于礼数,不好登门求教。于是苏蕙上午教孩子们,下午教妇人们，傍晚为儒生们讲学。

傍晚时分，姚兴经常来观课，虽然以师生之礼对待苏蕙，但有时候故意提些刁钻的问题，苏蕙无可奈何，只得勉强解答。

苏蕙本是奉命行事，只想尽心尽力教乡民识字明理，但是姚兴常常不期而至，与她探讨学问，惹得那些文人学士议论纷纷。苏蕙为了避嫌，根本不搭理姚兴。可姚兴不在乎，照样想来就来，大家也就慢慢见怪不怪了。不过，平心而论，姚兴的许多见解非常独特，苏蕙有时候无力招架，不得不回家细细思量之后方能作答。

时间久了，苏蕙渐渐习惯了讲学，但她依然不愿意与姚兴一起探讨学问。姚兴一来，众人识趣地退下，唯有茧儿不走。偌大的学堂，只有他们三人。好在，还有一层帘幕相隔，要不然苏蕙真不知道自己的手脚该放在哪里。这时候，苏蕙本能地要躲避，也想转身走开，却被姚兴恩威并施地强行拦住。"怕什么，在窦家的祠堂里，我不会做什么出格的事情。你只要乖乖坐下陪我说话就可以了，否则一村老小性命难保，说不准谁家的草屋今夜就被烧着了，谁家的闺女就被人掳走了。"苏蕙无奈，只好忍气吞声，让茧儿陪着自己。禾苗一看见姚兴来了，就专门站在门外，给苏蕙壮胆。有茧儿和禾苗陪伴，量姚兴那厮也不敢胡来，苏蕙的心情渐渐平复了，说话也自如了许多。

苏蕙不得不承认，姚兴是个好学生。昨天他们刚谈过蔡文姬，今天姚兴就搜罗了一首《木兰辞》献给苏蕙。"唧唧复唧唧，木兰当户织。不闻机杼声，惟闻女叹息。问女何所思，问女何所忆。女亦无所思，女亦无所忆。昨夜见军帖，可汗大点兵，军书十二卷，卷卷有爷名。阿爷无大儿，木兰无长兄，愿为市鞍马，从此替爷征……"苏蕙读得忘情。姚兴在一旁鼓动说："看吧。你们绣女里面也有巾帼英雄。你满腹诗书，请你出来教授几个蒙童，居然叫人费了那么多口舌。"

"谁知道是真是假。你从哪里找来这些东西哄骗我，欺侮我们妇道人家。"苏蕙正色道。

"三姑娘此言差矣！冤枉了我的一片苦心。"姚兴委屈地说道。

苏蕙晚上回去整理书稿时，心里还在想这个问题。她把花木兰替父从军的故事讲给了禾苗和下人们听，他们也说有可能，官家的税赋那么重，花木兰女扮男装替父从军也是迫不得已。

听了这话，苏蕙觉得自己真的冤枉了姚兴，准备找机会给他致歉。谁知姚兴第二天见了她又问她如何看待当今士大夫的清谈。苏蕙不那么拘谨了，坦然自若地说："清谈固然玄妙，语多机锋，但终究气度不足，我夜读《史记》《大风歌》，无不为之折服，由衷地叹其宏伟与博大。"

"精彩！三姑娘真不愧是人中之凤。眼下国家四分五裂，人心不稳，我又抄录了《孔雀东南飞》，姑娘可以读读。"姚兴鼓掌赞叹道。

苏蕙脸红了，她觉得自己说得太多了，不敢接姚兴递过来的诗稿。茧儿大大方方接了过来，恭恭敬敬地转交给娘亲。苏蕙搂着茧儿坐下。

"三姑娘聪慧过人。可否谈谈眼下时局。"姚兴话题一转。

苏蕙不温不火道："苏蕙乃妇道人家，哪敢妄谈国事。倒是姚大将军，出入朝廷，自有高见吧！"

"秀才不出门便知天下事。诸葛亮隐居隆中，躬耕于南阳，依然腹有天下三分之大计。眼下表面虽然太平，但人人暗藏心事。三姑娘难道看不出来？"姚兴故意拿话激苏蕙。

"将军高估我一村妇。对于国家大事，村妇实在无可奉告。"苏蕙立即把他的话挡了回去。

"当局者迷旁观者清。不久的将来天下将会发生一件大事。等到我……"姚兴说着突然揭开帘子，做了一个帝王上朝的动作。

苏蕙一惊。心想此人要谋反，难怪王猛临终之前，一定要苻坚注意这些手握重兵的贵族。

姚兴看到苏蕙惊讶得张大了嘴巴，赶紧转换话题说："三姑娘是明智之人。窦滔果然是有福却不知惜福，放着家中如花似玉，聪明盖世的娘子不要，却把那千人骑万人压的婊子当宝贝，真是惹天下人耻笑。"

苏蕙已经多年没有接到过窦滔的一封信和一个钱了，要不是讲学和养蚕，一大家子的吃喝早都成了问题。这些人人皆知，苏蕙也不想隐瞒，所以她故意说:"这都是命。我心甘情愿。"

"你……你心甘情愿。我也心甘情愿。"姚兴悻悻然说道。

"与你何干。"苏蕙反唇相讥道。

"我心甘情愿。"姚兴学着苏蕙刚才说话的口气说完,不等苏蕙回答,转身就走。

"汉人的臭规矩太多。天下的女人多了去,将军要是喜欢,小的今夜给你弄几个黄花大姑娘……"姚兴手下的一个小将话没说完,脸上就挨了一记耳光。

"小的不敢了,将军饶命!"那人赶紧爬倒磕头求饶。

"我心甘情愿。看谁敢多嘴。"姚兴气狠狠地说道。

苏蕙呆呆地坐了半天,没有说话。姚兴曾经说:"女人与女人不一样,有些女人千媚百娇如歌姬,是让男人玩弄宠幸的;有的女人吃苦耐劳如奴婢,是为了照顾帮助男人的;有的女人才貌双全如苏蕙,是让男人倾慕和思念的。"苏蕙想起这话面红耳赤,赶快把脸捂住。

夜里,苏蕙想起窦滔,不由得又伤心起来,她暗自责问:窦滔呀窦滔,你怎么让为妻如此作难?

第二天,苏蕙病了,她叫人捎话给乡亲们,学堂另聘名师。

姚兴派人送来书信和礼物,苏蕙不打开,也不回信。

姚兴天天派人送东西。

苏蕙日日为窦滔写诗。

三十九
迎婿日

大年初二,关中风俗,祭财神,回娘家。这一天汉族民间出嫁的女儿要回娘家拜年，夫婿同行，故而俗称迎婿日。回家时，女儿要携带礼品和红包，名为带手或伴手，分给娘家的小孩，并且在娘家吃午饭。

　　大年初二回娘家的习俗，给人们提供了一个聚会的机会，让许久未见的姊妹们得以叙叙旧情，话话家常。但是，苏蕙很害怕这个节日。刚成婚时，窦滔带兵打仗，父母亲去了任所，苏蕙没有娘家可回。流落秦州时，山高路远，生活艰难，苏蕙想回娘家但回不去。如今自己身份尴尬，孤身一人回去看望父亲，父亲肯定心里不好受。不回去吧，两个姐姐远嫁他乡，只有自己离得最近，于情于理都说不过去。回，说什么也得回去。苏蕙主意已定。

　　这天，苏蕙偕茧儿和禾苗乘一顶软桥，早早上了路。没想到勤快的人不少，大路上全是出嫁的女儿带着郎君和儿女回娘家拜年。看着人家夫妇和和美美，孩子聪明懂事，苏蕙心里不好受。禾苗故意说些有趣的话，给三姑娘岔心慌。其实，何止是苏蕙，就连禾苗也觉得日子熬煎。以前，在秦州时，日子艰难，但人心里有个盼头。如今，姑爷把三姑娘撂在老家不闻不问，三姑娘跟守活寡一样，自己也没有了指望。姑娘的贴身丫鬟最好的结局就是被姑爷收房，做个小妾，好歹也算半个主子。要么就是配个小厮，一辈子侍候姑娘。最不济就是年岁大了，手脚不灵活了，当个管家婆也好，总不能一辈子跑腿烧饭。

　　主仆二人闷闷不乐，茧儿乖巧，不时和两个大人说说话。突然，轿子停了。苏蕙和禾苗正待询问轿夫，却见姚兴嬉笑着揭开帘子，苏蕙吓得抱住茧儿直往角落里躲。姚兴一把抓开茧儿丢给禾苗，两个轿夫吓得磕头如捣蒜。

　　"别怕，本将军只是和三姑娘说两句话，你们一边等候。"姚兴摆摆手，赶走了轿夫、茧儿和禾苗。

　　苏蕙一看无处可躲，干脆冷冷地看着姚兴。

　　"新春团圆，普天同庆。在下给三姑娘拜年啦！"姚兴笑嘻嘻地说道，一股酒气扑面而来。看来，他今天喝了过量的酒，举止轻狂，不似平日文质彬彬。苏蕙不搭理，他也不生气，坐在轿沿边，打算和苏蕙促膝长谈。

过路的老百姓，一看是胡人的兵马，吓得远远地绕道而行。苏蕙只好开口说："将军新年吉祥！有话快讲，不要惊扰百姓为好。"

"三姑娘好狠心。为何不回信。我还以为你是铁石心肠，既然知道为那不相干的贱民着想，为何独独不替本将军考虑考虑。"姚兴忧伤地说道。

"使君一何愚！使君自有妇，罗敷自有夫。"苏蕙正色道。

"你那如意郎君这时候左拥右抱，才不稀罕你为他守节。"姚兴恶毒地说。

苏蕙正待还击，姚兴又说："别拿'我愿意'自欺欺人。我来问你，我哪点不如那个白眼狼。你不就是嫌我是个羌人嘛？"

"羌人随意杀戮我汉人，手段狠毒，是汉人者，都不会忘此深仇大恨。"苏蕙顺势说道。

"狭隘。本以为三姑娘心胸宽广，看来我错了。氐族建国不用武力行吗？汉人为了争夺权力，不也祸起萧墙，骨肉相残，血流成河吗？"姚兴质问道。

"那是我们自己的事情，用不着外人说三道四。"苏蕙不客气地回敬。

"狡辩，你们的天子只顾自己享乐。哪里把百姓的生死放在眼里。你放眼看去，在我大秦治下，百姓夜不闭户，路不拾遗，生活富足安乐，一片太平盛世的景象。"姚兴炫耀道。

"好了，你说的都对，可以让我走了吗？"苏蕙不想和他说什么了，只想快点回到娘家，免得老父亲挂念。

"我刚才说明了第一个来意，我想说的第二句话是，你和我才是同祖同宗。"姚兴慢悠悠地说道。

"一派胡言。"苏蕙愤怒地打断了姚兴的话头。

"苏武留胡节不辱，雪地又冰天，苦守十九年。渴饮雪，饥吞毡，牧羊北海边。心存汉社稷，旄落犹未还。历尽难中难，心如铁石坚。夜坐塞上，时听笳声入耳痛心酸。转眼北风吹，群雁汉关飞。白发娘，盼儿归，红妆守空帏。三更同入梦，两地谁梦谁？任海枯石烂，大节总不亏。宁叫匈奴，惊心碎胆，共服汉德威。"姚兴旁若无人地唱完了《苏武牧羊》，回过头来看见苏蕙脸上神色凄然，便说："身为苏武的传人，你知道苏武的二夫人是谁吗？"

苏蕙从小就听父亲说过——苏武祖爷爷是一位大英雄，他在四十岁的时候奉命出使匈奴，想不到这一去，竟过了十九年，只能被迫在匈奴娶妻生子。后来回到了故乡，皇帝因他劳苦功高给了他丰厚的赏赐。祖爷爷是苏家人的骄傲，村里专门为他建了一座清凉寺，逢年过节，全村的老少都去寺里磕头。父亲一直以自己是苏武的后人而自豪。虽然有些事情苏蕙不清楚，但她还是要硬撑着说："当然知道。"

"苏武回家后，已经物是人非，家里只有儿子。那么苏武的妻子是死了还是改嫁了呢？"姚兴故意追问苏蕙道。

苏蕙没有回答。天知道他葫芦里卖的什么药。

"告诉你吧，苏武一共有两位妻子，一位是在汉朝娶的，另一位是他在匈奴娶的云朵居次（公主）。据说云朵居次是位大美人。可惜一朵鲜花插在牛粪上，胡人的公主嫁给了汉人的糟老头，糟老头临走时，云朵为了不给糟老头戴绿帽子自刎身亡。"姚兴惋惜地说道。

"戏文里说了，那是你们胡人的头人要霸占云朵奶奶，不准云朵奶奶跟随苏武爷爷回中原来，云朵奶奶誓死不从，只好以死明志。你不许强词夺理。"苏蕙抓住了姚兴的把柄，立即反唇相讥。

"那可是编戏文的一厢情愿。恐怕是苏武不敢把云朵接回中原吧！我的重点是在苏武出使匈奴之前就已经娶了汉朝妻子的，他们应该是一对恩爱夫妻，这一点从苏武离开前为妻子写的那首《留别妻》中可以看出。"姚兴争辩道。

"留别妻。"苏蕙将信将疑。

"就许你写诗，不准你的祖爷爷写诗。"姚兴打趣道。苏蕙低头不语。姚兴摇头晃脑吟诵道：

> 结发为夫妇，恩爱两不疑。

> 欢娱在今夕，嬿婉及良时。
> 征夫怀路远，起视夜何其？
> 参辰皆以没，去去从此辞。
> 行役在战场，相见未有期。
> 握手一长叹，泪为生别滋。
> 努力爱春华，莫忘欢乐时。
> 生当复来归，死当长相思。

苏蕙似信非信。姚兴说："你看诗中有'恩爱''嬿婉''相思''欢乐'之词，可见苏武与妻子感情笃深，恩恩爱爱。苏武并不想跟妻子分别，可是军令如山，皇命不可违，他不得不出使匈奴。他自称为征夫，把出使西域当作上战场，可见他猜到了此行到遥远的漠北凶多吉少，故而有了'相见未有期'的担忧。他要妻子多保重，勿忘往日时光，并承诺：要是自己能活着回来，一定与妻子团聚，要是死在异乡，也必定会思念对方。"

"从诗中看出祖爷爷想要妻子等他回来，不要变心。当祖爷爷写下最后一句的时候，也许已经泪眼蒙眬了吧！"苏蕙无限神往地说道。

"要不是圣上有令，也许他们一辈子就会一直这么恩爱下去。可是造化弄人。他被迫娶亲了，他违背了誓言，所以他不敢把胡妇带回中原。令他意外的是，妻子也早已违背誓言，嫁了他人。妻子改嫁了，他最终也娶了别人，这下扯平了。人生无常，有些事情事与愿违，也是命中注定。"姚兴说话的时候，目光迷离，仿佛就是一个大情圣。

苏蕙知道苏武祖爷爷的另一位妻子是跟他共患难的胡妇，祖爷爷跟她有一个儿子，名叫通国。祖爷爷回汉朝后，汉宣帝问他在匈奴是否有孩子，祖爷爷也如实交代了，而且李陵也曾写信说他的儿子过得还好，不需要挂念。后来这个儿子被赎了回来，并做了看官。但她确实不知道祖爷爷更多的家事。

姚兴说："史书记载，苏武在北海牧羊十年后，当时已经投降匈奴的李陵来劝降苏武时说，我来的时候，听说你的妻子已经改嫁了。李陵还说苏武家中两个妹妹还在，一共两女一男三人，那一男应该是他的儿子。苏武做梦也没想到妻子在自己被扣留的第二年就嫁了别人。"

"杜撰。"苏蕙不相信。

姚兴慢条斯理地对苏武妻子改嫁的原因进行了分析，第一，苏武妻子听信了郎君叛国的谣言，觉得作为叛国贼的妻子是一种耻辱；第二，苏武走了一年多都没有消息，他妻子的心已经死了；第三，苏武的妻子不甘寂寞，喜欢上了别人。

姚兴觉得第三种的可能性比较大，毕竟守寡太可怜了。苏蕙认为第一种可能性比较大。因为当初祖爷爷临走前写《留别妻》就是暗示妻子要等着自己，不要有异心，生前两人恩爱，死后也要长相思。

"反正不管怎么说，苏武两个妻子一个改嫁一个自尽，两个儿子一个被赐死一个被封官，这些都是有证据的。说不准你就是苏通国的后人，你的身上也流着我们胡人的血。"姚兴哈哈大笑道。

"时间不早了，老父亲一定倚门盼归，将军请让道。"姚兴醉翁之意不在酒，说这些话原来都是奉劝自己改嫁的。苏蕙反应过来后脸色一变，厉声说道。

"三姑娘别生气，误不了你赶路。谁让你成天躲在家里不肯讲学，学生想见老师一面，非要在路边苦等半个时辰才行。为了得见老师一面，我晨起粒米未进，如今腹中饥饿。"姚兴说得可怜，苏蕙只好解开包袱，拿出给父亲准备的点心，递给他一块。

"还是三姑娘对我好。"姚兴突然嬉皮笑脸地抓住苏蕙的手。

"不得无礼。"苏蕙气得浑身乱抖。男女授受不亲，苏蕙怕别人看见说不清楚，急得哭出声音来。前几日，管家不知从什么地方忽然冒了出来，到处造谣生事，说苏蕙的各种坏话，还教唆巷子里的孩子叫骂茧儿。苏蕙自己受委屈倒也罢了，就怕茧儿受不了。

"三姑娘恕罪。在下刚才情不自禁。小的该死。"姚兴说着不停地给苏蕙作揖求饶道。

"走开。"苏蕙哭着骂道。

"在下说最后一句话,不久将有大事发生,请三姑娘收拾好贴身用品,随时准备逃命。到时候,我会命人来接三姑娘,请三姑娘多多保重!"姚兴留下一包金银细软,说罢绝尘而去。

苏蕙将东西扔了一地。禾苗和茧儿吓得不敢言语。

苏蕙带着茧儿和禾苗赶到村口,几个孩子都提着鲤鱼灯来讨好意头,苏蕙想起夭折的圆圆,忍不住落下泪来。禾苗赶紧掏出几个钱递给他们,孩子们欢呼着一哄而散。

四十
悟玄机

"君若扬路尘,妾若浊水泥,浮沉各异势,会合何时谐?"苏蕙寄出的信如泥牛入海,毫无音讯,她愁得坐立不安。

姚兴的话让苏蕙心神不宁,她不知道朝中又要发生什么事情了,但她知道巨大的不幸又要降临了。想想年迈体弱的爹爹,远在天边的郎君,相依为命的禾苗、茧儿,苏蕙心乱如麻。

爹爹病了,苏蕙留下来伺候了一些时日。爹爹病好之后就带人去打扫了以前的织锦台。这是父亲当年特意为苏蕙而修建的。织锦台在离村庄不远的一处孤立山崖上,一条小路宛如天梯,直达崖顶的几眼窑洞。当年,为了苏蕙不受干扰,父亲为她修了这个简单大方的织锦台;后来到了秦州,窦滔为她修建了亭台楼阁相连的织锦台。如今,物是人非,苏蕙睹物思人,不由得黯然落泪。茧儿乖巧,不停地为娘拭泪。"蕙儿,留下陪爹说说话!"苏道质请求道。

"姑娘,老爷说的是。"禾苗劝说道。

寡妇门前是非多。想必父亲也听说了姚兴拦路纠缠之事,怕自己在村里难以立足。苏蕙亦知在世人眼里,一个弃妇与寡妇无异,举动稍有

出格便会成为人们茶余饭后的谈资。他们站在道德的制高点上,随意品评你的行为。

是留在娘家,还是继续待在冰冷的窦家呢?

"等女儿回去织完机上的那匹布,就回来孝敬父亲。"苏蕙做出了决定。

"不急。田庄上的事情,让苏桐帮你打理。有些事情男人出面好解决。"苏道质听说管家被窦滔赶走后,现在又回来了,到处造谣生事,无故中伤女儿。族中之人在管家的教唆挑拨下,觊觎起了窦府田产。他们说苏蕙老谋深算,本应该过继他们的子弟,却故意收养了茧儿,把窦家的财产拱手给了旁人。慑于姚兴的威势,管家和族人们才不敢公然生事,要不然苏蕙的日子就更加难熬了。可怜的茧儿被他们孤立,没有一个玩伴,只好一个人待在家里读书。

"爹爹,女儿让您费心了。"苏蕙黯然神伤。

"娘,我护着你,我才不怕他们呢。他们叫我小杂种,我就打他们。我长大了,可以和舅舅一起去收租了,娘就别操心了。"茧儿懂事地说。

"好孩子,有志气!知道疼你娘了。"苏道质赞许地说。

苏桐送姐姐回到窦府,带着茧儿、窦丁一起与租户订好租约,管家和窦家族中之人明里不敢说三道四了,暗地里花招不断。苏桐不放心,要姐姐和自己一起回苏坊村,苏蕙一再拒绝,她还想要在这里等待窦滔。虽然明知等待的结果是失望,但她就是要等。苏桐懂得姐姐的苦处,嘱咐姐姐多保重,有事就赶紧派人送信。

"我生何冤,丁是艰苦。琐愁漫漫,婴是忧阻。"苏蕙织一截布,吟一阵诗,痛哭一场。冤家呀,我今生是何等冤屈,要遭逢如此多艰难。是不是我前世亏欠了你,今世要为你还上一生的血泪,一世的相思?

苏蕙拿起梭,心儿好像回到了秦州的织锦台,那时候,他们琴瑟和鸣,对月曼舞,吟诗作画:"云浮寄,身轻飞。文彩宣,饰光辉。鸾掩镜,凤孤帷。残草绿,乱化飞。春阳和,鸿雁贯。神明感,通忧微。"

一会儿,苏蕙的心似乎又飘到了襄阳。想象着丈夫这会儿指不定正在和赵阳台饮酒作乐呢？人家两个日日厮守，郎情妾意，说不准早把自己忘记了。苏蕙越想越伤感，忍不住暗暗责问：窦郎呀！难道你有了新人相伴，就忘记了我们两情相悦，夫妇恩爱？难道曾经的柔情蜜意都已是过眼云烟？难道大难之后再度重逢，夫君就毫不怜惜？

"悼思伤怀，叹戚感悲。独抱情乖，盼我这谁？"苏蕙念一首，哭一场，又写一首，翻来覆去，肝肠寸断……

"东风解冻鱼上冰，冰雪融化桃花开……"巷道里传来了一阵阵童谣，立春了，该给茧儿换春天的夹衣了。苏蕙擦干眼泪，打起精神给茧儿缝新衣。

姚兴派人送来了春天的华衣，苏蕙随手丢开。她想起姚兴的话，不免忧心忡忡。苏蕙睡不安稳，起身观察天象，这一习惯已经坚持了好几年。在不同季节和夜晚的不同时间，北斗七星出现的位置不一样，人们就以此判断季节。苏蕙记录了几年的星象，慢慢发现了"斗柄指东，天下皆春；斗柄指南，天下皆夏；斗柄指西，天下皆秋；斗柄指北，天下皆冬"的星象规律。

今夜没有月光，北斗七星高挂在松树上方，在繁星的映衬下格外明亮，如同一幅美妙的画。苏蕙记得在书上说武梁祠石刻壁画中，有一幅"斗为帝车"图，图的中央刻有北斗七星，其旁有一颗小星。小星旁有一个长着翅膀的仙人，那是辅星的象征。苏蕙细细观看夜空，越看越觉得真有一个帝王模样的人，端坐在斗魁之中。其周围有若干乘着云气的仙人，在向天帝朝拜。其右方停有一辆马车，显然是"斗为帝车"的象征。

苏蕙凝视着北斗七星，突然觉得它们特别像率领着千军万马打仗的窦滔。那个端坐的帝王模样的人应该是天王，旁边最亮的那颗星应该是自己的郎君，周围影影绰绰成千上万的自然是士兵，那个飘在空中的小仙女也许就是自己。说不准，是郎君梦中的自己。

太阳还要一个时辰后才会出现，在这样一个寂静的夜里，星星晶莹闪烁，似乎离地面非常近，近的仿佛一伸手就能摘下来。突然，一阵风吹过，星星好像化作了窦滔的眼睛，一眨一眨地示意着什么；很快，星星又好像化作了窦滔的嘴巴，一张一合地开始说话；转眼，星象又变幻成了窦滔的脸庞，一摇一晃地模糊起来……苏蕙仿佛听懂了看明白了，怔怔地一动不动。

　　北斗星孤独地悬挂在天空，周围没有其他星星相伴，就像苏蕙孤零零的样子。风停息了，大地似乎厌倦了人类的活动，天地万物都溶入寂静之中。明天将会是一个美好的早晨，天空没有一丝云彩。猎户星座已经下沉，启明星远远地挂在了地平线上方，仿佛一个人累了打着瞌睡。小树林里有野狗吠叫，家养的狗儿在附近的小巷子应和着，它们沉静一会，然后再次一齐狂吠。鲜花浓郁的芬芳在空气中飘散，四周死一样的寂静。

　　黎明缓慢来临，东方地平线上微光乍现，阳气正散布开来，北斗七星开始隐退。树林露出了模糊的形状，猫狗变得安静，启明星消失在光亮里，新的一天开始了。飞行的鸟雀和路人的说话声开始出现，这个清晨依旧吉祥自在。

　　法门寺里的钟声响了，村里的善男信女们开始礼佛。苏蕙跪在佛前，闭目诵经。世界在她的眼前瞬间消失了，一瞬间又幻化成两条小鱼游了回来。那是伏羲庙里的黑白双鱼，那是幸福忧伤的眼泪，那是两个紧紧依偎着的痴情男女……

　　苏蕙突然觉得头脑中闪现出一种灵光，她决定做一件了不起的事儿。

　　禾苗进房来给苏蕙送水，见她面色潮红，眼睛放光，知道她又读了一夜书，忍不住埋怨起来。苏蕙也不辩解，却心情极好地讲起故事："北斗七星由天枢、天璇、天玑、天权、玉衡、开阳、摇光七星组成，前四颗星叫'斗魁'，又名'璇玑'，后三颗星叫'斗柄'。其中有一颗星被尊称为魁星，是主宰世间功名禄位之神，故而文人都要拜魁星。很多地方都建有魁星楼或魁星阁供人膜拜。没见过魁星像的人也许会想，魁星一定是一位文质彬彬的白面书生吧。实际上恰恰相反。'魁'字拆开来，一半就是'鬼'，所以魁星面目狰狞，长相实在不敢恭维。

　　"姑娘讲一讲魁星的趣事儿。茧儿醒了，我抱他过来一起听。"禾苗说着就去抱茧儿了。

苏蕙接过茧儿，笑眯眯地讲道："关于魁星的传说可多了。一种说法是古代有一个书生，聪慧过人，出口成章，只是长相奇丑无比，走起路来还一瘸一拐的，故而殿试屡屡落第。但是他文章写得太好了，皇帝就想再次殿试他，可一看他的容貌和走路姿势，实在难以入目，就不悦地问道：'你的脸上为何长了那么多麻子？'他说：'回圣上，这是麻面映天象，捧摘星斗。'皇帝觉得此人有趣，又问：'你的腿是怎么一回事呢？'他立即回答：'这是一脚跳龙门，独占鳌头。'皇帝觉得有点意思。又问：'如今天下谁人文章写得最好？'他想了想，狡黠地说：'天下文章属吾县，吾县文章属吾乡，吾乡文章属舍弟，舍弟请我改文章。'皇帝闻言大喜，命他当场做一篇文章出来，他笔走龙蛇，一挥而就。皇帝阅后，拍案叫绝道：'不愧天下第一！'于是破格录用了他。"

"娘，另一种说法是什么？"茧儿好奇地问道。

"还有一种完全不同的说法，说魁星爷生前虽然满腹学问，可惜长得太丑陋，每考必败，便悲愤得投河自杀了。熟料竟被鳖鱼救起，升天成了魁星。因为魁星能左右文人的考运，所以每逢他的生日，读书人都郑重地祭拜他。"

禾苗听了，忍不住说："姑娘，你一定是魁星托生的，要不然怎么懂得这么多。你要是一位相公就好了。"

"身为女儿身，心似天边云。"苏蕙苦笑道。

"娘，我也要去拜魁星，将来像父亲一样杀敌卫国。"茧儿开心地说道。

"少爷人小志气大。你娘和我可都盼着这一天呢！"禾苗搂过茧儿，欣慰地说道。

正在这时，窦丁来报：姚兴将军又送来了书信和财物。"本姑娘宁可饿死，也不会用他的一个钱"。苏蕙依旧看也不看一眼姚兴送来的东西。

四十一
陌上桑

最后一匹布已经卸下织机,该走了。回家吧,回到父亲身边,为弟弟张罗娶亲,在父亲跟前略尽孝道,这颗心也许才能安静下来。苏蕙流着泪打量着窦府的一草一木。

时间不多了,窦郎,教我怎么做,你才能明白为妻的一片苦心呢?转眼一想,郎君身旁有佳人相伴,说不准正在饮酒作乐,哪里会想起千里之外辛苦劳作的结发妻子呢?

"馋奸佞凶,害我忠贞,祸因所持,恣极骄盈。"醒醒吧,窦郎,不要听信谗言,怀疑为妻的忠贞。想到这些,苏蕙悲愤不已,暗自悔恨悲伤。

英雄难过美人关。窦郎啊!为妻知道你是个有情有义的男儿,世上难免有爱慕你的女子。为妻也不是那气量狭窄之人,只是一时难以接受你纳妾一事。既然你们是患难之交,已经日久生情,为妻怎会棒打鸳鸯?再说了,女子未嫁随父,出嫁随夫,离开了夫君,赵阳台一个弱女子如何度日。为妻不是那蛇蝎心肠之人,绝不会逼你赶走赵阳台,也不会背地里折磨她。不是一家人,不进一家门。既然进了窦家的门,也是命中注定的缘分,我们姐妹唯有相互谦让,和睦相处,才是长久之计……

莫非,窦郎听信了管家的谗言,真以为我是那水性杨花的妇人,玷污了窦家门风。窦郎呀!你忘了为妻的性情了。那一年,被苻融所抢时,为妻就做好拼死相争的准备——宁为玉碎,不为瓦全。要不是你出手相救,为妻早就是那九泉之下的冤魂了。莫非,窦郎真的忘了我们汉人与那杀戮成性的胡人有不共戴天之仇。为妻怎会如此糊涂,是非不分,敌友不辨……

　　莫非，窦郎相信为妻是那贪图荣华富贵之人。那为妻何必要苦守秦州，纺纱织锦，饱受艰难；何必苦心孤诣，织就回文诗帕面圣，救你脱离苦海；又何必苦守在窦府，遭人白眼，受人非议，等待你的音讯？

　　莫非，窦郎真的是喜新厌旧之人。不会的，我的窦郎绝不是那薄情寡义之人。可是窦郎呀！一年多了，你怎就忍心对为妻不闻不问？窦郎呀！你何时变成了铁石心肠之人？窦郎呀！为妻苦呀，为妻受不了邻里的流言蜚语，实在熬不下去了！窦郎呀！为妻冤枉呀，就是跳进黄河也洗不清……

　　事到如今，后悔怨恨能有什么用？窦郎远在千里之外，天晓得他心里怎么想。

　　"姑娘，你看桑园里新摘的桑葚多大呀。快来尝一尝吧！"禾苗见苏蕙又在暗中流泪，装作不知，故意开心地说道。

　　"放下吧！"苏蕙淡淡地说。

　　"姑娘快尝一个。"禾苗说着，就给苏蕙喂了一个桑葚。

　　"鬼丫头。馋猫托生的。"苏蕙无可奈何地苦笑道。

　　"那是。姑娘不尝鲜，我们哪敢动一口。茧儿到现在也没有吃过一个。"禾苗调皮地说。

　　"你吃吧，我给茧儿送到书房去。"苏蕙接过盘子，边说话边朝外走。

　　"娘先吃，茧儿后吃。桑果真好吃。桑树可高了，我以前放羊时，爬树最快了，舅舅说他有空了就带我去爬树。"茧儿很向往地说道。他接过桑葚，自己不吃，非要娘先吃。

　　苏蕙心疼地说："舅舅忙，娘带你去桑树园采桑果。"

　　茧儿一听这话，喜出望外，在院中大喊大叫。

　　苏蕙话一出口就后悔了，现在茧儿只要一出门就有一些孩子喊他"野孩子""捡来的"。可老把茧儿关在家里读书，也不是回事儿。是祸躲不过。苏蕙觉得自己必须带茧儿出门，要不然孩子都要捂出病了。有了母亲等人撑腰，茧儿果然气壮了许多，那些孩子也都不敢胡言乱语了。

到了桑园，桑树棵棵粗壮，枝繁叶茂，树冠如盖，茧儿像小猴子一样爬上树，摘下一个最大最红的桑果，哧溜滑下来送给母亲。又爬上去摘了几个，送给禾苗和窦丁。转身又爬上树，摘了一个放到了自己嘴里。

多少次了，苏蕙都梦到了一家人来桑园里采桑果，可惜窦郎不在。想当初，购置这片桑园，用的还是窦郎第一次立军功得来的赏赐。"桑之未落，其叶沃若。桑之落矣，其黄而陨。"桑叶绿了又黄，一年又一年过去了，窦郎恐怕早已忘记了桑梓。而用窦滔的赏赐建起来的观音寺，苏蕙已经好多年没有去进过香了。

"娘，你歇着喝口水。"主仆四人采了一会儿桑果，个个满头大汗，茧儿劝说娘休息。苏蕙不肯，禾苗和窦丁佯装生气了，苏蕙只好坐下来，茧儿又缠着她讲养蚕缫丝的来历——相传上古时代，人们没有穿的，就把树叶串连起来披在身上，要么就把剥下来的兽皮晾干后裹在身上。树叶穿在身上窸窸窣窣的，干了以后就碎了。兽皮呢？保暖结实，可是又重又硬，穿在身上不自在。再说了夏天也不能穿兽皮呀。

后来，人们发现麻能纺成线，织成麻布。于是，人们就用麻布做衣服。麻布衣服轻便透气，也结实耐穿，可还是不够舒服。于是，人们又发现了蚕丝，并学会了做丝绸衣物。

蚕丝的发现，可不容易了。据说很久很久以前，黄帝战败了蚩尤，当了联盟的首领，便给大家分工，有种植五谷的，有制造工具的，有制作衣冠的，大家各司其职，干得都很带劲。

黄帝把制作衣冠之事交给了妻子嫘祖，还派了做帽子的胡曹，缝衣服的伯余，制鞋子的于则辅助她。按说有三位大臣分管事务，嫘祖就不用操什么心了，但嫘祖勤劳贤惠，闲不下来，她白天带领妇女下田剥麻皮，晚上把男人们狩猎回来的兽类皮毛剥下来加工。

后来，嫘祖由于过度劳累病倒了，整天不思饮食。看护的妇女想尽办法，做了很多嫘祖平时爱吃的食物，嫘祖一口也吃不下。看护的妇女着急万分，便上山采鲜果给嫘祖吃，可那些果子不是酸的就是涩的，这时候一个妇女发现一片树林里满树结着白色的小果子，她们以为找到了从未见过的鲜果，赶忙采摘了几只，便急匆匆赶下山来。到家后，她们用嘴一咬，居然咬不动，闻着也没有什么味道。

一位叫拱鼓的人提议用水煮一煮，众妇女都很赞同。她们把白果倒进锅里用水煮，可是，烧了好一阵，捞起一只一咬，还是咬不动。旁边的一个妇女就用一根小树枝在锅里搅拌起来，搅了几下，往外一拉，发现树枝上缠满了白丝。

妇女们拿着丝线，请嫘祖过目。嫘祖了解了事情的经过后，兴奋地说："你们立了大功了，这是丝线，比我们的麻线好多了。"说来也怪，说完这番话，嫘祖的病一下子全好了。第二天，她们来到那片树林前，看见树上爬满了软绵绵的大虫子，正蠕动着身子，贪婪地啃食着桑叶。从此以后，人们便把这种能吐丝的大虫子叫作"蚕"，蚕结的小皮袋儿叫作"茧"，蚕吃的树叶叫作"桑叶"。嫘祖亲自栽桑、养蚕、缫丝，并把这些技术传授给老百姓。这样，年复一年，老百姓都学会了用蚕丝来织制衣物。黄帝看到这神奇的宝贝，柔软飘逸，赞不绝口，立刻命令伯余用丝绸制成礼服，让文武百官穿上。后人为了纪念嫘祖，就把她称作"蚕花娘娘"，年年供奉她。

茧儿听了，说："娘织的丝绸最好看，娘就是嫘祖娘娘。"

"小少爷说对了，你娘可不就是嫘祖娘娘再世！来这边玩，让你娘歇一歇。"禾苗采够了桑果，带着茧儿在树丛中玩起了捉迷藏。

"十亩之间兮，桑者闲闲兮，行与子还兮。十亩之外兮，桑者泄泄兮，行与子逝兮。"茧儿玩累了，又开始与禾苗比赛背诗。

"罗敷善蚕桑，采桑城南隅。"一个青年男子的声音传了过来。

"见过姑娘。姑娘别来无恙，今日难得有此雅兴，何不与我小酌一杯。"姚兴屏退左右，笑吟吟地对苏蕙说道。见苏蕙不理睬，他又背起了曹植《美女篇》：

美女妖且闲，采桑歧路间。

柔条纷冉冉，叶落何翩翩。

攘袖见素手，皓腕约金环。

> 头上金爵钗，腰佩翠琅玕。
> 明珠交玉体，珊瑚间木难。
> 罗衣何飘飘，轻裾随风还。
> 顾盼遗光彩，长啸气若兰。
> 行徒用息驾，休者以忘餐。

苏蕙厌恶地捂起了耳朵，姚兴拿开她的手，嬉笑着继续念道："佳人慕高义，求贤良独难。众人徒嗷嗷，安知彼所观？盛年处房室，中夜起长叹。"

"将军请自重。使君有家室，民女亦有夫。"苏蕙怒斥道。

"丈夫丈夫，一丈之内为夫。多年杳无音讯，何以为夫？姑娘不要自欺欺人了。实不相瞒，为了姑娘的安危，我已在村里安排了眼线，请姑娘收拾好行囊，随时准备逃命。到时候自有人前来接应，请姑娘万万不可失去良机。"姚兴说完，转身就走，似乎有很紧急的事务。

苏蕙突然觉得桑树林中充满了恐怖的气氛。她不由得想起了齐姜的故事：重耳因骊姬之乱被迫逃离了祖国，开始亡命生涯。他既要躲避母国的追杀，又要提防流亡所在国的加害，终日惶惶不安如丧家之犬。后来，重耳流亡到了齐国，齐桓公待他如贵宾，既赠珠宝良马，又把宗室女齐姜嫁给他。重耳贪图享受，打算长留齐国。门客见状，聚于桑树下密谋，准备把重耳骗离齐国。这事碰巧被一个采桑的女奴听到。于是，女奴把这个秘密告诉了齐姜，齐姜怕女奴泄露秘密就把她杀了。随后，齐姜与门客合谋把重耳罐醉，偷偷运离齐都，迫使他最终实现了复国的宏图伟业。

齐姜，一个春秋时的女子，却如此深明大义，富有远见卓识。女子爱恋丈夫，当然希望夫妻厮守在一起，然而生逢乱世，随时都有国破家亡之忧，为丈夫与整个家族乃至国家的前途命运着想，她必须狠下心来，设计赶走丈夫，促使他完成复国的使命。有哪个女人为了成就自己的丈夫，而自愿离开丈夫呢？更何况他们的婚姻本来就是一场阴谋——以美色迷惑重耳，让他死心塌地地为齐国效力，原本就是齐姜的本分。一旦，

重耳走了，齐姜的命运可想而知。即使齐王饶她不死，她一个女子想要苟全性命于乱世，也非易事。自古以来，叛国的女子都会被世人唾弃、嘲弄。但是，为了成就丈夫，不管事后重耳是否还会想念她，不管重耳是否真爱她，她无所谓，他是她的丈夫，她爱他，愿意为他付出一切。还好，齐姜的眼力不差。在外流亡十九年的重耳终于回到晋国，当了国君，成就霸业，也迎回了齐姜。

姚兴几次三番地郑重劝告，莫非朝中真的要发生什么事情了？必须想办法告知窦郎，让他赶快醒悟过来。想到这里，苏蕙决定不计前嫌，主动示好窦滔。

急中生智，苏蕙突然想好了感悟窦郎的办法——窦郎特别喜欢回文诗，她必须赶快整理好思念窦郎时写的回文诗稿，用五彩丝线区分为九宫格，织在八寸见方的锦帕上，托人送给窦郎。

"姑娘，你没事吧！"禾苗看见姚兴走了，赶紧过来照看苏蕙。

"我没事。身体发肤受之于父母，自当珍惜。姚兴那厮神出鬼没，让你们受惊了。我们回家时顺道去观音寺上香，你准备好丝线，绣架，我要回去拜望爹爹，等弟弟成婚后就去织锦台。"苏蕙说道，禾苗依言而行。这个家里，禾苗对她最贴心，苏蕙几乎一天也离不开她。

苏桐成婚，了却了爹爹的心头大事。苏蕙决定与禾苗搬到织锦台去住。禾苗侍候苏蕙沐浴更衣，焚香斋戒三日。第四日，苏蕙与禾苗天一亮就上了织锦台，茧儿给她们送来一日三餐。在秦州时，少爷为姑娘特意造的那座华美的木楼，其名曰"云锦阁"，如今早已易主，不知门口那块可以吸音的镇机石还在否。现在，只有老家山崖上这座简朴的织锦台还属于姑娘。初到织锦台的土窑里，到处凄凉清冷，禾苗有出家为尼之感，不免唠叨感慨一番，苏蕙却毫不介意土窑的破败，她心如止水，日夜描画草图。

自古红颜多薄命。这都是命！认命吧！禾苗叹息着，不再言语。

没有了主母的家，寂静得令人窒息。窦丁安排好事务，锁好家门，也来到了苏坊村。也好，难得有这样忠心耿耿的家仆。有了窦丁在家照

顾爹爹、茧儿，看管门户，苏蕙就更能安心织锦了。有客来访，苏蕙一律不见。因为织锦时要计算好经线、纬线、花色等的数目，一定要环境安静，不能有任何人打扰。否则，织错一根线，一行字就变形了，也就无法辨认了。

苏蕙和禾苗成天在织机上忙碌，织了拆，拆了织，满脑子想的都是怎么才能把回文诗织成锦帕。两个人与世隔绝，完全忘记了季节，忘记了冷热，忘记了尘世，全身心地投入到了织锦之中。就算是过年那几日，苏蕙和禾苗也没有回家和亲人团聚。

寒来暑往，秋收冬藏。十个月之后，苏蕙与禾苗相互搀扶着走下了织锦台。两个人形容枯槁，几乎失了人形，仿佛大病了一场。初秋天气，苏蕙却包裹着厚厚的头巾，令人大惑不解。苏道质以为女儿劳累过度，忘记了去掉头巾，后经禾苗提醒，才知女儿为了织锦，思虑过度，头发全部变白了。苏道质知道女儿元气大伤，忙命人请来郎中为她调养身体。苏蕙不顾自己体弱，只是催着父亲赶快把织好的回文锦帕送到襄阳去。

苏道质一听见和窦滔有关的事情就来气，他埋怨女儿不懂得保养自己，就知道傻傻地牵挂那个负心人。可是当他看见这织好的锦帕，五颜六色，莹心耀目，双面皆字，文字秀美，对仗工整，节奏明快，无论纵横回环，逆顺反转，间，重，退，写，交错，蛇形咏读皆成佳句，不由得仰面而泣。苏蕙明白父亲的心意，她虚弱地说："时间来不及了，大战一触即发，请父亲看在黎民百姓的份上，赶紧把锦帕送给他。父亲和众乡亲们也要收拾好细软，随时逃命。"在父亲面前，苏蕙竟然叫不出窦滔的名字，只能以他代替。看来，他真的伤她太深。

女儿如此深明大义，苏道质又一次对女儿刮目相看。他知道，这不是一方普通的锦帕，这是女儿心血，这是女儿的幸福，这是女儿的最后的希望。他知道这方题诗二百余首，计八百余字，纵横反复皆为文章的回文诗帕，举世无双。他恭恭敬敬地将锦帕献在列祖列宗面前，祈求祖宗保佑女儿能唤醒那负心人，也希望祖宗保佑，不要再打仗了。

茧儿聪明懂事，每天衣不解带地服侍娘亲。众乡邻听说苏蕙织好了织锦回文诗帕，都来争相观看。茧儿最懂母亲心事，他主动要求去给爹爹送锦帕。窦丁闻听此言，认为小少爷年纪太小，不如让他去送，茧儿坚决不从。众人商议之后，决定让他们两个人同行。苏道质郑重地将锦帕和茧儿交给窦丁，并面授机宜。

窦丁知道事关重大，时间紧急，藏好锦帕，与茧儿星夜赶赴襄阳，发誓要亲手将锦帕交与窦滔。

第三部
悔悟

四十二
无情游

公元382年是前秦建元十八年，亦是东晋太元七年。

阳春三月，大司农东海公苻阳、员外散骑侍郎王皮，准备谋反，事觉被捕。苻阳是苻法之子，王皮是王猛之子。苻坚深感震惊，但念其父情面，不忍诛杀，但要亲自审问二人何故谋反。

苻阳说："杀父之仇，不共戴天。臣父没有犯罪而被处死，实在令人难以平复。君子报仇，十年不晚。齐襄公都能复九世之仇，何况臣乎！"

苻坚闻后，心中难过，哭着说："哀公之薨，罪不在朕。"

王皮说："臣父有辅佐天王创业之功勋，而臣却饱受贫穷饥馁之苦，谋反只是图富贵也。"

苻坚说："丞相临终，特意嘱托你要以十具牛为田，不曾为你求取官位。知子莫若父，你这话实在没有根据。"二人叩头认罪，苻坚宽容大度，命人将他二人释放，迁往偏远之地。

苏蕙与父亲在家心惊胆战，生怕姐夫被问罪，家族被株连。还好，天王圣明，只是把姐姐一家流放到了苦寒之地。

四月，苻坚听说王皮之兄扶风太守王永清修好学，擢升其为幽州刺史。众人听闻，都称赞苻坚胸怀宽广。

这个春天依旧鲜艳明媚，但苻坚的心情却很阴郁。自从王猛去世，苻坚一直希望上天再赐给他一个治国之能臣，可是，这个人一直没有出现。

动用十万兵马请来的道安和尚，是个中看不中用的摆设。一天到晚只知道召集信徒，拜佛诵经，一问起国事，就是徐庶进曹营——一言不发。这个释道安可恶至极，常常以研习佛法为由，居于寺庙中对自己避而不见。自己真是瞎了眼了，请来了这么一尊神。一说起道安，苻坚就有满肚子的牢骚，他一直想抓住道安的把柄，狠狠教训一下这个秃驴。可是道安深居简出，在民间很有声望，苻坚想要整治他，也是老虎吃天——无处下爪。

想那襄阳一战中，征南大将军苻丕率步兵、骑兵十万人进攻襄阳，难以成功。自己又另派人马，兵分三路合围襄阳。襄阳守将朱序死守近一年，最后城破被俘。攻下襄阳后，自己不听劝阻，又一意孤行，派彭超围攻彭城，引发了秦晋淮南之战。谢安在建康布防，又令谢玄率五万北府兵，自广陵起兵应敌。谢玄四战四胜，全歼秦军。

苻坚不得不承认，襄阳一役，自己并没有得到什么好处，当时的战利品，也就是所谓的"朕以十万师取襄阳，所得唯一人半，……安公一人，习凿齿半人。"

自己对这两人礼遇有加，谁知习凿齿毫不领情，居然携子隐居了。释道安人在曹营心在汉，常常对信徒讲起自己到达襄阳后，习凿齿对其日常起居悉心安排，多方翼护的逸闻趣事，却一句也不提天王对他的照拂。真是个喂不饱的白眼狼，没良心的秃驴。现在长安城里的老百姓都会讲几个关于他们的故事。譬如：道安在襄阳定居之后，亲自前往拜谢习凿齿。二人就座，习凿齿自通姓名曰"四海习凿齿"，道安应声答"弥天释道安。"长安城里的居士将二人的自我介绍当作一副名对，广为诵传。自此以后，二人往来不断，相磋佛经妙义，甚为投机。习凿齿称道安"佛经妙义，故所游刃"，"远胜非常道士"，"乃是吾由来所未见"。道安称习凿齿"锋辩天逸，笼罩当时"。

没良心的秃驴，苻坚提起道安就不由得想发火。

苻坚越失魂落魄，姚苌越幸灾乐祸。近日，他刚得了几处良田，新修了一座狩猎场，便邀请苻坚前去狩猎。狩猎完后，他们又一起去看从赵国运来的铜驼、铜马、翁仲……

王猛去世后，苻坚耳边清净了许多。无人管束，苻坚日渐骄奢。他要享受人生。声色犬马之中，目前他最爱的是打猎，既可以活动筋骨，又可以呼吸山林的新鲜空气，还可以随意射杀猎物，听一听猎物的惨叫。当然，为了满足天王打猎所需，宫里新增了万匹千里马，几千只猎犬。

苻坚经常带着大批随从在山野中狩猎，一去就是十几天。上行下效，长安城的王公大臣们巧取豪夺百姓良田，纷纷修建豪华猎场。就连乡下的青壮年也养起了细狗，农闲时节，就在麦田里撵野兔。

茧儿和窦丁走后，苏蕙心里一直空落落的。苏坊村里家家户户都养着细狗，这种细狗极通人性，黄瓜嘴，羊鼻梁，四蹄如蒜，腰细似弓，腿长似箭，耳垂尾卷，撵兔猎鼠，样样能干，看家护院，忠实尽责。茧儿尤爱养狗，他走到哪儿细狗就跟到哪儿。元宵节时，苏桐和茧儿带着细狗去逮兔子，他们给细狗穿衣挂彩，到了野地里，放开缰绳，任狗驰骋追逐，周围成千上万看热闹的民众山呼海啸，茧儿的狗第一个逮住了野兔，赢得了头彩，茧儿高兴得抱着狗又喊又叫。

茧儿离家后，苏惠思儿心切，就代替茧儿喂养细狗，细狗仿佛也知晓了人间事情，常常守在路口不回家。苏桐拿肉骨头引诱它，它啃完骨头，又不紧不慢地趴在了路口。细狗撵兔之风日炽，好狗千金难求。那些游手好闲之徒瞅准了"献狗"是一条升官发财的捷径，他们横行乡里，连偷带抢，惹得四邻不安。苏桐听说后，夜里专门把细狗牵到屋里，谁知细狗还是不见了，全家人伤心难过了许久。

打猎之风盛行，民间疾苦日增。衙门口经常挤满了告状的百姓，告的都是良田被圈，麦苗被踩，细狗被偷的事儿。德妃听说之后，借进晚膳的机会劝说了苻坚几句，谁知苻坚大怒，掀翻碗筷拂袖而去。小段氏乘机告发德妃经常女扮男装出宫私会情郎，苻坚不信，派人跟踪德妃，发现德妃与京城守卫大春私下会面，苻坚便不分青红皂白杀了德妃和大春。事后，苻坚才知德妃父亲病重，太后因德妃当年报信有功，一直又不得宠，膝下空虚，便格外开恩，默许德妃出宫尽孝。大春与德妃是故交，德妃常常委托他为父亲延医送药，并无私情，只是偶有来往。等太后得到消息，德妃已经魂归西天。太后没有料到自己好心办了坏事，白白葬送了德妃和大春的性命,心下十分懊悔。

德妃香消玉殒,苻坚想起往事,暗自惭愧。姚苌假惺惺地安慰道:"德妃所居偏殿胧月堂太过阴暗,风水不好,不如另修几座宫殿供天王和娘娘居住。"有个叫曹熊邈的大臣曾在赵国做过官,借机进言:"臣当年在赵国之时,宫殿是多么巍峨壮丽啊!如今天王治下,竟然没有一座像样的宫殿。知道的人说天王节俭,不知道的人还以为秦国国力不足,居然修不起一座有气势的王宫。"他多次建议苻坚重修宫殿,苻坚听多了就心动了,于是下令大修宫殿,由曹熊邈负责监工,要求一定不能输给赵国石氏。曹熊邈得令,趁机大肆搜刮民脂民膏,惹得民间怨声载道。

很快,一座座金碧辉煌的宫殿,拔地而起。

四十三
妄念生

住着华美的宫殿,搂着娇媚的嫔妃,苻坚依然十分寂寞。他拥有天下,身边却连个说贴心话的人都没有。这么多年来,朝中新选了那么多人才,可值得苻坚信任的还是吕婆楼、苻融等人。只是,与王猛比较起来,他们显然不足以完全托付国事。

姚苌把这一切都看在眼里,为了迎合苻坚,姚苌又心生一计,他不失时机地再次吹捧起鸠摩罗什。加之,道安、法显等高僧都曾举荐过鸠摩罗什,苻坚那根敏感的神经被挑动了,他又一次打起了派吕光攻打龟兹的主意。为了防止群臣反对,苻坚学乖了——他要师出有名,找一个正当的理由让吕光出兵讨伐龟兹。机会很快就来了,建元十八年九月的一天,车师前部王弥寞、鄯善王休密驮到达长安朝见苻坚,禀告道:"大宛诸国虽然进贡,然心意不诚,请天王仿效汉朝设置都护府。若王师出关,我等愿做向导。"

这是瞌睡来了递枕头的事儿。几年前，车师前部王同龟兹王的弟弟白震同时来长安朝见苻坚。苻坚问他们国家有何奇珍异宝？车师前部王说："交河之外，土地高敞，瓜甜如蜜。"白震说："龟兹盛产葡萄酒，漫山遍野的牛羊，还有黄金、铜、铁、细毡……"苻坚对他们所说的这些都不感兴趣，只对龟兹国一个大珍宝鸠摩罗什感兴趣。白震有些为难。苻坚说："龟兹若送鸠摩罗什来长安，大秦国将造十处金狮子座，请高僧说法讲经。"临别时分，苻坚再三请求白震，望他归国后尽快将大珍宝鸠摩罗什送达长安。

然而黄鹤一去不复返，龟兹国一直杳无音信。越是得不到的东西，越让人着迷。于苻坚而言，只闻鸠摩罗什其名，不见鸠摩罗什其人，真乃此生一大憾事。一日早朝，太史令出列奏道："陛下，老臣夜观天象，有星见于外国分野，当有大德智人入辅我国……"苻坚一听大喜："朕早闻西域有鸠摩罗什，星象献瑞，莫非是此人？"于是，苻坚又派遣使者，携带丝绸、金玉等礼物前往龟兹国，向国王白纯求要鸠摩罗什。白纯当然知道外甥鸠摩罗什是当世大宝，说什么也不肯放国师东去长安。

使臣再次空手而归。苻坚恨得咬牙切齿地说："我能派兵十万攻克襄阳，获致高僧道安，难道就不能派兵讨伐西域，攻克龟兹国，获致鸠摩罗什？"

气急败坏的苻坚遂任命骁骑将军吕光为使持节、都督西域征讨诸军事，率领七万大军讨伐西域。阳平公苻融认为："西域太过荒远，得其民不可驱使，得其地不可耕种，汉武帝征伐西域，得不偿失。今劳师万里之外，以蹈汉室之过，臣弟以为不妥。"

苻坚很有把握地说："汉当年军力不能制服匈奴，依然出师西域。今匈奴既平，制服他们易如反掌，虽然劳师远役，但可传檄而定，垂芳千古，不亦美哉。"其他大臣虽多次劝阻，但苻坚决心已定，下令让吕光做好出征准备。吕光父亲吕婆楼心里一百个不情愿，但是苻坚已经不是王猛辅佐下的苻坚了，君命难违，吕光只好调集大军，准备征讨西域。

吕光大军开拔前，苻坚在建章宫为其送行，语重心长地对吕光说：

璇玑图

（A面）

琴清流楚激弦商秦曲发声悲摧藏音和咏思唯空堂心忧增慕怀惨伤仁智怀德圣虞唐
芳廊休桃林阴翳桑王怀土逡归思广河女卫郑楚樊厉节中闱淫逯清华伤容朗镜葩贞妙显华重荣章臣贤
兰凋翔飞燕巢双鸠扬顾其人硕咏齐南双发歌我衾衣想英曜珠光纷荣妙闻苟乱作人逸好仇凶
茂熙长君思悲好仇蘩葳粲翠荣曜流华观冶容为谁追苍穹城荣明笃志义消源祸
阳春方殊离仁君荣身苦惟艰生患多殷忧缠情将如何钦岑形荧誓终庭妙显华重
墙面殊意感故遗亲闻远故废离隔君我木同谁均难辛苦难匀专所当神亏亏忠不盈体一违心意志殊
冰齐浩志清纯贞望谁思想怀所亲刚柔有女为贼人房幽处已悯微身长路悲旷感生民梁山殊塞隔河

璇玑图（B面）

```
琴 清 流 楚 激 弦 商 　 秦 　 曲 发 声 悲 摧 藏 音 和 咏 思 唯 空 堂 　 心 忧 增 慕 怀 惨 伤 　 仁 智 怀 德 圣 虞 唐
芳 　 　 　 　 　 　 　 王 　 　 　 　 　 　 　 　 　 　 　 　 　 　 　 荒 　 　 　 　 　 　 　 贞 　 　 　 　 　 　
兰 　 ⑦ 　 　 　 　 　 怀 　 　 　 　 　 ④ 　 　 　 　 　 　 　 　 　 淫 　 　 ① 　 　 　 　 妙 　 　 　 　 　 　
凋 　 　 　 　 　 　 　 土 　 　 　 　 　 　 　 　 　 　 　 　 　 　 　 妄 　 　 　 　 　 　 　 显 　 　 　 　 　 　
茂 　 　 　 　 　 　 　 眷 　 　 　 　 　 　 　 　 　 　 　 　 　 　 　 想 　 　 　 　 　 　 　 华 　 　 　 　 　 　
熙 　 　 　 　 　 　 　 旧 　 　 　 　 　 　 　 　 　 　 　 　 　 　 　 感 　 　 　 　 　 　 　 重 　 　 　 　 　 　
阳 　 　 　 　 　 　 　 乡 　 　 　 　 　 　 　 　 　 　 　 　 　 　 　 所 　 　 　 　 　 　 　 荣 　 　 　 　 　 　
春 方 殊 离 仁 君 荣 　 苦 惟 艰 生 患 多 殷 忧 缠 情 将 如 何 　 钦 岑 幽 岩 峻 嵯 峨 深 渊 重 潍 经 网 罗 　 章 臣 贤 惟 圣 配 英 皇
墙 　 　 　 　 　 　 　 身 　 　 　 　 　 　 　 　 　 　 　 　 　 　 　 深 　 　 　 　 　 　 　
面 　 　 　 　 　 　 　 加 　 　 　 　 　 　 　 　 　 　 　 　 　 　 　 渊 　 　 　 　 　 　 　
殊 　 ⑧ 　 　 　 　 　 兼 　 　 　 　 　 ⑤ 　 　 　 　 　 　 　 　 　 重 　 　 ② 　 　 　 　
意 　 　 　 　 　 　 　 愁 　 　 　 　 　 　 　 　 　 　 　 　 　 　 　 潍 　 　 　 　 　 　 　
感 　 　 　 　 　 　 　 悴 　 　 　 　 　 　 　 　 　 　 　 　 　 　 　 经 　 　 　 　 　 　 　
故 　 　 　 　 　 　 　 少 　 　 　 　 　 　 　 　 　 　 　 　 　 　 　 网 　 　 　 　 　 　 　
新 　 　 　 　 　 　 　 精 　 　 　 　 　 　 　 　 　 　 　 　 　 　 　 罗 　 　 　 　 　 　 　
霜 冰 齐 浩 志 清 纯 　 神 退 幽 旷 远 离 凤 麟 龙 昭 德 怀 圣 　 林 光 流 电 逝 推 生 阳 潜 曜 翳 英 华 沉 浮 异 逝 颓 流 沙 西 昭 景 薄 榆 桑
纯 　 　 　 　 　 　 　 麟 　 　 　 　 　 　 　 　 　 　 　 　 　 　 　 光 　 　 　 　 　 　 　
望 　 ⑨ 　 　 　 　 　 龙 　 　 　 　 　 ⑥ 　 　 　 　 　 　 　 　 　 流 　 　 ③ 　 　 　 　
谁 　 　 　 　 　 　 　 昭 　 　 　 　 　 　 　 　 　 　 　 　 　 　 　 电 　 　 　 　 　 　 　
思 　 　 　 　 　 　 　 德 　 　 　 　 　 　 　 　 　 　 　 　 　 　 　 逝 　 　 　 　 　 　 　
想 　 　 　 　 　 　 　 怀 　 　 　 　 　 　 　 　 　 　 　 　 　 　 　 推 　 　 　 　 　 　 　
怀 　 　 　 　 　 　 　 圣 　 　 　 　 　 　 　 　 　 　 　 　 　 　 　 生 　 　 　 　 　 　 　
所 　 　 　 　 　 　 　 皇 　 　 　 　 　 　 　 　 　 　 　 　 　 　 　 民 　 　 　 　 　 　 　
亲 刚 柔 有 女 为 贱 人 房 幽 处 已 悯 微 身 长 路 悲 旷 感 生 民 梁 山 殊 塞 隔 河 津
```

"西戎荒野之地,非礼义之邦。制服之后就赦免他们,以王法教化他们,扬吾国威力足矣,不宜过多深入,亦不可久留。"然后加封鄯善王休密驮多种官职,命他率领本国军队为吕光做向导。

吕光出发后,吕婆楼再次大病不起。他预感到自己再也见不到儿子了,常常在病榻上念叨吕光的名字。他不知道儿子经过九死一生的长途跋涉,翌年七月,率部在屈茨西与龟兹联军展开决战,大获全胜,威名远扬。西域各国害怕,竞相归附。他更没有想到大秦会四分五裂,儿子被迫自立为王,并追封了他。此是后话,暂且不提。

吕婆楼衔恨而逝,国人哀而怜之,纷纷祭奠。姚苌父子却为自己不费一兵一卒就清除了苻坚身边的一位心腹而暗自得意了好长时间。

吕婆楼去世后,苻坚一度很伤心,但一想到很快就可以和圣僧鸠摩罗什谈论佛法,他心下又宽慰了许多。

吕光会不会因为父亲的死而背叛朝廷呢?苻坚想起这个问题时,突然后背直冒冷汗。吕光虽是一介武夫,但也是出名的忠臣孝子,他绝对不会做出卖主求荣的事儿。

苻坚下令,密切监视战况,有了龟兹的消息,即刻前来禀报。

四十四
拒纳谏

最狠的对手,也许就是最好的朋友。吕光出征之后,一路势如破竹,捷报频传,苻坚一下子放心了许多。

人心不足蛇吞象。眼看就要得到鸠摩罗什了,苻坚又得陇望蜀,做起了春秋大梦。他居然异想天开,想要拥有晋贤人谢安了。姚苌眼见苻坚心动,有事没事总在苻坚面前说起谢安的逸闻趣事。

统一华夏,重振国威,让晋孝武帝当自己的仆射官,晋宰相谢安做侍中，这是苻坚的毕生愿望。可这谈何容易？

灭晋时机不够成熟，那就退而求其次，先把谢安笼络过来。但谢安非比常人，恐怕不好招致。谢安出身名门世家，其父谢裒，官至太常。谢安四岁时，名士桓彝见到他，赞赏说："此儿风采神态清秀明达，将来堪比王东海（即晋朝初年的名士王承）。"

少年谢安声名远扬，特立独行，并不想凭借出身、名望去获取高官厚禄，后受遗诏出仕。宁康元年（373年），桓温入京朝见孝武帝司马曜，太后命谢安及侍中王坦之到新亭迎接。时建康城人心惶惶，众人皆传桓温即奸贼董卓，一入城就要杀王坦之、谢安，晋室天下就要易主。王坦之心中害怕，谢安却神色自若。桓温抵达后傲慢无礼，部署重兵，宴请百官。王坦之赴宴时汗流浃背，连手板都拿反了，谢安却从容地对桓温说："久闻诸侯有道，守卫在四邻，明公设宴，何必在墙壁后暗藏士兵。"桓温无言以对，只得下令让埋伏的士卒撤走。谢安与桓温推杯换盏，笑谈良久。桓温自觉不是二人对手，不久就退回姑孰。

谢安令人称道的不仅仅是他的机智和才学，还有他对皇帝的忠心耿耿。孝武帝年幼力弱，多亏谢安与王坦之忠心辅佐，才使晋室得以安稳。后来，桓温病重，暗示朝廷对他加九锡。谢安认为此是越礼之事，以奏折需要修改为由，拖延了十多天。等桓温一死，加九锡之事自然无人再提。

太元二年七月，朝廷拜谢安为司徒，并赐予他敕造府第，谢安辞让不受。后来，晋军在与秦的交战中处于劣势，朝廷又加任谢安为侍中，都督扬、豫、徐、兖、青五州及幽州的燕国诸军事、假节。谢安临危受命，力挽狂澜于既倒。广陵无良将防守，谢安内举不避亲，外举不避仇，极力举荐自己的侄子谢玄出任兖州刺史，镇守广陵。谢安慧眼识人，谢玄果然不负叔父重托，他在广陵挑选良将，训练精兵，选拔了秦人刘牢之、何谦等人，组建了作战勇敢的北府兵，就是这支兵马后来让苻坚在淝水之战中吃尽了苦头。

谢安才华盖世，赤胆忠心，苻坚花多少重金都收买不了他。姚苌看出了苻坚的心事，劝他说："与其费心收买谢安，不如伐晋。我们父子愿为天王效犬马之劳。"其实，苻坚早已谋划伐晋，一听此话正中下怀。吞并晋国，统领九州，是苻坚由来已久的愿望。北方平定后，大半国土归秦，苻坚觉得伐晋的时机成熟了。十月，苻坚于太极殿大会群臣，商讨伐晋大计。他踌躇满志地说："孤王继承大业已二十余载，今天下太平，四方略定，惟东南一隅未曾归顺。每思起天下分裂，孤王寝食难安，今欲起兵讨之。吾国有兵卒九十七万，孤王愿亲自征战，各位大臣意下如何？"

秘书监朱彤好战，立即随声应和道："陛下应天顺时，扬善惩恶，长啸则五岳摧覆，呼吸则江海绝流，若举兵百万，御驾亲征，晋主自当衔璧舆榇，俯首称臣，若执迷不悟，必逃死江海，我军猛追不放，晋兵定死无葬身之地。"

苻坚听了大喜道："此正是孤王志向也。"尚书左仆射权翼出来反对："臣以为不可伐晋。那纣王无道，天下离心，八百诸侯不谋而至，武王仍然担心纣王身边能人不少，攻打胜算不多。今晋国虽然衰落，并未有失德之事，且他们君臣和睦，上下同心。何况还有谢安、桓冲等江南伟才辅佐，故而不宜攻打。"

苻坚沉默良久，不悦地询问："诸位爱卿还有何高见。"

众人面面相觑，不敢搭话。太子左卫率石越说："吴人恃险偏隅，不听从天王命令，陛下御驾亲征，实是深得民心之幸事。但今岁镇星守斗牛，吴地有福德，不可违犯天命也。愿天王保境养兵，择良机再议出兵。"

苻坚闻言大怒："吾闻武王伐纣，亦属逆岁犯星。天道幽远，事有不可知也。昔日，夫差威陵上国，而为勾践所灭。我大秦人多势众，兵强马壮，投鞭于江，足断其流，何惧晋哉。"

石越乃忠臣，壮胆又说："臣闻纣王无道，天下患之。夫差淫虐，孙皓昏暴，众叛亲离，故而失败。今晋无大罪，臣深以为我大秦当厉兵积粟，以待天时方为上策。"

两种意见针锋相对，争论许久毫无结果。苻坚决然地说："所谓筑室于道，沮计万端，孤王当内断于心矣。"

群臣散后，苻坚留下苻融，推心置腹地对他说："自古以来讨论大事，决策者一两人而已，如今群臣众说纷纭，徒乱人意，我与你做决定吧。"苻融半晌无语。自恩师王猛去世，他对天下形势、大秦国运时常感到失望无助，甚至束手无策。那年遭遇旱灾回秦州省亲，看到秦州百姓对苏蕙窦滔那么拥戴，他一下子觉悟了。只有实行仁政，爱民如子，天下才可稳固。他想起自己昔日所作所为，十分后悔。于是，他效仿恩师，遣散府中的歌姬、嫔妃和大量仆从，只留下育有子女的几位夫人，也放弃了追求苏蕙。他不同意伐晋之举，但又不敢公然对抗王兄。沉思良久，他直率地说："岁镇在斗牛，此乃吴、越之福，天意不让我们攻晋，此其一。晋正是清平之时，朝臣竭尽全力守护国家，此其二。我军常年作战，兵疲将倦，有惮敌之意，此其三也。愿王兄三思而后行。"

苻坚一听勃然变色，叱道："你亦如此？天下之事，我与谁说！如今我兵众百万，资仗如山，虽未称帝，亦非软弱之辈。大秦军队逢战必胜，攻打垂亡之寇，何愁不会取胜！不留贼人祸害子孙，我这也是为宗庙社稷做长远打算呀！"

苻融见势不妙，哭谏道："伐晋乃逆势进犯，必然无功而返。我所担忧的不仅是这些，我担忧的是鲜卑、羌、羯趁机作乱。我们倾国而去，国内如有变故，宗庙社稷如何保全？监国率领几万老弱病残留守京师，鲜卑、羌、羯攒聚如林，他们皆窃国之贼也，是我们的仇人。万一发生不测，远水救不了近火，我们来不及呀。攻打晋廷，一定要有万全之策。眼下，天时地利人和都不具备，还是缓缓再议。臣弟智识愚浅，所言不足以让陛下采纳。恩师王景略一时奇士，陛下每把他比作孔明，恩师临终之言不可忘也。"苻融说罢涕泪横流，苻坚不为所动。

其他大臣和太子多次进谏，苻坚一概回绝。就连一向不问政事、身患重疾的道安和尚也坐不住了，劝苻坚说："太子言之有理，愿陛下采纳。"苻坚依旧不听。

慕容垂时刻没有忘记夺妻之恨，他巴不得苻坚早点与晋廷交手，好落得兵败如山,众叛亲离,国破家亡的下场。如今机会来了,他极力迎合苻坚,一再鼓动苻坚攻晋。

苻坚大喜,说:"与我定天下者,惟你也。"随即,赐慕容垂布帛五百匹。

阳平公苻融又进言说:"'知足不辱,知止不殆。'自古穷兵极武,都落得灭亡之下场。"

苻坚则说:"帝王历数,岂有常例!只要德行常在就好!刘禅也是汉之苗裔,终为魏所灭。你等所以不如我,乃太固执,不知变通!"

群臣皆以苻坚信任道安和尚,便求道安:"主上欲攻打东南之国,高僧何不为苍生说话求情!"道安自知无力回天,但答应再次拼死一谏。

一日,苻坚游于东苑,命道安和尚与其同辇。权翼以为此举不妥,便进言劝说。苻坚怒道:"道安修身养性,已近神人。我拿天下给他,他亦不取。与他同辇,是我荣光,尔等真乃鼠目寸光。"苻坚训斥之后,仍不解气,故意叫权翼扶道安升辇,权翼无奈,只得奉命照做。

苻坚狂妄自大,笑着对道安夸海口说:"将来有一天,我要与公南游吴、越之地,率领六师在江南巡狩,谒拜虞陵,瞻仰禹穴,我们一起泛长江,临沧海,不亦乐乎!"

道安听后略显尴尬,他见苻坚心情很好,便借机进言,劝他放弃攻打晋国。苻坚脸色一变,弃车而去,留下道安尴尬不已。

苻坚宠妃张夫人也来劝阻。苻坚却说:"军旅之事,妇人怎么能预料到!"张夫人吓得不敢多言。

苻坚少子中山公苻诜非常受宠,他冒死陈说伐晋之害。苻坚怒斥其说:"孺子多言,将会招来杀身之祸。"

苻融及尚书原绍、石越等前后上书数十次劝阻,苻坚终不纳谏。一向比较开明的人,固执起来九头牛都拉不回来。

四十五
锦书来

苻坚决意伐晋的消息令满朝文武惶惶不可终日。消息传到民间，苏蕙也是忧虑万分，她终于明白了姚兴的用意。

国将不国，家亦难存矣。慕容垂、姚苌狼子野心，眼看就要把这个国家推入战乱之中。苏蕙一个女流之辈，即使看清楚了时局，也是爱莫能助。她更担心的是夫婿窦滔。襄阳城处水陆交通要冲，东达武汉，西控商洛，北通南阳，南蔽江陵，进之可图中原，退之可固东南，一向被称作"天下之腰臂"，自古为兵家争夺之地。苏蕙从小饱读诗书，自然知道说起襄阳必然要说荆州。荆州在襄阳之东南部，是战略要地。三国时期有几场争夺荆州的大战，刘备在诸葛亮的指点下，"借"得荆州便苦心经营，并派关羽重兵把守，可谓有荆州方有蜀汉。荆州失守，蜀汉、曹魏、东吴三足鼎立的局面失衡，蜀汉由盛而衰。尽管蜀国有诸葛亮的神机妙算六出祁山，姜维秉承遗训九伐中原，但都无力回天，终以亡国而告终。

以襄阳图荆州易，以荆州图襄阳难。何也？"铁打的襄阳"防御工事坚固，地理位置得天独厚，易守难攻。荆州的防御虽然坚固，却无地理优势。以襄阳攻荆州，是上游攻击下游、山地俯瞰平原，水陆两路皆利于襄阳。但是优势太大极易轻敌，苏蕙最怕窦滔麻痹大意，依仗天险，放松警惕。要知道襄阳被占，如同挖走晋的心头肉，反倒使晋上下空前团结起来，他们在荆州集结重兵，同仇敌忾，日夜都想收复襄阳城。

襄阳名为大秦国土，但晋随时会反扑过来将其夺走。苏蕙夜读史书，意识到窦滔正处于战争的漩涡之中，十分凶险，恨不得飞过去与他并肩作战。然而，寄出去的家书皆是泥牛入海，难道自己在夫婿眼里已经毫无意义？时间不等人，万一襄阳失守，以苻坚的个性，定会将窦郎斩首示众。想到这里，苏蕙不寒而栗。

"佛祖保佑窦郎平安无事。窦丁，茧儿，你们走快一点，快点把信送到襄阳吧！"苏蕙日日在佛前祈祷。

话说窦丁和茧儿日夜兼程，终于赶到了襄阳城，只见城池坚固，街道整齐，市井繁华，大街上行人往来不绝，便知窦滔将襄阳城治理得井然有序。窦丁先去将军府求见，却被一个门人无情地赶走。窦丁不解，意欲上前说理，却见门人朝他乱挤眼睛。窦丁心下疑惑，只好和茧儿先找了一家客栈住下。

窦丁虽然不大出门，可也聪明机灵。他与店家熟络之后，便旁敲侧击打听起将军府的事情。起初店家不肯说。窦丁也不强求，只是每日多给店小二几个小钱。店小二感激不尽，终于偷偷道出实情。原来，苏蕙才女天下闻名，织锦救夫早已传为美谈，因奸人从中作梗，夫妇生隙，窦滔忘却旧情，贪恋新欢，只带赵阳台到任一事，襄阳城人尽皆知。窦滔未到襄阳，城里早就有人作诗讽刺他是负心汉、白眼狼，乡绅们也都借故不来拜访他，好在窦滔公务繁忙无暇计较。

窦滔刚一到任，碰巧发生了大批民众外逃至晋的事件。苻坚大怒，要求窦滔尽快阻止民众出逃。经过明察暗访，窦滔得知前任太守贪财苛刻，不仅大肆搜刮民脂民膏，还克扣军饷。彭城人刘牢之，自小练得一身武艺，打仗勇猛，却一直未得到封赏，心生不满，率众逃离。谢玄到广陵后四处招兵买马，扩大武装。刘牢之和一批从北方逃难到晋的士卒纷纷应征。谢玄独具慧眼，派刘牢之担任参军，统领一支精锐人马。这支人马在谢玄和刘牢之的严格训练下成为百战百胜的军队。因这支军队经常驻扎京口，京口又称"北府"，所以叫作"北府兵"。"北府兵"待遇优厚，他们常偷偷潜回襄阳城探亲，临走时又鼓动亲友投奔晋国。

窦滔弄明白了缘由，一方面整顿军纪，奖惩分明，稳定军心，另一方面印发户籍文书，加强边界警戒检查，使得晋人不得出入襄阳城。此举有效遏制了民众外逃的乱象，受到了苻坚的褒奖，但是如何对付神出鬼没的"北府兵"，还真让窦滔大伤脑筋。

自己人打自己人，真的是知己知彼，百战不殆。窦滔为了重振军威，杀杀"北府军"的威风，日日操练士兵，天天与将士们同吃同睡，很快赢得了一片赞誉之声。赵阳台独守空房，寂寞孤独，就琢磨起心事。赵阳台明白窦滔绝非贪恋美色之人，眼下专宠自己，只是因与苏蕙有嫌隙。苏蕙聪明贤惠，一封家书就有可能让将军回心转意。所以，赵阳台交代，将军公务缠身，凡是家信一律交她处置。偌大的将军府，赵阳台一人怎么管得过来，她急需要培养亲信。

一日，原来那个被赶走的管家又回来求赵阳台，赵阳台不敢留他，但送了大量财物与他，命他回美阳去打探苏蕙动静。有一天赵阳台去山中游玩，丢失了手绢，恰巧被一吴姓青年将领拾得，两个人眉来眼去，暗生情愫。赵阳台便与吴以表兄妹相称，并让窦滔提拔其为将军府统领。

姓吴的做了将军府统领，便以赵阳台表兄的名义经常出入内宅，俩人狼狈为奸，在府里说一不二。窦滔公务繁忙，经常宿在军营，家中大小事务均由赵阳台和吴统领掌管。这一点，襄阳城人人皆知，恐怕只有窦滔蒙在鼓里。

苏蕙寄来的信，赵阳台没收后一烧了之。窦滔寄出去的家书，钱财，还没有出府门，就被赵阳台借故要走。苏蕙收不到郎君的回音，埋怨郎君气量狭窄，好容易夫妇相见，却又转眼间海角天涯。既然纳妾已是生米做成熟饭，为妻哪能为此与你决裂？为妻信中已道过歉，窦郎，你为何一封信也不回？一个钱也不寄？全然不顾一家老小的死活？

窦滔接二连三地写信，却收不到苏蕙的一份家书，心想妻子名为天下女状元，实则枉读诗书，简直不通情理，自己纳妾确是情非得已，何必如此绝情。自己写了这么多封家书，她竟然连一封也不回。自己寄了这么多的钱财与她，她居然理也不理。想必，有那姚兴奸贼在背后撑腰，她眼里早就没有了自己这个丈夫。

冤家宜解不宜结。这两个人却因爱生恨,互相埋怨,心里的疙瘩越结越大,全然不知这"锦书难托"是奸人从中捣鬼。

不孝有三,无后为大。窦滔几代单传,苏蕙虽然育有一子却过早夭折,赵阳台受宠多年却未有一儿半女。窦滔颇喜幼儿,常常以此为憾。为了防止夜长梦多,吴统领又让赵阳台劝窦滔纳一侍女为妾,以便延续香火。赵阳台不能孕育,也是说来话长。艺妓有分类,专门从事歌舞而非卖身的叫歌姬,但是许多歌姬迫于生计不得不卖身,于是很多歌姬卖唱兼卖身,直到最后歌姬卖身成为常见之事,歌姬中除了极少数清倌还保留着卖艺不卖身的惯例外,大多数最终难逃卖身命运。赵阳台被老鸨养大并教授各种技艺,琴棋书画样样精通,堪称色艺双绝的尤物,只等长大出名后狠赚一笔卖笑钱。起初,赵阳台也是卖艺不卖身的清倌,但最后被达官贵人看中,只好委身于人。歌姬是奴籍,一旦被收入贵族府中圈养,成为玩乐的对象,就彻底失去了人身自由。赵阳台被人买走,怀孕后被正房夫人陷害,不幸流产,最终失去了做母亲的机会。她当年在大漠之中下嫁于窦滔,实是厌倦风尘,看中了窦滔的痴情专一。如今,窦滔因她与苏蕙争风吃醋,很少回府,让她心中不免担忧。

年岁虚长,膝下空虚。窦滔担心祖宗血脉无人相传,便劝赵阳台上山拜佛,祈求子嗣。赵阳台无法,只得假装顺从。以前,管家告诉她美阳有座野合山,每年六月六有香头会。不孕妇女在长辈的带领下,提上一包袱酒肉去山上烧香拜佛。夜色降临之后,妇女手持一炷香去庙后的山坡上等待男子,如果看来人顺眼,便灭掉香火,待男子吃毕所携酒食,长了力气,再铺开包袱,缠绵一番。事毕之后,两人依然不能说一句话,长辈即刻过来领妇女下山。因有神助,极其灵验,故而香头会一年比一年兴旺。这样求来的子女大多聪明伶俐,招人喜爱。第二年家中长辈还要独身一人去山上还愿。

赵阳台一面佯装去山中求子,一面暗中物色了一个性情温顺、易于控制的婢女,以传宗接代为由,劝窦滔纳妾。窦滔自然不愿意,纳了赵阳台,本已辜负了苏蕙,如再纳妾,自己岂不是真的成了天下人的笑柄。

赵阳台才不考虑那么多，将窦滔灌醉，乘机将该女送进房中，成就好事。为讨取郎君欢心保住自己地位，赵阳台不得不用此下策。闻听窦滔又纳一妾，坊间传出了"生女当如苏若兰，嫁女莫嫁窦连波"的流言。世人皆笑窦滔是好色之徒。窦滔羞愧难当，又无法分辩，只得保持沉默。

　　窦丁听了门子的话，便偷偷去军营求见少爷。窦滔闻听窦丁求见，立即亲自迎出大营。窦丁迫不及待地拿出回文诗帕，窦滔看见上面密密麻麻的诗句，想起了离别时苏蕙尚在病中，而自己不管不顾地离开，实在是不近人情。再想起苏蕙素日的种种好处，窦滔悔恨万分，忍不住跪地大声责骂起自己来。窦丁赶紧跪下，泪如雨下地说起了夫人常常悔恨不已，思念少爷，彻夜难眠。又说夫人意欲感悟少爷，便用五彩丝线在八寸见方的锦帕上织就了这幅莹心耀目、题诗二百余首、计八百余言、纵横反复皆为文章的回文诗帕，希望以此为信物，唤醒少爷。万望少爷见字如见人，回心转意，与夫人破镜重圆。

　　俩人叙完别情，再一对证，弄明白了事情根由，窦滔气得火冒三丈，立即就要回府赶走那个贱人。窦丁这才说了苏蕙的猜测：襄阳不久将有大战，万望将军以大局为重，做好迎战准备，家中琐事暂时不宜声张。

四十六
解回文

　　夜里，窦滔在灯下反复研读织锦回文诗帕，一时读不出名堂。窦丁说夫人交代："诗句章节再徘徊宛转，也依旧是一首诗赋。除了我的家人，谁也不会明白个中三昧。"

　　难道，自己真是个榆木疙瘩？窦滔不相信，他将诗帕带在身上，一有功夫就拿出来研究。一天，窦滔读出了一首诗：

　　　　纯贞志一专所当，

麟龙昭德怀圣皇。
　　　望谁思想怀所亲，
　　　刚柔有女为贱人。

　　窦滔想起自己对家没有负过一点责任，双亲跟前没有尽过一天孝，贤妻为救自己吃苦受累，苦心孤诣织成回文诗帕，求得天王开恩，赦免自己，而自己受到重用之后，不思回报，反而听信谗言，怀疑贤妻的忠贞，害得贤妻又一次殚精竭虑地织了这方锦帕。如今，贤妻青丝变作白发，身体虚弱不堪，恐怕还在日夜悬想……窦滔抚摸着诗帕，感其妙绝，悔恨交加。

　　一通百通，窦滔在月下读出了一首接一首的诗，当读到："神明通感精微王，飞轻身寄浮云谁。文殊粲伤光辉思，遗孤妾散离群想。"他一下子明白了回文诗为啥中间是空心的，那是贤妻把心留在了自己身上，那也是一个大大的"回"字，尽管里边的口很小，外边的口比里边的大好多，但仍然是一个"回"字。里外这两个"口"既指天和地，日和夜，更多是指他们夫妇俩人。每种颜色"九"个字，不用说都是长长久久，长相厮守的意思……

　　一瞬间，窦滔灵魂出窍，仿佛飞回了苏蕙的身边，向她倾诉离愁别恨。他立即决定把赵阳台送至关外老家，并上表朝廷要求准假，他要亲自备了车马，用隆重的礼节把苏蕙从关中接到襄阳来养病。

　　在等待朝廷文书的这段时间里，窦滔天天琢磨着回文诗。窦滔记得当初从流沙回到关中时，他看了苏蕙献给天王的那方锦帕的草稿（见彩插 A 面），感到迷惑难解，觉得这首诗好像读不通，也并无奇妙之处。

　　　去日深山当量妻夫归早咐真思又
　　　公雀同初叫寡思回妇嘱不身情贵
　　　阳婆结夫配早织垂时恩上何米语
　　　侣发年夫与锦归去双少深柴夫谁
　　　好伴奴迈回要凄可寒泪中久料我
　　　岂赦寻文身孤本衣怜家上至别月

早知朝能受靠野归想天今枕日离
子天冷淡尚鹤谁更不久地同鸳鸯

后来，在苏蕙的指点下，他从中找出了诗句排列的规律，由最上边一行中间的"夫"字开始，向右下方斜着念下来。然后再按网状顺序旋转念下去，一左一右，一上一下，直念到最上边一作中间的"妻"字止，居然把这一百一十二字解读成了一首十六行的七言诗：横排8行，每行14字，组成七言律诗一首，排列为长方形阵势。即：

夫妇恩深久别离，鸳鸯枕上泪双垂。
思量当初结发好，岂知冷淡受孤凄。
去时嘱咐真情语，谁料至今久不归。
本要与夫同日去，公婆年迈身靠谁？
更想家中柴米贵，又思身上少寒衣。
野鹤尚能寻伴侣，阳雀深山早叫归。
可怜天地同日月，我夫何不早归回？
织锦回文朝天子，早赦奴夫配寡妻。

一方锦帕，奥妙无穷，在朝野上下引起了极大的震动，苏蕙却说："五彩的回文诗，看似扑朔迷离，实则简便易解，不过是多个简单图形叠在一起而已。诗文循环往复，实为我们女子纺纱拐线之状，并非故作高深。只要找到窍门，就能迎刃而解，如同拆那花边，不知者生拉硬拽，懂行者轻轻拉开一个线头即可一拆到底了。"照此法类推，诗帕中两纵两横四条线相交，类似于汉字中的"井"字，这是贤妻平常织布时常见的图案。窦滔记得自己曾经问过这"井"字的寓义，苏蕙说："相传古制八家为井，故而'井'引申为人口聚居地乡里、家宅，这是女子告诉远游的夫君莫忘家乡，莫忘亲人。'井'也喻法度、条理。《广雅·释诂》中讲：'井，瀍也。'井训为法，故做事有法谓之井井有条。其他古书中也说'井井兮其有理也'井者，法也，节也，言法制与人，令节其饮食，无穷竭也。这又是在委婉地劝诫人出门在外要谨言慎行，做事有法度，不能肆意妄为，要恪守法纪呀。'井'也通'阱'，就是第三层意思，提醒夫君害人之心不可有，防人之心不可无。行走天涯，会遇见各色人等，一定要洁身自好，远离是非，防止落入贼人陷阱之中。井也是卦名，木上有水，井。井卦为修德之卦。井之为义，汲养而无穷。意思是说背井离乡之人，行万里路，胜读万卷书，君子一定要善于汲取知识，博采他人之长，弥补己之不足。自己流放之前，三姑娘收拾行囊时也曾经说过：万望夫君使这锦帕时，莫忘'井'字四意也，愿夫君将这手帕随身携带，就好似为妻陪伴在你身旁，时时提醒着你，盼你早日归来。我们一家人团团圆圆，乃大幸事也！"

禾苗当时说："井字形加上四周边框，不就是窗户吗？姑爷走后，三姑娘夜里常常临窗而立，遥望夜空，默默流泪。"

"贤妻受苦了！窦滔有负于你了！"窦滔当时真想把自己纳妾的实情全盘说出，他实在不想再隐瞒下去了。

谁知，苏蕙却憨憨地说：

思虑当初结发好，岂知冷淡受孤凄。
去时叮咛实情语，孰料不归少寒衣。
本要取夫同日去，公婆年迈身靠谁？
更想家外柴米贵，老少艰辛可有亏？
野鹤尚能寻伴侣，阳雀深山叫早归。
可怜六合同日月，我夫何不早归回？

窦滔听罢，眼前再次出现了苏蕙泪掩星眼，紧皱蛾眉的模样，回想起自己当年和贤妻"春和淑丽，同携手于花前；夏气炎蒸，共纳凉于花下。秋光皎洁，银蟾与佳偶同园；冬景严凝，玉体与香肩共暖"的情景，不由得落下泪来，纳妾之事越发难以开口。窦滔一哭，苏蕙和禾苗也跟着流泪。

今夜窦滔展帕读诗，不由得想起了他们行则并肩，坐则并股，受物外无穷欢乐，享人间不尽欢娱，恩爱缠绵之往事，禁不住心疼欲裂。他知道贤妻本欲亲往沙州探望自己，又因老人年迈无人照料，日日思前想后，左右为难，朝夕悬念，睡思昏沉。见不到自己，贤妻又咬牙切齿地咒骂起那帮诬陷忠良、青云直上的无耻小人来。这些年来，贤妻辛苦劳作之后，无人宽慰劝解，心里满是忧愁难过，而自己不为她分忧，反倒心生嫌隙，违背誓言，纳歌妓为妾，实在是无颜面对贤妻和列祖列宗。想到此处，窦滔恨不得跪在苏蕙面前，狠狠扇自己几个耳光。

记得禾苗当时叹息道："姑爷有所不知，姑娘作的回文诗可多了，车载斗量都拉不完。人人都说那回文锦帕是绝妙神品，谁知道姑娘为了织这小小的锦帕，心神俱疲，口吐鲜血，差点吓死奴婢了。我劝姑娘以后说什么也不敢再织第二方了。"

"贤妻乃仙女下凡，窦滔有罪！"窦滔当时羞愧得无地自容，只好哭着跪了下来。那时候，窦滔就暗暗发誓，绝不会与妻子分离了，也绝不会让妻子织什么回文诗帕了。可谁料想，造化弄人，自己又一次辜负了贤妻，害得她又一次耗费心神织造了诗帕。

窦滔哭着念着，似乎看见苏蕙为了救回自己，将沉积于心头的无限思念和无比愤恨，写成一首首如刀似剑的回文诗，按照一定的规律排列起来，用五彩丝线织在锦帕上，希望唤醒自己。而自己呢？被那赵阳台蒙在鼓里，实在是愚蠢至极！

睹物思人，窦滔百感交集，他读着锦帕上的回文诗，心里想着：贤妻呀贤妻，你纺纱织锦，养家糊口，累弯了腰身，救回了夫婿，可惜为夫太糊涂，不分良莠，害你受气。如今，又让你耗尽心血，拼上性命织造了这方"织锦回文诗"，为夫有罪，为夫不配呀！贤妻的"织锦回文诗"巧夺天工，由内而外可以读，由外向内也可以读，真乃稀世珍品，为夫受之有愧呀！贤妻呀！你为了织"织锦回文诗"累坏了身子，白了满头青丝，如今缠绵病榻，你可一定要挺住，为夫这就给你请最好的郎中，让你早日痊愈！

诗谜解开了，窦滔兴奋得难以入眠。贤妻坚贞善良，自己是非不分！这世间不知道有多少男子被眼前的酒色迷惑，还在辜负着痴心女子呢？多少有情人因一时的误会而互生怨恨呢？昔日恩爱鸳鸯为何成了陌路之人，皆是小人作祟。人生苦短，青春难留，恩爱夫妻千万不能再阴差阳错地分隔异处了……

窦滔做了一个大胆的决定——在襄阳城外建造"迎锦亭",立起石碑,把回文诗全文刻在上面,以警示世人。除此之外,他还打算亲自回乡,以盛大礼仪迎接贤妻来襄阳团聚。

四十七
迎锦亭

窦滔亲自监工,工匠们日夜忙碌,很快一座飞檐流角、简洁古朴的亭子建好了,亭中矗立着一块刻着"织锦回文诗"的石碑。窦滔题跋:"滔镇襄阳,不与偕行。苏氏自伤,因织锦为回文,五彩相宣,纵横八寸,题诗二百余首,计八百余字,皆成文章。滔解三昧,浪子回头,建亭记之。"附近的百姓听说了,都来观看,就这样一传十,十传百,百传千,千传万,一时"织锦回文诗"名声大噪,人人争相抄录,齐赞"织锦回文诗"是世间少有的圣物。

亭子落成那天,当地百姓官员争相观看,人山人海,十分壮观。

早有那精明的商人偷偷拓印了"织锦回文诗",在亭子四周叫卖,一时间人手一帕,供不应求。众人见这手帕上密密麻麻织满了字,纷纷称奇!

窦滔应邀拿出苏蕙织的"织锦回文诗"诗帕(见彩插A面),众人见到真品——这八寸见方的锦帕上果真织满了五彩的文字,丝线莹心耀目,文辞玄妙深情,无不称奇。特别是那些绣娘织户们,她们本就不相信"织锦回文诗"是织出来的,她们想着就算将军夫人再心灵手巧,也不可能把这么多字织在小小的一方锦帕上,如今眼见为实,她们全都跪了下来,口中喃喃说道:"织女星下凡了。这是失传已久的挑针引线、通经回纬、八匹缯的织法。娘娘真的是织女星下凡了。"窦滔赶紧劝她们起身。她们共同推举一位年长者，亲手摸了摸"织锦回文诗"诗帕，确信真的是织出来的，便又一次跪倒在地。窦滔和手下人再三劝告，她们起身之后，又说："栽下梧桐树，迎得凤凰来。将军大人好福气，襄阳百姓有福了！"窦滔听了十分惭愧。

那些达官贵人、文人墨客的兴趣在诗文上。他们平时手不释卷，号称读遍诸子百家，然而一时半会儿谁也解读不了"织锦回文诗"。对此，窦滔以苏蕙的话笑答："诗句章节徘徊宛转，也依旧是一首诗赋。除了我的家人，谁也不会明白个中三昧。"

窦滔一卖关子，越发激起了众人的好奇心。

座中有才识敏捷者试着从中间读起，发现向四面八方，上下左右，纵横反复回环，交叉跳间相读，皆成以三言、四言、五言、六言、七言回文诗。忍不住赞叹道："词美意和，情真意切，字字珠玑，句句光华，实乃上乘之作。"

有钻研易经八卦者，沉吟良久，字斟句酌道："中间空心，象征俗称'天心'的'紫薇星'，四周四层十六方，象征'四垣'，'四垣'之外用黄丝线织成四个方块，象征'四正'，其外用黑色丝线织成四个方块，象征'四维'，再其外用红色丝线象征'四经'。全图纵横各二十九行，八百四十字象征二十八星宿和满天星辰，我看叫"织锦回文诗"不足以彰显其华，不如就叫《璇玑图》吧！

"好！好！好！这名字起得妙。此图神奇绝妙，布满玄机，玄机通璇玑，真乃天作之合。且看此图中空留一个天眼，却是与那'天心'相似，璇玑原指北斗魁四星，也叫'紫薇星'，该星处于北方上空，夜晚放眼望去，满天星斗都好像围绕着它旋转。"一位学养深厚的长者附和道。

另一位老先生挥挥纸扇，摇头晃脑地说道"孔子曰：为政以德，譬如北辰，居其所而众星拱之。说的就是这个道理，亦称其为璇玑。况且阴阳先生测穴观宅所用罗盘，也称璇玑。还有那古人测天的仪器也叫璇玑，有'旋而转之，周观天象'之意。如此说来，《璇玑图》一名再好不过了。"

"各位方家,言之有理,窦滔恭敬不如从命,这"织锦回文诗"就改名叫《璇玑图》。窦滔愚笨,生怕误解了夫人美意,喜欢从外而内解读。诸位请看,这两纵两横像什么?"窦滔站在石碑前,指着两纵两横的线条问道。

四周的围观者在手上、衣服上比比画画,有人高声答道:"井!"

"不错,这是井。夫人常对我说井有四意。"窦滔沉痛地说。

"古时八家为井,故而井代指家宅,其意之一是莫忘家乡,莫忘亲人。'井'喻法度,其意之二是做事要遵法度,要讲章法。"井"通"阱",第三层意思就是说害人之心不可有,防人之心不可无。井也是卦名,木上有水,汲养而无穷。第四层意思是说行万里路,胜读万卷书,君子一定要善于汲取知识,博彩他人之长,弥补己之不足。"一位举止潇洒的书生朗声答道。

"受教了!先生与我家夫人所言如出一辙。"窦滔说着,向书生深深一拜。

"就是,咱老百姓不识字,可咱也知道背井离乡,吃水不忘打井人,临渴掘井连不上这些老话。这诗帕的寓意好!"一个商贩大声喊道,引起了一片喝彩声。

"这位大哥言之有理。诸位请再看看这两纵两横的线与四周边框又组成了什么?(见彩插A面)"少爷继续问道。

"窗子。"

"棋盘。"

"阡陌。"

"确实都像,这是夫人对镜梳妆的小轩窗,这是我们夫妻对弈的棋盘,这是我们走过的乡间小路。如今,都化作了夫人笔下的诗文。诸位请看这四周的红字,从右上角的'仁'到下边的'湘'字读起来可以读出一首七言绝句。(见彩插A面)

众人在窦滔的指引下,一起读出了:

仁智怀德圣虞唐,贞妙显华重荣章。
臣贤惟圣配英皇,伦匹离飘浮江湘。

倒读亦为以一首七言绝句：
>　　　　湘江浮飘离匹伦，皇英配圣惟贤臣。
>　　　　章荣重华显妙贞，唐虞圣德怀智仁。

再看这右上方的一个方框（见彩插 B 面图①），我们从'伤'转一圈读到'仁'，又可得诗两首：
>　　　　伤惨怀慕增忧心，荒淫妄想感所钦。
>　　　　苍穹誓终笃志贞，唐虞圣德怀智仁。

倒过来读又得一首七言绝句：
>　　　　仁智怀德圣虞唐，贞志笃终誓穹苍。
>　　　　钦所感想妄淫荒，心忧增慕怀惨伤。

同样，在这右上方的方框中（见彩插 B 面图①），我们从'钦'向上转一圈读到'苍'，又可得诗两首：

一样的道理，在这右上方的方框（见彩插 B 面图①），我们从'心'向右转一圈读到'荒'，又可得诗两首：

读完四角，我们再从'钦'（见彩插 B 面图⑤右上角）字朝下读到'河'（见彩插 B 面图③右下角），又可以得诗两首：
>　　　　钦岑幽岩峻嵯峨，深渊重湝经网罗。
>　　　　林光流电逝推生，民梁山殊塞隔河。

窦滔一边比画一边讲道。

"妙，简直妙不可言！将军讲得明白晓畅，不用说，我们也知道从'贞'（见彩插 B 面图①右下角）朝下读到'梁'（见彩插 B 面图③左下角）亦可得诗两首：

"我的老天呀！光这红边框里的字就能读出来这么多首诗。"

"这是最简单的读法，你没有听将军说还可以后退一个字读，也可以三言、四言、五言六言地读。这样读下来光红色部分就有一两百首诗。"

"将军这只是给了我们一把读诗的'钥匙'，我们回家再慢慢琢磨吧！你看夫人以'虞唐''英皇'等古之圣贤来规劝将军，又以'专一贞志''芳兰凋残''桑榆景晚'表达自己的艰难，也对破坏他们夫妻恩情的

'有女为贱人''荒淫妄想'之徒愤恨不已。夫人真是一位坚贞不屈，爱恨分明，文思高妙，纺织技艺精巧的仙女呀！"

人们七嘴八舌地议论道。

窦滔心中惭愧，但他今天什么也不顾忌了，他就是要诚心诚意地给妻子道歉，要给天下人讲一讲这诗帕的读法，要让负心的男子懂得妻子的一片苦心，所以，他朗声说道："我家夫人讲了，凡事都是从简到繁，繁复的《璇玑图》也是几个简单图形的叠加，就像美满和幸福就是两个人一起度过每一天，无论顺境或厄运。我们读完红色方框四边上的诗，再来看四角的黑字。（见彩插 A 面）"

"这下莫非是要从黑色字体读起。"有人大声问道。

"正是。这位兄长所言极是。不过读法与上面不同，要从右上角的'嗟'字起（见彩插 A 面），作'之'形读可成三言十二句。诸位可按照我的指示读。"窦滔回答道。

"嗟叹怀，所离经。遐旷路，伤中情。

家无君，房帏清。华饬容，朗镜明。

葩纷光，珠曜英。多思感，谁为荣。"众人齐声诵读道。

"倒过来亦可以读。也可从'经'字起（见彩插 A 面），作'之'形读完黑字，又可成三言十二句。当然按照四角读法，也可以从'多''荣'读起。还可以从中间的'所''谁'往两边读。也可从中间分开，左右各半读。"窦滔仔细地讲解道。众人不停地颔首称是。

"至于四块蓝色字体（见彩插 A 面）的读法那就更多啦！上下两个方块可以从第一行中间各借一个字，向右互相分读，可成四言十二句："窦滔指着石碑上的蓝色字说道。

"邵南周风，兴自后妃；卫郑楚樊，厉节中闱。

咏歌长叹，不能奋飞；齐南双发，歌我衷衣。

曜流华观，冶容为谁？情徵宫羽，同声相随。"有聪明颖悟者立即念了出来。窦滔随着话音在图上指示着（见彩插 A 面）。

"左右两个蓝色字块（见彩插 A 面），需要从中间借一字向上下读，每次都可以得四言十二句。"窦滔指着最右边一列中间的"奸"字说道。

"奸佞谗人，作乱闱庭；所因祸源，消受难明。

婕女班姬，义不苟荣；赵嬖孽后，戒在倾城。

大至渐兴，盛炎犹荧；察微虑深，慎在未形。"众人随着窦滔的手势向上读道。

"这首诗引经据典规劝丈夫不要迷恋美色，不要听信小人谗言，要宽容地对待夫妻之间的恩怨，要及时悔改，与妻子重归于好。这老话说得好！家家有本难念的经。丈夫一碗水要端平，要把妻妾家人的关系处理好，不能喜新厌旧，更不要把家里搞得鸡飞狗跳。咱老百姓过日子要的就是和和美美，要的就是心气顺畅，要的就是长幼有序。"一个老者讲完，大家都连声称赞。

恰在此时，苻坚圣旨到了。天王同意窦滔迎接苏蕙，但因镇守襄阳事关重大，不宜远离职守，可派兵马、具车仪护送苏蕙来襄阳团聚。念苏蕙勤谨贤淑，文采盖世，特赐凤冠霞帔一副，黄金百两，敕封女状元，一等诰命夫人。

窦滔接旨，立即派人与窦丁返家迎接苏蕙，茧儿年幼，不宜远行，留在军营中等待母亲。同时，窦滔做好守城的各项准备，从不擅离职守半步。这是苏蕙的劝告，大战在即，任何风吹草动都有可能影响战局。

四十八
璇玑热

话说那些商人大量拓印《璇玑图》，沿街兜售。很快，《璇玑图》就传遍了大江南北。

拓印的《璇玑图》颜色不清，不易辨认，有些绣娘就开始绣制《璇玑图》。绣制的《璇玑图》色彩鲜明，几乎与织造出来的相差无几，特别受文人墨客的青睐。绣制《璇玑图》耗时耗力，价格不菲，许多豪门大户便请来最好的绣女，预付好订金，让其住在府中绣制。一时间，绣娘们各展技艺，有的在锦帕旁边绣上了五福的图案，有的依据主人喜好绣上了梅兰竹菊，有的绣上了窦滔与苏蕙的连环画，不一而足。

与窦滔一样，起初，识文断字者看了锦帕上的文字方阵，都感到迷惑难解，如读天书。后来，他们在窦滔的指点下，找出了诗句排列的规律，一下子茅塞顿开，读出来的诗句越来越多。文人们相聚时，常常以此为题，互相切磋。更有那爱钻牛角尖者，按窦滔所讲之法又研读起了内圈四旁的紫字（见彩插 A 面）。

他们上上下下，里里外外又读出了不少诗，然后又一起推读内圈四角及中心的黄字（见彩插 A 面）。

这部分文字比较浅显，从右上角开始，一眼就可以读出：

宁自感思，孜孜伤情。

侧君在时，梦想劳形。

以"之"字形推读：

似感自宁，孜孜伤情。

时在君侧，梦想劳形。

这几首诗通俗易懂，不识字的绣女们都能听得出来，这缠绵悱恻的情诗写的是苏蕙和窦滔分别以后，苏蕙身处幽房，想念丈夫，悲痛自伤的心情。从古至今，相思最苦。男子在外灯红酒绿，拈花惹草，痴心女子在家忍辱负重，孤苦伶仃，终日以泪洗面的惨剧，比比皆是。有几个能像卓文君、苏蕙这样写出感人至深的诗文？有几个能遇到像司马相如、窦滔这样迷途知返的好男儿？哪个女子不希望与心上人永远恩爱如初呢？于是，《璇玑图》很快成了待字闺中姑娘们的心爱之物，她们借鉴汉代苏伯玉妻作《盘中句寄夫》诗结尾句："与其书，不能读，当从中央周四角"，寓意爱情要从心中发出，觉得从内向外读，能够更好地理解回文诗的诗意。如此一来，《璇玑图》的读法就更加变化多端了。

一时间，姑娘们都热衷起了解读、绣制《璇玑图》。《璇玑图》成了男女青年的定情信物。有些知书达理的大家闺秀认为送《璇玑图》给心上人固然好,但是诗中内容不妥,不如绣上自己作的诗更为有趣。有些小家碧玉虽然粗通文墨,但吟诗作赋稍逊一筹,好在她们刺绣技艺高超,行事大方,仿照《璇玑图》的式样写几首情诗倒也像模像样。

也有一些好事者,觉得《璇玑图》端端正正,略显生硬,不如从两条对角线开始解读(见彩插 A 面)。

识文断字的绣女毕竟是少数,大多数的绣女们根本就不认识字,她们只是听有学问的人讲解过《璇玑图》,知道这方手帕不同凡响,能让负心人回心转意,能让夫妻和好如初,能使家庭美满幸福。她们也想给意中人织一方有神奇魔力的手帕,可惜她们不认识字不会作诗,也没有那么多的时间绣诗,怎么办呢?有聪明灵巧的绣女们就把这一行行的字想象成了一道道线,她们试着把《璇玑图》织成了带有方格的手帕,送给意中人,没想到这种无字的《璇玑图》更受人们喜爱。这种《璇玑图》一来可以表达对美好爱情的向往,二来可以展示自己的技艺,三来一切尽在不言中,更能激发起人们的无限情思。这样两全其美,简便易行的好事情,一下子就传开了。很快,秦国的女子出嫁时都要给亲友送这种方格手帕。

小小一方《璇玑图》，常读常新，让商人们大发横财，让绣女们各展其艺，更让文人们评头论足。他们说完《璇玑图》，自然也要津津乐道一番苏蕙与窦滔的爱情故事。

有人作诗叹道："聪明男子做公卿，女子聪明不出身。若许裙钗应荐举，女儿那见逊公卿。"

老学究则不服气地说："自混沌初开，乾道成男，坤道成女，阴阳有别，阳动阴静，阳施阴受，阳外阴内。从古到今，男外女内，男子主四方之事，女子主一室之事。男子顶冠束带，谓之丈夫，出将入相，无所不为，需要博古通今，达权知变；女子三绺梳头，两截穿衣，一日之计，不过饔食井臼，终身之计无过生儿育女。偶有聪明绝顶，过目成诵不教而能者，凤毛麟角。万不可以点带面，以偏概全。"有时候众人分成两派，争执不下。有时候，哈哈一笑，一语带过。

书生见面了，依然热衷于推读《璇玑图》，例如这首诗：

　　苏作兴感昭恨神，辜罪天离间旧新。
　　霜冰斋洁志清纯，望谁思想怀所亲！

有人读出：这是一位被"新人"取代的"旧妇"唱出的幽怨和不平，但对于远方的夫君她依然怀着"霜冰"般纯洁的一片真情。这样贞洁的女子真难得。这种志趣高雅的女子，受了不公平待遇，没有迁怒于他人，没有自怨自艾，而是寄情于琴棋书画，不信，可以再看另外一首诗：

　　伤惨怀慕增忧心，堂空惟思咏和音；
　　藏摧悲声发曲秦，商弦激楚流清琴。

这首诗正读、反读皆可，描述了满怀悲思的人儿，独自坐在空寂的堂上抚琴，琴声时而呜咽如泉，时而激越如风，倾诉着抚琴人翻卷涨落的心声。

　　嗟叹怀所离径，遐旷路伤中情；
　　家无君房帏清，华饰容朗镜明。
　　葩纷光珠耀英，多思感谁为荣？

周风兴自后妃，楚樊厉节中闲。

　　长叹不能奋飞，双发歌我衮衣；

　　华观冶容为谁？宫羽同声相追。

　有人称赞道：女为悦己者容。这首凄怆的六言诗，诉说着女主人公在空寂的"房帏"中对镜梳妆时的几多哀叹，她纵然有着"葩纷""耀英"的容颜，但韶光易逝，夫君难回，这如花的年华，又"冶容为谁？"

　苏蕙的回文诗写尽了被遗弃女子的悲苦，男子读了幡然醒悟，不再流连于风月场所，他们纷纷效仿窦滔将军，遣散歌妓婢女，整肃门风，使家中少了争端，多了笑声。闺阁之中，女子们感念苏蕙，因为她的诗情词婉转恳切，怨而不伤，不仅写出了女子含辛茹苦，忍气吞声，坚贞不屈的痛苦，也写出了女子隐忍谦让，志趣高洁，心胸豁达的美德。秦国上下，男女老少，茶余饭后争相解读《璇玑图》，每读出一首新诗，便四处传颂。

　　寒岁识凋松，真物知终始；

　　颜衰改华容，仁贤别行士。

　这首可回读的五言诗，用岁寒后凋的松柏作比，吐露了女子对夫君矢志不移的贞情；倒转来读，则表现得更加激扬蓬勃，感人至深，最受那些与苏蕙有同样遭遇的妇女喜欢。她们自称"苏蕙"，骂自己那不着家的丈夫为"窦滔"。这些话传到真正的窦滔耳朵里，他也不生气，反倒诚恳地说："我罪孽深重，有负贤妻，被人唾骂，实在是罪有应得。"女人们心软，听了这话，一下子就原谅了窦滔将军。所以，窦滔认错之后，不但没有遭人耻笑，人缘反倒越来越好。女人们聚到一处，最爱读这首诗：

　　谗佞奸凶，害我忠贞；

　　祸因所恃，滋极骄盈。

　这是苏蕙对那位夺走她夫君的赵阳台进行痛斥，喻她为"谗佞"，读起来十分解气。想一想，苏蕙费尽了九牛二虎之力，救回了丈夫，却被人泼了一身脏水，被郎君抛弃在美阳，全因了那位赵阳台谗媚进言，恃宠而骄，怎不让人愤恨至极？

四十九
效班超

苻坚积极推行"圣君贤相"的治国之道,大力宣扬汉人文化,氐人贵族深受儒家思想影响,纷纷以学习汉文化为荣。

姚兴与苻坚一样崇尚汉文化,他经常向苻坚建议要"广修学官,召郡国学生通一经以上充之。公卿以下子孙并遣受业"。苻坚除了要求民间广设学堂以外,还不定期邀请文人雅士来皇宫吟诗作画,谈论治国之道,并明确要求"中外四禁二卫四军长上将士,皆令修学。课后宫,置典学,立内司,以授予掖庭,选阉人及女隶有聪识者,署博士以授经。"另外,他信奉佛教,也经常在宫廷中举办各种辩法大会。

经济上,苻坚采取劝课农桑、鼓励生产的措施,如推行区种法,开泾水上源,凿山起堤,通渠引灌等,使"关陇清晏,百姓丰乐,自长安至于诸州,皆夹路树槐柳,二十里一亭,四十里一驿、旅行者取给于途,工商贸贩于道。"氐、汉经济上逐渐融为一体。在处理与其他民族的关系上,苻坚从"夷狄应和"出发,实行"服而赦之"的方针,优容各民族上层,国家一片太平景象。

话说姚兴听闻苏蕙为织"织锦回文诗"而头发全白,终日吐血,忙带太医前往苏坊村探望。苏蕙自惭形秽,说什么也不愿见姚兴,姚兴无法,只好将太医留下为苏蕙诊疗。十日之后,太医来报:苏蕙青丝变白,吐血不止乃思虑过度,元气大伤,血不归经所致,好生调养不会有大碍,如今已不再咯血,假以时日,补足元气,不再耗费精神,有望痊愈。姚兴听后大喜,赏了太医,命他好生为苏蕙诊治,日后还有重赏。

恰在这时,探马来报,窦滔将要派人来接苏蕙,姚兴十分气怒。这天，适逢苟太后生日，一位太监将搜罗到的《璇玑图》拓样敬献给苻坚。姚兴看到了，便训斥道："大胆奴才，拓样模糊不清，还不快让窦滔将真品献上。"此话正中苻坚下怀，太监心领神会，赶紧去传圣旨。姚兴又笑吟吟地说："天王英明，汉有班超才女进宫讲学，今有苏蕙女状元文采斐然，何不召进宫来给太后贺寿。太后近来凤体欠安，需人陪伴，顺便也给夫人、公主们教授吟诗作画。"苻坚一听大喜，立即下旨宣苏蕙进宫。

苏蕙在家中风闻了一些传言，她知道窦滔忘了自己的叮嘱——不宜将家事公之于众。窦郎一时兴起，为"织锦回文诗"立石刻碑、更名，闹得天下人人皆知。不知那些奸邪小人又要耍什么花招？想那"汉初三杰"之一的淮阴侯韩信身经百战，统领千军万马，为汉王朝立下了赫赫战功，却不得善终。把他送上死亡之路的不是实力相当的对手，而是自己身边的小人。韩信因刘邦夺去楚王爵位，将他降为淮阴侯后，遂有反心。起事前夕，一个门客得罪于他，他一怒之下将其囚禁起来准备杀掉，却不想门客逃走之后，向吕后告密，终给他招来杀身之祸。

是福不是祸，是祸躲不过。苏蕙正在心慌意乱之时，太监率人宣她进宫。消息传开，十里八乡的人都来道喜。人们把苏蕙织锦时住过的几孔窑洞装饰一番，称作绣女庙，准备塑上苏蕙的泥像，日日供奉。苏蕙阻止不下，只得默默地告别了家人和父老乡亲，带着禾苗入宫。

苏蕙进宫觐见太后，太后见她恭敬有礼，温柔谦和，不卑不亢，十分喜欢。太后拿出真的《璇玑图》说："难为你了，这五色诗句，织在这方手帕上，巧夺天工，我一拿起来就丢不开了。你可是战国屈宋、汉代马班再世呀！"

苏蕙没想到太后拿到了真正的《璇玑图》，便赶紧说："太后过誉了。民女雕虫小技，不值一提。"

"苏蕙才女名震朝野，不可自轻自贱。想那男儿志在四方，驰骋万里，哪里知道我们女人在家牵肠挂肚之苦。常言说得好，痴情女子负心汉。织锦传书，古已有之。当年卓文君与司马相如可谓凤凰比翼，郎情妾意，可也是好景不长。要不是卓文君写了一首《怨郎诗》，还不是要被司马相如抛撇了，一辈子郁郁而终吗？痴情女子古来多。莫说是你，就是那前朝的阿娇皇后，被汉武帝冷落之后，不惜花重金去四川求得《相如赋》，纵然如此，换来的不过是汉武帝的一时之念，日后依然老死冷宫。而你的回文《璇玑图》不光叫窦滔迷途知返，还刻石记载，广为流传，这等于是窦滔将军在当着天下人的面给你认错赔罪呢！你的功劳不小呀！"太后语重心长地说道。

"太后言重了，苏蕙不敢当。百年修得同船渡，千年修得共枕眠。夫妻结缘，上天恩赐，怎敢不恭。"苏蕙深知宫中这些女子一个个都有满腹辛酸，生怕话语不慎惹出是非来，便小心翼翼地回答道。

"还是你懂道理。男人家提着脑袋闯荡天下，风里来雨里去的，吃的那苦岂是我们女流之辈所能想象到的。我们纺纱织布好歹是在屋檐底下，虽然也苦，终究比男子要强一些。家和万事兴。夫妻同心，其利断金。"太后继续说道。

苏蕙赶紧顺着太后的话说："太后所言极是，苏蕙谨记心间。"

"到底是读书人家的孩子，见识就是高人一等。听闻姚兴曾难为过你，如今又拜你为师，可有此事？你别怕，有哀家为你撑腰，你有何委屈，尽管说出来，哀家今天为你出出这口恶气。"太后微笑着盘问道。

"那是一场误会。民女应天王之令在民间开设学堂，给乡民们讲解诗书，也算是聊尽绵薄之力。姚将军学养深厚，对华夏文学见解独特，与我切磋，哪里说得上是拜师。要说开来，倒是民女应该拜姚将军为师。"这个话题很敏感，苏蕙也不躲闪，很诚恳地说道。

"原来如此。想必是你心胸开阔不与姚将军计较。可怜他至今未娶正妻。足见他对你一往情深呀。"太后赞许地说道。

"民女谨记太后教诲，定要像太后一样心胸开阔，情志舒畅。民女恭祝太后福泽绵长，凤体安康！"苏蕙回答道。

"好一张巧嘴，说得哀家好舒坦。听说你一心向佛，就留下来抄一份经书，也算给哀家祈福禳灾。你难得来一趟，抄累了就陪王后和诸位夫人说说话。"太后欢喜地说道。

伴君如伴虎。苏蕙本以为说完话就可以平安回家，哪里知道还要留在王宫，但是她不敢直言，只好说："谢太后！只是民女不懂宫里规矩，还怕多有冒犯。不如让民女回家为您抄写经文。"

"哪里的话。传我旨意，苏蕙才女是我的贵客，你们一个个要小心侍候。"太后威严地下令道。所有的人都跪倒在地，恭恭敬敬地答应着。

苏蕙跪在地上，恳切地说道："承蒙太后怜爱，苏蕙不胜荣幸。本不该推辞，只是民女身体欠安，每日服药多过饮食，实在不敢逗留宫中。"

"哀家知道。哀家也是个药罐罐，只是外头看着好，咱们俩一起吃药也能省不少事情，也免得姚将军老把我的太医借去给你诊治。"太后乐呵呵地说道。

"太后贤德。托您的福，我天朝才能太平无事，才能有苏蕙这样的大才女呀！"王后不失时机地巴结道，示意苏蕙赶紧谢恩。

恭敬不如从命。苏蕙无法，只好答应下来。

原来，太后见苏蕙如此知书达礼，难怪苻融和姚兴都对她如此钟情，所以她真心真意地挽留苏蕙。

晚上，苏蕙正在灯下抄写经文，王后带着几个夫人、公主来了。她们一人手握一方《璇玑图》的拓片，七嘴八舌地夸奖说："这《璇玑图》真有趣，横竖各二十九个字，从前往后读，从后而前读是诗；从左向右读，从右向左读亦是诗；一串串读，变换角度读都是诗；从中间开始绕着圈儿读也是诗……"

"这八百四十个字，分成红、黄、绿、蓝、紫五种色块，莫非与五行八卦暗合。你是不是先以红字的'井'字为底稿，再依次加上各色文字？"

"我发现每个色块中的诗，既可以分三言，四言读，亦可以分五言、七言读，还可以分为杂言体读，简直是变化万端。"

"这八百四十个字，既可以是一首长诗，也可以分割成几千首诗，真是玄机多变，妙不可言。妹妹真是文曲星下凡呀！快给我们讲讲你织

《璇玑图》的故事吧！"

……

经不住王后、夫人和公主们的央求，苏蕙只好说："《尚书大传》曰：正月上日，受终于文祖，在璇玑玉衡，以齐七政。璇玑者，何也？传曰，璇者，还也，玑者，几也，微也，其变微微，而所动者大，谓之璇玑。是故璇玑谓之北极。秦州乃伏羲氏故里，八卦卦象往复循环，奇妙无比。还有那苏伯玉之妻所作《盘中诗》，才高八斗的曹植所作《镜赋》，家乡绣女们吟唱的《五张机》，那一夜都涌上了我的心头。再说了，男女婚配，阴阳结合，本就是强弱互补，你中有我，我中有你，藕断丝连，难以分开了。就是百姓们常言的一日夫妻百日恩呀！"说老实话，苏蕙自己也说不清楚，当时怎么就来了灵感。恰好，当晚星光灿烂，她便和众人来到庭院当中，一起仰望北斗七星，猜想星星的奥秘，讲述星星的各种传说。王后和夫人、公主们听得津津有味。

第二天夜里，太后也来了，命人在御花园里摆好酒席，大家饮酒赏花听苏蕙说书，至深夜方散。

五十
白头吟

姚兴三天两头地来给太后请安。太后明白姚兴的心思，故意装聋作哑。太后心想，苻融和姚兴虽有意于苏蕙，但窦滔并未休妻，故而苏蕙不可再嫁。何况人家夫妻如今已经和好，团聚是迟早的事儿，如果这时候，自己犯糊涂把苏蕙赐给姚兴，不就捅了大娄子吗？伤了苻融、姚兴、窦滔，国无宁日呀！如今，这三人可都是朝中重臣，谁也得罪不起！一动不如一静，还是暂将苏蕙留在宫里为好。

姚兴没有见到苏蕙，磨蹭着不走，太后佯装不知。一天，姚兴大着胆子，要给苏蕙送书，太后答应他进去片刻即回。苏蕙一直想要见到德妃——那位胆识过人的鄢紫姑娘。但是德妃一直没有出现，她也不敢贸然打听。这天，姚兴来了，苏蕙忍不住问起来。"早殁了。性情刚烈的女子，哪里能在这地方站住脚。德妃住过的胧月堂就在不远处，如今改成了织机房。若兰姑娘聪明，一定要管好自己的嘴巴，眼睛，手脚，懂吗？这是在宫里。"姚兴很直率地回答道。两人刚说了几句话，太后就传旨请他们过去用晚膳。

太后虽在病中，但心眼照样活泛。如果能早一天见到苏蕙，以她的才貌人品，苻坚立她为后也不为过，哪里会让那狐狸精小段氏得宠。可是苏蕙眼下尚在病中，年纪轻轻却满头白发，不妨再等一等。

儿呀，江山社稷第一，保得住江山，要什么样的美人娘都会给你的。那小段氏妖媚祸主，为了她与慕容垂交恶，实在不划算。

知子莫如母。其实比起姚兴、苻融对中土文化和佛教的痴迷，苻坚可谓是走火入魔。他礼遇扶持佛教，不仅仅是借助佛教教化众生，更对佛学义理十分认同。西域来中原的沙门，无一不受到苻坚的礼遇。苻坚不仅礼遇西域高僧，襄助译经，对中土僧团也同样重视。当年道安带领门徒弘法修道，在烽火连天的战乱年代饱尝颠沛流离之苦，后在襄阳停留十余年，修建檀溪寺，铸造释迦牟尼佛像，苻坚听说了，秘密派遣使臣去襄阳，送道安外国金箔，助其装饰佛像。

苻坚对佛教的热情太后明白，可她不赞成儿子的行为。儿子嘴上敬佛，做的事情却都是违背佛家旨意的。在太后看来，儿子尤其不该为了得到这个道安和尚，发兵攻打襄阳。虽说胜利回朝，但也是大开杀戒，死伤无数，被人诟病了很久。

道安成了国之神器，受到儿子的敬重和信任。道安不喜热闹，他一直住在五重寺里，率僧众数千，译经讲经，大弘佛法，引渡无数。长安有了道安，自然成了北方的佛教中心。只是这道安虽然能言善辩，对国事却一问三不知，儿子还是无人辅佐。也好，我佛慈悲，这个道安和尚还算安分守己，只知道念经供佛，并不干涉国事，也从不妖言惑众……

可怜的儿子还不知罪孽深重,竟然非要派吕光去西域请那个鸠摩罗什。太后有所不知,光是姚兴一个人吹风,苻坚是不会下定决心征讨西域的。道安也对苻坚多次讲过鸠摩罗什的种种传闻,让苻坚对鸠摩罗什法师敬仰不已,非常渴望鸠摩罗什法师能到长安行化大乘教法,辅佐自己。所以,才有了吕光出征、吕婆楼病逝的悲剧。太后要是知道吕光到了西域大开杀戒,专门破坏佛教寺庙、经殿,虐待鸠摩罗什,她说什么也不会让儿子做那个决定的。

人心不足蛇吞象。光有了道安和尚还不够,儿子还梦想着把晋朝的谢安也抢过来,这冤冤相报何时了呀!太后寝食难安,夜夜噩梦连连,身体一天天虚弱下来,渐成病势。

生日这天,太后托李威劝告儿子不要再大动干戈了,这是太后手里的最后一张王牌。朝野上下都夸儿子"性至孝,博学多才艺,有经济大志,喜结英豪,以图纬世之宜"。儿子一直孝顺,向来把李威当作义父。王猛去世之后,儿子能听进去的就只有李威的话了。可是,李威带回来的消息又一次令她失望了!李威已是风烛残年之人,不久便撒手归西了。太后背过人后,暗自伤心。

儿呀,你怎么不知满足呢?儿呀,吃饱了要记得放碗呀!

如今,有了苏蕙,不知王儿能否听得进去她的劝告?

这天,姚兴得了一个千年何首乌,立即进宫去见苏蕙。何首乌是白发变黑的良药。苏蕙为了织《璇玑图》耗尽了心血,身体虚弱不堪,年纪轻轻就满头华发,实在令人心疼。太医认为"发为血之余""肾主骨,其华在发",主张苏蕙多吃养血补肾的食品以乌发润发。古书中记载,首乌能"养血益肝,固精益肾,健筋骨,乌须发,为滋补良药,不寒不燥,功在地黄、天门冬诸药之上",有补肝益肾、养血添精的作用,能起到乌黑头发、养颜美容效果。姚兴做梦都希望苏蕙恢复往日靓丽的容颜、健康的身体,所以他命人到处重金悬赏搜罗何首乌。重赏之下必有勇夫,今日有山野樵夫献上了这个人形的千年何首乌,实在是难得的珍品。他要先让苏蕙过目,再让太医院拿去熬药。

苏蕙与禾苗不在宫中,她们会去哪里呢?苏蕙身体欠安,应该不会走远。胧月堂,她们一定去了胧月堂。果然,苏蕙与禾苗正在宫墙内站立着,侧耳倾听织女们吟唱《白头吟》:

  皑如山上雪,皎若云间月。
  闻君有两意,故来相决绝。
  今日斗酒会,明旦沟水头。
  躞蹀御沟上,沟水东西流。
  凄凄复凄凄,嫁娶不须啼。
  愿得一心人,白头不相离。
  竹竿何袅袅,鱼尾何簁簁!
  男儿重意气,何用钱刀为!

  一拨织女们反复吟唱完《白头吟》之后,另一拨又开始唱《诀别书》:

  华竞芳,五色凌素,琴尚在御,而新声代故!
  锦水有鸳,汉宫有木,彼物而新,嗟世之人兮,瞀于淫而不悟!
  朱弦断,明镜缺,朝露晞,芳时歇,白头吟,伤离别,努力加餐勿念妾,锦水汤汤,与君长诀!

  最后,两拨人合在一起唱《怨郎诗》:

  一别之后,二地相悬。只说三四月,谁知五六年。七弦琴无心弹,八行字无可传,九连环从中折断,十里长亭望眼欲穿。百思念,千系念,万般无奈把郎怨。
  万语千言说不完,百无聊赖十依栏。九重九登高看孤雁,八月仲秋月圆人不圆。七月半,秉烛烧香问苍天,六月伏天人人摇扇我心寒。五月石榴似火红,偏遇阵阵冷雨浇花端。四月枇杷未黄,我欲对镜心意乱。急匆匆,三月桃花随水转,飘零零,二月风筝线儿断。
  噫,郎呀郎,巴不得下一世,你为女来我做男。

  歌声婉转动人,姚兴听了心内大恸,半天回不过味来。半响,才听到禾苗愤愤地说:"姑娘,那个司马相如真不是个好东西,可惜了卓文君这个面如芙蓉，通晓琴棋书画，才貌双全的奇女子。戏文里把那'文君夜奔相如''当垆卖酒'演得热闹，多半都是骗人的。"

"她十七岁在娘家守寡，日子过得没有滋味，只因司马相如一曲《凤求凰》，使她芳心大动，便不顾父亲的反对，与心上人私奔至成都。看来，卓文君也是有胆气的女子！能当得富家的大小姐，也能当得贫家的小媳妇。司马相如当年是个落魄潦倒、放浪不羁的文人，过着典衣沽酒，有今日没明天的生活。卓文君嫁他以后，为维持生计脱钏换粮，亲自当垆卖酒，应是无怨无悔的。"苏蕙缓缓说道。

"其实，司马相如不值得托付终身。你瞧他闻名显达后，日日沉醉于声色犬马之中，不仅把结发妻子抛到了脑后，居然还产生了休妻纳妾的想法。他的休书写得好，只有十三个数字：一二三四五六七八九十百千万。聪明的卓文君读后泪流满面，一行数字中唯独少了一个'亿'，'无亿'就是'无情无义'呀！"禾苗不屑一顾地说道。

"这就是女子的命。尽管司马相如的所作所为让她伤心欲绝，这个容颜衰老的女子还是满怀悲愤地写下了感人至深的《白头吟》和凄怨的《怨郎诗》，用深情切意令其回心转意，她的《怨郎诗》字字是思，句句是念，可见她对司马相如是一往情深，从一而终呀！这样的女子人世间能有几个？"苏蕙苦笑着回答道。

"姑娘比她们命好。姑爷很快就来接姑娘了。姑娘身体弱，祭拜了德妃娘娘，千万不要伤心了。天色晚了，姑娘不敢在外面多待，我们回去吧！"禾苗说着，扶起苏蕙往回走。

姚兴躲在树丛后面，目送着她们渐渐走远。

这天夜里，苏蕙梦见窦滔真的回来了，他们在亭子里相拥而坐，饮酒赏月，却突然吹起一股阴风，将灯笼吹灭了……

五十一
破阵子

话说苻坚派遣骁骑将军吕光、陵江将军姜飞、轻骑将军彭晃等人，统兵七万，铁骑五千，征讨西域，誓获鸠摩罗什！

兵马出发前夜，苻坚设宴为众将军壮行。苻坚神色严峻地对吕光说："吕将军，若获致了鸠摩罗什，立即驰送长安不得有误！切记！""遵旨！"饮酒豪放的吕光双手抱拳道，"不过，兵家之事难料，万一鸠摩罗什受伤或者遭遇不测，我吕光一人做事一人当，请天王不要怪罪臣的老父。"苻坚生气地打断了吕光的话，怒道："鸠摩罗什乃当世稀罕之神器，国之大宝，务必要完好无损地送回来，绝不能有任何差错，否则，你不要来见我！"吕光听了这话，心中一寒，立即噤声。

吕光率领七万大军，从长安城浩浩荡荡地出发了，一路上各州府皆来劳军。大军过关中，穿陇西，渡黄河，走河西走廊，次年三月底来到了凉州首府姑臧。五月下旬，大军过敦煌，又西行至玉门关。此时的长安城早已是桃红柳绿，鸟语花香的初夏时节，王公贵族们该是着夏衣，饮美酒，呼朋引伴地去郊外游玩赏花了，而自己却要为了一个和尚跑到这荒无人烟、寸草不生的戈壁滩上来卖命。吕光狠狠地咒骂完，还不解气，又在玉门关上使劲地踢了几脚，才命令大军继续前行。

出了玉门关，便进入鄯善国境内。大军在这里补充给养，停留了几日，不时有士兵偷跑溜号，吕光毫不留情，抓住一个，杀掉一个。一时间军纪整肃，贪生怕死之徒再也不敢提回归中原一事。出了鄯善国往西北走，全是戈壁滩，没有人烟，道路难辨，只有牛马粪便和人骨兽骨可为标识。又走了一个多月，大军到了高昌。高昌位于火焰山南麓木头沟河边，是连接中原和夷人之地，这里驮商云集，寺庙众多，信徒遍地。外来的宗教大都经高昌传入中原，毫不夸张地说，它是世界宗教最活跃最发达的地方，也是世界宗教文化荟萃的宝地之一。

为了防止军心涣散，吕光与众人约法三章：一人失踪，诛杀九族；滋事扰民，格杀勿论；日日操练，扬我国威。大军在高昌休整了两个月，找好了向导，备足了粮草，继续西进了几日，便进入了让人谈之色变、望而却步、号称"三百里死亡地带"的大沙漠。可是，临出发前，几名向导却溜之大吉了。吕光和他的七万大军没有退缩，他们知道这时候回去绝对是死路一条，只有往前走，招致了鸠摩罗什，天王才会给他们加官晋爵，才会让他们回家乡与亲人团聚。果不其然，没有向导的大军在沙漠中迷了路，水源竭尽，大军在一望无际的沙漠之中经历了一场生与死的考验。

长河落日，黄沙漫天。吕光和他的七万官兵缓慢蠕动在这荒凉的沙漠之中。空旷的天地之间，没有大树，没有草木，没有飞鸟，眼前除了黄沙还是黄沙。热风卷起沙砾，形成烟柱，直上云天，刺得人睁不开眼睛。狂风过后，吕光环顾四周，到处是一望无垠的流沙世界。他不甘心，自己戎马一生，杀敌无数，却要渴死在这沙海之中。远处的骆驼草一身硬刺，像一只蛰伏在沙海之中的刺猬，一丛丛红柳举着米粒般的叶子，酷似残兵败将。吕光转念一想，这卑微的草木尚且能想方设法存活下来，那么，天无绝人之路，老天爷也一定会给自己一条生路的。"水，看前边有条河。""城堡，看前边有座城堡。""树林，前面有一片树林。"众将士们一下子呼喊起来了。"望梅止渴。"有人绝望地说道。吕光也知道这是海市蜃楼，但为了鼓舞士气，他还是下令，继续前进。

大军行进的速度越来越缓慢。前方什么也没有，唯有沙海中偶尔见到的人骨兽架，提醒着大军这就是所谓的道路。就在这时候，可怕的沙尘暴来了，黄沙铺天盖地而来，吕光急忙下令蒙住马眼睛，全体抱头蹲下。沙尘暴过后，眼前的山丘被夷为平地，幽幽磷火不断飘过，大地死一般寂静，大家趴在沙土上沉沉睡去。吕光发愁地看着七万大军，他担心自己回不了中原，再也见不到父亲了，就将几个儿子叫到身边托付后事。这时候，儿子们终于说出了实话——爷爷已经病逝，吕光这才得知了父亲病逝的消息。那一刻，吕光的心中充满了仇恨，他的仇恨无处发泄，唯有不断地捶打自己。他发誓，如果能够走出这死亡之地，他一定要把鸠摩罗什羞辱致死。

接下来的几天，大军如同在地狱里行走。一天，军队彻底断了水源，几百匹骆驼和牛车上盛水的皮囊空无余沥。七万将士大半面无人色，嘴唇皲裂，喉咙疼痛，发不出声音，一张嘴就渗出血珠子。不断有人走着走着就昏倒在沙丘上或者深谷里。死亡像一只恐怖的大鸟，其阴影已经将他们团团围住。死去的士兵太多了，根本来不及掩埋。吕光自己也绝望了，他招招手，示意大军在大沙漠腹地休息。正在吕光束手无策，听天由命的时候，天空突然黑云翻滚，电闪雷鸣，一场大雨从天而降。三军将士像疯了一样在雨中乱喊乱叫，然后赶紧将锅碗瓢盆能盛水的器皿全都拿出来接水。吕光则跪倒在大雨中，任凭雨水灌进干渴的喉咙，淋湿全身盔甲。众将士见状，也都齐刷刷跪下来，感谢老天爷开眼，感谢老天爷救命之恩。

因了这场大雨，吕光的大军摆脱了死亡威胁，顺利走出三百里死亡地带，进入焉耆国。焉耆王面对从天而降，衣衫褴褛的中原大军，以为遇见了天兵天将，吓得六神无主，只得亲率尉犁、危须、山国等诸国前来请降。

识时务者为俊杰。吕光收服了焉耆王，扬言说他的目标是罗致鸠摩罗什，谁敢抵抗杀无赦。消息传开，整个西域震颤了！众人心知肚明——龟兹要遭殃了。

大难临头，龟兹国王白纯急得团团转，连忙召集群臣商议对策。白纯想起王妹耆婆临出家前，曾告诉他一个不祥的预言："汝国运不久将衰落！"白纯当时十分不解。耆婆解释道："佛法有云：万事轮回，生、住、灭，国运也如此，岂能长久？"如今，王妹耆婆临别的预言应验了，白纯心知无力回天，反倒镇静下来，决心拼死一战。群臣议论纷纷，有的主战,有的主降,有的建议逃走。白纯心中烦躁,下令散朝。

正在这时,鸠摩罗什不请自来,没等白纯开口,他就说:"陛下,国运衰矣,东方强敌压境,宜恭敬柔顺,勿抗其锋。我愿一人出城请降,绝不连累全城百姓。"白纯听了,怒斥道:"我龟兹军队不下十万,难道就保护不了一个高僧?"鸠摩罗什则坚持请命出城。

白纯不甘心做苻秦的属国,他坚定地说:"朕决心迎战!罗什,你是龟兹国大宝,可进山避难。"鸠摩罗什苦笑着摇了摇头,说:"覆巢之下岂有完卵。我哪里也不去!强敌因我而来,我愿一人出城,决不可让生灵再遭涂炭,绝不可大开杀戒,"白纯摇头,命人将其强行带走。

白纯一面派王弟白震前往疏勒国请求救兵。一面打开城门,让延城外的民众全部进城避难,命令各侯王率兵守住内、中、外三道城墙。这时候,吕光的大军已在延城城南数里之外。七万大军安营扎寨,掘深沟,筑高垒,以木为兵,被之以衣甲,排列在高垒之上,迷惑敌兵。

此刻,鸠摩罗什正同父亲鸠摩炎话别。鸠摩炎叹息道:"这都是命。当年我破戒和你母亲成婚,谁知你母亲后来绝食六日,非要落发出家,这都是我们命中的浩劫。既然是劫,就在劫难逃,随缘就好。我已老迈,不能再为龟兹国出力。延城即将破灭,我将回天竺寻找你的母亲,你自求多福吧!"鸠摩罗什听了这话,知道这场血光之灾无法避免,便终日在禅窟为百姓祈福。

先下手为强,后下手遭殃。白纯想着吕光的大军远道而来,一定疲惫不堪,不如趁他们立足未稳先教训他们一顿。龟兹骑兵在延城外伏击了吕光大军,那些弯刀铁骑来去如风,快似闪电,吕光损兵折将,锐气大挫,严令加强警戒。白纯自以为杀了吕光的风头,吕光一定不敢轻举妄动了。他哪里知道吕光善于随机应变,部下个个争强好胜,打起仗来如狼似虎。第二天,吕光下令,切断城中水源,城里的百姓叫苦连天。三日后的夜里,吕光做了一个梦,梦见一头大象飞出延城。众将听闻,惶恐不安。

白纯情知大势已去,但他困兽犹斗,依然要做最后的挣扎——不惜倾举国之宝，请猃胡救援。猃胡王贪财好色，收下宝物美女，立即派骑兵十万，并引温宿、尉头士兵若干，增援龟兹国。胡人骑射娴熟，来去如风，善用皮革绳套人，这种用于草原套马的战术，在战场上大显神威。开始几天，吕光麾下被套杀的大将很多。吕光面对敌众我寡，兵力分散的局势，连忙改变战术，以盾掩体，以毒箭射杀敌兵，胡兵伤亡惨重，不敢近前。

晋太元九年（公元384年）七月，吕光大军与西域联军在延城城西决战。吕光率领七万将士以少胜多，打败人数众多的西域联军。白纯见大势已去，连忙逃出延城。

西域三十余国闻风丧胆，皆来请降，吕光威名远扬。

五十二
菩萨蛮

延城攻陷后，吕光想起苻坚的叮嘱，连忙派将军杜进寻找鸠摩罗什。杜进在一个石窟中找到了正在闭目打坐的鸠摩罗什。

龟兹王的皇宫美轮美奂，雕刻了无数佛像，吕光和诸将领住进皇宫后，砸碎佛像，哈哈大笑道："神佛有何用，这么多的神佛也保佑不了龟兹王！"随后命人在龟兹皇宫的佛堂里宰杀孔雀，大摆酒宴，犒赏将士。酒酣耳热之际，吕光让部将段业做《龟兹宫赋》助兴，段业摇头晃脑道："瞻彼龟兹宫之为状也，则嵯峨崔嵬，逶迤连绵；视壁画之神奇兮，立佛像之光焰。藏葡萄美酒之万斛兮，贮奇珍异宝于千间。愿千载之飨祭祀兮，却一朝之破灭……"众人听了纷纷叫好。

酒过三巡，菜过五味，杜进带鸠摩罗什来复命。吕光喝得醉醺醺的，把酒杯一推，坐在过去高僧大德说法讲经的金狮子座上，准备给鸠摩罗什来个下马威。众将山呼海啸，以壮声威。

鸠摩罗什看到原本清净的佛门圣地，竟然被搞得遍地狼藉，气愤不已。他冷眼看了一眼狮子座上那个肥头大耳的将军，知道此人一定是吕光，便静静地看着他。吕光揉了揉因饮酒过量而发红的眼睛，打量着这个年轻的比丘，只见此人不足三十，一身袈裟，目光平静如水，气度非凡，飘飘然似有神仙之态。双方僵持着，杜进呵斥鸠摩罗什向吕光行礼。鸠摩罗什双手合十，不卑不亢道："龟兹国僧人鸠摩罗什拜见大都督！"吕光原以为鸠摩罗什是个鹤发童颜的得道高僧，没想到竟是个年轻俊美的僧人，就吩咐他留在殿中饮酒。鸠摩罗什以僧人不饮酒为由告辞要走，吕光也不强留他，只是不客气地命令道："圣僧要识时务，不得无故出延城，更不得私自离开龟兹国。"鸠摩罗什遵命退下。

吕光日日与众人饮酒作乐。一天，吕光听人说鸠摩罗什每次升狮子座说法讲经时，西域诸王都要俯身当凳，就派人去叫鸠摩罗什过来问话，鸠摩罗什回答确有其事。吕光故意挑衅地说："既然如此，本都督可否升金狮子座？"鸠摩罗什机智地回答说："金狮子座乃讲经说法的僧人所坐，王者自有金銮殿坐，贫僧观都督器宇轩昂，来日自当坐金銮殿。"吕光哈哈大笑道："好个伶牙俐齿的和尚。本将军才不稀罕这宝座。不如融化了金狮子座，赏给我的部下。"鸠摩罗什知道无法阻止，也懒得争辩。吕光得意地狂笑了一阵，便喊宫女给鸠摩罗什斟葡萄酒。鸠摩罗什连忙推辞。吕光不管那么多，强行让宫女给鸠摩罗什灌了一杯葡萄酒。鸠摩罗什羞得满面通红，狼狈不堪，吕光等人却示意宫女继续给鸠摩罗什灌酒，直到鸠摩罗什烂醉如泥为止。

龟兹初定，人心惶惶。吕光设坛祭奠父亲，立龟兹王之弟白震为新王。白震恩威并用，将龟兹臣民治理得服服帖帖，吕光只管纵情享乐。

吕光以武力和强权征服了龟兹，龟兹也用美酒和女乐征服了吕光。此前，吕光根本不知道龟兹乐舞为何物。占领龟兹后，他才知道世上竟有如此奔放的乐舞。龟兹的乐器多么神奇，除中原已有的箫、笙、腰鼓等，还有手鼓等各种本土乐器，歌舞表演时，乐曲时而如旭日冉冉东升，时而如风暴横扫戈壁荒漠，时而如骏马驰骋原野，时而如火焰跳跃不定。

吕光一介武夫,一听这种乐曲便乐不思蜀了,更不用说再欣赏那些舞女火辣热烈、风情万种、摄人心魄的舞姿了。英雄难过美人关啊!难怪,英武神明的窦滔将军,甘愿为了一个胡姬赵阳台而负了中原才女苏若兰了。吕光左拥右抱,尽享尘世之乐。

常言道:英雄配美女,才子配佳人,君子配淑女。哈哈哈,谁该配鸠摩罗什呢?吕光放荡的笑声回荡在富丽堂皇的宫殿里,令人毛骨悚然。

有一次,已经酩酊大醉的吕光,嫌跳《胡腾舞》的老是那几个女子,要求白震另外物色一名女子再舞一曲。白震面露难色,吕光哼了一声,白震害怕,只好派人去请公主。一会儿,乐曲再度响起,一个从未见过的女子开始起舞,吕光色眯眯地盯着这名女子,只见她容貌秀美,头戴花冠,如同天山雪莲,傲雪迎风。女子肤色白嫩,双峰傲然挺拔,跳跃如一对玉兔,腰际之下的红裙艳如火焰,修长丰满的双腿十分诱人。只是她不同于一般舞女,不围绕着吕光舞蹈,也不抛射媚眼,更不刻意讨好于他。舞女神情冷漠地在一个不大的圆毯子上翩翩起舞。吕光看得如醉如痴,嘴巴半天合不拢。

吕光没想到这个女子居然是新王白震的女儿阿竭耶末帝。她虽贵为公主,但碍于父王之命,不得不前来献艺助兴。左右看出了吕光的心思,都劝他顺水推舟,将阿竭耶末帝公主纳入帐中。白震无奈,只得低声附和。吕光突然心生一计,狞笑着说道:"龟兹王诚意可嘉,公主容貌盖世,还是请回府安歇吧。"阿竭耶末帝父女退下后,众将不解其意,吕光哈哈大笑道:"我自有妙用。"

原来,吕光一直觉得道安、鸠摩罗什并非什么神僧国器,不过是懂些阴阳之术的沽名钓誉之徒而已。这样一个普通比丘,天王苻坚竟不惜孤七万兵马长途奔袭远征龟兹,还说他是什么世上大宝。佛教徒云女色乃血污臭皮囊,得道不得道,拿个美人一试便知分晓。想到这里,吕光不怀好意地笑了。

众人明白了吕光放走阿竭耶末帝的目的——要让她嫁给鸠摩罗什。这下都等着看好戏了。

鸠摩罗什刚一听说这话，愤然拒绝。吕光驳斥道："圣人云：色食性也，男婚女嫁，阴阳交泰，天之道也！虽说出家人，六根清净，不近女色！若真心向佛，纵然妻妾成群，也不碍菩提！"

鸠摩罗什苦苦恳求道："大都督，此事万万不可！世尊云：宁以毒蛇深入身口，利剑割肉，终不可触及女身。"

"好一个迂腐的和尚。江山多娇人多情，自古美女配英雄。鸠摩罗什，你别装了，也不想想你是怎么来到这世上的。你母贵为公主却思嫁心切，为了嫁你父亲用尽了手段。你父亲虽说是出家人，不也照样娶妻生子吗？"吕光质问道。

"这……"鸠摩罗什一时语塞。

"闭嘴。今天你们就成婚。"吕光甩下这句话扬长而去。

吕光转身命人宣白震和阿竭耶末帝进宫，说要给公主赐婚。白震父女俩自然不答应，吕光威胁要宰了白震，阿竭耶末帝只得就范。当天夜里，吕光命人先将阿竭耶末帝灌醉，送入洞房，尔后，又授意几个士兵给鸠摩罗什灌下催情药酒，将其关进洞房。

红烛闪烁的洞房，孤男寡女犹如干柴烈火一点就着。可怜的鸠摩罗什，一边流着泪，哭喊着"佛陀我必堕阿鼻地狱……"一边在酒与色双重纠缠下失去了理智。

鸠摩罗什破戒的消息不胫而走，佛图舌弥得知后，跪在释迦牟尼佛的像前放声大哭："世尊啊，一门两高僧相继犯戒，这是佛门的奇耻大辱呀！龟兹佛教从此衰矣！"

鸠摩罗什想起月氏国曾经有位罗汉曾对母亲说："要守护好你的儿子，如果他到了三十五岁不犯戒律，该由他大兴佛法，超度无数众生，与优波鞠多无异。如果犯戒，不过就是一位才智通明俊秀超群之人。"他绝望至极，觉得此生休矣！

鸠摩罗什从小被视作天才，不到十岁时已经天下闻名，多年来，他走到哪里，人人都对他毕恭毕敬。他现在最受不了的，就是人们的白眼和嘲笑。早知如此，不如当时在罽宾国辩法时失败自尽。那时辩法非常惨烈，失败者不是销声匿迹，就是割掉自己的舌头，甚至不惜自杀。轻一点的，必须改换门庭，拜胜者为师。而胜利者则会一战成名，万众瞩目，信徒云集，得到国王的尊崇和大量的布施。人生的第一次辩法能否成功，对于年少的鸠摩罗什来说，至关重要。

尽管被人誉为神童，可山外有山，强中更有强中手，小罗什辩法前每天心神不宁，时常一个人坐在佛前沉思。耆婆看着一向镇静自若的儿子变得忧心忡忡，便带他去百姓家中走访。这是母亲第一次给他讲佛学以外的红尘之事，年少的罗什自然是兴奋万分，恢复了以往的神采，满怀信心地前去应战。

那次辩论法会场面隆重声势浩大，闻讯而来的四方百姓将大殿挤得水泄不通。国王王后亲自驾临。偌大的宫殿中，有权力坐下的除了辩论双方外，就只有国王和王后了。其余人等都得站着。对方看到鸠摩罗什是个不到十岁的小男孩，根本就没有把他放在心上，他辩法赢遍西域各国无敌手，还怕这个小毛孩不成？摆这么大的排场根本就没必要嘛！

辩法大会正式开始了，面对对手的傲慢无礼，出言不逊，以及故意刁难，小罗什一直都没有还口。等对方以为小罗什早被吓破了胆子，甘拜下风时，小罗什却从对方的一个破绽辩起，把他提出的问题用佛教理论一一给予解答，并宣扬了佛学劝人向善的用意。对方被小罗什过人的见解所折服，无以作答，输得心服口服，当场要咬舌自尽。幸亏众人苦苦相劝，对手方才作罢。自此以后销声匿迹，不再露面。

鸠摩罗什现在深切地感受到了对手当年的奇耻大辱。他恨不得找个地缝钻进去。

鸠摩罗什觉得自己又成了一个不知所措的孩子，他非常想念母亲，希望母亲托梦给他，好让他早点走出人生的低谷。可是，母亲从来都没有出现在他的梦中。

鸠摩罗什纠结在欲望与戒律的矛盾中，痛苦得几乎发疯，为此他想到了利器割肉，想到了死亡。但痴情的阿竭耶末帝那么喜欢他，终日与他厮守在一起，一眼看不到他，就到处喊叫他的名字。阿竭耶末帝曾经发誓：如果鸠摩罗什先她而去，她会立即追随他去西方极乐世界。所以，破戒后鸠摩罗什虽然痛不欲生，但是只要看到美丽善良，楚楚动人的阿竭耶末帝，就又失去了结束自己生命的勇气。

看着鸠摩罗什日日在清规戒律和世俗生活之间挣扎，阿竭耶末帝也心中难安。她终于明白了姑母为何都已经生了两个孩子，却还要出家为尼。她天天在佛前祈求，祈求早日怀上智子。日后她将远走高飞，与孩子相依为命，绝对不再干扰鸠摩罗什修行。可是半年过去了，阿竭耶末帝的肚子还是没有任何变化。鸠摩罗什的心思不在子嗣上，他恨自己，他不得不承认，当初弘扬佛法时发的誓愿，在欲望面前显得多么软弱无力，简直不堪一击。

鸠摩罗什毕竟不是凡夫俗子，而是随母亲周游了许多国家，见多识广的高僧。他亲历了母亲出家的悲欢离合，对男女之情自有解脱之道。一天，他看见昙花开放，忽然悟到：人生如朝露，只有刹那芳华，事已至此，与其整天痛苦自责，不如静下心来研读佛法。鸠摩罗什读到《金刚般若波罗蜜经》中佛告须菩提的话："……菩萨应离一切相，发阿耨多罗三藐三菩提心，不应住色生心，不应住声、香、味、触、法生心，应生无所住心……"鸠摩罗什的心忽然明朗起来，如同佛光普照，屈辱悔恨一扫而光。难道业障深重之身，就不可以弘扬佛法？一切相皆空，皆非真实。

一念心自宽。鸠摩罗什以大乘空观思考自己的破戒，终于幡然悔悟，不再折磨自己。

吕光在龟兹国作威作福为时已久，他野心勃勃，意欲废黜白震，称霸西域，但长期征战的将士难忘故土，人人思归，已到了剑拔弩张的地步。众怒难犯，吕光不得不打算回国复命。

开悟之后的鸠摩罗什一边精研佛法，一边劝说吕光离开龟兹。鸠摩罗什多次对吕光说："龟兹破灭前夕，白纯梦见大象飞离延城，可见神佛已经离开此地。龟兹乃凶亡之地，不足留也，将军及早东归，贫僧自随左右，中道自有福地可居。"吕光渐渐动摇了。

五十三
同病怜

天算不如人算。窦丁出发后,窦滔满心欢喜地准备迎接苏蕙,却没有想到窦丁他们半路上遇到了晋人兵马,一番恶战之后人马大半被杀。窦丁侥幸逃脱,立即回来报信。

窦滔得报,大吃一惊。不怕贼偷就怕贼惦念。窦滔想起苏蕙的话,暗悔不该大张旗鼓地宣扬《璇玑图》,他加强戒备,加固城墙,加紧操练士兵,将回家迎接苏蕙一事暂且按下不提。

原来不出苏蕙所料,初出茅庐的谢玄踌躇满志,不仅日夜操练"北府兵",还密切关注着襄阳城的风吹草动,盼望着有朝一日出其不意地夺回襄阳,一血国耻。所以,窦滔的一举一动全在他的掌握之中。

迎锦亭落成之后,《璇玑图》的拓片很快在晋国传开了。谢玄便把它敬献给了叔父谢安和姐姐谢道韫。

《璇玑图》在秦晋两国不胫而走,大江南北的文人雅士、闺阁命妇都以解读其中的诗词为乐。《璇玑图》深情玄妙,意韵万千,若想领会其中奥妙,只有用心品味,方能渐至佳境。谢安、谢道韫看到了《璇玑图》也用心研读,赞不绝口,逢人便说《璇玑图》实是中原文字深奥、古奇与织锦技艺完美结合的绝世精品。

谢道韫虽是一名深居简出的世家女子,但她的智慧却如同一颗明珠,焕发出耀眼的光华,是当世公认与苏蕙齐名的大才女。

谢玄少时顽劣不堪,姐姐规箴劝勉他。谢玄也经常用"尘务经心""天分有限"来质疑自己"何以不复进"?姐姐虽为女流之辈,却有巾帼不让须眉的博大胸怀,她以不同凡响的志向气度,激励着懵懂无知的谢玄。谢玄被责后奋发向上，不但成为清谈场上的名士，驰骋疆场的名将，最终还成了朝廷的中流砥柱。长姐如母，故而谢玄一直都很敬重姐姐。

姐姐对人貌似严苛，实则是位玲珑剔透的女子。儿时，叔父谢安曾问："《毛诗》何句最佳?"姐姐回答："甫作颂，穆如清风。仲山甫永怀，以慰其心。"姐姐所引四句，出自《诗经·大雅·烝民》，是赞美周宣王大臣仲山甫勤勉从政之诗。叔父听后，大为赞赏。姐姐引用此句极为恰当，既称颂叔父像仲山甫一样忠心为国，也劝慰在朝中颇受各派猜忌诽谤的叔父，不要在意他人的风言风语。这一品评不仅显示出姐姐胸有块垒、见识过人，也体现出她温柔敦厚，善解人意。

天妒红颜。富有才气的女子大都命运多舛。姐姐这个清俊峭拔的奇女子，却没有享受到人生的春光。也许，曲高和寡，太过清丽出尘的女子，难以遇到志趣相投者。她们注定要像一团柳絮孑然飘零，孤独寂寞。以此观之，姐姐与苏蕙可谓同病相怜。

花开及笄，姐姐该谈婚论嫁了。嫁人相当于女人的二次投胎。婚姻是心心相印的甜蜜，还是形同陌路的苦涩，谁也无法捉摸，一切全在月下老人的红线上悬着。姐姐和普通女孩一样，暗暗期许能找到一个志趣相投之人。叔父也一直想要给姐姐寻觅一个如意郎君。叔父原本中意的是王羲之七个儿子中的四子王徽之，小儿子王献之。但是叔父有一次看见王献之在靠墙的床上袒腹仰卧，觉其举止不雅，过于随便散漫，反倒觉得以前从来没有注意过的王凝之举止端庄，比较踏实可靠。于是在叔父的安排下，姐姐就嫁给了王羲之的二儿子王凝之。

没想到，一向以善于识人自诩的叔父这次看走了眼。王献之后来被郗太尉觅为"东床快婿"，婚后夫妇生活美满，琴瑟和鸣，一时传为佳话。而姐姐却与姐夫格格不入，夫妻反目，成了国人的笑柄。

姐夫王凝之昏庸荒唐，毫无乃父风范，除了附庸风雅会点书法外，就是迷信五斗米教，每天只知道烧香，磕头。面对这样冥顽不灵的丈夫，聪慧颖悟的姐姐终日闷闷不乐。俩人一开口就吵，索性不再说话，闹得王谢两家长辈都不好来往。

姐姐与姐夫情缘浅薄、琴瑟难和，叔父闻听此事，也是无可奈何。

当朝士人除了结伴出游，欣赏"临眺之美"外，最喜清谈。清谈以《庄》《老》《易》三玄为主，需要对玄理的深刻体悟，还要有高超的论辩之术，有人学富五车却不善言辞，女性能谈玄者寥寥无几，姐姐却是一位清谈高手。有一次，王献之与宾客清谈，突然理屈词穷，无以应对，姐姐围起纱帐坐于纱后为他解围，一时传为"步障解围"之佳话，成了人人称道的"女中名士"。可是，回到家中，王凝之却大骂姐姐不守妇道，爱出风头。姐姐负气回娘家，不停地哭泣。

叔父劝告姐姐，姐姐委屈地哭诉道："王氏一门之中，哪个不比他强？天天对着一个只知道烧香拜佛，鄙陋无知之人，这日子有何滋味？"叔父无奈，半晌无语。嫁鸡随鸡，嫁狗随狗。想要退婚谈何容易？后经叔父等人多方开导，姐姐不再争辩，顺从地回到了王家，过起了相夫教子的日子。

唉，苦命的姐姐！

接到弟弟送来的《璇玑图》拓片，谢道韫细细揣摩了半天，方才悟出其妙。她大为惊讶，想不到这世上还有如此聪明绝顶之女子。可惜，红颜薄命，苏蕙与自己一样遇人不淑。所嫁非人，有何良方？谢道韫不禁替自己和苏蕙惋惜许久。

谢道韫日日把玩《璇玑图》，难免胡思乱想：苏蕙觅得佳偶，琴瑟和鸣，本是难得之乐事，却不料生逢乱世，被迫分离。兵荒马乱，天各一方，男方移情别恋，女儿家蒙在鼓里，依然痴心苦等，实乃平常之事。只是苏蕙如此聪慧勤劳，善解人意，依然被辜负，实在令人气恼，忍不住要大骂天下负心男子。好在窦滔已经悔改……如此说来，苏蕙也算幸运至极。

敏感的谢安意识到了苏蕙是与侄女同样罕见的大才女，窦滔若接她来襄阳，如同猛虎添翼，到那时，侄儿谢玄想要攻破襄阳城可就难了。所以，他看到《璇玑图》后，即刻飞鸽传书，让谢玄派人围追堵截迎接苏蕙的队伍。

俗话说：男怕入错行，女怕嫁错郎。谢道韫才华横溢，却遇人不淑，真是一朵鲜花插在了牛粪上。世上夫妻才貌不配、志趣不投者多矣，故有红颜薄命、好汉无好妻之说。

苏蕙一直很倾慕谢道韫，甚至想要仿效她看淡儿女私情、专心抚养子女、寄情山水诗书、与世无争地度完余生。要不是姚兴苦苦相逼，旁人风言风语，窦滔又要卷入战乱之中，她真的会放下尘世的一切牵挂，带着茧儿，侍奉父亲，吃斋念佛，耕田织布，了此残生。

浪子回头金不换。好在窦郎回心转意了，苏蕙做梦都是窦滔来接自己了。

谁不爱那晶莹的朝露，谁不惜那少年的时光，谁不慕那如花的笑靥？如果，窦郎回来看见自己如风中飘絮，华发丛生，容颜憔悴，肯定会失望至极。女人如花，鲜艳明媚能几日，年老色衰爱意弛，争风吃醋为哪般，不如佛前念弥陀。早知如此，不如清心寡欲，学那尼姑斩断三千烦恼丝……

苏蕙对镜自揽，看着自己满头的白发，不禁自惭形秽。

她不知道，谢道韫叔父的一句话竟改变了她和许多人的命运。

五十四
淝水劫

"姑娘，快看你的头发变黑了！真的变黑了！"禾苗大喜过望地喊道。

苏蕙战战兢兢地拿起了镜子，她不敢相信自己又恢复了美丽的容颜。

那一天，殿外的桃花开得好艳，让她猛地想起了十五岁那年，在河边遇到阳平公苻融的旧事。她不知道，此刻，这个她从来没有放在心上的男子也在默默地想念着她。

正在这时，姚兴来访，看见苏蕙重新拥有了一头乌黑亮丽的头发，欢喜得跳起了羌人的羌巴舞。姚兴跳的是领舞的老大"贡拔",他嘴里呼喊着节拍,左手拿着帽子作翻天印,右手以拂尘为宝剑,半蹲在地上,屈膝抬脚拧身,不停地转圈。过了一会儿,他又诵念着《曲经》,开始作法。苏蕙从来没有见过姚兴跳舞,忍不住笑了起来。姚兴突然停止了舞蹈,说:"若兰姑娘笑起来比草原上最美的花儿还好看。"姚兴高兴的样子像极了弟弟苏桐,苏蕙当时差点说出来,可她还是忍住了。

等姚兴走后,苏蕙再次揽镜自照,觉得不可思议,镜中的自己仿佛没有经受过任何风雨的鲜花一样娇美。窦郎要是知道自己又有了满头青丝,不知该有多欢喜。美丽的容颜对于一个女人是多么珍贵呀!苏蕙第一次感受到了这句话的重要。

天有不测风云,人有旦夕祸福。苏蕙盼来的不是窦滔接自己去襄阳的佳音,而是秦晋两国开战的晴天霹雳。五月,晋将桓冲率十万大军突然进攻襄阳,另派前将军刘波等攻打沔北诸城,辅国将军杨亮进攻巴蜀,连克五城,进击涪城,鹰扬将军郭铨攻打武当。

幸好有苏蕙的提醒,窦滔提前做好了各种准备,他率领将士,坚守襄阳城池,等待苻坚大军的救援。

苻坚获悉,倍加震怒,除分别派兵援救外,即于七月下诏大举攻晋,征发各州郡公、私马匹,平民十丁抽一。高门富豪子弟、精通武艺的都授以羽林郎,共得三万多人。苏桐自然被选中入伍,苏蕙想要回家去给弟弟送行,但因太后有疾,后宫戒严而无法出宫,只好在深墙高院内焚香拜佛,遥祝弟弟旗开得胜,胜利归来,父亲和弟妹安好无事。为了壮大军威,瓦解晋军人心,苻坚还下诏:凡晋君臣前来投诚者,一律封赏。

苻坚一直打算伐晋,却不想晋胆敢贸然进犯。先下手为强,后出手遭殃。也许,进攻就是最好的防守。苻坚虽然叫嚣着要攻打晋国,闹得世人皆知,但实际上并没有详细周密的作战计划。晋国的突然袭击,令他措手不及,但他狂妄自大,并没有把晋国放在眼里。他哪里知道,晋国在谢安的主持下,早已不是束手待擒的绵羊了。

其实,在秦鼎盛繁华的表象之下,潜伏着深刻的危机。王猛死后不久，秦的种种问题逐渐暴露出来。

当局者迷，旁观者清。阳平国常侍慕容绍觉察到这种变化，对其兄慕容楷说："秦自恃强大，连年对外用兵，既要北戍云中，又要南守蜀汉，战线拉得太长，万里转输粮草，不知饿死了多少人！士兵在外贫苦不堪，百姓在内日益穷困，已有亡国之象了。叔父（慕容垂）智慧过人，一定要率领我等匡扶燕国社稷。"老奸巨猾的慕容垂听了这话，笑而不答。

苻坚却丝毫没有觉察到这种危险，他陶醉于眼前的盛世繁华。赵国降将曹熊邈经常在他的面前炫耀石氏宫室如何富丽堂皇，奇珍异宝如何丰富精美，被他提拔并监造宫室。在曹熊邈的阿谀奉承下，苻坚越发飘飘然，他下令大修船舰，制造兵器，船上以金银为饰，极其奢华。

一日，突有士兵来报：渭河中发现两个巨型铜人。有大臣说这是秦始皇朝之物。据说当年秦始皇统一六国后，终日忧虑江山如何长治久安。要坐稳天下，先要收缴和销毁流散在民间的刀枪。一日，秦始皇与群臣观看杂耍，忽见一队杀气腾腾、手执刀剑的武士要上场表演。这一下子触动了秦始皇的心病，他日夜难安，唉声叹气。恰逢有农夫来报，说见到地里冒出来了十二个巨人，还听当地的孩子传唱一首童谣："渠去一，显于金，百邪僻，百瑞生。"秦始皇听了这话，正中下怀。于是，他假托征兆，借助天意，下令收缴民间所有兵器，集中于咸阳，铸成了十二个铜人，立于宫门，以求江山永固。

谁知秦朝短命，这十二个铜人大多毁于战火之中。今日，两个铜人意外现身，在苻坚看来这是老天助他除掉晋贼，便下令销毁铜人，锻造兵器。苻坚的倒行逆施，遭到了大臣们的一致反对，但苻坚依然一意孤行，谁敢进谏，格杀勿论。

苻坚干这些劳民伤财、亲者恨仇者快的蠢事，全被众人看在眼里。苻融劝告哥哥不可违背王猛在世时制定的律法，可苻坚常常讥笑他见识浅陋、拘泥呆板。一天，慕容农悄悄对父亲慕容垂说："自王猛死后，秦礼乐崩坏，骄奢淫逸，眼看就要亡国了。大王应结交英雄豪杰，以图复国大业。"慕容楷、慕容绍也劝慕容垂伺机取而代之。老谋深算的慕容垂依然微笑不语。他知道笑到最后的才是真正的赢家。

苻坚谋划先派苻融带领二十多万大军开路，自己再率九十万大军御驾亲征。大臣都不同意，唯慕容垂、姚苌和羽林郎等人力挺。苻融恳切地对苻坚说："鲜卑、羌虏都是我们的仇敌，他们谋划的事，万万不可轻从！羽林郎多为良家少年和富饶子弟，不懂军旅艰难，只以谄谀之言以附会陛下之意耳。陛下不可轻信他们，臣弟担心大功未成，后患已起，到那时后悔就来不及了！"苻坚拒不采纳。

苻坚调兵遣将，先派苻融统率骠骑将军张蚝、抚军将军苻方、卫军将军梁成、平南将军慕容暐及慕容垂等步骑二十五万人为前锋，再封兖州刺史姚苌为龙骧将军。姚苌得了龙骧将军的封号，喜不自禁。要知道这是天王以前的封号，自从他继位以来，从未赏赐于他人。这一次却破例给了自己，莫非这是天意？

苻融一脸忧愤，他一直反对伐晋，但他无法说服兄长，得令之后，他命卫兵将家人偷偷护送到了晋，自己则做好了战死沙场的准备。这个时候，他想到了苏蕙还在宫中，真想把她和家人一起送走。可这谈何容易？这话如何在母后面前提起？其实，苻融是个大孝子，他以前在外封官时，常常派人一天两三次问候母亲。后来天王只准他一个月问候一次。如今到了京城为官，他日日进宫为母后请安，风雨无阻，从不间断。有几次，他在后宫中远远看到苏蕙，却没有上前搭话。该不该把苏蕙送走呢？这个念头在他头脑中一闪而过，就像苏蕙想起了桃花林旁边的他一样稍纵即逝。

作为兄弟，苻融对自己的兄长很尊敬；作为君臣，苻融对自己的君王很失望。

王猛的死，是一个分水岭。王猛执政时，苻坚让他裁夺一切军国内外之事，自己则端坐于朝堂之上静观。他曾怀着十分感激的心情对王猛说："您日夜操劳，我好似周文王得到姜太公，可以优哉游哉享清福啦！"王猛谦卑地说："臣哪里配得上古人。"苻坚说："据我看来，姜太公也比不过您啊。"他经常嘱咐太子等皇家子弟说："你们敬事王公，要像侍奉我一样！"

王猛死后，苻坚一下子失去了依靠，整个人似乎沉稳了许多，但他的内心深处依然是空虚脆弱的。他像个无头苍蝇一样四面出击，到处网罗人才，可是再也找不到像王猛这样忠心耿耿、有勇有谋、能文能武的稀世奇才了！

人死不能复生，说什么都晚了。苻坚就像个喜欢恶作剧的孩子，铆足了劲儿要干一件毁灭一切的大事。而自己别无选择，只能与他一起毁灭。苻融悲哀地想。

不久，苻坚自长安南下伐晋，统领步兵六十多万，骑兵二十七万，队伍首尾绵延千余里，浩浩荡荡。

大军出征那日，苏蕙等人站在宫墙上为他们送行。近百万的大军黑压压的一片，旌旗遮天蔽日，鼓号声音震天，刀剑寒光四射，将士们的呐喊声如地动山摇般传来，豪气干云却让人悲从中来，天知道这些血气方刚的热血男儿有几个能囫囵而归。苏蕙觉得奇怪，以往送别窦滔，她心中从不慌张，因为他武艺高强，又有金丝甲防身，乌铁剑护佑，驰骋疆场，勇猛无敌，绝对是所向披靡，战无不胜，攻无不克。今天怎么了？苏蕙的心跳得咚咚响。她勉强看了一眼苻坚、苻融、姚兴等人的背影，觉得苻融与几年前相比，老成持重了许多，甚至可以说是有些暮气沉沉。城墙上风大，苏蕙支持不住，禾苗赶紧扶她回宫歇息去了。

前日，姚兴派人进宫捎话，说是军情紧急，不宜出宫，有事可委托统领大春昔日的部下送信。禾苗嘟囔着说："把人关在这鸟笼子里，快要闷死了。"来人说："今非昔比，外面兵荒马乱，还是待在宫里好。"

九月，苻坚到达项城，后续凉州兵始至咸阳。西路蜀汉方向的兵力顺江而下，东路幽、冀方向的兵力到达彭城。苻融统率的先遣部队已到颍口。

秦军声势浩大，水陆并进，仅运粮船计有万艘。这样大规模的战争，旷古未闻，兵力过多，战线拉得过长，分散了力量，乃是兵家大忌。这么低级的错误，难道就没有人看出来？其实诸将都看出来了，出于自保，都是敢怒不敢言。这是苻坚的决策，谁敢犯颜直谏，就是妖言惑众，动摇军心，一律问斩。

大军压境，晋廷忙调兵遣将迎击，任命尚书仆射谢石为征虏将军、征讨大都督，徐、兖二州刺史谢玄为前锋都督，与辅国将军谢琰、西中郎将桓伊等率领八万士卒抵御秦军。晋龙骧将军胡彬率五千名水军增援寿阳。

"区区八万人马，岂能是我百万雄师之对手。本王要以疾风扫落叶之势，一举荡平江南。"苻坚踌躇满志，狂妄地叫嚣道。

十月，苻融等攻破寿阳。慕容垂攻克郧城。胡彬得到寿阳陷落的消息，遂退保硖石。苻融命卫将军梁成率兵五万驻扎洛涧，切断淮水水道，使胡彬的水军无法东撤。胡彬被困硖石，粮草将尽，派人向谢石求援，不料信被秦军截获。苻融派人将信送给苻坚，苻坚看后居然突发奇想：手刃胡彬，振奋军威。他想到做到，并未知会苻融，就将大军留在项城，亲率轻骑八千，秘密赶往寿阳，并下令军中："敢言吾至寿阳者拔舌"。

苻坚到了寿阳，用人失察，居然派尚书朱序到晋军中劝降。那朱序本为晋襄阳守将，兵败被俘，一心向晋，借机与谢石合谋要诛杀苻坚。朱序归来后，谎报军情说谢石准备投降。苻坚信以为真，越发大意。有人告发朱序临阵倒戈，里通外国。苻坚自以为待朱序不薄，朱序绝不会背叛自己，依然对其信言听计从。苻融随后赶来护驾，苻坚反怪苻融胆小多事。

十一月，谢玄开始反击，他首先派鹰扬将军刘牢之率"北府兵"精兵五千人击秦军梁成部，梁成及其弟梁云战死，又调兵遣将切断秦军退路。秦军腹背受敌，四处溃逃，溺死一万五千人，扬州刺史王显等人被擒，无数粮草被缴。晋军首战告捷，士气大振，乘胜水陆并进，逼近淝水。

苻坚、苻融登上寿阳城，看见对岸晋兵布阵严整，心中害怕，居然误以为八公山上的草木皆是晋兵。

苻融调集兵马,在寿阳城东淝水西岸严阵以待,晋军在淝水东岸排兵布阵,两军隔水相望,大战一触即发。在此千钧一发之刻,谢玄派人告知苻融后退几里再行决战,秦军将领皆以为有诈,苻坚却主张将计就计,佯装后退,乘敌军渡河之际,全军出击,定可手到擒来。苻融知道说什么也没有用,反对了几句也就作罢了。不料,秦军一退阵型大乱,形势一下子变得万分危急。此时,朱序原形毕露,立即派人在阵后大喊"秦兵败了,秦兵败了,逃命呀,赶快逃命呀!"秦军信以为真,争相逃命,苻融哪里制止得住?

谢玄、谢琰等乘机率精兵八千涉过淝水,排山倒海般猛攻过来。

苻融见势不妙,立即跃马冲入军阵,振臂高呼,意欲阻止秦军撤退,却不料被朱序安排的眼线团团围住,无法脱身。苻融暗叫不好,正要呼喊,坐骑就被勾倒,整个人跌落在地,被一拥而上的晋军乱刀砍成肉酱。

可怜一代英豪,惨死于乱军之中,尸骸全无。

苻融一死,秦军群龙无首,更加溃不成军。谢玄等乘胜追击,直至青冈。秦军闻风丧胆,以为风声鹤唳皆是追兵,日夜逃命,不敢停息,交互踩踏、饥寒交加,死者十之七八。

百万大军,眨眼间死伤七八十万,天下哗然!

半生心血,一时付诸东流!苻坚被流箭射伤,单骑逃至淮北,哽咽地对张夫人说:"我如今还有何面目治理天下!"言毕,潸然泪下。

五十五
风云起

当淝水之战的捷报送到时,谢安正与客人下棋。他看完捷报,放于座旁,不动声色地继续下棋。客人憋不住问他,谢安淡然地说:"孩子们已经打败了秦军。"客人告辞,谢安抑制不住心头喜悦,欢呼雀跃,居然把木屐底上的齿都碰断了。

淝水之战以后，晋军顺势收复襄阳。一直坚守城池等待救援的窦滔，见城中已经弹尽粮绝，大势已去，只好弃城突围。突围之后，窦滔本想带领十余随从前往长安勤王，哪知半路上遇到晋军，将他们全部掳走。民间义士听信传言，误以为他们全军阵亡，就在襄阳城外为他们修了衣冠冢。

淝水之战大败的噩耗传来，长安城里一片混乱。苻融战死，苻坚受伤的凶信不胫而走，王宫里哭声一片。这时候众人才发现苻融府里空无一人，看来苻融自知凶多吉少，早已安排好后事，将家人遣散了。王后叮嘱不可告知太后苻融死讯，免得太后悲伤。

苏蕙生活在深宫之中，对外战事几乎一无所知。战前，她一直盼望着窦滔来接自己。可是，希望有多大，失望就有多深。苏蕙好几次都梦到窦滔来接自己，却找不见自己。苏蕙请求太后放她回家，太后却说等窦滔人马来了再回去不迟。苏蕙无奈，只好和禾苗待在宫里。但是，宫里的气氛不对了，虽然大家都不说什么，但苏蕙从大家惊慌的颜色中看出了危险正在一步步逼近。

不久，苏蕙听说襄阳失守，心中仅存的希望之火立刻被不祥的预感浇灭了。又听人说窦滔全军覆没，已经以身殉国。苏蕙不相信，窦滔一身武艺，又有金丝甲护体，绝对不会死于乱军之中。但是窦滔活不见人，死不见尸，又叫人不得不信，这叫人如何是好？后来，又有人说天王带去的羽林郎大都丧生，那弟弟苏桐……苏蕙不敢想父亲知道了这个噩耗会怎么样？弟媳那么年轻，她肚子里的孩子一出世就见不到父亲，这孤儿寡母以后可怎么活呀！苏蕙常常做噩梦，茶饭不思，刚刚复原的身体又日渐瘦弱，似乎一阵风就能吹倒。

"白日期偕老，幽泉忽悼亡。"苏蕙忧伤过度，想着自己恐怕将不久于人世，要求回家见爹爹一面。太后，王后等人闻讯皆来安慰，请太医多方医治，叮嘱禾苗好生看护，等苏蕙的身体调养好后再出宫。禾苗偷偷央求大春的部下去打探老爷消息，大春的部下密告苏坊村已毁于战火，村里人都躲到深山里去了。禾苗不敢告知苏蕙，只能暗自担心。

兵荒马乱的年月，有多少将士战死沙场，就有多少妻女终日以泪洗面。苏蕙心如死灰，食不甘味。幸好禾苗心细，时常劝告苏蕙多替老人想一想——不能让白发人送走了儿子，又送女儿吧！

一战失利，举国悲痛。秦貌似强盛，实则不堪一击。淝水一役失利，王朝立刻濒临瓦解境地。苻坚每每想起贤弟苻融死于乱军之中，而自己信赖的朱序、徐元喜及原凉国国主张天锡等所谓的肱股之臣一起临阵倒戈，心寒至极。

可怜苻坚堂堂一国之君，犹如丧家之犬，惶惶不可终日。苻坚此时手下只有千余骑，思来想去，觉得慕容家族最忠诚，便去投奔。

淝水之战损失惨重，百万兵马中唯有慕容垂统领的三万人马毫发未伤。苻坚来投，无异于送货上门，慕容垂的子弟和亲信党羽都要求立即杀掉苻坚。慕容垂不答应。

慕容农对慕容垂说："乘人之危，落井下石，为君子所不齿。但万不可为了虚名而错过良机！《农闻秘记》中讲：'燕复兴当在河阳。'果实未熟与自落，不过晚旬日之间，然其难易美恶，相去远矣！"慕容垂并未采纳其言，相反把三万军队悉数交给了苻坚，还亲自护驾回朝。苻坚感恩戴德，越发信任慕容垂。一路上，苻坚集合逃散的兵卒，勉强拼凑了十万人马，稍稍恢复了元气。

在返回长安途经渑池时，慕容垂想起苻坚霸占小段氏的往事，心里陡然生恨，便要率三万兵马去镇守北鄙之地。苻坚默然，只得应允。

权翼提醒苻坚要提防慕容垂作乱，苻坚却说人不能食言，反派将军李蛮等率兵三千送别慕容垂。事后，苻坚自觉不妥，立即派兵防守要塞，以防范慕容垂。但这无异于以卵击石——诸将兵力单薄，根本无力与慕容垂抗衡。

十二月，苻坚率残兵败将回到长安城。长安城雪花纷飞，一派萧瑟衰败之气。

苻坚羞愧难当。权翼建议不宜征讨山东的慕容垂，当务之急是要赶紧铲除京城里的鲜卑等异族，他们人多势众，一旦与叛军里应外合，后果不堪设想。苻坚不忍心残杀无辜，一边加强京城防守，一边派苻睿、窦冲、姚苌率兵五万，去华泽讨伐慕容泓。

一日有人告密：慕容绍之兄慕容肃与慕容暐密谋作乱，他们谋划以慕容暐之子新婚为名大摆宴席，请苻坚赴宴，趁机将其灌醉杀死，再以长安城内千余鲜卑人为内应，将苻坚一族斩草除根。恰巧那日天降大雪，苻坚未能赴宴。天机泄露，苻坚十分后怕，下令夷慕容暐及其宗族。一时间，长安城内血水横流，惨不忍睹。苻坚依然不解恨，又下令城内鲜卑人不分男女老幼，一律赶尽杀绝。权翼劝他不可鲁莽行事，防止慕容部落借机作乱，苻坚不听，大开杀戒，长安城内外尸横遍野，犹如人间地狱。

果然不出权翼所料，来年正月，慕容垂勾结丁零翟斌，竖起燕国旗帜，公然反叛。二月，慕容垂引兵二十余万进攻邺城，关东六州郡县请降燕国。三月，原北地郡长史慕容泓聚集数千鲜卑族人，驻屯华阴，打败秦将强永，亦不请自封为大将军。紧接着，原平阳太守慕容冲也起兵平阴，率兵二万进攻蒲阪。短短三个月之内，偌大的秦国就被瓜分得四分五裂，所剩无几。

祸不单行。苻睿不听姚苌劝告，孤军深入，遭遇伏兵，战死疆场。苻睿阵亡，姚苌自知难辞其咎，立即派人向苻坚请罪，不意使者被苻坚怒杀。苻坚痛失爱子，声称要治姚苌之罪，姚苌害怕，慌不择路地逃窜到渭北一带。豪门望族相继来投，后又有北地、新平、安定等地十余万户羌人来降，他们拥立姚苌为王，姚苌推辞不过，就自称为万年秦王，公开背弃了苻坚。

此时之秦，危如累卵。苻睿之死，无异于雪上加霜，苻坚情急之下要治姚苌的罪，也是人之常情。其实，苻睿之死皆因其好大喜功，有勇无谋，一意孤行而起。姚苌建议采取迂回战术，先驱赶慕容泓出关，再进行围剿，苻睿却刚愎自用，独自领兵截击，结果败死华泽。纵然苻睿之死非姚苌之错，但总免不了干系。姚苌出逃反叛，看似意外，实则是迫不得已。

姚苌倒戈使秦彻底陷入了腹背受敌、四面楚歌的绝境，也印证了王猛生前的预言。淝水大战前夕，吕婆楼、邓羌等老臣病逝。淝水大战之中，苻融、梁成等良将丧生。如今，苻坚既痛失爱子，又遭遇慕容家族、姚苌父子等心腹之人的相继叛变，真正成了孤家寡人。苻坚想起王猛要他重用窦滔、苏蕙，如今窦滔生死不明，苏蕙一个女流之辈，体弱多病，哪里可以依靠。

难道，天要灭秦？

五十六
姚苌王

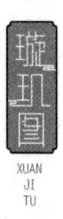

淝水之战后，祸事连连，关中不光兵荒马乱，还遭遇了百年不遇的大旱。

宫里情形也好不到哪里去。苻坚想起王猛在世时，一遇荒年就带头节衣缩食，遣散宫女。于是他带头一日一餐，不食肉荤。后宫自上而下，勒紧裤腰带过日子。窦滔阵亡，苏蕙日夜悲伤，身体虚弱不堪，虽有禾苗好言相慰和悉心调养，依然起色不大。离家日久，苏蕙日夜牵挂父亲，多次恳求太后恩准自己出宫。太后认为外头兵荒马乱，一个妇道人家性命难保，不如待在宫里。太后此举亦出于好意，苏蕙多说无益，只得从命。宫中已经到了有一顿没一顿的地步了，仅有的一点细粮供天王和太后等人食用，苏蕙和嫔妃们只能吃糙米，奴婢们吃野菜啃树皮，常常忍饥挨饿。禾苗便和宫女们一道在御花园里种粮种菜，采食宫里的野菜树皮，苦度时日。

事至如今，苻坚深悔自己忘了王猛遗教——给了鲜卑人和羌人最大的信任。其实苻坚最大的错误是其一意孤行，听不进任何劝告。他最不应该做的是不顾群臣反对，悍然调集一百一十余万大军大举伐晋，结果淝水之战一败涂地，从而乱了手脚，做出了一连串的错误决定。君子躬自厚而薄责于人。苻坚恰恰相反，他每想起王猛再三叮嘱他要除掉鲜卑、羌族上层阴谋分子，如慕容垂、慕容冲、姚苌之流，就大骂鲜卑人和羌人——一个个狼子野心，落井下石，举兵造反，割据自立，把好端端的大秦江山搅得七零八落。

"宰相呀，您是圣人呀！老天为何要将你过早地带走呢？教我依仗何人？"苻坚喝醉了酒，就神志不清地哭喊王猛。

有一天，苻坚乘着醉意，来到五重寺要见道安和尚，道安和尚已到弥留之际，拒不见苻坚一面，苻坚只得颓然而归。

父亲叛变之后，姚兴偷偷潜回长安城中，要将苏蕙秘密接走。苏蕙那时已经病势沉重，缠绵病榻很久了。她只求见父亲一面，就追随窦滔而去，绝无求生之念，所以姚兴说什么她也不走。姚兴再三恳求，保证将她们送回苏坊村就走，苏蕙才勉强答应。临走之时，苏蕙执意要向太后告别，太后当时已经奄奄一息，却心里明白。她知道局势动乱，摸出自己的腰牌交给苏蕙，喘息着说："我苦苦留你，就是知道姚将军会来接你。苏蕙，你要记住姚将军是把脑袋提在手中来救你的。身为女子，你这辈子值了。这个……拿好。求……姚将军……给我苻家留一个子孙……"苏蕙含泪答应，便与禾苗女扮男装，以兄弟相称，随姚兴逃出王宫。

逃出宫是第一步，逃出长安城才算成功。由于和太后话别耽搁了时间，到了安远门口，守城卫兵已经换班。幸好，姚兴托大春部下花钱买通的守卫一直在城墙角等着他们。但守城的卫兵并不买账，说天色已晚，明天才能出城。这时候，太后送的腰牌起了作用。守城卫兵一看见太后的腰牌，立即跪倒在地，恭恭敬敬地送他们出了城。

中原已经是大战场，天下没有一块太平之地，苏坊村一片狼藉，爹爹也不知逃难到了何处，回家已不可能。苏惠和禾苗无处安身，只好听从姚兴的安排，继续女扮男装，改名姚兰，对外称是姚兴表兄，去深山古寺中养病。

苏蕙离宫后没几天，太后薨逝。由于战乱，无法举行国葬，只能草草埋葬。不久，道安和尚在五重寺圆寂。

姚兴冒死救出了苏蕙，一路上看见村庄被毁，赤地千里，饿殍遍野，惨不忍睹，不免后悔鼓动父亲起兵反秦了。

姚苌对姚兴寄予厚望，劝他说："为父自立为王，实是迫不得已。苻睿之死皆因他好大喜功，有勇无谋，咎由自取。为父建议采取驱赶慕容泓出关的策略，苻睿不以为然，急于建功，领兵截击，结果败死华泽。为父自知难辞其咎，立即派人向苻坚谢罪，不意被苻坚怒杀。苻坚残暴无情，为父无奈，四处逃命，被渭南人士拥立为王，也是情非得已。如今，就算我们想要回头，苻坚也饶不了我们姚家，我们只有一条活路，那就是建立羌人的国家。"

姚兴低头不语，算是默认。

姚苌又开导他说："我们姚氏一族是草原上最矫健的雄鹰。吾父姚弋仲见识过人，乃是了不起之人物。晋末丧乱，他仗义疏财，不营产业，结识天下英豪，人人敬畏，皆来投奔，遂建成一支队伍。这支队伍后来随我们父子转战东西、纵横南北，成为五胡争霸中原的一支中坚力量。羌人作战勇敢，加上你祖父足智多谋，各方竞相争取，先后在赵、晋、秦军中效力。"

"祖上英名远扬，孩儿自愧不如。"姚兴恭恭敬敬地答道。

姚苌饮口酒，慨然说道："赵灭亡后，你祖父投靠了晋，被封为车骑大将军，仪同三司、大单于、高陵郡公。晋廷昏庸，你的伯父姚襄继任之后，便有了占据关中，称霸中原的大愿。不料，氐秦也有意问鼎中原。在与氐族势力的对峙中，你的伯父姚襄运气不佳，连连败北，最后被邓羌所害。我一人难成大业，只得率军投秦。自此，也开始了为父和苻坚之间的一段恩恩怨怨。"

姚兴知道父亲与邓羌有仇，但是战场上刀剑无情，父亲不该处处陷害邓羌。好在邓羌已死，一切恩怨也就烟消云散了。可是，苻坚天王对父亲恩重如山，父亲实在不该反秦。姚兴大着胆子，争辩说："天王对父亲恩宠有加，处处高看一眼，封父亲为龙骧将军便是最好例证。龙骧将军本是天王曾经做过的官职，他当了天王后，'龙骧之号未曾假人'，却在开战前夕给了父亲。天王此举，不仅仅是因为父亲少聪哲，多权略，是有头脑之人物，也不完全是要笼络羌族势力，它是天王对父亲的信任和赏识。"

姚苌语重心长地说："父亲何尝不知天王心意！正是如此，为父一直心存愧疚。不过秦的兴盛，也是仰仗了为父的。秦东灭燕国，西并仇池、凉，北伐代国，南取梁益二州，最终完成北方的强势统一，为父功不可没。为父可以拍着胸膛地说这广袤的北方战场上，到处都留下我们羌军征伐的血印。话说回来，苻坚也算是一代英主，他重用为父，心胸宽广，目光远大。就像苻坚和宰相王猛一样，苻坚和为父，也是令人称道的君臣。如果不是后来苻坚狂妄自大，一意孤行，他也不会淝水惨败，也不会心性大变，变得残暴无情，非要为父拿命为他儿子祭奠，为父也就不会被迫自立了。眼下，说什么都晚了。儿呀！成者王败者寇。我们必须立国，国号我都想好了——秦！"

事已至此，姚兴还能有什么办法，唯有追随父亲，称王称霸，才能有活下去的机会。

外面闹翻了天，隐居在深山里的姚兰与禾苗并非一无所知。姚兴每次出征回来，都会安排人来看望她们。姚兰每次都要打问战局和父亲的消息。

五十七
国有殇

一天大雪纷飞，禾苗开了庙后小门，正要清扫积雪，没想到一脚踩到了一个人身上，吓得魂飞魄散，赶紧叫来姚兰（女扮男装的苏蕙），两个人大着胆子，小心翼翼地拍开那人身上的积雪，发现是个受伤的秦兵，吓了一跳。主持和姚兴一再叮嘱她们，万万不可暴露身份，绝对不能与陌生人搭话。救不救？不救，此人必然会冻死无疑。救了，若被主持察觉，定会被扫地出门。救吧，救人一命，胜造七级浮屠。说罢她们便手忙脚乱地把士兵拽到厨房，藏在茅草堆里。幸好"兄弟"二人吃住与众人分开，偏院平时无人来访，士兵才慢慢养好了伤。

饥荒岁月，多了一张嘴，可是一件大事。遭了年馑，山里能吃的东西早都被人采食一空，寒冬腊月，能吃的只能是树皮和天上的麻雀。禾苗有时候饿得受不了，就想逮几只麻雀，拿泥一裹，放在灶膛里一烤。可是寺庙是清净之地，岂敢食荤。

伤兵原是苻坚部下，人称铁蛋，苻坚逃出长安时，军心涣散，他在山中迷了路，迷迷糊糊流落至此。口粮本来就少，现在多了一个人，只好顿顿煮野菜粥。有时候，三个人实在饿得受不了，铁蛋就讲姚苌与慕容冲联手作战，使苻坚腹背受敌的往事。

话说那慕容冲复仇心切，一路马不停蹄，势如破竹，大军很快逼近长安。苻坚站在城门上俯视，只见慕容冲在马上耀武扬威，便大声喝道："尔等不在草原放马牧羊，为何前来中原送死？"

慕容冲朗声答道："来取你的王位！不再受你奴役。"苻坚气得两目圆睁，大骂慕容冲不过是自己昔日的玩物，如今居然敢生异心。早知如此,就该听信忠告,解决了他的小命,以绝后患。慕容冲受了羞辱,也毫不示弱,句句话如刀似剑,戳人心窝。

苻坚怒不可遏,随即调兵出战,亲自督阵,冲破敌军,战至白渠,陷于埋伏,差点被俘。幸亏有殿中上将军邓迈等人拼死相救,才得以杀出重围。

回到长安城中,苻坚心中恐慌,想起早先关中有童谣唱道:"河水清复清,苻坚死新城。"他有所忌讳,每次出征凡遇地名中有"新"字者都尽量避开,哪知今日差点在白渠战死。近日又有谣传说道:"鱼羊田升当灭秦。"鱼羊便是鲜字,田升乃是卑字,鲜卑亡秦,慕容垂是鲜卑人,已经谋反。如今,又突然冒出来个慕容冲,简直让苻坚措手不及。权翼等人劝告苻坚这些童谣是慕容冲等人扰乱军心的计谋,不可轻信。但苻坚已经方寸大乱,根本听不进去。苻坚尚且如此,长安城内的军民更是人心惶惶,破城只是迟早之事。

夜间,慕容冲假装收兵,却令尚书高盖率一队人马潜入长安。城中防备松弛,高盖率队神不知鬼不觉冲入城中,吓得苻坚魂不附体,无法言语。幸亏内城守卫左将军窦冲和前禁将军李辩率众拼力抵抗,才把高盖人马杀退。高盖出城后,心生一计,又去攻打太子苻宏把守的渭北诸垒,失败后退回营中。苻坚清醒过来,立即出击,大获全胜,一举把慕容冲赶到了阿房城中。诸将均要乘胜追击,苻坚唯恐重蹈覆辙,非要鸣金收军,退回长安城中。上一次是轻敌冒进,这次是惧敌退兵,苻坚总是指挥失当,贻误战机。也许,这就是天意。

姚苌得知慕容冲入关,便与幕僚商议是否出兵攻秦,众人献计道:"两虎相争,必有一伤。我们若能借此机会先得秦都长安,便可图天下。"姚苌摇摇头,笑着说:"时机未到。燕人起兵攻秦,意欲收回失地,并不久留关中。我们移师秦岭以北,坐等秦亡。待燕人离去,长安唾手可得也。"

姚苌留下姚兴守备,自己率领部下攻打新平。新平太守苟辅发誓固守城池,绝不当俘虏。苟辅是条汉子,以少胜多,打退了姚苌多次进攻。

姚苌避其锋芒，不再强攻，只是围住新平，堵截粮草和水源。苟辅坚守数月，眼见无力支撑了，姚苌遣使对苟辅说："我军素来仁义，绝不伤你性命。太守率领百姓到长安去，留下这座城池即可。"苟辅信以为真，便领着百姓官兵五千余人打开城门准备出城，哪知姚苌言而无信，早已挖好陷阱，设好埋伏，五千多人全部落入坑中被活埋。姚苌从此据守新平，坐望长安。

次年正月，长安断粮，出现了人吃人之惨剧，苻坚宴请群臣，群臣吃罢迅疾回家，将食物吐出好让家人充饥。宫女大都充作了军粮，任人宰割。

慕容冲迫不及待地在阿房称帝，改元更始。苻坚顽强抵抗，相继在仇班渠、雀桑大败慕容冲。

慕容冲败回阿房，重振军队，再次攻秦。苻坚派遣将军杨定率左右精骑二千五百人迎击慕容冲。杨定所到之处无人可挡，慕容冲大败，被俘的万余人皆被苻坚下令坑杀。

慕容冲失败之后，并不气馁。谋士献计说："苻坚身旁只剩杨定一员得力干将，我军不必主动出击，只要养精蓄锐，等待时机反攻便可大获全胜。"一天，长安城上空有成千上万只飞鸟悲鸣，慕容冲立即又重金买通关中术士，让他们散布谣言说长安城不久即被攻破。

慕容冲听说城内谣言四起，已经乱成一锅粥，便又起兵攻城。苻坚亲自出兵督战，被流矢射伤，不得不退兵休养。苻坚受伤后，想起当年灭燕，慕容冲的姐姐清河公主十四岁，慕容冲年仅十二，姐弟俩俊美异常，被他接入宫廷，做了妃子娈童，长安人风言风语，到处传扬"一雌复一雄，双飞入紫宫"的歌谣，后经王猛苦劝他才把慕容冲放出宫的往事，心生悲凉，彻夜痛哭。

慕容冲丧心病狂，无所顾忌，纵兵暴掠，关中士民流散，道路断绝，千里无烟。关中义士对其深恶痛绝，他们冒险给秦军送粮，但被燕兵得知后截杀。

军中缺粮，宫女已被杀掉吃光，苻坚左思右想，无计可施，居然派使者向慕容冲赠送了一件锦袍。那是苻坚珍藏多年的慕容冲穿过的旧物，希望慕容冲念在往日情分上，不要赶尽杀绝。

苻坚本想以情打动故人，哪知慕容冲却误以为是苻坚羞辱于他，气得恨不得立即手刃苻坚。在左右的劝说下，慕容冲火气渐消，他想起苻坚一贯信奉教徒道士之话，又故技重演——暗中收买长安城中术士，让他们在城中散布流言。

不久，百姓们都在谣传说长安城内有本古书叫作《古苻传贾录》，其中有一段话叫作"帝出五将久长得"。又有人谣传说："坚入五将山长得。"恰好，长安东北方有座五将山，苻坚对此信以为真——前往五将山便可以化解当前危机，使国家长治久安。于是他吩咐太子苻宏留守长安，派遣将军杨定出西门牵制慕容冲军队，自己与宠妃张夫人和幼子中山公苻诜、幼女宝锦率数百骑向东前往五将山。他正要启程，突然听说杨将军中了敌军奸计，落入陷坑，已被俘虏。苻坚大惊失色，慌乱之中逃出城去。

杨定被俘，苻坚出逃，整个长安陷入了群龙无首的极度恐慌之中。燕兵猛攻不止，太子苻宏难以坚守，便带着母亲和宗族男女等向西逃窜。姚苌派姚兴带兵追赶，姚兴想起苏蕙提醒他要记得太后临终所托，便带着人马走上岔道，虚张声势地追赶了一阵。秦太子苻宏得以逃脱，文武百官作鸟兽散，司隶校尉权翼等数百人投奔了姚苌父子。

姚苌得知苻坚出城，正打算半路截击，巧遇权翼前来投降，得知了苻坚的去向，随即派遣骁骑将军吴忠领兵包围了五将山。秦兵见势不妙四散逃窜，铁蛋被挟裹着在山里迷了路，流落到此。后来铁蛋听人说只剩下十余个忠心耿耿的侍从留在苻坚身旁。苻坚已知无力回天，他反倒坦然了，像个君王一样端坐地上从容不迫地进膳。不一会儿，吴忠兵到，将苻坚押送至新平。

姚苌会怎样对待苻坚呢？铁蛋说是必杀无疑。苏蕙不敢深想，她只求仗快点打完，爹爹和弟媳能够顺顺当当回到苏坊村。

纸里包不住火。一日，有人发现了铁蛋，立即向主持告发。姚兰说明原委，恳求主持大发慈悲，收留铁蛋。主持无奈，勉强同意他们再待几日，一旦山外来人，三人必须离开。姚兰自知有错，便满口答应。

盼星星盼月亮，好不容易盼来了姚兴的密使，苏蕙和禾苗高兴得赶紧给菩萨上香。苏蕙简单说了收留铁蛋一事，便央求密使说说山外情形。密使带来的第一个消息是苻坚已死，苻秦气数已尽，姚秦当立。原来，苻坚到新平后，姚苌派人索要传国玉玺，苻坚不给，还大骂姚苌是忘恩负义的小人。姚苌又让苻坚禅位给他，苻坚骂声不绝，骂完便拔出佩剑杀死女儿宝锦，然后在一棵大槐树上上吊自缢了。张夫人大哭一场，拜别苻坚遗体后取剑自刎，中山公苻诜也自刎，随父母同赴黄泉。

姚苌没想到苻坚父子会自杀，他不愿背上弑君之罪名，就为其大办葬礼，追封秦王苻坚为壮烈天王。

苏蕙想起早先关中童谣唱道："河水清复清，苻坚死新城。"苻坚每次出征，遇地名有"新"字的地方都尽量避开，但最后还是死于新平。

难道这世上真的有预知未来的圣人吗？

密使带来的第二个消息是慕容冲被部下所害。

原来攻入长安城的慕容冲想起十几年前所受的屈辱，开始了疯狂的报复。血洗后的长安城惨绝人寰，万户空巷，死一般寂静。

冤冤相报何时了。慕容冲报仇雪恨的同时也把自己毁灭了——他的暴政失了民心，部下趁机作乱，又因为他打算久居长安，遭族人忌恨，终为部下合谋所杀。

密使说完从怀里掏出一封信。禾苗见状，急不可待地接了过来。苏蕙的心跳得咚咚咚，示意禾苗赶紧打开看看。

"小姐，是老爷和小少爷找到了。"禾苗高声叫道。

"什么小姐？"铁蛋惊讶道。

苏蕙看瞒不过去，就大略说了原委。铁蛋久仰苏蕙的大名，立即跪倒在地，发誓要一生一世守护苏蕙。

密使见姚兰身份已经暴露，便禀明主持，带三人秘密下山。

第四部
幻灭

五十八
七星河

"三哥哥,你又做梦了!"禾苗看着姚兰红肿的眼睛说。

"我又梦见了小西巷,不对,应该叫织锦巷。自从我嫁到窦家,天天有人来找那个会织锦的新媳妇,小西巷就改名叫织锦巷了。我梦见姑爷带着茧儿骑着高头大马回来了,到处找我们呢。找不见就乱发脾气。"姚兰苦笑着回答道。

"可不是,三哥哥前日梦见了秦州,还记起了热心肠的刘妈,恐怕刘妈已经作古了吧。还有那仗义的王刺史,那些年多亏了他暗中周济。不知道古人巷中那块镇机石还在不在。你说这石头黑光油亮,一米见方,逢年过节时,任凭外面街巷里锣鼓喧天,一入巷子,就听不到一点儿声音了,咋就这么神奇呢?"禾苗絮絮叨叨说了半天。

"昨日你也不是梦到苏坊村了吗?我这几天心慌慌的,弟弟血染疆场,弟媳产后失于调养,撒手人寰,父亲与小少爷相依为命,孤苦伶仃,不知他们接到了送去的衣食没有?"姚兰反问道。

"放心好了,全部送到了,铁蛋办事绝对牢靠。"禾苗信誓旦旦地说道,"三哥哥,你说这么多年了,周秦坡村,窦府估计已经变了样了。法门寺北边齐村庙上那一股泉水真旺呀!一年四季,汩汩奔喷,酷暑炎夏,泉水清凉,隆冬三九,泉水温腾。这泉水有灵性,知道我们要浣洗纱线,就七扭八拐地流到了咱们府中的花园里,成了咱家的绫坑池。"

"法门寺庙会到了吧!"姚兰问道。禾苗附在姚兰耳边密语了半天,俩人忍不住咯咯笑了起来。

"说什么呢，这么高兴。兰儿今日身体大安了吗？"大秦①皇帝姚兴站在门外问道。

时间已经到了394年，姚兴打败苻秦的残余势力苻登，据有关陇，并乘燕败亡，取得河东之地，随后又相继攻占晋的洛阳，统一了北方大部分地区。

"不知圣上驾到，有失远迎。我们正在说后日四月初八是法门寺古庙会，就想去给先皇上炷香。"姚兰笑吟吟地说道。

去年父皇姚苌驾崩，太子姚兴继位。眼下，他刚刚得胜归朝，心情大好，想也没想就说："难得你有一片孝心！明日朕与你同去。我们微服私访，晚间歇在寺庙，决不惊动地方。"

"不敢有劳圣驾。圣上刚刚征战完毕，理应休养，让铁蛋多带点护卫，我和禾苗去就行了。"姚兰委婉地拒绝道。

"有你陪伴，朕怎会累。我们坐马车去，顺便看看新法施行得如何。"姚兴拍了拍姚兰的手，微笑道。

"遵命！"姚兰低下头答道。她眼睛里那一抹失望，让他看着不舒服。听到这样的话，她应该欣喜若狂，但她从来就不知道讨好他。姚兴推说朝中有事，步出了胧月堂。

"又不知道翻了哪个夫人、嫔妃的牌子。"禾苗嘀咕着。

"不该管的事情不要管。我们清清净净地拜佛吧！"姚兰长长叹了一口气。

暮春时节，路边柳絮飘飞，田间麦苗青翠，河里水流欢畅。姚兰不停地掀开轿帘向外瞅。禾苗坐在马车夫旁边，眼界宽展，不时地给姚兰指看四周的风景。姚兰怕惊了圣驾，不敢大声应答，只是微笑。拉车的这几匹马都是身经百战的千里马，跑起来四蹄生风，路边的树木呼啦啦直往后倒。

---

① 此处的秦指后秦（公元384年—417年），也叫姚秦，是五胡十六国时期羌人贵族姚苌建立的政权。传三世共三帝、历经三十四年。

"前面不远处就是苏坊村，三哥哥。"禾苗惊呼道。

"老爷！三姑娘，你看老爷和小少爷就在路边。"禾苗乱喊起来。她已经忘记了她们一直在女扮男装，她的三姑娘早已经成了她的三哥哥，她不能当众喊她姑娘的忌讳了。姚兰也顾不得那么多了，她把头伸出轿外，果真看到了须发皆白的老父亲，正牵着弟弟苏桐的遗腹子在路边张望着。

"停下，停下！爹！"姚兰失态地高喊着，可是马车夫像一尊雕塑一样毫无反应。姚兰回头，看着身旁的姚兴，目光哀怨。姚兴拍了拍她的手，默不作声。她明白，这是他能给她的最好礼遇。从前那个叫苏蕙的女子，已经消失了，如今世上只有一个叫姚兰的侍从，跟随在圣上左右。

"一晃十年了，如今天下太平，男耕女织，其乐融融，与当年我们从苻坚王宫里逃出来时饿殍遍地、村落尽毁、荒无人烟相比，简直是天上人间呀！"姚兴很自负地说道。

"是呀！圣上英明，治国有方，政通人和，百姓安居乐业！"姚兰干巴巴地称赞了几句，不再说话。

姚苌386年入据长安称帝，国号秦，经七年战乱，国家初定。393年姚苌驾崩，新皇姚兴登基，大展宏图。为了巩固统治，他特别注意选才纳谏，又颁布了一系列有利于经济、文化发展的政令，如：百姓因灾荒自卖为奴婢者，下令一律放免为良人；简省法令，慎断刑狱，奖励清廉，惩治贪污；设置律学，调集郡县散吏学习法律，郡县疑狱可上送廷尉审理；提倡儒学，允许收徒授课，长安儒生云集，达一万余人。经过姚兴的励精图治，饱受战乱的国家旋即有了起色。

天下初定，难民们纷纷回到了故地，姚兰托铁蛋打听到爹爹的下落，再三请求出宫回家，姚兴实在找不出拒绝她的理由，不得已才出此下策。铁蛋多管闲事，姚兴今日出宫，特意没有带他，就是想冷落一下这个家伙。

"苏武留胡节不辱，雪地又冰天，苦忍十九年，渴饮血，饥吞毡，牧羊海边，心存汉社稷，旄落犹未还，历经难中难，心如铁石坚……"睹物伤情，往事一下子涌上了心头，禾苗兀自低声吟唱起来。姚兰轻声应和着。姚兴闭目养神。

时间一分一秒地飞走了，法门寺越来越近了，姚兰的心跳明显加快。池塘边的奇遇，窦滔扬手射雁，苻融抢亲，窦滔和姚兴出手相救的情景一下子都出现在了眼前。姚兰感觉呼吸急促，不觉流出了眼泪。一只宽大的手伸过来，揽住了她的肩头，用锦帕为她拭去了眼角的泪水。姚兰不情愿地躲开了，姚兴识趣地缩回了手。

"早知道后面有那么多的波折，还不如当年让我把姑娘抢走。今天除了去法门寺，朕也陪你去旁边的小西巷转转，再去七星河看看。我欠你的，一并还你。"姚兴感慨地说道。

她此行真正的目的是去祭奠亡夫——窦滔死后埋葬于美阳县周秦坡村旁，七星河畔。这些都是铁蛋那个狗奴才打听出来的。他决心都满足她。

夜晚，他们宿在庙里，第二天一大早早去上香拜佛。从人流如织、香火缭绕、钟磬齐鸣的法门寺大殿出来，经过龙凤门，姚兴看见门楣上有一方玉石雕刻的《璇玑图》，许多妇人带着姑娘在此下跪祈福，还有人在买拓印的《璇玑图》手帕。禾苗也跑过去买了几方手帕，回来冲着姚兰笑。姚兴心中不悦，想起自己从未见过真正的《璇玑图》，便道："乡野小民中不乏明理之人，以玉石雕刻《璇玑图》，精巧有趣。只是不知有几分相像。"

"当然很像了，还有人用木头雕刻了《璇玑图》呢。真的《璇玑图》不知被太后藏到了哪里。"禾苗快人快语。

"难怪，姑娘如此珍爱《璇玑图》底样，逃命时太后赏赐的金玉之物一概不要，就是不忘带上《璇玑图》的底样。"姚兴酸溜溜地说道。他几次追问她那支金步摇的下落，她总是漫不经心地说遗失了。那可是他费尽心机讨好太后才得到的赏赐，又在河边苦苦等候了半日才送给她的。她居然毫不珍惜。强扭的瓜不甜。他知道自己永远得不到她的心，她的心里只有那个死去的男人。《璇玑图》的底样是她的命根子，她一直贴身带着,他几次想看,但都没有如愿。

从法门寺出来,坐上马车,从小西巷穿过,姚兰看见小西巷满是残壁断垣,窦府的大门虽然破旧不堪,但虚掩着,似乎刚刚有人出入过,真想跳下马车,跑进去看看……

"三哥哥,三哥哥,快看!"禾苗在外面语无伦次地轻声叫道。

姚兰睹物伤情,想起绫坑送别和在窦府生活的往事,泪珠悄然滚落。

马车毫不留情地跑远了,一转眼的工夫就到了七星河旁。姚兰脚步踉跄地朝着一个大坟冢跑去,果真是他长眠在这里。她手扶着刻有"秦安南将军窦滔墓"的墓碑,想起两人在此游玩时,曾经说过"生不同日,死要同穴"的话,泪水滚滚而下。看得出,茧儿他们很孝顺,每年清明节时都会来祭拜父亲。他们献祭的食物和香表,虽然被野兽吃过了,但依然可以看出来很丰厚。安息吧!窦郎!姚兰和禾苗跪下来,默默地祈祷着。

禾苗顺势将姑娘那只蝴蝶步摇插进了土里。

姚兴背过身,冷着脸等待,一言不发。

明知道这个女人是以为父皇祈福的名义,想要回乡看望她那死去的丈夫,他也拒绝不了她。让她知道她牵挂的那个人早已长眠在七星河旁也好,这下她总该死心了。这里真是好地方,山清水秀。他称赞了几句。她依然长跪不起。他无心欣赏风景,只想带着她早早离开。

在旁人眼里,这是城里的大户人家,谁能知道这就是当朝天子,是战场上杀人如割韭的姚兴。

五十九
离恨天

几年来,姚兴每遇重大决断,都要听取姚兰意见。虽然她只比他年长几岁,但她总以长者自居,坚持与他以兄弟相称。

他不得不承认,他严重依赖着姚兰。他以为只要满足了她回乡的愿望,她就会乖乖地待在宫里了。谁知,她去了一趟七星河就像丢了魂一样,一有空就坐着发呆。早知如此,就应该一直狠着心,让她永远不踏出宫门半步。

每天下朝以后,他都要来胧月堂。看不见她,他就整夜睡不着觉。这种习惯从什么时候开始有,姚兴说不清楚。姚兴只记得,父皇晚年喜怒哀乐无常,常常噩梦连连,他和兄弟们夜夜轮流值守于寝宫外,父皇依然害怕得又喊又哭。白天,父皇在朝堂处理政事,召见大臣,看似好端端的一个人,到了晚上就屡做噩梦,说苻坚带领天官使者、鬼兵鬼将来收拾他。父皇惊惧得在皇宫内乱跑,一会儿跪地磕头,胡言乱语道:"臣姚苌,参见天王。杀天王者兄襄,非臣之罪,请天王不要冤枉臣。"一会儿,父皇又说毛皇后在骂他,吓得又跪倒在地磕头作揖。

父皇惧怕苻坚,不仅是因为他曾经逼死了天王苻坚,还由于他当年在与苻秦余部对攻中连吃败仗,一气之下,竟然挖出苻坚尸体鞭挞,还裸剥衣裳,荐之以棘。此事传开后,人人唾弃。姚兴听闻,亦觉得如此辱尸实在令人发指。且不说姚家曾受苻坚恩宠,就是对待仇人,此举亦为人不齿。然大错已经铸成,埋怨已是无益。

父皇惧怕毛皇后,是因为在攻克大界时,父皇俘虏了苻登的皇后毛氏。毛氏年方二十一岁,美貌勇武,善于骑射。父皇带兵攻入其营,毛氏犹弯弓跨马,率数百人力战,杀敌七百余人,因寡不敌众,终被俘获。父皇见毛氏美艳,欲将其纳为己有,毛氏且哭且骂:"姚苌,你这乱臣贼子,先杀天子,今又欲辱皇后。皇天后土在上,我变成厉鬼也绝不会饶你。"父皇无奈,只得将其杀死。近年来,报应来了,当年参与逼死毛皇后的将士相继发狂暴毙,现在似乎轮到了父皇。父皇一旦发作起来,众人毫无办法,请来好多僧道术士捉鬼驱邪皆不济事。姚兴兄弟几个只好夜夜带着卫队亲自守护父皇。

姚兴深知根由,经常微服出行,广行善事,碰见可怜之人必然慷慨解囊，遇到寺庙古刹，定然礼拜布施。

一次夜里，姚兴值更时因劳累过度昏倒了，姚兰挺身而出，独自走进了姚苌的寝宫。奇迹出现了，原本大吵大闹的姚苌安静得像个孩子。姚兴得知此事，惊骇不已，要知道父亲狂暴起来，见人就杀，宫里的婢女下人已因此死伤无数。她们白天端茶递水都战战兢兢，夜间打死也不敢去伺候父皇。姚兰这是吃了豹子胆了？

姚兴问她何故，姚兰淡淡地说："我不想再看到有人惨遭杀身之祸了。"

"你不怕死吗？你真傻呀！不准去！"姚兴哀求道。

次日夜里，父皇点名要姚兰陪伴，姚兴不敢抗旨，只好将姚兰送了过去，自己守在宫门外。厚重的官门虚掩着，姚兰为父皇吹奏起了羌笛。笛声幽幽，姚兴听着，眼前仿佛出现了一副画面：黄昏时分，一位将军独自坐在戍楼上，任凭湖面吹来的秋风撩起自己的战袍。远处传来一阵幽怨的羌笛声，吹奏的正是故乡的调子，一下子勾起了将军对万里之外妻儿的思念之情。

军中打了胜仗，都会有宴饮，伴奏的乐曲经常花样翻新，到最后将士们都要听一曲家乡的羌笛。羌笛的曲调哀怨低回，如泣如诉，并不激越，却更能勾起边关将士久别怀乡的忧伤之情。纷杂的乐舞与思乡的愁绪交织在一起，让人时而痛哭时而狂笑；浓烈的美酒与妖冶的舞女掺杂在一起，让人时而疯狂时而清醒；血腥的厮杀与幽静的田园交替出现，更让人时而恐惧时而喜悦……

羌笛悠扬，歌词婉转。那是将军向皇帝上表，班师回朝时要把战死沙场者的尸骨运回故土安葬。事死者如生。只有善待死者，才能捂暖活人的心。这是父皇多年来一直对自己说的话。

羌笛是羌人在田间地头解闷的消闲之物，平素挂在腰间，光着膀子干活时，打完麦草歇息时，炊烟袅袅归家时，随手掏出来就呜呜咽咽地吹起来。东汉时期，马融曾在《长笛赋》中提到："近世双笛从羌起，羌人伐竹未及已，龙吟水中不见已，截竹吹之声相似……故本四孔加以一。"姚兴爱吹羌笛，姚兰听着听着就学会了。姚兰聪明一教就会，后来心烦的时候就吹奏几曲。军队中兵士有吹羌笛自娱自乐者，姚兰听一遍就记住了，不知不觉中竟然学会了许多曲调。姚兴有一次对姚兰提起过，父亲小时候在家乡羌寨放牧时特别爱吹笛子，没想到这话今日派上了用场。

姚兴曾经对姚兰说："古时有五方之民之说法，即南蛮北狄东夷西戎中华夏，其中，西戎的'戎'，就是我们羌族。你们汉人说我们羌人是西戎牧羊人，说得很对。羌，从人从羊，羊是神赐给我们的祝福。古时戍边的，大多是羌族士兵。如果有一天我们都回家了，天下就太平无事了。什么时候不打仗了，我带你回草原放羊去。"姚兰闪烁其词，姚兴很失望。他知道汉人恋家，姚兰长在关中秦地，说什么也不会跟自己回到大草原上去。

笛声幽咽，父皇、姚兴也在不知不觉中睡着了，整个皇宫变得安谧祥和。

从此以后，只要姚兰出面，所有的人都可以睡个好觉了。人们都在私下里说："姚兰是神仙下凡，是救苦救难的观世音菩萨转世了。"每次，父皇脾气暴躁时，众人劝说不下，就赶紧派人去找姚兰。只要姚兰开口，父皇马上就变得心平气和。父皇年老贪杯，经常昏聩，有一天居然下旨要另立太子，众人哗然。幸好有大臣从旁劝说，大家才一笑而过。

姚兴的几位兄弟，个个战功卓著，尤其是戍卫长安的兄弟姚崇更是英勇盖世。有时候兄弟意见相左，难免有口角。父皇立姚兴为太子，看中的就是他智勇双全，做事沉稳。其他几个兄弟勇猛有余，谋略稍逊，也就无话可说，但他们身边都有一大批幕僚，谁知道他们就没有觊觎皇位？更令人担心的是叔父姚绪、姚硕德，他们军功卓著，一旦图谋不轨，自己定会难以招架。

姚兴越想越害怕，回宫后如坐针毡。姚兰知道后，亲自给姚苌送去两个桃子，用意很明显，让他不要在皇子之间制造事端，不要重蹈二桃杀三士之覆辙，也不要被别有用心之人利用。姚苌酒醒之后，看见桃子，正在后悔，突见姚兰求见，便命人赶紧迎进来。姚兰言谈举止得体，一席话说得姚苌龙颜大悦。当即下令，皇位非太子姚兴莫属。姚兴高兴得恨不得要给姚兰下跪。

一天，姚兴看父皇已经睡了，便劝姚兰回房安歇，要知道姚兰夜夜守护父皇，已经一连几个月晚上没有睡过觉了，脸色苍白得厉害。谁知，后半夜里，父皇醒来一看不见姚兰，又大喊着鬼来了，跑出来要宫人们为他捉鬼。宫人在帮他刺鬼时，不小心刺中了他下体要害处，血流如注，十分骇人。姚兰赶来时，看见乌铁剑沾满血迹，扔在地上，大骇。姚兰正欲追问窦滔的乌铁剑何以到了宫里，但姚苌已经气息奄奄。临终前，辅政大臣姚晃追问父皇攻灭苻登的打算，父皇看了姚兴一眼，含糊地说："大业即可成功。姚兴的才智足可办到，你们不必问我了。"话毕，不再言语。太医回复："皇帝出血石余，不治而亡。"

父皇暴毙，令姚兴手足无措。此时姚兴肩上的担子十分沉重。他不仅要对付苻登，还要防范大秦政权内部的各种势力。因此，姚兴秘不发丧。他害怕分镇安定、阴密的叔父姚绪、姚硕德及戍卫长安的兄弟姚崇闻讯会发动叛乱。三人之中，姚硕德威望最高、兵力最强，对姚兴的威胁最大。

为了刺探叔父姚硕德，姚兴派使者密见叔父，姚硕德不愿在苻登未灭的时候，自寻干戈，授首与人。他当即表明态度，愿以大局为重，听候新皇调遣。为打消姚兴顾虑，他单人匹马来到长安，拥立姚兴为皇帝，从而缓和了国内的紧张气氛。姚兴感激涕零，对叔父优礼有加。

世上没有不透风的墙。苻登听说姚苌暴毙，喜出望外。他调动大军，全力东进，准备一举消灭姚兴。苻登率人马进攻到始平郡附近的废桥时，咸阳太守刘忌奴见势不妙，乘乱反叛，形势发生逆转，对姚兴极为不利。始平郡处于渭水之滨，距长安仅有百里。始平郡是姚兰的家乡，她对当地非常熟悉，果断进言：大乱之时，尹纬堪用。姚兴立即派尹纬率军迎敌。

先行到达始平的尹纬，听从始平太守姚详的建议，在废桥与苻登对峙。尹纬命令军队据守要塞，消耗敌人，并切断敌人的水源。苻登人马缺水，渴死不少，因此频频对废桥发动攻势。尹纬起初坚守营盘，十余日之后，认为摧毁敌人的时机已经成熟，准备全线反攻。姚兴担心苻登的力量太强，急忙进行劝阻。尹纬解释说："如今形势很不稳定，如果不鼓足勇气打败敌人，我们就要完了。"姚兴不再犹豫，下令全力反攻。

初夏，两军在废桥展开决战。这一战打得难分难舍，最终尹纬大获全胜。苻登的军队彻底溃散，他本人带着几个残兵败将，狼狈地逃到平凉，躲进马毛山里，隐姓埋名，再也不敢露面了。

废桥大胜极大地提高了姚兴的威望，巩固了他的地位。废桥之战后，姚兴正式为父皇发丧，并在始平附近的槐里即位称帝。尹纬在这次战争中功勋卓著，展现了他过人的智谋，姚兴对他委以重任。尹氏是天水大族，长期受到苻坚禁锢，尹纬只做到尚书令史。父皇对他不了解也不甚重用。姚兴在姚兰的点拨下，很倚重尹纬，先后委任他为辅国将军、司隶校尉、尚书左右仆射等重要职务。姚兴在心里称赞他是王猛在世，但又怕他居功自傲，表面上还是以君臣之礼相待。

当年七月，姚兴一面命人堵截前来救援苻登的人马，一面亲自率军攻打马毛山。在那里，姚兴一鼓作气击溃苻登，将其擒获后杀死。为了根绝隐患，姚兴听从姚兰的建议：释放俘虏，解散苻登部众，让他们解甲归田。姚兴命人为他们划分田地，修建房屋，希望他们从此安居乐业，不再谋逆。姚兴还把三万民户从阴密迁到长安，以充实由于氐人、鲜卑人外徙而显得人力不足的京畿地区。

回师长安不久，姚兴又消灭了盘踞在武功的割据势力窦冲。至此，姚兴控制了陇东地区。

父皇意外暴毙，令姚兴难以释怀。国家初定，为了替父亲赎罪，也为了超度那些战死疆场的英灵，姚兴请人在皇宫中大作法事。因为父皇和士卒多为羌人，姚兴特意请来羌族祭师释比主持。释比地位崇高，做法前燃香柏净身，然后穿戴法衣，手持羊皮鼓诵经，驱鬼辟邪。姚兰见释比敲打羊皮鼓时，神情格外庄重，便问姚兴是何原因。姚兴说："羌人的经文都是靠口口相传，没有文字记载。有一次，释比涉远求经，返回途中经书被羊偷食，为解恨剥其皮敲打，不料意外发现敲打羊皮鼓时，经文竟浮现在脑海中，能全部背诵出来。这个故事传开以后，佛、道两家的和尚、道士念经时，为了防止忘记经文，就敲木鱼诵经。"

姚兰因为素日吃斋念佛，故而对和尚道士特别敬重，以为姚兴揶揄和尚道士，便说："古人以为鱼是不眠不休的，以木制成鱼敲打，是修行者警醒自己不可昏沉懒惰，要日夜苦修。"

为了讨得姚兰欢心，姚兴说："言之有理。经文靠口口相传，终不可靠，不如写在书上，祖祖辈辈都可以珍藏。不过朕准备重修道安和尚生前主持的五重寺，还要召回鸠摩罗什，在长安城翻译佛经，弘扬佛法。"

六十
别亦难

这一日，姚兰与禾苗随驾去五重寺游玩，走到一僻静处，突然听见有人轻声叫"禾苗姑娘"，回头一看，原来是工地上的杂役。禾苗端详了半天，感觉此人好像是窦丁，但满脸风霜，不敢贸然相认。杂役将两人引至僻静处，跪倒回话说："小的窦丁，禾苗姑娘虽然女扮男装，但是方才说笑时，乡音未改。小人故而冒死前来相认。小的受窦将军之托打听夫人下落。"

禾苗急切地说："窦丁，你还活着。姑爷和茧儿也都活着。"

"老天保佑，我们都活着。夫人，我可找到你了。"窦丁喜极而泣道。

"你果然是窦丁。将军他还活着。他在哪里？"姚兰惊喜万分，赶忙追问道。

"夫人切莫声张。外头谣传窦将军战死襄阳城，其实，谢玄爱才，他把将军和茧儿掳掠到了晋国，委以官职，将军宁死不降，一直隐居乡间。

晋帝愚钝，不辨寒暑，谢安、谢玄辞世，权臣当道，杀伐不断，近又有孙恩之乱，公子趁机逃脱，带着茧儿偷偷回乡，托人四处寻找夫人。茧儿如今在家中，将军近日正在长安城中的悦来客栈。"窦丁说着，拿出一张《璇玑图》和禾苗插入墓土中的那只蝴蝶步摇。

苏蕙一看蝴蝶步摇果真是自己的旧物，就是禾苗那天顺手插进窦郎坟中那枝。《璇玑图》上有窦滔亲笔题跋："滔镇襄阳，不与偕行。苏氏自伤，因织锦为回文，五彩相宣，纵横八寸，题诗二百余首，共计八百余字，皆成文章，名曰璇玑图。滔解三昧，浪子回头，建亭记之。"心头不由一震。难怪，自己近日魂不守舍，原来真的是窦郎来了。

"夫人切莫声张。速去悦来客栈。"窦丁说完，一溜烟不见了。

"禾苗。"苏蕙用目光征询着禾苗的意见。

"既然姑爷还活着，说什么也得见一面。"禾苗鼓励道。

"姚大人，圣上正在责骂御膳房的人，求你前去伴驾。"一个宫廷侍卫跌跌撞撞地跑过来哀求道。

"又怎么了？让人一刻也不得消停。"禾苗不满地问道。

"大人快去吧！去得晚了，恐怕御膳房人的脑袋就搬家了。大人慈悲，体恤我们，要不然我这脑袋也早都搬家了。"侍卫着急地哀求道。

姚兰急急忙忙跑过去一看，姚兴正在吹毛求疵，说是御膳房的点心不可口。姚兰摘了一朵紫薇花递过去，姚兴闻了闻，脸色和悦起来。姚兰训斥道："撤下去，没看见陛下要去赏花！"御膳房的人唯唯诺诺地退下。

第二天，禾苗密令铁蛋去悦来客栈捎话，说是夫人近日即将面见将军。

一入侯门深似海。想要出宫，谈何容易？

姚兰病了，不思饮食。圣上下朝之后，立即过来探视。

"陛下，姑娘想起了儿时吃过的一种东西，不知道街面上还有没有。许是宫里的东西吃多了，不如让姑娘去吃吃民间小吃吧！"禾苗担忧地说道。

"难得兰儿有此雅兴。我们明日就去品尝。"姚兴乐呵呵地答道。

"万岁爷前呼后拥地去,可不是要把满街的商贩吓跑了。"姚兰提醒道。

"不如,我和禾苗先去探探,改日圣上再大驾光临。圣上让铁蛋多带几个侍从跟着我们就行。"姚兰撒娇道。姚兴不好拒绝,点了点头。

这个女人出了一次宫,心变野了,她到底要干什么?

到了城里,禾苗和铁蛋想办法拖住了随从,苏蕙一人进了悦来客栈。一下子就打听到窦滔住处,可是偏偏窦滔不在,苏蕙不敢久等,只得留话给店家,约好改日来访。

临出门时,远远望见一个人酷似窦滔,但是随从们已经跟了过来,姚兰被簇拥着离开了。

回宫后,想要再找机会出宫简直如登天般艰难。三个月后,五重寺方丈进宫觐见,姚兰提出要去拜佛上香,游览寺院。恰好,姚兴有要事缠身,不得同行。姚兰与禾苗行到中途,铁蛋报告说客栈周围已有官兵盯梢。苏蕙情知走漏了风声,害怕窦滔遇到不测,便不顾一切,说是口渴要讨杯水喝,说罢直接走进店里,要求见窦滔一面。

苏蕙今天依然是女扮男装,窦滔一时不敢相认。苏蕙见窦滔须发皆白,面目黧黑,形容憔悴,便知夫君这些年受苦了。禾苗和铁蛋守在门外,见呼啦啦来了一群官兵,吓得退了回来。外面有重兵把守,三人来不及倾诉几年来的遭遇,便商议如何逃走。窦滔让苏蕙和禾苗先走,在城外等待,他对付完官兵,即刻赶来。苏蕙则让窦滔带禾苗远走高飞,自己留下来与这些人周旋。禾苗一听急了,说什么也不离开苏蕙。

三人僵持不下。苏蕙横下心来说:"你我本是夫妻,如今我们夫妻团聚,看谁敢拦。"说完就听见有人在外面呵斥士兵,声若响雷。苏蕙情知无法逃脱,索性推门出去。带兵的是姚兴的兄弟姚崇,他一刀砍了铁蛋,挥舞着沾满鲜血的大刀,示意三人退回内室说话。三人乖乖退回室内,苏蕙豁出去了,大大方方地说道:"王爷,不要滥杀无辜。实不相瞒,我乃女儿家,原名苏蕙,并非姚兰,一直女扮男装跟随圣驾是形势所迫。

我们夫妻失散多年,不想今日有幸团聚。王爷可否开恩,送我三匹快马?"

"好说好说"姚崇打着官腔。苏蕙立即拜谢。

"车马已备好。夫人请乘轿。"姚崇命人牵来马匹。

苏蕙没想到姚崇这么爽快就答应了,觉得好生奇怪。

马车走得慢,窦滔骑马在旁边护着苏蕙,姚崇带着人马不紧不慢地跟着。

到了城外一处凉亭,苏蕙看见亭中坐着一人,正在自斟自饮。再一细看,正是姚兴。苏蕙下轿来,跪倒在地,含泪请求:"吾皇圣明,请成全苏蕙一家。"

"是朕对不住你,这么多年,让你始终隐名埋姓,女扮男装。"姚兴诚恳地说着,招呼窦滔、苏蕙坐下来一起饮酒。窦滔、苏蕙面面相觑,迟疑了一下方才坐下。

"放心,只管放心饮上一杯。"姚兴先饮了一杯,苏蕙和窦滔战战兢兢地端起酒杯,生怕这是人生中的最后一杯酒。

看着俩人将酒一饮而尽,姚兴站起来大手一挥,笑呵呵地说:"走吧,走吧,从此海角天涯,各自悲欢。"

苏蕙和窦涛不相信这么轻易地就要走了,他们呆呆地站着不动。

"还有这把乌铁剑,物归原主。你一直耿耿于怀,以为是我害死了你家郎君。现在你总该明白这是上一辈人的恩怨。"姚兴把剑递给窦滔,眼睛却看着苏蕙,很大度地说道。

"陛下,窦滔福薄命浅,这把剑还是留在宫中为好。"窦滔拿着乌铁剑,仿佛拿着一个烫手的山芋,赶紧要还给姚兴。

可是,姚兴已经远去,卫兵们也没有了踪影,周围安静得出奇。

窦滔郑重地放下玄铁剑,对着老家的方向,给爷爷磕了三个头。然后搀扶着苏蕙和禾苗坐上马车,吩咐车夫立即赶路,他骑马在前开路。

三人将信将疑地走出去了好远,突然听到后面传来马蹄声。是姚崇。苏蕙的心提到了嗓子眼。

"苏蕙姑娘，请留步。皇帝他……"追上了窦滔一行，姚崇结结巴巴说不出来一句话。

"皇帝怎么了？"苏蕙着急地问道。

"皇帝如家父一般，正在殿中砍杀侍从婢女……"姚崇急切地回答道。

"皇帝本性残暴，你不去劝解你家兄弟，跑到这里作甚。"窦滔厉声作答。

"你们走吧。皇帝的生死，国家的安危，百姓的饥寒，从此与你们无关。"姚崇断断续续，无奈地说道。

聪明如苏蕙，立即意识到再往前走下去，窦滔很可能就要身首异处了。刚才惨死的铁蛋就是下场。她怎么能眼看着他白白送死。此生有缘相见，已经是三生有幸。余生相守相伴，只能是水中望月。

"王爷，你一言九鼎，请你高抬贵手放过窦郎和禾苗吧！窦郎，照顾好茧儿，带上禾苗走吧。禾苗，请受我一拜，代我好好侍候郎君吧！"苏蕙说完，看着姚崇，缓缓跪倒在地。

"姑娘真是冰雪聪明。姑娘明知当今圣上脾气暴躁，除了你无人能劝。姑娘若真的走了，我大秦就会国无宁日。姑娘，你看我大秦立国不易，百废待兴，你就忍心撇下这一切不管吗？你就不怕老百姓再次陷入战乱之中吗？你就不怕吾皇再蹈苻坚覆辙吗？"姚崇说着，情不自禁给苏蕙跪下来。

"天呀！你叫我如何是好。"苏蕙哭喊道。

"蕙儿，我们走。哪朝的律令不让夫妻团聚。"窦滔拉着苏蕙要走。

"就算皇帝愿意放你们走，我手中的这口宝刀也不答应。放虎归山的傻事，我可不干。"姚崇说着，扬起了手中的宝刀，一道寒光闪过，路旁碗口粗的大树立即断为两截。

窦滔也毫不示弱，抽出佩剑，砍断了树桩。

"好好活着。禾苗替我照顾好窦郎。"苏蕙无限留恋地看了窦滔一眼，起身走到了姚崇旁边。

"我不走，要死我们死在一起。"

"姑娘，我不走，我这辈子都不会离开姑娘。"

窦滔和禾苗喊道。

一个侍卫骑马飞奔过来，大喊："圣上有令。窦将军杀敌有功，乌铁剑原物赏还。"

"去吧！回到晋廷，永远不要再回来。"苏蕙的话还没有说完，姚崇回头冲窦滔大喊一声："乌铁剑世所罕见，如今物归原主。将军还不赶紧谢恩。世上没有卖后悔药的。识时务者为俊杰。窦将军请回府安歇吧。小心我的兄弟过一会儿反悔。姑娘深明大义，是世间难得的贤良女子，我替大秦的子民们谢谢姑娘了。"说着将苏蕙抱上马背，疾驰而去。

禾苗在后头哭喊着追了上来，也被姚崇的随从拦腰抱起，眨眼间没有了踪影。

"苍天呀！你为何如此捉弄人？"窦滔大呼一声，口吐鲜血，昏倒在地。

六十一
遁空门

"君子于役，不知其期，曷至哉？鸡栖于埘，日之夕矣，羊牛下来。君子于役，如之何勿思？"一阵凄婉的吟诗声，将苏蕙从昏睡中唤醒。这世上，怎么又多了个痴情女子。

"夫人醒了，夫人一听到诗真的就醒了。"苏蕙朦胧中，听见一个陌生的声音在叫自己。

"禾苗，我们是在哪里？"苏蕙询问着，细细打量着这座华丽的宫殿。

"夫人，禾苗姑娘病了，我是绿珠，圣上让我来伺候夫人。请夫人换上新衣，圣上说夫人一醒来，就过来看您。"绿珠说着，轻手轻脚地替苏蕙穿戴起来。

"着我女儿装，相携归家园。"苏蕙抚摸着这一件件华美的绸衣，想起刚刚分别的窦郎，忍不住泪如雨下。

"下去吧，圣上来了，就说我已安歇。"苏蕙哽咽道。

"姑娘受惊了，姑娘不要怪舍弟鲁莽。"姚兴爽朗的声音刚一响起，苏蕙便翻身向里，佯装睡着了。绿珠等人识趣地退下。

"姑娘，是朕对不住你。你看这些衣服多华美，你却好多年没有穿过了。这珠玉首饰多动人，你却好多年没有戴过了……三日之后，朕册封你为皇后。"姚兴坐在床边，信誓旦旦地说。

"不要，我什么也不要。"苏蕙低声说道。

"都怪朕，要不是窦滔这么一闹，不知道你还要隐姓埋名多少年。朕对不住你。"姚兴说着，抓住了苏蕙的手。

"你走吧。苏蕙死了，姚兰不做你的皇后。"苏蕙缩回手，冷冷地说。

"为何？后宫里的女人都盼着做朕的皇后。"姚兴不悦地问道。

"我是姚兰，是你的表哥，你的侍从，从来没有非分之想。圣上请早些安歇，姚兰身体不适，不能多说话。"苏蕙下了逐客令。

"姑娘保重。朕明日来看你，等着听你的好消息。"姚兴很有把握地说道。

"铁蛋已死，求圣上饶恕禾苗，所有的罪孽皆是由我而起。"苏蕙哀求道。

姚兴一言不发，头也不回地走了。

第二日，姚兴没有露面。

第三日，姚兴照样没有露面，禾苗却满身是伤地回来了。

不用问就知道，禾苗代自己受苦了。

不用问就知道，姚兴立后的建议受到了阻拦。

不用问就知道，后宫的嫔妃听到这个消息已经炸开了锅。

谁都知道后宫与前朝有着千丝万缕的联系，这些个嫔妃的娘家父兄，哪一个不是朝中举足轻重的大臣？贵为天子，如何周全前朝和后宫，历来是个难题。为了一个汉人女子,得罪全天下羌人,进而失掉整个天下,姚兴是不会也不能这么干。

"贵妃娘娘听说夫人三天三夜粒米未进,特意给夫人送来了羹汤,请慢用。"绿珠手持羹汤,诚恳地劝道。

"本是同根生,相煎何太急。"苏蕙虽然身体虚弱,但神志清楚,正想借此机会一了百了,便假装一无所知地说,"谢贵妃娘娘的一片好意。"

"请……"绿珠迟疑道。

"黄鼠狼给鸡拜年——没安好心。"禾苗骂道,挣扎着起来,假装不小心将羹汤碰洒在地。

"滋滋滋……"地上的毯子瞬间被烧灼了一个大洞。

"夫人饶命,夫人饶命。不关小的事。"绿珠吓得魂飞魄散,瘫软在地。

"起来吧!请转告圣上。我要见他最后一面。"苏蕙不急不缓地说道。

"姑娘,你千万要想开点。你不能让老爷白发人送黑发人呀!"禾苗哭着哀求道。

"你我情同姐妹,早就不该以主仆相称,以后就以姐妹相待。我心如死灰,还有何面目苟活人世间。窦郎走了,我活着有什么用。"苏蕙前言不搭后语地说着。

"姐姐言重了。窦郎活着,我们都要活着,总有相见的那一天。"禾苗满怀信心地说。

"不会有那么一天了。天下之大,何处是安身之地?"苏蕙征询禾苗的意见。

"铁蛋为了姑娘,心甘情愿做了刀下鬼。姑娘待我恩重如山,禾苗誓死追随姑娘,绝不贪图荣华富贵。"禾苗浑身上下没有一块好处,一说话,就疼得咧嘴。

苏蕙心疼地说:"铁蛋兄弟是我害死的。妹妹,姐姐又害苦了你。等你治好伤,我们早点离开这深宫大院。"

"为了成全姑娘和姑爷,禾苗心甘情愿。禾苗这辈子跟定姐姐了。"

禾苗动情地说。

"我与窦郎当初相约，海枯石烂不变心，却历经劫难不能团聚。妹妹一世情缘，也付了一江春水。佛家说今世种种皆是前世因果。今世所见所遇都早有安排，一切皆是缘分。缘是花开梦里，月隐山中，悲欢离合。缘起缘灭，缘聚缘散，自有天意。"苏蕙喃喃自语。

"姑娘不要自怨自艾。佛说过凡事都有定数，不能强求。姑娘忘了你给我讲过才女谢道韫的故事。姑娘不如仿效那才女谢道韫退居田园。"禾苗轻声说完话，忍不住呻吟起来。

苏蕙仰慕谢道韫。谢道韫所嫁非人，丈夫王凝之是一个扶不起的阿斗，所幸家世显赫，才从一个小吏渐渐做到了主管一郡的会稽内史。后来，以孙恩为首的起义军进逼会稽。作为会稽内史的王凝之本应设防布控，严阵以待，但他却笃信五斗米教，对贼人来犯不以为然，天天在家烧香拜佛，指望道祖派天兵天将前来剿灭叛军。直至兵临城下，他才恍然大悟，慌乱中带领手下突围，谁知刚出城门就稀里糊涂地被人一刀砍下了脑袋。

城中百姓乱成一锅粥。危急时刻方显英雄本色。谢道韫镇定自若，手握大刀，带领众人冲到大街上杀敌。最终寡不敌众，被敌人俘虏，四子一女也在混战中全部丧命。她和刚满三岁的小外孙被一起带到叛贼孙恩帐前。孙恩为了斩草除根，当即就要处死那孩子。谢道韫闻言厉声喝道："事在王门，何关他族？此小儿是外孙刘涛，如必欲加诛，宁先杀我！"孙恩听了心里不由一惊，沉吟不决。

孙恩虽然生性残忍，杀人如麻，但他敬重有胆识之人，尤其是像谢道韫这样有才华有大丈夫气概的女子。孙恩的态度变得恭敬起来，他亲自为谢道韫松了绑，派人将他们祖孙护送回家里。

从此以后，谢道韫一直寡居会稽。虽然历经了丧夫失子之痛，但她并未因此沉沦，心性也未有大的改变，反倒日渐旷达。她终日以诗书为伴，不知疲倦地为远道而来的莘莘学子传道、授业、解惑，大家尊称她为老师。晚年，她写的《泰山吟》一诗流传甚广。

禾苗的话点醒了苏蕙,她吟诵着"器象尔何物,遂令我屡迁",想着谢道韫虽然屡遭失亲流离之苦,但不哀叹自伤,反而乐享天年,胸怀宽广,不愧为女中豪杰,林下之士,心情平静了许多。

由爱故生忧,由爱故生怖,若离于爱者,无忧亦无怖。高僧的话又一次在苏蕙耳边响起。

苦海无边,回头是岸。

我佛慈悲,请为迷途的羔羊指点迷津吧!

从此,世上多了一个叫若蕙的和尚,少了一个叫苏蕙的女子。

六十二
羁凉州

眼看着吕光在龟兹横行霸道,鸠摩罗什却无力阻拦,便费尽心思劝说其返回长安。

太元十年三月,吕光带着大军、两万匹骆驼、一万多匹骏马和从龟兹及西域各国搜集掠夺的奇珍异宝,踏上了返回长安的漫漫长途。

除此之外,吕光为了讨天王的欢心,还搜罗了中原罕见的孔雀、符拔、辟邪等禽兽,各种龟兹乐器,几个魔术师和跳胡腾舞胡旋舞的舞者,好让天王和诸位朝臣开开眼界。

当然,吕光最大的战利品是鸠摩罗什。吕光一路上派人都紧盯着鸠摩罗什,生怕他逃跑。但鸠摩罗什面无表情的样子让吕光有点生气,忍不住想捉弄一下他。

长途跋涉,人困马乏,疲惫不堪的吕光朝后望去,看见身着褐红色僧袍的鸠摩罗什正在马背上打盹。不知什么原因,吕光每次看见鸠摩罗什,心里就有一种无名业火想要爆发。他至今都不明白,为什么天王要耗费不计其数的财力和数不清的将士性命,去罗致这么一个中看不中用的比丘。这个和尚有啥稀奇的,还不是凡夫俗子一个,破戒成婚后,一天到晚恨不得把自己粘到阿竭耶末帝的身上。色胆包天的俗人一个,装什么得道高僧?想起美貌动人的阿竭耶末帝,吕光有点后悔,我为什么要把这个美人嫁给这样一个呆头呆脑的和尚,为什么没把这个肤色白皙,体态婀娜,舞姿曼妙的尤物留给自己享用呢?

心生嫉妒的吕光决定教训一下这个西域比丘。吕光先让鸠摩罗什骑牛,把马让给受伤的战士,鸠摩罗什答应了。西域风俗,牛只能犁田或负载,马才是代步工具!阿竭耶末帝据理相争,但吕光依然坚持。

光溜溜的牛背上不配座鞍,又无缰绳可控驭,鸠摩罗什第一次骑牛,尽管全神贯注,但还是很快从牛背上摔了下来,跌得鼻青脸肿,出尽洋相。侍卫见状,故意催着鸠摩罗什继续骑牛,鸠摩罗什无法,只得又一次爬上牛背,没走几步,又被摔了下来,引来众人围观起哄。

吕光回头看见牛背上的鸠摩罗什滑稽可笑,忍不住偷偷乐了。鸠摩罗什受此羞辱,心中难过,干脆牵着牛走在了队伍的最后头。吕光自然不会这么轻易就放过他,过了一会儿,吕光又让人牵来一匹烈马让鸠摩罗什骑。这匹汗血宝马双蹄腾空,咆哮嘶鸣,有下海腾云之势,一般士兵都不敢近前。吕光却逼着鸠摩罗什驯服烈马。鸠摩罗什刚一上马,汗血宝马一声咴咴嘶鸣,猛地扬起了前蹄,没有经验的鸠摩罗什立即从马背上摔了下来。可怜他的一只脚还套在马镫里,整个人被马拖着跑了半里多地,脚才从马镫里掉了出来,吕光和行军官兵全都哈哈大笑起来。阿竭耶末帝气得大骂吕光见死不救,吕光嬉皮笑脸地说:"只要你陪本将军过夜,什么事都好说。"满脸是血,僧袍被扯成破絮的鸠摩罗什闻听此言,气得双眼圆睁。他知道吕光残暴荒淫,自己无力保护妻子,急中生智说道:"女人怀有身孕不得动气,快回轿中。"阿竭耶末帝明白丈夫好意,含泪躲在轿里,不敢再露面。

鸠摩罗什一路上吃尽了苦头,却并不计较,反而以德报怨。他在大军遇到洪水、热风、食人蚁时,不计前嫌,竭尽全力拯救将士。当漫天遍野的食人蚁如潮水一般涌来、马上要吞噬掉大军的危急关头,吕光吓得不知所措，鸠摩罗什却果断命令士兵扔掉金莲花宝座溶化后所制的金饰，关好帐篷，点上檀香，口诵佛法，众人依言而行，总算躲过一劫。此后，吕光开始对鸠摩罗什刮目相看。许多嘲笑过他的士兵羞愧交加，开始暗中帮助他。

大军行至凉州，吕光得知苻坚被害的消息，向长安方向下跪，哀号恸哭，下令三军缟素，在姑臧城南遥祭苻坚，长史、百石以上服重孝三个月，庶民百姓哭泣三天。治丧毕，吕光驻兵凉州，大赦全境，自称凉州牧、酒泉公。

这时候，吕光想起鸠摩罗什以前有过"中道自有福地可居"的预言，便自立为王，召见鸠摩罗什，问政于他。鸠摩罗什慈悲心肠，劝其顺天爱民，为政宽简，严肃军纪，让百姓生养休息。吕光接受了鸠摩罗什的建议，几个月的功夫，凉州城逐渐有了人气。

吕光生性残暴贪婪，起初有所收敛，后来便原形毕露，横征暴敛，所以立国不久便叛乱四起。吕光忙于制服暴徒，一时无暇顾及鸠摩罗什夫妻。后来，吕光得知阿竭耶末帝并未怀孕，又开始想方设法折磨起鸠摩罗什。尽管鸠摩罗什虚怀若谷，处处帮助吕光，但吕光每每思想起父亲吕婆楼便暗恨鸠摩罗什。鸠摩罗什居住的寺院是前人修建的一处台观，位于姑臧城中心。为了报复，吕光叫人将台观改成寺院，让鸠摩罗什独居。至于阿竭耶末帝，则必须搬走，另住在一处大户人家遗弃的后花园中，没有吕光的命令，俩人不得相见。这是王命，不得有违。

有人替鸠摩罗什打抱不平，吕光声称出家人就当六根清净，他让鸠摩罗什夫妻分居是在弘扬佛法，替天行道，以正视听。为了掩人耳目，吕光对鸠摩罗什表面上礼遇有加，供养丰厚，还专门派了七八个小沙弥侍候鸠摩罗什。

初到凉州，人生地不熟，夫妻又分离两处，鸠摩罗什内心非常苦闷。他主动向吕光宣讲佛教，吕光常常听了两三句，就打起瞌睡。说实话，自从占据凉州，谋叛的部将一茬接着一茬，吕光父子终日疲于奔命，根本就没有心思听他念佛讲经。姑臧城里的百姓军民，人人饱受战乱之苦，日日为饥饿所困，几乎无人肯来寺庙听鸠摩罗什讲经说法。为此，鸠摩罗什夙夜忧叹，常常泪流满面。

阿竭耶末帝知道了，悄悄叫人捎话安慰他："姑臧城无人信佛，那是机缘未到，你不妨到郡县乡村去弘扬佛法。"鸠摩罗什听了阿竭耶末帝的话，带着七八个小沙弥，出了凉州城。

走入凉州城四周的村落，鸠摩罗什看见到处都是凄惨的景象——残破的村落，断裂的城墙，荒芜的田地，烧焦的房舍。驿道边几具横卧的尸体，引来一群乌鸦在上空盘旋。鸠摩罗什率众动手掩埋了尸体，又念经超度这些亡灵。

每到一处，遇见暴尸街头者，鸠摩罗什都要动手掩埋，念经超度亡灵。慢慢地，许多人知道了这个和尚是个大善人。但是有人还是对这个高鼻深目的和尚抱有戒心。有一次，鸠摩罗什刚要给老百姓讲佛说法，就被当作乞讨者轰赶出来。尽管鸠摩罗什一再声称自己不会和他们抢夺食物的，是弘扬佛法的，是救他们脱离苦海的，可是那些衣食无着的平民百姓根本不信因果报应，不听六道轮回之说，他们只求吃饱穿暖，平平安安地活着，哪管死后是去西方净土还是下地狱？

一颗慈悲心教化不了众生的愚痴和顽冥，鸠摩罗什只能对月长叹。

尽管如此，每到被战火焚烧过的村落，鸠摩罗什还是要掩埋暴露在荒郊野外的尸体，为那些素不相识的亡灵念大悲咒、往生咒，希望他们早日往生净土。为了掩埋这些无辜百姓，鸠摩罗什累得病倒在床。阿竭耶末帝知道了，要去照顾丈夫，吕光却说他们夫妻想要偷偷幽会，下令士兵，严加看管，坚决禁止阿竭耶末帝出门。咫尺天涯却不得相见，鸠摩罗什夫妻就这样被活生生拆散了。他们同居一城，却十几年未见过一面。即便如此，吕光还是打消不了鸠摩罗什传法的决心，他身体痊愈之后，依然去贫苦的百姓家中讲经说法。

好了伤疤忘了疼。在吕光的眼里，鸠摩罗什名为号称能知过去未来、占卜预测吉凶、转祸为福的得道胡僧，实则是肩不能挑、手不能提的一个窝囊废。可是后来发生之事，让吕光不得不对鸠摩罗什有所忌惮。

相传，吕光称王的次年正月，凉州姑臧城突然刮起了大风。大风吹了三天三夜，吹断了武威太守府前的旗杆，吹落了美阳宫的殿角，吹倒了大殿前的一棵古树。吕光连忙紧急召见鸠摩罗什，卜问吉凶。鸠摩罗什掐指一算，说是有奸人反叛，但不必惊慌，明夜此风自然平息。

吕光听说有人叛乱，大吃一惊，第一个想到了杜进。鸠摩罗什摇头不语。

第二天夜里，姑臧的大风刚一停歇，就有人来报张掖太守彭晃、部将徐炅反叛。吕光亲率骑兵三万诛杀彭晃、徐炅。接着，西平太守康宁，自称为匈奴王，刺杀了湟河太守强禧。后来，占据酒泉的王穆，嫉妒同党索嘏为敦煌太守，率兵攻打敦煌。吕光逐一平定叛乱之后，又以宴请群臣的名义召杜进入宫，然后罗织罪名，杀了杜进。从此，凉州内乱平息。公元396年六月，吕光即天王位，大赦境内，改年号龙飞，立世子吕绍为太子。

鸠摩罗什困居凉州十余载，虽然尽心竭力宣扬佛教，却"蕴其深解，无所宣化"。无人懂其深解的佛法义理，无人愿意被教化，鸠摩罗什没有知音，落寞孤独。普通民众信佛，大都为了求财求福消灾免难，并不懂佛教义理。鸠摩罗什是首屈一指的佛学大师，靠强权统治百姓的吕氏父子，时刻担心王位被取而代之，岂能认识到鸠摩罗什深解佛理宣化黎民的良苦用心？认识到佛教的传播对安定国邦的作用？怎么可能心生悲悯，放下屠刀立地成佛？

偏远的凉州城，没有一个人能和鸠摩罗什对话。孤独包围着鸠摩罗什，弘法中原的梦想何时实现？

在十几年苦闷的时光里，如果没有阿竭耶末帝，没有佛经，鸠摩罗什肯定活不下来。精神上的苦闷，有时候比利剑割肉、毒刺挖心更可怕。

鸠摩罗什没有白白浪费这十余年的光阴，他夜以继日地钻研汉语和汉人的文化典籍，无意中为日后的译经做好了准备。一切皆是机缘，鸠摩罗什的机缘就在东方长安。

多行不义必自毙。吕氏残暴，不得人心，政权正逐渐走向衰落和灭亡。

公元399年十二月，吕光病重，立太子吕绍为天王，封吕纂为太尉，吕弘为司徒。吕光临终之际，告诫诸子定要同舟共济，切莫骨肉相残。谁知，吕光尸骨未寒，吕纂就发动兵变，逼吕绍自杀，自立为王，改元为咸宁。

吕光弟吕宝之子吕超多次劝吕绍杀吕纂，吕绍不肯，结果被杀身亡。吕超发誓要为吕绍报仇。两年后，吕超杀吕纂，立吕隆为天王。

吕纂未死之前，大秦国主姚兴曾派遣使者来到姑臧，要求吕纂释放鸠摩罗什东去长安弘扬佛法，吕纂不肯，使者临走时说："来日疆场再晤！"

六十三
佛光照

转眼间，长安城已经是姚兴的天下。

姚兴好学向善，经常招来大儒姜龛、淳于岐、冯翊等人谈论诸子百家的学说，有空闲就同弱冠之年的沙弥谈论佛法。僧肇虽然年轻，但智力超群，遍观经史，属于饱学之士。姚兴常常通宵达旦地听僧肇讲解《维摩诘经》，毫不倦怠。

一次讲完佛经，僧肇向姚兴推荐了当世最博学的佛学大师鸠摩罗什，并言欲只身一人度越关山，不远万里去凉州拜鸠摩罗什为师，深入研学佛教经典。姚兴听后大喜，赞叹道："朕一直有此大愿。你有不畏艰险之志，必能达到姑臧，有朝一日，朕必当致请鸠摩罗什大师来长安弘法。"

僧肇之言，勾起姚兴的一桩心病。长久以来，姚兴就对鸠摩罗什十分推崇。苻坚年间，太史令夜观天象，有星见于外国分野，便断定"当有大德智人入辅中原"，使得苻坚如同中邪一般，不顾所有人的反对派吕光发兵罗致鸠摩罗什。眼下，史治清明，军纪严整，当不当罗致鸠摩罗什呢？

姚兰传令宣五重寺的若蕙和尚进宫商议此事，若蕙以为万事随缘，不可强求。

弘始三年（401年）三月，就像当初苻坚朝一样，天地以特有之形式呈现出种种祥瑞。一是长安城永贵里前面大道上，两棵本来独立的槐树，一夜之间竟然长在一起，观者络绎不绝，都说树木连理是祥瑞之兆。无独有偶，位于长安城北郊渭水之滨的皇家苑圃逍遥园里，一畦绿葱一夜之间变成了香草白芷。太史将长安城里的两处祥瑞上报姚兴，称树木连理、葱变白芷，国家大定，有大德智者当从西来，入长安辅佐国君。

长安城里发生的这两件事太不可思议了，被人们传得沸沸扬扬。姚兴心想，此大德智者莫非就是鸠摩罗什？于是，他立即派遣使者去凉州以求鸠摩罗什。岂料吕氏执意不肯放鸠摩罗什。敬酒不吃吃罚酒。姚兴一直念吕光情分不愿武力收复凉州。吕纂不识抬举，别怪朕不客气。姚兴决定发兵攻凉，延请鸠摩罗什入朝。僧肇、若蕙闻言，生怕百姓再遭涂炭，请求随同大军一同前往凉州。

大军未发，凉州城里又发生了宫廷兵变，篡位仅仅两年的吕纂被吕超杀，吕隆即位为天王。

吕氏内乱不断，姚兴觉得正是收复凉州城的好机会。他派遣姚硕德率领七万步骑西伐吕隆，僧肇，若蕙随军前行，见机行事。一旦战事吃紧，姚兴即刻亲率大军接应。

大军压境，凉州城里人心惶惶，百姓四处逃窜，新继位的吕隆寝食难安。若蕙和僧肇恳求姚硕德暂且不要用兵，只在城外等候，他二人自有破敌妙计。二人起身前往凉州，只见城内并无几座寺庙，民众亦不热衷佛教，鸠摩罗什门前冷落，几乎没有什么门徒。他们乔装打扮成樵夫去拜见鸠摩罗什，转达了皇帝姚兴统一中原后欲弘扬佛教，普度众生，安抚百姓的心愿，又表达了愿拜高僧为师，学习佛法，教化民众之意。鸠摩罗什一想此去中原既能得遇明君，又能收得爱徒，还能弘法东土，普度众生，便爽快答应了。

若蕙和僧肇又带着重金求见吕隆。若蕙拜见完吕隆，说道："凉州城乃是兵家必争之地，吕氏家族在此地经营多年，百姓安居乐业，生活富庶，实乃国家之大幸。今天下初定，皇帝念起吕光将军劳苦功高，特意抚恤吕氏家族后人，愿将凉州城及其附近城池交于将军管辖，使吕家世代永做凉州侯，朝廷不取一分税赋。"吕隆贪财，又见若蕙和僧肇态度恭敬，言辞恳切，姚硕德治军纪律严明，对百姓秋毫无犯，加之群臣对姚兴的文治武功赞誉有加，自知大势所趋，人心思定，便心甘情愿地接受了姚兴的封赏，去掉天王称号，接受凉州侯的封号。

第二天，吕隆设宴款待姚硕德、若蕙和僧肇等大秦官员，鸠摩罗什也在一旁陪伴。若蕙和僧肇借机与鸠摩罗什清谈佛教典籍，妙语连珠，众将士听得津津有味。棋逢对手，将遇良才，鸠摩罗什终于露出难得一见的笑容。若蕙奏请道："当今圣上以仁义治天下，广结天下高人大士，长安城里的千年古刹静候得道高僧光大佛法，望鸠摩罗什大师一同前往中原弘扬佛法。"吕隆见状，顺水推舟地说："当今圣上乃是我祖上之友，宽宏大量，勤政爱民，本王正不知以何物向朝廷进贡，不如请鸠摩罗什高僧去中原，为百姓祈福，传经送法，如何？"若蕙大喜过望，按捺住心情，谦和地说："如此甚好！"

若蕙和僧肇不费一兵一卒收复了凉州城。捷报传来，朝野上下震动。姚兴作为信仰佛教的君王，深知尊重礼遇高僧大德的礼数，他派人授意姚硕德自始至终要以国师之礼恭迎西域智人的到来。

终于要离开了，鸠摩罗什首先提出了要与妻子同行。十几年没有见面，阿竭耶末帝美丽依旧，只是已经脱掉了公主的华服，换上了女居士的素裙，可见她这么多年一直在清修。鸠摩罗什深情地看着近在咫尺却十几年无缘相见的爱妻，久久说不出一句话。阿竭耶末帝几欲张口，泪水早已滑落脸颊。若蕙在一旁哽咽着说："牛郎织女一年尚且有一次的鹊桥相会，吕光残忍无道，居然将一对恩爱夫妻活活拆散了十几年，造孽呀！"

大家分头坐进马车，鸠摩罗什最后一次凝望着这片伤心之地。深秋时节的河西大地苍茫依旧，祁连山顶白雪皑皑，戈壁滩一望无垠。草场上牧草枯黄，偶有牧羊的汉子，挥动鞭子赶着"咩咩"叫唤的羊群，朝着毡房走去。

不知为何，鸠摩罗什突然又一次想起了父母亲。远在天竺的耆婆，早已得了圣果。不知道父亲可曾觅得母亲仙踪。鸠摩罗什知道，先入圣域的母亲必定会时时牵挂自己，惦念自己是否倾尽一生精力弘法东土。鸠摩罗什想起了当年母亲执意出家时，自己同舅舅白纯，在延城郊外骑马追赶母亲的情景。十几年过去了，母亲的话仍然在耳边回响："大乘经典大弘震旦，传之东土，唯尔之力，但传法于自身不利，你意如何？"已经得道的母亲，把大阐佛经、传之东土的重任寄托于他，又担心实现这宏伟大愿的过程对儿子不利，可见母亲对自己的命运早已洞察。

母亲是神祇。吕光强迫自己破戒，同表妹阿竭耶末帝成婚，又让自己骑牛、驾驭烈马、困居凉州十余年，无不印证了母亲的担心。鸠摩罗什记得自己当时就毫不犹豫地回答母亲道："大士之道，利彼忘身，若能使大化流传，即使身受炉镬之苦亦无怨无恨！"母亲满意地笑了，那微笑如佛陀，让鸠摩罗什和舅舅再也无法开口求母亲留下。

人的命运天注定。鸠摩罗什自己的命、父母亲的命都注定与佛陀同在。这么多年过去了，鸠摩罗什真想对母亲说：母亲，儿子在凉州的苦难，与"身当炉镬"相近了，但儿苦而无恨，吕光赐给儿接二连三的魔障，只能催促儿精进学佛。儿已向佛陀起誓，若能得道，第一个先度吕光。可惜，此人乃一介武夫，与他讲佛传法，无异于对牛弹琴。何况，他早已命丧黄泉，再无机会听儿讲经说法了。儿子虽然虚度数十载光阴，但弘法东土之大愿，如同太阳一样，虽有沉没与升起，其光芒却永远不会在儿心中熄灭！

东进的土路，崎岖漫长。一阵颠簸，把鸠摩罗什从回忆中惊醒。他从车门望去，左侧的汉长城绵延不绝，城堞上的烽火台似乎还有狼烟在燃烧。望着矗立在荒野的长城、烽火台，鸠摩罗什想起了吕光西征龟兹的战争，想起了凉州境内的连年内战，想起了若惠和僧肇向他描述的东土近几十年间连续不断的厮杀，他觉得一阵心痛，觉得整个世间仿佛就是战场，就是苦难的深渊，就是黑暗的地狱。众生在杀、淫、欲、贪、嗔、痴的支配下，生活在水深火热之中，却不知自我救赎。想想东土连年不断的战争和流血，吕光父子的所作和所为，赤地千里的饿殍与白骨，就不难悟解什么叫人生的苦谛！日出扶桑，却为何照不亮黑暗的中土？贪痴的众生，何时才能放下屠刀立地成佛？我佛慈悲，普度众生，我纵然是赴汤蹈火，也要去中土弘扬大法！

可是，佛法不是万能的。对于吕光之流，我欲度却无法，欲哭亦无泪，只能任其堕落阿鼻地狱！万一再遇到那些冥顽不灵之人，即使是佛陀在世也无法让他觉悟。鸠摩罗什想到这里又对东去弘法产生了一丝隐忧。

若惠仿佛看出了鸠摩罗什的担心，他不急不缓，娓娓道出了苻坚、姚兴两朝君王对他的渴慕。鸠摩罗什听了，心中大安。

"黄河。前边就是黄河。"有人欢呼道。

鸠摩罗什一听到了黄河边就迫不及待地下了车。他在僧肇的搀扶下，同阿竭耶末帝等人来到黄河岸边，欣赏长河落日的胜景。苍山如海，残阳如血。浑黄的水面被落日照耀得金光闪闪，万里江山像一幅巨大的画卷在他们眼前徐徐展开。站在岸边的人，显得分外渺小。鸠摩罗什第一次看见了东土的母亲河，忍不住跪下默默哭泣。

"姑臧日已远，修途车辚辚。亭障扼险隘，萧瑟客心惊。大河流不息，日暮四野暝。大鹏复振翮，直至长安城。"望着眼前的动人景象，鸠摩罗什心潮彭拜，诗兴大发，禁不住吟诵起来。

"师父，您吟的诗，很有味道，您的汉语已经有很高的造诣了！"僧肇听了啧啧赞道。

"中原诗歌文辞优美，诗坛高手如云，我心仰慕至极。若梵文及胡本佛经中的偈诵，都能翻译成中国的五言或者四言诗歌，那就功德无量了。"鸠摩罗什谦虚地说道。

"师父所言极是！偈颂翻译成中原诗歌，朗朗上口，中土善男信女一定会牢记于心的！"若蕙赞同道。

"如此说来，我要在路上多学学作诗了！"鸠摩罗什笑道。

"师父过谦了！我这就把师父所吟诗歌抄录下来，以传后世！"若蕙说完，就研墨记录刚才的诗作。

夜晚，鸠摩罗什一行宿在黄河边上的一个小村庄里。一灯如豆，鸠摩罗什和僧肇、若慧就佛经偈诵如何翻译，各抒己见，直至东方破晓。阿竭耶末帝房间的灯一直亮着。

渡过黄河，沿途的景色已经明显发生了变化。树木、河流比河西走廊多了起来，村庄、城镇逐渐繁华，街上人来人往。

鸠摩罗什坐在马车上，一边欣赏陇上美景，一边吟诵诗歌："枯草凝秋霜，寒鸟翔云间。漫漫长安路，不知几由延……"

僧肇立即提笔记录。

六十四
白冢泪

正当鸠摩罗什吟诵着诗歌，沉浸在到长安翻译佛经弘法利生的喜悦之中时，坐在第一辆马车上的阿竭耶末帝，在佛光的普照下，逐渐觉悟。

在凉州城里，阿竭耶末帝与鸠摩罗什被吕光强行分开十余年，两个人尝尽了咫尺天涯的苦楚。这次团聚之后，修行多年的习惯，使她不好再以妻子的身份与鸠摩罗什共处一室。而鸠摩罗什刚刚摆脱了吕氏家族的束缚，夜则与若蕙，僧肇谈经论道，昼则与此二人同乘一辆马车，设想译经事宜，十分投机，一点儿也未察觉到妻子的异样。

从再见到丈夫的那天起，阿竭耶末帝的脑海中一直浮现着她和鸠摩罗什被吕光麾下灌醉后破戒的往事。酒醉状态下的破戒，虽时隔多年，仍然让人难以忘怀。不知何故，在东进的漫漫旅途中，她想与鸠摩罗什独处的欲望越来越强烈。为了打消这种念头，她赶紧打坐诵经，可是她满脑子依然都是她和鸠摩罗什昔日恩爱的情景。她偷偷地打量着鸠摩罗什，发现丈夫修行多年，似乎已经对她没有一丝一毫儿女之情了。他依旧独居一室，要么诵经念佛，打坐修行，要么与僧肇、若蕙谈论佛法，一直都没有踏进过她的房间。

眼不见心静。这么多年见不到鸠摩罗什，阿竭耶末帝只盼望着丈夫一切安好，其他的一切想都没有想过。可是相见之后，阿竭耶末帝的心就波澜起伏，她做梦都渴望再次得到丈夫的爱抚。这是怎么回事？自己多年来一直在家吃斋念佛，已经受了三归五戒，是优婆夷了，难道还指望能与他做红尘夫妻？不能了。欲念纷纷，皆是爱欲所起、奉守戒律不严所致。阿竭耶末帝自以为已经清心寡欲，哪知道见了丈夫却把持不住了。她羞愧不已，暗暗告诫自己：鸠摩罗什是出家比丘，他要到中土弘扬佛法、翻译佛经、教化千百万众生，自己绝不可以再度破他梵行！

佛陀啊，我该怎么办？佛陀啊，快给我智慧和定力！

"佛言，不念五阴、六情，是为般若波罗蜜念。不念色声香味细滑识法，是为般若波罗蜜念。不念不净，是般若波罗蜜念。不念四禅、四等及四空定，是般若波罗蜜念。不念三尊、不念三福，是般若波罗蜜念。不念灭尽、不念安般守意，是般若波罗蜜念。不念无常相、苦相……"阿竭耶末帝在行进的马车上，双掌合十，闭着双眼暗诵着经文。

沉浸在喜悦中的鸠摩罗什做梦也没有想到，阿竭耶末帝一路都在忍受着这种煎熬。在东归的时日中，阿竭耶末帝每天都流着泪水，一遍又一遍地读诵《地藏菩萨本愿经》，她越读越感到自己罪孽深重，必须以死谢罪。

"尔时佛母摩耶夫人，恭敬合掌，问地藏菩萨言。圣者。阎浮众生，造业差别，所受报应，其事云何。地藏答言。千万世界，乃及国土。或有地狱，或无地狱。或有女人，或无女人。或有佛法，或无佛法。乃至声闻，辟支佛，亦复如是。非但地狱罪报一等。摩耶夫人，重白菩萨。且愿闻于阎浮罪报，所感恶趣……"阿竭耶末帝诵着经文，忽然想明白了，她嫁给鸠摩罗什，不就是在犯五逆重罪吗？不就是自己将鸠摩罗什一步一步推向阿鼻地狱的吗？不就是自己正在妨碍丈夫去中土弘扬佛法吗？唯有自己一死，才能让鸠摩罗什彻底解脱。

到渭水之滨了，长安在望了。有人在路边高喊了几句，车夫高兴地抽打了一下马匹，马儿狂奔起来。突然，"砰——"的一声，马车撞在路边的一块石头上，侧翻在地。正在一心念佛的阿竭耶末帝，被猛地抛起来，撞向车顶。驭者吓得连忙勒住马的缰绳。

鸠摩罗什跳下车，扶住爱妻，关切地问："阿竭耶末帝，你受伤了吗？"

"不碍事！"阿竭耶末帝像被火钳烫了一样，立即从鸠摩罗什手中抽出了自己的手。这温热的手掌，她已经十余年未曾触摸过了。

"小人该死！小人该死！"驭者匍匐在鸠摩罗什的脚下磕头如捣蒜。

守护的校尉飞起一脚，将驭者踹倒在地，大声责骂起来。

"大师饶命！小的该死！"

"莫怪他，放他下去！"阿竭耶末帝平静地说。校尉还是气得要将驭者就地正法。

"大人息怒！"鸠摩罗什双掌合十道，"我佛慈悲，爱惜苍生，既然驭者已经认错，就放过他这一回吧！"

"滚下去！"校尉踢了驭者一脚，"若不是国师大度，尔等早已是我刀下之鬼了。"

鸠摩罗什为了安抚阿竭耶末帝，提议去河边走走。

在马车侧翻，头部被撞的那一刻，阿竭耶末帝彻底觉悟了！她无限留恋地看着鸠摩罗什，心中却在说：我不能障碍鸠摩罗什了，他有弘法译经的重大使命，他是佛陀派遣到中土的使者，他要把佛陀的智慧带给被杀盗淫妄贪嗔痴慢纠缠的中土苍生，他要拯救那些陷在水深火热中的芸芸众生。而我只不过是一个红粉骷髅，千万不能再用色相妨碍丈夫传经送法了。

　　站在咸阳古渡口，阿竭耶末帝想纵身跳进这条冰冷刺骨的河流里，可她还是忍不住回头看了丈夫一眼。没想到，这时候，鸠摩罗什正喊着她的名字叫她看水边的一对野鸟。这对野鸟旁若无人地在水边觅食，不时冲着对方叫几声，或者飞过去，啄一啄彼此的羽毛，那亲热的样子就像一对新婚夫妇。人如果是这对鸟儿，该有多好呀！阿竭耶末帝胡思乱想着，又一次深情地凝望着自己的丈夫——一身僧衣的鸠摩罗什依然像十几年前那么俊美，自己仿佛也变成了龟兹国的公主，穿着华美的衣裙，为丈夫跳起了胡旋舞……阿竭耶末帝感到，情欲的魔障又来了，折磨着她，诱惑着她，让她放弃轻生的念头。

　　不，我不能犯五逆重罪，佛陀，请宽恕我……

　　其实，自己也该满足了，在生命的最后一刻，有心爱的丈夫陪伴，也算没有枉活一世。阿竭耶末帝想到这里，朝鸠摩罗什送去最后一个迷人的微笑，便狠命地咬断了舌头。鲜血从阿竭耶末帝的嘴角流出，鸠摩罗什似乎发现了危险，他呼喊着阿竭耶末帝的名字，冲过去扶住了摇摇晃晃的妻子。然而一切都晚了，一缕缕殷红的血从阿竭耶末帝的嘴角不断地流了出来……

　　"阿竭耶末帝！"鸠摩罗什抱着心爱的妻子放声恸哭，"你怎么能这样？怎么能这样？我们已经到中土了，你说过，要同我一起翻译佛经、弘扬佛法，你怎么就这么狠心地走了？"若蕙等人乌压压跪了一地，呜咽流泪。

　　鸠摩罗什抱着阿竭耶末帝的遗体走了很久，到了一处洁净的沙丘上，他轻轻放下妻子，双掌合十，按照西域僧人的超度仪式，对着阿竭耶末帝的亡灵，念起了《地藏菩萨灭定业真言》和《往生净土神咒》："唵，钵啰末邻陀宁，娑婆诃。南无阿弥多婆夜。哆他伽多夜。哆地夜他。阿弥利都婆毗。阿弥利哆。悉耽婆毗。阿弥唎哆。毗迦兰帝。阿弥唎哆。毗迦兰多。伽弥腻。伽伽那。枳多迦利。娑婆诃……"

　　一身僧衣的若蕙、僧肇和护卫的校尉静静地跟了上来，齐刷刷地跪下,个个潸然泪下。

一场大雪悄然而至,纷纷扬扬,覆盖了渭河古渡、咸阳古城、山川树木,也模糊了阿竭耶末帝美丽圣洁的面庞。

鸠摩罗什泪流满面,他已经在寒风中跪了一个时辰,任凭谁也劝说不动。极度的悲痛,使他几乎感觉不到寒冷。他想把阿竭耶末帝唤醒,问问她为什么要在已经看见长安城的时候抛下丈夫,奔赴黄泉呢?为什么要给他留下无穷无尽的痛苦与思念?她一心向佛,为什么不帮着自己一起劝人向善呢?难道,她还嫌他所受的苦难不多吗?

逝者为尊,入土为安。三天后,鸠摩罗什在众人的劝说下,按照关中风俗,将阿竭耶末帝安葬在咸阳古渡的这处沙丘之上。

六十五
逍遥园

来了,鸠摩罗什来了,传说中的龟兹大珍宝来了!

古老的长安城张开怀抱,绽出笑脸,迎接远道而来的西域高僧。

这一天,姚兴率领满朝文武百官,从太极殿出发,御林军鸣锣开道,一路人马浩浩荡荡,出平朔门,迎接鸠摩罗什。沿途挤满了观礼的百姓,人人都想一睹圣僧真容。

鸠摩罗什坐在马车上,细细打量着古老的长安城,目光深邃平静。

几经战火的长安,像涅槃的凤凰,仍然楼阁林立,气象万千。方正厚实的城墙,折角成斗,犬牙交错;错落有致的城堞,彩旗招展,鼓声喧天;高大巍峨的阙楼,张灯结彩,喜气洋洋;人来车往的长安集市,熙熙攘攘,繁华依旧。

护送鸠摩罗什的队伍停在了平朔门外,僧肇恭恭敬敬地把鸠摩罗什从马车里搀扶下来。姚兴率文武百官亲自出城迎接他们,鸠摩罗什来到国主姚兴面前,双掌合十,行礼道:"西域龟兹国沙门鸠摩罗什拜见大秦国皇帝陛下,祝陛下国运昌隆,龙体康强!"

姚兴望着面前这个一袭袈裟、面容清癯、神情悲伤、年过半百的高僧,心里不禁阵阵狂喜。他虽然刚刚经历了丧妻之痛,但竭力走出阴影,渴望着弘扬佛法。他的身子虽然瘦弱,但他的翩翩风采仍如古松挺立于尘俗之上,令人为之倾倒。他开步行走,举手投足,张弛有度,自有一种禅意之美,让人不由得要对他顶礼膜拜。圣人终归是圣人,姚兴一见到鸠摩罗什,耳畔似乎响起了深山古刹的钟声和林海起伏的涛声。一瞬间,他似乎隐隐约约感觉到天空有诵经的梵音,他连忙上前还礼,恭敬地说:"圣僧免礼,免礼!圣僧驾临,万民欢呼,长安生辉!朕拜圣僧为国师,还望国师日后不吝赐教。国师东进长安,鞍马劳顿,一路辛苦了,请随朕到逍遥园安憩!"

侍臣毕恭毕敬地挽扶鸠摩罗什上了一辆华丽、宽敞的车辇,这是姚兴的御用之物,众人看到鸠摩罗什与天子同辇,皆羡慕不已。

车队浩浩荡荡地向长安城东北渭河之滨的逍遥园驶去,沿途百姓争相观看。

逍遥园是长安城北、渭河南岸的皇家园圃,园内楼台亭阁相连,逶迤不绝,两边皆是白雪覆盖的草木与竹林,可谓曲径通幽。园中有一巨大藕池,引渭水灌注,水流终年不息。

姚兴引鸠摩罗什到西明阁,郑重地说:"长安佛学僧徒众多,然群龙无首,望国师统领僧俗两界,大兴长安佛法。"鸠摩罗什则毕恭毕敬地回答道:"贫僧在来长安的路上一直都在思虑此事,中土僧众只知小乘佛法,对大乘经论却一无所知。故我当以翻译大乘经典为首要任务,如《自在王菩萨经》《首楞严三昧经》《维摩诘所说经》等,这些皆是学佛津梁,须逐一翻译出来,才能济度众生,传扬四海。"

听了鸠摩罗什的话,姚兴有点意外,但他还是点头称赞道:"国师高见,然前代已翻译出佛学经典,可有再译的必要?"鸠摩罗什诚恳地回答说:"我在凉州研读前贤所译经典,发觉义旨不合之处甚多,故而要先重译佛经。"姚兴又问陪同的司空姚嵩，姚嵩平日读经信佛，对佛理颇有研究。姚嵩思虑再三后，恭恭敬敬地对姚兴说："臣从西域僧人处听闻大乘小乘之说，然臣对大乘佛法所知甚少，国师欲翻译大乘经典，实为中土僧俗之福音。国师通晓梵、胡、汉多种语言，重新翻译的佛典必能信达通雅，后来者居上。"姚兴赞叹道："朕及长安僧众，将不遗余力辅助国师翻译大乘佛经，国师一路鞍马劳顿，请送禅玄房歇息，僧肇亦随行居住，原有沙门侍候，日常供养丰赡，等同王侯。"

鸠摩罗什最初在罽宾国，受到国王的供养是"日给鹅腊一双、粳米、面各三升，酥六升。另派十个沙弥和五个比丘打扫僧房、洗衣做饭。"而姚兴尊崇鸠摩罗什，其供养大大超过罽宾国王，甚至超过了龟兹王的供养。米、菜、酥油、僧衣、法器应有尽有。沙弥比丘数十，随身侍候。

皇帝对鸠摩罗什礼敬有加，逍遥园的僧人更是把鸠摩罗什奉若西天活佛，个个顶礼膜拜。

鸠摩罗什虽然疲惫，但他次日一大早就开始绝食，他要为妻子诵经三天，接下来他做的第二件事是去五重寺凭吊道安和尚。鸠摩罗什与道安虽然未曾谋面，但东西方两个高僧大德之间心有灵犀。十几年前，道安仰慕鸠摩罗什，赞他深解佛理，悟性超人，世所罕见，多次劝苻坚天王邀鸠摩罗什来长安。而远在西域的鸠摩罗什，也早已听说东方有道安和尚，博览群物，精通义理，驰誉四海。鸠摩罗什称道安为"东方圣僧"，经常在心中与道安神交。十几年后，鸠摩罗什历尽艰难来到长安，而"东方圣僧"却已魂归西方净土。好在道安翻译的经卷尚在，教授的弟子众多，鸠摩罗什睹物思人，忍不住双手合十，热泪长流！

鸠摩罗什在僧肇、若蕙和十几个比丘的陪同下，瞻仰了大雄宝殿里数百个精美的佛像，焚香礼拜后，来到后面的五级佛塔。佛塔虽然不高，砖雕却异常精美，鸠摩罗什驻足欣赏。突然，佛塔檐角上的铜铃叮叮当当响了起来。当时没有一丝风，树叶几乎纹丝不动，众人皆有异色。铜铃依然叮咚作响，且响声愈来愈大。鸠摩罗什等人赶紧跪下，凝神屏息，闭目谛听。约莫半个时辰的功夫，鸠摩罗什好像听懂了什么，嘴里念念有词。那铃声突然停了，四周安静得掉一根针都能听见。随行的僧众一脸诧异地望着鸠摩罗什。鸠摩罗什仿佛虚脱了，他伤心地说："道安法师说我总算来了，他在这儿已等候我多年。我告诉法师，有缘千里来相会。"众人听了，似有所悟。

绕过佛塔，来到后面道安墓塔。鸠摩罗什神情肃穆，双掌合十站立墓前，念诵了一串梵语，随行的沙门谁也听不懂。这时，墓上飞来一群麻雀，叽叽喳喳叫个不停。鸠摩罗什听了神色忧伤，他对着天空喃喃自语了一番，那群麻雀安静了下来。鸠摩罗什抓起一把沙子，随手一扬，麻雀们呼啦啦全部飞走了。众人不解。鸠摩罗什忧伤地说："道安法师说他看见我的阿竭耶末帝了，可怜她正在受苦，佛祖告诫比丘不得自毁身体。我可怜的阿竭耶末帝，我会日日为你祈福的。这群麻雀是从西域飞过来找它们的公主的，它们不相信龟兹国最美丽的公主就这么消失了。"说着一行热泪从鸠摩罗什的眼睛里滚落下来，跌碎在冰冷的寒风里。

祭拜完道安法师，鸠摩罗什开始在逍遥园翻译《大品经》。姚兴年少时即通达佛法，喜听讲经说法，故而一有经文译出，便让鸠摩罗什为众人讲解，听者云集。

姚兴初读《实相论》，觉得义理深奥，就来向鸠摩罗什请教。

鸠摩罗什说："实相为诸法的真实体相，然万物变化无常，无永恒不变的自体，这就是空相。执着于空或者执着于有，皆非实相。无相之相，即为实相。"

"朕常以为实相是实有之相，今日始闻实相义。"姚兴似懂非懂。他又反复研读，终于恍然大悟道诸法皆空，不生不灭，名诸法实相。色即是空，空即是色。实相犹如虚空，不是有，也不是无，简直妙不可言。甚至不能说，一说就破，只能用心领悟。

姚兴读懂了《实相论》，对鸠摩罗什愈加敬重。命沙门僧迁、道标、僧肇、僧叡、若蕙等都拜于鸠摩罗什门下。

鸠摩罗什最亲厚的弟子是若蕙和僧肇。若蕙和僧肇汉学根基扎实，胡文亦略通一二。恰好，姚兴也非常器重他们两个。每次姚兴驾到，若蕙和僧肇便近前侍候，二人进退有度，应对得体，很受人敬重。一时间，逍遥园里，名僧云集，群星璀璨，可谓空前绝后。

自从鸠摩罗什来到逍遥园弘法译经，东西南北中，各地沙门度越关山，络绎不绝来到长安求学，偌大的逍遥园里僧满为患。每天都有成千上万名义学沙门进出逍遥园，他们一起诵经、讲经、坐禅、辩论、吃斋，不亦乐乎。远远近近的宗教信徒，像水流汇聚于此，激荡着鸠摩罗什的心潮，催生出许多汉译佛典。

大秦的长安，在姚兴的治理下，在佛祖的护佑下，经过短短几年的休养生息，迅速成为北方的佛教重镇，佛寺林立，僧侣云集，几乎家家诵经、户户礼佛。

六十六
方外人

鸠摩罗什听人说每年春天，咸阳古渡上空就会飞来一群胡燕，突然想起了妻子阿竭耶末帝。

民间传说这胡燕是到阿竭耶末帝的墓冢寻亲来了。当地人把阿竭耶末帝的坟墓叫"白冢"。因为阿竭耶末帝的父亲叫白震，按照关中女子随父姓的古老习俗，当地人认为阿竭耶末帝也应该姓白。每年清明节来临的时候，胡燕成群结队地在荒草覆盖的"白冢"上飞来飞去。当地人说，这是龟兹国的燕子，不远万里，飞越千山万水，前来祭拜它们的公主。这话被后人越传越奇，许多老百姓就自发地来"白冢"祭拜。

清明节这天，鸠摩罗什怀着无比悲痛的心情，在若蕙和僧肇的陪同下来为阿竭耶末帝扫墓，果然看见一群胡燕在荒草覆盖的"白冢"上飞翔，嘶鸣。那群燕子看见鸠摩罗什来了，就像看见了亲人，呼啦啦一下子全部都飞了过来。

燕群在头顶萦绕，鸠摩罗什在寒风中默默不语地伫立着，眼中不觉淌下了几滴清泪。几只胆大的胡燕居然落在他的肩上，叽叽喳喳，仿佛在与他说话。良久，鸠摩罗什也开口说起了胡语，那几只胡燕乖乖地飞走了。鸠摩罗什又呆立了半天，才在若蕙等人的劝说下，擦干脸上的泪水，一步三回头地离开了墓地。

鸠摩罗什虚弱极了，走路的脚步踉踉跄跄。僧肇搀扶着师父准备登上马车，却不料师父脚下一软，跌倒在了紧跟其后的若蕙怀里，若蕙没有出手搀扶鸠摩罗什，却闪身躲开，致使鸠摩罗什跌伤了腿踝。若蕙赶紧跪倒在地，请求师父责罚。鸠摩罗什凄然一笑，挥手示意大家坐上马车回城。

回到逍遥园，恰逢姚兴来吃素斋。若蕙和尚的素斋，做得极其可口，姚兴每隔几日就要来吃一顿。好在逍遥园离皇宫不远，姚兴处理完朝政过来用膳完全来得及。

姚兴吃斋饭时，一般只有若蕙一人伺候。因为和尚讲究过午不食，一日只吃两餐，所以鸠摩罗什等人一般不作陪。今天，因为鸠摩罗什扭伤了脚踝，便破例留下来同姚兴共进晚膳。若蕙端上来两样素菜，其中一样是糖醋素刀鱼，以豆腐皮包山药泥馅精心制作而成。这菜看似普通，实则十分讲究。

这道菜是将豆腐皮切成一头宽、一头窄的旗帜形块，山药泥加盐抓和均匀，豆腐皮摊开，先铺一层山药泥，再填一层冬菇和笋丁做的熟馅，再盖一层山药泥，用手捏成鱼形，用粉糊封口，头部捏成扁圆形，用刀背配合手推捏成翘嘴，再在颈部横划半圆形，插上红萝卜雕成的鱼鳃、鱼眼，放入炉中烤至金黄取出，拼入长盘中，再配上炒豌豆和素汤及香料即成。

此菜形似刀鱼，外酥内嫩，酸甜适口，实在是素菜荤做之佳品。鸠摩罗什尝过之后大加夸奖。若蕙还没有来得及开口，姚兴却乘着酒劲说："今天，要不是圣僧那一跤吓着了若兰……"然后又立即改口说，"若蕙，要不然，此菜还可以做得更加美味。"若蕙听了这话脸上一红，赶紧退下。这脸红的神态，十分娇俏，鸠摩罗什突然意识到了什么。

转眼到了四月初八，看完逍遥园内"神佛相遇"的踩绳杂耍后，鸠摩罗什提出要去法门寺朝拜。姚兴不语。鸠摩罗什说法门寺是中原名刹，还有玉刻的《璇玑图》，很想去瞻仰一番。（鸠摩罗什当年在西域讲经说法时，金莲花法座上铺的即是大秦锦缎，那锦缎文理灿烂，滑若婴儿肌肤，令人不忍落座。后来他听说中原才女苏蕙居然在锦缎上织出了八百余字的《璇玑图》，故而朝思暮想着去法门寺朝拜，又恐姚兴误会，一直未曾开口。）姚兴没有作声。这是姚兴第一次拒绝鸠摩罗什。僧肇为了解围说："《璇玑图》乃前朝才女苏蕙所织，精美绝伦，五彩莹目，是世间难得之宝物。可惜不知遗落何处，就连那苏蕙才女也生死未卜，下落不明。"姚兴面色不悦，众人赶紧三缄其口。

鸠摩罗什毕竟年过六旬，有些佛经记不清楚了，很想再请几位高僧和自己一起译经。一天乘着姚兴心情大好，鸠摩罗什便请求他下诏征西域佛陀耶舍等高僧来长安共同译经。姚兴满口答应，他立即派遣使者带厚礼去凉州姑臧，聘请佛陀耶舍等人来长安译经。

佛陀耶舍来到长安后，同鸠摩罗什一起商讨文辞义理，很快就翻译完《十住经》。道俗三千人都赞叹他们的翻译周密畅达，文旨得当。

在翻译《十诵律》时，由于没有文字写本，鸠摩罗什又请来了高僧弗若多罗。弗若多罗聪明盖世，有过目不忘之本领，译经全靠他口述。一部部卷叠浩繁的大经从弗若多罗口中汩汩而出，如一股清泉，永不枯竭。弗若多罗惊人的记忆力，令人称奇。若蕙有一天感慨地说："蔡文姬记性过人，时隔多年，依然能默写出家藏的几百本古书，为后人留下了宝贵的遗产，也算报答了曹操的恩德。原以为是古人夸大其词，如今见识了弗若多罗超人的记忆，始信天赋异禀者确实有之。"

鸠摩罗什说："佛法无边，天赋异禀，深藏不露者并不鲜见，如今圣上英明，朝堂之上满是饱学之士，可喜可贺！"

姚兴听闻此言乐不可支，甚至计划把羌族释比的经文也用文字记录下来，那也将会是一件功德无量之盛事。

鸠摩罗什惜时如金，自到了长安就日夜不休翻译佛经。即使跌伤了脚，也不愿意耽搁一天。他常对众人说在凉州耽误了宝贵的十六年，时不我待，能在有生之年把暗诵及收集到的梵文本、胡文本的佛典翻译成汉语，流布当世，惠及后人，是他一生大愿，亦是佛陀之嘱托，母亲之期望。

姚兴则以朝廷之力，支持鸠摩罗什翻译佛经。大秦的译场，多由国主姚兴亲自主持，以鸠摩罗什为首，众位弟子，加上京师义学沙门、公卿中信奉佛教者、文辞义理修养极高者，大约五百余人，可谓高朋满座。

翻译《大智度论》时，鸠摩罗什一手拿着梵文本的《大智度论》，一边随口翻译成汉语偈颂：

世间人心动，爱著福果报；而不好福因，求有不求灭。

先闻邪见法，心著而深入；我是甚深法，无信云何解？

若惠、僧肇奋笔疾书，在一旁记录。佛经由梵文本即时翻译成汉语，得精通梵、汉两种语言才行。鸠摩罗什几乎不假思索，立即把梵语的偈颂译成流利的汉语五言诗。鸠摩罗什才思之敏捷，用语之贴切，令在场的数百人无不赞叹称奇。

翻译佛典，不是简单地进行文字转换，而是义理的阐发和探求。鸠摩罗什翻译《法华经》《思益经》《菩提经》等佛学经典的时候，都是一边翻译，一边讲解。有不确定之处，还反复向僧众弟子及朝廷大臣求证。

随后，鸠摩罗什开始翻译规模空前的《摩诃般若波罗蜜经》。鸠摩罗什手执胡文版的《摩诃般若波罗蜜经》，一边诵读胡文，一边口宣秦言。他时而辩正文旨，时而讲解经义，几乎忘乎所以。在场的义学沙门都参与了翻译佛典的盛事，有的定字义，有的润色，有的校正。众人对译文文辞修饰、经义表达提出了自己的看法与观点，鸠摩罗什虚怀若谷，逐一听取。

国主姚兴则拿着《摩诃般若波罗蜜经》旧译本与新译本进行对照，验证得失。若惠、僧肇、僧迁、僧叡等五百余人，反复讨论佛典义旨，审定译文辞义，然后写成定本。在国主姚兴及其众多弟子的勠力同心下，鸠摩罗什利用半年多时间，完成了二十七卷、数十万字《摩诃般若波罗蜜经》的翻译。鸠摩罗什虔诚忠厚，非独断专行之人，每卷经本皆是听取各方建议反复修改、多层把关才审定成本，再报请皇帝批复，方可流传民间。

大秦佛教兴盛，除了姚兴积极倡导之外，姚嵩功不可没。兄弟二人手足情深，皆好佛道。时人评价姚嵩"留心经典，专精释道"。他上表姚兴《述佛义表》的奏章中，多次引用《中论》等佛典，不难看出其佛学修养精深。因此鸠摩罗什称赞姚嵩"留心经典"并非虚词。

姚兴越发痴迷佛教，以为佛教精深厚重，劝人向善，实为脱离苦海之津筏，因而他学佛之际，抽暇撰写了《通三世论》，用以昭示因果报应之理，教化民众，从王公贵族到平民百姓皆称赞姚兴的风范。

姚兴、姚嵩兄弟俩人礼佛如此虔诚，民间传言说他们是为了给父皇姚苌洗刷罪过。姚苌晚年常被噩梦困扰，最终死于非命，让后辈们想起来如鲠在喉。自打天王苻坚自尽后，姚苌就再也没过过一天踏实的日子。苻坚的死几乎成了他的一块心病，一直困扰着他，害得他夜夜做噩梦。姚苌最终落了个发疯惊惧而死的悲惨结局。这样的事发生在一个国君身上，让人觉得不可思议。

其实，姚兴尊佛不仅仅是为了洗刷掉父皇身上的罪孽，他是真心诚意想让天下太平，人心向善，永不争斗。当然建立国家难免与战争流血有关，开国之君打下江山之后，如果真心向佛，积德行善，教化百姓，这个国家就一定会日渐兴旺。姚兴是这么想的，也是这么做的。所以，他下朝之后，就经常到逍遥园里来拜会鸠摩罗什。如果没有特别言明，皇宫的侍卫问也不问，就将姚兴送到了逍遥园。

鸠摩罗什的后花园里，平常只有姚兴、若蕙、僧肇、僧叡可以出入。这天，姚兴用完素斋，若蕙为其捶背。鸠摩罗什进来撞见，称赞若蕙有佛缘，有慧根。姚兴很高兴，拿起身旁今天刚刚译好的经文，看了看，又转身忘情地凝视着若蕙说："那是自然。若蕙天资聪颖，佛缘不浅。"鸠摩罗什说："若蕙算是我的一字之师。我译的经文经他一改，顿时光彩照人。"若蕙微笑着说："不敢不敢。"说完低下头，双手合十，向二人道了别，款款地走了出去。

姚兴哈哈大笑。

鸠摩罗什从此对这个相貌清秀的弟子另眼相看。

姚兴今夜兴致极高,与鸠摩罗什、僧肇谈论完佛法,像往常一样宿在寺中。

那夜明月高悬,禾苗在厨下忙碌到很晚,若蕙不放心,正要起身去接禾苗,禾苗却慌里慌张地跑回来说:"三哥哥,我碰见了一个不该见的人。"

"谁?"若蕙警觉地问道。

"绿珠。"禾苗心有余悸地说道。

"她来干什么?"若蕙问道。

禾苗支支吾吾地说:"她对侍卫说贵妃今日庆生,圣上却在寺里过夜,莫非寺里有狐狸精……"

六十七
起浮屠

为庆贺鸠摩罗什译经成功,姚兴要在长安城永贵里建造浮屠以表谢意。是七级还是五级,君臣意见分歧较大。尚书令姚显谏书道:"朝廷正讨伐仇池,库藏钱财将竭,当以节流为务,臣主张建造五级浮屠。"众臣多附和姚显之说,认为长安境内浮屠已经很多,不宜再造高塔。

姚兴不以为然。前朝建了五级浮屠,本朝崇信三宝,供养佛僧,长安城礼佛者十之七八,佛法无边,德化四方,利国安民,造七级浮屠有何不可?姚兴想起了佛经之言:"……若有众生发大信心,修建佛塔,承事供奉,得大利益,获大果报,具大名称,是人命终即得升天。"于是,姚兴唤来工匠,询问永贵里能否造七级浮屠,工匠回答说可以。姚兴命令工匠不惜一切代价,按照鸠摩罗什设计的草图建造七级浮屠。

姚兴决心在永贵里修建七级浮屠,原因有二:一是永贵里毗邻皇宫,庄严佛塔与宏伟皇宫左右相对,相得益彰。二是弘始三年,永贵里曾有树木连理之吉兆，随后鸠摩罗什来到长安，看来永贵里是祥瑞福地，可保江山永固。关于浮屠的形状、高度及其砖石木料的质地材料，姚兴请教过鸠摩罗什。鸠摩罗什说当年在罽宾游学，所见浮屠皆巍峨壮观，就回忆着画出了七级浮屠造型草图。

当时，龟兹皇宫的墙壁上，绘有许多色彩艳丽内容丰富的佛教壁画。有九色鹿舍己救人、熊王舍食活贫民、须菩提太子割肉活父母、萨埵那太子舍身饲虎等，这些壁画颂扬了佛陀自我牺牲，慈悲为怀，"不为自己求安乐，但愿众生得离苦"之精神。可惜，这些精美的壁画全被吕光糟蹋了。鸠摩罗什敬仰佛陀，索性把这些也画了出来。姚兴见了设计草图赞叹不已，谁知朝堂议事时，却遭到尚书令姚显、尹纬等人的谏阻。

尹纬才华出众，苻坚虽然称赞他"宰相之才也，王景略之俦"，但并未重用他。姚苌父子推崇儒家，信仰佛教，对儒士"虚襟访道，侧席求贤"，对出入洛阳的学子"往来出入，勿拘常限"，对他更是礼遇有加，他也知恩图报，对姚兴一向忠心耿耿。但这次，他劝姚兴建五级就足够了，不可太过耗费资材，如举全国之力，大肆兴建寺庙，恐怕会伤到国本。姚兴向来对尹纬言听计从，但这次他坚持要建七级，谁也阻拦不了。

就在君臣僵持不下时，一件奇异的事情发生了。一天，国主姚兴亲临永贵里，察看浮屠基座，当他看到巨大的条石之上，雕刻的莲花含苞欲放、栩栩如生时，不远处挖掘莲花池的工役突然欢呼起来。原来是工役们在莲花池挖出了三只大陶罐。姚兴连忙叫人揭开盖子，发现里面全是黄澄澄的金子。罐底部刻有"中元元年"的铭文，姚兴猜想这是汉武帝时遗存的宝物，年代久远，已追查不出是何人所藏。

众人从未见过如此多的金子，一阵狂喜之后，全部跪倒，山呼："圣上英明，开万世之太平，佛祖显灵，佑大秦之昌盛。"姚兴大喜道："此乃神佛所赐，以助朕建造七级浮屠。"众人再次山呼万岁。

有佛祖护佑，七级浮屠提前一个月竣工。

新起的七级浮屠精美绝伦，高耸入云，去京师数十里，仍遥遥可见。永贵里七级浮屠落成那天，姚兴率皇后、妃嫔、皇子驾临永贵里，沿途百姓皆跪迎圣上一行。吉时已到，姚兴亲自主持典礼，钟鼓齐鸣，庄严肃穆，鸠摩罗什和三千佛门弟子诵经纳福，祈求佛祖护佑大秦国运昌盛，百姓安居乐业。那天姚兴喜不自禁，鸠摩罗什见状，便敬献了龟兹国的宝贝——安息香。鸠摩罗什对姚兴说："陛下，这颗核桃般大小的安息香，乃龟兹王宫百年以上宝物。藏于贫道之身已有数十年，今焚烧于浮屠前，奇香将弥漫长安全城，三月不歇，长安民众闻香皆来永贵里瞻仰七级浮屠，称颂陛下功德。"

姚兴一听大喜，命侍臣将安息香置于金碗之中，引火点燃。顷刻，浓郁的香味一缕缕由金碗飘出，扩散至皇宫、逍遥园，乃至整个长安城。

在安息香魅惑的香味中，长安城里的文武官员、平民百姓潮水般涌进了永贵里，他们远远望见浮屠倒头便拜。姚兴、鸠摩罗什率若薫、僧肇等僧众、大臣一起瞻仰完七级浮屠，个个飘飘然如酒醉状。鸠摩罗什率领弟子绕塔烧香念佛，大作法事，姚兴等人在一旁观礼。这时候，塔上窗户逐一打开，采女由窗口向外撒花。花瓣如雨，自天而降，鸠摩罗什的僧衣僧帽上落了花瓣，他抬头望去，见一年轻美丽的采女探出身子，正笑眯眯地望着自己，故意将一大把鲜花朝他头上撒来……

"阿竭耶末帝！"鸠摩罗什望着身着绿色荷衣的采女，失声叫道。姚兴在一旁听了忍不住说："国师想念家人了。"

撒花的女子太像自己的妻子阿竭耶末帝了，那眉目，那神态，那举动，包括那两条雪白的手臂，几乎就是阿竭耶末帝转世。阿竭耶末帝，你不是已经长眠在咸阳古渡了吗？你怎么又复活了，难道你投胎转世了？为什么你要将一把把的鲜花撒在我的身上？莫非你还记得前世的一切。鸠摩罗什正出神时，一阵花瓣雨又洒了下来，他情不自禁地喃喃自语道："阿竭耶末帝，你真的回来了！"

姚兴说："国师聪明超悟，天下莫二。人死不能复生，望节哀自重，国师当思虑如何使法种有嗣。"

鸠摩罗什摇了摇头，当他再次抬头寻找，年轻的采女却从窗口消失了。"阿竭耶末帝！阿竭耶末帝！"鸠摩罗什急切地呼唤着爱妻的名字，突然感到一阵阵眩晕。

"师父，你怎么了"僧肇看见鸠摩罗什脸色大变，步履摇晃，连忙上前搀扶。

鸠摩罗什没有言语。若蕙端来一杯水，鸠摩罗什一饮而尽，然后大步走开，全然不顾姚兴等人在场。若蕙、僧叡赶紧跟上。

众人被远远甩在了后面，个个目瞪口呆。

皇后、夫人、妃嫔们见状，都愣住了。贵妃酸溜溜地说道："国师到底不是一般人，竟然连圣上都敢冷落。"

姚兴正色道："国师年事已高，身体虚弱，朕对他关照不够。"

贵妃笑吟吟地说："圣上偏心，圣上天天呆在五重寺，我们姐妹要见圣上一面，难如上青天。"姚兴听了面露不悦。

皇后打圆场说："圣上日理万机，我们自当替圣上分忧，何出此言。"贵妃听了这话，"哼"了一声。

姚兴呵斥道："退下。"

等后宫妃嫔走远了，姚兴下令："摆驾五重寺，请太医为国师号脉诊治。"

太医回话说："国师心气浮动，并无大碍，需静养几日。"

姚兴如释负重，宣若蕙备膳。"今日这素斋分外可口，若蕙，拿酒来。"姚兴脸色潮红，不停地要喝酒。

"圣上，这是佛门净地，酒肉之物不得入内，圣上想要喝酒，还是回宫里去喝吧！"若蕙劝说道。

"我就要在这里喝，你过来陪我喝一杯。"姚兴笑嘻嘻地说道。

"圣上，你没有喝酒怎么就说起胡话了。"若蕙不解地问道，姚兴并不答话，脱掉礼服，抱住若蕙就要无礼。

"放开我！僧叡，快来。"若蕙死命地挣脱着，一边大声呼喊着僧叡。姚兴只好罢手。

僧叡闻声立即入内。

六十八
众生垢

　　鸠摩罗什打马狂奔，直到终南山脚下。突然，他看见前面一口井里冒着烟雾，忍不住啧啧称奇。鸠摩罗什环顾四周，只见这里地处圭峰山北麓，东临沣水，南对终南山观音、紫阁诸峰，景色秀丽异常。

　　鸠摩罗什到了这里就不愿意离开了。姚兴对于鸠摩罗什是有求必应的，他立即命人临时构筑一堂，草苫覆顶，美其名曰"草堂寺"。住在简陋的草堂寺，鸠摩罗什不以为苦，反觉此处更利于修行。于是，姚兴又下令扩建了部分殿宇、僧舍。姚显、尹纬等人极力劝阻，姚兴却说千万不能怠慢了国师。

　　鸠摩罗什在草堂寺里静心修炼，有一日竟然走火入魔，跌倒在蒲团之上。幸好有若蕙等人在一旁照顾，方无大碍。

　　鸠摩罗什一下子变得很虚弱，众人请他回长安城修养。鸠摩罗什摇摇头，无力地说："草堂寺！就是草堂寺！"

　　当一切平静如水的时候，总有一股不可名状的暗潮在心里涌动。鸠摩罗什万万没有想到，当译经进行得十分顺利的时候，心魔会来阻止他。难道物极必反？难道天机不可泄露？难道天意如此？要知道他只翻译了佛经的十之一二。

　　若蕙和尚这几日留在长安，他的随从跌断了腿骨，无法行走。少了若蕙，鸠摩罗什感觉心里空落落的。一日，鸠摩罗什接到姚兴的圣旨，令他率僧叡去给贵妃作法，贵妃自那日观礼回宫后就一直神志不清，似有鬼魂附体，太医束手无策，方才叨扰国师，鸠摩罗什不肯，但姚兴再三相请，他只好去了宫里。

贵妃玉体康健之后，非要来草堂寺拜谢鸠摩罗什，鸠摩罗什阻拦不住，只好应允。谁知贵妃回宫后，却向姚兴告状说鸠摩罗什与僧叡对她动了邪念，意欲强占她。

姚兴不信，贵妃哭诉说："知人知面不知心，我诚心诚意地拜谢国师，那知他见四下无人，竟对我动手动脚，还有那小和尚僧叡也是色胆包天，不停地拿话挑逗妾身……"

姚兴说什么也不相信，整天吃斋念佛之人居然如此下作，便质问贵妃说："你有何凭证。"

贵妃说："你去寺里搜查一番就知道了，我那日为了逃命，凤头履、丝帕都遗在了寺里。"

姚兴派人去搜查，果然在鸠摩罗什和僧叡打坐的蒲团下找到了这两样东西。姚兴心中气恼，却不好开口询问国师。

鸠摩罗什在草堂寺里闭关静修了十几天，终于降服了想念阿竭耶末帝的心魔。他又像往日一样专心地译起经文来。

一天，鸠摩罗什又心神不定了，夜里打坐时，烛火忽然摇曳不定，瞬间熄灭。"该来的就来吧。"他叹息道。

第二天夜里，姚兴给他送来了一个宫女，他一看是那个在浮屠塔上撒花的采女，便什么都明白了。鸠摩罗什丢下采女，准备出去找僧叡或其他僧人谈经说法，谁知采女却说："你已饮了药水，不如可怜可怜我，留下来吧！"鸠摩罗什听了这话，头也不回地冲了出去，他要乘着自己还有理智，赶快躲到后花园的灌木丛中，他要用寒风和雨露让自己清醒过来。

鸠摩罗什如同在地狱中饱受折磨，他知道，这是弘扬佛法路上的又一磨难。他竭力收摄心神，想要驱赶走魔鬼，但无济于事。万般无奈中，鸠摩罗什想起了《金刚经》里释迦牟尼佛在过去世做忍辱仙人的故事。歌利王看见自己麾下的妻妾宫女，都去听忍辱仙人说法，妒火中烧，便将忍辱仙人的双耳、鼻子、双手和双腿一一割下。忍辱仙人依然没有生嗔恨心，身体恢复为原状。此举触怒了护法善神，天色瞬间大变，打雷降雹，歌利王心生恐怖，赶忙向忍辱仙人求救。忍辱仙人不计前嫌，替他求饶，并发誓成佛后，第一个先度歌利王。这个歌利王就是后来释迦牟尼佛首度的第一个弟子憍陈如。世尊在《长阿含经》中说："我于尔时，修习忍辱，不行卒暴，常亦能称赞忍辱者。若有智之人欲修吾道者，当修忍默，勿怀愤睁……"鸠摩罗什反复念诵，但是仍然没有避免掉这场灾难。

多日不见，姚兴很是想念鸠摩罗什。这天，他特意带了一千二百余比丘来草堂寺看望鸠摩罗什。若蕙和尚临出门前，见一位女居士和路边的乞丐争吵，就劝解了几句。乞丐指责女居士是假的优婆夷，见死不救，毫无怜悯之心。女居士揭开食盒，指着里面的供品说："婆婆病重，这些礼佛之物，绝不得随意打动。"若蕙听了，笑吟吟地对乞丐说："人人都有向善之心，人人亦有难处，不如你帮女施主将食盒提到庙中。"乞丐照办之后，女施主跪在佛前祈祷完毕，拿出供完佛的食物给乞丐吃。乞丐接过之后一眨眼不见了踪影。若蕙觉得奇怪，这时候突然跑来一个童子，递给她一个锦囊。天哪，这不就是窦郎丢失的锦囊吗？虽然外面绣的花已经磨破了，但里面的雁羽和丝线依然完好无损。不同的是，锦囊之中散发着一股异香，令人心神荡漾，恍恍惚惚。可怜的若蕙哪里能想到这是贵妃和赵阳台在暗中陷害她。

圣上驾临，鸠摩罗什喜出望外。一番寒暄之后，他便告知圣上，《维摩诘所说经》刚刚译完。姚兴大喜，忙命升高座，宣讲最新译出的经文。鸠摩罗什得令，手执新译的经卷，朗声宣讲道："维摩诘言一切众生心相无垢亦复如是。何谓妄想？罪本无相，而横未生相，是为妄想。妄想自生污垢尔，非理之咎也。诸法皆由妄想而有，即诸法皆妄见……"

讲到这里，鸠摩罗什忽然沉默不语。"妄想生垢"给了他重重一击。好像原本宁静吃草的马群突然发疯了一样狂奔，好像屋檐下原本寂静的铃铛突然在狂风的吹动下叮咚作响。鸠摩罗什心中翻江倒海，似有千言万语，却又不知从何说起。鸠摩罗什亢奋之中，仿佛听见佛说："心垢故众生垢。"维摩诘说："妄想是垢，无妄想是净。"鸠摩罗什承认佛和维摩诘的话都有道理，可他就是控制不了自己。妄想随时随地都会冒出来。妄想是魔障，妄想是邪念，妄想是欲念，它无孔不入，哪怕你是在清净的寺庙，正在给国王宣讲庄严的佛法，它都敢突然钻出来扰乱你，让你从清醒马上变得糊涂，从崇高立刻变得卑鄙。妄想太可怕，太难驾驭，理智难以束缚它，就像束缚猛兽一样困难。其实，以鸠摩罗什的修行，完全可以降伏心魔，只是他没有料到，采女已偷偷在他的饮食之中加入了药物，使他不时陷入狂妄之中。

此时鸠摩罗什虽然嘴里在讲经，但眼前却浮现出永贵里撒花采女的笑脸。不，不是采女，是阿竭耶末帝，是葡萄美酒，女人雪白的胴体……瞬间，采女消失，他觉得有两个小儿爬上肩头，热烘烘的两个小屁股贴着他的左右两肩。鸠摩罗什顿时浑身燥热，体内出现难耐的冲动。他知道，魔王波旬又派出情欲之魔来障碍他了。鸠摩罗什赶紧收摄身心，念起观世音菩萨名号，念想白骨观。但这一切无济于事，欲障像汹涌的洪水，佛理和戒律挡都挡不住这股汹涌的洪水，唯有女人胴体可以消解，让灵与肉趋于平静。

鸠摩罗什双眼迷离，声音虚空，讲经只好中断，姚兴问起缘故，鸠摩罗什道："近来身体虚弱，意念浮动，请圣上恕罪。"

姚兴却阴阳怪气地说道："国师，艳福不浅，消受那个尤物的滋味不错吧！"

"圣上误会了，贫僧并未靠近那女子一步。"鸠摩罗什解释道。

"何必呢！国师也是人，留个法种也是好事。"姚兴说完，哈哈一笑，又说，"如果国师不喜欢那一个，我立即给你换一个，圣僧法力无边，也该有个后人了。"鸠摩罗什苦苦哀求，姚兴只是大笑。

过了一个时辰，鸠摩罗什再次升坛讲法。讲着讲着，正在高座上讲法的鸠摩罗什突然面红耳赤，呼吸短促，浑身燥热异常。他忍不住大喊了一声："我佛慈悲。"这时候，一股红光慢慢从他身上散发出来，那光越来越强烈，渐渐成了一大团，几乎笼罩了天地，照耀得众人无法睁眼，只好用衣袖遮挡。

"佛祖显灵了。"不知谁喊了一声,众人都跪倒在地,不敢抬头。

不知道过了多长时间,红光消退,众人这才慢慢抬起头来,看见鸠摩罗什满脸红晕,依然闭目打坐。众人一脸奇异,半天反应不过来。僧肇见状,扑倒在地长呼:"我佛慈悲!"众人皆跪倒在地,山呼海啸般大呼三声:"我佛慈悲!我佛慈悲!我佛慈悲!"

姚兴见到这奇异景象,连忙下旨:"佛祖显灵,大赦天下!"

"吾皇圣明!万岁!万岁!万万岁!"

鸠摩罗什闻听此言,不敢辩解,在众目睽睽之下,他涨红着脸,低着头,不停地诵经。

一时间,佛祖显灵,国师鸠摩罗什修炼成仙的传言在长安城里不胫而走。

姚兴还想再试试鸠摩罗什,命随从又给鸠摩罗什送去了一个更加美丽的女子。这是鸠摩罗什的大喜之日,姚兴不便打扰,便想起了吃素斋。侍卫赶紧将若蕙和尚接到草堂寺,姚兴见若蕙神情恍惚,以为她病了,便打发她早早安歇。姚兴枯坐禅房,对弈解闷,听房的人回来报告说鸠摩罗什问了那女子几句话,便一直在佛前打坐,根本就没有踏进洞房半步。姚兴心中一惊,心想自己真的误会了鸠摩罗什,他打算明日就向国师道歉。贵妃心狠手辣,为了得宠经常在后宫搬弄是非,害得妃嫔们都不敢怀孕……

后半夜,月明星稀,若蕙感觉被人抬出了屋,她恍恍惚惚地看见了一个和尚……

第二天午后,摆驾回宫时,姚兴发现若蕙和尚没有了踪影,心中不安。姚兴忽然有了不详的预感,然后一切已经晚了,他召来鸠摩罗什问罪。

鸠摩罗什跪倒在地,道明原委,请求姚兴的宽恕。

姚兴暴跳如雷,第一次扇了鸠摩罗什一巴掌。

"圣上,昨夜献上的采女自尽了。"侍卫密报道。

"报应呀报应!鸠摩罗什,你到底要干什么?"姚兴气急败坏地质问道。

"天意！贫僧一无所知。"鸠摩罗什辩解道。姚兴不听，踹了他一脚，悻悻然而去。

那是怎样可怖的情景呀！

鸠摩罗什不敢闭上眼睛，一旦闭上眼睛那一幕幕就会出现在眼前：那时他在药物的刺激下，正忍受着情欲的煎熬，满脸痛苦。片刻之后，鸠摩罗什感觉自己被人送到了一间密室。一位美貌女子横卧榻上，笑吟吟地望着他。鸠摩罗什一看，这不是永贵里浮屠窗口上撒花微笑的采女吗？再一看，这不是天天陪同自己翻译佛经的若蕙和尚吗？再细看，这不是自己的妻子阿竭耶末帝吗？

鸠摩罗什狂乱了，二十多年前龟兹皇宫的一幕又浮现在眼前：金碧辉煌的皇家宫殿，喧嚣急促的龟兹歌舞，芬芳醉人的红葡萄酒，欢闹粗俗的秦国军校，半裸酥胸的阿竭耶末帝……

鸠摩罗什连忙拥着女子，一番动作之后，欲障去除，难耐与紧张消解，头脑变得清晰起来，他嘴里又念叨起维摩诘的话："妄想生垢，非理之咎也，诸法皆从妄想而有……若以戒律论之，我当罪孽深重，不可饶恕……"

"国师！"女子吃惊的叫声打断了鸠摩罗什的诵经声。

鸠摩罗什推开女子，大吃一惊地喊道："若蕙，是你！"

女子掩面而去，鸠摩罗什半天不敢动弹。

得知真想，姚兴气急败坏，不要任何随从，一人纵马奔向逍遥园。昔日坐满僧众的西明阁空无一人，满是各路神仙雕像的大殿依然香火袅袅，通往后花园的小径旁竹篱稀疏……若蕙僧房的门虚掩着，一灯如豆，一本翻开的佛经下压着一方红色的锦帕。姚兴手握锦帕，颓然地坐在了地上……

桌上的佛像，神情慈祥，像要开口说话，姚兴怔怔地与之对视……

窗外，山风呼啸，寒意阵阵，偶尔传来鸟兽的嚎叫声……

姚兴突然冲到了鸠摩罗什的禅室，掀翻了供品，烛火倒地，大火熊熊燃烧起来……

姚嵩带人赶来时，姚兴正坐在大火前，仿佛入定一般。

命，这就是命！

六十九
草堂寺

若蕙莫名其妙地失踪了。

姚兴下令，无论官家民间以后不准穿戴锦缎，也不准买卖锦缎。

佛祖显灵事件之后，鸠摩罗什依然在草堂寺静修。姚兴下令断绝草堂寺一切供养。

几天后，姚兴派人给鸠摩罗什送来了十个歌女。并下旨："从明日起，国师不住草堂寺，朕在寺外三里修缮廨舍数间，供国师和十个歌女居住。"

鸠摩罗什不敢再拒绝她们，否则她们也会像先前那个采女一样自尽而亡。

慢慢地，鸠摩罗什第二次破戒的消息传开了。长安城里出现了驱赶僧人的现象。许多寺院大门紧闭，不敢让僧人外出化缘，也不让善男信女烧香拜佛。

鸠摩罗什接受了姚兴赐予的十个歌女，成了长安城最大的丑闻，被大肆传扬。在家奉佛的居士对此议论纷纷，出家的僧众更是斥责不已。鸠摩罗什在弟子面前的威望一落千丈。有"八俊十哲"之名的高足弟子，对鸠摩罗什的做法最为反感。特别是僧肇、僧叡，尤其对师父不满。从前师父让他们抄写《众家禅要》，要求僧人"远离尘垢，得清净法眼"，如今，他却以身试法，实在让人不可理喻。僧叡拒绝和鸠摩罗什谈话。他天天在草堂寺对面的山谷坐禅，眼前总浮现出鸠摩罗什与十个歌伎交欢的情景，致使禅力大减。

弟子的不满与不敬，鸠摩罗什自然知道。他无脸见人，想要退隐终南，躬耕于田亩之间。姚兴岂能答应？反而命他当众讲法。以前升座讲法，草堂寺鸦雀无声，现在是窃窃私语，甚至起哄，高声咒骂者也大有人在。鸠摩罗什开坛之前自嘲地说道："善男子，贫道讲经，譬如臭泥中生莲花，但采莲花，勿取臭泥……"众人一哄而散，留下鸠摩罗什羞愧难当，想要找个地缝钻进去。

一天晌午，他梦到母亲牵着他，沿着一条碎石铺成的小路拾级而上，来到石窟群前。正在修建石窟的人们看见耆婆和鸠摩罗什，顿时欢呼起来。在龟兹，乃至整个西域，耆婆生智子的故事家喻户晓。耆婆是虔诚的佛门弟子，走遍了国内的伽蓝，她曾多次来过克孜尔千佛洞石窟，供养僧众，听大德说法讲经，所以克孜尔石窟的男女老幼无不识者。

同修建石窟的人群打过招呼后，母亲牵着鸠摩罗什的小手走进新建的石窟，看到前室的壁画还没有完成。两个画工正在画佛陀说法的场面：佛陀跌跌坐于莲花座上，两手做说法状，众弟子和侍从环绕在佛的周围。看见了耆婆和鸠摩罗什，两个画工恭敬地站在耆婆面前，说他们想把耆婆母子画在壁画里。鸠摩罗什高兴得跳了起来，冲着画工嚷道："好呀，先画我！"耆婆点头应允。画工笑道："好的，我们两个一起画！"两个画工，一个画耆婆，一个画鸠摩罗什，不一会儿就把他们母子画在世尊说法图中。耆婆美丽端庄，脸庞丰满，鼻子高挺，一脸虔诚。六岁的鸠摩罗什，眼睛乌黑，咧嘴直笑，上身赤露，手持花盘，快乐地仰望着佛陀……

鸠摩罗什笑醒了。他知道这是个白日梦，也是母亲的劝告，天国的召唤，佛陀的悲悯。他知道这是母亲告诫自己弘扬佛法的重任还没有完成，他必须忍辱负重地活下去，他必须一如既往地翻译佛经。

令鸠摩罗什更为难堪的是，自从他被逼娶妻后，众憎人纷纷学他的样子要娶妻生子。一时间，佛家弟子成了长安城里人人耻笑的对象。

儒学大师孔子弟子三千，"受业身通者七十有七人"，皆异能之士，学有专攻，各有所长，犹如群星闪耀，各具异彩。鸠摩罗什堪比儒学史上之孔子。他僧徒弟子三千，明德秀拔者数十人，有"八俊十哲"之美名。僧肇、僧叡、若慧是其最亲近之门生，追随鸠摩罗什时间也长。鸠摩罗什在逍遥园翻译讲经时，国主姚兴以及僧众弟子千余人一同参与，座中要数僧肇、僧叡、若蕙提出的问题最多最难。如今，鸠摩罗什从天上跌到地狱，被取消了一切皇家供养，民间学佛居士也对他嗤之以鼻，不再施舍任何财物，他的弟子也成了过街老鼠——人人喊打。树倒猢狲散。昔日僧侣无数的逍遥园空无一人，众僧人早已作鸟兽散，若慧失踪后，僧肇、僧叡也不知何时不辞而别了。

姚兴不再礼佛，也不再召见鸠摩罗什。

忍无可忍的鸠摩罗什在钵盂中放了满满一钵钢针，召集僧人说："想要学我的样，先将这些都吃掉，就可以娶妻。"他抓起一把针放进口中，如吃面条一样，众僧从此愧服。

鸠摩罗什知道自己眼下的处境不妙，他闭门谢客，很少出现在众人面前，他从西域请来的几个高僧也思念家乡，前来与他告别。鸠摩罗什作了一首诗，以示心意：心山育明德，流薰万由延。哀鸾孤桐上，清音彻九天。后人谱曲和之，广为传唱。

十个月后，鸠摩罗什门前出现了两个襁褓。鸠摩罗什对着襁褓念起了《地藏菩萨灭定业真言》和《往生净土神咒》经："唵，钵啰末邻陀宁，娑婆诃。南无阿弥多婆夜。哆他伽多夜。哆地夜他。阿弥利都婆毗。阿弥利哆。悉耽婆毗。阿弥唎哆。毗迦兰帝……"然后，他把两个幼儿抱回家，交给十个歌女抚养。这两个孩子长大后也成了高僧，后人就把这里叫"罗什堡。"

鸠摩罗什从此再也没有公开讲法，而是一人独居，专心翻译佛经。

一天，美阳县法门寺来了两位黑衣人，她们礼完佛，专门去了周秦坡村，那里新立了一面铁铸的《璇玑图》。

两位黑衣人在铁碑前伫立良久，飘然不知所踪。听说还有人在小西巷旁边的池塘，周秦坡村的观音寺里见过两位黑衣人。

七十
锦绣园

白玉隐又一次接到了前夫的电话，她拒绝与他合作，不是出于个人恩怨，而是因为复织《璇玑图》的技术属于国家，不可外传。

夜里，她又一次梦到了他们领完结婚证，裸婚之后，回老家待客的情景。

吃罢早饭，街坊们开始过来串门，春春和父亲端出糖果、瓜子、花生招待众人。大人们有的提议，春春该穿喜气一点的衣服，大红的最好。春春很随意地穿着深色的运动衣、运动鞋，被人们一说，自己也觉得不伦不类。有人拿来自家儿媳妇结婚时的旗袍和高跟鞋让春春穿，春春拗不过只好试一试，还别说一上身效果真不错，人一下子好看多了。又有人喊着要化化妆、盘个头，爱打扮的小媳妇跑回家拿来了化妆箱，鼓捣几下，还真把春春打扮成了一个漂亮的新娘子。二叔提醒说怎么都糊涂了，大门上连对联和囍字都没贴，当即差人买来了佳偶天成的对联和喜字，往门窗上一贴，院子里顿时变得喜气洋洋。春春被众人簇拥着，像换了一个自己，慢慢地有了将要结婚的喜悦。

……

姨妈、舅舅等亲戚都到齐了，小院子热闹得像翻了天。春春回过神来，她坐到了亲人们跟前，和大家你一言我一句地拉开了家常。春春置身在热热闹闹的人群中，已经有些晕头晕脑，以至于想不起来今天的主角——冬冬和婆婆还没登场呢！

十二点多了，新女婿还没有来，忙活的人们渐渐地停了下来。

菜已经备好，只等着新人上门后，一个一个地炒好上桌了。春春打电话催问，冬冬总说马上就到。一点多了，冬冬和母亲终于露面了。守在村口的小孩立马跑回来报信，院子里一下子恢复了生气，油锅已经起好，二叔哧啦哧啦地开始炒菜了，香味飘满了整个院子。

冬冬进门后看见穿着大红旗袍的春春，愣了一下，不悦地说："咋穿成这样子？跟真的结婚一样。"

亲戚们一听这话，一个个脸上变了颜色，知趣地退到院子里。婆婆说："快打点水，我要洗脸。"

春春赶紧打来一盆水，父母的脸上明显地有点不高兴了。姑姑接过春春手里的脸盆说："亲家，坐长途车辛苦了。娶个媳妇也不容易，想必你费了不少神。"

婆婆轻轻地笑了笑说："不累不累。"

春春想说，结婚买房婆婆问都没问过，别说添钱，就是一床被褥也没有添过，只是姑姑不知晓罢了，当然家里人也不知道她和冬冬同居的事。

姑姑又说："等你们这些贵客等了一早上了，你们坐车时间长，恐怕也饿了，咱们吃饭吧。"众人一听立刻开始谦让着落座入席，准备开饭。春春不禁长叹了一口气。

父亲抱着母亲过来，安顿她刚刚坐好，婆婆便问母亲道："你这身体看来还真差，恐怕得天天吃药，要花不少钱吧？"

春春母亲老实地回答："可不，天天吃药，光拖累了娃了。"

婆婆环顾四周，又说："你们这房子也太破了，有年头了吧。"

春春父亲木讷地说："这是我父亲手里传下来的，我也一直打算着翻新呢，可是供俩个娃上学，手头紧哪里还有闲钱翻盖房子呀。"

姑姑面有愠色，提高了声调说："亲家不是来查户口的吧！今天是孩子们的大喜日子，来，咱们先喝了这杯酒庆祝庆祝。"亲戚们都站起来举杯，说着祝福的话，打破了席上的僵局。

春春心头一冷一热，热的是毕竟自家人向着自己，冷的是婆婆阴阳怪气的，葫芦里不知道卖的是什么药。想到这里，她身上一阵发冷，脸上却仍然是通红通红的。

婆婆和东东坐着不动,也不举杯。一个亲戚见势不妙,便对婆婆说:"春春可是个好闺女,从小就知道体谅大人,从来不向大人要吃要穿,懂事得很,孝顺得很。"

婆婆不以为然地说:"懂事就应该懂得自爱,孝顺也不能只孝顺自家父母。"

亲戚尴尬地说:"话可不能这么说,将来娃侍候你的时候,你就知道这娃多会体贴人了。"

春春察觉出了婆婆话里的潜台词,这不明摆着说她嘛。可那次根本就是稀里糊涂地被冬冬骗了身子呀!人流手术还不是冬冬连哄带骗地把她带到了小诊所的吗?春春强忍着满腹苦水,打掉了牙往肚里吞,没有吱一声。

一个亲戚为了缓和气氛,忙招呼大家尝新端上来的菜。婆婆在盘子里挑挑拣拣,夹起了一根豆角尝了一口对春春爹说:"这席面也太凑合了。"

早就看不过眼的二婶这时候开了腔:"春春爹妈在我们村可是出了名的好人,一双儿女又懂事又争气,都上了大学。等几年儿子毕了业,这家还有什么不如意的?亲家,听说你一个人带两个孩子也不容易,应该能体谅春春爹妈的难处吧!"

二婶话音未落,婆婆"哇"的一声大哭起来,而且边哭边诉说:"求求你们了,放过两个苦命的孩子吧!咱两家一个比一个穷,两个娃既要自己买房又要顾家,这苦日子啥时候能有个盼头啊?求求你们了,你们家比我们家还穷得厉害,我儿子跟着你们能有啥前途?咱们不如你走你的阳关道,我过我的独木桥,好说好散。"

一席话没说完,亲戚们都唬得离了席,婆婆却不顾一切地边哭边拉扯春春爹的衣袖。

春春抬头看着冬冬,冬冬却躲开了她的目光。姑姑冲过去质问这个进门后一言不发的新女婿道:"你们今天到底是来干啥的?原来是黄鼠狼给鸡拜年没安好心，怪不得进门后连个爹妈也没叫，你是个死人，不会说一句话？春春真是瞎了眼了，鲜花插在牛粪上了。看你贼眉鼠眼的就不是个好东西。羞先人了！"

冬冬始终不吐一个字。

"好呀，你们仗着人多势众，欺负我孤儿寡母。儿子，走，咱跟这群混账没啥说的。"婆婆反咬一口，拉起冬冬就要走。

关键时候，还是姑姑厉害，堵在门口指着婆婆的鼻子骂道："你说谁混账？我看你就没安好心，你在这儿血口喷人，你的良心叫狗吃了。宁拆十座庙，不毁一桩婚，你搅和娃的事干啥？今天你不把话说清楚，你走不出这个门！"

婆婆摆出一不做二不休的架势来了句："谁家会娶一个不下蛋的野鸡？谁家会稀罕光叫唤不下蛋的贱货？"

春春的头"嗡"的一声胀得老大老大，她一下子明白了这几年冬冬对自己冷淡的原因。在众人的惊愕声中，春春突然捂着脸冲了出去，姑姑等人赶紧追了出去。

……

昨夜下雨了，白玉隐夜里又没有睡好。记忆真是个残酷的东西，就像风湿病，每次变天的时候就要发作。

《白蛇传》里白娘子法力再高强，也害怕过端午节，说明神仙也有软肋。古希腊神话里"阿喀琉斯之踵"也是一样。这位古希腊神话中的海神之子，荷马史诗中的英雄，传说他的母亲曾把他浸在冥河里使其能刀枪不入。但因冥河水流湍急，母亲捏着他的脚后跟不敢松手，所以脚踵成了他的致命之处。长大后，阿喀琉斯作战英勇无比，但还是给人发现了这一致命弱点。在特洛伊战争中，阿喀琉斯杀死了特洛伊王子赫克托耳，因而惹怒了太阳神阿波罗，于是阿波罗用毒箭射中了阿喀琉斯的脚后跟，葬送了这位勇士的性命。

任何一个强者都会有自己的致命伤，世上本没有不死的战神，也没有十全十美的人生。

这与中国功夫高手的肚脐眼，孙悟空那变不掉的尾巴一样——都是修行不到的盲点。

白玉隐知道拒绝将《璇玑图》的织法透露给前夫的后果。她已经做好了最坏的打算。

就在白玉隐擦干眼泪，梳洗完毕之后，小叶子来织锦台送饭了。

小叶子每天来织锦台送饭，与当年茧儿为苏蕙送上一日三餐几乎一样。

历史有时候多么相像，多么巧合。

小叶子这孩子乖巧可爱，看见白玉隐今天不开心，来了也不闹，轻轻地叫一声"妈妈"，便挨坐在白玉隐的身边，抚弄她的长发。

白玉隐心里一颤，记起好莱坞著名影星赫本说："若要优美的嘴唇，就要说友善的话；若要可爱的眼睛，就要看到别人的好处；若要苗条的身材，请把你的食物分给饥饿的人；若要美丽的秀发，就要让孩子的手指穿过它。"

小叶子掏出了一个小梳子，说："爸爸说妈妈以前伤心的时候，他就用这把梳子给妈妈梳头，妈妈就笑了。小叶子给妈妈梳头。"说着，一下一下，很认真地给白玉隐梳起了长发。

白玉隐把小叶子抱起来放在怀里，给她梳头编辫子。

一想到《璇玑图》马上就要完工了，以后就要见不到小叶子了，白玉隐的动作越来越轻柔。

梳完头发，小叶子说："爸爸让我告诉你一句悄悄话。"说着，嘴巴贴过来，再用手捂住耳朵。

雒青梅看见了，说："你们一家三口能有什么小秘密。别怕，我不会当电灯泡。"

小叶子跑过去，搂着雒青梅的腿撒娇。雒青梅笑着抱起小叶子，让她当《璇玑图》电子游戏的第一个体验者。

电脑画面上，出现了一座名为"锦绣园"的仿古小镇。每一个进入小镇的游客，都换上了东晋时期前秦国的衣饰。男孩子穿上长长的直裾，互行拱手礼；女孩穿上襦裙，一个比一个文雅别致。

小镇上的人家依河而建，主要从事养蚕织锦业，户户门前晾晒着丝线，家家屋内摆放着织布机。"一粥一饭，当思来之不易；一丝一缕，恒念物力维艰。"男子大都在桑园和棉田里劳作，妇人们主要在家织布绣花。织布共有七十二道程序，四大步骤。第一步是纺线，老太太们先把棉花搓成捻子，再在纺车上拧扯出细细的白线来。第二步是把纺锭上卸下的线穗子上拐、成束、浆洗、晾干，缠成线筒子。孩子们这时候就派上用场了，他们在旁边帮着大人搓线，架拐，缠线，非常灵巧。小叶子看见了也嚷嚷着要干。雒青梅又让她看第三步经布，就是进行"经纬"工艺组合，设计花色配型，然后再梳理进线，俗称刷布。小叶子说她最爱看经布了，就像拉着彩虹奔跑。万事俱备只欠东风。剩下的第四步就是把经线辊子架上织机织布了。

织布是妈妈们的事儿，小叶子嚷嚷着要去别处玩玩。雒青梅劝她别急，除了织布，"锦绣园"小镇里的小吃一条街、丝绸体验馆、绣房、磨坊、染坊、豆腐坊、陶艺馆应有尽有。小叶子又吃又玩了一整天，还没有逛完。不知不觉中，夜幕降临了，家家户户的屋顶冒起了袅袅炊烟。

小镇的夜晚宁静极了。浩瀚无垠的夜空中，星星像宝石一眼眨着眼睛。"太美了。一闪一闪亮晶晶，满天都是小星星，挂在天上放光明。"小叶子开心地唱起来。

北斗七星渐渐升起来，它们越来越明亮。"好大的勺子。天上有这么大的勺子，我舀这么一大勺冰淇淋，可以吃好久。"小叶子咯咯地笑着说道。

"星星不见了，它们变成了两条小鱼，一条黑，一条白，游来游去。不一会儿，鱼儿全部变成了字。这么多的字在空中飘着，我要抓住一个。"小叶子对着画面，手舞足蹈地喊叫着。

"可以呀，你逮住一个字，这字过一会儿就飞回到格子里边去了。"雒青梅拉着小叶子的手，在触摸屏上玩着。

"真的，我逮住字了。这些字好乖呀，它们都回到了自己的家。穿一样颜色衣服的字住在一起。比我们班同学排的队伍都要整齐。"小叶子玩得很开心。

"妈妈，快看，字全部跑到一个漂亮阿姨的手帕上去了。手帕飞起来了，像阿拉伯飞毯，一个叔叔骑着大马去追它了。"小叶子指着画面，招呼白玉隐和她们一起来看。

"手帕真的会飞，还闪闪发光。"小叶子大声喊道。

"阿姨还有好多更好玩的游戏呢。来，用脚踩这个'夫'字，你看就出现了一位叫窦滔的大将军和一行旋转的诗；再踩一个字，又出现一行旋转的字。它们就像花瓣一样盛开，直到踩了最后一个字'妻'字，就有一位名叫苏蕙的漂亮阿姨出现了。"雒青梅介绍着。

"这不是夫妻，这是苏蕙和窦滔，这是爸爸妈妈。"小叶子纠正完，又追问道，"那我呢，我在哪儿呢？"

"你在妈妈的肚子里呢？"雒青梅回答道。

小叶子摇头说："才不是，是他们趁我睡着了，偷偷跑出去玩不带我。"

"不信，你自己问。"小叶子指着白玉隐说。

雒青梅开始不依不饶地追问白玉隐。

七十一
夏奈尔

失乐园网站里，各种消息铺天盖地。

青梅和网友夏奈尔早已转入了私聊。他们已经形成了一种默契，每天晚上八点准时在网上碰面。

据科学家研究说，女性每天要对自己亲密的人说够四千个词语，才会心情舒畅。青梅领悟得快，如果一个人每天听够你说完肚子里的话才能睡着，说明你们就该步入婚姻殿堂了。

不过青梅认为这话都是对一般人说的，像她这种抗干扰能力超强的特殊材料，与爱情绝缘。她能够与夏奈尔经常网聊，是因为他们从来不说爱情，他们只聊《璇玑图》。

今天，青梅打算正常一点，说够四千个单词再和夏奈尔说晚安，而不是平常那样，夏奈尔正在口若悬河，她却高挂起免战牌，准备睡美容觉。

奇怪的是，今天夏奈尔失约了。

青梅感觉被冷落了，有些不甘心，便翻看起以前的聊天记录。

女皇帝武则天看了《璇玑图》也"感其绝妙"，为之作《序》："其文点画无缺，才情之妙，超古迈今……"南宋女诗人朱淑贞见了《璇玑图》，"坐卧观究，悟因璇玑之理，试以经纬求之，文果流畅，盖璇玑者天盘也；经纬者星辰所行之道也；中留一眼者天心也。极星不动盖运转不离一度之中……"她按此规律读后，赞扬《璇玑图》："五采相宣，莹心眩目……亘古以来所未有也。"

"青梅，以后判断一个人是否骨灰级文艺青年，请开口闭口必谈《璇玑图》……"

"还用你说，为了争取到这个千载难逢的好机会，本姑娘我可是过五关斩六将，从一帮博士硕士中脱颖而出的。"

"那是你资格老。"

"我还没有到脸上满是褶子的年纪，你居然说我老。气煞本姑娘也。"

"经验老到，并非年龄虚长。那些应聘者里，谁有你三秦锦绣传人的家世，谁有你绣制《清明上河图》的经历，谁有你国外求学的资本……"

"谁有我被人抛弃的伤心往事。谁有我对负心人念念不忘的傻劲。谁有我没有爱情绝不脱单的决心……"

青梅看着这些对话，想起自己参加完应聘测试后，内心忐忑不安，得知被录取之后，高兴得欢呼雀跃的情景，心里暗自得意。

"我一直相信有爱就有远方。我每天都在一步一步接近谜底，从明天开始，我将穿越时空，消失在爱情的泥沼。"

"我去法门寺，参观完地宫珍宝之后，确信世界上真的有创造奇迹的天才。无论是那个金光闪烁，内外花纹一致的薄胎大金碗，还是精妙绝伦，超古迈今的《璇玑图》，都是神的福祉，都是一刹那的灵光闪现，是一种厚积薄发。"

依然没有回音。青梅也不期待，翻看聊天记录，独自回忆。

"宋代的王安石、苏轼，明代的汤显祖都写过回文诗……要说起来，苏若兰可是他们的启蒙老师。红笺短写空深恨，锦句新翻如断肠。风叶落残惊梦蝶，戍边回雁寄情郎。你把苏轼的这首回文诗倒过来读。"

"郎情寄雁回边戍，蝶梦惊残落叶风。肠断如翻新句锦，恨深空写短笺红。"

"这是最初级的读法。再来看看大文豪苏轼这首随句倒读的《菩萨蛮》：

柳庭风静人眠昼，昼眠人静风庭柳。

香汗薄纱凉，凉纱薄汗香。

手红水碗藕，藕碗水红手。

郎笑藕丝长，长丝藕笑郎。"

"看出眉目了吗？"

"看不出来吧！人家的二、四、六、八句是一、三、五、七句倒读。"

"看出来了。郎笑藕丝长，长丝藕笑郎。夏奈尔笑雠青梅，雠青梅笑夏奈尔。"

"孺子可教也。"

"想那古代女子真是可怜，想给远行的亲人写封信吧，没有地址，想打个电话吧，又没有那条件。长夜漫漫只有胡思乱想，要不然古代女子爱得相思病。多少如花红颜，深陷情网，枉送了卿卿性命。'去年今日此门中，人面桃花相映红'中的村姑，就是被崔护的翩翩风采迷住了，可是无缘再见，就相思成疾，香消玉殒了。"

"'情不知所起，一往而深，生者可以死，死者亦可生。'古代女子与男子交往的少，便觉得遇到的那个人就是有缘人，所以死心塌地，痴痴守候。不像现在资讯发达，人们见惯了离婚再婚，想当个贞烈节妇都没有多少机会。古代的女子可怜呀！像苏蕙这种聪明绝顶的，才会想到织锦传情呢！其实，苏蕙这一方法非常实用。汤显祖在杂剧《邯郸记》中，描写崔氏入宫为奴，织锦时思念丈夫卢生，织回文词《菩萨蛮》感悟皇帝，词曰：梅题远色春归得，迟乡瘴岭过愁客。孤影雁回斜，峰寒逼翠纱。窗残抛锦室，织急还催织。锦官当夕情，啼断望河明。"

"皇帝也聪明，巧妙地点破原句，仍然构成内容相同的《菩萨蛮》：'明河望断啼情夕，当官锦织催还急，织室锦抛残，窗纱翠逼寒。峰斜回雁影，孤客愁过岭。瘴乡迟得归，春色远题梅。'"

"回文诗实在奇妙。在那个没有手机电脑陪伴的年代，思念也许就是这么锥心。可怜苏蕙对爱情忠贞不渝，日日都在盼着夫君回来团圆，可谁知窦滔……"

"窦滔这小子不地道，当年被判罪徙放流沙，与苏蕙海誓山盟，挥泪告别。苏蕙怕夫君牵挂家中，一再表白：海枯石烂不变心，誓死窦家不改嫁。就算是窦滔到流沙后另寻新妇，苏蕙嘴上不答应，心里迟早也会妥协——她明白那是夫君情非得已。可恨那窦滔遮遮掩掩，始终也不告知家里，不知道他要瞒到何时去。难怪，北宋诗人黄庭坚为苏蕙鸣不平，写了一首《织锦璇玑图》，诗曰：

千诗织就回文锦，如此阳台暮雨何？
只有英灵苏蕙子，更无悔过窦连波。"

"清代诗人王士正也为苏若兰曾被窦连波遗弃打抱不平，写了一首《织锦巷》，诗句为：

慧绝璇玑手，当如弃置何？
怜她苏蕙子，枉嫁窦连波。"

"公道自在人心。可怜苏蕙痴情女，才华绝世善织锦。回文婉转感君心，千秋共唱璇玑图。咱们谈点高兴的。回文诗范围扩大到词，又进入了对联领域，还有不少趣闻。清代北京有座'天然居'酒楼，楼上高悬一副五言回文短联，文曰：

客上天然居，居然天上客。

乾隆皇帝把这副对联回文成上半副对联，征邀下半副对联，文曰：

客上天然居，居然天上客。

纪晓岚对上了下联，文曰：

人过大佛寺，寺佛大过人。

有个无名的穷书生不服气，也对上了下联，文曰：

僧游云隐寺，寺隐云游僧。"

……

"保留聊天记录，就是保留爱的印记。我在彼岸等你归来。夏奈尔19号。"电脑上闪出这一段字幕之后，夏奈尔又销声匿迹了。

"夏奈尔19号。你搞什么名堂？"青梅忍不住好奇之心，开始搜索夏奈尔19号。

梦幻中的花束，轻透又充满活力，引发清晨露珠的遐思。

这款专为年轻、自主、思想前卫的都市女子所设计的香水，味道清新自然，予人春回大地的感觉，属于那些行动力强，处事态度独立的女子。

白色与绿色花朵的香味清香迷人，激发女人向前走。五月玫瑰、鸢尾花、橙花，三个地点，三种不同的花朵精华。其中最珍贵的是鸢尾花，必须花费六年的时间才能拥有其主要的香气。

19号与一个古老的传说有关。很久以前，在一个遥远的国度，有一对受人爱戴的国王与王后，他们唯一的掌上明珠失明了。王后操心女儿的婚事，特意去拜访一位巫师。巫师说："你放心好了，你的女儿懂得真爱。"国王和王后带着疑惑回到宫里，开始接见公主的求婚者。前十八位王子，带着宝石和绸缎追求公主，但是公主看不见发光的黄金和华美的绸缎，对他们毫无感觉。

第十九位追求者出现了，居然是一个小丑，大家都开始暗中发笑。小丑拿着一个瓶子，忐忑不安地走到公主面前。他小心翼翼地打开瓶子，将它贴近公主脸颊。公主喜悦得站起来，脸上洋溢出灿烂的笑容。

年轻的公主慎重而庄严地宣称她想要和这第十九位追求者结婚,因为他是唯一知道如何和她的灵魂交谈的人。

……

这时候,屏幕上出现了一行字:你的夏奈尔 19 号,远在天边近在眼前。

青梅的梦里满是夏奈尔 19 号的香味。

七十二
法门开

公元 631 年,法门寺突遭火灾,修缮塔身过程中,岐州刺史张德亮听闻"法门寺塔舍利三十年开启一次,开则岁岁丰收,政通人和",于是上奏请求开启,唐太宗当即准奏。不过当时仅在寺院内供人瞻仰,并未运到长安,留下了盲人复明、佛光四射等传奇故事。

武则天登基后,崇佛更是天下闻名。她与佛渊源深厚,其母就非常虔诚,对她影响很大。感业寺为尼三年,青灯古佛难掩万丈雄心,据说她因此参透了政治与宗教间的关系。以女子之身荣登帝王宝座,武则天在儒家中难获支持,道教也缺乏说辞,称帝的合法性大概只有借助于佛教了。于是有僧人投其所好,把武则天比作弥勒佛降世,并撰写了一部《大云经》,经文中有"佛告天曰:我涅槃后……故现女身,为自在主……"的字样,武则天龙心大悦,将《大云经》颁布天下。

女皇崇佛,一举改变了初唐时尊崇道教的风气,她下旨:今释教在道法之上,僧尼处道士、女冠之前。一时佛教地位如日中天。此外,女皇还主持大规模的译经活动,并在各地大修佛寺,开窟造像,据说龙门石窟著名的卢舍那大佛就是依照她的真容所塑。史载她还将自己最心爱的金绣石榴裙放于法门寺地宫中继续供奉。这件裙子是她年轻时与李治定情所穿。

女皇重视人才，通过科举选拔青年才俊，参与国家政事。女皇对苏蕙的《璇玑图》格外垂青，并为其作序……

1987年4月3日，法门寺佛塔倒塌，各界集善款修缮时，意外地发现了一个洞口，原来这就是神秘地宫的入口。历经波折，佛教界至高无上的圣物，世上仅存唯一的佛祖真身指骨舍利，终于再次现身。大量稀世珍宝面世，法门寺自然格外引人关注。

今年国庆节，法门寺又举行了盛大的庆典。被邀请到来的各级政要、佛教高僧、专家学者，还有自发而来的世界各国的佛学爱好者、当地的百姓全都云集法门寺。寺里以"盛世浓情，法门禅意"为主题，举办了放生、吃斋、宣讲教义、诵经辩法、受戒、发放度牒等各种宗教活动。其中最值得期待的是禅意法会。

是夜月明星稀，香客云集，古老的寺院焕发出了无限的生机。两位身披法衣的主持人向观众问好之后，热忱地说："法门禅意，快乐人生，用佛教智慧点亮心灯，为迷茫者送去希望和温暖，给处于黑暗中的路人带来光明，放下一切红尘牵挂，燃起莲灯，齐声唱诵《炉香赞》。"

炉香乍热，法界熏蒙，诸佛遥闻。四处香云，诚意方殷，诸佛显身。炉香袅袅，梵音悠悠，至心恭敬，观想供养。法会燃起的种种名香，伴着诵经之声，在整个寺院上方升腾为香云宝盖，众人心有所感，收摄魂魄，与法相应。

"参加法会的同修们都知道，这《炉香赞》相传是南北朝时期的梁武帝所创。'南朝四百八十寺，多少楼台烟雨中。'那是一个朝代更迭频仍，战乱不止，民不聊生，佛教大行其道的乱世。'国家不幸诗家幸，赋到沧桑句便工。'每逢重大的社会变革，都会涌现出一大批杰出的文学家、诗人、画家。接下来我们要认识的是一位口吐莲花的东晋才女，她出生于一千六百年前的陕西武功，后嫁于扶风法门的窦滔为妻。"随着女主持人深情的话语，舞台显示屏上的画面定格在了苏蕙与窦滔喜结连理的一幕。

男主持人接着朗声说道："她没有惊天动地的功业，却令人千百年来折服于她的风采。她无意于诗赋文学光照后世，却让多少人在她的杰作面前自愧不如。灿烂的陕西织锦文化，从她灵巧的纤手下发源。绝代的诗赋才华，造就了令人叫绝的回文诗歌矩阵。她容貌娇美如王昭君、杨贵妃；她天资聪慧如蔡文姬、李清照；她淳朴善良如邻家小妹、隔壁大嫂。她的手拿起针线可纫衣，提起笔墨能书画。她就是才女苏蕙，一个勤劳美丽，心灵手巧，而又痴情贞洁的奇女子。"

画面上出现了苏蕙与和禾苗织锦的情景。女主持人缓缓地说道："她是中国历史上最早传播织锦的女工艺家，其精湛的织锦刺绣技艺超古迈今，影响深远，至今还被陕西武功一带的人们广泛传承，可谓是近年来深受海内外顾客好评的陕西武功手织布的创始人。同时，苏蕙志趣高洁，雅善诗赋，精修佛法，她也有世间一般女子的烦恼——小三介入，丈夫移情。世道不稳，战乱频起，她日间辛苦劳作，夜里孤枕难眠，只得写诗遣怀排忧。她写了无数回文诗，却无法送给丈夫。她苦心孤诣，把这些诗歌进行巧妙编排，再辅以高超的织锦技术——用五色丝线将几千首诗词织在八寸见方的锦缎上，造就了陕西织锦文化的代表——回文织锦《璇玑图》，这是横竖二十九字，共八百四十字的文字方阵，横读、竖读、顺读、倒读、回文读、进一字读、退一字读、左右旋读皆成诗文，内涵无限，变幻无穷。《璇玑图》问世之后，代代传颂，被称之为诗歌中的五行八卦，神奇魔方，爱情密码。"

男主持人和观众已经被女主持人的话语所打动，他有些哽咽地继续讲述道："苏蕙将五彩相宜，莹心耀目，饱含心血的《璇玑图》寄给了窦滔，最终赢回了丈夫的心。一如卓文君用《哀怨诗》打动了司马相如，唤醒了心猿意马的丈夫。她是不幸的，也是幸运的。她以一方锦帕千古流芳，名垂青史。她以精湛的织锦技艺和绝世的诗歌才华使丈夫回心转意，她以自己的聪明才智和勤劳的双手捍卫了坚贞纯洁的爱情，她以忍辱负重和善良贤惠改写了被丈夫抛弃女子的悲苦命运。"

"今天，有两位心灵手巧的女子，她们如苏蕙再世，她们是来自江南水乡的丝绸研究员白玉隐，来自陕西三秦锦绣传人的雒青梅，我们武功的老百姓亲切地称她们为白娘子、小青。两位美丽的绣娘不仅复原了这件稀世珍品《璇玑图》，还为古老的《璇玑图》注入了新的血液，开发了多款益智游戏，让更多的人喜爱上《璇玑图》。"女主持人解说完，画面上出现了几款动漫游戏，人群一下子欢呼起来。

男主持人简单介绍完这几款游戏，又语调深沉地对大家说道："佛说：坐亦禅，行亦禅，一花一世界，一树一菩提，春来花自青，秋至叶飘零，无穷般若心自在，语默动静体自然。《璇玑图》是爱情的信物，织造《璇玑图》的苏蕙们就是爱的使者。她们为我们带来了纯真爱情的神秘答案，为我们复原了忠贞不渝的爱情信物，为我们解开了一段扑朔迷离的心灵秘史。今天的禅意法会，也可以说是真情之旅，让我们一起来帮她们解开爱情的谜底，好吗？"

"好！好！好！"主持人话音刚落，台下的观众都站起来大声呼喊起来。这时音乐响起。"观自在菩萨，行申般若波罗蜜多时，召见五蕴皆空，度一切苦厄。舍利子，色不异空，空不异色，色即是空，空即是色，受想行识亦复如是……"当红女歌星、虔诚的佛教徒菲菲悄无声息地走上舞台，深情地唱起了《心经》。

这天籁之音在人们心头回环往复，众人仿佛进入了佛国仙界，不由自主地安静下来，坐回了座位。

歌声远去，两位婀娜的女子，手持莲花，款款而来。

白娘子，小青！

白娘子，小青！

白娘子，小青！

在众人的欢呼声中，与世隔绝数月，专心织造《璇玑图》的白玉隐、雒青梅走上了舞台。

"'金风玉露一相逢，便胜却人间无数。'我佛慈悲，无量欢喜！打开心门，见证奇迹！"随着主持人的话音，一个小女孩叫着妈妈，向白玉隐、雒青梅跑过来。

大幕在她们身后缓缓升起。

后记
众里寻她千百度

天水，因为创作长篇小说《璇玑图》而与我结缘的城市，我来了。

天水，这座几乎天天被我念叨的城市，前秦的才女苏蕙曾经来过。

苏蕙来时，正值芳龄，容颜如花，心头的小鹿怦怦乱跳。新婚三日作别，这小别胜新婚的滋味自然格外甜蜜。窦滔文武双全，那时候升任了秦州刺史，少年得志，英气勃发，应该是无数天水娃娃心中的偶像。

天水城外，有座西南一面为悬崖峭壁，其余三面坡度较缓，状若麦垛的麦积山，苏蕙夫妇也许曾经游过。其上洞窟"密如蜂房"，栈道"凌空飞架"，游人"匍匐若蚁"，远观好似佛陀头部的胜景，也许入了苏蕙的诗文。而我爱屋及乌，总以为洞窟内如"窃窃私语""东方微笑"等形神兼备，精妙绝伦，具有浓郁世俗气息的雕像身上留有苏蕙的影子。

苏蕙和窦滔这样的一对璧人，置身都城长安都是众人艳羡的对象，何况在这塞外之地。他们夫妇的一举一动，自然是民间效仿和谈论的热点。可惜，造化弄人，生于乱世，想要现世安稳犹如天方夜谭。苏蕙是前秦才女，是赛诗会上的女状元，也是天王苻坚的胞弟苻融和扬武将军的长子姚兴的追求对象，可是苏蕙不慕钱财，不畏权势，果断拒绝了他们的求婚，嫁与当时默默无闻的窦滔。新婚三日，窦滔参战，苏蕙孤守空房。好容易等到了窦滔沙场立威，官封秦州刺史，夫妻团聚，却没想到好日子是那么短暂——窦滔功高遭忌，被人谗害，获罪徙放流沙。苏蕙的生活自此急转而下……

临行前，俩人海誓山盟，依依不舍。窦滔仕途失意，萎靡不振。苏蕙为了安慰丈夫，一再表白：海枯石烂心不变，誓死窦家不改嫁。可怜望眼欲穿的她哪能想到窦滔到了流沙,以为报国无门,返乡无期,便纳歌姬赵阳台为妾……

四年多来,我在梦里陪着苏蕙欢喜忧伤,眼看着她靠纺纱织锦养家糊口,度日如年,却无能为力。庆幸的是她织的锦帕传遍了天水的大街小巷,也传到了苻坚的王宫里,终于救回了朝思暮想的窦滔。劫后余生的窦滔,向东而行时,一扫西行的颓废之气,想必是意气风发的,只不过身后多了个貌美的小妾赵阳台,让他有些为难,不知如何向结发妻子苏蕙交代。

"夫妇恩深久别离,鸳鸯枕上泪双垂。"真正的爱都是自私的。可想而知,这样的团聚是苦涩的。窦滔出任襄阳太守时,身边只带着小妾。雁情专一,苏蕙回想起当年的山盟海誓,难以释怀。爱一个人,便是接纳他的全部。他依旧是她心中的窦郎。尽管,这爱里多了无奈,多了伤感!凤夜忧叹的她,选择了继续爱他。她耗尽心血织就的回文诗,莹心耀目,终于为她赢回了爱情。

浪子回头金不换。就在她满怀喜悦地等待他来接她的时候,淝水大战爆发了,前秦帝国眨眼间四分五裂。国破家何在?她,真的能等来他吗?

从领受创作《璇玑图》的那一刻起,我一直诚惶诚恐,甚至寝食难安。但我是幸运的,刚刚选好题材,我就接到了贾松禅老师发来的大量资料。接下来,在省作协副主席王海、咸阳市作协代主席董信义、渭城区作协主席杜芳川的带领下,我们十位签约作家赴武功、旬邑、礼泉等地参观学习,受到了当地作协和文友们的热烈欢迎和无私帮助。特别是武功作协的杜晓辉主席不辞辛劳,为我收集了许多资料。周毓辉、秦力等老师不时询问我的创作进度,使我不致懈怠。

一年后的暑假,我开始动笔了。真的投入了写作之后,人往往是孤独和亢奋的,这时候最需要文友们的问候和鼓励。在这期间,我接到了杜主席约我写武功印象的稿件,我明白他的良苦用心——我只有对武功的历史文化有更为深刻的理解,对养育才女苏蕙的这方水土有全面的认识，才能胜任这项特殊的任务。在写这些文章的过程当中，苏蕙的形象在我的笔下日渐丰满——一个心灵手巧、勤劳善良、能诗善画的官家女子，在乱世之中忍辱负重苦苦坚守，不惜用自己的生命捍卫纯真的爱情。交稿之际，我突然想起了陈忠实先生写蓝袍先生的故事，终于明白杜主席这是在暗示我要像先生写《白鹿原》一样踏踏实实地写一本大书。

我喜欢阅读微信上的《有邰文苑文化交流群》，尤爱武功本土作家写家乡的文章，比如《话说武功》《武功八景之一》《武功土织布》等系列文章。渐渐地，我对于姜嫄古墓小华山、教嫁台封后稷官、苏武节碑龙门传、上阁钟声响九天、喀山晚照晒书卷等故事了然于心，简直都可以自诩为半个武功人了。康有为非常看重与"正友"和"闻人"交朋友，认为和正能量且见多识广的朋友交往，可以"寡失德""不寡陋"，可以促进道德完善人格健全。正所谓近朱者赤，近墨者黑。榜样的力量是无穷的。

每次写作累了，快要坚持不住的时候，我就读一读新上的文章，然后告诫自己：那么多有才华的人都在努力奋斗，你资质平平，连颠带跑都跟不上趟，还有什么理由贪图安逸，躺着不动呢？林仑老师和我写的都是武功的题材，所以杜主席格外惦念我们。我们开玩笑说杜主席是"催债"的，但嘴里涂了蜜，让你"不待扬鞭自奋蹄"。

在这种善意提醒下，我创作《璇玑图》时，确立了以现代繁荣稳定和前秦动荡不安的社会为双重背景，以苏蕙与窦滔的爱情故事为主线，以白玉隐、雒青梅复原织造《璇玑图》为副线，以古今交替，虚实结合的复线结构，赋予了苏蕙这一历史人物新的内涵——苏蕙不仅仅是精通回文诗，善于织锦，痴情忠贞，勤劳善良，聪明贤惠的女性的化身，她还是朴实可敬，胸怀天下，心系苍生，黄道婆式的奇女子。所以，我在《璇玑图》的创作中，不仅仅拘泥于古代传说，而是融入近年来走俏市场的武功手织布等现代元素，热情讴歌了追求纯真爱情，向往幸福生活的古今女性，宣传和赞扬了勤劳智慧的武功等地人民秉承始祖遗风，在继承中发展、在发展中开拓创新的时代精神。

2017年初，初稿完成了，但我一直不甚满意，总觉得缺少了什么。后来我多次去了天水，去了苏蕙生活过的地方，印证了我的预感。我的耳边响起了"苏武留胡节不辱。雪地又冰天，穷愁十九年"的歌声；响起了鸠摩罗什大师羁留凉州十余年，四处奔走，宣扬佛法的叹息声；响起了茫茫大漠戈壁上，商旅往来，络绎不绝的驼铃声……

众里寻她千百度，蓦然回首，那人却在灯火阑珊处。我想一定是有一种神秘的力量召唤着我，使我苦苦追寻的东西一下子变得触手可及。天水人精心保留的苏蕙织锦台，窦滔故里，已烟消云散，我虽无缘凭吊，但心向往之。天水人为研究苏蕙成立的协会，创办的刊物，出版的专集，对我的创作帮助很大。作为苏蕙的娘家人，我要感谢这座城市善待了这位旷世奇女。

"深入到民间寻找诗句，这是我诗歌创作的源泉。"这话被老家在陕西的周舟老师反复提及，足见天水这座城市魅力之大，内涵之深了。我再次审视《璇玑图》的创作理念——这是一个古代女子的爱情故事，也是一部女子自强自立的心灵秘史。我常常扪心自问能否写出富有时代特色的中国故事？我意识到苏蕙织锦救夫的故事流传了一千六百多年，因其年代太过久远，现在的年轻人对其详情所知甚少，兴趣不大，我不能满足于只讲一个老套的爱情故事，我一定要写出历史的新意，要挖掘出苏蕙身上最感动人心的精神。为了不落窠臼，不步人后尘，我不断翻阅各种资料，渐渐地意识到小说创作不能脱离人物所处的时代背景——五胡十六国时期，动荡不安，战乱频仍的局势是造成苏蕙夫妻分离的社会原因，也是苏蕙原谅丈夫移情别恋的主要原因。如果生在和平年代，他们也许会相亲相爱，白头偕老。但是造化弄人，人生无法假设。因此，苏蕙的悲剧是社会性的，是普遍性的，她是那个时代饱受战争创伤的女性的代表。大多数女性遭遇到这样不幸，恐怕只能做一个默默无闻的牺牲品，郁郁而终了，就像作家琦君《橘子红了》中的大房夫人。但苏蕙不同于一般女子，她心中有爱，她觉醒了，她行动了。这就使得她身上有了一种格外动人的东西——勇敢地追求自己的爱情，表达自己的心意，坚守做人的本分。突破了这一点，苏蕙的形象就丰满起来了。

为了写好这本书，我阅读了各种版本的苏蕙织锦的故事，终于发现了以往各种版本的局限性——仅仅写到了苏蕙与窦滔冰释前嫌，和好如初，便戛然而止了。当然，我国的老百姓都喜欢大团圆的结局，但我总以为乱世中的爱情故事不会这么轻易就功德圆满。爱情需要存活的土壤。而永嘉之乱时期，兵荒马乱，老百姓过着颠沛流离、朝不保夕的日子，哪里会有一劳永逸的幸福。特别是淝水之战后，前秦灭亡，后秦崛起，窦滔作为前朝旧臣，必然会受到种种打压。他们夫妻如果有幸团聚，恐怕只能是归隐山林。但更多的是，我想恐怕是在茫茫人海中擦肩而过，甚或凶多吉少，死于战乱之中。

我苦苦求索，终于在史书籍和民间觅得了另外两种说法——一是苏蕙被权贵们逼上了绝路，二是苏蕙出家为尼。李修文在《山河袈裟》里说："所谓宿命，并非只有躲闪和顺受，它也有可能是抵抗和奔涌。"我相信是一种强大的能量，是一种精神的力量，是一种朴素的信念，支撑着一代才女忍辱负重地守护着坚贞纯洁的爱情，守护着父母家人的安危。但是，个人的抗争毕竟是有限的，也正是从这里突破，我开始有意识地弱化苏蕙个人的抗争，而是强化了个人情感被时代所左右的无助感。我把历史人物放进宏大多变的时代潮流里，让时代的狂澜主宰人物的沉浮，让时代回应人生无常的恒久命题。

在路上，永远会有惊喜。2017年秋，我的一篇有关苏蕙的文章被网络转载，因此我有幸受到苏蕙文化研究专家张新浩老师的邀请，又一次去了天水，参加了纪念庞瑞琳暨苏蕙研究会宝鸡分会成立的活动。在那里，我见到了苏蕙研究会的各位专家和老师们，他们因为共同的兴趣而走在了一起，男士们一律叫"窦滔"，女士们叫"苏蕙"。我近距离地感受到了"苏蕙""窦滔"们的热情，也看到了他们所取得的丰硕成果。特别是与武将、白尚礼等老师交流之后，我们的许多观点竟然不谋而合。我一下子茅塞顿开，终于肯定了自己的许多大胆设想，也坚定了按自己的思路完成作品的信心。于是，在这本书里你不仅会看到传统的苏蕙织锦的故事，也会看到出乎意料的各色人等的爱恨情仇。在那个兵荒马乱的年代里，崇尚华夏文化的苻融、姚兴一会儿是满腹才学的谦谦君子，一会儿又是驰骋疆场、血染战袍的铁骨硬汉，当他们与坚贞不屈、勤劳善良的苏蕙，骁勇善战、性格耿直的窦滔，泼辣干练、忠心耿耿的丫鬟禾苗，身世离奇、一心向佛的高僧鸠摩罗什相遇时，发生的一切似乎都顺理成章，都无法避免，都是命中注定。

  2018年春，张新浩老师又邀请我们参观了扶风法门寺、周原博物馆、七星河度假区。站在七星河边，窦滔墓前，我仿佛听到了他在轻声呼唤曾经发誓"生不同日，死要同穴"的妻子的到来。而苏蕙最终不知所踪，有传言说她的墓在杨凌，20世纪五六十年代还有人看见她的墓碑。我特意去杨凌采访，当地人莫衷一是。苏蕙的命运是悲惨的，她不过是乱世中四处飘零一叶浮萍，任何的雨打风吹她都得默默承受。这时候，你可以尽情发挥想象……苏蕙到底怎么了？我想，她会顽强地活着，而且活出了她想要的样子。这个孤苦无依的弱女子，内心坚韧强大，面对无常的命运，佛教信仰是她最朴素的精神支柱。她被时代抛入波峰浪谷，她靠什么求得内心的平衡？读懂了那个时代，你就明白了苏蕙的归宿，你自然也就懂得了佛教为什么会在那个最血腥，最黑暗的时代开始盛行……

  2018年夏，我与杜主席在一次座谈会上不期而遇。杜主席约我为武功作协成立三周年写点文字，我也向他汇报了我的创作情况。交谈时，我无意中发现杜主席眼角多了几道皱纹。想起最近朋友们见了我都说我又黑又瘦，憔悴了许多，心里黯然。这么多年了，我一有空就琢磨着苏蕙，简直与她合二为一。为了写好她，我行走丝路，访问天水，四处采风，终日辛苦，岂能不憔悴？

  盛夏七月，杜主席和王青歌、徐美娜老师不辞辛苦，陪同我和家人去了苏蕙的老家。我们站在苏坊村村口的土坡上，遥望漆水河，河水缥缈难寻，河道里阡陌纵横，一排排的农家小院清晰可见，才女苏蕙生活过的痕迹却荡然无存。进入村内，看见村民们为纪念苏武所修的清凉寺保存完好，我心中稍感安慰。杜主席指着孤零零地矗立在土崖边的织锦亭和几孔废弃的窑洞，告诉我这就是当年苏蕙织锦的地方。此情此景，与我在梦中想象的几乎一模一样。通往织锦亭的土崖上根本没有路，只有一串串拳头大小的土坑。因为是雨后，坡陡路滑，我无法登上织锦亭，但我感谢老天，让我沿着苏蕙生命的足迹，苦苦追寻一番之后，终又回到了她生命的起点。我的耳边似乎响起了机杼声与苏蕙的叹息声……

一天，在朋友圈里看到一篇有关杜主席的文章，我才知道《有邰文苑》杂志是他多次协调，租借办公室，借调人员，自筹资金创办的。为此，他白天四处奔波，晚上加班审稿，常常通宵达旦地工作。长期超负荷工作，他病倒了，被送进了咸阳市铁二十局医院，诊断为脑出血……看到这里，我眼睛湿润了。"为伊消得人憔悴，衣带渐宽终不悔。"因为热爱，所以无悔。因为热爱，所以有梦。因为热爱，所以执着。

也许是一种缘分，《璇玑图》初稿完成之后，我有幸结识了武功手织布非遗传承人赵哲夫妇与画家郭雨璇女士等人，他们非常热衷于苏蕙文化，在他们眼里苏蕙是忠贞爱情、回文诗词、织锦技艺的化身，他们以自己的方式传播着苏蕙文化，也给我的创作提了许多宝贵意见，还为本书提供了精美插图，我无以为谢，只有尽自己最大的努力打磨好《璇玑图》。

苏蕙是大家的，能为她立传，是我的造化和福分。书成之后，难免有疏漏之处，敬请各位方家批评指正。此刻，我最想说的是感谢：感谢全国各地读者和文友的支持，感谢著名评论家王仲生教授为本书作序，感谢陕西师范大学出版总社责任编辑张建明先生对我的肯定，感谢省作协副主席吴克敬先生为本书题写书名，感谢著名作家高亚平、杭盖先生等人对我作品提出大量的修改意见，感谢钱小萍馆长、丁永斌、胡海泉等老师的热心相助，感谢家人朋友、领导同事对我的关心，使我在文学之路上越走越远。

以文会友，感恩常在。文学路上，有这样的朋友一路同行，是缘，是福，是天意！感谢苏蕙，让我心生悲悯，以文学的名义，重新打量身旁的芸芸众生。

一个女子，千年之后，依然打动人心的不仅仅是她的才情容貌，善良温暖，更多的是她的忍辱负重，坚贞不屈。

苏蕙，一个可以与李清照并肩而立的女子，正在丝绸之路上闪闪发光。

梁新会

2019 年 3 月 6 日